ନିଦାଘ

ନିଦାଘ

ରବି ସ୍ୱାଇଁ

 BLACK EAGLE BOOKS

USA address:
7464 Wisdom Lane
Dublin, OH 43016

India address:
E/312, Trident Galaxy, Kalinga Nagar,
Bhubaneswar-751003, Odisha, India

E-mail: info@blackeaglebooks.org
Website: www.blackeaglebooks.org

First International Edition Published by
BLACK EAGLE BOOKS, 2021

NIDAGHA
by **Rabi Swain**

Copyright © **Rabi Swain**

Cover & Interior Design: Ezy's Publication

ISBN- 978-1-64560-190-6 (Paperback)

Printed in the United States of America

ସୂଚିପତ୍ର

ନିଜର ଚିତ୍ରପଟ

ସାଢେ ଛୟାଲିଶି ବର୍ଷର ଦୀର୍ଘତା କେତେ ? ଏହିପରି ଏକ ଉଭଟ ପ୍ରଶ୍ନ ମୋ ମନ ଭିତରକୁ ପଶି ଆସିଥାଏ । ସେହି ଦୂରତ୍ୱକୁ ଅତିକ୍ରମ କରିବା ଏକ ଚାଂଚଲ୍ୟକର ଅନୁଭୂତି । ରାସ୍ତା ଦିକଡରେ ଥିବା ସବୁଜ ଲହରୀମାନେ କେବଳ ଚିହ୍ନା ଚିହ୍ନା ଲାଗୁଥାନ୍ତି । ଆଉ ସବୁକିଛି ବଦଲି ଯାଇଥାଏ । ସରୁ ମୋରମ ରାସ୍ତାଟି ହେଇ ଯାଇଥାଏ ଦି ଧାଡିଆ କଂକ୍ରିଟ୍ ରାଜପଥ । ରାସ୍ତାକଡର ବୟସ୍କ ଗଛମାନେ ମରିହଜି ଯାଇଥାନ୍ତି । ସାମାଜିକ ବନୀକରଣର ସଦ୍ୟ ବର୍ଦ୍ଧିତ ଗଛମାନେ ହସ ହସ ମୁହଁରେ ଠିଆ ହେଇଥାନ୍ତି । ରାସ୍ତା କଡରେ ଅନେକ ଛୋଟବଡ ବଜାର ମୁଣ୍ଡ ଟେକିଥାନ୍ତି ।

ଗାଡି ଆଗେଇ ଯାଉଥାଏ । ସାଢେ ଛୟାଲିଶି ବର୍ଷର ଦୀର୍ଘତା ଧୀରେ ଧୀରେ ଶେଷହେଇ ଆସୁଥାଏ । କିଛି ସମୟର ବ୍ୟବଧାନ ପରେ ମୋର ପରିଚୟର ସହର । ଆମଘର ଆହୁରି କିଛିଦୂର ଗୋଟିଏ ନିପଟ ଗାଁରେ ହେଇଥିଲେ ବି ବାହାରେ ଏହି ସହର ନାଁରେ ନିଜକୁ ପରିଚିତ କରିବାକୁ ପଡେ । ସେତେବେଲେ ଏହାଥିଲା ସବ୍‌ଡିଭିଜନର ମୁଖ୍ୟ ଦପ୍ତର । ଏବେ ଜିଲ୍ଲାର । ଏହି ପ୍ରାଚୀନ ସହରଟିର ସେପରି କୌଣସି ବିକାଶ ହେଇନି । କେବଳ ଜନଗହଲି ଓ ବିଶୃଙ୍ଖଳା ବଢିଚି ଯାହା । ଡ୍ରାଇଭର ଗାଡିକୁ ସହରର ଗହଲି ଭିତରେ ନପୁରାଇ ବାଇପାସ୍‌ରେ ନେଇଗଲା । ବାଇପାସ୍‌ଟି ଥିଲା ମୋ ପାଇଁ ସଂପୂର୍ଣ୍ଣ ନୂଆ । ଏହାଦ୍ୱାରା ଆମେ ଅପେକ୍ଷାକୃତ କମ୍ ସମୟରେ ମାମୁଁଘରେ ପହଞ୍ଚ ପାରିବୁ ବୋଲି ମୁଁ ଭାବିଲି ।

ବାଇପାସ୍‌ରେ ଯାଉଥିବାବେଲେ ଛୋଟିଆ ସାଇନ୍‌ବୋର୍ଡଟିଏ ମୋ ଆଖିରେ ପଡିଗଲା । ମୁଁ ଆମ ଗାଁ ନାଁ ଦେଖ ଚମକି ପଡିଲି । ଡ୍ରାଇଭରକୁ ଗାଡି ଅଟକେଇବାକୁ କହିଲି । ତାପରେ ବ୍ୟାକ୍‌କରି ସେଇ ସାଇନ୍‌ବୋର୍ଡ ପାଖକୁ ଆସିଲୁ । ଡାହାଣ ପଟେ ଆସି ମିଶିଥିବା ଏଇ ରାସ୍ତାଟିକୁ ମୁଁ ଆଦୌ ଚିହ୍ନିପାରିଲି ନାହିଁ । ଧୂଲିଧୂସର ଅଙ୍କାବଙ୍କା ଗାଉଁଲି ଭେଡାଟିଏ ବଦଲି ବଦଲି ଏଇ ସିଧା କଂକ୍ରିଟ୍ ରାସ୍ତାରେ ପରିଣତ ହେଇ

ଯାଇଛି । ଏଇ ରାସ୍ତାରେ ଗଲେ ୩ କି.ମି. ପରେ ପଡ଼ିବ ପୃଥିବୀର ସୁନ୍ଦରତମ ନଈଟିଏ । ଯାହା ଭିତରେ କୈଶୋରର ଆନନ୍ଦମୟ ମୁହୂର୍ତ୍ତମାନେ ଜଳଧାର ହୋଇ ବହି ଯାଉଥିବେ । ତା ସେପଟେ ଏକ ଅନିର୍ବଚନୀୟ ସ୍ୱପ୍ନ ବିଭୋର ଏମିତି ଗୋଟିଏ ଗାଁ । ଆଃ ତତେ ଶତକୋଟି ପ୍ରଣାମ ।

ଧାଉଁ ଜଙ୍ଗଲ ଭିତରେ ଛପି ଛପି ଅପେକ୍ଷା କରିଥିବା ମୋର ସେଇ ପ୍ରିୟତମ ଗାଁ । ଦିପଟରେ ନଈ । ଗୋଟିଏ ପଟେ ସମୁଦ୍ର । ଏକ ତ୍ରିଭୁଜାକୃତି ସ୍ଥଳଭାଗ । ଧାନମାନ କ୍ଷୀରଛେନା ଘିଅଦହିର ମୋ ଗାଁ । ମତେ ଲାଗେ ଦିପଟର ନଈ ଜୀବନର ସସୀମତାକୁ ଚିହ୍ନେଇ ଦେଉଥିବା ବେଳେ ସମୁଦ୍ର ଅସୀମତା ଆଡ଼କୁ ନିମନ୍ତ୍ରଣ କରୁଚି । ସେଇଠି କଟିଥିଲା ମୋର ଶୈଶବ, କୈଶୋର ଓ ତାରୁଣ୍ୟ । ପ୍ରକୃତିର ଅଫୁରନ୍ତ ସୌନ୍ଦର୍ଯ୍ୟ, ପଲ୍ଲୀ ଜୀବନର ସ୍ନେହପ୍ରେମ ସରଳତା, ଗ୍ରାମ୍ୟ ଜୀବନର ଓଷାବ୍ରତ ଓ ଅସ୍ମମାରୀ ଉସ୍ତବ ଅନୁଷ୍ଠାନ ।

ମୁଁ ଥିଲି ମୋ ବାପା ବୋଉଙ୍କର କୋଡପୋଛା ପୁଅ । ବଡ଼ଭାଇ ଆଉ ମୋ ଭିତରେ ଛଅ ବର୍ଷର ବ୍ୟବଧାନ । ମଝିରେ ଭଉଣୀଟିଏ ଦିମାସର ହେଉ ଆଖ୍ ବୁଜିଥିଲା । ତା କଥା ମନ ପଡ଼ିଗଲେ ବୋଉର ଆଖ୍ ଓଦା ହୋଇଯାଏ ।

ମୁଁ ଅଧିକାଂଶ ସମୟ ଖେଳକୁଦରେ କଟାଉଥିଲେ ବି ଭଲ ପଢ଼ୁଥିଲି । ଭାଇ ମତେ ପାଠପଢ଼ାରେ ସାହାଯ୍ୟ କରୁଥିଲା । ଆମ ସ୍କୁଲ ଫୁଟ୍‌ବଲ ଟିମ୍‌ରେ ମୁଁ କ୍ୟାପ୍‌ଟେନ ଥିଲି ଏବଂ ବିଭିନ୍ନ ଟିମ୍‌ରେ ବୁଲିବୁଲି ଖେଳୁଥିଲି । ରେଭେନ୍ସା କଲେଜରେ ନାମ ଲେଖେଇଲା ପରେ ଖେଳିବାକୁ ଅଧିକ ସୁବିଧା ଓ ସୁଯୋଗ ମିଳିଗଲା । ଉଭୟ ପାଠ ଓ ଖେଳରେ ମୋର କୃତିତ୍ୱ ପାଇଁ ବାପା ବେଶ୍ ଖୁସି ଥିଲେ ।

ଆମ ଅଞ୍ଚଲରେ ମୌଲିକ ଶିକ୍ଷାର ପ୍ରଚାର ଓ ପ୍ରସାର ପାଇଁ ବାପା ଦିନ ରାତି ଲାଗି ପଡ଼ିଥାନ୍ତି । ତାଙ୍କ ଯଶ ଓ ସୁନାମରେ ଆମେ ଗର୍ବ ଅନୁଭବ କରୁଥାଉ । ସେବର୍ଷ ଦଶହରା ଛୁଟିରେ ଭାଇ ଓ ମୁଁ ଘରକୁ ଆସିଥିଲୁ । ଆଇଏସ୍‌ସି ୨ୟ ବର୍ଷରେ ମୁଁ ପଢ଼ୁଥାଏ । ଭାଇ ଏମ୍‌.ଏ.ପାଶ କରି ଗବେଷଣା ପାଇଁ ପ୍ରସ୍ତୁତ ହେଉଥାଏ । ସମସ୍ତଙ୍କ ଇଚ୍ଛା ମୁଁ ଡାକ୍ତରୀ ପଢ଼ିବି ।

ଦିନେ ଗାଧୁଆବେଲେ ବାପା ଭାଇ ଓ ମୁଁ ସାଙ୍ଗ ହୋଇ ଖାଇଲୁ । ଖାଇ ସାରିଲା ପରେ ବାପା ମତେ କହିଲେ-କୁଆଡ଼େ ନଯାଇ ଘରେ ଥା । ବୋଉ ଖାଇ ସାରିଲାପରେ କଥାବାର୍ତ୍ତା ଅଛି । ଭାଇ କି କହିଲେ- ତୁ ବି ରହ । ମୁଁ ଭାବିଲି- ମୋ ସହ କଣ କଥାବାର୍ତ୍ତା ? ସେତେବେଲେ ଅବଶ୍ୟ ଗୋଟିଏ ଚର୍ଚ୍ଚା ଆରମ୍ଭ ହୋଇଥାଏ । ଭାଇ ଗବେଷଣା ସାରି ଆସିଲେ ଆମ ସହରରେ ନୂଆକରି ଆରମ୍ଭ ହୋଇଥିବା କଲେଜରେ

ପ୍ରିନ୍ସିପାଲ ହବ । ମାମୁଁ ଏଇ କଲେଜଟି ଗଢ଼ିଥାନ୍ତି ଏବଂ ଏହା ହିଁ ତାଙ୍କର ଇଚ୍ଛା । ଇଏ ତ ଖୁସିର କଥା । ଏଥିରେ ମୋ ସହିତ ଆଲୋଚନା କରିବାର କଣ ଅଛି ?

ମୁହଁ ଧୋଇସାରି କାନିରେ ପୋଛି ହଉହଉ ବୋଉ ଆସି କବାଟକୁ ଆଉଜି ଠିଆହେଲା । ବାପା ତକିଆ ତଳୁ କ'ଣଟେ କାଢ଼ି ମୋ ହାତକୁ ବଢ଼େଇ ଦେଲେ । ମୁଁ ଦେଖି ଦେଇ ଚମକି ପଡ଼ିଲି । ମୋର ସର୍ବାଙ୍ଗ ଥରିବାକୁ ଲାଗିଲା ।

ସେ ଫଟ କାହାର ?

ମୁଁ ତଳକୁ ଅନେଇ ଚୁପ୍ ରହିଲି ।

କଣ   ଶୁଭୁନି ?

ମୁଁ ଆଉ ଥରେ ଚମକି ପଡ଼ିଲି ।

ହଁ ସମସ୍ତେ ଶୁଣ । ସେ ଝିଅଟିର ନାଁ ହଉଚି ଧରିତ୍ରୀ ସାମନ୍ତରାୟ । ଡାକ ନାଁ ଲୁସି । ବାପା ବିଖ୍ୟାତ ଆଡଭକେଟ ସତ୍ୟଜିତ୍ ସାମନ୍ତରାୟ । ଏତିକି ନା ଆଉ କିଛି ଅଛି ?

ମତେ ଅଂଧାର ବେଢ଼ି ଯାଇଥାଏ ।

ହଁ ସେମାନେ ହେଉଛନ୍ତି ଖ୍ରୀଷ୍ଟିୟାନ ।

ବୋଉ ଭାଇ ହୁଏତ ଚମକି ପଡ଼ିଥିବେ ।

ସେ ଫଟକୁ ପକେଟ୍ରେ ରଖ । ସିଧା ଘରୁ ବାହାରି ଯା । ଆମେ ଆଉ କେହି ତୋ ମୁହଁ ଚାହିଁବୁ ନାହିଁ । ଏ ଘରର କବାଟ ତୋ ପାଇଁ ଆଜିଠାରୁ ବନ୍ଦ । ଯା ।

ମୁଁ ଭାଇ କି ବୋଉର ମୁହଁକୁ ଚାହିଁବାକୁ ସାହସ କଲି ନାହିଁ । ସିଧା ବାହାରି ଆସିଲି । ତାପରେ....

ସାଢେ ଛୟାଲିଶି ବର୍ଷ ପରେ ବାପା ଓ ବୋଉଙ୍କ ସ୍ମୃତି ପ୍ରତି ସେଇଠୁ ପ୍ରଣାମ ଜଣେଇଲି । ଆଖି ଜକେଇ ଆସୁଥିଲା । ଛାତି ଭିତରୁ ଉଠି ଆସୁଥିଲା କୋହ । ମୁଁ ଡ୍ରାଇଭରକୁ ସଂକେତ ଦେଲି– ଚାଲ ।

ମାମୁଁଘର ଗାଁ ପାଖେଇ ଆସୁଥିଲା । ଆମ ଗାଁ ଆଉ ମାମୁଁଘର ଗାଁ ଭିତରେ ଦୂରତ୍ୱ କେବଳ ଗୋଟିଏ ପାଟ ଆଉ ଗୋଟିଏ ନଈ । ନଈକୂଳରେ ଠିଆହେଲେ ମାମୁଁ ଘର ଗାଁ ହାତଠାରି ଡାକେ । ସ୍ନେହ ଛଳଛଳ ମୋ ଅଜା ଆଇ, ମାମୁଁ, ମାଇଁ, ମାଉସୀ , ମାମୁଁଙ୍କ ପିଲା ସମସ୍ତେ ମତେ କୋଳେଇ ନବାପାଇଁ ଅନେଇ ରହିଥାନ୍ତି ।

ସେଇ ମାମୁଁଘର ଗାଁ ଏଇଠୁ ଆରମ୍ଭ । କିଛି ଚିହ୍ନିହଉନି । ସବୁ ବଦଲି ଯାଇଚି । କେବଳ ଆମ ଅଞ୍ଚଳର ଆରାଧ୍ୟ ଦେବତାଙ୍କ ମନ୍ଦିର ଉପରେ ତାଙ୍କ ନେତ ପୂର୍ବପରି ଫରଫର ହେଇ ଉଡ଼ୁଚି । ମୁଁ ହାତ ମୁଣ୍ଡରେ ମାରି ପ୍ରଭୁଙ୍କୁ ପ୍ରଣାମ କଲି । ମୋ

ବାଲ୍ୟକାଳର କେତେ ମଧୁ ମୁହୂର୍ତ୍ତ ଏଇ ମନ୍ଦିର ବେଢ଼ା ଭିତରେ କଟି ଯାଇଛି। ଠାକୁରଙ୍କ ବିଜେସ୍ଥଳୀରେ ବର୍ଷସାରା ଯାନି ଯାତ୍ରା ଲାଗି ରହିଥାଏ। ମୋ ବୋଉର ଏହି ଯାନି ଯାତ୍ରାରେ ଭାରି ମନ। ସେଇଥିପାଇଁ ଅଜା ଆଉ ଆଇ ବୋଉକୁ ନେଇ ଯାଆନ୍ତି। ବୋଉ ମତେ ସାଙ୍ଗରେ ନେଇଯାଏ।

ସବୁ ପିଲାଙ୍କ ପରି ମୁଁ ମୋ ମାମୁଁଘରକୁ ଭାରି ଭଲପାଏ। ମୋ ଅଜା ଆମ ଅଞ୍ଚଳର ଜଣେ ବିଶିଷ୍ଟ ବ୍ୟକ୍ତି। ଜଣାଶୁଣା ମାମଲତକାର। ଭଲରେ ମନ୍ଦରେ ଲୋକଙ୍କ ପାଖରେ ଠିଆ ହୁଅନ୍ତି। ସ୍ୱଭାବତଃ ସବୁବେଳେ ଚିନ୍ତାଶୀଳ ଓ ଗମ୍ଭୀର ଦେଖାଯାନ୍ତି। ବୋଉକୁ ଆଉ ମତେ ଦେଖ୍‌ଦେଲେ ତାଙ୍କ ଚେହେରାରୁ ଗାମ୍ଭୀର୍ଯ୍ୟ ଉଭେଇ ଯାଏ। ମତେ କୋଳକୁ ଉଠେଇ ନେଇ ଛାତିରେ ଜାକି ଧରନ୍ତି। ମୋ ଆଇ ସ୍ନେହର କୁଲୁକୁଲୁ ନଈଟିଏ। ମତେ ଦେଖ୍‌ଦେଲେ ସରଗର ଚାନ୍ଦଟି ଯେପରି ତା ହାତକୁ ଖସିପଡ଼େ।

ମୋ ମାମୁଁ ସତ୍ୟ ଯୁଗର ମଣିଷଟିଏ। ଗାନ୍ଧିଜୀଙ୍କ ଆଦର୍ଶରେ ଅନୁପ୍ରାଣିତ ହୋଇ ଆନୁଷ୍ଠାନିକ ପାଠପଢ଼ା ଛାଡ଼ିଦେବା। ଜେଲ୍‌ ଭିତରେ ପ୍ରଚୁର ଅଧ୍ୟୟନ କରିବା। ଦେଶର ସ୍ୱାଧୀନତା ଲାଭ ପରେ ପ୍ରତ୍ୟକ୍ଷ ରାଜନୀତିରେ ନମିଶି ସମାଜ ସେବାରେ ନିଜକୁ ନିୟୋଜିତ କରିବା। ଆଞ୍ଚୁ ନ ଲୁଚିଲା ପରି ଖଦଡ଼ ଧୋତିଟିଏ। ମୁହଁରେ ନିର୍ମଳ ହସ। ସବୁବେଳେ କାମ ଆଉ କାମ।

ମାଇଁ ଜଣେ ଅସାଧାରଣ ଗୃହିଣୀ। ସଂସାରର ସମସ୍ତ ବୋଝ ମୁଣ୍ଡେଇବି ସେ ମାମୁଁକୁ ସବୁକାମରେ ସାହାଯ୍ୟ କରୁଥିଲେ। ବିଶେଷତଃ ମହିଳା ସଂଗଠନରେ।

ସାଢ଼େ ଛୟାଳିଶି ବର୍ଷର ଦୀର୍ଘତା ମୁଁ ଅତିକ୍ରମ କରି ସାରିଥିଲି। ମନ୍ଦିର କିଛି ଆଗକୁ ଆସି ମାମୁଁଘରର ଅବସ୍ଥିତି ମନ ପକଉଥିଲି। କାରଣ ମାମୁଁଘର ଗାଁ ଆଉ ଗାଁ ହେଇ ନଥିଲା। ସରଳ ପଲ୍ଲୀ ସହରଟି ଜାଗାରେ ଠିଆ ହେଇ ଯାଇଥିଲା ଏକ ସୁଦୃଶ୍ୟ ଆଧୁନିକ ସହରଟିଏ। ମୋବାଇଲ୍‌ରେ ପଚାରି ଦେବା ମୁଁ ଉଚିତ ମନେକଲି। ମାମୁଁଙ୍କ ନାତି ହିଁ ଉଠେଇଲା- ନମସ୍କାର ଅଂକଲ୍‌। ଆପଣ ସେଇଠି ଥାଆନ୍ତୁ। ମୁଁ ସାଙ୍ଗେ ସାଙ୍ଗେ ଯାଇ ନେଇ ଆସୁଚି। ଖୁବ୍‌ କମ ସମୟ ଭିତରେ ଲମ୍ବା ହେଇଥିବା ଯୁବକଟିଏ ବାଇକରେ ବ୍ରେକ୍‌ ଦେଲା। ତଳକୁ ନଇଁ ମତେ ନମସ୍କାର କରି କହିଲା- ଆସନ୍ତୁ ଅଂକଲ୍‌।

ଗାଡ଼ିରୁ ଓହ୍ଲେଇ ପଡ଼ି ମୁଁ ହସ ହସ କହିଲି - ମୁଁ ତ ତମ କାହାକୁ ଚିହ୍ନିନି।

ସଂଭ୍ରମତାର ସହ ସାମାନ୍ୟ ହସିଦେଇ ସେ କହିଲା- ମୁଁ ସାନ। ଭାଇ କଣ କାମରେ ବାହାରକୁ ଯାଇଛି। ବାପା କ୍ରିୟାରେ ବସିଚନ୍ତି। ଆପଣ ଗାଡ଼ିରେ ବସି ମୋ ପଛେ ପଛେ ଆସନ୍ତୁ।

ନାଁ ତୋ ସାଙ୍ଗରେ ଯିବି ।

ଅଜ୍ଞ ଟିକିଏ ଆଗରେ ସେ ତାଙ୍କ ଗଲି ଭିତରେ ପଶିଲା । ମତେ ନେଇ ସିଧା ଗୋଟିଏ ଘର ଖୋଲିଦେଲା । ଆପଣ ଏଇ ଘରେ ଫ୍ରେଶ୍‌ହେଇ ରେଷ୍ଟ ନିଅନ୍ତୁ । ମୁଁ ବୋଉକୁ ଡାକି ଦଉଚି ।

ଏସି ଅନ୍ କରିଦେଇ ସେ ବାହାରିଗଲା । ମୁଁ ବାଥରୁମରୁ ବାହାରିଲା ବେଳକୁ ଭାଉଜ ଦହି ସର୍ବତ ଧରି ଠିଆ ହେଇଥିଲେ । ମତେ ଦେଖ୍ ହସି ହସି କହିଲେ ମତେ ତ ତମେ ଚିହ୍ନି ନଥିବ । ମୁଁ ବି ତମକୁ....

ତାଙ୍କୁ ବାକ୍ୟ ପୂରଣ କରିବାକୁ ନଦେଇ ମୁଁ ତାଙ୍କ ପାଦ ଛୁଇଁ ପ୍ରଣାମ କଲି ।

ମୋର ଦୁର୍ଭାଗ୍ୟ ମୁଁ ମାମୁଁକୁ ଶେଷ ମୁହୁର୍ତ୍ତରେ ବି ଟିକେ ଦେଖ୍ ପାରିଲିନି ।

ସବୁ ଭାଗ୍ୟ । ଦୀର୍ଘଶ୍ୱାସ ଛାଡ଼ି ଭାଉଜ କହିଲେ—ତମେ କାହାକୁ ବା ଦେଖ୍ ପାରିଲ ? ତମ ଘରେ ବାପାବୋଉ, ଏଠି ଅଜା, ଆଇ, ମାମୁଁ, ମାଇଁ....ତାଙ୍କ କଣ୍ଠ ରୁଦ୍ଧ ହେଇ ଆସିଲା ।

ମୋ ଆଖ୍ ବି ଓଦାହେଇ ଆସୁଥିଲା । ମୁଁ ସଂଭାଲି ନେଲି । ଅଦୃଶ୍ୟ ହେଇ ଯାଇଥିବା ମୁହଁମାନେ ଟିକିଏ ଦେଖାଦେଇ ପୁଣି ଅଦୃଶ୍ୟ ହେଇଗଲେ ।

ଭାଉଜ କହିଲେ ଏ ସର୍ବତ ଟିକକ ଖାଇଦିଅ । ପାଣି ସେଇଠି ଅଛି । ମୁଁ ତମ ପାଇଁ ଖାଇବା ନେଇ ଆସୁଚି ।

ଭାଉଜ, ମୋ ଭାଇ ଆସିଛନ୍ତି କି ?

ହଁ ସକାଳୁ ସକାଳୁ ଆସିଥିଲେ । ବିଭିନ୍ନ କାମ ବରାଦ କରି କୁଆଡେ ଯାଇଚନ୍ତି । ତାଙ୍କର ତ ବାର ଆଡେ ବାର କାମ । ଏ ବୟସରେ ବି କେତେ କାମ ସେ କରୁଛନ୍ତି । ହୁଏତ ବ୍ରାହ୍ମଣ ଭୋଜନ ପୂର୍ବରୁ ସେ ଆସିଯିବେ । ସବୁ ତ ତାଙ୍କ ବରାଦ ମୁତାବକ ହଉଚି । ହଁ ତମ ନାତୁଣୀ ପରା ଏଠି ଅଛି । ତାକୁ ପଠେଇ ଦଉଚି ।

ଏକଥା ଶୁଣି ମୋ ଛାତି ଭିତରକୁ ଏକ ମଧୁର ଯନ୍ତ୍ରଣା ଓହ୍ଲେଇ ପଡ଼ିଲା । ଭାଉଜ କବାଟ ଆଉଜେଇ ବାହାରି ଗଲେ । ମୁଁ ସର୍ବତ ଗ୍ଲାସ ମୁହଁକୁ ନେଲି । ଭିନ୍ନ ମହକ ଓ ଭିନ୍ନ ସ୍ୱାଦରେ ମୋ ପିଲା ଦିନର ସ୍ମୃତି ଛଳ ଛଳ ହେଇଗଲା । ସମସ୍ତ ଦିବଂଗତ ଆତ୍ମା ମାନଙ୍କ ପବିତ୍ର ସ୍ମୃତିକୁ ପ୍ରଣାମ କଲି ।

ଟିକକ ପରେ ଭାଉଜ କବାଟ ଖୋଲି ପଶିଲେ । ତାଙ୍କ ସହ ଆସିଥିବା ଝିଅଟି ସିଧା ଆସି ମୋ ପାଦ ଛୁଇଁ ପ୍ରଣାମ କଲା । ତାପରେ ମତେ କୁଣ୍ଢେଇ ପକେଇ ମୋ ଜେଜେ ମୋ ଜେଜେ କହି କାନ୍ଦିବାକୁ ଲାଗିଲା । ତମେ ଆମକୁ ଭୁଲିଯାଇ କୁଆଡେ ଚାଲିଗଲ ?

ସାଡେ଼ ଛୟାଳିଶି ବର୍ଷର ଦୀର୍ଘତା ଲୁହରେ ଭାସି ଯିବାକୁ ଲାଗିଲା। ଭାଉଜ ଆଖିପୋଛି ଖାଇବା ଜିନିଷସବୁ ସୋଫା ଟେବୁଲ ଉପରେ ସଜଉଥିଲେ।

ଅମ୍ବୁ, ଆସ କଣ ଟିକେ ଖାଇଦିଅ। ରିଙ୍କୁ ଜେଜେ ସକାଳୁ କିଛି ଖାଇ ନାହାନ୍ତି। ଆସ ଏଠି ବସ।

କଦଳୀ ପତ୍ରରେ ମନ୍ଦିରୁ ଆସିଥିବା ପ୍ରସାଦ ପରସା ଯାଇଥିଲା। କ୍ରିୟାକର୍ମ ସରିନଥିବାରୁ ଘରେ ରୋଷେଇବାସ ହେଇନଥାଏ। ସମସ୍ତେ ଜଳଖୁଆ ଖାଇଥାନ୍ତି। ମୁଁ ଦୂରରୁ ଆସିଚି ବୋଲି....

ରିଙ୍କୁ ହଠାତ୍ ଖେରୁଡ଼ି ଓ ଡାଲମା ଗୋଲେଇବାକୁ ଲାଗିଲା। ମୁଁ ଭାବିଲି ଭୋକ ହବଣି ମୋ ସହିତ ଖାଇଦଉ।

ଜେଜେ ପାଟି ଆଁକର। ମତେ ଖୋଇ ଦଉଦଉ କହିଲା—ହୁଏତ ଜୀବନରେ ଆଉ ଦେଖା ହବନାହିଁ।

ମୋର ଏ କଣ ହେଇଗଲା ? ଯାହାଙ୍କୁ ଭେଟିଲେ ମୁଁ ଆନନ୍ଦରେ ଅଧୀର ହେଇ ଯାଇଥାନ୍ତି ସେମାନଙ୍କୁ ଏତେ ପାଖରେ ପାଇ ମୁଁ ତରଳି ଯାଉଚି।

ଥାଉ ଏଥରକ ତୁ ଖାଇ ଦେ।

ଆମେ ସବୁ ଜଳଖୁଆ ଖାଇରୁ। ଭୋକ ନାହିଁ।

ହଉ ସେ ଖିରୀ ଆଉ ରସାବଳୀ ଖାଇଦେ। ମତେ ଗୋଟିଏ ରସାବଳୀ ଦେ। ଅନେକ ଦିନହେଲା। ଖାଇନି।

ମୁଁ ଧୋଇହବାକୁ ଉଠିଗଲି। ସୋଫା ଟେବୁଲକୁ ସେ ଗୋଟିଏ କଡ଼କୁ ଠେଲିଦେଲା। ମୁହଁ ହାତ ଧୋଇହେଇ ଆସି ମୋ ବେଡ଼ ପାଖ ଚେୟାର ଉପରେ ବସି ପଡ଼ିଲା। ମତେ ପଚାରିଲା—ଜେଜେ ତମର ଗୋଟିଏ ନାତୁଣୀ ଅଛି ବୋଲି ତମେ କଣ ଜାଣିଥିଲ ?

ହଁରେ ତୁ ଜନ୍ମ ହେଲା ବେଳୁ ମୁଁ ଜାଣିଚି। ରାଜୁ ଭାଇଙ୍କ ସହ ମୋର ଫୋନ୍ର ସଂପର୍କ ଅଛି। ମୁଁ ସବୁ ଜାଣିଚି। ତୁ ତ ମେଡିକାଲ ପଢ଼ୁଥିଲୁ। ଏବେ କଣ କରୁଚୁ ?

ନ୍ୟୁରୋସର୍ଜରୀରେ ସ୍ପେସିଆଲାଇଜେସନ କରିବାକୁ ପ୍ରସ୍ତୁତ ହେଉଚି।

ବାହାରକୁ ପଢ଼ିବାକୁ ଯିବୁ ? ମୁଁ ସବୁ ବ୍ୟବସ୍ଥା କରି ଦେବି।

ମୁଁ କେମିତି କହି ପାରିବି ଜେଜେ ? ବାପା ବୋଉ ପୁଣି ତମ ବଡ଼ଭାଇ ଅଛନ୍ତି। ସେମାନେ ଯାହା କହିବେ।

ତୁତ ସୁନା ଝିଅଟିଏ। କାହାର ଅବାଧ୍ୟ ହେବୁନି। ଭଲ। ମୋ ଭିତରୁ ଉଠି ଆସୁଥିବା ଆବେଗକୁ ସମ୍ଭାଳି ନେଲି।

ନାଇଁ ଜେଜେ ରିଙ୍କୁ ସୁନାପିଲା ନୁହଁ । ଭାରି ଦୁଷ୍ଟ । ଛାଡ ସେ କଥା । ଜାଣିଚ ଜେଜେ ଆମ ଅଂଚଳରେ ତମର ଭାରି ସୁନାମ । ତମେ ଜଣେ କୃତୀଛାତ୍ର, ପ୍ରସିଦ୍ଧ ଖେଳାଳି, ମ୍ୟାନେଜ୍‌ମେଣ୍ଟ ଶାସ୍ତ୍ରରେ ପ୍ରବୀଣ, ସଫଳ ବ୍ୟବସାୟୀ, ସମସ୍ତଙ୍କର ପ୍ରିୟ ସମାଜସେବୀ ଏବଂ କଣ ଯେ ନୁହଁ ? ସମସ୍ତଙ୍କ ପାଇଁ ତମେ ଏକ ରୋଲ ମଡେଲ । ତମକୁ ନେଇ ଆମେ କେତେ ଗର୍ବକରୁ । ମୋର କେତେ ଭାଗ୍ୟ ତମ ସହିତ ଜୀବନରେ ଥରେ ଦେଖା ହେଇଗଲା । ହଁ ଆଉ ଅଳ୍ପ ସମୟ ଭିତରେ ସମସ୍ତେ ଆସିଯିବେ । ତମକୁ ଦେଖି କେତେ ଖୁସିହେବେ ଦେଖ୍‌ବ ।

କେହି ଜଣେ କବାଟକୁ ଜୋରରେ ଠେଲି ଦେଲେ । ରିଙ୍କୁ ଠିଆ ହେଇ ପଡ଼ିଲା । ଅମ୍ମୁ ତୁ କେମିତି ଅଛୁ ?

ମୁଁ ତାଙ୍କ ପାଦ ଛୁଇଁବାକୁ ଗଲାବେଳେ ସେ କୋଳେଇ ନେଲେ ।

ତୁ ଆସିଲାବେଳୁ ଖବର ପାଇଲିଣି । କର୍ମରୁ ଉଠି ଆସିହଉନି । ଆହୁରି କେତେ କଣ ଅଛି । ଟିକିଏ ନନାଙ୍କୁ କହିଦେଇ ଚାଲି ଆସିଲି । ଖ୍ଆପିଆ କଲୁଣି ତ ? ରିଙ୍କୁ ଜେଜେ ତତେ ଲାଗିଲା । ମୁଁ ଆସୁଚି । ତୁ ଆସିବୁ ବୋଲି ବିଶ୍ୱାସ କରିପାରୁ ନଥିଲି । ହଉ ମୁଁ ଆସୁଚି ।

ରାଜୁଭାଇ ଚାଲିଗଲା ପରେ ମୁଁ ବେଡ୍ ଉପରେ ଲମ୍ବିଗଲି ।

ଜେଜେ ତମେ ଟିକିଏ ଶୋଇପଡ । ଭଲ ଲାଗିବ । ମୁଁ ଏଠି ବସିଚି ।

ମତେ ପ୍ରକୃତରେ ଭାରି କ୍ଲାନ୍ତ ଲାଗୁଥିଲା । ଟିକିଏ ଶୋଇ ପଡ଼ିଲେ ଭଲ ଲାଗନ୍ତା । ମୁଁ ଆଖ୍ ବୁଜିଲି । ମୋ ପାଖରେ ବସିଥିଲା ରିଙ୍କୁ । ଯାହାର ବର୍ତ୍ତମାନରେ ମୁଁ ଅନୁଭବୁଥିଲି ମୋର ହଜି ଯାଇଥିବା ଦିନ, ଘଟଣା ଓ ମଣିଷ ମାନଙ୍କୁ ।

ସେଦିନ ମୁଁ ହଠାତ୍ ଘରୁ ବାହାରି ଆସି ସିଧା ହଷ୍ଟେଲକୁ ଚାଲି ଆସିଲି । ହଷ୍ଟେଲ ପିଲାମାନେ ଛୁଟିରେ ଘରକୁ ପଳେଇ ଯାଇଥାନ୍ତି । ମେସ୍ ବନ୍ଦହେଇ ଯାଇଥାଏ । ପାଖରେ ପଇସା ବି ନଥାଏ । ଦି ଦିନ ଦି ପକେଟ୍ ବିସ୍କୁଟରେ କଟେଇଲା ପରେ ମନଦୁଃଖରେ ଗେଟ୍ ବାହାରେ ସେମିତି ଠିଆ ହେଇଥାଏ । ହଠାତ୍ ପ୍ରଶାନ୍ତଭାଇ ମତେ ଦେଖିଦେଇ ସାଇକେଲରେ ବ୍ରେକ୍ ଦେଲେ । ପ୍ରଶାନ୍ତ ଭାଇ ଲୁସିର ବଡଭାଇ । ସିଏ ଏବଂ ଲ ଏକା ସଙ୍ଗରେ କରୁଥାନ୍ତି । ମତେ ପଚାରିଲେ—ଛୁଟିରେ ପରା ଘରକୁ ଯାଇଥିଲୁ ? ଅଧାରୁ ପଳେଇ ଆସିଲୁ କାଇଁକି ? ଆ ଆ ଦହିବରା ଖାଇବା ଆ । ସେତେବେଳେ ମୋ ପିଣ୍ଡରେ ପ୍ରାଣ ପଶିଲା । ତାପରେ ତାଙ୍କ ଘରକୁ ଯିବାପାଇଁ ବାଧ କଲେ । ମୁଁ ଅଗତ୍ୟା ତାଙ୍କ ପଛରେ ବସିଗଲି । ଲୁସି ମତେ ଦେଖି ଏତେ ଖୁସି ହେଇଗଲା ଯେ....

ମୋ ସହ କଥାବାର୍ତ୍ତା କରି ସେ ହୁଏତ କିଛି ଅନୁମାନ କରିନେଲା, ହେଲେ ସେ ସଂପର୍କରେ କିଛି କହିଲା ନାହିଁ। କଟକ ପିଲାଙ୍କର ଦଶହରା ବୁଲିବା ଏକ ସଉକ। ସଂଧ୍ୟାବେଳେ ସାଂଗ ହୋଇ ଦଶହରା ମେଢ଼ ଦେଖିବା, ଦହିବରା ଆଳୁଦମ୍ ଖାଇବା, ଗୌରୀଶଙ୍କର ପାର୍କରେ ବସି ଗପ ମାରିବା, ଏ ଦୋକାନ ସେ ଦୋକାନ ବୁଲିବା। ଲୁସିକୁ ତାଙ୍କ ଘରେ ଛାଡ଼ି ଡେରିରେ ମୁଁ ହଷ୍ଟେଲକୁ ଫେରିଲି।

ଲୁସି ମୋର ସହପାଠିନୀ ନଥିଲା। ସେ ଥିଲା ଆଇଏସ୍ସି ପ୍ରଥମବର୍ଷର ଛାତ୍ରୀ। କଲେଜରେ କେବେ କେମିତି ତା ସହ ଦେଖା ହେଇଯାଉଥିଲା। ଆମ ଭିତରେ ଭଲପାଇବା କେମିତି ଆସିଲା ମୁଁ କହିପାରିବି ନାହିଁ। ଏହା ହୁଏତ ଥିଲା ପ୍ରାକୃତିକ। ଶ୍ରାବଣରେ ମେଘ ଝରିଲା ପରି। ଗଛରେ ଫୁଲ ଫୁଟିବା ପରି। ସମୁଦ୍ରରେ ଢେଉ ଉଠିଲା ପରି।

ମୋର ଏପରି ଏକ ଅସମୟରେ ସେ ଆଦୌ ଭାଂଗିପଡ଼ି ନଥିଲା। ମୋ ସ୍ୱାଭିମାନକୁ ଆଂଚ ନଆସିଲା ଭଲି କିଛି ବ୍ୟକ୍ତିଗତ ସାହାଯ୍ୟ ଅବଶ୍ୟ କରିଥିଲା। ମୋ ସହ ଆଲୋଚନା କରି ଏହି ସମସ୍ୟାର ସମାଧାନ ପାଇଁ ବାଟ ଫିଟେଇ ଦେଇଥିଲା। ଟିଉସନ୍ କରି ପଢ଼ିବା ପାଇଁ ଆମେ ସ୍ଥିର କରିଥିଲୁ।

ତଥାପି ବି ପରୀକ୍ଷାରେ ମୋର ଭଲ ହେଲା। ଲୁସି ଖୁସି ହେଇଯାଇ କହିଲା ତମେ ନିଶ୍ଚୟ ମେଡିକାଲରେ ସିଟ୍ ପାଇବ।

ନା –ମୋର ଆଉ ମେଡିକାଲ ପଢ଼ିବା ପାଇଁ ଇଚ୍ଛା ନାହିଁ। ବାପା ଚାହୁଁଥିଲେ ବୋଲିତ ମୁଁ ପଢ଼ିବାକୁ କହୁଥିଲି। ଏବେ ଆଉ ସେକଥା ନଉଠେଇଲେ ଭଲ। ମୁଁ ବିଏସ୍ସି ପଢ଼ିବି ନହେଲେ ସେମିତି ଆଉ କିଛି।

ଶୁଣ। ତମେ ମୋ ସହ ଆସ, ବାବାଙ୍କୁ ପଚାରିବା। ସେ ଠିକ୍ ଆଡଭାଇସ୍ ଦେଇପାରିବେ।

ବାବା ସବୁ ଶୁଣି ଗଂଭୀର ହେଇ କିଛି ସମୟ ଚିନ୍ତା କଲେ। ତାପରେ କହିଲେ– ଠିକ୍ ଅଛି। ମେଡିକାଲ ପଢ଼ିବା ପାଇଁ ତମେ ନଚାହୁଁଚ ଯଦି ନପଢ଼। ମୋ ମତରେ ତମେ କମର୍ସରେ ନାମ ଲେଖାଅ। ବିକମ୍ ପରେ ମ୍ୟାନେଜମେଣ୍ଟ ପଢ଼ିବ। ମ୍ୟାନେଜମେଣ୍ଟର ବହୁତ ବଡ ଭବିଷ୍ୟତ ଅଛି। ତମେ ନିଶ୍ଚୟ ସେଥିରେ ସାଇନ କରିବ।

ମୁଁ ସେଇଆ ହିଁ କଲି। ଖେଳ ପାଇଁ ମତେ ଅଧିକ ସମୟ ମିଳିଲା। ୟୁନିଭର୍ସିଟି ତଥା ରାଜ୍ୟ ଟିମର ଖେଳାଳି ଭାବେ ସାରାଦେଶରେ ବୁଲି ଖେଳିଲି। ଖବର କାଗଜରେ

ମୋ ନାଁ ଛାଇ ହେଇଗଲା। ମୋ ସଫଳତା ପାଇଁ ଲୁସିର ସାଂଗମାନେ ଜବରଦସ୍ତ ତାଥାରୁ ଝଡେଇ ଖାଇବାରେ ଲାଗିଲେ।

ରାଜୁଭାଇ ବେଲେବେଲେ ଆମ ହଷ୍ଟେଲକୁ ଫୋନ୍ କରନ୍ତି। ଆମ ଅଂଚଳର ଲୋକମାନେ କେମିତି ଗର୍ବରେ ଫୁଲି ଉଠୁଛନ୍ତି ସେ କଥା କହନ୍ତି। ଇଚ୍ଛାହୁଏ ବାପାବୋଉଙ୍କ କଥା ପଚାରିବାକୁ। ହେଲେ ମୁଁ ନିଜକୁ ରୋକି ନିଏ। ନା - ମୁଁ ତାଙ୍କର କିଏ କି ?

ମୁଁ ଜାଣି ଯାଇଥାଏ ମୋ ପାଇଁ ଜୀବନ ଏକ ବିରାଟ ଆହ୍ୱାନ। ତାର ସମ୍ମୁଖୀନ ହେବାପାଇଁ ମତେ କଠିନ ପରିଶ୍ରମ କରିବାକୁ ପଡିବ। ଏବଂ ମୋର ପ୍ରେରଣା ଥିଲା ଲୁସି। ଏପରି ନିସ୍ୱାର୍ଥ ଗଭୀର ପ୍ରେମ ପାଇଁ ମୁଁ ନିଜକୁ ଧନ୍ୟ ମନେ କରୁଥିଲି। ଦୁଃଖ ଲାଘବ ହେଇ ଯାଉଥିଲା। ସେଇ ଅବସ୍ଥାରେ ମୁଁ ଯାହାବା କରିବାକୁ ସମର୍ଥ ହେଇଥିଲି ସବୁ ଶ୍ରେୟ ଥିଲା ତାର।

ବିକମ୍ ପରେ ମ୍ୟାନେଜମେଣ୍ଟ ପଢ଼ିବା ପାଇଁ ମୁଁ ଦିଲ୍ଲୀ ଚାଲିଗଲି। ଲୁସି ତା ବାପାଙ୍କ ଗ୍ୟାରେଣ୍ଟିରେ ଗୋଟିଏ ଷ୍ଟଡିଲୋନ୍ ବ୍ୟବସ୍ଥା କରିଦେଲା। ସେ ବି ବିଏସ୍‌ସି ପରେ ଲ ପଢ଼ିଲା। ମୁଁ କୃତିତ୍ୱର ସହ ମ୍ୟାନେଜମେଣ୍ଟ ଡିଗ୍ରୀ ହାସଲ କଲି। ସାଂଗେ ସାଂଗେ ଗୋଟିଏ ବୃତ୍ତି ପାଇ ଉଚ୍ଚତର ଅଧ୍ୟୟନ ପାଇଁ ଆମେରିକା ଚାଲିଗଲି। ଲୁସି ଫୋନ୍ କଲା– ଆଜି ମୁଁ ଏତେ ଖୁସି ଯେ ସାଂଗେ ସାଂଗେ ତମ ପାଖକୁ ଉଡ଼ିଯିବାକୁ ଇଚ୍ଛା ହେଉଚି।

ଶୀଘ୍ର ଚାଲିଆସ।

ଜାଣିଚନା ସବୁ ଓଡ଼ିଆ କାଗଜରେ ତମ ବିଷୟରେ ବାହାରିଚି। ମୁଁ ସବୁ ସାଇତି ରଖିଚି।

ଦିବର୍ଷ କାଳ ମୁଁ ସେଇ ପାଠ ଭିତରେ ପୂରା ପଶି ଯାଇଥିଲି। ତ୍ୱରିତ ଅର୍ଥନୈତିକ ପ୍ରଗତିକୁ ଆଖିରେ ରଖି ମ୍ୟାନେଜମେଣ୍ଟରେ ବିଭିନ୍ନ ସଂସ୍କାର ଆଣିବା ଉପରେ ମୁଁ ଧ୍ୟାନ ଦେଲି। ବିଭିନ୍ନ ଜର୍ଣ୍ଣାଲରେ ମୋର ଲେଖାସବୁ ଉଚ୍ଚପ୍ରଶଂସିତ ହେବାକୁ ଲାଗିଲା। ସେଠାରେ ମୋର ପାଠପଢ଼ା ସରିବା ପୂର୍ବରୁ ବୟେର ଗୋଟିଏ ମଲ୍‌ଟିନ୍ୟାସନାଲ କଂପାନିରେ ଏକ ଉଚ୍ଚପଦବୀ ମିଲିଗଲା। ମୁଁ ମୋ ପାଠପଢ଼ା ସରିବା ପର୍ଯ୍ୟନ୍ତ ସମୟ ନେଲି ଓ ଠିକ୍ ସମୟରେ ଫେରିଆସି ସେଠାରେ ଯୋଗଦେଲି।

ସମୟ କ୍ରମେ ଆମର ବିବାହ ହେଇଚି। ଲୁସି ମଧ୍ୟ ଆମ କଂପାନିରେ ଯୋଗ ଦେଇଚି। ଚାକିରି ସହିତ ମୁଁ ବିଭିନ୍ନ ବିଶ୍ୱବିଦ୍ୟାଳୟରୁ ନିମନ୍ତ୍ରିତ ହୋଇ ମୋର ନୂତନ ଚିନ୍ତନ ସଂପର୍କରେ ଛାତ୍ର ଓ ଅଧ୍ୟାପକ ମାନଙ୍କୁ କହିବାକୁ ଲାଗିଚି। ଯଦିଓ ମୁଁ ସଂପୂର୍ଣ

ନୂଆ ଧାରାଟିଏ ସୃଷ୍ଟି କରିପାରିନି ହେଲେ ସେ ଦିଗରେ କିଛି ପ୍ରାଥମିକ କାମ କରିଛି । ଅନେକ ସମୟରେ ଇଚ୍ଛା ହେଇଚି ପୁଣି ପାଠ ଭିତରକୁ ଫେରି ଯିବାକୁ । ହେଲେ ଆଉ ସଂଭବ ହେଇନି । ଲୁସି ପ୍ରସ୍ତାବ ଦେଇଚି ଚାକିରି ଛାଡି ନିଜସ୍ୱ ବ୍ୟବସାୟିକ ସଂସ୍ଥାଟିଏ ଖୋଲିବାକୁ । ବ୍ୟବସାୟ ସଂପର୍କରେ ଆମର ପ୍ରଚୁର ଜ୍ଞାନ ଥିଲା । ହେଲେ ଅଭିଜ୍ଞତା ନଥିଲା । ସେଥିପାଇଁ ବହୁତ କଷ୍ଟ ସହିବାକୁ ପଡିଚି । ଅକଳ୍ପନୀୟ ପ୍ରତିଯୋଗିତା, ଅବିଶ୍ୱାସନୀୟ ବିଶ୍ୱାସଘାତକତାକୁ ଅତିକ୍ରମ କରିବା ପାଇଁ ଆମେ ନାକେଦମ୍ ହେଇଯାଇଚୁ । ତଥାପି ଆମେ ଲଢ଼ିଚୁ । ଜାତୀୟ ସ୍ତରରେ ସୁନାମ ଅର୍ଜନ କରିଥିବା ଏକ ବୈଦେଶିକ ବାଣିଜ୍ୟ ସଂସ୍ଥା ଠିଆ କରେଇ ପାରିଚୁ । ଏଇନେ ଲୁସି ଏ ସଂସ୍ଥାର ଅଧ୍ୟକ୍ଷା । ପୁଅ ଦିଜଣଙ୍କ ସଂପୂର୍ଣ୍ଣ ସହଯୋଗରେ ବ୍ୟବସାୟ ଖୁବ୍ ଭଲ ଭାବରେ ଚାଲିଚି ।

ଦିନେ ଏକ ନିରୋଳା ଚା ଖିଆ ସମୟରେ ଲୁସି କହିଲା– ଏ ବ୍ୟବସାୟ ତମକୁ ଆନନ୍ଦ ଦେଇପାରୁନି । ମୋ ବାଧବାଧକତାରେ ତମେ ଆ ଭିତରକୁ ଆସିଚ । ଏବେ ତ ବ୍ୟବସାୟ ଠିକ ବାଟରେ ପଡିଗଲାଣି । ତମକୁ ମୁଁ ଏଥରୁ ମୁକ୍ତି ଦେବାକୁ ଚାହୁଁଚି । ଚାଲ ଆମ କଂପାନିର ଏକ ଚ୍ୟାରିଟେବଲ ସଂସ୍ଥା ଗଠନ କରିବା । ବନବାସୀ ମାନଙ୍କର ଶିକ୍ଷା, ସ୍ୱାସ୍ଥ୍ୟ, ପରିବେଶ, ନିଯୁକ୍ତି ଓ ବିକାଶ ଏହାର ଲକ୍ଷ୍ୟ ହେବ । ତମେ କଂପାନି କାମରୁ ଓହରି ଯାଇ ଏହାର ଦାୟିତ୍ୱ ନିଅ । ଆଶା କରୁଚି ଏ କାମ ତମକୁ ଆନନ୍ଦ ଦେବ ।

ଏହି ସଂସ୍ଥାଟି ବିଭିନ୍ନ ଆଦିବାସୀ ଅଂଚଳରେ କାମ କରୁଚି । ସରଳ ଆଦିବାସୀମାନଙ୍କ ସହ ମିଶି ସେମାନଙ୍କ ବିକାଶ ପାଇଁ କାମ କରିବାରେ ମତେ ପ୍ରଚୁର ଆମ୍ ସନ୍ତୋଷ ମିଳୁଚି । ସେମାନଙ୍କ ସଂସ୍କୃତି ଓ ପରିବେଶ ସୁରକ୍ଷା ଦିଗରେ ବହୁତ କିଛି କାମ କରିବାର ଅଛି । ସେଥିପାଇଁ ସମଗ୍ର ବିଶ୍ୱରେ ଜନଆନ୍ଦୋଳନ ମୁଣ୍ଡଟେକି ଉଠିଚି । ଆମେ ମଧ ସେମାନଙ୍କ ସଂପର୍କରେ ଅଚୁ । ସେଥିପାଇଁ କେତେ ଶିଳ୍ପପତି ଓ ନେତାଙ୍କ ବିଷ ଦୃଷ୍ଟିରେ ଥିଲେ ମଧ ମୁଁ ତାକୁ ଖାତିର କରିନି । ଦିନ ଦଳିତଙ୍କ ପାଇଁ କାମ କରିବା ମୋ ଜୀବନ ହେଇ ଯାଇଚି ।

କେହି ଜଣେ କବାଟ ଠକ୍ ଠକ୍ କରିବାରୁ ରିଙ୍କୁ ଯାଇ କବାଟ ଖୋଲିଦେଲା ।

ଆପଣ ବିଶ୍ରାମ ନିଅନ୍ତୁ । ଆମେ ପରେ ଆସିବୁ ।

ଆସନ୍ତୁ ଆସନ୍ତୁ କହି ମୁଁ ଉଠି ଆସିଲି ।

ସାର୍ ନମସ୍କାର ଆମେ ଏଇନେ ଜାଣିବାକୁ ପାଇଲୁ ଆପଣ ଆସିଚନ୍ତି । ଟିକିଏ ଭେଟିବାକୁ ଚାଲି ଆସିଲୁ । ଆପଣଙ୍କୁ ଆମେ ଖବରକାଗଜ ଟିଭିରେ ଯାହା ଦେଖୁଚୁ ଜାଣିଚୁ । ଆଜି ଦେଖିବାର ସୁଯୋଗ ପାଇଲୁ । ଆପଣ ବିଶ୍ରାମ ନିଅନ୍ତୁ । ଆମେ ଆସୁଚୁ ।

ସେମାନେ ନମସ୍କାର କରି ଫେରିଗଲେ ।

ଟିକକ ପରେ ଭାଉଜ ଆସି କହିଲେ –ଏଇନେ ମହାପ୍ରଳୟ ଘଟିବାକୁ ଯାଉଥିଲା । ବ୍ରାହ୍ମଣ ଭୋଜନ ପୂର୍ବରୁ ଜଣେ ବୁଢ଼ାନନା କହିଲେ –ଏଠାରେ ଜଣେ ଖ୍ରୀଷ୍ଟିୟାନ ଅଛନ୍ତି ବୋଲି ଆମେ ଜାଣିବାକୁ ପାଇଲୁ । ଆମେ ବ୍ରାହ୍ମଣମାନେ କିପରି ଭୋଜନ ଗ୍ରହଣ କରି ପାରିବୁ ? ଏକଥା ଶୁଣି ସମସ୍ତେ ପଚାରିଲେ–କିଏ ଆସିଚନ୍ତି ? କିଏ ଆସିଚନ୍ତି ? ତମ ନାଁ ଯେମିତି ଶୁଣିଚନ୍ତି ଏଇ ନନାମାନେ ତାଙ୍କ ଉପରେ ଚିଡ଼ି ଉଠିଲେ । ତାଙ୍କୁ ଅପମାନିତ କରିବା ଏକ ଅପରାଧ । ଆମର ସୌଭାଗ୍ୟ ସେ ଏଠାକୁ ଆସିଚନ୍ତି । ଆମେ ଟିକେ ତାଙ୍କୁ ଭେଟି ଆସୁରୁ । ସେଇମାନେ ହିଁ ଆସିଥିଲେ ତମକୁ ଭେଟିବାକୁ । ଭଗବାନ ରକ୍ଷା କରିଦେଲେ ।

ନାଇଁ ଭାଉଜ ମୁଁ ସିନା ପୂଜାପାଠ କରେନା ହେଲେ ଧର୍ମ ପରିବର୍ତ୍ତନ କରିନି । ମୁଁ ଯାହା ବୁଝିଚି ସବୁ ଧର୍ମ ସମାନ । ହଁ ଭାଉଜ ମୋର କପେ ଚା ଦରକାର ।

ରିଙ୍କୁ କହିଲା– କପେ ଅମିଠା, କପେ ମିଠା ।

ହଉ ହଉ– ହସି ହସି ଭାଉଜ ବାହାରି ଗଲେ ।

ମୁଁ ମୁହଁ ଧୋଇ ସୋଫା ଉପରେ ବସିଲି । ମୋର ବଂଧୁବାଂଧବ ମାନେ ଜଣକ ପରେ ଜଣେ ଆସିବାକୁ ଲାଗିଲେ । ଭାଗ୍ୟ ଭଲ ରିଙ୍କୁ ଥିଲା । ସେ ସମସ୍ତଙ୍କ ପରିଚୟ କରେଇ ଦେଲା । ମୋର ଦିପୁତୁରା, ଦି ବୋହୂ, ରିଙ୍କୁର ସାନଭାଇ ଏମାନେ ସମସ୍ତେ ମତେ ଦେଖି କାନ୍ଦି ପକେଇଲେ ।

ସଂଧ୍ୟା ବେଳକୁ ମାମୁଁଙ୍କର ଶ୍ରଦ୍ଧାଞ୍ଜଲି ସଭା ହେଲା । ସଂଯୋଜକ ମତେ ମଂଚରେ ବସିବା ପାଇଁ ବାଧ୍ୟ କଲେ । ଶ୍ରଦ୍ଧାଞ୍ଜଲି ଦେବାପାଇଁ ସେ ମତେ ହିଁ ପ୍ରଥମେ ଡାକିଲେ । ମୁଁ ଆରମ୍ଭ କଲି– ମୋ ମାମୁଁ ମଣିଷ ନଥିଲେ । ଥିଲେ ଦେବତା । ମୋ ମାମୁଁ... ଆଉ କିଛି କହି ପାରିଲିନି । କୋହ ଉଠି ଆସିଲା । ରିଙ୍କୁ ମତେ ଧରି ମଂଚ ଉପରୁ ନେଇଗଲା । ତଳେ ପଡ଼ିଥିବା ଚେୟାରରେ ବସେଇଲା । ପାଣି ଦେଲା ପିଇବାକୁ ଓ ମୋ ପାଖରେ ହିଁ ବସି ରହିଲା । ସମସ୍ତ ଗଣ୍ୟମାନ୍ୟ ବ୍ୟକ୍ତି ମତେ ଦେଖି ଆନନ୍ଦିତ ହେଲେ । ଅନେକ ମୋବାଇଲରେ ମୋ ଫଟ ଉଠାଉଥିଲେ । ରିଙ୍କୁ କହିଲା–ଜେଜେ, ତମ ସହିତ ମୁଁ ବି ପ୍ରସିଦ୍ଧ ହେଇଗଲି ।

ଶୁଣ୍ । ପ୍ରସିଦ୍ଧ ହବା ବଡକଥା ନୁହଁ । ଜୀବନ କିପରି ଅନ୍ୟମାନଙ୍କ ସେବାରେ ଲାଗି ପାରିବ ତାହା ହିଁ ବଡକଥା । ସେ ସୁଯୋଗ ତ ତୋର ଅଛି ।

ସେଦିନର ଉତ୍ସବଟି ସବୁ ଦୃଷ୍ଟିରୁ ସ୍ମରଣୀୟ ହୋଇ ରହିବ । ବିଶେଷ ଭାବରେ ମୋର ସବୁଦିନ ପାଇଁ ମନ ରହିବ ଏଇଥିପାଇଁ ଯେ ମୁଁ ଯାହାକୁ ସବୁଠାରୁ ବ୍ୟାକୁଲ

ହେଇ ଖୋଜୁଥିଲି ତାଙ୍କୁ ପାଇଲିନି । ସେମାନେ ହେଲେ ମୋ ଭାଇ ଓ ଭାଉଜ । ସେମାନଙ୍କୁ ଦେଖି ନପାରିବାର ଦୁଃଖ ମୁଁ ସହିପାରୁ ନଥିଲି ।

ଏକଥାଟି ମତେ ଏତେ ଦୋହଲାଇ ଦେଇଥିଲା ଯେ ରାତିରେ ମୋ ଆଖିକି ନିଦ ଆସିଲାନି । ମତେ ଲାଗିଲା ଯେମିତି ମୋର ସମଗ୍ର ଜୀବନ ବ୍ୟର୍ଥ ହେଇଗଲା । ମୁଁ ବାପବୋଉଙ୍କର ପୁଅ ହେଇ ପାରିଲିନି । ଭାଇଙ୍କର ଭାଇ ହେଇ ପାରିଲିନି । କ'ଣ ବା ହେଲି ଯେ ? ବିଦ୍ୱାନ, ଖେଳାଳି, ପ୍ରଶାସକ, ବ୍ୟବସାୟୀ ନା ସମାଜସେବୀ ? କ'ଣ ? କ'ଣ ମୋର ପରିଚୟ ? ଏମିତି କେତେ କ'ଣ ଓଜନିଆଁ ଅସମାହିତ ପ୍ରଶ୍ନ ମାନଙ୍କ ଭିତରେ ମୁଁ ନିଦରେ ହଜି ଯାଇଛି ।

ପରଦିନ ଥିଲା ମାମୁଁଙ୍କର ଦ୍ୱାଦଶାହ ଦିବସ । ସେଦିନ ବି ମୋର ସେଠି ରହିବାର ଥିଲା । ପୂର୍ବଦିନ ସମସ୍ତଙ୍କ ସହ ଦେଖା ସାକ୍ଷାତ ଓ ଆଲାପ ଆଲୋଚନା ହୋଇଥିଲା । ତେଣୁ ସେଦିନ କେବଳ ଖୁସିଗପ ଆଉ ଚା ଖାଇବା ଛଡ଼ା ଅନ୍ୟ କିଛି କାମ ନଥିଲା । ଏପରି ଅର୍ଥହୀନ ସମୟ ବିତେଇବା ମୋର ଅଭ୍ୟାସରେ ନାହିଁ । କଣ ଆଉ କରାଯାଇ ପାରିବ ଚିନ୍ତା କରୁ କରୁ ଜଣଙ୍କ ମୁହଁ ମୋ ଆଖି ଆଗକୁ ଚାଲି ଆସିଲା । ପିଲା ଦିନର ଜଣେ ପ୍ରିୟ ବ୍ୟକ୍ତିତ୍ୱ । ପଚାରି ବୁଝିଲି ସେ ବଞ୍ଚିଛନ୍ତି । ସବୁବେଳେ ଘରେ ରହୁଛନ୍ତି କୁଆଡେ ଯା ଆସ କରୁ ନାହାନ୍ତି । ମୁଁ ରିକ୍ସୁକୁ କହିଲି– ମୋ ସହିତ ଚାଲ । ସେ ଯେମିତି ଗୋଡକାଢ଼ି ବସିଥିଲା ।

ମୋ ମାମୁଁ ଘର ସିଧା ରଥଦାଣ୍ଡ ଆରପଟେ ଚିତ୍ରକାର ସାହିଟିଏ ଅଛି । ଠାକୁରଙ୍କ ସେବା ପାଇଁ ରହିଥିବା କେତେଜଣ ଚିତ୍ରକାର ସମୟକ୍ରମେ ଏକ ସଂପ୍ରଦାୟରେ ପରିଣତ ହେଇ ଯାଇଥିଲେ । ଠାକୁରଙ୍କ ସେବା ବ୍ୟତୀତ ବିଭିନ୍ନ ଦେବଦେବୀଙ୍କ ମାଟିମୂର୍ତ୍ତି ସହ ହାତୀ, ଘୋଡା, ବାଘମୁଣ୍ଡ, ହରିଣ ମୁଣ୍ଡ ଇତ୍ୟାଦି ଘରସଜା ଜିନିଷମାନ ଗଢ଼ି ବେଶ ସୁରୁଖୁରୁରେ ଚଲି ଯାଉଥିଲେ । ମାମୁଁ ଘରକୁ ଆସିଲେ ଅଧିକାଂଶ ସମୟ ମୁଁ ଏହି ଚିତ୍ରକାର ସାହିରେ କଟେଇ ଥାଏ । ସେମାନଙ୍କର କଳା କାରିଗରି ମତେ ଭାରି ଭଲ ଲାଗେ । ଚିତ୍ରକାର ମାନଙ୍କ ମଧ୍ୟରେ ଜଣେ ଥିଲେ ଆକୁଲି ମହାରଣା । ଯାହାଙ୍କୁ ମୁଁ ଆକୁଲି ଭାଇ ବୋଲି ଡାକୁଥିଲି । ସେ ମୋତେ ଭାରି ସ୍ନେହ କରୁଥିଲେ । ତାଙ୍କ ପ୍ରତି ମୁଁ ଆକୃଷ୍ଟ ହେବାର କାରଣ ସେ ପାରଂପରିକ ମୂର୍ତ୍ତିକଳା ସହ ଚିତ୍ରକଳାରେ ମଧ୍ୟ ପ୍ରବୀଣ ଥିଲେ । ସେ ବିଭିନ୍ନ ଦେବଦେବୀ ଏବଂ ମହାପୁରୁଷ ମାନଙ୍କ ଚିତ୍ର ସୁନ୍ଦର ଭାବରେ ଆଙ୍କୁଥିଲେ । ସେଥିରୁ ଭଲ ରୋଜଗାର ମଧ୍ୟ ହେଉଥିଲା । କାହାର ପ୍ରେରଣାରେ କଟକର ଜଣେ ଶିକ୍ଷୀଗୁରୁଙ୍କ ଠାରୁ ଚିତ୍ରକଳା ମଧ୍ୟ ଶିଖୁଥିଲେ । ଏହା ଭିତରେ ଗୋଟିଏ ଯୁଗ ଅତିକ୍ରମ କରି ଗଲାଣି । ସେ ହୁଏତ ମତେ ଭୁଲି ଯିବେନି ।

ଏବେ କିନ୍ତୁ ତାଙ୍କୁ ଖୋଜି ଠାବ କରିବା ମୋ ପକ୍ଷରେ ସମ୍ଭବ ହେଇନଥାନ୍ତା । ହେଲେ ରିକ୍ସ ମତେ ତାଙ୍କ ଘରକୁ ନେଇଗଲା । କଲିଂ ବେଲ ଟିପିବାର ଅଳ୍ପ ସମୟ ଭିତରେ ଜଣେ ସ୍ତ୍ରୀଲୋକ ଆସି କବାଟ ଖୋଲିଲେ । ରିକ୍ସୁକୁ ଦେଖି ଟିକିଏ ହସିଦେଲେ ।

ରିକ୍ସ କହିଲା– ଇଏ ମୋ ଜେଜେ । ଆକୁଲି ଜେଜେଙ୍କୁ ଭେଟିବାକୁ ଆସିଚନ୍ତି । ବାପା ଆଉ କୁଆଡେ ଯାଆସ କରୁନାହାନ୍ତି । ସବୁବେଲେ ତାଙ୍କ ଘର ଭିତରେ ଚୁପଚାପ୍ ବସି ରହୁଛନ୍ତି । ଆସନ୍ତୁ ।

କିଏ ? ଆକୁଲି ଭାଇ ଲାମ୍ବ ସ୍ୱରରେ ପଚାରିଲେ ।

ଭାଇ ନମସ୍କାର । ମୁଁ ଅମୁ ।

କେଉ ଅମୁ ?

ମତେ ଭୁଲି ଗଲେଣି ? ମୁଁ ଆପଣଙ୍କର ସାନଭାଇ ଅମୁ ।

ଆକୁଲି ଭାଇ ଆଖି ବୁଜି ମନେ ପକେଇବାକୁ ଚେଷ୍ଟା କଲେ । ଏହା ଭିତରେ ସେ ବହୁତ ବୁଢ଼ା ହେଇ ଯାଇଥିଲେ । ଏତେଦିନ ତଲର କଥା ହୁଏତ ମନପଡୁ ନଥିଲା ।

ହଠାତ୍ ତାଙ୍କ ମୁହଁରେ ବିଜୁଲି ଖେଲିଗଲା । ସେ ଠିଆ ହେଇ ପଡିଲେ ।

ଶ୍ରୀଯୁକ୍ତ ଅମୂଲ୍ୟ ରନ୍ ରାଉତ ? ଏତେ ବଡଲୋକ ଏ ଗରିବ ଘରେ ? ହେ ଭଗବାନ ! ଆସ ଆସ ବସ । ମୋ ହାତ ଧରିନେଇ ଚେୟାରରେ ବସେଇ ଦେଲେ । ଅମୁ ମୁଁ କେବେ ସ୍ୱପ୍ନରେ ବି ଭାବି ନଥିଲି ତମକୁ ଆଉ ଏ ଜୀବନର ଭେଟିବି ବୋଲି ।

ମୁଁ ବି ଭାଇ । ମୁଁ ବି ।

ଓ – ମାମୁଁଙ୍କ ଶୁଦ୍ଧିକ୍ରିୟାକୁ ଆସିଥିଲ ? ଭଲକଲ ।

ଆଉ ଭାଇ ଏବେ ବି ଚିତ୍ର କରୁଚନ୍ତି ନା ନାଇଁ ?

ଆକୁଲି ଭାଇ ଏତେ ଜୋରରେ ହସି ଉଠିଲେ ଯେ ବୋହୂ ହାତର ଚାକଇ ଚମକି ପଡିଲା । ମତେ ଲାଗିଲା ସେଇ ହସ ଧୀରେ ଧୀରେ କରୁଣତର ହେଇ ଯାଉଚି । ସେ ଆଖି ବୁଜି ସ୍ଥିର ହେଇଗଲେ । ଆଖି ବନ୍ଦଥିବା ଅବସ୍ଥାରେ କହିଲେ–ମୁଁ ଅନେକ ବର୍ଷ ହେଲା ଚିତ୍ର କରିବା ଛାଡ଼ି ଦେଇଚି ।

ହଁ ବୟସ ହେଇ ଗଲାଣି ।

ଜଣେ କଲାକାରର ବୟସ କ’ଣ ?

ତେବେ ଅସୁବିଧା କ’ଣ ହେଲା ?

ଏ ପ୍ରଶ୍ନ ତ ମତେ କେହି ପଚାରି ନାହାନ୍ତି । ତମେ ଯେତେବେଲେ ଜାଣିବାକୁ

ଚାହୁଁଚ ତେବେ ଶୁଣ। ମୁଁ ଜୀବନରେ ବହୁତ ପୋଟ୍ରେଟ୍ ଆଁକିଚି। କାହିଁକି କେଜାଣି ଥରେ ମନକୁ ଆସିଲା- ମୁଁ ଏତେ ଲୋକଙ୍କର ଆଙ୍କୁଚି, ମୋ ନିଜର ଚିତ୍ରଟିଏ ଆଙ୍କିନି ? ବଡ ଆଗ୍ରହର ସହିତ ଆଙ୍କିବା ଆରମ୍ଭ କଲି। ଚିତ୍ରଟିଏ ଆଙ୍କି ସାରି ନିରେଖ୍ ଦେଖିଲା ବେଲକୁ ତାହା ମୋର ଚିତ୍ର ହେଇ ନଥାଏ। ମୋ ଜୀବନ, ମୋ ସ୍ୱପ୍ନ, ମୋ ସଫଲତା, ମୋ ବିଫଲତା ସେଥିରେ କିଛି ହିଁ ନଥାଏ। ମତେ ଲାଗେ ଏ ଯେପରି ଆଉ କାର ଚିତ୍ର। ତାପରେ ପୁଣି ଗୋଟିଏ ଚିତ୍ର। ତାପରେ ପୁଣି ଗୋଟିଏ। ଯେଉଁଦିନ ଜାଣିପାରିଲି ମୁଁ ଏକାମ କରି ପାରିବିନି ସେଇଦିନଠାରୁ ଚିତ୍ର ଆଙ୍କିବା ବନ୍ଦ କରିଦେଲି । ସତେରେ ଏ ଜୀବନଟା ବ୍ୟର୍ଥ ହେଇଗଲା।

ବ୍ୟର୍ଥତାର ଶୀତଲତାରେ ଦିକପ୍ ଚା ଥଣ୍ଡା ହେଇ ଯାଉଥିଲା।

ମୁଁ ଚୁପଚାପ୍ ବୁଢ଼ା ହେଇ ଯାଉଥିଲି।

ରିଙ୍କୁ ମନ ପକେଇ ଦେଲା- ଜେଜେ ଡେରିହେଇ ଯାଉଚି।

ବାଇଚଢ଼େଇର ବସା

ସେଦିନ ସଂଧ୍ୟାରେ ମୋ ପୁଅବୋହୂ ଜନଜୀବନ ପ୍ରଦର୍ଶନୀ ଦେଖିବାକୁ ଯାଇଥାନ୍ତି । ରାଜଧାନୀ ସହରରେ ଏକ ନୂଆପ୍ରକାର ପ୍ରଦର୍ଶନୀ । ସେଥିପାଇଁ ମୋ ପୁଅ ୨ ଘଣ୍ଟା ଆଗରୁ ତା ଅଫିସରୁ ଚାଲି ଆସିଥାଏ । ସେ ସାଧାରଣତଃ ୯ଟା ପରେ ଫେରେ । ବୋହୂ କିନ୍ତୁ ୬ଟା ୭ଟା ଭିତରେ ଫେରି ଆସନ୍ତି । ଘରେ ମୁଁ ମୋ ସ୍ତ୍ରୀ ଆଉ ମୋ ନାତି ଥାଉ । ମୋ ସ୍ତ୍ରୀ ରୋଗାକ୍ରାନ୍ତ ହେଇ ତା ବିଛଣାରେ ସବୁବେଳେ ଶୋଇ ରହୁଥାଏ । ମୋ ନାତି ପୁପୁନ୍‌ ସକାଳୁ ସକାଳୁ ସ୍କୁଲକୁ ଯାଏ । ସାଢ଼େ ତିନିଟା ବେଳେ ସ୍କୁଲରୁ ଫେରି ତା ପାଇଁ ଥିବା ଖାଦ୍ୟ ଖାଇନିଏ । ମୋ ସାଙ୍ଗରେ ପାଖରେ ଥିବା ଏକ ପାର୍କକୁ ଯାଏ । ସେଠି ଦଉଡ଼ାଦଉଡ଼ି କରି ଖେଳେ । ମୁଁ ପାର୍କର ଚାରିପଟରେ ଚାଲେ । ବେଞ୍ଚରେ ବସି ବିଭିନ୍ନ କିସମର ଲୋକ, ସେମାନଙ୍କ ଚାଲିଚଳଣି, ଗଛବୃକ୍ଷ, ଫୁଲପତ୍ର ମାନଙ୍କୁ ଦେଖେ । ସୂର୍ଯ୍ୟ ବୁଡ଼ିଗଲା ପରେ ଆମେ ଘରକୁ ଫେରିଆସୁ । ସେ ଟିକିଏ ଭିଡିଓ ଗେମ୍‌ ଖେଳେ ଓ ତାପରେ ହୋମୱାର୍କ କରେ । ସାର୍‌ ଆସିଲେ ପାଠପଢ଼ି ବସେ । ମୁଁ ବାଲ୍‌କୋନିରେ ବସି ଚା ଖାଏ ଓ ବାହାରର ରାତିକୁ ଅନେଇ ରହେ । ମୋ ରୋଗିଣା ସ୍ତ୍ରୀର ଚିକିସ୍ତା ଘରେ ଚାଲିଥାଏ । ସେ ପରିବାରର କୌଣସି କାର୍ଯ୍ୟରେ ଅଂଶଗ୍ରହଣ କରିପାରେନା । କେବଳ ସକାଳ ଓ ସଂଜରେ ଠାକୁର ଘରେ ବସି ଠାକୁରଙ୍କୁ ଡାକେ ।

ସେଦିନ କିନ୍ତୁ ରୁଟିନ୍‌ ଜୀବନ ଟିକିଏ ବଦଳି ଯାଇଥାଏ । ପୁଅ ଓ ବୋହୂଙ୍କ ସହିତ ମୁଁ ଓ ମୋ ନାତି ପୁପୁନ୍‌ ଆସିଥାଉ ଜନଜୀବନ ପ୍ରଦର୍ଶନୀ ଦେଖିବାକୁ । ପ୍ରଦର୍ଶନୀ ପଡ଼ିଆ ସାଜସଜାରେ ଚମକି ଉଠିଥାଏ । ବାହାର ରାସ୍ତାରେ ଅସମ୍ଭବ ଭିଡ଼ । ଗାଡି ପାର୍କିଂ କରିବାକୁ ଆମେ ନାକେଦମ୍‌ ହେଇଗଲୁ । ସେଥୁ କେତେଗୁଡ଼ା ବାଟ ଚାଲିବାକୁ ପଡ଼ିଲା । ଭିତରେ ବି ସେହିପରି ଗହଲି ଲାଗି ରହିଥାଏ । ଜନଜୀବନର ବୈଚିତ୍ର୍ୟକୁ ନେଇ ଏକ ବିରାଟ ପ୍ରଦର୍ଶନୀ । ଆମ ରାଜ୍ୟର ବିଭିନ୍ନ ଅଞ୍ଚଳ, ଅନ୍ୟାନ୍ୟ ରାଜ୍ୟ ତଥା ବିଦେଶର କେତେକ ଦେଶ ମଧ୍ୟ ଏଥିରେ ଭାଗ ନେଇଥାନ୍ତି । ପ୍ରତ୍ୟେକ ଅଞ୍ଚଳର ପୋଷାକ, ଖାଦ୍ୟ, ଅଳଂକାର, ବାଦ୍ୟ, ନାଚ,

ଗୀତ, ଚିତ୍ର, ଫସଲ ଏମିତି କେତେକଥା ଦେଖିବାକୁ ମିଳୁଥାଏ। ସବୁ ସ୍ଥଳ ଭିନ୍ନ ଭିନ୍ନ। ହେଲେ ସମସ୍ତଙ୍କ ଭିତରେ ଅନେକ ସାଦୃଶ୍ୟ ପରିଲକ୍ଷିତ ହେଉଥାଏ। ପୁଅ, ବୋହୂ ଓ ପୁପୁନ୍ ବଡ ଆଗ୍ରହର ସହିତ ଦେଖୁଥାନ୍ତି। ମୋ ପୁଅ ବହୁତ ଭଲ ପଢୁଥିଲା। ପିଲାଦିନେ ଭଲ ଚିତ୍ର ଆଙ୍କୁଥିଲା। ଗୀତ ଗାଉଥିଲା ଓ ଭଲ ଖେଳୁଥିଲା। ମୋ ବୋହୂ ବି ଭଲ ଛାତ୍ରୀ ଥିଲା। ନାଚ ଶିଖୁଥିଲା ଓ ବିଭିନ୍ନ ମଂଚରେ ନାଚୁଥିଲା ବି। ବୈଷୟିକ ଶିକ୍ଷାରେ ପ୍ରବେଶ ପରେ ଦୁହେଁ ଏ ସବୁରେ ଡୋରି ବାଂଧିଦେଲେ। ପୁଅର ଖେଳ ପ୍ରତି ଆଗ୍ରହ ଥିଲା। ହେଲେ ଚାକିରିରେ ଯୋଗଦେବା ପରେ ସେତକ ବି ଛାଡିବାକୁ ବାଧ୍ୟ ହେଲା।

ପ୍ରଦର୍ଶନୀର ଆକର୍ଷଣୀୟ ମଣ୍ଡପ ଗୋଟିକ ପରେ ଗୋଟିଏ ଦେଖୁଥିଲୁ। ପୁଅର ମୋବାଇଲରେ କଲ୍‌ଟିଏ ଆସିଲା। ସେ କହିଲା- ଚାଲଯିବା। ମତେ ଅଫିସକୁ ଯିବାକୁ ପଡିବ। ମୁଁ କହିଲି- ତମେ ଚାଲ। ମୁଁ ଦି ମିନିଟ୍‌ରେ ଆସୁଚି। ବୋହୂ କହିଲେ- ଆମେ ଏଠି ଅଛୁ। ଆପଣ ଯାଇ ଆସନ୍ତୁ। ପୁପୁନ୍ ବି ମୋ ସହିତ ଗଲା। ସେଇ ଧାଡିର କଣକୁ ଥିବା ଗୋଟିଏ ମଣ୍ଡପରେ ମୋ ଆଖି ଗୋଟିଏ ଜିନିଷ ଉପରେ ପଡିଥିଲା। ଆମେ ଦୁଇଜଣ ସେହି ମଣ୍ଡପ ପାଖକୁ ଗଲୁ। ସେଠି ଜଣେ ଆଦିବାସୀ ବୁଢ଼ା ରୂପଚାନ୍ଦ ବସିଥିଲେ। ଆଦିବାସୀ ପଲ୍ଲୀର ସାଜସଜାରେ ମଣ୍ଡପଟି ସୁନ୍ଦର ଦିଶୁଥାଏ। ଜଂଗଲଜାତ ଦ୍ରବ୍ୟ ଯଥା- ମହୁ, ଧୂଣା, କାନ୍ଦୁଲ, ହଳଦୀ, ହଳଦୀଗୁଣ୍ଡ ଏମିତି କେତେ କଣ ସଜା ହେଇ ରଖା ଯାଇଥାଏ। ଗୋଟିଏ କଣକୁ ଗୋଟିଏ ଗଛର ଡାଲରେ ଅଳ୍ପ କେତୋଟି ବାଇଚଢ଼େଇ ବସା ଟଂଗା ହେଇଥାଏ।

ମୁଁ ପଚାରିଲି-କଣ ଏ ବସା ବିକା ହବ?

ଆଉ ଆଣିଚି କାଇଁ କି? ସେ ଉତ୍ତର ଦେଲା।

ମତେ ସେଥିରୁ ଗୋଟିଏ ଦିଅ।

ସେ ଯାହା ଦାମ୍ କହିଲା ସେତିକି ଦେଇ ମୁଁ ନେଇ ଆସିଲି।

ପୁପୁନ୍ ସାଂଗେ ସାଂଗେ ପଚାରିଲା -ଜେଜେ, ଏଇଟା କଣ?

ବାଇଚଢ଼େଇର ବସା।

ବାଇଚଢ଼େଇ କଣ?

ଚାଲ ଘରେ ଏ ବାବଦରେ ସବୁ କହିବି।

ଆମେ ପୁଅ ବୋହୂଙ୍କ ପାଖକୁ ଚାଲି ଆସିଥିଲୁ।

ସେମାନେ ବସାଟିକୁ ଦେଖିଲେ କିନ୍ତୁ କିଛି କହିଲେନି। ମୁଁ ଭାବିଥିଲି ଏଇଟିକୁ ଦେଖି ସେମାନେ ଖୁସିହେବେ। ସେମାନଙ୍କର ଏପରି ନିଷ୍ଠୁରତା ମତେ ଭାରି ବାଧେ।

କିନ୍ତୁ କିଛି କହିବାର କି କରିବାର ନଥାଏ । ଆମେ ଭିଡ ଭିତରେ ଚାଲିଚାଲି ଗାଡି ପାଖକୁ ଆସିଲୁ । ଗାଡିରେ ଘର । ଆମକୁ ଛାଡିଦେଇ ପୁଅ ପଳେଇଲା ତାର ଅଫିସ୍‌କୁ ।

ପୁପୁନ୍‌, ମୋ ସହ ଲାଗିଥାଏ । ଜେଜେ କୁହ । ବାଇଟଢ଼େଇ କ'ଣ ?

ମୁଁ ତାର 'ଆମପକ୍ଷୀ' ଚିତ୍ରବହିଟି ଆଣିବାକୁ କହିଲି । ସେ ଯାଇ ସାଂଗେ ସାଂଗେ ନେଇ ଆସିଲା । ପ୍ରଥମ ପୃଷ୍ଠାରେ ଥିଲା ସ୍ୱାରୋ ଚିତ୍ର । ହେଇ ଦେଖ । ସ୍ୱାରୋ ମାନେ ଘରଚଟିଆ । ଏମାନେ ଘରର ଚାଲରେ ବସାକରି ରହନ୍ତି । ସେ ଘରଚଟିଆ ବାବଦରେ ବିଭିନ୍ନ ପ୍ରଶ୍ନ ପଚାରି ମତେ ବ୍ୟସ୍ତ କରି ପକାଇଲା । ମୁଁ ତାକୁ ଯଥାଯଥ ଉତ୍ତର ଦେଇ ପୃଷ୍ଠା ଓଲଟାଇଲି । ପରପୃଷ୍ଠାରେ ଥାଏ ବାଇଟଢ଼େଇର ଚିତ୍ର । ସେ ଝୁଲିପଡି ଥଣ୍ଡରେ ବସାଟି ବୁଣି ଚାଲିଥାଏ । ତଳେ ଲେଖା ହେଇଥାଏ ଉଇଭିଂ ବାର୍ଡ ।

ହେଇ ଦେଖ ᷆ ଏଇ ହଉଚି ବାଇଟଢ଼େଇ ।

ଜେଜେ ଏ ତ ସ୍ୱାରୋ ଭଳି ଦେଖା ଯାଉଚି ।

ହଁ ଯେ ହେଲେ ଏମାନେ ଘରର ଚାଲରେ ନରହି ନଡିଆ, ଖଜୁରି ଓ ତାଲ ଗଛର ବାହୁଂଗାରେ ବସାକରି ରହନ୍ତି ।

ଏ ବସା କିଏ ତିଆରି କରେ ?

ସେମାନେ ନିଜେ ।

ବସାଟିକୁ ସେ ହାତକୁ ନେଲା । ତାକୁ ପରଖିଲା । କହିଲା– ଆକୁ ତ ତିଆରି କରିବା ଆଦୌ ସମ୍ଭବ ନୁହେଁ । ଏଡେ ଟିକି ଚଢ଼େଇଟି କେମିତି ତିଆରି କରୁଚି ?

ଇଏ ତ ପ୍ରକୃତିର ବୈଚିତ୍ର୍ୟ । ପ୍ରକୃତି ଏ କଳାଟି ତାକୁ ଦାନ କରିଚି । ଆମେ ଯେତେ ଚେଷ୍ଟାକଲେ ଏପରି ବସା ବୁଣି ପାରିବା ନାହିଁ । ହେଲେ ସେ ସ୍ୱାଭାବିକ ଭାବରେ ତା ପାଇଁ ବସା ତିଆରି କରେ । ସେଥିରେ ସେ ରହେ । ସେଇଠି ଅଣ୍ଡାଦିଏ । ଅଣ୍ଡା ଉଷୁମାଏ । ଅଣ୍ଡାରୁ ଛୁଆ ଫୁଟି ବାହାରନ୍ତି । ଛୁଆମାନେ ବଢ଼ନ୍ତି । ବଢ଼ିଗଲେ ସେମାନେ ଉଡ଼ିଯାଆନ୍ତି । ସେମାନେ ବି ଏମିତି ବସା ତିଆରି କରନ୍ତି ।

ଓଃ – ଚମତ୍କାର ହେଲଚି ଏ ବସା । ଆଛା ଜେଜେ ମୁଁ ତ ଅନେକ ନଡିଆଗଛ ଦେଖିଚି । କୋଉଠି ତ ଏପରି ବସା ଓହଲିଥିବାର ଦେଖିନି ।

ନାଇଁରେ ବାଇଟଢ଼େଇ ସହର ବଜାରରେ କୋଉଠି ରହି ପାରିବେ ? ସବୁବେଳେ ଗାଡି ମଟର ଭେଁ ଭାଁ । ଏତେ ଉଜ୍ଜ୍ୱଲ ଆଲୁଅ ପୁଣି କେତେ ମୋବାଇଲ୍ ଟାୱାର । ସେମାନଙ୍କର ବୈଦ୍ୟୁତିକ ତରଂଗ । ଏଠି କଣ ସେମାନେ ରହି ପାରିବେ ?

ଆମେ ଏ ବସାକୁ କଣ କରିବା ?

କଣ କରିବା ତୁ କହ । ତୁ ଯାହା କହିବୁ ସେଇଆ କରିବା ।

ଆକୁ ଡ୍ରଇଂରୁମ୍‌ରେ ରଖିବା । ଯିଏ ଆସିବ ଦେଖିବ । ଆଷ୍ଚର୍ଯ୍ୟ ହେଇଯିବ । ମତେ ପଚାରିଲେ ମୁଁ ସବୁକଥା ଭଲଭାବରେ ବୁଝେଇ ଦେବି ।

ମମି ଡାଡି କଣ ରାଜି ହେବେ ?

ମୁଁ ଯାଉଚି ମମିଙ୍କୁ ପଚାରି ଆସେ ।

ହଉ ଯା ।

ପୁପ୍‌ପୁନ୍ ତା ମମିଙ୍କ ପାଖକୁ ଚାଲିଗଲା । ମୁଁ ମନେ ମନେ ହସୁଥାଏ । ଟିକକ ପରେ ସେ ମୁହଁ ଶୁଖେଇ ଫେରିଲା ।

ନାଇଁ ଜେଜେ । ମମି କହିଲେ – ଡ୍ରଇଂରୁମ୍‌ରେ ଆଉ ଜାଗା ନାଇଁ । ତେବେ କୋଉଠି ରଖିବା ? ମୋ ପଢ଼ାଘରେ ରଖିଦେଲେ ହବନି ? ଭାରି କୌତୁକିଆ ହେଇଚି ।

ମୁଁ ଟିକିଏ ହସିଲି ।

ଶୁଣ ମୁଁ ଗୋଟିଏ କଥା ଚିନ୍ତା କରିଚି । କାଲି ତତେ କହିବି ।

ନାଇଁ ଜେଜେ ଏଇନେ କୁହ ।

ଆଉ ଟିକିଏ ଭଲଭାବରେ ଭାବେ । କାଲି ନିଷ୍ଚୟ କହିବି ।

ହଉ ନିଷ୍ଚୟ କହିବ । ପ୍ରମିଜ୍ ।

ପ୍ରମିଜ୍ ।

ପୁପ୍‌ପୁନ୍ ଚାଲିଗଲା । ମୁଁ ଯାଇ ବାଲକୋନିରେ ବସିଲି । ଦୂରରୁ ବାଇଚଢ଼େଇ ବସାର ଚିତ୍ର ମୋ ମନଭିତରକୁ ଚାଲି ଆସିଲା । ମୋ ପିଲା ଦିନର ଗାଁ କଥା ମନ ପଡ଼ିଗଲା । ଗାଁ ସାରା ନଡ଼ିଆ ଗଛ । କେନାଲବନ୍ଧ ସାରା ଖଜୁରୀଗଛ । ଗାଁର ଦିମୁଣ୍ଡରେ ତାଲଗଛ । ସବୁଗଛରେ ମାଲମାଲ ବାଇଚଢ଼େଇଙ୍କ ବସା । ସବୁବେଳେ କିଚିରିମିଚିରି । ଉଡ଼ାଉଡ଼ି । ମା ଆଧାର ଧରି ଫେରିଲାବେଳେ ଛୁଆମାନଙ୍କ ନାଲିନାଲି ଥଣ୍ଟ ପଦାକୁ ବାହାରି ପଡ଼ି ଚିଁ ଚିଁ ହେଇ ଖାଇବାକୁ ଅଲି କରନ୍ତି । ପବନରେ ବସାସବୁ ଝୁଲୁଥାଏ । ଟିକିଏ ଡାଗର ଛୁଆମାନେ ଖଣ୍ଡିଉଡ଼ା ଦେଇ ବସା ଭିତରେ ପଶି ଯାଉଥାନ୍ତି । ସମସ୍ତେ ଝୁଲୁଥାନ୍ତି ବସା ଗୁଡ଼ିକ ସହିତ । ଯେତେ ବର୍ଷା ହେଲେ ବି ଟୋପାଏ ପାଣି ବସା ଭିତରକୁ ପଶି ପାରେନା । ଝଡ଼ବାତ୍ୟାରେ ବସା ସେମିତି ଝୁଲୁଥାଏ । ଛିଡ଼ି ପଡ଼େନା ।

ସେମାନଙ୍କର ଫୁର୍‌ଫାର୍ ଉଡ଼ାଉଡ଼ି, ଛୁଆ ମାନଙ୍କର ଚେଁ ଚାଁ, ବସା ମାନଙ୍କର ଝୁଲୁଝୁଲୁ ଆମ ମନରୁ ଦୁଃଖ ପୋଛିନିଏ । ଓଜନିଆଁ ମନକୁ ହାଲ୍‌କା କରିଦିଏ । ଆନନ୍ଦ ଉସ୍ଥାହରେ ପୁଣି ଫୁଲି ଉଠେ ମନ ଓ ହୃଦୟ । ଏବେ ସେସବୁ ସାତ ସପନ ହେଇଗଲା ।

ବୋହୂ ଆସି ଡାକିଲେ–ବାପା ଖାଇବେ ଆସନ୍ତୁ ।

ମୁଁ ଭିତରକୁ ଯାଇ ଖାଇଲି। ସେ ପର୍ଯ୍ୟନ୍ତ ପୁଅ ଆସିନଥାଏ। ଖାଇସାରି ବୁଢ଼ୀ ପାଖକୁ ଗଲି। ସେ ଆଖିବୁଜି ଶୋଇଥିଲା। ମୁଁ ଆସିବାର ଜାଣିପାରି ଆଖିଖୋଲି ପଚାରିଲା– ଖାଇଲଣି।

ହଁ।

ପୁଣି ଆଖି ବନ୍ଦ କରି ଶୋଇ ପଡ଼ିଲା। ମୁଁ ସେଠୁ ଫେରି ଆସିଲି। ମୋ ଶୋଇବା ଘରକୁ। ମୋ ଶୋଇବା ଘରେ ପୁପୁନ୍ ବି ଶୁଏ। ତାର ବେଡ୍ ଅଲଗା। କିଛି ସମୟ ପରେ ସେ ଆସିଲା।

ଜେଜେ ପ୍ରମିଜ୍ କଥା ମନ ଅଛି ନା ?

ହଁ ହଁ।

ଓକେ। ଗୁଡ୍ ନାଇଟ୍।

ସେ ଶୋଇପଡ଼ିଲା। ମୁଁ ଲାଇଟ୍ ନିଭାଇ ଦେଇ ଫିକା ନୀଳ ଆଲୁଅ ଜଳେଇଦେଲି।

ମତେ ତ ସେମିତି ଭଲ ନିଦ ହଉନି। ପାଣିଟିଆ ପାଣିଟିଆ ନିଦରେ ରାତି କଟୁଚି। ଶୋଇକରି ମଧ୍ୟ ଲାଗୁଚି ଯେମିତି ଜମା ଶୋଇନି। ସେଦିନ କଥା ପୁଣି ପୂରାପୂରି ଅଲଗା। ବାଇଚଢ଼େଇର ବସା ମତେ ସଂପୂର୍ଣ୍ଣ ଆଚ୍ଛନ୍ନ କରି ପକେଇଥାଏ। ସେଇ କଥା ଭାବି ଭାବି ବହୁତ ଡେରିରେ କେତେବେଳେ ମତେ ନିଦ ହେଇଯାଇଚି। ମୁଁ ଉଠିଲା ବେଳକୁ ପୁପୁନ୍ ରେଡ଼ି ହଉଥାଏ ସ୍କୁଲକୁ ଯିବାପାଇଁ। ମୁଁ ଚଟାପଟ୍ ଉଠିପଡ଼ି ନିତ୍ୟକର୍ମ ସାରି ମର୍ଷିଂ ୱାକ୍‌ରେ ବାହାରି ପଡ଼ିଲି। ସେତେବେଳକୁ ଡେରି ହେଇ ଯାଇଥାଏ। ମୋ ସହିତ ସବୁଦିନେ ରାଉତବାବୁ ଚାଲିବାକୁ ଯାଆନ୍ତି। ବାଟରେ ତାଙ୍କ ଘର ପଡ଼େ। ସେ ମତେ ଅପେକ୍ଷା କରି ଥାଆନ୍ତି। ମୁଁ ଆସିଲା କ୍ଷଣି ବାହାରି ପଡ଼ନ୍ତି। ମୋର ବିଳମ୍ବ ହେଇଯିବାରୁ ସେ ବାହାରି ଯାଇଥାନ୍ତି। ଏକୁଟିଆ ଅଧିକ ବାଟ ଯିବାକୁ ମତେ ଭଲ ଲାଗିଲାନି। ମୁଁ ପାର୍କ ଭିତରକୁ ପଶିଗଲି। ଏଠି ବୁଲାବୁଲି କରିବି। ପଶୁ ପଶୁ ଦେଖିଲି ରାଉତବାବୁ ଗୋଟିଏ ବେଞ୍ଚ ଉପରେ ବସିଚନ୍ତି। ମତେ ଦେଖି ଖୁସି ହେଇଗଲେ।

ଆସନ୍ତୁ ଆସନ୍ତୁ। ପାର୍କରେ ପାଞ୍ଚ ରାଉଣ୍ଡ ମାରିଦବା।

ପାର୍କର ଚାରି କଡ଼ରେ ବୁଲିଥିବା ଚଲାରାସ୍ତାରେ ଆମେ ଚାଲିବାକୁ ଲାଗିଲୁ। ପାଂଚ ରାଉଣ୍ଡ ସରିଗଲା ପରେ ଗୋଟିଏ ବେଞ୍ଚ ଉପରେ ବସି ପଡ଼ିଲୁ। ଖରା ଟିକିଏ ଟାଣ ହେଇ ଯାଇଥିଲେ ମଧ୍ୟ ଭଲ ଲାଗୁଥିଲା। ସୁଲୁସୁଲିଆ ପବନ ପାଇଁ।

ମୁଁ ରାଉତ ବାବୁଙ୍କୁ ସେଇ ବାଇଚଢ଼େଇ ବସା କଥା କହିଲି। ସେ ଭାରି ଆଗ୍ରହ ପ୍ରକାଶ କଲେ।

ସତେରେ ଏମିତି ଗୋଟିଏ ଅପୂର୍ବ ଜିନିଷ ଆପଣ ଆଣିଚନ୍ତି ? ମୁଁ ତ ଟିକିଏ ବି ପ୍ରଦର୍ଶନୀ ଆଡ଼କୁ ଯାଇ ପାରିଲି ନାହିଁ। ମତେ କିଏ ନବ ? ଏକୁଟିଆ ଯିବାକୁ ସାହସ କୁଲଉନି। ସେ ଦୁଃଖ ପ୍ରକାଶ କଲେ। ପୁଣି ଆରମ୍ଭ କଲେ –ବାଇଚଢ଼େଇର ବସା କଥାରୁ ପିଲାଦିନ ଓ ଗାଁ କଥା ମନପଡ଼ି ଯାଉଚି। ଆମେ ତାଙ୍କୁ ଛାଡ଼ି କେତେଦୂର ପଳେଇ ଆସିଚେ! ଚାହିଁଲେ ବି ଆଉ ଫେରିହବ ନାହିଁ। ସତ କହୁଚି ମୁଁ ସିନା ଗାଁର ଘରଦ୍ୱାର ଜମିବାଡ଼ି ବିକି ଏଠି ଘରଟିଏ କରିଚି, ହେଲେ ଏଠି ଅଶନିଶ୍ୱାସୀ ହେଇ ପଡ଼ୁଚି। ଗାଁର ଗଛବୃଛ, ଧାନପାଟ, ଜହ୍ନରାତି, ଚଢ଼େଇ ମାନଙ୍କ ଗୀତ, ବାଇ ଚଢ଼େଇଙ୍କ ବସା ସବୁକଥା ମନପଡ଼ି ଯାଉଚି। ଛାତି ଭିତରେ ରକ୍ତ ଝରି ପଡ଼ୁଚି। ଆଃ- ଶେଷ ଜୀବନଟା ହା ହୁତାଶମୟ ହେଇଗଲା।

ହଁ ଆଉ ସେକଥା କାଇଁକି କହୁଚନ୍ତି ? ଆମର ଭାଗ୍ୟ, ଆଉ କଣ କରିବା ?

ଓଃ.....

ଚାଲନ୍ତୁ ଯିବା। ଡେରି ହେଇ ଗଲାଣି।

ଆମେ ଯେଝାଯେଝା ଘରକୁ ଫେରିଆସିଲୁ।

ଏପରି ଆଲାପ ଆଲୋଚନା ପରେ ମତେ ଲାଗିଲା ଏଠି ଘରଟିଏ କରି ମୁଁ ବି ଯେପରି ଭୁଲ୍ କରି ପକେଇଚି। ଯେତେବେଲେ ସହର କହିଲେ କେତୋଟି କଲୋନୀ ଆଉ ଛୋଟ ବଜାରଟିକୁ ବୁଝ଼ଉଥିଲା ସେଟିକି ବେଲେ ସହକର୍ମୀ ମାନଙ୍କ ବାଧବାଧକତାରେ ଜାଗାଟିଏ କିଣି ଦେଇଥିଲି। ତାପରେ ତ ହୁ ହୁ ହେଇ ସହର ବଢ଼ିଗଲା। ଜଂଗଲ ଲୋପପାଇଗଲା। ସବୁଜ ବନାନୀ ଜାଗାରେ କଂକ୍ରିଟ ଜଂଗଲ ଠିଆ ହେଇଗଲା। ବସନ୍ତ ରୁତୁ କୁଆଡ଼େ ଲୁଚିଗଲା। ବସନ୍ତର ମନମତାଣିଆ ପବନ ବଦଲରେ କଂକ୍ରିଟ ଜଂଗଲର ଗରମ ନିଃଶ୍ୱାସ ଦେହମନକୁ କଲବଲ କରି ପକେଇଲା।

ପୁଅ ପାଠ ପଢ଼ିସାରି ଏଇଠି ଏକ କାମ୍ପାନିରେ ଚାକିରୀ ଆରମ୍ଭ କଲା। ମୁଁ ଅବସର ନେଇଗଲି। ତଲତାଲାକୁ ଖାଲିକରି ଆମେ ଆସି ଏଇଠି ରହିଲୁ। ବାହାଘର ପରେ ପୁଅ କହିଲା–ବାପା ଉପରଘରକୁ ଖାଲି କରିଦିଅ। ଆମେ ସ୍ୱାଧୀନ ଭାବରେ ରହିବା।

ଆଜି ଲାଗୁଚି ହୁଏତ ମୁଁ ଭୁଲ କରିଦେଲି। ଏଇ ଘର ପାଇଁ ଏକ ପରିପୂର୍ଣ୍ଣ ଜୀବନକୁ ପଛରେ ଛାଡ଼ି ଦେଇ ଆସିଲି। ଏଠି ମୋ ସହିତ ରହୁଚି ଏକ ବିକଲିଆ ଜୀବନ। ଅତୀତକୁ ଖାଲି ଝୁରିହବା ପାଇଁ।

ଘରେ ପୁପୁନକୁ କରିଥିବା ପ୍ରମିସ୍ କଥା ମନପଡ଼ିଗଲା। ଭାବିଲି ତାକୁ ଆଜି ଗୋଟିଏ ସରପ୍ରାଇଜ ଦେବି। ମୁଁ ସେଇ କାମରେ ଲାଗି ପଡ଼ିଲି। ଗାଧୁଆବେଲେ

ଖାଇସାରି ଘଡ଼ିଏ ଶୋଇ ପଡ଼ିବା ମୋର ଅଭ୍ୟାସ। ହେଲେ ସେଦିନ ଆଉ ଶୋଇ ପାରିଲିନି। କାମରେ ଲାଗି ପଡ଼ିଲି। କାମ ସାରି ମୋ ରୁମ୍‌କୁ ଫେରିଲା ବେଳକୁ ପୁପୁନ୍‌ ଆସି ପହଞ୍ଚିଗଲା।

ଜେଜେ ମୋ ପ୍ରମିଜ ?

ହଁ ତୁ ଆଗେ ଫ୍ରେଶ୍ ହେଇ ଖାଇ ନେ।

ସେ ଶୀଘ୍ର ଶୀଘ୍ର ତା କାମ ସାରିଦେଲା।

ଚାଲ ଛାତ ଉପରକୁ।

ଛାତ ଉପରେ ଗୋଟିଏ ବଡ ଫୁଲ କୁଣ୍ଡରେ କାଠବାଡ଼ିଟିଏ ପୋତା ହେଇଥାଏ। ତାର ଉପର ଭାଗରେ ଆଉ ଖଣ୍ଡେ କାଠ କଂଟା ପିଟା ହେଇ ଛାତସହ ସମାନ୍ତର ଭାବରେ ଥାଏ। ସେଥିରୁ ଓହଲି ପଡ଼ିଥାଏ ବସାଟି। ପୋତାହେଇଥିବା କାଠରେ ବସାର ପାଖାପାଖି ତଳେ ଦୁଇଟି ଗିନା ତାରରେ ବନ୍ଧା ହୋଇଥାଏ। ଗୋଟିକରେ ଥାଏ କିଛି ଚାଉଳ ଆଉ ଗୋଟିକରେ ପାଣି।

ପୁପୁନ୍‌ ଏସବୁ ଦେଖି ଭାରି ଖୁସି ହେଇଗଲା।

ଜେଜେ ତମେ କେମିତି ଏତେକଥା ଚିନ୍ତାକଲ ?

ମୋ ମୁଣ୍ଡକୁ ଭୁକିଲା— ବାଇଚଢ଼େଇ କାହିଁକି ଆ ଭିତରକୁ ଆସିବନି ? ସେଇଥିପାଇଁ ଲାଗିପଡ଼ି ବସାଟିକୁ ଏଇଠି ଟାଂଗି ଦେଲି।

ଜେଜେ ତମେ ଭାରି ଭଲକାମଟିଏ କଲ। ବାଇଚଢ଼େଇ ଏଇ ବସାକୁ ଆସିଲେ ମୁଁ ଭାରି ଖୁସି ହେବି। ମୋର ଫ୍ରେଣ୍ଡ ମାନଙ୍କୁ ଡାକି ଦେଖେଇବି। ଭାରି ମଜା ହବ। ହେଲେ ମୁଁ ଆଜି ସାଇନ୍ ଦିଦିଙ୍କି ବାଇଚଢ଼େଇ ବିଷୟରେ ପଚାରିଲି। ସେ କହିଲେ ପୃଥିବୀରେ ବାଇଚଢ଼େଇ ବହୁତ କମି ଗଲେଣି। ସେଇ ପ୍ରଜାତିଟି ଲୋପ ପାଇଯିବା ଉପରେ। ଆମ ସହରରେ ହୁଏତ ଜମା ନାହାନ୍ତି ବୋଲି ସେ ଆଶଂକା ପ୍ରକାଶ କଲେ। ତେବେ ଆମ ବସାକୁ ବାଇଚଢ଼େଇ କୋଉଠୁ ଆସିବ ?

ମୋର ବିଶ୍ୱାସ କୋଉଠୁ ନା କୋଉଠୁ ଆସି ପହଞ୍ଚିବ।

ତମ କଥା ସତ ହଉ ଜେଜେ।

ମୁଁ ପ୍ରତିଦିନ ସକାଳେ ଚାଉଳ ଓ ପାଣି ଗିନାରେ ଭର୍ତ୍ତି କରିଦେଇ ଆସେ। ସଂଧ୍ୟାକୁ ଯାଇ ଦେଖେ ଚାଉଳ ନାଇଁ କି ପାଣି ନାଇଁ। କି ବାଇଚଢ଼େଇ ବି ନାଇଁ। ସବୁଦିନ ସଂଧ୍ୟାରେ ପୁପୁନ୍‌ ପଚାରେ— ଜେଜେ ଆଜି ବାଇଚଢ଼େଇ ଆସିଟି କି ?

ନାଇଁ। ମୁଁ ବଡ ଦୁଃଖର ସହିତ କହେ।

ଦିନେ ସିଡ଼ିଘରେ ଚେୟାରଟେ ପକେଇ ବସିଲି। ଦେଖିବି ଚାଉଳ ପାଣି କିଏ

ଖାଉଚି । ଦେଖିଲାବେଳକୁ ୨/୩ଟି କାଉ ଆସି ମାଡଗୋଲ ହେଇ ଚାଉଳ ବୁଣ୍ଢେଇ ଖାଇ ଦଉଚନ୍ତି । ପାଣି ଅଛ ପିଉଚନ୍ତି । ସବୁ ଖାଲି ଦଉଚନ୍ତି ।

ତଥାପି ମୁଁ ବିଶ୍ୱାସ ରଖିଲି ଦିନେ ନାଁ ଦିନେ ବାଇଚଢ଼େଇ ଆସିବ ।

ଦିନ ପରେ ଦିନ ମାସ ପରେ ମାସ ନିଶଦ୍ଦରେ ମୋ ଆଗରେ ଚାଲିଗଲେ । ପ୍ରତ୍ୟେକ ସଂଧ୍ୟାରେ ପୁପୁନର ପ୍ରଶ୍ନକୁ ମୁଁ ସାମନା କଲି ହେଲେ....

ଦିନେ ଗୋଟିଏ ଖବର ବକ୍ସ ନିଉଜ୍ ଭାବରେ ପ୍ରକାଶ ପାଇଲା । ମହାନଗର ବସବାସ ପାଇଁ ବିପଜ୍ଜନକ । ପ୍ରଦୂଷଣର ମାତ୍ରା ଏତେ ଅଧିକ ହୋଇ ଯାଇଛି ଯେ କ୍ଷୁଦ୍ରପ୍ରାଣୀ ମାନେ ତିଷ୍ଠି ରହିବା ଅସମ୍ଭବ ହୋଇ ପଡ଼ିଚି । ଏପରିକି ମନୁଷ୍ୟ ମାନଙ୍କ ପାଇଁ ଏହା ମଧ୍ୟ ବିପଦର କାରଣ ହୋଇପାରେ । ବିଭିନ୍ନ ତଥ୍ୟ ସହିତ ସଂବାଦଟି ପ୍ରକାଶ ପାଇଥାଏ । ଏହାକୁ ପଢ଼ି ମୁଁ ପୁରାପୂରି ହତୋସ୍ରାହ ହୋଇ ପଡ଼ିଲି । ଏ ଅବସ୍ଥାରେ ବାଇଚଢ଼େଇ ଯେ ଆଉ ଆସିବ ସେ ଆଶା ଛାଡ଼ିଦେଲି । ସେହିଦିନ ଠାରୁ ଆଉ ଛାତ ଉପରକୁ ଗଲିନାହିଁ କି ଚାଉଳପାଣି ଦେଲିନାହିଁ । ଓଜନିଆ ମନନେଇ ଘରଭିତରେ ରହିଲି । କୁଆଡ଼େ ଯିବାକୁ ଭଲ ଲାଗିଲା ନାହିଁ । କାହାସହ କଥାବାର୍ତ୍ତା ବି କରିବାକୁ ଇଚ୍ଛା ହେଲାନି ।

ପୁପୁନ୍ ଏସବୁ ଲକ୍ଷ୍ୟ କରୁଥିଲା । ଦିନେ ସକାଳେ ମତେ ବାଧ୍ୟ କଲା–ଜେଜେ ଚାଲ ଛାତ ଉପରକୁ ଯିବା । ଦେଖ ଆସିବା ବାଇଚଢ଼େଇ ବସା କିପରି ଅଛି । ମୁଁ ଯିବାକୁ ମନାକଲି । ନା ମୁଁ ଆଉ ସେଠିକି ଯିବିନି । ଚାଲ– ମୋ ହାତଥରି ଟାଣିଲା । ଚାଲ । ମୋ ରିକ୍ୱେଷ୍ଟ । ମତେ ଟାଣି ଟାଣି ନେଲା ।

ମୁଁ ଛାତ ଉପରକୁ ଯାଇ ଦେଖିଲି ବସାର ଦୁଆର ମୁହଁରେ ଦୁଇଟି ବାଇଚଢ଼େଇଙ୍କ ମୁଣ୍ଡ ବାହାରକୁ ବାହାରି ଆସିଛି । ସେମାନେ ଭିତରେ ଅଛନ୍ତି । ମୁଁ ଆଶ୍ଚର୍ଯ୍ୟ ହେଇଗଲି । ଖୁସି ହେଇ ଆସୁଥିବା ଅବସ୍ଥାରେ ଲକ୍ଷ୍ୟକଲି ଚଢ଼େଇ ଦୁଇଟି ହଲ୍‍ଚଲ ହେଉ ନାହାନ୍ତି । ଆମକୁ ପାଖରେ ଦେଖି ବି ଉଡ଼ି ଯାଉ ନାହାନ୍ତି । ମୁଁ ବୁଝିପାରିଲି ପୁପୁନ୍ କୋଉଠୁ ଆଣି ଏ ଦୁଇଟି ଟିୟ ବାଇଚଢ଼େଇ ବସା ଭିତରେ ରଖି ଦେଇଚି । ମତେ ଖୁସି କରିବା ପାଇଁ । ତାପରେ ମୁଁ ସେଠାରୁ ପଲେଇ ଆସିଲି ।

ଦିନସାରା ମୁଁ କେମିତି ଯେ କାଟିଚି ମୁଁ ଜାଣେ । ନା ଖାଇବା ନା ପିଇବା ନା ଖବର କାଗଜ ନା ଟିଭି । ନା ଶୋଇବା ନା ଟେଙ୍ଗ ରହିବା । ଏକ ବିଷାକ୍ତ ପରିବେଶରେ କେବଳ ଛଟପଟ ହେବା ।

ଅନ୍ଧାର ହେଉହେଉ ମୁଁ ଲୁଚି ଲୁଚି ଛାତ ଉପରକୁ ଗଲି । ପୋତା ହେଇଥିବା ବାଡ଼ି ସହିତ ବସା ଓ ମିଛ ବାଇ ଚଢ଼େଇଙ୍କୁ ଆକାଶର ଶୂନ୍ୟତା ଭିତରକୁ ଫିଙ୍ଗିଦେଲି ।

ଯା– ଗୋଟାଏ ଚିନ୍ତାଗଲା। ବାଇଚଢ଼େଇ କି ବାଇଚଢ଼େଇର ବସା ସହିତ ମୋର ଆଉ ସଂପର୍କ ନାଇଁ। ସେମାନେ ଆସନ୍ତୁ ବା ନ ଆସନ୍ତୁ, ସେମାନେ ଥାଆନ୍ତୁ ବା ନ ଥାଆନ୍ତୁ ସେଥିରେ ମୋର କିଛି ଯାଏ ଆସେ ନାହିଁ। ୦୫– କି ହାଲ୍କା ଲାଗୁଟି। ଏକ ମାନସିକ ବୋଝରୁ ମୁକ୍ତି ମିଳିଗଲା।

ମୁଁ ମୋ ବେଡ୍ ଉପରେ ନମ୍ବହୋଇ ଶୋଇ ପଡ଼ିଲି। ଆଃ କି ଶାନ୍ତି।

ଆଖି ବନ୍ଦ କରିବାର କିଛି ମୁହୂର୍ତ ଭିତରେ ଏକ ଝାପ୍ସା ଚିତ୍ରଟିଏ ପାଖକୁ ପାଖକୁ ଆସିବାକୁ ଲାଗିଲା। ଧୀରେ ଧୀରେ ସ୍ପଷ୍ଟରୁ ସ୍ପଷ୍ଟତର ହେଇ ଚାଲିଲା। ଯାହାକୁ ମୁଁ ଟିକକ ପୂର୍ବରୁ ଫୋପାଡ଼ି ଦେଇଥିଲି ଆକାଶର ଶୂନ୍ୟତା ଭିତରକୁ। ମୋ ଠାରୁ ବହୁତ ଦୂରକୁ।

ପୁଣି ସେଇ ବାଇଚଢ଼େଇ ବସା।

ମୁଁ ବିରକ୍ତିରେ ଆଖି ଖୋଲିଦେଲି ଓ ବାଲ୍କୋନୀକୁ ପଳାଇ ଆସିଲି।

ନିରୋଳା ବାଲ୍କୋନୀର ଛପିଛପି ଆଲୁଅରେ ପୁଣି ସେଇ ଚିତ୍ରଟି ଦୂରରୁ ଭାସି ଭାସି ଆସିଲା। ମୋ ଆଡ଼କୁ। ସେଠୁ ଉଠିଆସି ଟିଭି ଅନ୍‌କରି ସଂବାଦ ଦେଖିଲି। ବିଭିନ୍ନ ଘଟଣା ଓ ଦୁର୍ଘଟଣା ଭିତରେ ହଜିଗଲି।

ଠିକ୍ ସମୟରେ ବୋହୂ ଖାଇବାକୁ ଡାକିଲେ। ମୁଁ ସେଠୁ ଉଠିଯାଇ ଖାଇନେଲି। ଆଉ ବାଲ୍କୋନୀକୁ ଯିବାକୁ ଇଚ୍ଛା ହେଲାନି। ବାଧ୍ୟହୋଇ ଶୋଇବା ଘରକୁ ଆସିଲି। ଖଟ ଉପରେ ଚୁପ୍‌ଚାପ୍ ବସିଲି। ବୁଢ଼ୀ ପାଖକୁ ଯିବାକଥା ମନପଡ଼ିଲା। ଇଚ୍ଛା ହେଲାନି। ଟିକକ ପରେ ପୁପୁନ୍ ଆସିଲା।

ଜେଜ ଗୁଡ୍‌ନାଇଟ୍। ସେ ଶୋଇ ପଡ଼ିଲା। ବିଛଣା ଧରିବ ତ ନିଦ।

ମୁଁ ରୁମ୍‌ର ଲାଇଟ୍ ନିଭାଇ ଦେଲି। ଫିକା ନୀଳ ଆଲୁଅ ଜଲେଇ ଦେଲି। ତାପରେ ମୋ ବିଛଣାରେ ଶୋଇ ପଡ଼ିଲି। ବାଇଚଢ଼େଇର ବସା ମୋ ଆଖିପତା ବାହାରେ ହିଁ ଅପେକ୍ଷା କରିଥିଲା। ଆଖି ବୁଜୁବୁଜୁ ଭିତରକୁ ପଶି ଆସିଲା।

ଏବଂ ଧୀରେ ଧୀରେ ସଂପ୍ରସାରିତ ହେବାକୁ ଆରମ୍ଭ ହେଲା। ପ୍ରଥମେ ମତେ ସେ ଆବରଣ କରି ପକେଇଲା। ତାପରେ ଆମ ଘରକୁ। ତାପରେ ଆମ ମହାନଗରକୁ। ତଥାପି ସଂପ୍ରସାରିତ ହେଇ ଚାଲିଲା– ଆହୁରି...ଆହୁରି.....

ନବକଲେବର

ମମ୍– ଡାକିଲା ତପୁନ୍।

ହଁ ବାବା ଆସ।

ତମେ ତ ଶୀଘ୍ର ପଲେଇ ଯାଉଚ।

ଆସ ମୋ ପଛେ ପଛେ। ଲେଟ୍ ହେଇଗଲାଣି। ଆଉ ବାଥରୁମରୁ ବାହାରିଲେ ପୂଜା କରିବେ।

ତପୁନ୍ ଆଉ ଆଗକୁ ଯାଇ ପାରିଲାନି। ଗୋଟିଏ ଦୃଶ୍ୟରେ ଲାଖିଗଲା। କୁନି ଚଢ଼େଇଟି କ୍ରୋଟନ୍ ଗଛ ତଳେ ଖପଖପ ଡେଉଁଥାଏ। ଚିଁ ଚିଁ ହଉଥାଏ। ତାଠାରୁ ଆହୁରି ଛୋଟ ପିଲାଙ୍କ ପରି ଖେଳୁଥାଏ। ମନ ଖୁସିରେ ଗୀତ ବି ଗାଉଥାଏ।

ତାକୁ ଭାରି ମଜା ଲାଗିଲା। ସେ ଭାବିଲା ଏଇ କୁନି ଚଢ଼େଇଟି ମୋ ସାଙ୍ଗରେ ସାଙ୍ଗ ହୁଅନ୍ତା କି। ଆମେ ସବୁବେଳେ ଖେଳନ୍ତେ। ସେ ଭାବିଲା ମୁଁ ତାକୁ ଧରି ମୋ ପାଖରେ ରଖ୍ବି। ଧୀରେ ଧୀରେ ସେଇ ଆଡ଼କୁ ପାଦ ବଢ଼େଇଲା। ଚୁପ୍ଚୁପ୍ ଧୀରେ ଧୀରେ...

କୁନି ଚଢ଼େଇଟି କେମିତି କ'ଣ ଜାଣି ପାରିଲା। କେଇ ପାହୁଣ୍ଡ ପଛକୁ ଘୁଞ୍ଚି ଗଲା। ତପୁନ ସେଠି ଠିଆହେଇ ରହିଲା। କୁନି ଚଢ଼େଇ ଚାହୁଁଛି ମୁଁ ତାକୁ ଧରେ ବୋଲି। ମୁଁ ତତେ ଜମାରୁ ଧରିବିନି। ତୁ ସେମିତି ଗୀତ ଗା– ଡେଇଁ ଡେଇଁ ଖେଳେ। ମୁଁ ଖାଲି ତତେ ଦେଖ୍ବି। ଟିକିଏ ଦୂରରୁ କୁନି ଚଢ଼େଇକି ଦେଖ୍ବାକୁ ତପୁନ୍କୁ ଭାରି ଭଲ ଲାଗିଲା। ଫୁଲମାନେ ବି ସବୁ କୁନି ଚଢ଼େଇକି ଆନନ୍ଦରେ ଦେଖୁଥାନ୍ତି।

ସେତିକିବେଳେ ମିଆଉଁଟେ ସେଇ ଆଡ଼କୁ ଛପିଛପି ଆସୁଥ‌ିବାର ତପୁନ୍ ଦେଖ୍ଲା। ଖୁବ୍ ଜୋରରେ ଚିଲ୍ଲେଇଲା। ଯେପରି ମିଆଉଁ ପଲେଇବ। ସେ କୁନି ଚଢ଼େଇ ପାଖଦେଇ ଦୌଡ଼ି ପଲେଇଲା। କୁନି ଚଢ଼େଇଟି ଖଣ୍ଡିଉଠା ଦେଇ ଉପରକୁ ଉଡ଼ିଗଲା। କୋଉଠି ଥ‌ିଲା କାଉଟାଏ ଆସି ତାକୁ ଅଁଟରେ ହାଣି ଦେଲା ଚୋଟେ। ସେ ଗଲି ପଡ଼ିଲା ତଳକୁ। ଜୋରରେ ଚିଁ ଚିଁ ହେଇ କାନ୍ଦିଲା ଓ ଛଟପଟ ହେଲା।

ଏକଥା ଦେଖ୍ ତପୁନ୍ ଚହଲିଗଲା। ଏତେ ହଠାତ୍ କଣ ସବୁ ଘଟିଗଲା। ସେ ବିଶ୍ୱାସ କରି ପାରିଲାନି। ଖାଲି ମମ୍ ମମ୍ ଚିତ୍କାର କଲା।

କଣ ହେଲା ତପୁନ୍?

ମମ୍- କାଉ ମୋ ଟିକି ଚଢ଼େଇକି କାମୁଡ଼ି ପକେଇଲା। ତମେ ଆସ। ସେ କାନ୍ଦୁଚି।

ତମେ ମୋ ପାଖକୁ ପଳେଇ ଆସ। କାଉ ତମକୁ ଖୁମ୍ପି ପକେଇବ। ଆସ ପରା କହୁଚି।

ନାଇଁ ମମ୍- ଟିକି ଚଢ଼େଇଟି କାନ୍ଦୁଚି। ମୁଁ ତାକୁ ଛାଡ଼ି କେମିତି ଯିବି?

ହଉ ରହ ମୁଁ ଯାଉଚି।

ମମ୍ ଆସି ପହଞ୍ଚିଲା ବେଳକୁ ତପୁନ୍ ହାତରେ ଟିକି ଚଢ଼େଇଟି ହଲ୍‌ଚଲ ହଉଚି। ହୁଏତ ଡେଇଁ ପଡ଼ିବାକୁ ଚାହୁଁଚି। ନିଜକୁ ଅସୁରକ୍ଷିତ ମଣୁଚି। ଏହା ଆଉ ଗୋଟିଏ ବଡ ବିପଦ ବୋଲି ଭାବୁଚି। ଜୋରରେ ଚିଁ ଚିଁ ହଉଚି।

ଛାଡ଼ିଦିଅ ତପୁନ୍। ତମ ହାତ ମଇଳା ହେଇଯିବ। ଛାଡ଼ିଦିଅ।

ନାଇଁ ମମ୍ ମୁଁ ଛାଡ଼ିଦେଲେ ନଟି ମିଆଁଉ ନେଇଯିବ। ଖାଇଦବ ମୋ ଟିକି ଚଢ଼େଇକି। ମୁଁ ଆକୁ ଘରକୁ ନେବି। ତା ଘାରେ ମେଡ଼ିସିନ୍ ଲଗେଇଦେବି।

ଓହୋ- ତମେ କାଇଁକି ଅଜ୍‌ଟ ହଉଚ? ଛାଡ଼ିଦିଅ ତାକୁ। ହାତ ଡାଟି ହେଇଯିବ। ଡାଡ୍ ରାଗିବେ। ଗାଲି କରିବେ। ମୋ କଥା ମାନ। ଛାଡ଼ିଦିଅ।

ନାଇଁ ମମ୍- ତମେ ଦେଖୁନା ତାକୁ କେତେ କଷ୍ଟ ହଉଚି। ହେଇଟି ଦେଖ ତା ଦେହରୁ ବ୍ଲଡ୍ ବାହାରୁଚି।

ଓହୋ- ତମେ ମୋ କଥା ମାନିବନି। ତମ ଇଚ୍ଛା ଯାହା ସେଇଆ କର। ମୋର ଲେଟ୍ ହେଇ ଗଲାଣି। ଆଇ ଓ୍ୱେଟ୍ କରିଥିବେ ପୂଜା କରିବାକୁ। ମୁଁ ଯାଉଚି।

ମମ୍ ଚାଲିଗଲେ। ତପୁନ୍‌କୁ ଖରାପ ଲାଗିଲା। ସେ ଭାବିଲା- ମୁଁ କଣ କରିବି? ଡାଡ୍‌ଙ୍କ ଗାଲିକଥା ଶୁଣିଲା ପରଠାରୁ ସେ ଟିକିଏ ଦବି ଯାଇଚି। ଆଇ ତ ତାକୁ କିଛି କହିବେନି। ଖାଲି ଡାଡ୍ ରାଗିବେ। ଗାଲି କରିବେ। ସେମିତି କଲେ ମୁଁ ଜୋରରେ କାନ୍ଦିବି। ମୋ ଟିକି ଚଢ଼େଇକି ଛାଡ଼ିବିନି। ତାକୁ ମେଡ଼ିସିନ୍ ଦେଇ ଭଲ କରିବି।

ତପୁନ୍ ବୁଲି ଘର ଆଡେ ଚାହିଁଲା। ତା ଭିତରକୁ ଯିବାକୁ ତାକୁ ଡର ଲାଗିଲା। ମମ୍ ମୋ ଉପରେ କିମିତି ରାଗିଲେ। ଘରକୁ ଗଲେ ଆହୁରି ରାଗିବେ। କଣ କରିବି?

ସେ ତା ହାତ ଭିତରେ ଥିବା ଟିକି ଚଢ଼େଇଟି ଆଡେ ଚାହିଁଲା। ସେ ଆଉ ଛଟଛଟ ହେଉନି। ଚୁପ୍ ହେଇ ଯାଇଚି। ତା ଟିକି ଟିକି ଆଖିରେ ଖାଲି କନ୍‌କନ୍ ହେଉଚି। ଥଣ୍ଡ ଏପଟ ସେପଟ କରୁଚି। କଣ ଭାବୁଚି କେଜାଣି?

ତାକୁ କଣ ମୁଁ ଛାଡ଼ିଦେଇ ଯାଇ ପାରିବି ? ନଟି ମିଆଉଁ ତାକୁ ଖାଇଦବ। ନା–ମୋ ଟିକି ଚଢ଼େଇ.... ସେ ତାକୁ ତା ଗାଲ ଛୁଆଁଇଲା। ଧୀରେ ଧୀରେ ପୋର୍ଟିକୋ ଆଡ଼କୁ ଆଗେଇଲା। ପୋର୍ଟିକୋ ତଳେ ଶୋଇଥିଲା ଟାଇଗର। ଟାଇଗର ଆଖି ଖୋଲି ବନ୍ଦ କରିଦେଲା। ପୁଣି ସାଂଗେ ସାଂଗେ ଖୋଲିଦେଲା। ଟିକି ଚଢ଼େଇକି ଦେଖି ତପୁନ୍ ପାଦ ପାଖରେ ଗୁଁ ଗୁଁ ହେଲା।

ଗୋ ସ୍ଲିପ୍–ତପୁନ୍ ପାଟିକଲା। ଟାଇଗର ଚୁପ୍ଚାପ୍ ତା ଜାଗାରେ ଯାଇ ଶୋଇ ପଡ଼ିଲା। ତପୁନ ଦୋର ଠେଲି ଡ୍ରଇଂରୁମ୍ରେ ପଶିଲା। ଆଉ ଭିତରକୁ ନଯାଇ ସୋଫା ଉପରେ ବସି ପଡ଼ିଲା। ତା ହାତ ଧୀରେ ଧୀରେ ଖୋଲିଲା। ଟିକି ଚଢ଼େଇଟି ତା ହାତ ମୁଠାରୁ ସୋଫା ଉପରକୁ ଡେଇଁ ପଡ଼ିଲା। ହେଲେ ଠିଆ ହେଇ ପାରିଲାନି। ଗଡ଼ି ପଡ଼ିଲା। ଚିଁ ଚିଁ ହେଇ ଘୁସୁରିବାକୁ ଲାଗିଲା। ତପୁନ୍ ତାକୁ ଧରିନେଲା। ଇଏ ଠିଆହେଇ ପାରୁନି କାଇଁକି ?

ଏତିକିବେଳେ ଡାଡ୍ ଚା କପ୍ ଧରି ପେପର ପଢ଼ିବାକୁ ପଶି ଆସିଲେ। ତପୁନ୍ ହାତରେ ଟିକି ଚଢ଼େଇଟି ଦେଖି ଆଶ୍ଚର୍ଯ୍ୟ ହେଇଗଲେ।

ତପୁନ୍ ସେ କ'ଣ ? ବଡବଡ ଆଖିକରି ପଚାରିଲେ ଡାଡ୍।

ତପୁନ୍ ସତର୍କ ହେଇଗଲା। ଡାଡ୍ ଦେଖିଲେ ରାଗିବେ। ପାଟି କରିବେ। ତାକୁ ପଛରେ ଲୁଚାଇ ଦେଲା। ନାଇଁ ଡାଡ୍। କିଛି ନୁହଁ।

ତମେ ମିଛ କହିବା କୋଉଠୁ ଶିଖିଲ ?

ସରି ଡାଡ୍, ଏଇ ଟିକି ଚଢ଼େଇଟି।

ଇସ୍। ତାକୁ ବାହାରେ ଛାଡ଼ିଦେଇ ଆସ। ହ୍ୟାଣ୍ଡ୍ୱାସ୍ରେ ଭଲ ଭାବରେ ହାତଧୁଅ। ଭୟରେ ତପୁନ୍ ବାହାରକୁ ଚାଲି ଆସିଲା। ଡାଡ୍ ପେପର ନେଇ ତାଙ୍କ ରୁମ୍କୁ ଚାଲିଗଲେ। ବାହାରେ ତପୁନ୍ ଚୁପ୍ଚାପ୍ ଠିଆ ହୋଇଥାଏ। ଡାଡ୍ କି ମମ୍ କେହି ମୋ କଥା ବୁଝିପାରୁ ନାହାନ୍ତି। ମୋ ଉପରେ ରାଗୁଛନ୍ତି। ପାଟି କରୁଚନ୍ତି। ମୁଁ କଣ କରିବି ? ତା ଆଖିକି ଲୁହ ଆସିଗଲା। ସେ ଚୁପ୍ଚୁପ୍ ବଗିଚା ଭିତରକୁ ଚାଲିଗଲା। ଶେଷ ଆଡ଼କୁ ଥିବା ଆମ୍ବଗଛ ତଳ ସିମେଣ୍ଟ ବେଞ୍ଚ ଉପରେ ବସି ପଡ଼ିଲା। ଟିକି ଚଢ଼େଇ କି ଅନେଇ ରହିଲା ଓ ତାର ଆଖିରୁ ଧାରଧାର ଲୁହ ବହି ଚାଲିଲା।

ମମ୍ ବ୍ୟସ୍ତ ଥିଲେ କିଚେନ୍ରେ। ଡାଡ୍ ପଶି ଯାଇଥିଲେ ବାଥରୁମ୍କୁ। ଆଇ ଠାକୁରଘରେ ପୂଜା କରୁଥିଲେ। ମମଙ୍କର ତପୁନ୍ କଥା ମନ ପଡ଼ିଗଲା। ସେତ ଏ ପର୍ଯ୍ୟନ୍ତ ବ୍ରସ କରିନି। ରମା, ତପୁନ୍ କୋଉଠି ଅଛି ଡାକିଲ୍ୟ। ବ୍ରସ କରି ବିସ୍କୁଟ୍ ହର୍ଲିକ୍ସ ଖାଇବ।

ରମା ଆସିଲା ତାର ଷ୍ଟଡିରୁମ୍କୁ। ସେଠି ସେ ନଥିଲା। ତାପରେ ଡ୍ରଇଂରୁମ୍। ସେଠି

ବି ନାହିଁ। ତାପରେ ଠାକୁରଘର। କାଲେ ଆଇଙ୍କ ଆଡେ ଯାଇଥିବ– ଆଇ ପୂଜାସାରି କବାଟ ଆଉଜାଉଥିଲେ। କଣ ହେଲା ରମା ?

ନାଇଁ ମୁଁ ଦେଖୁଥିଲି କାଲେ ତପୁନ୍‌ବାବୁ ଏଆଡେ ଆସିଥିବେ। ତାଙ୍କୁ ମୁଁ କୋଉଠି ପାଉନି।

କୋଉଠି ପାଉନୁ ମାନେ ? ଘରେ କୋଉଠି ଥିବ, ଆଉ ଯିବ କୁଆଡେ ? ତପୁନ୍‌, ତପୁନ୍‌ ଡାକି ଡାକିକା ସେ ତା ଷ୍ଟଡିରୁମ୍‌ ଆଡେ ଗଲେ। ସେ ସେଠି ନଥିଲା। ଡ୍ରଇଂ ରୁମ୍‌ରେ ନାଇଁ।

ନା–

ତାହେଲେ ସେ ଗଲା କୁଆଡେ ? କିଟେନ୍‌କୁ ଯାଇ ବୋହୂକୁ ପଚାରିଲେ ତପୁନ୍‌ କାଇଁ ?

ସେ ଗୋଟାଏ ଚଢ଼େଇ ଛୁଆକୁ ଗାଡେନ୍‌ ଭିତରୁ ଧରିଥିଲା। ତାକୁ ଛାଡିଦେଇ ଆସିବାକୁ କହି ମୁଁ ଚାଲି ଆସିଲି। ସେ ତ ମୋ ପଛେ ପଛେ ଆସୁଥିଲା। ଡ୍ରଇଂରୁମ୍‌ରେ ତା ଡାଡ୍‌ ସେଇ ଚଢ଼େଇଛୁଆଟା ଦେଖି ପାଟି କରୁଥିଲେ। ଆଉ ଗଲା କୁଆଡେ ?

ତୁ ବ୍ୟସ୍ତ ହଅନା। ମୁଁ ତାକୁ ଖୋଜି ଆଣୁଚି। ଆଇ ଗାଡେନ୍‌ ଭିତରକୁ ଗଲେ। ତପୁନ୍‌, ତପୁନ୍‌, ଡାକି ଡାକି ଏପଟ ସେପଟ ଖୋଜିଲେ। ଶେଷରେ ଆମ୍ବଗଛ ତଲେ ନିରବରେ କାନ୍ଦୁଥିବାର ଦେଖି ତାଙ୍କ ମନ ତରଳିଗଲା।

ମୋ ଧନ ଏଠି ଏକୁଟିଆଟା ବସି କାନ୍ଦୁଚି କାଇଁକି ? ଆରେ ଆରେ ତୋ ହାତରେ ଟିକି ଚଢ଼େଇଟିଏ। ଭାରି କିଉଟ୍‌ ହେଇଚି। କୋଉଠୁ ପାଇଲୁ ?

କାନ୍ଦି କାନ୍ଦି ଆରମ୍ଭ କଲା ତପୁନ୍‌ ଆଇ....

ନା– ମୋ ଧନ କାନ୍ଦ ବନ୍ଦ କର। ସେ ତା ଆଖି ପୋଛିଦେଲେ ତାଙ୍କ ପଣତକାନିରେ। ତାକୁ କୋଲେଇ ନେଲେ। ମୋ ସୁନାଟା ପରା, ମୋ ଧନଟା। ଆଉ କାନ୍ଦନା କହ। ଆଇଙ୍କ ନରମ କଥାରେ ତପୁନ୍‌ର କାନ୍ଦ ବନ୍ଦ ହେଇଗଲା।

ଆଇ, ମର୍ଣ୍ଣିଂରେ ମୁଁ ମମ୍‌ଙ୍କ ପଛେ ପଛେ ଗାର୍ଡେନ୍‌କୁ ଯାଉଥିଲି। ସେଇଠି ଏଇ ଟିକି ଚଢ଼େଇକୁ ଦେଖିଲି। ଗୀତ ବୋଲୁଥିଲା ଆଉ ଖେଲୁଥିଲା। ନଟି ମିଆଉଁ ତାକୁ ଆଟାକ୍‌ କଲା। ଏ ଭଲ ଉଡିଶିଖିନି। ଉପରକୁ ଉଠୁଉଠୁ କାଉ ତାକୁ କାମୁଡି ପକେଇଲା। ଏ ତଲେ ପଡିଗଲା। ଜୋରରେ କାନ୍ଦିବାରୁ ମୁଁ ତାକୁ ଉଠେଇ ନେଲି। ତା ଦେହରୁ ବ୍ଲଡ ବୋହୁଚି। ହେଲେ ମମ୍‌ ଆଉ ଡାଡ୍‌ ମୋ ଉପରେ ରାଗୁଚନ୍ତି। ଗାଲି କରୁଚନ୍ତି। କହୁଚନ୍ତି ଆକୁ ଗାର୍ଡେନରେ ଛାଡି ଦେବାକୁ। ଆଇ ଏଠି ତ ଆକୁ ନଟି ମିଆଁଉ ଖାଇଦବ। ମୋ ଟିକି ଚଢ଼େଇ –ମୋ ଟିକି ଚଢ଼େଇ... ତାକୁ ଗାଲରେ ଜାକିଧରି ତପୁନ୍‌ ପୁଣି କାନ୍ଦିବାକୁ ଆରମ୍ଭ କଲା।

ହଁ ଚାଲ । ଡାକ୍ତର ମାମୁ କେହି କିଛି କହିବେନି । କହିଲେ ମୁଁ ତାଙ୍କୁ ଗାଳି କରିବି । ତୁ ତ ମୋ ସୁନାପୁଅ ।

ଆଈଙ୍କ ସହ ତପୁନ୍ ଘରକୁ ଆସିଲା ।

ତୁ ଏଇଠି ସୋଫା ଉପରେ ବସ । ମୁଁ ଫାଷ୍ଟଏଡ୍ ବକ୍ସ ନେଇ ଆସୁଚି ।

ଆଈ ଭିତରକୁ ଯାଉ ଯାଉ ଡାକ୍ତର ପଶି ଆସିଲେ ।

ତପୁନ୍ ସେ ଚଢେଇ ଛୁଆକୁ ଫୋପାଡ଼ି ଦେଇନା ? ଆଜି ଆଉ ପାଠପଢ଼ା ହବନି ? ଯାଅ ଫୋପାଡ଼ି ଆସ୍ କହୁଚି...

ଆଈ ପଶି ଆସୁଥିବା ବେଳେ ପାଟିକଲେ- ତୁ ତୋ କାମରେ ଯା । ମୁଁ ତା କଥା ବୁଝୁଚି । ସମସ୍ତେ ପିଲାଟା ଉପରେ ପାଟି କରୁଚନ୍ତି ।

ଡାକ୍ତର ସୁନାପିଲା ପରି ବାହାରିଗଲେ । ଟିକି ଚଢେଇକି ଆଈ ନିଜ କୋଳକୁ ନେଲେ । ସେ ଗଡ଼ିପଡ଼ିଲା ଗୋଟିଏ ପଟକୁ ।

ତପୁନ୍ ଆର ଗୋଡ ଭାଙ୍ଗି ଯାଇଚି । ତା ଗୋଡରେ ଟାଇଟ୍ କରି ବ୍ୟାଣ୍ଡଏଡ୍ ପକେଇଦବା ।

ହେଇ ନିଅ ଆଈ । ମୋ ଟିକି ଚଢେଇର ଗୋଡ ଭଲ ହେଇଯିବ ? ସେ ପୁଣି ଠିଆହେବ ? ପୁଣି ଚାଲିବ ? ଆଈ ମୁଁ ସବୁ କାଉଙ୍କୁ ଆମ ଗାର୍ଡନରୁ ତଡ଼ିଦେବି । ଭାରି ନଟି ।

ବ୍ୟାଣ୍ଡଏଡ୍ ଗୁଡେଇ ସାରି ତା ପର ଉପରେ ସ୍ୱିରିଟ୍‌ଭିଜା ତୁଲା ରଖିଲେ । ସେ ଜୋରରେ ଚିଁ ଚିଁ ହେଇ ଉଠିଲା ।

ଆଈ ତାକୁ ପେନ୍ ହଉଚି । ଧୀରେ ଧୀରେ ।

ତୁ ବ୍ୟସ୍ତ ହନା । ଠିକ୍ ହେଇଯିବ । ମୁଁ ତା ଘାକୁ-ସ୍ୱିରିଟ୍‌ରେ ଧୋଇ ଦଉଚି । ଆରମ୍ ଲାଗିବ । ତାପରେ ଆଣ୍ଟିବାୟୋଟିକ୍ ଲଗାଇଦେଲେ ଭଲ ହେଇଯିବ ।

ଆଈ ଘାରେ ନିଓସ୍ପିନ୍ ଲଗାଇଦେଲେ । ଛଟପଟ ହେଇ ହେଇ ସେ ଶାନ୍ତ ହେଇଗଲା । ତପୁନ୍ ତାକୁ ନେଇ କୋଳରେ ଥୋଇଲା । ସେ ଚୁପ୍ ହେଇ ଶୋଇ ପଡ଼ିଲା ।

ଥ୍ୟାଙ୍କ୍ ୟୁ ଆଈ ।

ହଁ ଏଥର ତୁ ଯାଇ ବ୍ୟସ କର । କଣ ଟିକେ ଖାଇଦେ ।

ତପୁନ୍ ଟିକି ଚଢେଇକୁ ଧରି ଉଠି ଯାଉଥିଲା ।

ନାଇଁ ନାଇଁ - ତୁ ଟିକିଏ ବସ । ମୁଁ ତା ପାଇଁ ବେଡ଼ଟିଏ ଆଣେ ।

ଆଈ ପୁଣି ଭିତରକୁ ଗଲେ । ଗୋଟିଏ ପ୍ଲାଷ୍ଟିକ୍ ବାସ୍କେଟ୍‌ରେ କିଛି କନା ପକେଇ ନରମ ଶେଯ କରି ନେଇ ଆସିଲେ ।

ଆରି ଭିତରେ ତାକୁ ରଖିଦେ । ସେ ଆରାମରେ ରେଷ୍ଟନବ । ଥକି ଯାଇଚି ବିଚାରୀ ।

ତପୁନ୍ ତା ଭିତରେ ଟିକି ଚଢ଼େଇକି ଶୋଇଦେଲା । ସେ ଆରାମରେ ଶୋଇ ପଡ଼ିଲା ।

ଆଇ, ମୁଁ ଆକୁ ସାଙ୍ଗରେ ନେଇଯିବି । ପାଖରେ ରଖିବି । ନହେଲେ ନଟି ମିଆଉଁ ଖାଇଦବ ।

ତୁ ଚାଲ୍ । ମୁଁ ନେଇ ଯାଉଚି । ଆଇ ତାକୁ ପାଖରେ ରଖି ଡାଇନିଂ ଚେୟାର ଉପରେ ବସିଲେ । ମମ୍ ଚାକପ୍ ତାଙ୍କ ହାତକୁ ବଢ଼େଇ ଦେଇ କହିଲେ ବୋଉ, ଆଜି ସକାଳୁ ସକାଳୁ ତପୁନ୍ ମୋ ମୁଣ୍ଡ ଖରାପ୍ କଲାଣି । ଏଇ ଚଢ଼େଇ ଛୁଆଟା ପାଇଁ ଏ ପର୍ଯ୍ୟନ୍ତ ବ୍ରସ କଲାନି । ବିସ୍କୁଟ୍ ହର୍ଲିକ୍ ବି ଖାଇଲାନି । ହୋମ୍‌ୱାର୍କ‌ତ ସାରି ନଥ‌ବ । କ୍ଲାସରେ ମିସ୍ ପନିସମେଣ୍ଟ ଦେବେ ।

ତୁ ଯା କିଛି ହବନି । ମୁଁ ଦେଖୁଚି । ହଁ ବାପାଙ୍କୁ ଚା ଦେଇଚୁ?

ହଁ ବୋଉ ।

ମମ୍ କିଚେନ୍ ଆଡ଼କୁ ଚାଲିଗଲେ । ମୁହଁରେ ଚିନ୍ତାର ବୋଝ । ତପୁନ୍ ପାଠରେ ମନ ନଦେଇ ବେକାର କଥାରେ ମାତିଚି ।

ତପୁନ୍ ବ୍ରସ କରି ସାରି ଡାଇନିଂ ଟେବୁଲ୍ ପାଖକୁ ଆସିଲା । ଆଇଙ୍କ ପାଖରେ ବସିଲା । ରମା ସାଙ୍ଗେ ସାଙ୍ଗେ ଆଣି ବିସ୍କୁଟ୍ ଓ ହର୍ଲିକ୍ ଥୋଇ ଦେଇଗଲା ।

ଆଇ, ମୋ ଟିକି ଚଢ଼େଇ ଶୋଇ ପଡ଼ିଚି ନା । ସେ ଭାରି ଡରି ଯାଇଚି । ତାକୁ ଦି ଜଣ ଆଟାକ୍ କଲେ ।

ହଁ ତୁ ଖାଇ ଦେ । ସେ ରେଷ୍ଟ ନଉଥାଉ ।

ତପୁନ୍ ବିସ୍କୁଟ୍ ପାଟିକି ନଉଥିଲା । ଅଟକି ଗଲା । ଟିକି ଚଢ଼େଇ ତ ସକାଳୁ କିଛି ଖାଇନି । ତା ମମ୍ ତ ତା ପାଖରେ ନଥିଲେ । ତାକୁ ଏବେ ଗାର୍ଡେନ୍‌ରେ ଖୋଜୁଥିବେ କି ? ମୁଁ ଯାଇ ଦେଖ ଆସିବି କି ?

ନାଇଁ ତୁ ବସିକରି ଖା । ତା ମା ସେଠି ନଥିବ । ସେ କୁଆଡ଼େ ଚରିବାକୁ ଯାଇଥିବ । ଆଇ, ମୋ ଟିକି ଚଢ଼େଇ କଣ ଖାଇବ ?

ତାକୁ ବିସ୍କୁଟ ଟିକି ଟିକି କରି ଦେଲେ ଖାଇବ । ଆଗେ ତୁ ଖାଇଦେ ।

ତାକୁ ଭାରି ଭୋକ କରୁଥିବ ଆଇ । ଭୋକରେ ଶୋଇ ପଡ଼ିଚି । ଚିଁ ଚିଁ କରି ତାକୁ ସେ ଡାକିଲା । ଟିକି ଚଢ଼େଇ ନିଦରୁ ଉଠି ପଡ଼ିଲା । ତାକୁ ଦେଖ ଚିଁ ଚିଁ ହେଲା । ତପୁନ୍ ଖୁସି ହେଇଗଲା । ମତେ ସେ ଚିହ୍ନ ପାରୁଚି । ନେ ଖା– ବିସ୍କୁଟ ତା ଥଣ୍ଟ ପାଖରେ ଦେଖେଇଲା । ସେ ଥଣ୍ଟ ବୁଲେଇ ନେଲା । ନେ ନେ ଖା । ଆଇ ସେ ଖାଉନି ।

ତୁ ଖାଇଦେ । ମୁଁ ତାକୁ ଖୋଇଦେବି ।

ତପୁନ୍ ସବୁଯାକ ବିସ୍କୁଟ ଆଇଙ୍କ ହାତରେ ରଖ୍‌ଦେଲା । ତାକୁ ଟିକେ ଟିକେ ଖୁଆଥା । ସେ ନିଜେ କେବଳ ହର୍ଲିକ୍ସ ପିଇଦେଲା ।

ଆଇ ଡାକିଲେ- ରମା ଇଆଡେ ଆସିଲୁ ? ଆରେ ଏ ଟିକି ଚଢ଼େଇ କଣ ଖାଇବ ?

ଚଢ଼େଇ ମାନେ ତ ପୋକଜୋକ ଖାଆନ୍ତି । ଭାତ ଆଉ ଚାଉଳ ବି ଖାଆନ୍ତି । ଇଏ ତ ଅଜୀବୀଟା । ଖାଇ ଶିଖ୍ ନଥିବ । ତାକୁ ଡ୍ରପରରେ କ୍ଷୀର ଦେଲେ ଖାଇବ ।

ତୁ ଯାଇ କ୍ଷୀର ଆଉ ଡ୍ରପର ଆଣିଲୁ । ଡ୍ରପରକୁ ଭଲ ଭାବରେ ଧୋଇକରି ଆଣିବୁ । ତପୁନ୍ ବାସ୍କେଟକୁ ତା କୋଳକୁ ନେଲା । ଏଇ ଟିକି ଚଢ଼େଇ ଦିନେ ବଡ ହବ । ଛାଁକୁ ଛାଁ ଖାଇବ । ମୋ ସହ ବୁଲିବାକୁ ଯିବ । ଗଛ ଉପରକୁ ଉଡ଼ିଯିବ । ମୁଁ ଡାକିଲେ ମୋ ମୁଣ୍ଡ ଉପରେ ଆସି ବସିବ । ମୁଁ ପଢ଼ିଲାବେଳେ ମୋ ଟେବୁଲ ଉପରେ ବସି ମୋ ବହିକି ଅନେଇଥିବ । ମତେ ଡିସଟର୍ବ କଲେ ମୁଁ ବଡବଡ ଆଖିକରି ତାକୁ ଅନେଇବି । ସେ ଡରିଯିବ । ଆଖି ବନ୍ଦ କରି ଚୁପ୍ ହେଇ ବସିବ । ମୁଁ ଖାଇଲେ ସେ ମୋ ପାଖରେ ବସିବ । ମୁଁ ଟିକିଏ ଟିକିଏ ତା ଆଗରେ ଥୋଇଦେବି । ସେ ଥଣ୍ଟେଇ ନବ । ଖାଇସାରି ସେ ମୋ ସହ ମୋ ବେଡ଼ରେ ଶୋଇ ପଡିବ । ମୋର ବେଷ୍ଟ ଫ୍ରେଣ୍ଡ ହେଇଯିବ । ମୋ ଟିକି ଚଢ଼େଇ...ମୋ ଟିକି ଚଢ଼େଇ...

ରମା କ୍ଷୀର ଓ ଡ୍ରପର ଧରି ଆସିଲା । ଆଇ ବାସ୍କେଟକୁ ତପୁନ୍‌ଠୁ ନେଇ ନିଜ କୋଳରେ ରଖ୍‌ଲେ । ଡ୍ରପରରେ କ୍ଷୀର ଶୋଷି ଥଣ୍ଟ ପାଖରେ ଧରିଲେ । ଟିକି ଚଢ଼େଇ ଟିକିଏ ଥଣ୍ଟ ଖୋଲି ପୁଣି ବନ୍ଦ କରିଦେଲା । ଆଖି ବି ଖୋଲିଲାନି ।

ନା- ସେ ଏମିତି ଖାଇବନି । ତୁ ତା ଥଣ୍ଟ ମେଲେଇ ଧ । ମୁଁ କ୍ଷୀର ପେଇଦେବି ।

ତପୁନ୍ ତା ଥଣ୍ଟକୁ ଟିକେ ଛୁଇଁଲା । ଜାଣି ପାରିଲାନି କେମିତି ଖୋଲିହବ ।

ହଉ ହଉ ମୁଁ ଖୋଲି ଦଉଚି । ତୁ ଡ୍ରପର ନେ ତା ପାଟିକି ଦେ ।

ଆଇ ଥଣ୍ଟ ଖୋଲି ଧରିଲେ । ତପୁନ୍ ଡ୍ରପ ଡ୍ରପ୍ କ୍ଷୀର ପକେଇଲା । ପିଇଦେରେ ପିଇଦେ ମୋ ସୁନା ଟିକି ଚଢ଼େଇ । ଟିକି ଚଢ଼େଇ କ୍ଷୀର ନପିଇ ମୁଣ୍ଡ ହଲେଇ ଦେଲା । କ୍ଷୀରସବୁ ବାହାରି ଆସିଲା । ଆଇ କହିଲେ-ନାରେ ସେ ଏଇନେ କ୍ଷୀର ପିଇବନି । ଡରି ଯାଇଚି । କିଛି ସମୟ ଶୋଇପଡୁ । ଭୋକ ହେଲେ ଖାଇବ । ତୁ ଯା ପଢ଼ିବୁ ଯା । ତାକୁ ନେଇ ଯା ସେଇଠି ରଖ୍‌ବୁ । ମୁଁ ଜେଜେଙ୍କ ପାଖକୁ ଯାଉଚି । ଔଷଧ ଖାଇ ନଥିବେ ।

ମମ ଏଠିକିବେଳେ ବାହାରି ଆସିଲେ । ତପୁନ୍ ତୁମେ ଏ ପର୍ଯ୍ୟନ୍ତ ପଢ଼ାପଢ଼ି କିଛି କଲନି ? ସ୍କୁଲ ଯିବା ଟାଇମ୍ ତ ହେଇଗଲାଣି । ଯାଅ-ଶୀଘ୍ରଶୀଘ୍ର ଗାଧେଇ ପଡ । ତମ

ପାଇଁ ଟିଫିନ୍ ରେଡି। ରମା ଦେଇଦବ। ବୋଉ, ମୁଁ ଟିକିଏ ଆମ କ୍ଲବ୍କୁ ଯାଉଚି। ଆଜି ଫ୍ୟାସନ ସୋର ଫାଇନାଲ ରିହର୍ସାଲ। ସମସ୍ତେ ଆସି ଯିବେଣି। ତପୁନ୍କୁ ସ୍କୁଲକୁ ପଠେଇ ଦବ। ମୁଁ ପହଞ୍ଚ ଗାଡି ପଠେଇ ଦେବି।

ନାଇଁ ମମ୍, ମୁଁ ଆଜି ସ୍କୁଲକୁ ଯିବିନି। ମୋ ଟିକି ଚଢ଼େଇ...

ହ୍ୱାଟ୍-ରାଗିଗଲେ ମମ-ସ୍କୁଲକୁ କାଇଁକି ଯିବିନି ? ଯାଅ ବାଥରୁମକୁ...

ନା- ମତେ ଭଲ ଲାଗୁନି...ମୁହାଁ ଫଟେଇଲା ତପୁନ୍।

ଓହୋ-ମଣିଷର ମୁଣ୍ଡ ଖରାପ କରିଦବ। ମମ୍ ଡାଡ଼ିଙ୍କୁ କଲ୍ କଲେ-ତପୁନ୍ କଉଚି ଆଜି ସ୍କୁଲକୁ ଯିବନି। ମୁଁ କଣ ଯେ କରିବି..ହେଇ ନିଅ ତପୁନ୍ ଡାଡ଼ିଙ୍କ ଫୋନ୍...

ଆଇ ମୋବାଇଲ୍ ଧରିନେଲେ। ହାଲୋ -ତପୁନ୍ର ଦେହ ଭଲ ଲାଗୁନି। ସେ ନଯାଉ ଆଜିକ। ତୁ ବେସ୍ତ ହନା। ମୁଁ ଅଛି।

ମୋବାଇଲ ଅଫ୍ କରି ଫେରେଇ ଦେଲେ। ମମ୍ଙ୍କର ମୁହଁ ଲାଲ୍ ପଡ଼ିଗଲା। ବୋଉ ତାକୁ ମୁହଁ ଦେଇ ନଷ୍ଟ କରିଦେଲେ। କିନ୍ତୁ ବୋଉଙ୍କୁ କିଛି କହି ପାରିଲେ ନି। ତରତର ହେଇ ପଳେଇ ଗଲେ।

ତପୁନ୍ ଏତେବଡ ମୁହଁକରି ତଳକୁ ଅନେଇଁ ରହିଲା। ଆଇ ତା ମୁଣ୍ଡ ଉପରେ ହାତ ରଖ୍ଲେ-ମୋ ସୁନାଟା ପରା- ତୁ ଯାଇ ଗାଧେଇ ପଡ। ମୁଁ ଆକୁ ନେଇ ଜେଜେଙ୍କ ପାଖକୁ ଯାଉଚି। ଏତେ ବେସ୍ତ ହନା ...ଯା...

ତପୁନ୍ ଉଠିଗଲା ବାଥରୁମ୍ ଆଡକୁ। ସେ ଗଲେ ଭିତର ପଟକୁ। ତପୁନ୍ ବାଥରୁମରେ ପଶିଲା। ତା ମନ ଥଲା ଟିକି ଚଢ଼େଇ ପାଖରେ। ସିଏ ଥଣ୍ଟ ଖୋଲୁନି, ଖାଉନି କି ଚିଁ ଚିଁ ହଉନି। ତପୁନ୍ ବାଥରୁମରୁ ଫେରିଲା। ରମା ତାକୁ ପୋଛିଦେଲା। ମୁଣ୍ଡ କୁଞ୍ଚେଇ ଦେଲା। ସେ ତା ଡ୍ରେସ୍ ଆଣି ପିନ୍ଧିଲା। ୟୁନିଫର୍ମ ପିନ୍ଧିଲାନି। ଆଜି ସ୍କୁଲକୁ ଯିବନି। ରମା ଆଣି ଟିଫିନ୍ ଡାଇନିଂ ଟେବୁଲ୍ ଉପରେ ରଖ୍ଲା, ଆସ ଖାଇ ଦିଅ।

ନା। ମତେ ଭଲ ଲାଗୁନି। ମୁଁ ଖାଇବିନି।

ଆଇ ଆସୁଥ୍ଲେ ଟିକି ଚଢ଼େଇର ବାସ୍କେଟ୍ ଧରି। ଏକଥା ଶୁଣି କହିଲେ ତପୁନ୍, ମୋ ଧନଟା ପରା। ତୁ ସକାଳୁ ଏଯାଏ କିଛି ଖାଇନୁ। ଖାଇ ଦେ। ଏଇ ରମା, ମୋ ଟିଫିନ୍ ଏଠିକି ଆଣେ। ଆମେ ସାଂଗହେଇ ଖାଇବୁ। ମତେ ଭାରି ଭୋକ କଲାଣି। ହଁ ମୋ ପାଇଁ ଆଉ କପେ ଚା କର। ରମା ଟିଫିନ୍ ଆଣି ରଖ୍ଦେଇ ଗଲା। ନେ ଖା।

ମୋ ଟିକି ଚଢ଼େଇ କିଛି ଖାଉନି। ଆଉ ଟେଁ ଟେଁ ହଉନି। ମତେ ଭଲ ଲାଗୁନି ଆଇ।

ସେ ଉଠିବ। ମୁଁ ତାକୁ ଉଠେଇବି। ତୁ ଖାଇଦେ। ଆମେ ତାକୁ ଗାର୍ଡେନ୍କୁ

ନେଇଯିବା । ସେଠି ତାକୁ ଭଲ ଲାଗିବ । ସେ ଉଠି ଖାଇବ । ତୁ ଶୀଘ୍ର ଶୀଘ୍ର ଖାଇଦେ । ଦେଖ୍‌ ତୁ ନ ଖାଇଲେ ମୁଁ ଖାଇବିନି, ମୋ ରାଣ ତୁ ଖାଇଦେ ।

ତପୁନ୍‌ ବାଧ୍ୟହେଇ ଟିଫିନ୍‌ ଟିକିଏ ପାଟିକି ନେଲା । ଢୋକିଲା ବେଳକୁ ଆଖି ଟଳମଟଳ ହେଇ ଆସିଲା । ଆଇ ତାକୁ କୋଳକୁ ନେଲେ । ମୋ ଧନଟା ପରା, ଏମିତି ଅଝଟ ହୁଅନି । ଦେ ଖାଇଦେ । ମୁଁ ଖୋଇ ଦଉଚି । ଆଇ ତାକୁ ଖୋଇଦେଲେ । କେଇଥର ଖାଇ ସାରିଲା ପରେ କୋଳରୁ ଉଠିଗଲା । ନା ଆଇ ମୁଁ ଆଉ ଖାଇବିନି । ତମେ ଖାଇଦିଅ ।

ସେ ଟିକି ଚଢ଼େଇ କି ଚାହିଁ ରହିଲା ।

ଆଇ ଟିଫିନ୍‌ ଆଉ ଚା ଖାଇସାରି ବାସ୍କେଟ୍‌କୁ ଟାଙ୍କ ଆଡକୁ ଟାଣିନେଲେ । ଟିକି ଚଢ଼େଇଟି ନିସ୍ତେଜ ହେଇ ପଡ଼ି ରହିଥାଏ । ତା ଉପରେ ହାତ ବୁଲେଇ ନେଲେ । ସେ ଟିକିଏ ଆଖି ଖୋଲି ବୁଜିଦେଲା । ଆଇ ଭୟ ପାଇଗଲେ । ଆ ଅବସ୍ଥା ଖରାପ ହେଇ ଗଲାଣି । ଯଦି ଏହାର କିଛି ହେଇଯାଏ ତପୁନ୍‌...ଓ୍ୟ.....ଆଉ କିଛି ଭାବି ପାରିଲେନି । ତପୁନ୍‌, ଟିକି ଚଢ଼େଇ ରେଷ୍ଟ ନଉଚି । ଆମେ ତ ମେଡ଼ିସିନ୍‌ ଲଗେଇ ଦେଇଚେ । କିଛି ସମୟ ପରେ ସେ ଉଠିବ । ଖାଇବ, ଖେଳିବ ପୁଣି ଚିଁ ଚିଁ ହବ । ତୁ ତା ପାଖରେ ଏଠି ବସିଥା । ମୁଁ ଜେଜେଙ୍କ ପାଖରୁ ଆସେ । ଆଇ ଜେଜେଙ୍କ ଘର ଆଡକୁ ଗଲେ ପୁଅକୁ ଫୋନ୍‌ କରିବା ପାଇଁ । ହଉ ବୋଉ ମୁଁ ଭେଟେନାରୀ ସର୍ଜନକୁ ପଚାରି କହୁଚି । କିଛି ସମୟପରେ କଲ୍‌ବ୍ୟାକ୍‌ କଲେ– ସେ କହୁଚନ୍ତି ପ୍ରଥମରୁ ତାଙ୍କ ପାଖକୁ ନେଇଥିଲେ ସେ ଚେଷ୍ଟା କରିଥାନ୍ତେ । ହେଲେ ଏତେ ଟିକି ଚଢ଼େଇ ପାଇଁ ଏଇନେ କିଛି କରି ହବନି । ଆଉ କୌଣସି ଆଶା ନାହିଁ । ତମେ ତପୁନକୁ ସମ୍ଭାଳ । ତା ମମ୍‌କୁ ମୁଁ ଫୋନ୍‌କରି କହି ଦଉଚି ଘରକୁ ପଳାଇ ଆସିବ ।

ତପୁନ୍‌ ସେମିତି ଟିକି ଚଢ଼େଇକି ଚାହିଁ ବସିଥାଏ । ଆଇ ଆସି ତା ମୁଣ୍ଡ ଉପରେ ହାତ ରଖିଲେ । ବଡ ବିକଳ ହେଇ ତାଙ୍କ ମୁହଁକୁ ଅନେଇଲା । ଆଇ କହିଲେ ଚାଲ ଟିକି ଚଢ଼େଇକି ଗାର୍ଡେନ୍‌କୁ ନେଇଯିବା । ଅନ୍ୟ ଚଢ଼େଇଙ୍କ ବୋବେଇବା ଶୁଣିଲେ ସେ ଆଖି ଖୋଲିବ । ବୋବେଇବ । ସେମାନେ ଗାର୍ଡେନ୍‌ ଭିତରକୁ ଗଲେ । ଗେଟ୍‌ଠାରୁ ଅଛ ଦୂରରେ ଗୋଟିଏ ସିମେଣ୍ଟ ବେଞ୍ଚ ଉପରେ ବସିଲେ । ତପୁନ୍‌ ଆରେ ତୁ ଦେଖ୍‌ତୁ ବିଗ୍‌ ବଜାରରେ ଚଢ଼େଇଙ୍କ କାଠ ପଞ୍ଜୁରି ମିଳୁଚି ? ତା ଭିତରେ ୫/୬ଟି ଏମିତି ଚଢ଼େଇ ଅଛନ୍ତି । ସେଇଥ୍ରୁ ଗୋଟାଏ ପଞ୍ଜୁରି ଆଣି ଆମର ରଖିବା ।

ଆଇ ମୋ ଟିକି ଚଢ଼େଇ....

ଆଇ ଆଉ ତପୁନକୁ ଭୁଲେଇବା ପାଇଁ ଚେଷ୍ଟା କଲେନି । ବାପା ତୁ ଠାକୁରଙ୍କ ଡାକ । ସେ ଦୟାକଲେ ସବୁ ଠିକ୍‌ ହେଇଯିବ ।

ଆଈଙ୍କର ଏଇ କଥା ପଦକ ତପୁନ୍‌ର ମନରେ ନୂଆ ଆଶା ଭରିଦେଲା। ସେ ଆଖ୍ ବୁଜି ଗଡ଼୍‌ଙ୍କୁ ପ୍ରେୟାର କଲା। ଓ ଗଡ଼୍ ତମେ ମୋ ଉପରେ ଦୟାକର। ମୋ ଟିକି ଚଢ଼େଇକୁ ଭଲ କରିଦିଅ। ସେ ନିଦରୁ ଉଠିପଡ଼ୁ। ଚିଁ ଚିଁ ହଉ। ଖାଉ। ଖେଳୁ। ବୁଲୁ। ସେ ଭଲ ହେଇଗଲେ ମୁଁ ତାକୁ ଗାର୍ଡେନ୍‌ରେ ଛାଡ଼ିଦେବି। ତାର ଯୁଆଡ଼େ ଇଚ୍ଛା ସିଆଡ଼େ ଉଡ଼ିଯିବ। ଓ ଗଡ଼୍...

କିଛି ସମୟ ପ୍ରେୟାର କଲାପରେ ସେ ଆଖ୍‌ଖୋଲିଲା। ବାସ୍କେଟ୍ ଭିତରେ ଟିକି ଚଢ଼େଇଟି ସେମିତି ଶୋଇଥାଏ। ସେ ଦିହାତରେ ତା କୋଳକୁ ଉଠେଇ ନେଲା। ପୁଣି ଆଖ୍ ବୁଜିଲା। ଓ ଗଡ଼୍ ତମେ ସବୁ କରିପାରିବ। ତମେ ନଚାହିଁଲେ କିଛି ହବନି। ତମେ ସବୁଠାରୁ ବଡ଼...ସବୁଠାରୁ ଦୟାବାନ୍। ମତେ ପ୍ଲିଜ୍ ଦୟାକର। ମୋ ଟିକି ଚଢ଼େଇକି ଉଠେଇ ଦିଅ। ସେ ଆଖ୍‌ଖୋଲୁ। ପାଟି ଆଁ କରୁ। ଖାଉ ପିଉ ଖେଳୁ...ଓ....ଗଡ଼୍...

ତପୁନ୍ ଆଖ୍ ଖୋଲିଲା। ଆଷ୍ଚର୍ଯ୍ୟ ହେଇଗଲା। ଟିକି ଚଢ଼େଇ ବେକ ମୋଡ଼ି ଦେଇଚି ତା ହାତ ଭିତରେ। ତାକୁ ଟିକିଏ ହଲେଇ ଦେଲା। ସେ ଖସି ପଡ଼ିଲା ତଳକୁ। ଆଈ ମୋ ଟିକି ଚଢ଼େଇ...

ଆଈ ତଳୁ ତାକୁ ଉଠାଇନେଲେ। ହାତ ପାପୁଲିରେ ଧରି ତା କାନ ଫୁଙ୍କିଲେ।

ଟିକିଏ ଆଗରୁ ଆସି ମମ୍ ସେଠି ନିର୍ବାକ ହେଇ ଠିଆ ହୋଇଥିଲେ। ମମ୍ ମମ୍ ମୋ ଟିକି ଚଢ଼େଇର କଣ ହେଇଗଲା ?

ଆଈ ଟିକି ଚଢ଼େଇକୁ ବାସ୍କେଟ୍ ଭିତରେ ରଖ୍‌ଦେଲେ। ହେ ଭଗବାନ୍ ତପୁନ୍‌ର ମୁଣ୍ଡ ଉପରେ ହାତ ରଖ୍ କହିଲେ—ଠାକୁର ଚାହିଁଲେନି। ତାକୁ ତାଙ୍କ ପାଖକୁ ନେଇଗଲେ। ସବୁ ସେଇ ଠାକୁରଙ୍କ ଇଚ୍ଛା।।

ତପୁନ୍ ହଠାତ୍ ଉଠି ପଡ଼ିଲା। ବାସ୍କେଟ୍‌ଟିକୁ ଧରି ଘର ଆଡ଼କୁ ଦଉଡ଼ିଗଲା। ଆଈ ଓ ମମ୍ ପରସ୍ପରର ମୁହଁକୁ ଚାହିଁଲେ। ଦୁହେଁ ବି ଘର ଆଡ଼କୁ ଚାଲିଲେ। ତପୁନ୍ ଡ୍ରଇଂରୁମ୍ ଟପି ଠାକୁରଘର ଆଡ଼କୁ ମୁହେଁଇଲା। କବାଟ ଖୋଲି ଭିତରକୁ ପଶିଲା। ଜଗନ୍ନାଥଙ୍କ ଆଗରେ ବାସ୍କେଟ୍ ରଖ୍‌ଦେଇ ସିଧା କହିଲା– ଗଡ଼୍ ମୋ ଟିକି ଚଢ଼େଇକି ଭଲ କରିଦିଅ। ସେ ଉଠିପଡ଼ୁ। ମତେ ଦୟାକର ପ୍ରଭୁ ମତେ ଦୟାକର। ତମେ ଚାହିଁଲେ ସେ ଆଖ୍ ଖୋଲିଦବ ଉଠି ଠିଆହବ...

ଠାକୁର ସେମିତି ଅନେଇ ଥିଲେ ତା ମୁହଁକୁ। ତାଙ୍କ ଆଖ୍ ତଳେ ଟିକି ଚଢ଼େଇଟି ସେମିତି ବେକମୋଡ଼ି ପଡ଼ିଥିଲା।

ମମ୍ ଓ ଆଈ ଡ୍ରଇଂରୁମ୍‌ରେ ଦେଖ୍‌ଲେ ତପୁନ୍ ନାହିଁ। ଘର ଭିତରକୁ ଆସି ଦେଖ୍‌ଲେ

କୋଉଠି ଦେଖା ଯାଉନି । ମମ୍ ତା ଷ୍ଟଡିରୁମ୍ ଭିତରକୁ ଯାଇ ଦେଖିଲେ ସେଠି ବି ନାହାଁ । ବୋଉ ମୋ ପୁଅ । କାନ୍ଦି ଉଠିଲେ ମମ୍ ।

ଆଈ ସଂଦେହ କରି ଠାକୁର ଘର ପାଖକୁ ଚାଲି ଆସିଲେ । ଠାକୁର ଘର ଭିତରେ ତପୁନ୍ ଜଗନ୍ନାଥଙ୍କୁ ସିଂହାସନରୁ ଆଣି ତଳେ ପକେଇ ଦେଇଚି । ସେଇ ଘର କଣରେ ଡେରା ହେଇଥିବା ବାଡିଟା ଆଣି ପିଟିବାରେ ଲାଗିଚି । କୁହ ଗଡ, କାଇଁକି ମୋ ଟିକି ଚଢ଼େଇକି ମାରିଦେଲ ? ତମେ ନ ଚାହିଁଲେ ତ କିଛି ହବନି । ତମେ ଚାହିଁବାରୁ ସେ ମରିଗଲା । ମୁଁ ତମକୁ ଛାଡ଼ିବିନି ।

ଆଈ ଯାଇ ତା ହାତକୁ ଧରି ପକେଇଲେ । ତପୁନ୍ , ଏ କଣ କରୁଚୁ ?

ମତେ ଛାଡ ଆଈ । ତପୁନ୍‌ର ଆଖିରୁ ନିଆଁ ଝରୁଥାଏ । ମୁଁ ଗଡ଼କୁ ଆଜି ବାଡେଇ ବାଡେଇ ମାରିଦେବି । ଭାରି ନଟି । ବଦ୍‌ମାସ ।

ମମ୍ ଦୌଡିଆସି ତପୁନ୍‌କୁ କୋଳକୁ ଉଠାଇ ନେଲେ । ଛି– ବାବା–ଠାକୁରଙ୍କୁ କଣ ବାଡ଼ାନ୍ତି ? ସେ ପରା ଗଡ୍ ।

ଗଡ୍ ନା ଛଟୁ । ମୁଁ ଆଉ ତାକୁ ପ୍ରେୟାର କରିବିନି । ତମେ ଆଉ ତା ପାଇଁ ଫୁଲ ତୋଳିବନି । ଆଈ ଆଉ ପୂଜା କରିବେନି । ନଖାଇ ନପିଇ ସେ ମରୁ । ତପୁନ୍ ମମ୍‌ଙ୍କ କୋଳରେ ମୁହଁ ଗୁଁଜି ଦେଲା । ଦୁହେଁ ଓଦାହେଇ ଯାଉଥିଲେ ।

ଆଈ ଠକୁରଙ୍କୁ ଉଠେଇ ସିଂହାସନରେ ବସେଇଲେ । କାନ ମୋଡି ହେଲେ । ଛୁଆଟା କିଛି ଜାଣିନି । କ୍ଷମାକର ପ୍ରଭୁ କ୍ଷମାକର । ଟିକି ଚଢ଼େଇର ବାସ୍କେଟଟି ବାହାରକୁ ନେଇ ଆସିଲେ । ଓଜନିଆଁ ମନଧରି ସ୍ୱାମୀଙ୍କ କୋଠରି ଆଡେ ମୁହେଁଇଲେ ।

କୋଉ କାଳରୁ ମେରୁଦଣ୍ଡ ରୋଗରେ ପୀଡିତ ବିଛଣାଲଗା ସ୍ୱାମୀଙ୍କ ପାଖକୁ ଆସି କାନ୍ଦିକାନ୍ଦି ସବୁକଥା କହିଗଲେ । ବାବୁ କହିଲେ–ମତେ ଟିକିଏ ବସେଇଦିଅ । ସେ ବେଡ଼କୁ ଆଡ଼ଜଷ୍ଟ କରି ବସେଇ ଦେଲେ । ବାବୁଙ୍କ ମୁହଁରେ ଅନେକ ଦିନପରେ ହସ ଫୁଟି ଉଠିଲା । ଖେନେଇ ଖେନେଇ ଅସ୍ପଷ୍ଟ ଭାବରେ କହିଲେ–ମୁଁ ଆଜି ଭାରି ଖୁସି । ମୋ ବଂଶରେ ଜଣେ ସାମାନ୍ୟ ଟିକି ଚଢ଼େଇଟା ପାଇଁ ଠାକୁରଙ୍କୁ ବାଡେଇ ପାରିଲା ! ମୁଁ ଧନ୍ୟ ହେଇଗଲି । ତମେ ବିଶ୍ୱାସକର ସତ୍ୟଯୁଗ ଆସିଗଲା ।

ବାବୁ ଏକ ସ୍ୱର୍ଗୀୟ ଶାନ୍ତିରେ ଆଖି ବୁଜି ଦେଇଥିଲେ । ଆଈ ଆଶ୍ଚର୍ଯ୍ୟ ହେଇ ସ୍ୱାମୀଙ୍କ ମୁହଁକୁ ଚାହିଁ ରହିଥିଲେ ।

ନିଦାଘ

ନିଆଁ ବର୍ଷୁଥାଏ ଆକାଶରୁ । ମୁଣ୍ଡ ଉପରେ ଗାମୁଛାଟା ପକେଇ ମୁଁ ଫେରୁଥାଏ ଘରକୁ । କିଏ ଟୁକୁ? ଏଡେ ଖରାଟାରେ କୁଆଡେ ଯାଇଥିଲୁ? ଆ, ଆ ଧରଣୀ ବଡବାପା ମତେ ଡାକିଲେ ।

ମୁଁ ସେଇଠି ଅଟକି ଯାଇ ତାଙ୍କ ଆଡେ ଚାହିଁଲି । ଉଚ ମାଟି ପିଣ୍ଡାର ବାଉଁଶ ଖୁଣ୍ଟକୁ ଆଉଜି ବଡବାପା ବସିଥିଲେ । ଦେହଟା ଗୋଟାପଣେ ଝାଳରେ ଗାଧୋଇ ପଡିଥାଏ । ଦେହସାରା ମାଟିକାଦୁଅ ସରସର । ବିଲ କାମରୁ ଫେରି ଟିକିଏ ଝାଳ ମାରୁଥାନ୍ତି । ପାକଲା ଗାମୁଛାରେ ମୁହଁକୁ ପୋଛି ପକଉଥାନ୍ତି । ଫଟା ଖୋର୍ଦ୍ଧା ଲୁଙ୍ଗିକୁ ପାଇକକଛା ମାରି ପିନ୍ଧିଥାନ୍ତି । ପାଖରେ କୋଦାଳ ଆଉ ଦା ଥୁଆ ହେଇଥାଏ । ଛାତିର ପଞ୍ଜରା କାଠି ସବୁ ଉଠପଡ ହଉଥାନ୍ତି । ଲାଗୁଥାଏ ଦେହରେ ଯେମିତି ଟୋପାଏ ବି ବଳ ନାହିଁ । ଏ ଝାଂଜିପିଟା ଖରାରେ ଝାଳ ହେଇ ନିଗିଡି ଯାଇଟି ।

ମୁଁ ତାଙ୍କ ପାଖକୁ ଆସିଲି । ମତେ ତାଙ୍କ ପାଖରେ ଦେଖି ବଡବୋଉକୁ ଡାକ ପକେଇଲେ—ହେଇ ଶୁଣୁଚ? ଟୁକୁ - ଆସିଚି ପରା । ଚଟଟାଏ ଆଣିଲ । ହଁ ମୋ ପାଇଁ ପାଣି ଆଣ ପିଇବାକୁ ।

ଆମ ଗାଁରେ ଧରଣୀ ବଡବାପା ସମସ୍ତଙ୍କର ସମ୍ମାନନୀୟ । ଖାଲି ଆମ ଗାଁ କାହିଁକି, ଆମ ଅଂଚଳର ବି କହିଲେ ଚଳିବ । ସେ ଅବଶ୍ୟ ବହୁତ ଭଲ ଲୋକ । ଭାରି ସ୍ନେହୀ । କାହାର ଅମଙ୍ଗଳ ଚିନ୍ତା କରନ୍ତିନି । ହେଲେ ଏ ସମ୍ମାନ ତାଙ୍କ ନିଜର ଏହି ସୁଗୁଣ ପାଇଁ ନୁହେଁ । ଏହା ତାଙ୍କର ଏକମାତ୍ର ପୁଅ ଅକ୍ଷୟ ଭାଇଙ୍କ ପାଇଁ । ଯିଏ କି ବିଦେଶରେ ବଡ ଡାକ୍ତର । ଆମେ ଭାବୁ ସେ ଆମ ଅଂଚଳର ଗର୍ବ ଓ ଗୌରବ । କେହି ଅଚିହ୍ନା ଲୋକ ସହିତ କଥାବାର୍ତ୍ତା କଲାବେଲେ ଆମେ ତାଙ୍କ ସହିତ ଆମ ସଂପର୍କକୁ ଉଲ୍ଲେଖ କରି ନିଜର ଓଜନ ବଢ଼େଇଥାଉ । ସେଥିପାଇଁ ଆମେ ଧରଣୀ ବଡବାପାଙ୍କୁ ଭାଗ୍ୟବାନ ସଫଳ ମଣିଷ ଭାବେ ଦେଖୁ । ମନେ ମନେ ଭକ୍ତିକରୁ ।

ଜାଣିଲୁ ବାପା, ମୁଁ ଏଇ କେନାଲକୂଳ ଜମିରେ ବାଇଗଣ ଲଗେଇଚି। ସେଇଠୁ ଆସି ତ ଟିକିଏ ବିଶ୍ରାମ ନଉଚି। ୩୪ ଯୋଉ ମୁଣ୍ଡଫଟା ଖରା। ଆଖି ଜୁଲୁକା ମାରି ଯାଉଚି। ଏସନ ବାଇଗଣ ଫସଲ ଯାହା ହେଇଥାନ୍ତା ନାଁ ଏ ଶଳା ଅଦିନିଆଁ ମେଘଟା ସବୁ ନଷ୍ଟ କରିଦେଲା। କିଆରି ଯାକ ବାରଣା ଘାସ। ୟାଲିପ ଉହୁଁକି ଉଠୁଚି। କେତେ ଏବେ ବାଞ୍ଚିବ ?

ମୁଁ ଯାଇ ବଡବାପାଙ୍କ ପାଖରେ ତଳେ ବସି ପଡିଲି। ବଡବୋଉ ଗୋଟିଏ ଚଟ ଆଣି ବଢ୍‌ଇ ଦେଲେ। ମୁଁ ଚଟ ପକେଇ ବସିଲି। ବଡବାପା ପାଣି ଢାଲଟା ଉଠେଇ ଧରିଲେ।

ହଁ ସେ ଚିଠିଟା ଆଣିଚ ?

ବଡବୋଉ ମୋ ହାତକୁ ବିଦେଶୀ ଲଫାପାର ଚିଠିଟି ବଢ୍‌ଇ ଦେଲେ। ଆଉ ଦୁଆର ବଂଧକୁ ଆଉଜି ମୋ ମୁହଁକୁ ଅନେଇ ରହିଲେ। ବଡବାପା ପାଣି ଢାଲକୁ ମୁହଁରେ ଲଗେଇ ଢକଢକ କରି ପିଇଗଲେ।

ଓହୋ, ମଣିଷ– ବଂଚିଗଲା।

ବଡବୋଉଙ୍କର ଦମା ପେଲିହବାର ଚିଁ ଚିଁ ସ୍ୱର ଶୁଭୁଥାଏ। ତାଙ୍କର ବୟସ କେତେ ବା ହବ ? ହେଇ ହେଇ ଷାଠିଏ ଏପଟ। ହେଲେ ଦେଖାଯାଉଛନ୍ତି ପଞ୍ଚାଅଶୀ ବର୍ଷର ପାଙ୍ଗରା ବୁଢ଼ୀଟେ ପରି। ଶ୍ୱାସରୋଗରେ ସେ ସବୁବେଳେ ମଳି ମଳି ହଉଚନ୍ତି। ଏ ବୟସରେ ଦମା ରୋଗ ତାଙ୍କୁ ପୁରାପୁରି ଅକଡେଇ ଦେଇଚି। ସବୁବେଳେ ସେ ପେଲି ହଉଚନ୍ତି। ନା ଖାଇ ପାରୁଛନ୍ତି ନା ଶୋଇ ପାରୁଚନ୍ତି। ସବୁବେଳେ ଯେମିତି ଜୀବନ ତାଙ୍କର ଯାଉଚି ଆଉଚି। ସମସ୍ତେ କହନ୍ତି ମୃତ୍ୟୁର ସ୍ୱାଦ କୋଉ ମଣିଷକୁ ବି ଜଣାନାହିଁ। ହେଲେ ଶ୍ୱାସରୋଗୀମାନେ ମୃତ୍ୟୁର ସ୍ୱାଦକୁ ସବୁବେଳେ ଚାଖିବାରେ ଲାଗିଥାନ୍ତି। ବଡବୋଉଙ୍କୁ ଦେଖିଲେ ମୁଁ ଜମା କଳ୍ପନା କରି ପାରେନା ସେ ଏତେବଡ ଡାକ୍ତରଙ୍କର ମା। ବଡ ଦୟନୀୟ ତାଙ୍କ ଜୀବନ ଦୃଶ୍ୟ। ଦେଖିଲେ ନିଜ ଜୀବନରୁ ବି ମାୟାମୋହ ଉଡିଯାଏ। କ'ଣ କେମିତି ଔଷଦ ପାଣି କରି ଜୀବନକୁ ଅଟକେଇ ରଖିଛନ୍ତି କେଜାଣି ?

ବାପା ପଢିଲୁ, ଅଖି କ'ଣ ନେଖଟି ? ଏତିକି କହିଦେଇ ଯେପରି ଶ୍ୱାସରୁଦ୍ଧ ହେଇଗଲେ ବଡବୋଉ। ଅକ୍ଷୟ ଭାଇଙ୍କ ଚିଠିର ମୁଁ ନାଗୁଆ ପାଠକ। ବଡବାପା କି ବଡବୋଉ କେହି ଲେଖାପଢି ଜାଣି ନଥିବାରୁ ମତେ ହିଁ ସବୁ ଚିଠି ପଢିବାକୁ ପଡିଥାଏ। ପୁଣି ତାରି ଉଉର ବି ମୁଁ ଲେଖେ। ବଡବାପା ଖାଲି ତାଙ୍କରି ଭାଷାରେ କହି ଦିଅନ୍ତି କ'ଣ ଲେଖିବାକୁ ହବ।

ମୁଁ ଲଫାପା ଚିରିଲି। ତା ଭିତରେ କୌଣସି ଚିଠି ନଥିଲା। ଥିଲା କେବଳ ଗୋଟିଏ କଅଁଳା ଶିଶୁଟିର ରଂଗୀନ୍ ଫଟ। ଲଫାପା ଭିତରକୁ ଆଉଥରେ ଖୋଜିଲି। ଫଟଟିର ଏପଟ ସେପଟ ଦେଖିଲି। ସୁନ୍ଦର ସ୍ୱଷ୍ଟ ଫଟଟିଏ କେବଳ। ଆଉ କିଛି ନାହିଁ।

ଏଇଟି ଅକ୍ଷୟଭାଇଙ୍କ ପୁଅର ଫଟ। ଅଳ୍ପଦିନ ହବ ପୁଅଟେ ହେଇଟି ବୋଲି ଚିଠି ଆସିଥିଲା। ନାତି ହେଇଟି ଜାଣି ବଡବାପା ବଡବୋଉ ଖୁସି ହେଉଥିଲେ। ହେଲେ ପହିଲି ନାତି ହେଲେ ଅଜା ଆଈ ଯେପରି ଆନନ୍ଦରେ ଫାଟି ପଡନ୍ତି ସେପରି ମୁଁ ଲକ୍ଷ୍ୟ କରି ନଥିଲି। ତାର କାରଣ ଅକ୍ଷୟ ଭାଇ ଜଣେ ବିଦେଶିନୀ ମହିଲାଙ୍କୁ ବିବାହ କରିଛନ୍ତି। ସେ ବି ଜଣେ ଡାକ୍ତର। ପୁଅର ଏପରି ବାହାଘରେ ବାପା ବୋଉ ସିନା କାହାରି ଆଗରେ ଅସନ୍ତୋଷ ପ୍ରକାଶ କରି ନାହାନ୍ତି, ହେଲେ ଭିତରେ ଭିତରେ କୁହୁଳିବାରେ ଲାଗିଚନ୍ତି।

ଫଟଟିକୁ ମୁଁ ବଡବୋଉଙ୍କ ହାତକୁ ବଢ଼େଇ ଦେଲି। ଭଲ ଭାବରେ ଦେଖାଯାଉ ନଥିଲେ ବି ବଡବୋଉ ନିରିଖେଇ କରି ଦେଖିବାକୁ ଲାଗିଲେ। ତାଙ୍କ ଦରମିଲା ମୁହଁରେ ହସ କଅଁଳି ଉଠିଲା। ସେ ଫଟଟିକୁ ଏତେ ସ୍ନେହରେ ଧରିଥିଲେ ଯେ ଜଣା ପଡୁଥିଲା ସେ ନାତିକୁ କୋଳରେ ଧରିଚନ୍ତି।

ବଡବାପା କହିଲେ- ମତେ ଟିକେ ଦେଲ। ବଡବୋଉ ତାଙ୍କ ହାତକୁ ଫଟଟି ବଢ଼େଇ ଦେଲେ। ବଡବାପା ଫଟଟି ଆଡେ ଅନେଇଁ ରହିଲେ। ତାଙ୍କ ମୁହଁ ବି ଉଛୁଳି ପଡିଲା। କିଛି ସମୟ ଦେଖିଲା ପରେ ସେ କହିଲେ- ପୁଅର ମୁହଁ ଅଜ୍ଞ ଭଲିଆ ହେଇନି। ତା ମା ଭଲିଆ ହେଇଥବ। ଟିକି ସାଆାବଟିଏ। ନିଅ ରଖ।

ବଡବୋଉ ତାଙ୍କ ହାତରୁ ଫଟଟି ନେଇ ପୁଣି ଥରେ ଦେଖିଲେ। ତାପରେ ମୋ ହାତକୁ ବଢ଼େଇ ଦେଲେ। ମୁଁ ତାକୁ ଲଫାପା ଭିତରେ ରଖିଦେଇ ତାଙ୍କୁ ଫେରେଇ ଦେଲି। ସେ ଲଫାପାଟିକୁ ନେଇ ଭିତରକୁ ଚାଲିଗଲେ।

ଏକଥା ସବୁ ମତେ କେମିତି କେମିତି ଲାଗିଲା। ମୁଁ ଆଶା କରିଥିଲି ନାତିର ଫଟକୁ ଦେଖ ଏକ ବଡ ଧରଣର ଆନନ୍ଦ ଉସ୍ବ ଏ ଘରେ ଫାଟି ପଡିବ। ବାର୍ଦ୍ଧକ୍ୟ ଓ ଜରାର ଦରଭଙ୍ଗା ଘର ଭିତରେ ବାସ୍ଲ୍ୟର ଫୁଲପତର ଠଠ ମେଲେଇ ଦବ। ହେଲେ ତା ବଦଲରେ କିପରି ଗୋଟିଏ ଉଦାସ ଭାବ ଘରସାରା ଛାଇ ହେଇଗଲା।

ମୋପରି ଜଣେ ଯୁବକକୁ ବଡବାପା ବଡବୋଉଙ୍କର ଏପରି ହାବଭାବ ଭଲ ଲାଗିଲା ନାହିଁ। ଆମ ପାଖରେ ଅକ୍ଷୟ ଭାଇ ଏକ ଆଦର୍ଶ ମଣିଷରେ ପରିଣତ ହେଇ ଯାଇଥିଲେ। ତାଙ୍କ ପରି ଜଣେ ଉଚ୍ଚଶିକ୍ଷିତ ଆନ୍ତର୍ଜାତିକ ଖ୍ୟାତି ସଂପନ୍ନ ଡାକ୍ତର ଜଣେ

ବିଦେଶିନୀ ଡାକ୍ତରାଣୀଙ୍କୁ ବିବାହ କରିବାରେ କୌଣସି ଅସଂଗତି ଆମେ ଦେଖିପାରୁ ନଥିଲୁ। ବରଂ ଏହାକୁ ଏକ ଗୌରବ କଥା ବୋଲି ଭାବୁଥିଲୁ।

ଆମେ ସବୁ ତ ଦଳେ ବେକାର ହେଇ ଗାଁରେ ସଢ଼ୁଥିଲୁ। ନା ଚାଷବାସ କାମକୁ ଓହ୍ଲାଉଥିଲୁ ନା ବୁଦ୍ଧିଜୀବୀଙ୍କ ଜୀବନ ବିତେଇ ପାରୁଥିଲୁ। ନିଜକୁ ଏକ ଅଭିଶାପ ଭାବରେ ଗ୍ରହଣ କରିନେଇ ଖାଲି ଅସନ୍ତୋଷ ଭିତରେ ଜଳି ଯାଉଥିଲୁ। ଆମର ତ ଅକ୍ଷୟ ଭାଇଙ୍କୁ ଈର୍ଷା କରିବା କଥା, ହେଲେ ଆମର ଈର୍ଷା ତାଙ୍କୁ ଛୁଇଁବା ପାଇଁ ଯୋଗ୍ୟ ହେଇ ପାରେନା। ଅଧାବାଟରୁ ଫେରିଆସେ। ସେ ଏକ ଭିନ୍ନ ବଳୟ ଭିତରେ ଉଜ୍ଜ୍ୱଲ ଦିଶନ୍ତି। ଆମେ ତାଙ୍କର ଭକ୍ତ ପାଲଟି ଯାଉ। ତାଙ୍କ ପାଇଁ ଗୌରବ ଅନୁଭବ କରୁ। ତେଣୁ ଅକ୍ଷୟ ଭାଇଙ୍କର କୌଣସି କାମ ଆମକୁ ଖରାପ ଲାଗେନା। ବଡ଼ବାପା ଯେ କାଇଁକି ଏପରି ହୁଅନ୍ତି ମୁଁ ଆଦୌ ବୁଝି ପାରେନା।

ମୋ ହେତୁ ପାଇଲା ଦିନରୁ ମୁଁ ଦେଖି ଆସୁଚି ଅକ୍ଷୟ ଭାଇଙ୍କ ପାଇଁ ବଡ଼ବାପାଙ୍କ ଆଖିରେ କେତେ ସ୍ୱପ୍ନ। ଅଖି ବଡ଼ ମଣିଷ ହବ। ବଂଶର ନାଁ ରଖିବ। ତାଙ୍କୁ ପାଠ ପଢ଼େଇବାକୁ କି କଠିନ ପରିଶ୍ରମ ସେ ନ କରିଛନ୍ତି! ରାତିଦିନ ଖଟି ଖଟି ତାଙ୍କ ପୈତୃକ ଦିମାଣ ଜମିରୁ ସେ ସୁନା ଅମଲ କରିଛନ୍ତି। ପୁଅକୁ ପାଠ ପଢ଼େଇବେ। ମଣିଷ କରିବେ। ଅକ୍ଷୟ ଭାଇ ଯୋଉଦିନ ପଢ଼ିବାକୁ ବିଦେଶ ଗଲେ ବଡ଼ବାପା ଗାଁ ଠାକୁରାଣୀଙ୍କ ପାଖରେ ଖଟଣି କରି ଗାଁର ସମସ୍ତଙ୍କୁ ଭୋଗ ଖୁଆଇଥିଲେ। ତାପରେ ମୁଁ ତାଙ୍କ ପରିବାରକୁ ପଶି ଆସିବାର ସୁଯୋଗ ପାଇଲି। ପ୍ରତି ମାସରେ ଚିଠି ଆସୁଥିଲା। ମୁଁ ତାଙ୍କୁ ପଢ଼ି ଶୁଣାଉଥିଲି ଆଉ ତାର ଉତ୍ତର ଲେଖି ଦଉଥିଲି। ଥରେ ଅକ୍ଷୟଭାଇ ଲେଖିଥାନ୍ତି– ସେ ଗବେଷଣା କରୁଥିବା ଅନୁଷ୍ଠାନରେ ଚାକିରିଟିଏ ପାଇ ଯାଇଛନ୍ତି। ଏକଥା ପଢ଼ିଲାବେଲେ ମୁଁ ଖୁସିରେ ଫୁଲି ଉଠିଥିଲି। ବଡ଼ବାପା କିନ୍ତୁ ଖୁସି ହେଲା ପରି ଲାଗିଲେନି। କିଛିଦିନ ପରେ ମୋ କଞ୍ଚନା ବାହାର ପରିମାଣର ଅର୍ଥ ବଡ଼ବାପାଙ୍କ ନାଁରେ ଆସିଲା। ସେତେବେଲେ ବି ସେପରି ଖୁସି ହେବାର ମୁଁ ଲକ୍ଷ୍ୟ କଲିନି। ସେ ପ୍ରଥମେ ଗାଁର ଠାକୁରାଣୀଙ୍କ ପାଖରେ ଖଟଣିଟିଏ କଲେ। ବଳକା ଅର୍ଥକୁ ଅକ୍ଷୟଭାଇଙ୍କ ନାମରେ ବ୍ୟାଙ୍କରେ ଜମା କରିଦେଲେ। ପ୍ରତି ମାସରେ ଏତେ ପରିମାଣର ଅର୍ଥ ଆସୁଥିଲେ ମଧ୍ୟ ସେ ସେଥିରୁ ଟଙ୍କାଟିଏ ବି ଖର୍ଚ୍ଚ କରୁନଥିଲେ। ପୂର୍ବଭଲି କଷ୍ଟେମଷ୍ଟେ ଚଲୁଥିଲେ। ନିଜର ସାଧ ମୁତାବକ କଠିନ ପରିଶ୍ରମ କରୁଥିଲେ। ଗାଁରେ ସମସ୍ତେ ଆବାକ୍ ହେଇ ଅନେଇ ରହିଥାନ୍ତି। କେତେକ ଚୁପୁରୁ ଚାପୁରୁ ବି ହଉଥାନ୍ତି। ଶାଳା ବୁଢ଼ା ଶକଟ ଶୁଣ୍ଢା। ମଲାବେଲକୁ ସବୁଯାକ ମୁଣ୍ଡରେ ମୁଣ୍ଡେଇ ନେଇକରି ଯିବ। ଶିଲା ଟିକିଏ ହେଲେ ବି ପାଟିକି ଖାଉନି।

ମୁଁ ଥରେ ସାହସ ସଂଚୟ କରି ପଚାରିଲି–ବଡବାପା ଅକ୍ଷୟଭାଇ ପଠାଉଥିବା ଟଙ୍କା। ତମେ ଜମା ତ ଖର୍ଚ୍ଚ କରୁନ ?

ବଡବାପା କହିଲେ–ବାପାରେ ମୁଁ ସେ ଟଙ୍କା ଖର୍ଚ୍ଚ କରିବାକୁ କିଏ ? ମୁଁ ସବୁଯାକ ସାଇତି ରଖିଛି ଅକ୍ଷ ଦେଶକୁ ଆସିଲେ ଡାକ୍ତରଖାନାଟିଏ କରିବ। ଥରେ ସେ ଏ କଥା ତା ଦାଦାକୁ କହୁଥିବାର ମୁଁ ଶୁଣିଛି।

ମୁଁ ଏହାକୁ ବଡବାପାଙ୍କର ମତିଭ୍ରମ ବୋଲି ଭାବିଥିଲି। ତାଙ୍କର କୌଣସି ବିଷୟରେ କିଛି ଧାରଣା ନାହିଁ। ଅକ୍ଷୟ ଭାଇ ଗବେଷଣା ସାରି ବିଦେଶରୁ ଫେରିଲେ ତାଙ୍କ ପଛେ ପଛେ ତ କେଡେ କେଡେ ଚାକିରି ଗୋଡେଇବ। ଏଠି ଆସି ଡାକ୍ତରଖାନା କରିବେ ତାଙ୍କର ଗରଜ ପଡିଛି ?

ଥରେ ମୁଁ ଚିଠି ଖୋଲୁ ଖୋଲୁ ମୋ ପାପୁଲି ଉପରେ ଗୋଟିଏ ବିଦେଶିନୀ ଝିଅର ଫଟଟିଏ ଖସି ପଡିଲା। ମୁଁ ହଠାତ୍ କିଛି ବୁଝି ପାରିଲିନି। ଚିଠି ପଢ଼ି ଜାଣିଲି ଅକ୍ଷୟ ଭାଇ ଏହି ଝିଅକୁ ବିବାହ କରିଛନ୍ତି। ଏ ହେଉଛନ୍ତି ବିଦେଶିନୀ ଭାଉଜ। ମୁଁ ଚିଠିପଢ଼ି ଶୁଣେଇଲି ଓ ଫଟ ବଡବାପାଙ୍କ ହାତକୁ ବଢ଼େଇ ଦେଲି। ବଡବାପା ଏଇ ଫଟକୁ ଥର ଥର ହାତରେ ଧରି ଦେଖିଲେ। ତାଙ୍କ ମୁହଁ ଶୁଖିଯିବାକୁ ଲାଗିଲା। ବଡବୋଉ ଅସହାୟ ଭାବରେ ଅନେଇଥାନ୍ତି। ବଡବାପା ଥରିକରି ବଡବୋଉଙ୍କ ହାତକୁ ଦେଇଦେଲେ। ତାଙ୍କ ସଂସାରରୁ ଯେପରି ସବୁ ସୁଖ ଓ ସ୍ୱପ୍ନ ନିଗିଡ଼ି ପଡିଲା। ଶୀତ ଶେଷର ଖୁଣ୍ଟା ଗଛଟିଏ ଠିଆ ହେଇଗଲା ମୋ ଆଗରେ।

କିଛି ସମୟ ପରେ ବଡବାପା ବହୁତ କଷ୍ଟରେ ଧୀରେ ଧୀରେ କହିଲେ–ବାପାରେ ଚିଠିଟିଏ ଲେଖିଦେଇ ଯା। ସେ ସୁଖରେ ରହିଲେ ଆମେ ସୁଖୀ। ଆମେ ତାକୁ କଲ୍ୟାଣ କରୁଚୁ। ଆଉ ଏଣିକି ସେ ଆମ ପାଖକୁ ଟଙ୍କା ପଠେଇବନି।

ସେଦିନ ମୁଁ ଆଶ୍ଚର୍ଯ୍ୟ ହେଇ ବଡବାପାଙ୍କ ମୁହଁକୁ ଅନେଇଁ ରହିଲି। ତାଙ୍କ ଦୁଃଖକୁ ବୁଝିପାରୁଥିଲେ ମଧ ତାଙ୍କୁ ବୁଝିପାରୁନଥିଲି।

ଆଜି ବି ସେଇଭଳି ମତେ ଅବୁଝ। ଅବୁଝ। ଲାଗୁଛନ୍ତି। ଏକମାତ୍ର ନାତିର ଫଟକୁ ଦେଖି ଆନନ୍ଦରେ ଗଦଗଦ ନାହାନ୍ତି। ଏକ ମାମୁଲି ସଂପର୍କୀୟର ଫଟ ଭାବରେ ଗ୍ରହଣ କରି ନେଉଛନ୍ତି। ଏହା ମତେ ବଡ ବିଚିତ୍ର ଲାଗିଲା। ଭାବିଲି ତାଙ୍କ ମୁଣ୍ଡ ବିଗିଡ଼ି ଗଲାଣି। ପୁଅକୁ ଅନେକ ଦିନ ହେଲା ନଦେଖି ବୁଢ଼ା ପାଗଳ ପ୍ରାୟ ହେଇ ଗଲେଣି। ମତେ ବଡ ଦୁଃଖ ବି ଲାଗିଲା। ଯିଏ ଏଇନେ ଅୟସର ଶେଯରେ ଗଡୁଥାନ୍ତେ ସେ ମାଟି କାଦୁଅରେ ଲତର ପତର ହଉଛନ୍ତି। ମୁଣ୍ଡଫଟା ଖରାରେ ହାଡଭଙ୍ଗା ଖଟଣି ଖଟୁଛନ୍ତି। ମୁଁ ଥଙ୍ଗ ଥଙ୍ଗ ହେଇ କହିଲି– ବଡବାପା ଆଜି ସଂଜ ବେଳକୁ ତମେ ଘରେ ଥବ ?

କାହିଁକିରେ ବାପା କ'ଣ କାମ ଥିଲାକି ?

ନାଇଁ ଯେ ତମକୁ ଗୋଟିଏ କଥା ପଚାରିଥାନ୍ତି ।

କାଇଁକି ଏଇନେ ପଚାରୁନୁ ।

ତମେ ଗାଧୋଇନା ଡେରି ହେଇ ଯାଉଚି ।

ମୋ ପାଇଁ କି ଡେରିବା ? ଏଇନେ ତ ବିଲରେ ଥାନ୍ତି । ଖରାଟା ଜୋରରେ ହବାରୁ ସିନା ପଳେଇ ଆସିଲି । ପଚାର କ'ଣ ପଚାରିବୁ ।

ଏ ବୟସରେ ତମେ ଆଉ ଏମିତି କାଇଁକି ଖଟୁଚ ?

ବଡବାପା ଟିକିଏ ହସିଦେଲେ । ତାପରେ କହିଲେ–ବାପାରେ, ଏ ପେଟ ଚାଖଣ୍ଡକ ପାଇଁ ସବୁ ନାଟ । ନଖଟିଲେ ଆମେ ଦି ପରାଣୀ ଚଲିବୁ କେମିତି ? ତାଛଡା ଭଗବାନ ତ ଆମକୁ ହାତଗୋଡ ଦେଇଛନ୍ତି, ନ ଖଟିଲେ ସିଏ ରାଗିବେନି ?

ନାଇଁ ବଡବାପା ମୁଁ ସେ କଥା କହୁନି । ଅକ୍ଷୟ ଭାଇ ତ ଏତେବଡ ଚାକିରି କଲେ । ସାରା ପୃଥିବୀରେ ନାଁ କମେଇଲେ । ତମେ ଏତେବଡ ଯୋଗ୍ୟ ପୁଅର ବାପା ହେଇ ଏ ଖରାରେ ମାଟି କାଦୁଅ ହେଇ ଖଟିବ କାଇଁକି ? ଟିକିଏ ଆରାମ କରୁନା ।

ନାଇଁ ବାପା, ଆରାମଟା ଭାରି ଖରାପ ଜିନିଷ । ଥରେ ଏଇ ଧାଅ ଭିତରକୁ ପଶି ଆସିଲେ କଳଙ୍କ ଲଗେଇଦବ । ବାର ହଜାର ରୋଗ ଗ୍ରାସିଯିବ । ଏଇମିତି କାମ କରିଯିବା ଭଲ ।

ମୁଁ ଦେଖିଲି ସେ ଅକ୍ଷୟ ଭାଇଙ୍କ କଥାକୁ ଏଡେଇ ଏଡେଇ ଚାଲିଛନ୍ତି । ପୁଣି ପଚାରିଲି– ମୁଁ କଣ କାମ କରିବାକୁ ମନା କରୁଚି ? ନା । ଅକ୍ଷୟଭାଇ ପଠଉଥିବା ପଇସାରେ ଭଲ ଜାଗା କିଣି କୋଠାଟିଏ କର । ବାଡି ବଗିଚା କର । ସେଇଠି କାମ କର ।

ତୁ ଯାହାଟା କହୁରୁ ମୁଁ ବୁଝୁଚିରେ ବାପା । ଅଖ୍ ପାଠ ପଢିବ, ମଣିଷ ହବ, ଘର କରିବ । ସବୁ ବାପା ଏଇଆ ଚାହେଁ । ସେ ନିଜେ ଘର କରିଥାନ୍ତା । ସେ ନିଜେ ରହିଥାନ୍ତା । ସେ ତ ଏଠି ନାଇଁ । ମୁଁ କାହାପାଇଁ ଘର କରିବି ? ରହିବ କିଏ ?

ସତ କହିଲ ବଡବାପା, ତମର ଅକ୍ଷୟ ଭାଇଙ୍କ ଉପରେ ଏତେ ଅଭିମାନ କାଇଁକି ? କ'ଣ ବିଦେଶୀ ଝିଅକୁ ବାହାହେଇ ପଡିଲେ ବୋଲି ?

ନା ମୁଁ ଜାଣେ ସେ ଯୋଗ୍ୟ ଝିଅକୁ ବାହା ହେଇଥିବ ।

ତେବେ ତମେ ଆଉ ବଡବୋଉ ସବୁବେଲେ ଏମିତି ଅଭିମାନରେ ଜଳି ଯାଉଚ କାଇଁ କି ? ଏତେବଡ ଯୋଗ୍ୟ ପୁଅ । ଚାରିଆଡେ ଲୋକ ଧନ୍ୟଧନ୍ୟ କହୁଛନ୍ତି ।

ମୋର ଏକଥାରେ ବଡବାପା ନିରବୀ ଗଲେ । ତାଙ୍କ ଆଖ୍ ବୁଜି ହେଇଗଲା ।

ମୁଁ ଅନୁଭବ କଲି ତାଙ୍କ ଅନ୍ତରାତ୍ମା ଦହିହେଇ ଯାଉଚି । ମତେ ଭାରି ଖରାପ ଲାଗିଲା । ଜଣକ ଆତ୍ମାକୁ ବାଧୁଲା ଭଳିଆ କଥା ମୋର କହିବାର ନଥିଲା ।

ବଡ ବାପା ଆଖି ଖୋଲିଲେ । ମୋ ମୁହଁକୁ ଟିକିଏ ଅନେଇ ଦେଇ ଅନ୍ୟ କୁଆଡକୁ ଦୃଷ୍ଟି ଫେରେଇ ନେଲେ ।

ସିଆଡକୁ ଅନେଇଁ ମତେ ପଚାରିଲେ– ମୁଁ ତତେ ଗୋଟିଏ କଥା ପଚାରିବି । କହିଲୁ ଅଖି ବିଦେଶ କାଇଁକି ଯାଇଥିଲା ?

ପଢ଼ିବାକୁ ।

ତାର ପଢ଼ା ସରିଲା ପରେ ସେ ଦେଶକୁ ନଫେରି ସେଠି କାଇଁକି ରହିଲା ?

ସେଠି ଚାକିରି ମିଳିଗଲା ବୋଲି ।

ଏଠି କ'ଣ ଅଖିକି ଚାକିରି ମିଳିନଥାନ୍ତା ?

ହଁ ଯେ ହେଲେ ଏତେ ଦରମା କ'ଣ ଏଠି ମିଳିଥାନ୍ତା ?

ସେଇକଥା ବାପା ମୁଁ ବୁଝି ପାରୁନି । ପାଠ ପଢ଼ିଲେ ଜ୍ଞାନ ବଢ଼େ । ଜଣେ ଭଲ ମଣିଷ ହୁଏ । ଯିଏ ପାଠକୁ ପଇସାରେ ବିକିଦିଏ ସିଏ କ'ଣ ?

ମୁଁ ଆଶ୍ଚର୍ଯ୍ୟ ହେଇ ତାଙ୍କୁ ଅନେଇଲି ।

ଶୁଣ୍, ତୁ ତ ଜାଣିରୁ ମୋର ସାନଭାଇଟିଏ ଥିଲା, ସିଏ ବାହାହେଲା ପରେ ସାନବୋହୂ ଭିନ୍ନେ ହେଇ ଯିବାକୁ ଚାହିଁଲେ । କାହାକୁ ନଡାକି ମୁଁ ସବୁଥରୁ ତାକୁ ଅଧେ ଅଧେ ଦେଇଦେଲି । ସେ ଚାହିଁଲା ଗାଁମୁଣ୍ଡ ଜମିକି ଉଠି ଯିବାକୁ । ସେଇ ଜମିରେ ମୋ ଭାଗ ତାକୁ ଦେଇଦେଲି । ଆମେ ସିନା ଅଖିକି ଜନ୍ମ ଦେଇଥିଲୁ ହେଲେ ସିଏ ଥିଲା ତାର ବାପା ମା ସବୁକିଛି । ଖାଇବା ପିଇବା ଖେଳିବା ଶୋଇବା ସବୁବେଳେ ଦାଦା ଦାଦା । ଘରକୁ ଆସୁ ଆସୁ ଡାକ ଛାଡ଼ିବ– ଅଖି କିରେ ! ଅଖି ଦୌଡ଼ିଯାଇ ତା କାନ୍ଧ ଉପରକୁ ଉଠିଯିବ । ମେଳା ମଉଛବ ସବୁଟିକି ତା କାନ୍ଧରେ ବସି କରି ଯିବ । ସବୁବେଳେ ଅଖି ଅଖି । ଅଖି ଥିଲା ତାର ପ୍ରାଣ ।

ତୁ ତ ଅଖିର ସବୁ ଚିଠି ପଢ଼ିଚୁ । ଅଖି କେବେ ଦାଦା କଥା ପଚାରିଚି ? ତୁ ଜାଣିରୁ ମୋ ସାନଭାଇ କି ଅସାଧ୍ୟ ରୋଗରେ ଘାଣ୍ଟି ହେଇ ହେଇ ଡାକ୍ତରଖାନାରେ ପଡ଼ିପଡ଼ି ମଲା । ମଲାବେଳେ ସେ ମତେ କଣ କହିଗଲା ଜାଣିରୁ ? ଭାଇ, ଅଖିକି କହିବ ମୁଁ ମଲାବେଳେ ସେ ମୋର ଭାରି ମନ ପଡ଼ୁଚି ।

ଠକ୍ ଠକ୍ ହୋଇ ଦି ବୁନ୍ଦା ଲୁହ ଗଡ଼ି ପଡ଼ିଲା ବଡବାପାଙ୍କ ଆଖିରୁ । ସେ ଗାମୁଛାରେ ଲୁହ ପୋଛି ପକେଇଲେ । ଥରୁଥିବା ଓଠକୁ କାମୁଡ଼ି ଧରିଲେ ।

ଜାଣିଲୁ ଛାତିକି ପଥର କରି ସବୁ ସହିଚି । କେତେ ସହିବି ? ଏଇ କିଛିଦିନ

ତଳେ ତାର ସାଙ୍ଗ ତା ଘରକୁ ଆସିଥିଲା । ତାକୁ ଅଖୁ ବାବଦରେ ପଚାରିବାକୁ ଯାଇଥିଲି । ତାଠୁଁ ଯାହା ଶୁଣିଲି ମୋ ମୁଣ୍ଡ ଘୁରିଗଲା । ଅଖୁ କୁଅଥେ ଆଉ ଏ ଦେଶକୁ ଫେରିବନି । ସେ ଦେଶର ବାସିନ୍ଦା ହୋଇ ରହିଯିବ ।

ବଡବାପା ନିଜ ଛାତିକି ଆଉଁଷି ପକେଇଲେ । ଦୀର୍ଘଶ୍ୱାସ ଛାଡି ଆଉଥରେ ଆରମ୍ଭ କଲେ– ମୁଁ ଶୁଣିଚି ସେ ଦେଶଟା କୁଆଡେ ଭାରି ଧନୀ । ସେଠି କ'ଣ ଡାକ୍ତରଙ୍କର ଅଭାବ ଥିବ ? ଏଠି ତ ମୁଁ ଯୁଆଡେ ଦେଖୁଚି ସିଆଡେ ରୋଗୀ । ରୋଗରେ ଖାଲି ଡହଳ ବିକଳ ହଉଚନ୍ତି । ସେମାନଙ୍କୁ ଦେଖିଲାବେଳେ ମୁଁ କଣ ଭାବେ ଜାଣିରୁ ?

ମୁଁ ଆଉ କିଛି କହିବାର ଅବସ୍ଥାରେ ନଥିଲି ।

ଓଦା ଓଦା କଂଠରେ ବଡବାପା କହିବାକୁ ଲାଗିଲେ–ଜାଣିରୁ ବାପା ? ସେମାନଙ୍କୁ ଦେଖିଲେ ମତେ ଲାଗେ ଯେମିତି ତାଙ୍କର ରୋଗପାଇଁ ମୁଁ ପୂରାପୂରି ଦାୟୀ । ମୋରି ପାଇଁ ସେମାନେ ଏମିତି କଷ୍ଟ ପାଉଚନ୍ତି । ଏଇ ଚିନ୍ତାରେ ମୁଁ ସବୁବେଳେ ଜଳିପୋଡି ହୋଇ ମରୁଚି ।

ସେ ଆଉ କିଛି କହିପାରିଲେନି । ସେତେବେଳକୁ ଶଢମାନେ ଅସମର୍ଥ ହୋଇ ପଡିଥିଲେ ।

ମୁଁ ଆବାକାବା ହୋଇଗଲି । ଧରଣୀ ବଡବାପା ମୋ ଆଗରେ ସମୁଦ୍ର ପରି ଚାରି ଆଡକୁ ମାଡିଗଲେ । ଆକାଶ ପରି ଉପରେ ବିଛେଇ ହୋଇଗଲେ । ମୁଁ ତାଙ୍କ କୂଳକିନାରା କିଛି ପାଇଲିନି । ଏକଥା ବୁଝିବି ପାରିଲିନି, ଏଡେ ଟିକେ ନାଖୁରୁ ମଣିଷ ଭିତରେ ସୀମାହୀନ ସମୁଦ୍ର ଓ ପରିବ୍ୟାପ୍ତ ଆକାଶ ଲୁଚି ରହି ପାରିଲା କିପରି ?

ଏ ପର୍ଯ୍ୟନ୍ତ ବି ମୁଁ ଏହାର ସଠିକ ଉତ୍ତର ଖୋଜି ପାଇନି । ହୁଏତ ଏ ପ୍ରଶ୍ନର ସମାଧାନ ପାଇଁ ଏ ଅକିଞ୍ଚନର ଜୀବନ ଯଥେଷ୍ଟ ନୁହେଁ....

ସଂପର୍କ

ଜୟନ୍ତ ବାବୁଙ୍କ ଦେହ ଭଲଲାଗୁ ନଥିଲା। କାଲି ଟିକେ କସ୍‌ମସ୍‌ ଲାଗୁଥିଲା। ଅଫିସ୍‌ରେ ବାଧବାଧକତାରେ ଗୋଟିଏ କୋଲ୍‌ଡ୍‌ଡ୍ରିଙ୍କ୍‌ ପିଇ ଦେଇଥିଲେ। ରାତିରେ ନାକବନ୍ଦ, ମୁଣ୍ଡବିଁଧା। ସକାଳୁ ଦେଖିଲା ବେଳକୁ ଦେହ ଗରମ।

ଶ୍ରୀମତୀ କହିଲେ– ଆଜି ଅଫିସ ଯାଆନା। ଛୁଟି ନେଇ ଘରେ ରୁହ। ଗାଧୁଆ ବନ୍ଦ। ଜଳଖିଆ ଖାଇନେଇ ଗୋଟିଏ ପାରାସିଟାମଲ୍‌ ଖାଇଦିଅ। ତାପରେ ଗରମ ଚା କପେ ଖାଇ ଟିକିଏ ଶୋଇପଡ। ବେଶ ଭଲ ଲାଗିବ।

ଶ୍ରୀମତୀଙ୍କ କଥା ଅନୁସାରେ ଜୟନ୍ତବାବୁ ଛୁଟି ଦରଖାସ୍ତଟି ଜଣେ ବଂଧୁଙ୍କ ହାତରେ ପଠାଇଦେଲେ। ଜଳଖିଆ, ଔଷଧ ଓ ଚା ଖାଇ ଖଟ ବାଡକୁ ଆଉଜି ଅର୍ଦ୍ଧଶାୟିତ ଅବସ୍ଥାରେ ଖବର କାଗଜ ଉପରେ ଆଖି ବୁଲେଇ ନଉଥିଲେ। ଖବରକାଗଜ ଓଲଟାଇଲା ବେଳେ ଆଗ ଝରକା ବାଟେ ଦୃଷ୍ଟି ରାସ୍ତା ଉପରକୁ ଚାଲିଗଲା। ସେ ଦେଖିଲେ ଗୋଟିଏ ବ୍ଲାକ ପଲ୍‌ସର ଆସି ରାସ୍ତାର ଆରପଟ କଡରେ ବ୍ରେକ୍‌ ଦେଲା। ଗାଡି ଚଲାଉଥିବା ଜଣଙ୍କ ପୁରା ମୁଣ୍ଡକୁ କଭରକରି ହେଲ୍‌ମେଟ୍‌ ପିନ୍ଧିଥିଲା। ପଛରେ ବସିଥିବା ଜଣକ ତା ମୁହଁକୁ ବି ଗୋଟିଏ ନାଲି କ୍ୟାପ୍‌ରେ ଅଧାଲୁଚା କରି ଦେଇଥିଲା। ଦେଖିଲେ ଯେପରି ଚିହ୍ନି ହବନାହିଁ କି ସଂଦେହ କରି ହବନାହିଁ। ସେ ଚଟକରି ଓହ୍ଲେଇ ପଡି ଆଗ ଘରର ଗେଟ୍‌ ଖୋଲି ହତା ଭିତରକୁ ପଶିଗଲା। ସିଡିଘର ଭିତରେ ପଶିଯାଇ ଅଦୃଶ୍ୟ ହେଇଗଲା।

ବ୍ଲାକ୍‌ ପଲ୍‌ସରକୁ ନେଇ ଅନେକ ଦୁଃଖକାହାଣୀ ଖବରକାଗଜରୁ ପଢିବାକୁ ମିଳିଥାଏ। ଛିନ୍‌ତାଇ ଠାରୁ ଆରମ୍ଭ କରି ନରହତ୍ୟା ପର୍ଯ୍ୟନ୍ତ। ଜୟନ୍ତ ବାବୁଙ୍କର ସଦେହ ହେବା ସ୍ୱାଭାବିକ–ସେମିତି କିଛି ଅଘଟଣ ଘଟିବାକୁ ଯାଉନି ତ ? ଅବଶ୍ୟ ରାସ୍ତା ଆରପଟ କଲୋନୀ ସହିତ ତାଙ୍କର କିମ୍ବା ତାଙ୍କ କଲୋନୀର କିଛି ଭାବଗତ ସଂପର୍କ ନାହିଁ। ରାସ୍ତା ଏପଟରେ ସରକାରୀ ଚାକିରିଆଙ୍କ କଲୋନୀ। ସରକାରୀ କର୍ମଚାରୀମାନେ ରହନ୍ତି। ରାସ୍ତା ଆରପଟେ ଭିଆଇପି କଲୋନୀ। ବଡବଡ ଅବସରପ୍ରାପ୍ତ ଅଫିସର,

ବ୍ୟବସାୟୀ କିମ୍ବା ସେହିପରି କିଛି ବ୍ୟକ୍ତି ଫ୍ଲାଟ୍ କିଣି ସୌଖୀନ୍ ଘର ତିଆରି କରି ରହୁଛନ୍ତି । ସେହିପରି ଉଚ୍ଚବର୍ଗର ଲୋକଙ୍କୁ ଭଡାରେ ରଖିଛନ୍ତି । ତେଣୁ ରାସ୍ତାର ଦିକଡରେ ଦୁଇଟି ଅର୍ଥନୀତି, ସଂସ୍କୃତି ଓ ଦୁଇଟି ବିଚାରଧାରା । ବନ୍ଧୁତା ନାହିଁ କି ବିରୋଧ ନାହିଁ । ଅବଶ୍ୟ କିଞ୍ଚିତା ଈର୍ଷା ଓ ବଡିପଣ ରହିଥାଇ ପାରେ ।

ସେଥିପାଇଁ ଜୟନ୍ତବାବୁ ଏତେଟା ଗୁରୁତ୍ୱ ଦେଲେନି । ସରକାରୀ ଚାକିରି କରିଥିବା ମଣିଷ ଏକ ସୀମାବଦ୍ଧ ଜୀବନ ଜିଏ । ତାର ଅଫିସୀୟ, ସାମାଜିକ ଓ ପାରିବାରିକ ଜୀବନ ଏକ ନିର୍ଦ୍ଦିଷ୍ଟ ଜ୍ୟାମିତିକ କ୍ଷେତ୍ର ମଧ୍ୟରେ ଆବଦ୍ଧ ଥାଏ । ତାକୁ ଡେଇଁ ପଡିବା ତାପକ୍ଷରେ ସହଜ ନୁହେଁ । ରାସ୍ତା ସେପଟ ସହିତ ମୋର କିଛି ସଂପର୍କ ନାହିଁ । ହଉ ଯାହା ହବାର ହଉ । ମୋର ସେଥିରେ କ'ଣ ଅଛି ?

ତଥାପି ବି ତାଙ୍କ ଆଖ୍ଯ ସେଠିକି ଟାଣି ହେଇଗଲା । କଣ ଘଟୁଚି ଦେଖିବାପାଇଁ ସେ ଦେଖିଲେ ବ୍ଲାକ୍ ପଲସର ଷ୍ଟାର୍ଟରେ ରହିଚି । ଆଗ ଘରର ପ୍ରଥମ ତାଲାର ଡାହାଣ ପଟେ ପ୍ରାୟ ଦ୍ୱିତୀୟ ଜଣକ ବଜର୍ ବଜେଇଚି । ଗୃହର ଅନ୍ତେବାସିନୀ ବୃଦ୍ଧା ଜଣକ ଘର ଆଗ ବାଲକୋନୀ ଦେଇ ଆସି କବାଟ ଖୋଲି ଦେଇଛନ୍ତି । ନାଲି ଟୋପି ପିନ୍ଧିଥିବା ବ୍ୟକ୍ତି ହଠାତ୍ କବାଟ ବନ୍ଦକରି ଦେଇ ବୃଦ୍ଧାଙ୍କ ମୁହଁକୁ ହାତରେ ଚାପିଧରି ଘର ଭିତରକୁ ଟାଣି ନେଇଚି ।

ଜୟନ୍ତବାବୁଙ୍କ ଅନୁମାନ ଠିକ୍ ବୋଲି ସିଦ୍ଧ ହେଇଗଲା । ତାପରେ ସେ ବିଚଳିତ ହୋଇ ପଡିଛନ୍ତି । ଏହାପରେ କଣ ସବୁ ଘଟିବାକୁ ଯାଉଚି ତାଙ୍କୁ ଜଳଜଳ ଦେଖାଯାଇଚି । ତାଙ୍କ ଜାଣତରେ ସେହି ଘରେ କେବଳ ଗୋଟିଏ ବୃଦ୍ଧ ଦଂପତି ରହୁଛନ୍ତି । ଯିଏ କି ସେହି ତିନିତାଲା ବିଶିଷ୍ଟ ବିଲିଡିଂର ମାଲିକ । ବୃଦ୍ଧଜଣକ ଥିଲେ ଉଚ୍ଚପଦାଧିକାରୀ ଏବଂ ବୃଦ୍ଧା ବିଶ୍ୱବିଦ୍ୟାଳୟର ପ୍ରଫେସର ।

ପୁଅବୋହୂ ଝିଅ ଜ୍ୱାଇଁ ସମସ୍ତେ ବିଦେଶରେ । ଗାଁ ସହ ହୁଏତ ଅନେକ ଦିନରୁ ସଂପର୍କ କଟି ଯାଇଛି । ତେଣୁ ଏକ ନିଛାଟିଆ ଅବସର ଜୀବନରେ ସେମାନେ ଅନିଶ୍ଚିତତାକୁ ଅପେକ୍ଷା କରି ପଡି ରହିଛନ୍ତି କେବଳ ।

ଜୟନ୍ତବାବୁ ଆଉ ସ୍ଥିରହେଇ ରହି ପାରିଲେନି । ତାଙ୍କୁ ବେଢ଼ିଥିବା ସମସ୍ତ ସୀମିତତା ଖସି ପଡିଲା । ପୋଲିସକୁ ଫୋନ୍ ଲଗେଇ ଘଟଣା ସଂପର୍କରେ ଓ ସ୍ଥାନର ଅବସ୍ଥିତି ବାବଦରେ ଜଣାଇଦେଲେ । କେବଳ ପୋଲିସକୁ ଜଣାଇଦେଲେ ଯେ କାମ ସରିଗଲା ତାହା ନୁହେଁ । ଥାନାରେ ହୁଏତ ପୋଲିସ ଫୋର୍ସ ନଥିବେ । ଆଉ କୁଆଡକୁ ଡ୍ୟୁଟିରେ ଯାଇଥିବେ । ସେମାନେ ଆସୁ ଆସୁ ସବୁକିଛି ସରି ଯାଇଥିବ । ଘର ଭିତରେ ଅସହାୟ ବୃଦ୍ଧ ଦଂପତି ଅମାନୁଷିକ ଆକ୍ରମଣର ଶିକାର ହେଇ ବେହୋସ ହେଇ

ପଡ଼ିଥିବେ କିମ୍ବା ଦୁର୍ବୃତ୍ତର ଗୁଳିରେ ମରି ପଡ଼ିଥିବେ। ଦୁର୍ବୃତ୍ତ ଘରକୁ ଛିନ୍‌ଭିନ୍ କରି ଯାହା ପାଇଥିବ ନେଇ ଚ°ପଟ୍ ମାରିଥିବ।

ସେ ଟିକିଏ ଗଭୀର ଭାବରେ ଚିନ୍ତାକଲେ କ'ଣ କରାଯାଇ ପାରିବ। ତାପରେ ପ୍ୟାଣ୍ଟସାର୍ଟ ପିନ୍ଧି ବାହାରକୁ ଯିବାକୁ ପ୍ରସ୍ତୁତ ହେଲେ। ଶ୍ରୀମତୀ ରୋଷେଇ ଘର ପାଖରେ ବସି ପରିବା କାଟୁଥିଲେ। ଆଖ୍ ବଡବଡ କରି ପଚାରିଲେ-କ'ଣ କୁଆଡେ ବାହାରିଲଣି ?

ଜୟନ୍ତବାବୁ ସଂକ୍ଷେପରେ ଘଟଣାଟା ଶ୍ରୀମତୀଙ୍କୁ କହିଲେ। ଶ୍ରୀମତୀ ପ୍ରଥମେ ସମବେଦନାରେ କହିଲେ-ହେ ଭଗବାନ-ସମୟ ଆସି କଣ ହେଲଣି। ତାପରେ ସତର୍କ ହେଇଯାଇ ବାରଣ କଲେ-ତମେ କାହିଁକି ସେଠିକି ଯାଉଚ ? ଏକୁଟିଆଟା ଚୋର ଡକାୟତଙ୍କର କଣ କରିପାରିବ ? ତାଙ୍କ ହାତରେ ଭୁଜାଲି ବଂଧୁକ। ତମେ ସେଠିକି କଣ...ସେଇଠି ଅଟକିଗଲେ। ତାଙ୍କ ଜିଭ ପଲଟିଲା ନାହିଁ। ତାପରେ ଅନୁରୋଧ କଲେ-ନା ତମେ ଯାଅନା। ସେ ଆମର କ'ଣ କି ? ବଡଲୋକ ବୋଲି ଆମ ଆଡକୁ ଟିକେ ଆଡ ଆଖ୍ରେ ଅନେଇଚନ୍ତି ? ତାଙ୍କ ଘରେ ପରା ଏତେ ଭଡାଟିଆ ଅଛନ୍ତି। ସମସ୍ତେ ତାଟିକବାଟ କିଲି ଘର ଭିତରେ ପଶିଚନ୍ତି। ତମେ ଯାଅନା।

ଓଃ ତମେ କାଇଁ ଏତେ ବ୍ୟସ୍ତ ହଉଚ ? ମୁଁ କଣ ତାଙ୍କ ପାଖକୁ ଯାଉଚି ? ତଳେ ଉହାଡରେ ଠିଆହେଇ ଦେଖ୍ବି କଣ ହଉଚି। ତମେ କବାଟ ଦିଅ।

ଜୟନ୍ତବାବୁ ଶ୍ରୀମତୀଙ୍କ ବାରଣ ନମାନି ତଳକୁ ଓହ୍ଲାଇ ଆସିଲେ। ତଳୁ ଦୁଇଟି ବଡ ବଡ ମେଟାଲ ଯୋଗାଡ କଲେ। ସତର୍କତାର ସହିତ ରାସ୍ତାକଡର ଏକ ତ୍ରିଗାଡ ପଛପଟେ ଲୁଚିଗଲେ। ଏକାଧ୍ୟାନରେ ଲାଖକରି ମେଟାଲଟାକୁ ଏପରି ଭାବରେ ଫୋପାଡିଲେ ଯେ ହେଲମେଟ୍ ପିନ୍ଧିଥିବା ଜଣକର ଜଂଘରେ ଖୁବ୍ ଜୋର୍‌ରେ ଆଘାତ ଦେଲା। ସେ ଏଥିପାଇଁ ଅସତର୍କ ଥିଲା। ଗାଡିରେ ସ୍ୱାଣ୍ଟ ନଦେଇ ଦିଗୋଡ ଭରାଦେଇ ବସିଥିଲା। ହଠାତ୍ ଏପରି ଏକ ଅତର୍କିତ ଆଘାତରେ ଛାନିଆଁ ହେଇଯାଇ ବାଲାନ୍ସ ହରେଇ ବସିଲା ଯାହାଫଳରେ ଇଲୋବୋଉଲୋ ଚିକାର ଛାଡି ଗାଡି ସମେତ ତଳେ ପଡିଗଲା। ସେ ଏପରି ଭାବରେ ପଡିଗଲା ଯେ ତାହାର ଡାହାଣ ଗୋଡ ଗାଡିତଳେ ରହିଗଲା। ଜୟନ୍ତବାବୁ ଦ୍ୱିତୀୟ ମେଟାଲଟି ଫୋପାଡିବାକୁ ଯାଉଥିଲା ବେଳେ ଦେଖ୍ଲେ ସେ ଛଟପଟ ହଉଚି। ଗାଡିର ଓଜନ ଗୋଡ ଉପରେ ରହିଯାଇ ଥିବାରୁ ମୁକୁଲି ପାରୁନି। ଏତେ ବଡ ଗାଡିର ଓଜନ ନିଶ୍ଚୟ କଷ୍ଟ ଦଉଥିବ।

ମେଟାଲ ସହ ଉଠି ଯାଇଥିବା ହାତକୁ ତଳକୁ ନେଇ ଆସିଲେ ଜୟନ୍ତବାବୁ। ହେଲେ ଏ ସୁଯୋଗକୁ ହାତଛଡା କଲେନାହିଁ। ତା ପାଖକୁ ଦୌଡିଗଲେ ଓ ଗାଡିର

ଚାବିଟି ଟାଣି ଆଣିଲେ। ଗାଡ଼ି ବନ୍ଦ ହେଇଗଲା। ଗାଡ଼ିତଳେ ପଡ଼ିଥିବା ଲୋକଟା ଓଃ ଓଃ ଚିତ୍କାର ଛାଡ଼ୁଥିଲା। ଅନ୍ୟ ଜଣକୁ ପାଖରେ ଦେଖି ଚିଲେଇବାକୁ ଲାଗିଲା। ଭାଇ ମୁଁ ମରିଯିବି। ମତେ ଟିକେ ଉଠାଅ ପ୍ଲିଜ୍। ମୋ ଗୋଡ଼ଟା ଭାଙ୍ଗିଯାଇଚି। ସହି ପାରୁନି। ପ୍ଲିଜ୍ ଦୟାକର।

ପ୍ରଥମେ ଜୟନ୍ତବାବୁ ଭାବିଲେ–ଭଲ ହେଇଚି ଶଳା ଡାକୁ। ମର ଶଳା। ଜୟନ୍ତବାବୁ ସେତୁ ଘୁଂଚି ଆସୁଥିଲେ। ପଲ୍‌ସର ତଳେ ପଡ଼ିଥିବା ଲୋକଟା ଜୋରରେ କାନ୍ଦି ଉଠିଲା– ମତେ ରକ୍ଷାକର ଭାଇ ମତେ ରକ୍ଷାକର। ମୁଁ ମରିଯିବି। ଆଉ ସହିପାରୁନି। ଟିକିଏ ଗାଡ଼ି ଧର। ପ୍ଲିଜ୍।

ଜୟନ୍ତବାବୁଙ୍କ ମନରେ ତାପାଇଁ ଯାହା ଜାତ ହେଲା ତାହା ଦୟା ନୁହେଁ କି ସହାନୁଭୂତି ନୁହେଁ। ତଥାପି ସେ ଅଟକିଗଲେ। ଯାହାହେଲେ ବି ବାଇକ୍ ଚାବି ତ ମୋ ହାତରେ। ପୁଣି ତାର ଗୋଡ଼ ଭାଙ୍ଗି ଯାଇଚି। ସେ ତ କୌଣସି ଉପାୟରେ ବାଇକ୍ ନେଇ ଯାଇପାରିବନି। ତେଣୁ ତାକୁ ଉଠେଇଦବା ଉଚିତ୍ ହବ। ବହୁତ କଷ୍ଟ ପାଉଚି।

ବାଇକ୍ ପଡ଼ି ଯାଇଥିବା ପଟକୁ ଯାଇ ଖୁବ୍ ଜୋରରେ ଚେଷ୍ଟାକରି ବାଇକ୍‌କୁ ଉଠାଇବାକୁ ଲାଗିଲେ। ବାଇକ୍ ଟିକେ ଉଠିଯିବାରୁ ହେଲମେଟ୍ ପିନ୍ଧା ଜଣକ ଗୋଡ଼ କାଢ଼ି ଆଣିଲା। ସାଂଗେ ସାଂଗେ ଛୁରିଟିଏ କାଢ଼ି ଜୟନ୍ତବାବୁଙ୍କୁ ଆକ୍ରମଣ କଲା। ଜୟନ୍ତବାବୁ ଗାଡ଼ି ଛାଡ଼ିଦେଇ ଟିକିଏ ଘୁଂଚିଗଲେ। ତଥାପି ବି ତାଙ୍କ ଡାହାଣପଟ କାନ୍ଧତଳକୁ ଛୁରି ଭୁଷିଦେଲା। ପିଚ୍‌ପିଚ୍ ରକ୍ତ ବାହାରିବାକୁ ଲାଗିଲା। ସେ ବାଁ ହାତ ପାପୁଲିରେ ଚାପି ଧରିଲେ। ହେଲମେଟ୍ ପିନ୍ଧା ଜଣଙ୍କ ଜୟନ୍ତବାବୁଙ୍କ ଠାରୁ ବାଇକ୍ ଚାବି ଛଡ଼େଇ ନେଲା। ହେଲେ ବାଇକ ଉଠେଇ ପାରିଲା ନାହିଁ।

ଏତିକିବେଳେ ପୋଲିସ୍‌ଭ୍ୟାନର ଶିଧ ଶୁଭିଲା। ଗାଡ଼ି ଛାଡ଼ିଦେଇ ହେଲମେଟ୍ ପିନ୍ଧା ଜଣକ ଦୌଡ଼ି ପଳେଇଯିବାକୁ ଚେଷ୍ଟାକଲା। ଆହତ ଡାହାଣ ଗୋଡ଼ରେ ଦୌଡ଼ିବା ସଂଭବ ନଥିଲା। ତେଣୁ ସେ ରାସ୍ତା କଡ଼କୁ ଗଡ଼ିପଡ଼ିଲା। ସାଂଗେ ସାଂଗେ ପୋଲିସ୍ ତାକୁ କାବୁ କରିନେଲେ। ତା ସହିତ ତା ବ୍ଲାକ୍ ପଲ୍‌ସର ଓ ଛୁରିକୁ ଜବତ କରିନେଲେ।

ଜୟନ୍ତବାବୁଙ୍କର ବ୍ଲିଡିଂ କମୁନଥାଏ। ତାଙ୍କୁ ସାଂଗେ ସାଂଗେ ପୋଲିସ୍‌ଭ୍ୟାନରେ ମେଡ଼ିକାଲ ପଠାଇଦେବାର ବ୍ୟବସ୍ଥା କରାଗଲା। ପୋଲିସ ତାଙ୍କୁ କେବଳ ପଚାରିଲେ କୋଉ ଘରେ ଶଳାଟା ପଶିଛି। ସେ ଆଙ୍ଗୁଠି ଦେଖେଇ କହିଲେ– ଫାଷ୍ଟଫ୍ଲୋର୍– ଡାହାଣପଟ। ତାପରେ ଗାଡ଼ି ତାଙ୍କୁ ନେଇ ଯାଇଥିଲା ଡାକ୍ତରଖାନା।

ଏହାରି ଭିତରେ ଦୁର୍ବୃତ୍ତ ଜଣକ ବୃଦ୍ଧାଙ୍କୁ ଡ୍ରଇଂରୁମ୍ ଭିତରକୁ ଟାଣିନେଇ ସେ

ଘରର କବାଟ ବନ୍ଦ କରିଦେଇଚି । ଏହି ସମୟରେ ଘରର ମାଲିକ ଆର ଘରୁ ପଚାରିଛନ୍ତି–କିଏ ? କିଏ ଆସିଛି ? ବୃଦ୍ଧା କିଛି ଉତ୍ତର ଦେଇପାରି ନାହାନ୍ତି ।

କିଏ ଆସିଚି ପଚାରୁଚି ପରା ?

ଡ୍ରଇଂରୁମ୍କୁ ପଶୁପଶୁ ଦୁର୍ବୃତ୍ତ ତାଙ୍କ ମୁଣ୍ଡରେ ପିସ୍ତଲ ଲଗେଇ ଦେଇଚି । ଚୁପ୍ ପୁରା ପାଟିବନ୍ଦ । ପାଟି ଖୋଲିବୁତ ସୁଟ୍ କରିଦେବି । ଏଇ ବୁଢ଼ୀ, ତୋ ହାର ଆଉ କାନଫୁଲ ଏଠି ରଖ । ନହେଲେ ଝିଙ୍କି ଆଣିବି । ଶୀଘ୍ର ଦେଇଦେ ।

ବୃଦ୍ଧା ଆଉ ବିଲମ୍ବ ନକରି ଚୁପଚାପ୍ ହାରଟି ସୋଫା ଟେବୁଲ୍ ଉପରେ ଥୋଇ ଦେଇଛନ୍ତି । ତାପରେ କାନଫୁଲ ଖୋଲିବାକୁ ଲାଗିଛନ୍ତି ।

ଶୀଘ୍ର କାଢ଼ ।

କାନଫୁଲ ଦିଟି ରଖ ଦେଇଛନ୍ତି ଥରଥର ହାତରେ ।

କୋଉଠି କୋଉଠି ମାଲ୍ ଅଛି ଶୀଘ୍ର କହିଦିଅ । ମତେ ଚାବି ଦେଇଦିଅ । ମୁଁ ମାଲନେଇ ପଲେଇବି । ତମର କିଛି କ୍ଷତି କରିବିନି । ଫେଚକାମି କାଢ଼ିବ ତ ମାରିମାରି ମାରିଦେବି । କହବେ ଶଳା କୋଉଠି କଣ ଅଛି ।

ମୋ ପର୍ସରେ କେବଳ ଦେଢ଼ହଜାର ପାଖାପାଖି ଟଙ୍କା ଅଛି । ଆଉ କିଛି ନାହିଁ । ସେଇ ପ୍ୟାଣ୍ଟଟା ଆଲଣାରେ ଆର ଘରେ ଅଛି ।

ଆବେ ଶଳା ମତେ ହାରକିନି ଦେଖଉଚୁ ? ବୃଦ୍ଧଙ୍କ ଗାଲରେ ଗୋଟିଏ ଚାପଡା କଷିଦେଇଛି । ବୃଦ୍ଧ କାନ୍ଥୁରେ ଧକ୍କାଖାଇ ତଳକୁ ଖସିପଡିଛନ୍ତି । ବୃଦ୍ଧା ମାରନି ମାରନି କହି ଉଠି ଆସିଛନ୍ତି । ତାକୁ ଗୋଟାଏ ଧକ୍କା ପକାଇଚି ଯେ ସେ ସୋଫା ଟେବୁଲ୍ ଉପରେ ଭୁଷୁଡ଼ି ପଡିଯାଇଛନ୍ତି ।

ତମେ ଆମକୁ ଦୟାକରି ମାରନା । ମୁଁ ତମକୁ ସବୁ ଆଲମିରା ଓ ବାକ୍ସର ଚାବି ଦେଇଦଉଚି । ତମେ ସବୁ ଖୋଲିଦେଖ । ଯାହା ଅଛି ନେଇଯାଅ । ଆମକୁ ମାରନା ।

ଏତିକିବେଲେ ମୋବାଇଲ ରିଂ ହେଇଚି ।

ନା– ମୋବାଇଲ ଉଠେଇଲେ ଗୁଲି କରିଦେବି । ଚାଲ୍ ସେ ଘରକୁ । ମତେ ସେ ମୋବାଇଲ୍ଟ ଦେ । ଏଇ ବୁଢ଼ୀ ତୋ ମୋବାଇଲ ଦେ ।

ଦି'ଜଣ ଦିଟି ମୋବାଇଲ ବଢ଼େଇ ଦେଇଛନ୍ତି ।

ଖୋଲ ସବୁ ଆଲମିରା ଆଉ ବାକ୍ସ ।

ପୋଲିସ ଭୟାନର ଶଢ଼ଶୁଣି ଦୁର୍ବୃତ୍ତ ଚମକିପଡିଚି । ମୋବାଇଲ ଦିଟା ବୃଦ୍ଧଙ୍କ ଉପରକୁ ଫୋପାଡି ଦେଇ ପବନ ବେଗରେ ବାହାରକୁ ପଲେଇ ଆସିଚି । ତଳକୁ ନ ଓହ୍ଲେଇ ସିଧା ଛାତ ଉପରକୁ ଉଠିଯାଇଚି । ଆଖ୍ ବୁଲେଇ ନେଇଚି କୋଉବାଟେ ଖସି

ଯାଇହବ । ଚଟ୍‍କରି ପାଣିପାଇପ୍ ଧରି ଓହ୍ଲେଇବାରେ ଲାଗିପଡିଚି । ମଝାମଝି ହେଇଚି ଦେଖିଚି ପୁଲିସ ବଂଧୁକ ତା ଆଡକୁ ଅନେଇଚି । ଉପରୁ ଅଡର ଆସିଚି–ରୂପଚାୟ ଓହ୍ଲା । ନହେଲେ ଖସେଇଦବୁ । ତାକୁ ବୁଝିବାଟ କିଛି ଦେଖା ଯାଇନି । ତଳେ ପହଁଚିବା ପୂର୍ବରୁ ପୁଲିସ ଉପରକୁ ଗୁଲି ଚଲେଇ ଖସି ଯିବାକୁ ଉଦ୍ୟମ କରିଚି । ଏକା ବେଳକେ ଉପରୁ ଓ ତଳୁ ଫାୟାରିଂ ହେଇଚି । ଉପର ଗୁଲି ବାଜିଚି ଡାହାଣ ହାତରେ । ପିସ୍ତଲ ଛିଟିକି ପଡିଚି ଦୂରକୁ । ତଳ ଗୁଲି ବାମ ଜଂଘରେ ଗଲି ଯାଇଚି । ସେ ପଡୁପଡୁ ତାକୁ ମାଡି ବସିଛନ୍ତି ।

ଟିକିଏ ଆଗରୁ ଆମ୍ବୁଲାନ୍‍ସ ଆସି ଯାଇଥିଲା । ସେଥରେ ବୃଦ୍ଧବୃଦ୍ଧା । ଦିଜଣଙ୍କୁ ଭର୍ତ୍ତିକରାଗଲା । ପୋଲିସ ଭ୍ୟାନରେ ଦୁର୍ବୃତ୍ତ ଦିଜଣଙ୍କୁ । ଆଗେ ଆଗେ ପୋଲିସ ଭ୍ୟାନ୍ ଓ ପଛେ ପଛେ ଆମ୍ବୁଲାନ୍‍ସ । ସେତେବେଳକୁ ରାସ୍ତାଘାଟ ଲୋକାରଣ୍ୟ ହେଇଗଲାଣି । ବ୍ଲାକ୍ ପଲସର ଖବର ପାଇ ଗଣମାଧ୍ୟମ ପ୍ରତିନିଧିମାନେ ପହଞ୍ଚିଗଲେଣି । ହେଲେ ସେଠାରେ ସେମାନଙ୍କ ପାଇଁ ବିଶେଷ କିଛି ଆକର୍ଷଣ ନଥିଲା । ଆକ୍ରମିତ ଘରର ଫଟୋ ଓ କେତେଜଣଙ୍କ ବାଇଟ ନେଇ ଡାକ୍ତରଖାନା ଆଡେ ମୁହାଁଇଥିଲେ । ପୋଲିସ କମିଶନର ଏକ ସାଂବାଦିକ ସମ୍ମିଳନୀ ଡାକିଛନ୍ତି ବୋଲି ଖବର ମିଲିବାରୁ ସମସ୍ତେ ତାଙ୍କ ଦପ୍ତର ଆଡେ ଗାଡି ଛୁଟାଇଦେଲେ ।

ଆଗରୁ ଜୟନ୍ତବାବୁ ଡାକ୍ତରଖାନାର ଆପତ୍‍କାଲୀନ ଚିକିତ୍ସାକକ୍ଷରେ ଭର୍ତ୍ତିହୋଇ ସାରିଥିଲେ । ଡାକ୍ତର ଓ ନର୍ସମାନେ ତାଙ୍କ ଚିକିତ୍ସାରେ ଲାଗି ପଡିଥିଲେ । ତାଙ୍କ କ୍ଷତକୁ ଭଲ ଭାବରେ ସଫା କରାଯାଇ କେତୋଟି ଷ୍ଟିଚ୍ ପକେଇବାକୁ ପଡିଲା । ତାପରେ ତାଙ୍କୁ ଏକ କ୍ୟାବିନ୍‍କୁ ନିଆଗଲା । ସେଠାରେ ତାଙ୍କ ଦେହରେ ସାଲାଇନ୍ ଚାଲୁ କରାଯିବାର କିଛି ସମୟ ପରେ ତାଙ୍କୁ ଆରାମ ଲାଗିଲା । ସେ ଶୋଇ ପଡିଲେ ।

ଏହା ଭିତରେ ଅନେକ ଘଟଣା ଘଟି ଯାଇଚି । ଖବର ପାଇଲା କ୍ଷଣି ଶ୍ରୀମତୀ କାନ୍ଦିକାନ୍ଦି ଆସି ଡାକ୍ତରଖାନାରେ ପହଞ୍ଚିଛନ୍ତି । ସିଷ୍ଟର ବାରଣ କରିଛନ୍ତି କାନ୍ଦିବାକୁ । ପେସେଣ୍ଟଙ୍କ ଅବସ୍ଥା ଭଲ ଅଛି । ସଂପୂର୍ଣ୍ଣ ବିପଦମୁକ୍ତ । ସେ ଟିକିଏ ରେଷ୍ଟ ନିଅନ୍ତୁ । ଡାକ୍ତର ବାରମ୍ବାର ଆସି ଦେଖ ଯାଉଚନ୍ତି । ଦୁଆର ମୁହଁରେ ଦିଜଣ ବଂଧୁକଧାରୀ ପୋଲିସ ମୁତୟନ ହୋଇଛନ୍ତି ।

ଆଗପଛ ହେଇ ପୋଲିସ ଭ୍ୟାନ ଓ ଆମ୍ବୁଲାନ୍‍ସ ଡାକ୍ତରଖାନା ହତା ଭିତରକୁ ପ୍ରବେଶ କରିଚି । ଗାଡି ଅଟକୁ ଅଟକୁ ପୋଲିସ ଫୋର୍ସ ଖପାଖପ ତଲକୁ ଡେଇଁ ପଡିଚନ୍ତି । ଦୁଇଟି ଷ୍ଟ୍ରେଚରରେ ଆହତ ଦୁଇଜଣ ଦୁର୍ବୃତ୍ତଙ୍କୁ ଆପତ୍‍କାଲୀନ ଚିକିତ୍ସାକେନ୍ଦ୍ରକୁ ନିଆଯାଇଚି ଓ ବଂଧୁକଧାରୀ ପୋଲିସ ମାନେ ସେମାନଙ୍କ ସହ ଯାଇଚନ୍ତି । ଡାକ୍ତରଖାନା ହତାଭିତରେ ଓ ବାହାରେ ଯଥେଷ୍ଟ ସଂଖ୍ୟାରେ ପୋଲିସ ମୁତୟନ କରାଯାଇଛି ।

ଆମ୍ବୁଲାନ୍ସ ଭିତରୁ ବୃଦ୍ଧ ଦଂପତିଙ୍କୁ ଦୁଇଟି ହୁଇଲ୍ ଚେୟାରରେ ଭିତରକୁ ନିଆଯାଇ ବିଭିନ୍ନ ପରୀକ୍ଷା କରାଯାଇଛି। ସେମାନଙ୍କ ଶରୀରରେ ଆହତ ହେବାର କୌଣସି ଲକ୍ଷଣ ଦେଖିବାକୁ ମିଳିନାହିଁ। ହେଲେ ସେମାନେ ଭୀଷଣ ଭାବରେ ଡରି ଯାଇଛନ୍ତି। ଅସହାୟତା ତାଙ୍କୁ କାବୁକରି ପକାଇଛି। ମୁହଁରୁ ଯେପରି କଥା କିଏ ଛଡେଇ ନେଇଛି। ଏତେ ବର୍ଷର ଜୀବନ, ଦୀର୍ଘ ଅଭିଜ୍ଞତା, ବିପୁଳ ସଫଳତା ସବୁ ପାଉଁଶ ହେଇଯାଇଛି। ଏପରି ଅନିଶ୍ଚିତତାର ଜୀବନକୁ ବିଶ୍ୱାସ କରି ହଉନି। ଏହି ଅବସ୍ଥାରେ ସେମାନଙ୍କର କେବଳ ଉଚ୍ଚରକ୍ତଚାପ ସାମାନ୍ୟ ବଢ଼ିଯାଇଛି। ସେଥିପାଇଁ ଏକ କ୍ୟାବିନ୍‌ରେ ସେମାନଙ୍କୁ ଯତ୍ନର ସହିତ ରଖାଯାଇଛି। ଜଣେ ନର୍ସ ସେଠି ଜଗି ରହିଛନ୍ତି। କିଛି ସମୟ ବିଶ୍ରାମ କଲାପରେ ମାଡାମ୍ ଡାକିଛନ୍ତି– ସିଷ୍ଟର ଦିକପ୍ ଚା ମିଳିପାରିବ କି ?

ହଁ ମାଡାମ୍ ସାଙ୍ଗେ ସାଙ୍ଗେ ମଗେଇ ଦଉଚି।

ଶୁଣ। ଗୋଟିଏ କପ୍ ମିଠା, ଆଉ ଗୋଟିଏ କପ୍ ଅମିଠା।

ଆଜ୍ଞା ମାଡାମ।

ଇଷ୍ଟରକମ୍‌ରେ ନର୍ସ ଚା ବରାଦ କରି ମାଡାମ୍‌ଙ୍କ ପାଖରେ ଆସି ବସିଲେ। କିଛି କହିବାକୁ ଚାହୁଁଥିଲେ ମଧ୍ୟ ସଂଭ୍ରମତା ଦୃଷ୍ଟିରୁ କିଛି କହି ପାରିଲେ ନାହିଁ।

ଚା ଆସିଯିବାରୁ ସାର୍ ଓ ମାଡାମ୍ ରୁପଚାପ୍ ଚା ପିଇଲେ। ସେମାନଙ୍କ ମୁହଁରେ ଟିକିଏ ଆଶ୍ୱସ୍ତିର ଚିହ୍ନ ଉକୁଟି ଉଠିଲା।

ମାଡାମ, ସାର୍ କହୁଥିଲେ ଆପଣ ମାନଙ୍କର କିଛି କ୍ଷତି ଘଟିନି।

ମାଡାମ ଦିହାତ ଯୋଡ଼ି ମୁଣ୍ଡରେ ମାରିଲେ। ସବୁ ତାଙ୍କର ଇଚ୍ଛା। ଆଚ୍ଛା ସିଷ୍ଟର ସେ ଚୋର ପରା ଧରା ପଡ଼ିଛି ?

ମାଡାମ ଦିଜଣ ଯାକ ବଦ୍‌ମାସ ଧରାପଡ଼ି ଏଠି ଚିକିତ୍ସା ହଉଛନ୍ତି। ଜଣଙ୍କ ଗୋଡ ଭାଙ୍ଗି ଯାଇଛି ଆଉ ଜଣଙ୍କର ଦେହରେ ଦିଟା ଗୁଳି ବାଜିଛି।

ସାର୍ ସିଧାହେଇ ବସି ସିଷ୍ଟରଙ୍କ ମୁହଁକୁ ଅନେଇଲେ।

ମାଡାମ୍, ଜାଣିଛନ୍ତି କି ଆପଣଙ୍କୁ ଏ ବିପଦରୁ କିଏ ରକ୍ଷାକଲେ ?

ନାଇଁରେ ମା ଆମେ କିଛି ଜାଣିନୁ। ସେ କିଏ ?

ତାଙ୍କ ନାଁ ହେଉଚି ଜୟନ୍ତବାବୁ। ସେ ଆପଣଙ୍କ ଘର ଆଗ ରାସ୍ତା ଆରପଟରେ ରହୁଛନ୍ତି। ତାଙ୍କୁ ଜୋରରେ ଛୁରିମାଡ ହେଇଚି। ସେ ବି ଏଠି ଚିକିତ୍ସିତ ହଉଚନ୍ତି।

ରାସ୍ତା ଆରପଟେ କିଏ ସବୁ ରହୁଛନ୍ତି ତାଙ୍କୁ ଜଣାନାହିଁ। ସେ କେବଳ ଜାଣିଚନ୍ତି ଏହା ଏକ ସରକାରୀ କର୍ମଚାରୀଙ୍କ କଲୋନୀ। ତା ଭିତରୁ କେହି ଜଣେ ଅଜଣାଅଶୁଣା

ବ୍ୟକ୍ତି ନିଜ ଜୀବନକୁ ପାଣିଛଡ଼େଇ ସେମାନଙ୍କୁ ରକ୍ଷା କରିଛି ! ବିଶ୍ୱାସ କରି ହଉନି । ଏହା କଣ ସମ୍ଭବ ? ଏତ ଗୋଟିଏ ବିଲ୍‌ଡିଂରେ ରହୁଥିବା ଲୋକମାନେ ପରସ୍ପରକୁ ଚିହ୍ନିବି ନାହାନ୍ତି । କାହାର କାହା ସହ ସଂପର୍କ ନାହିଁ । ଏଠ....

ମାଡାମ୍ ପଚାରିଲେ–ସେ ଭଦ୍ରଲୋକ କେମିତି ଅଛନ୍ତି ?

ତାଙ୍କର ଚିକିତ୍ସା ଚାଲିଛି । ସେ ଭଲ ଅଛନ୍ତି ।

ସାର୍ ପାଟି ଖୋଲିଲେ– ତାଙ୍କ ପାଇଁ ଆମ ଜୀବନ ବଂଚିଗଲା । ନହେଲେ ଆମର କଣ ଯେ ହେଇଥାଆନ୍ତା ।

ଭଗବାନ୍ ତାଙ୍କର ମଂଗଳ କରନ୍ତୁ । ମାଡାମ ପୁଣି ଦିହାତ ଯୋଡ଼ି ମୁଣ୍ଡରେ ମାରିଲେ ।

ଜୟନ୍ତବାବୁଙ୍କୁ ଭେଟିବାକୁ ଦି ଜଣଙ୍କ ମନ ବ୍ୟାକୁଳ ହେଇ ଉଠିଚି । ବର୍ତ୍ତମାନ ଅବସ୍ଥାରେ ତାହା ସଂଭବ ନୁହେଁ ଜାଣି ଚୁପ୍ ରହିଛନ୍ତି । ମାଡାମ୍‌ଙ୍କର ନିଜ ପିଲାଙ୍କ କଥା ମନ ପଡ଼ିଯାଇଚି । କେତେଦୂରରେ ସେମାନେ ଅଛନ୍ତି ।

ସିଷ୍ଟର କହିଲେ–ଆପଣମାନେ ପ୍ରାୟ ଆଜି ଡିସ୍‌ଚାର୍ଜ ହେଇଯିବେ । ସେତିକି ବେଲେ ଜୟନ୍ତବାବୁଙ୍କୁ ଭେଟିନେବେ ।

ହଁ ହଁ ଉସ୍ଵାହର ସହିତ ସାର୍ କହିଲେ ।

ବର୍ତ୍ତମାନ ଆପଣ ମାନେ ଟିକିଏ ରେଷ୍ଟ ନେଇଯାନ୍ତୁ ।

ସୁନାପିଲାଙ୍କ ପରି ଦିଜଣ ଆଖ୍ ବୁଜି ଦେଲେ । ଆଖ୍ ତଲେ ଏତେ ଉଦ୍‌ବେଗ ଜମା ହେଇଥିଲା । ତାହା ସେମାନେ ଚିନ୍ତା କରି ନଥିଲେ । ସାରଙ୍କ ଆଖ୍‌ତଲେ ଦୁର୍ଘଟଣାର ଘଟଣାଗୁଡ଼ିକ ଭାସି ଉଠୁଥିଲା । ମାଡାମ୍ ଭାବୁଥିଲେ ଆଜିର ପୃଥିବୀରେ ପୁଣି ଏମିତି ଲୋକ ଅଛନ୍ତି ନିଜ ଜୀବନକୁ ପାଣିଛଡ଼େଇ ପରକୁ ରକ୍ଷାକରିବାକୁ ବିପଦକୁ ଡେଇଁ ପଡ଼ୁଚନ୍ତି ।

ଧୀରେ ଧୀରେ ତାଙ୍କ ଆଖ୍‌ପତା ଓଜନିଆଁ ହୋଇ ଯାଇଚି ।

ସିଷ୍ଟର ଦେଖ୍‌ଲେ ଯେପରି ଦୁଇଟି ନିରୀହ ଶିଶୁ ନିଦରେ ହଜି ଯାଇଛନ୍ତି । ତାଙ୍କୁ କୋଲକୁ ନେଇ ଶୋଇପଡ଼ିବାକୁ ଇଛା ହେଉଚି ।

ସିଷ୍ଟରଙ୍କର ଇଛା ହେଉନଥିଲା ସେମାନଙ୍କ ନିଦ ଭାଂଗି ଦେବାପାଇଁ ହେଲେ ସେମାନଙ୍କୁ ଡାକିବାକୁ ପଡ଼ିଲା–ଉଠନ୍ତୁ ଲଞ୍ଚ କରିବେ ଉଠନ୍ତୁ ।

ଲଞ୍ଚ ସରିଲା ପରେ ସିଷ୍ଟର କହିଲେ–ମୋ ରିଲିଭର ଆସିଗଲେଣି । ମୁଁ ଆସୁଚି । ନମସ୍କାର । ଟିକିଏ ହସିଦେଇ ସେ ଚାଲିଗଲେ । ମାଡାମ୍‌ଙ୍କ ଛାତି ଭିତରେ 'କର୍' କରି ଶଘଟିଏ ସୃଷ୍ଟି ହେବା ପରି ଲାଗିଲା ।

ଲଞ୍ଚପରେ କିଛି ସମୟ ଶୋଇ ପଡ଼ିବା ତାଙ୍କର ଅଭ୍ୟାସ । ଆଉ କ'ଣ ବା କରନ୍ତେ ? ହେଲେ ଆଜି ଆଉ ନିଦ ନଥିଲା । ଲଞ୍ଚ ପୂର୍ବରୁ ସେମାନେ ଶୋଇ ପଡ଼ିଥିଲେ । ସିଷ୍ଟର କହୁଥିଲେ ଆଜି ହିଁ ସେମାନେ ଡିସ୍‌ଚାର୍ଜ ହେଇଯିବେ । ଡାକ୍ତରଙ୍କ ଆସିବାକୁ ଅପେକ୍ଷା କରିବାକୁ ପଡ଼ିବ ।

ଚାରିଟା ପାଖାପାଖି ଡାକ୍ତର ଓ ଜଣେ ପୋଲିସ୍ ଅଫିସର ଆସିଲେ । ପ୍ରଥମେ ଡାକ୍ତର ସେମାନଙ୍କର ବିପି ମାପିଲେ । ନର୍ମାଲ ଅଛି । ସିଷ୍ଟରଙ୍କୁ ଡିସ୍‌ଚାର୍ଯ ପେପର ପ୍ରସ୍ତୁତ କରିବାକୁ କହିଲେ । ପୋଲିସ ଅଫିସରଙ୍କୁ ଷ୍ଟେଟ୍‌ମେଣ୍ଟ ନେବାପାଇଁ ଠାରିଦେଲେ । ସାଧାରଣ କେତୋଟି ପ୍ରଶ୍ନ ଯଥା- ନାଁ ବୟସ ପୂର୍ବର ଚାକିରୀ-ସ୍ଥାୟୀ ଠିକଣା-ମୋବାଇଲ୍ ନମ୍ବର-ପ୍ଲଟ୍ ନଂ ଇତ୍ୟାଦି ପଚାରିଲା ପରେ ଦୁର୍ବୃତ୍ତଙ୍କ ଆକ୍ରମଣ, ଦୁର୍ବ୍ୟବହାର, ଚୋରି ଇତ୍ୟାଦି ସଂପର୍କରେ ପଚାରିଲେ । ଶେଷରେ ପଚାରିଲେ ଆପଣ ଜୟନ୍ତ ବାବୁଙ୍କୁ ଚିହ୍ନିଛନ୍ତି କି ?

ନା- ଆମେ ତାଙ୍କୁ ଜାଣିନୁ । ଆଜି ହିଁ ଜାଣିଲୁ ସେ ଆମ ଘର ଆଗ ସରକାରୀ କର୍ମଚାରୀଙ୍କ କଲୋନୀରେ ରହୁଛନ୍ତି । ଆଜିର ଦୁନିଆଁରେ ଏପରି ବ୍ୟକ୍ତି ଅଛନ୍ତି ବୋଲି ଆମେ ବିଶ୍ୱାସ କରି ପାରୁନୁ । ତାଙ୍କୁ ଟିକିଏ ଭେଟିବା ପାଇଁ ମନ ବ୍ୟାକୁଳ ହେଇ ଉଠୁଚି ।

ଆଉ ବ୍ୟସ୍ତ ହୁଅନ୍ତୁ ନାହିଁ । ଡିସ୍‌ଚାର୍ଯ ହେଇ ସାରିଲା ପରେ ଆମେ ସମସ୍ତେ ତାଙ୍କ କ୍ୟାବିନ୍‌କୁ ଯିବା । ଆପଣଙ୍କ ଉପସ୍ଥିତିରେ ତାଙ୍କଠାରୁ ଷ୍ଟେଟ୍‌ମେଣ୍ଟ ନେଲେ ଭଲ ହେବ ।

ଡିସ୍‌ଚାର୍ଯ କାମ ସରିଗଲା ପରେ ସମସ୍ତେ ଜୟନ୍ତବାବୁଙ୍କ କ୍ୟାବିନ୍‌କୁ ଗଲେ । ସମସ୍ତଙ୍କୁ ଏକ ସଂଗରେ ଦେଖି ଜୟନ୍ତ ବାବୁ ଆଶ୍ଚର୍ଯ୍ୟ ହେଇଗଲେ । ସେମାନଙ୍କୁ ନମସ୍କାର କରି ବେଡ଼୍‌ରୁ ଉଠି ପଡ଼ିବାକୁ ଯାଉଥିବା ବେଲେ ଡାକ୍ତର ବାରଣ କଲେ । ଆପଣ ଉଠନ୍ତୁ ନାହିଁ । ରେଷ୍ଟ ନିଅନ୍ତୁ । ଯଥାବିଧି ପରୀକ୍ଷା କରି ଡାକ୍ତର କହିଲେ ଠିକ୍ ଅଛି ।

ପୋଲିସ୍ ଅଫିସର ଗତାନୁଗତିକ ପ୍ରଶ୍ନ କେତୋଟି ପଚାରିସାରି ଅସଲ ଘଟଣାକୁ ଆସିଲେ-ସାର୍ ଆଉ ମାଡ଼ାମଙ୍କ ସହ ଆପଣଙ୍କର ପୂର୍ବରୁ ସଂପର୍କ ଓ ପରିଚିତି ଥିଲା କି ?

ସଂପର୍କ ତ କିଛି ନଥିଲା କିନ୍ତୁ ମୁଁ ସେମାନଙ୍କୁ ଏମିତି ଦେଖିଥିଲି । ସେମାନଙ୍କ ସଂପର୍କରେ ମଧ ଜାଣିଥିଲି ।

କିଛି ସଂପର୍କ ନଥାଇ ଆପଣଙ୍କ ଅସୁସ୍ଥତା ସତ୍ତ୍ୱେ ସାର୍ ଓ ମାଡ଼ାମଙ୍କୁ ରକ୍ଷା କରିବା ପାଇଁ ଏପରି ଦୁଃସାହସ କିପରି କରି ପାରିଲେ ?

ସାର୍ ଆଉ ମାଡାମ୍‌ଙ୍କ ଘର ଆଗ ରାସ୍ତା ଏପଟେ ଥିବାରୁ ମୁଁ ଏମାନଙ୍କୁ ଏକା ରହୁଥିବାର ଦେଖିଚି। ଦୁର୍ବୃତ୍ତ ଯେତେବେଳେ ମାଡାମ୍‌ଙ୍କ ମୁହଁ ଚାପିଧରି ଘର ଭିତରକୁ ନେଇଗଲା ମୁଁ ପ୍ରତିକ୍ରିୟାଶୀଳ ହେଇ ପଡିଲି। ମୁଁ ଜାଣି ପାରିଲି–ଧନ ଲୁଟ୍ କରିବା ପାଇଁ ସେ ଏମାନଙ୍କୁ ବହୁତ ଶାରୀରିକ ନିର୍ଯାତନା ଦେବ। ଏପରିକି ହତ୍ୟା ବି କରିପାରେ। ମୁଁ ଆଉ ସମ୍ଭାଳି ପାରିଲି ନାହିଁ।

ପ୍ରକୃତରେ ଆପଣ ବହୁତ ବଡ କାମ କରିଛନ୍ତି। ଆମେ ଆପଣଙ୍କ ପାଇଁ ଗର୍ବ ଅନୁଭବ କରୁଚୁ। ଆପଣ ସମସ୍ତଙ୍କ ପାଇଁ ଏକ ଉଦାହରଣ ପାଲଟି ଯାଇଚନ୍ତି।

ନାଇଁ ଆଜ୍ଞା। ମୁଁ କୌଣସି ବଡକାମ କରିନି। ସାର୍ ଓ ମାଡାମ୍ ଯେଉଁ କଷ୍ଟ ପାଇଥାନ୍ତେ ସେଇକଥା ଭାବି ମୁଁ ତ ଏପରି କରିବା ପାଇଁ ବାଧ୍ୟ ହେଇଚି।

ସାର୍ ଜୟନ୍ତବାବୁଙ୍କ ପାଖକୁ ଲାଗିଯାଇ ତାଙ୍କର ହାତ ଧରି ପକେଇଲେ–ତମେ କଣ ପାଇଁ ନିଜ ଜୀବନକୁ ବିପଦକୁ ଠେଲିଦେଇ ଆମକୁ ରକ୍ଷାକଲ ଆମେ ଜାଣିନୁ। ହେଲେ ମୋର ଗୋଟିଏ ଅନୁରୋଧ। ତମେ ଆମକୁ ସାର୍ ମାଡାମ ନକହି ମଉସାମାଉସୀ ଡାକ।

ମାଡାମ ସାଂଗେ ସାଂଗେ କଥା ଛଡେଇ ନେଇଛନ୍ତି– ନାଇଁରେ ପୁଅ, ମଉସା ମାଉସୀ କାଇଁକି ? ତୁ ଆମକୁ ବାପାବୋଉ ବୋଲି ଡାକ।

ଝର ଝର ହେଇ ଝରି ପଡିବାକୁ ଲାଗିଚି ମା'ର ଆଖିରୁ ଲୁହର ଧାର। ସ୍ତବ୍ଧ ହେଇ ଯାଇଛନ୍ତି ସେଠାରେ ଥିବା ସମସ୍ତ ମଣିଷ ଓ ସେମାନଙ୍କ ହୃଦୟ।

ମହାନାଟକ

ଅରଣ୍ୟ, ସମୁଦ୍ର ଓ ସମୁଦ୍ରକୂଳ ବାଲିପ୍ରାନ୍ତର । ସମସ୍ତେ ଥିଲେ ନିରବ, ନିଷ୍ପନ୍ଦ । ମହାବାତ୍ୟାର ପୂର୍ବାବସ୍ଥା ପରି । ବୃକ୍ଷମାନଙ୍କର ପତ୍ରଟିଏ ବି ହଲୁନଥିଲା । ସମୁଦ୍ରରେ ଢେଉଟିଏ ବି ମୁଣ୍ଡଟେକୁ ନଥିଲା । ସମସ୍ତେ ଭୀତତ୍ରସ୍ତ ପରି ଲାଗୁଥିଲେ ।

ସେଠାରେ ଅପରାହ୍ନ କାହାକୁ ଅପେକ୍ଷାକରି ରହିଥିଲା । ପ୍ରଥମେ ଅରଣ୍ୟର ସମ୍ରାଟ ବିରାଟକାୟ ପଶୁରାଜ ରାଜକୀୟ ଠାଣିରେ ଧୀର ମନ୍ଥର ଗତିରେ ପ୍ରବେଶ କଲେ । ବାଲୁକା ପ୍ରାନ୍ତରର ଏକ ସୁଉଚ୍ଚ କୁଦ ଉପରେ ଆସୀନ ହେଲେ । ଗଭୀର ଉଦ୍‌ବେଗ ଓ ଅସହାୟତାରେ ସର୍ବଦା ଉଜ୍ଜ୍ୱଳ ମୁଖମଣ୍ଡଳ ଝାଉଁଳି ପଡ଼ିଥିଲା । ଅନ୍ୟ କେତୋଟି ସିଂହ ମଧ୍ୟ ତାଙ୍କୁ ଅନୁସରଣ କରି ବାଲିକୁଦର ଚାରିପାଖରେ ଉପବେଶନ କଲେ । ସେଦିନ ସବୁକିଛି ବିପରୀତ ଥିଲା । ପରଂପରା ଅନୁସାରେ ଅରଣ୍ୟର ସମସ୍ତ ପ୍ରାଣୀ ଉପସ୍ଥିତ ହେଲାପରେ ପଶୁରାଜ ବିଜେ ହେବା କଥା । କିନ୍ତୁ ଆଜି ଅତ୍ୟଧିକ ଉଦ୍‌ବେଗ ପଶୁରାଜଙ୍କୁ ପ୍ରଥମେ ଉଭା ହେବାପାଇଁ ବାଧ୍ୟ କରିଛି । ପଶୁରାଜ ବିଜେ ହେଲାପରେ ବାଘ, ହାତୀ, ଭାଲୁ, ବରାହ, ସମ୍ବର, ଗୟଳ, ଗଣ୍ଡା, ଅରଣା ମଇଁଷି, ସିଂପାଞ୍ଜି, ହରିଣ, ବିଲୁଆ, ଠେକୁଆ, ନେଉଳ, ସାପ ଇତ୍ୟାଦି ସେମାନଙ୍କ ନେତୃସ୍ଥାନୀୟ ପଶୁମାନଙ୍କ ସହିତ ସେଠାରେ ସମବେତ ହେବାକୁ ଲାଗିଲେ । ପାର୍ଶ୍ୱବର୍ତ୍ତୀ ବୃକ୍ଷମାନଙ୍କରେ ବହୁସଂଖ୍ୟକ ମାଙ୍କଡ଼ କିଛି ସମୟ କୁଦାକୁଦି କରି ନିରବରେ ବସି ରହିଲେ । ଅସଂଖ୍ୟ ପକ୍ଷୀଗଣ ମଧ୍ୟ ଅଳ୍ପସମୟ କୋଲାହଲ କରି ଶାନ୍ତ ହୋଇଗଲେ ବୃକ୍ଷ ଶାଖାରେ । ସମୁଦ୍ର ଜଳଭାଗରୁ ବାଲିଶେଯ ଉପରକୁ ଉଠି ଆସିଲେ କୁମ୍ଭୀର, କଇଁଛ, କଙ୍କଡ଼ା ଏବଂ ଅନ୍ୟ ଉଭୟଚର ପ୍ରାଣୀଗଣ । ଉପକୂଳ ସମୁଦ୍ର ଜଳଜୀବ ମାନଙ୍କରେ ଭର୍ତ୍ତି ହୋଇଗଲା ।

ପଶୁରାଜ ଚତୁର୍ଦ୍ଦିଗକୁ ଦୃଷ୍ଟି ନିକ୍ଷେପ କଲେ ଏବଂ ଭୀଷଣ ଗର୍ଜନରେ ଜଳ, ସ୍ଥଳ ଓ ଆକାଶ ପ୍ରକଂପିତ କରିଦେଲେ । ମୋର ପ୍ରିୟ ପଶୁପକ୍ଷୀଗଣ, ଆପଣ ମାନଙ୍କ ମନରେ ନା ମୁଁ ଭୁଲ କହିଲି– ଆମ ସମସ୍ତଙ୍କ ମନରେ କୁହୁଳୁଥିବା ଅଶାନ୍ତି ସଂପର୍କରେ ମୁଁ ଭଲ ଭାବରେ ଅବଗତ । ଆମ ସମସ୍ତଙ୍କର ଧାରଣା ଥିଲା ହୁଏତ ଏହା ଛାଁ କୁ ଛାଁ

ସମାଧାନ ହୋଇଯିବ । ହେଲେ ସମାଧାନ ହେବା ତ ଦୂରର କଥା ଅବସ୍ଥା ଦିନକୁ ଦିନ ଖରାପ ହେବାରେ ଲାଗିଛି । ବର୍ତ୍ତମାନ ହୁଏତ, ଆମର ଚରମ ଦୁରବସ୍ଥା । ଏ ସଂପର୍କରେ ମୋର ଆପଣ ମାନଙ୍କ ସହ ବିଚାର ବିମର୍ଶ କରିବାର ଅଛି । ଆପଣମାନେ ନିସଂକୋଚରେ ତଥା ନିର୍ଭୟରେ ନିଜ ନିଜର ମତ ପ୍ରକାଶ କରନ୍ତୁ ।

ପଶୁରାଜଙ୍କ ବକ୍ତବ୍ୟ ସରିଛି କି ନାହିଁ ସମସ୍ତ ପଶୁପକ୍ଷୀଙ୍କ ମଧ୍ୟରେ ଉତ୍ତେଜନା ଖେଳିଗଲା । ପଶୁପକ୍ଷୀମାନେ ଏକ ସଙ୍ଗରେ ଚିତ୍କାର କରିବା ଆରମ୍ଭ କରିଦେଲେ । ଜଳଚର ଜୀବମାନେ ସମୁଦ୍ର ଭିତରେ ଭୂମିକଂପ ସୃଷ୍ଟି କରିଦେଲେ ।

ଚିନ୍ତିତ ଦେଖାଗଲେ ପଶୁରାଜ । ବିବ୍ରତ ମଧ୍ୟ । ପୁନର୍ବାର ତାଙ୍କ ଗର୍ଜନରେ ସମବେତ ପ୍ରାଣୀମାନେ ନିରବ ହୋଇଗଲେ ।

ବ୍ୟାଘ୍ର ଦଳପତି, ଆପଣଙ୍କ ମତ ପ୍ରକାଶ କରନ୍ତୁ ।

ଜଣେ ବୟସ୍କ ବ୍ୟାଘ୍ର ଉଠି ଠିଆହେଲେ । ମହାଭାଗ ଆମ ଦଳପତି ବର୍ତ୍ତମାନ ଅନୁପସ୍ଥିତ ଅଛନ୍ତି । କୌଣସି ଏକ ଅତ୍ୟନ୍ତ ଜରୁରୀ କାର୍ଯ୍ୟରେ କେଉଁଠାକୁ ଯାଇଛନ୍ତି ଆମ୍ଭଙ୍କୁ ଜଣାନାହିଁ । ସେ ଅବିଳମ୍ବେ ଏଠାରେ ଉପସ୍ଥିତ ହେବେ ବୋଲି କହିଛନ୍ତି ।

ଏହା ଅତ୍ୟନ୍ତ ଦାୟିତ୍ୱହୀନତାର ପରିଚୟ ।

ଏହି ସମୟରେ ସମୁଦ୍ର କୂଲେ କୂଲେ କିଛି ହାତୀ ସେହି ଆଡକୁ ଆସୁଥିବାର ଦୃଶ୍ୟମାନ ହେଲା । ସମସ୍ତଙ୍କ ଦୃଷ୍ଟି ସେହି ଆଡକୁ ଆକର୍ଷିତ ହୋଇଗଲା । ଅସ୍ପଷ୍ଟ କ୍ରମେ କ୍ରମେ ସ୍ପଷ୍ଟ ହେବାକୁ ଲାଗିଲା । ସମ୍ମୁଖରେ ବ୍ୟାଘ୍ର ଦଳପତି ଏବଂ ତାଙ୍କ ପରେ କେତେକ ହାତୀ ଏକ ବୃହତ ଯାନକୁ ଠେଲି ଠେଲି ଆଣୁଥିବାର ଦେଖାଗଲା ।

ବୃଦ୍ଧ ବ୍ୟାଘ୍ର ପଶୁରାଜଙ୍କ ଅବଗତି ନିମନ୍ତେ ପ୍ରକାଶ କଲେ– ମହାଭାଗ ଆମ ଦଳପତି ଆଗତପ୍ରାୟ । ଧୈର୍ଯ୍ୟର ସହ ଅପେକ୍ଷା କରାଯାଉ ।

ପୁଣି ସମସ୍ତେ ଶାନ୍ତ ପଡ଼ିଗଲେ ।

ବ୍ୟାଘ୍ର ଦଳପତି ଏକ ଶିକାରକୁ ଦାନ୍ତରେ ଧରି ହଲିହଲି ଆସୁଥିଲେ । ନିକଟରୁ ନିକଟତର ହେଲାରୁ ପ୍ରାଣୀ ମାନଙ୍କ ମନରେ ଉତ୍ସୁକତା ବଢ଼ିବଢ଼ି ଚାଲିଲା । ବ୍ୟାଘ୍ର ଦଳପତି ଏକ ରହସ୍ୟ ପାଲଟିଗଲେ । ଚର୍ମବିହୀନ ରକ୍ତାକ୍ତ ଏକ ଶିକାରକୁ ସଭା ମଧ୍ୟକୁ କାହିଁକି ବୋହି ବୋହି ଆଣୁଛନ୍ତି ତାହା ହିଁ ଥିଲା ଉତ୍ସୁକତାର କାରଣ ।

ବ୍ୟାଘ୍ର ଦଳପତି ଶିକାର ହରିଣଟିକୁ ପଶୁରାଜଙ୍କ ସମ୍ମୁଖରେ ରଖିଦେଲେ । ଏତିକିବେଲେ ଆସୁଥିବା ହାତୀପଲ ସଭାସ୍ଥଲର କିଛି ଦୂରରେ ଅଟକିଗଲେ । ଠେଲି ଠେଲି ଆଣିଥିବା ବୃହତ୍ଯାନ ସେହିଠାରେ ଠିଆ ହୋଇରହିଲା । ଗାଡି ଉପରୁ ଦୁଇଟି ହାତୀଙ୍କର ମଲାଦେହ ତଲକୁ କାଢି ନିଆଗଲା । ତାପରେ ଗାଡିଟିକୁ ଠେଲି ଦିଆଗଲା

ସମୁଦ୍ର ଭିତରକୁ। ଦୁଇଟି ହାତୀ ସେଠାରେ ଜଗି ରହିଲେ। ଅନ୍ୟମାନେ ସଭାସ୍ଥଳକୁ ଆସି ପଶୁରାଜଙ୍କୁ ଅଭିବାଦନ ଜଣାଇଲେ।

ପଶୁରାଜ ଦୁଇ ଦଳପତିଙ୍କ ମୁହଁକୁ ଅଦଲବଦଲ କରି ବାରମ୍ବାର ଦେଖିବାକୁ ଲାଗିଲେ।

ପ୍ରଥମେ ବ୍ୟାଘ୍ର ଦଳପତି କୁହନ୍ତୁ– ଏ ଶିକାର ଏଠାକୁ ଆଣିବାର ରହସ୍ୟ କଣ ?

ମହାଭାଗ, ପ୍ରତ୍ୟେକ ଦିନ ମୁଁ ଉତ୍ତର ପଟ ଅରଣ୍ୟ ନିରୀକ୍ଷଣ କରିଥାଏ। ଯେପରି କେହି ବୃକ୍ଷ ଛେଦନ ନକରିବେ ଏବଂ ପଶୁ ଶିକାର ନକରିବେ– ଏହା ହିଁ ମୋର ଉଦ୍ଦେଶ୍ୟ। ଅରଣ୍ୟର ଏହି ଅଂଶ ନିରୀକ୍ଷଣ କରି ମୁଁ ଅରଣ୍ୟ ମଧ୍ୟରେ ସଭାକୁ ଆସୁଥିବା ସମୟରେ ଏକ ଦୃଶ୍ୟ ଦେଖି ଅଟକିଗଲି। କେତେଜଣ ମନୁଷ୍ୟ ଏହି ହରିଣକୁ ବନ୍ଧୁକ ଗୁଳିରେ ବଧ କରି ତାର ଚର୍ମକୁ ଛେଲି ଦେଇଛନ୍ତି। ସେମାନେ ତାକୁ ଖଣ୍ଡ ଖଣ୍ଡ କରିବାକୁ ଗଲାବେଳେ ମୁଁ ହୁଁକାର ଛାଡ଼ି ସେମାନଙ୍କ ଉପରକୁ ଲମ୍ଫ ପ୍ରଦାନ କଲି। ଅପ୍ରସ୍ତୁତଥିବା ମନୁଷ୍ୟମାନେ ଜୀବନ ବିକଳରେ କୁଆଡେ ଅନ୍ତର୍ଧ୍ୟାନ ହୋଇଗଲେ। ଆମପରି ଅରଣ୍ୟବାସୀ ପଶୁମାନଙ୍କ ପ୍ରତି ସେମାନଙ୍କ ବର୍ବରତା ଓ ହିଂସ୍ରତାର ପ୍ରଦର୍ଶନ ପାଇଁ ମୁଁ ଏହି ମୃତ ନିରୀହ ହରିଣଟିକୁ ଏଠାକୁ ନେଇ ଆସିଛି। ଆପଣମାନେ ଏହାର ବିଚାର କରନ୍ତୁ।

ବ୍ୟାଘ୍ର ଦଳପତିଙ୍କ ଗର୍ଜନ ଶୁଣି ପ୍ରାଣୀମାନଙ୍କ ମଧ୍ୟରେ ଉତ୍ତେଜନା ଖେଳିଗଲା। ଆପଣ କାହିଁକି ସେହିଠାରେ ତତକ୍ଷଣାତ୍ ସେହି ଅଧମ ମନୁଷ୍ୟମାନଙ୍କୁ ଚିରି ବିଦାରି ପକାଇଲେ ନାହିଁ ?

ଶାନ୍ତି–ଶାନ୍ତି। ପ୍ରଥମେ ବ୍ୟାଘ୍ର ଦଳପତିଙ୍କୁ ସମସ୍ତ ପଶୁପକ୍ଷୀମାନଙ୍କ ତରଫରୁ ମୁଁ ଧନ୍ୟବାଦ ଦେଉଅଛି। ବର୍ତ୍ତମାନ ଏଠାକୁ ଆସିଥିବା ହାତୀପଲର ସବୁଠାରୁ ବୟସ୍କ ହାତୀଙ୍କୁ କହିବା ପାଇଁ ମୁଁ ଅନୁରୋଧ କରୁଛି।

ମହାଭାଗ, ଆଜି ଆମ ଦଳ ଏହି ସଭାକୁ ଆସିଲାବେଳେ ଆମେ ଯେଉଁ ଦୃଶ୍ୟଦେଖିଲୁ ତାହା ବର୍ଣ୍ଣନାତୀତ। କେତେଜଣ ମଣିଷ ଏହି ଯାନଟିକୁ ଅରଣ୍ୟ ମଧ୍ୟକୁ ଆଣି ନିର୍ଦ୍ଦୟ ଭାବରେ ପୁରୁଣା ଗଛସବୁ କାଟି ପକାଇଲେ। ତାପରେ ସେସବୁ ଗଛ ଗଣ୍ଡିକୁ ଯାନରେ ବୋଝେଇ କରିବାକୁ ଲାଗିଲେ। ଏହି ସମୟରେ ଅଦୂରରେ ହାତୀପଲଟିଏ ଯାଉଥିଲେ। ହାତୀ ପଲଟିକୁ ଦେଖି ସେମାନେ ଉନ୍ମାଦ ହୋଇଉଠିଲେ। ସେମାନଙ୍କ ଅଂଧାଧୁନିଆଁ ଗୁଳିମାଡରେ କିଏ କୁଆଡେ ଦୌଡ଼ି ପଳାଇଲେ। ଏହି ହତଭାଗ୍ୟ ହାତୀ ଦୁଇଟି ଗୁଳିର ଶିକାର ହେଲେ। ସେ ଗୁଳିରେ କଣ ଥିଲା କେଜାଣି କିଛି ବାଟ ଯାଇଛନ୍ତି କି ନାହିଁ ହାତୀ ଦୁଇ ଜଣ ବେହୋସ ହୋଇଗଲେ। ନିର୍ଦ୍ଦୟ

ମଣିଷମାନେ ତାଙ୍କ ଦାନ୍ତ ଗୁଡ଼ିକୁ ମୂଳରୁ କାଟିଦେଲେ। ତାପରେ ଏମାନେ ମୃତ୍ୟୁବରଣ କଲେ। ଆମେ ସେଠି ପହଞ୍ଚିଲା ବେଳକୁ ସେହି ମଣିଷମାନେ ହୋହାଲ୍ଲା କରି ନାଚୁଥିଲେ। ଆମ ଅତର୍କିତ ଆକ୍ରମଣ ପାଇଁ ସେମାନେ ପ୍ରସ୍ତୁତ ନ ଥିଲେ। ତେଣୁ କିଏ କୁଆଡ଼େ ଛିନ୍ନଛତ୍ର ହୋଇ ପଳାଇଗଲେ। ସେମାନଙ୍କୁ ଖୋଜିବାକୁ ଆମ ପାଖରେ ସମୟ ନ ଥିଲା। ଯାନ ଉପରୁ କାଠ ଫୋପାଡ଼ିଦେଇ ଆମ ଭାଇଙ୍କ ଏହି ଦୁଇଟି ମୃତ ଶରୀର ଧରି ଏଠାକୁ ଆସିଲୁ। ମଣିଷମାନଙ୍କର ଆମ ପ୍ରତି ହିଂସା ଓ ବର୍ବରତାକୁ ଦେଖାଇବା ପାଇଁ।

ପୁଣି ଥରେ ପଶୁପକ୍ଷୀମାନେ ଉତ୍ତେଜନାରେ ଥରି ଉଠିଲେ। ସମସ୍ତେ ଉଠିପଡ଼ି ଚିତ୍କାର କରିବାକୁ ଲାଗିଲେ। ପକ୍ଷୀମାନେ ଆକ୍ରମଣାତ୍ମକ ଢଙ୍ଗରେ ଆକାଶକୁ ପ୍ରକମ୍ପିତ କରିଦେଲେ। ଜଳଚର ଜୀବମାନେ ସମୁଦ୍ରକୁ ଭାଙ୍ଗି ଛତ୍ରଛାନ କରିଦେଲେ। ମାଙ୍କଡ଼ମାନେ ଡାଳକୁ ଡାଳ ଡେଇଁ ଅରଣ୍ୟକୁ ମଂଥ ପକାଇଲେ।

ପଶୁପତି ଚିନ୍ତିତ ଦେଖାଗଲେ। ସଭା ଯଦି ଏହିପରି ଚାଲେ ତେବେ କୌଣସି ନିଷ୍ପତ୍ତି ଗ୍ରହଣ କରାଯାଇ ପାରିବ ନାହିଁ। ସେ ତାଙ୍କ ଆସନରୁ ଉତ୍‍ଥିତ ହେଲେ।

ଶାନ୍ତି ଶାନ୍ତି ଶାନ୍ତି।

ତଥାପି ଉତ୍ତେଜନା ପ୍ରଶମିତ ହେଉନଥିଲା। ସେ ଖୁବ୍ ଜୋରରେ ଗର୍ଜନ କଲେ। ତାଙ୍କ ନିକଟରେ ଥିବା ପଶୁମାନେ ନିରବ ହୋଇଗଲେ। ପୁନର୍ବାର ତାଙ୍କୁ ଗର୍ଜନ କରିବାକୁ ପଡ଼ିଲା। ଏଥରକ ଅନ୍ୟମାନେ ବାଧ୍ୟ ହୋଇ ବସି ପଡ଼ିଲେ।

ସମସ୍ତେ ଶୁଣନ୍ତୁ। ମୁଁ ଆପଣ ମାନଙ୍କ ଉଦ୍‍ବେଗ, ଉତ୍ତେଜନା ଓ କ୍ରୋଧକୁ ସମ୍ମାନ କରୁଚି। ଆପଣମାନେ ଭାବନ୍ତୁ ନାହିଁ ଯେ ମୋ ଭିତରେ ପ୍ରତିକ୍ରିୟା ସୃଷ୍ଟି ହେଉନାହିଁ। ମୁଁ ଆପଣମାନଙ୍କର ରାଜା ହୋଇ ଥିବାରୁ ଆପଣମାନଙ୍କ ଦୁଃଖ ନିର୍ଯାତନା ସବୁ ମର୍ମେ ମର୍ମେ ଅନୁଭବ କରୁଛି। ଆଜି ଆମେ ଏକ ଘଡ଼ିସନ୍ଧି ମୁହୂର୍ତ୍ତରେ ପହଞ୍ଚିଛେ। ବଂଚିବା କିମ୍ବା ସଂପୂର୍ଣ୍ଣ ଲୋପ ପାଇଯିବା।

ଏହିଭଳି ଦୋଛକିରେ ଆମେ ଠିଆ ହୋଇଛେ। ଏହାରି ଉପରେ ଆଲୋଚନା କରିବା ପାଇଁ ଆଜିର ଏହି ସଭା। ମୁଁ ଆପଣ ମାନଙ୍କ ଠାରୁ ସୁଚିନ୍ତିତ ମତାମତ ଜାଣିବାକୁ ଚାହୁଁଚି। ସମସ୍ତଙ୍କ ମତାମତ ନେଇ ଆମେ ଉପଯୁକ୍ତ ସମାଧାନର ପନ୍ଥା ବାହାର କରିବା। ବିଶୃଙ୍ଖଳା ଓ ଚିତ୍କାରରେ କୌଣସି ସମସ୍ୟାର ସମାଧାନ ହୋଇ ପାରିବ ନାହିଁ। ଏଣୁ ମୋର ଅନୁରୋଧ ଆପଣମାନେ ନିଜ ନିଜର ବିଚାର ବ୍ୟକ୍ତ କରନ୍ତୁ। ସଦ୍ୟ ଅଭିଜ୍ଞତା ଅର୍ଜନ କରିଥିବାରୁ ପ୍ରଥମେ ମୁଁ ବ୍ୟାଘ୍ର ଦଳପତିଙ୍କୁ ଆମନ୍ତ୍ରଣ କରୁଛି।

ବ୍ୟାଘ୍ର ଦଳପତି ନିଜର ଚତୁର୍ଦ୍ଦିଗକୁ ନିରୀକ୍ଷଣ କରିନେଲେ। ଭାଇ ଓ

ଭଉଣୀମାନେ, ଆପଣମାନେ ସମସ୍ତେ ନିଜ ନିଜର ମତାମତ ଦେବେ। ମୁଁ କେବଳ ଏତିକି କହିବି ଯେ ନିର୍ବୋଧ ଅବିବେକୀ ହୃଦୟହୀନ ମନୁଷ୍ୟ ଆମ ଜାତିର ସର୍ବନାଶ ପାଇଁ ଦାୟୀ। ପୂର୍ବେ ଆମ ବାପ ଅଜା ଅମଲରେ ଏ ଅରଣ୍ୟ ଥିଲା ବିଶାଳ ଓ ଅସରନ୍ତି। ସେହିପରି ଆମ ସଂଖ୍ୟା ମଧ୍ୟ ଥିଲା ଅସଂଖ୍ୟ। ଏବେ ଅରଣ୍ୟ ସଂକୁଚିତ ଓ ପତଲା ହୋଇ ଯାଇଛି। ସେହିପରି ଆମ ବ୍ୟାଘ୍ର ସଂଖ୍ୟା ୭ରେ ସୀମାବଦ୍ଧ ହୋଇ ଯାଇଛି। ହୁଏତ ଆଉ ଅଳ୍ପଦିନ ମଧ୍ୟରେ ଆମେ ଲୋପ ପାଇଯିବୁ। ଏଥିପାଇଁ କେବଳ ମଣିଷ ଦାୟୀ।

ବ୍ୟାଘ୍ର ଦଳପତିଙ୍କ କଥା ସରିଛି କି ନାହିଁ ହାତୀ ଦଳପତି ଉଠି ପଡିଲେ। ଉତ୍ତେଜିତ ହୋଇ କହିବାକୁ ଲାଗିଲେ– ମଣିଷ ଆମ ବାସସ୍ଥାନକୁ ଉଜାଡ଼ି ଦେଲା। ଜଙ୍ଗଲ ସଫା କରିଦେଲା। ରହିବା ପାଇଁ ଆମର ଜାଗା ନାହିଁ। ଖାଇବା ପାଇଁ ଆମର ଗଛପତର ନାହିଁ। ଆମ ସଂଖ୍ୟା ଦିନକୁ ଦିନ କମି କମି ଯାଉଛି। ତଥାପି ବି ମଣିଷ ତାର ସ୍ୱାର୍ଥ ପାଇଁ ଆମକୁ ହତ୍ୟା କରୁଛି। ଭାଇ ଓ ଭଉଣୀମାନେ ଏହାର ବିଚାର କରନ୍ତୁ।

ବୃଦ୍ଧ ସିଂପାଞ୍ଜି ବହୁ କଷ୍ଟରେ ଉଠି ଠିଆହେଲେ। ସମସ୍ତଙ୍କୁ ପ୍ରଣାମ। ମହାଭାଗ, ଆମ ପୂର୍ବପୁରୁଷମାନଙ୍କ ଠାରୁ ମୁଁ ଶୁଣିଛି – ଆମ ମା ଏଇ ମାଟି ଉପରେ ପ୍ରଥମେ ଗଛଲତା ସୃଷ୍ଟି ହୋଇଥିଲା। ତାପରେ ପ୍ରାଣୀମାନେ ଆସିଲେ, ମୁଁ ଠିକ ଜାଣିନି ପ୍ରାଣୀ ମାନଙ୍କ ଭିତରେ ଆମ ଜାତି ସବୁଠାରୁ ବୟସ୍କ କି ନୁହଁ। ମୋର ବିଶ୍ୱାସ ଏଇ ମାଟି ଉପରେ ଆମେ ସବୁଠାରୁ ପୁରୁଣା। ହେଲେ ମଣିଷ ଯିଏ ଆଜିର ପ୍ରକୃତ ଖଳନାୟକ ଆମ ସମସ୍ତଙ୍କ ପରେ ଆସିଚି। ସେ ବି ଆମ ଭଳି ଥିଲା। ପ୍ରକୃତିର ଦୟାରେ ଏବେ ତାର ଏଇ ରୂପ। ପ୍ରକୃତି ବି ତାକୁ ଜ୍ଞାନ, ବୁଦ୍ଧି, ବିବେକ ଦେଇଚି। ଏଇଥିପାଇଁ, ଯେ ସେ ସମଗ୍ର ଜଗତକୁ ରକ୍ଷା କରିବ। ସମସ୍ତଙ୍କୁ ଭଲରେ ରଖିବ। ସେ ମନ୍ଦବୁଦ୍ଧି ପାଲଟି ଯାଇଚି। ଯୋଉ ପୃଥିବୀ ଖାଲି ଗଛଲତାରେ ଭରି ରହିଥିଲା, ସେ ତାର ସ୍ୱାର୍ଥ ପାଇଁ ସବୁ ନଷ୍ଟ କରିଦେଲା। ଜଙ୍ଗଲ କାଟି ପଦା କରିଦେଲା। ପାହାଡ ପର୍ବତ ଭାଙ୍ଗି ପକେଇଲା। ଆକାଶ ମାଟି ପାଣିକୁ ବିଷ କରିଦେଲା। ଆମ ସମସ୍ତଙ୍କୁ ମାରି ପକେଇଲା। ହୁଏତ ଆଉ ଦିନ କେଇଟାରେ ଆମେ ଏ ପୃଥିବୀରୁ ଶେଷ ହୋଇଯିବୁ।

ଠିକ୍ ସେତିକି ବେଳେ ଫୁଲ ଶାଗୁଣାଟିଏ ଗଛ ଡାଲରୁ ଖସି ପଡିଲା ତଳକୁ। ତଳକୁ ପଡ଼ିଯାଇ ଧକଧକ ହବାକୁ ଲାଗିଲା। କେତେଜଣ ପଶୁ ତା ପାଖକୁ ଚାଲିଗଲେ।

ମତେ ମହାଭାଗଙ୍କ ଆଗକୁ ନିଅ।

ସେମାନେ ତାକୁ ଯତ୍ନର ସହିତ ପଶୁରାଜଙ୍କ ଆଗକୁ ଆଣିଲେ।

ମହାଭାଗ, ମୁଁ ଆଉ ଭଲ ଭାବରେ କଥା କହି ପାରୁନି। ପ୍ରକୃତି ମତେ ବି

ମଣିଷ ପରି ତିଆରି କରିଥିଲା । ମୋର ବଂଶଧର ମାନେ ମଡ଼ାଖାଇ ଏ ପୃଥ୍ବୀକୁ ସଫା ସ୍ବତୁରା ରଖୁଥିଲେ । ମଣିଷ ଆମ ବାୟୁମଣ୍ଡଳକୁ କି ବିଷ ଛାଡ଼ିଲା ଯେ ଆମେ ଅଣନିଶ୍ୱାସୀ ହେଇ ପଡ଼ିଲୁ । ମୋ ବଂଶ ହୁଏତ ଲୋପପାଇ ଗଲାଣି । ଆଉ କୋଉଠି କିଏ ଅଛି ମତେ ଜଣାନାହିଁ । ଏ ଅଂଚଳରେ ମୁଁ ଶେଷ ଫୁଲ ଶାଗୁଣା । ମତେ ନିଶ୍ୱାସ ନେବାକୁ ଭାରି କଷ୍ଟ ହଉଚି । ମୁଁ ମରିମରି ଆସୁଚି । ମୁଁ ମରିବାକୁ ଚାହୁଁନି । ଏ ବଣଜଂଗଲ ଆଉ ଆପଣ ମାନଙ୍କୁ ଛାଡ଼ି ମରିଯିବାକୁ ମୁଁ ଜମା ଚାହୁଁନି । ମତେ ରକ୍ଷାକର । ମତେ ରକ୍ଷାକର । ବୁଢ଼ାଶାଗୁଣା ଏତକ କହୁକହୁ   ସେଇଠି ପକ୍ଷ ଦୁଇଟି ମେଲି ଧରି ବସି ପଡ଼ିଲା । ଯେପରି ତା ମା ମାଟିକୁ ଜାବୁଡ଼ି ଧରୁଛି । ଟିକିଏ ପରେ ମେଲାପକ୍ଷ ଦୁଇଟି ଯୋଡ଼ି ହେଇଗଲା ଓ ସେ ଓଲଟି ପଡ଼ିଲା ।

ସମଗ୍ର ସଭାସ୍ଥଳୀ ଦୁଃଖରେ ବୁଡ଼ି ଗଲା । ସମସ୍ତଙ୍କ ଆଖି ଓଦା ହେଇଗଲା । କୁକୁରମାନେ ଲହରେଇ ଲହରେଇ କାନ୍ଦି ଉଠିଲେ । ଜଂଗଲୀ ଗାଈମାନେ ମଧ କରୁଣ ସ୍ୱରରେ ଜଂଗଲକୁ ଥରାଇ ଦେଲେ ।

କିଛି ସମୟପରେ ଦୁଃଖର ଛାଇକୁ ଆଡ଼େଇ ବୟସ୍କ ବିଲୁଆଟିଏ ଆସି ପଶୁରାଜଙ୍କୁ ଅଭିବାଦନ ଜଣାଇଲା । ସେତେବେଳକୁ ପଶୁରାଜ ନିଜେ ଦୁଃଖରେ ଅଭିଭୁତ ହୋଇ ରହିଥାନ୍ତି ।

ମହାଭାଗ, ଦୁଃଖ ସମ୍ବରଣ କରନ୍ତୁ । ଆମେ ଯେତେ ଦୁଃଖ କଲେ କି ଲୋତକ ବର୍ଷଣ କଲେ, ଆମ ଦୁର୍ଭାଗ୍ୟର ତାଡ଼ନାରୁ ରକ୍ଷା ପାଇବା ନାହିଁ । ଏହି ବିପଦ ସମୟରେ ଆମର ଛାତିକୁ ପଥର କରିବାକୁ ହେବ । ଏହି ଗଂଭୀର ସମସ୍ୟା ଉପରେ ଆମକୁ ବିଚାରବିମର୍ଷ କରିବାକୁ ହେବ । ଏହା ସତ୍ୟ ମଣିଷ ହେଉଚି ଆମର ଏହି ଦୁର୍ଭାଗ୍ୟ ପାଇଁ ଏକମାତ୍ର ଦାୟୀ । ସେ ଆମ ବାସସ୍ଥାନ ଜଂଗଲ ଧ୍ବଂସ କରିଛି । ଆମର ଖାଦ୍ୟ ଉଜାଡ଼ି ଦେଇଚି । ଆମ ମାଟି ପାଣି ପବନକୁ ବିଷ କରି ଦେଇଚି । ଯେତେବେଳେ ଚାହୁଁଚି ଆମକୁ ମାରି ପକଉଚି । ଆମେ କଣ କଲେ ମଣିଷ ଦାଉରୁ ଆମକୁ ରକ୍ଷାକରି ପାରିବା ? ଏହା ହିଁ ଆମର ଏକମାତ୍ର ଆଲୋଚ୍ୟ ବିଷୟ ।

ସମସ୍ତେ ଧୀରସ୍ଥିର ହେଇଗଲେ । ନିସ୍ତରଂଗ ସମୁଦ୍ର ପରି । ଏହି ସମୟରେ ଏକ ବୁଢ଼ା ମାଙ୍କଡ଼ ତୀକ୍ଷ ଗଛରୁ ତଳକୁ ଓହ୍ଲାଇଲା । ମହାଭାଗ, ଆମେ କେତେକ ପଶୁପକ୍ଷୀ ମଣିଷ ବସତି ଭିତରେ ରହୁ । ଆମ ଭିତରୁ କେତେକଙ୍କୁ ମଣିଷ ପୋଷା ମନେଇ ରଖିଚି । ଆମେ କେତେଜଣ ସ୍ୱାଧୀନ ଭାବରେ ଅଛୁ । ଆମେ ମଣିଷକୁ ନିକଟରୁ ଦେଖୁଚୁ । ମଣିଷ ଆଉ ମଣିଷ ହେଇ ନାହିଁ । ଦାନବରେ ପରିଣତ ହେଇ ଗଲାଣି । ସବୁକିଛି ଧ୍ବଂସ କରି ପକେଇବ । ତାକୁ ନରୋକିଲେ ସେ କିଛି ମାନିବନି ।

କୁକୁରଟିଏ ବହୁ ସାହସ କରି ଆଗକୁ ଆସିଲା । ମହାଭାଗ, ମଣିଷକୁ ଆଉକେହି ରୋକି ପାରିବେ ନାହିଁ । ସେ ସ୍ୱାର୍ଥରେ ଅଂଧ ହେଇ ଯାଇଚି । ସେ ଆଉ ଭଲମନ୍ଦ କିଛି ଦେଖ୍ ପାରୁନି । ତା ସ୍ୱାର୍ଥ ସାଧନ ପାଇଁ ସେ ଗଛବୃଚ୍ଛ ପଶୁପକ୍ଷୀ ସମସ୍ତଙ୍କୁ ମାରି ପକେଇବ । ଏଇ ସବୁଜ ପୃଥିବୀକୁ ମରୁଭୂମି କରି ପକେଇବ । ସେମାନେ ଯୋଜନା କରୁଛନ୍ତି– ଅନ୍ୟ ଏକ ଗ୍ରହକୁ ଉଡ଼ିଯିବେ । ଆପଣମାନେ ସ୍ଥିର କରନ୍ତୁ ଆମେ କଣ କଲେ ଆମ ମାନଙ୍କୁ ରକ୍ଷା କରିବା ସହିତ ଆମ ମା ଏଇ ପୃଥିବୀକୁ ରକ୍ଷା କରି ପାରିବା ।

ମହାଭାଗ, ଆଗରୁ ଚିନ୍ତା ପ୍ରକଟ କରିଥିବା ବିଲୁଆଟି ପୁଣି ତାର ମୁହଁ ଖୋଲିଲା । ଆମର ଦୁଃଖ ନିର୍ଯାତନାର ବର୍ଣ୍ଣନା ଯଥେଷ୍ଟ ହୋଇଗଲା । ସହିବାର ସୀମା ଆମେ ଅନେକ ଦିନରୁ ଅତିକ୍ରମ କରିଗଲେଣି । ଏଣିକି ଆମର ନିଜକୁ ରକ୍ଷା କରିବାର ବାଟ ଆମକୁ ଆପଣେଇବାକୁ ପଡ଼ିବ ।

ପଶୁରାଜ ଚିନ୍ତା ପ୍ରକଟ କଲେ– ଏହି ବାଟଟି କିପରି ଆମେ ଖୋଜି ପାଇବା ତାହା ହିଁ ଆମର ସମସ୍ୟା । ତମେ ଏ ବାବଦରେ କିଛି କହି ପାରିବ କି ?

ହଁ ମହାଶୟ, ମୁଁ ମୋର କ୍ଷୁଦ୍ର ବୁଦ୍ଧିରେ ଯାହା ଭାବୁଚି ତାହା ଅବଶ୍ୟ ବ୍ୟକ୍ତ କରିବି । ଆମର ସୁରକ୍ଷା ପାଇଁ ଆମ ଶତ୍ରୁକୁ ବିନାଶ କରିବା ଆମର କର୍ତ୍ତବ୍ୟ । ଏହା ମଧ ଆମର ଅଧିକାର । ଏ ପୃଥିବୀ ଉପରୁ ମଣିଷକୁ ନିର୍ମୂଲ ନକଲେ ଆମେ ରକ୍ଷା ପାଇ ପାରିବା ନାହିଁ ।

ହଁ ଆମେ ତାକୁ ସବଂଶେ ନିପାତ କରିଦେବା । ଏକ ସ୍ୱରରେ ସମସ୍ତେ ଚିତ୍କାର କରି ଉଠିଲେ ।

ସାରିଟିଏ ଗଛଡ଼ାଲରୁ ତଳକୁ ଉଡ଼ି ଆସିଲା । ମହାଭାଗ, ମୁଁ ମଣିଷ ଘର ଭିତରେ ରହେ । ମୁଁ ତାକୁ ଅତି ପାଖରୁ ଦେଖିଚି । ସେ ଏବେ ତାର ବୁଦ୍ଧିବଳରେ ଏତେ ଶକ୍ତିଶାଳୀ ହେଇ ଉଠିଚି ଯେ ଆମେ କିପରି ତାର ସର୍ବନାଶ କରିପାରିବା ?

ହଁ, ଅବଶ୍ୟ ଏହା ଏକ ଗୁରୁତର ପ୍ରଶ୍ନ । ଏହା ଉପରେ ମୁଁ ସମସ୍ତଙ୍କର ସୁଚିନ୍ତିତ ମତାମତ ଚାହୁଁଚି ।

ହାତୀ ଦଳପତି ବିନୀତ ସ୍ୱରରେ କହିଲେ– ମହାଭାଗ, ଏ ବିଷୟରେ ବିଲୁଆ ଭାଇ ପ୍ରଥମେ ତାଙ୍କର ସୁଚିନ୍ତିତ ମତ ରଖନ୍ତୁ । କାରଣ ମୋ ବିଚାରରେ   ସେ ହିଁ ସବୁଠାରୁ ବୁଦ୍ଧିମାନ ।

ତାହା ହିଁ ହେଉ ।

ମହାଭାଗ, ଏକମାତ୍ର ମଣିଷ ଆମର ସମସ୍ତ ସଂକଟ ପାଇଁ ଦାୟୀ । ସେ ଯଦି

ରହେ ତେବେ ଆମେ ସମସ୍ତେ ଲୋପ ପାଇଯିବା । ଏ ପୃଥିବୀ ଆମର ମା । ଆମ ମା କୋଳରେ ବଂଚି ରହିବାର ଅଧିକାର ଆମର ଅଛି । ଆମକୁ ଏ ଅଧିକାରରୁ ଯେ ବଂଚିତ କରୁଚି ଆମେ ତା ଉପରେ ପ୍ରତିଶୋଧ ନେବା । ଆମେ ବହୁତ ସହିଲେଣି । ଆଉ ନୁହେଁ । ଆମେ ମଣିଷକୁ ଆକ୍ରମଣ କରି ତାର ସର୍ବନାଶ କରିଦେବା । ଏ ପୃଥିବୀ ଉପରୁ ମଣିଷ ଜାତି ଲୋପ ପାଇଯିବା । ତେବେ ଯାଇ ଆମର ସୁବର୍ଣ୍ଣଯୁଗ ଆରମ୍ଭ ହେବ ।

ସବୁ ଠିକ୍ କଥା ଯେ ହେଲେ ଟିକକ ଆଗରୁ ଆମେ ଆଲୋଚନା କରୁଥିଲୋ– ମଣିଷ ତା ଜ୍ଞାନ ବଳରେ ବଳୀୟାନ ହୋଇ ଯାଇଛି । ସମଗ୍ର ଜଳ ସ୍ଥଳ ଆକାଶ ତା ଅଧିକାରରେ । ସେ ଚାହିଁଲେ ନିମିଷକରେ ଆମ ସମସ୍ତଙ୍କୁ ଧ୍ୱଂସ କରିଦେବ । ଆମେ କିପରି ତାକୁ ବିନାଶ କରି ପାରିବା ?

ଆଖ୍ ମିଂଜିମିଂଜି କରି ହାତୀ ଦଳପତି କହିଲେ– ଆମେ ତ ମଣିଷ ଉପରେ ପ୍ରତିଶୋଧ ନେବା ଆରମ୍ଭ କରି ଦେଇଛୁ । ରାତିରେ ଦଳ ଦଳ ହୋଇ ତା ଫସଲ କିଆରି ନଷ୍ଟ କରି ଦେଉଛୁ । ତାର ଘରଦ୍ୱାର ଭାଂଗି ପକାଉଚୁ । ଆମ ଆଗରେ ପଡିଲେ ତାକୁ ଦଳି ମାରି ପକାଉଚୁ । ଆମେ ସମସ୍ତେ ମିଶିଗଲେ ପୂରା ଯୁଦ୍ଧ ଡାକରା ଦେଇଦେବା । ସବୁ ମଣିଷଙ୍କୁ ମାରି ପଦା କରିଦେବା ।

ସମସ୍ତେ ଏକ ସ୍ୱରରେ ଚିଲେଇ ଉଠିଲେ – ଯୁଦ୍ଧ ଯୁଦ୍ଧ ଯୁଦ୍ଧ ।

ସେମାନଙ୍କୁ ଶାନ୍ତ କରିବା ପାଇଁ ପଶୁରାଜ ଖୁବ୍ ଜୋରରେ ଗର୍ଜନ କଲେ । ଶାନ୍ତି-ଶାନ୍ତି । ହାତୀ ଦଳପତିଙ୍କ କଥାକୁ ଭଲଭାବରେ ବିଚାର କରାଯାଉ ।

ବିଲୁଆ ଯେପରି କଥାଟା ଛଡାଇ ନେଲା । ମହାଭାଗ, ଉଚିତ କଥା ଉଠାଇଛନ୍ତି । ମଣିଷ ବସତି ଭିତରକୁ ପଶି ହାତୀ ଭାଇମାନେ ଅବଶ୍ୟ ସେମାନଙ୍କର କ୍ଷୟକ୍ଷତି କରୁଛନ୍ତି । ହେଲେ ନିଜର ମଧ୍ୟ କମ୍ କ୍ଷତି ହେଉନାହିଁ । ମଣିଷର ଦୁଷ୍ଟବୁଦ୍ଧିରେ ଅନେକ ହାତୀ ମଧ୍ୟ ମୃତ୍ୟୁ ବରଣ କରୁଛନ୍ତି । ଯୁଦ୍ଧ ଘୋଷଣା ହୋଇଗଲେ ମଣିଷ ଅଧିକ ହିଂସ୍ର ହୋଇ ଉଠିବ । ତା ପାଖରେ ଯେଉଁସବୁ ଅସ୍ତ୍ରଶସ୍ତ୍ର ଅଛି ସେଥିରେ କ୍ଷଣକରେ ଆମକୁ ନିପାତ କରିଦେବ ।

ସମସ୍ତଙ୍କ ବୁଦ୍ଧି ହଜିଗଲା । ସମସ୍ତେ ଆଖିବନ୍ଦ କରି ଗଭୀର ଭାବରେ ଚିନ୍ତା କରିବାକୁ ଲାଗିଲେ ।

ଏହା ଉଚିତ୍ ବିଚାର । ପଶୁରାଜ ଗଂଭୀର ହୋଇ ଆରମ୍ଭ କଲେ । ହେଲେ ସମସ୍ତ ମତାମତ ଓ ବିଚାରରୁ ମୁଁ ଆଶାବାଦୀ ଯେ ସମସ୍ତେ ମିଳିତ ହୋଇ କିଛି କଲେ ଆମେ ସଫଳ ହୋଇ ପାରିବା ।

ବୁଢ଼ା। ମାଙ୍କଡଟିଏ ଗଛ ଡାଳରୁ ଓହ୍ଲେଇ ପଶୁରାଜଙ୍କ ସମ୍ମୁଖକୁ ଆସିଲା। ପଶୁରାଜଙ୍କୁ ଅଭିବାଦନ ଜଣାଇ ତାର ମତ ପ୍ରକଟ କଲା– ମହାଭାଗ, ମଣିଷ ସମାଜ ତଥା ଅରଣ୍ୟ ଉଭୟରେ ମୁଁ ବସବାସ କରେ। ମୁଁ ଦେଖୁଛି କେତେକ ମଣିଷ ଲୁଚିଛପି ଅନ୍ୟମାନଙ୍କର ବହୁତ ଧନଜୀବନ ନଷ୍ଟକରି ପକାଉଛନ୍ତି। ସେମାନଙ୍କୁ ଧରିବା ଏତେ ସହଜ ହେଉନାହିଁ। ଆମେ ଯଦି ସେହିପରି ଲୁଚିଛପି ଅନ୍ଧାରରେ ମଣିଷ ଉପରେ ଆକ୍ରମଣ କରିବା ତେବେ ଆମେ ତାର ବହୁତ କ୍ଷୟକ୍ଷତି କରି ପାରିବା।

ହାତୀ ଦଳପତି କଥାଟାକୁ ଛଡେଇ ନେଲେ। ଏକଥା ଆମେ ଆଗରୁ କାଇଁକି ଜାଣି ପାରିଲେନି ? ଆମେ ତ ଅଧାଅଧ୍ୱ ମଣିଷ ମାରି ସାରନ୍ତୁଣି।

ନାଇଁ ଭାଇ କଥାଟା ଏତେ ସହଜ ନୁହେଁ। ମାଙ୍କଡ ଭାଇ ଭଲକଥାଟି କହିଛନ୍ତି। ମଣିଷ ପାଖରେ ବହୁତ ଅସ୍ତ୍ରଶସ୍ତ୍ର ଅଛି। ହେଲେ ଆମେ ଲୁଚିଛପି ତା ସହିତ ଯୁଦ୍ଧକଲେ ସେ ନିପାତ ହୋଇଯିବ। ଆମକୁ ଏଥିପାଇଁ କିଛି କୌଶଳ ବାହାର କରିବାକୁ ପଡ଼ିବ। ମାଙ୍କଡ ଭାଇ ଓ ମତେ କିଛି ସମୟ ପାଇଁ ଏକୁଟିଆ ବିଚାର ଆଲୋଚନା କରିବାର ସୁଯୋଗ ଦିଅନ୍ତୁ।

ପଶୁରାଜ କହିଲେ– ହଁ ଅରଣ୍ୟ ମଧ୍ୟକୁ ଯାଇ ଗୋପନରେ ମନ୍ତ୍ରଣା କର।

ଦୁହେଁ ଅରଣ୍ୟ ଭିତରକୁ ଚାଲିଗଲେ। ସମସ୍ତ ପଶୁପକ୍ଷୀ ଧୈର୍ଯ୍ୟହରା ହୋଇ ଅପେକ୍ଷା କରି ରହିଲେ। ଅନେକ ଉଚ୍ଛନ୍ନ ହେଉଥିଲେ ଯୁଦ୍ଧକଥା କହି ପକେଇବା ପାଇଁ। ପଶୁରାଜଙ୍କ ଭୟରେ ମୁହଁରେ ତାଲା ପକାଇ ବସିରହିଲେ। ସେମାନେ ସ୍ୱାଭାବିକ ଭାବରେ ଉତ୍ତେଜିତ ହୋଇ ପଡ଼ୁଥିଲେ ଏବଂ ପରମୁହୂର୍ତ୍ତରେ ବାଧ୍ୟ ହୋଇ ଶୀତଳ ହୋଇ ଯାଉଥିଲେ।

ଏକ ଦୀର୍ଘସମୟର ବିଚାର ବିମର୍ଷ ପରେ ମାଙ୍କଡ ଓ ବିଲୁଆ ଅରଣ୍ୟ ମଧ୍ୟରୁ ବାହାରି ପଶୁରାଜଙ୍କ ସମ୍ମୁଖକୁ ଆସିଲେ। ମାଙ୍କଡ କହିଲା– ମହାଭାଗ, ଆମେ ଭଲ ଭାବରେ ଏ ବାବଦରେ ବିଚାର ଆଲୋଚନା କଲୁ। ମୁଁ ବଡ଼ପାଟିରେ କହି ପାରିବି ନାହିଁ। ସେଥିପାଇଁ ବିଲୁଆଭାଇଙ୍କୁ ଅନୁରୋଧ କରୁଛି ସେ ସମସ୍ତ କଥା ପ୍ରକାଶ କରିବେ।

ସମସ୍ତଙ୍କର ଧୈର୍ଯ୍ୟଚ୍ୟୁତି ଘଟିଥିଲା। ଏକାଥରକେ ସମସ୍ତେ କହି ପକାଇଲେ– କାଳବିଳମ୍ୱ ନକରି ଶୀଘ୍ର ପ୍ରକାଶ କର।

ଶାନ୍ତି– ଶାନ୍ତି– ଗର୍ଜନ କଲେ ପଶୁରାଜ।

ବିଲୁଆ ଖୁବ୍ ବଡ଼ପାଟିରେ କହିବାକୁ ଆରମ୍ଭ କଲା ଯେପରି ସମସ୍ତେ ଶୁଣି ପାରିବେ। ଶୁଣନ୍ତୁ ଭାଇମାନେ, ଯୁଦ୍ଧ ଆରମ୍ଭ କରିବା ପାଇଁ ସମସ୍ତେ ପ୍ରସ୍ତୁତ ତ ?

ହଁ.....

ଯୁଦ୍ଧ ମଝିରେ କେହି ପଛଘୁଂଚା ଦେବ ନାହିଁ ତ ?

ନା...

ତେବେ ଶୁଣ। ଆମ ଯୁଦ୍ଧ ହେବ ପୂରାପୂରି ଲୁଚାଛପା ଯୁଦ୍ଧ। କେବଳ ଅରଣ୍ୟ ମଧକୁ ମଣିଷ ଆସିଲେ ଆମେ ଦିନରାତି ମାନିବାନି। କିଂବା ଆମକୁ ଆକ୍ରମଣ କଲେ ଆମେ ମରିବା ପଛେ ତାକୁ ଛାଡ଼ିବାନି। କିନ୍ତୁ ଆମର ମୁଖ୍ୟ ଯୁଦ୍ଧ ହେବ ରାତିର ଅଁଧାରରେ। ଆଲୁଅ ଥିବା ଜାଗାରେ ଆମ ପାଇଁ କଷ୍ଟକର ହେବ।

ବୃଦ୍ଧ ମାଙ୍କଡ଼ ଚୁପ ରହି ପାରିଲାନି– ଭାଇ ଓ ଭଉଣୀମାନେ ଶୁଣ, ଆମେ ଏକା ସାଂଗରେ ଆକ୍ରମଣ କରିବାନି। ପ୍ରଥମେ ମଣିଷକୁ ଡରାଇବାକୁ ପଡ଼ିବ। ତେଣୁ ବାଘ ଭାଇଭଉଣୀମାନଙ୍କର କାମ ହେବ ଅଁଧାରରେ ଆକ୍ରମଣ କରି କାହାକୁ ନା କାହାକୁ ନେଇ ପଳାଇ ଆସିବେ। ସେ ସ୍ଥାନରେ ଦୀର୍ଘଦିନ ଧରି ଆଉ ଦେଖା ଦେବେନାହିଁ। ଅନ୍ୟ ଅଁଚଳରେ ସେହିପରି ଉତ୍ପାତ କରିବେ। କିଛିଦିନ ପରେ ପୁଣି କାହାକୁ ନା କାହାକୁ ମାରି ଘେନି ଆସିବେ। ଏହିପରି ଯୋଜନା କରି ଆମେ ମଣିଷମାନଙ୍କୁ ଭୟଭୀତ ଓ ଦୁର୍ବଳ କରିଦେବା। ତାପରେ ଆମେ ନିଜ ନିଜ ବାଟ'ରେ ମଣିଷକୁ ନିପାତ କରିଦେବା।

ହାତୀମାନେ ଉସ୍ଵାହିତ ହୋଇ ଉଠିଲେ। ଆମେ ରାତିରେ ମଣିଷର ସବୁ ଫସଲ କିଆରି ଦଳି ଚକଟି ଉଜାଡ଼ି ଦବୁ। ଏକୁଟିଆ ପାଇଲେ ମଣିଷକୁ ବୁଲେଇ ବୁଲେଇ ପିଟି ମାରିଦେବୁ।

ମାଙ୍କଡ଼ଙ୍କ ଭିତରୁ କେହିଜଣେ ଉତ୍ତେଜନାରେ ଉଠି ପଡ଼ିଲା। ଭାଇ ଓ ଭଉଣୀମାନେ, ମୁଁ ମଣିଷର ପନିପରିବା, ଫଳମୂଳ ସବୁ ନଷ୍ଟ କରିଦେବି। ଘର ଭିତରେ ପଶି ତାଙ୍କୁ କାମୁଡ଼ି ବିଦାରି ପକେଇବି। ରାସ୍ତାଘାଟରେ କାହାକୁ ଚଲେଇ ଦେବିନି।

ମୂଷାଟିଏ କନ୍‌କନ୍‌ ହେଇ ଆସି କହିଲା– ମୁଁ ସବୁ ଫୁଲଫଳ ଗଛର ଚେର କାଟିଦେବି। ଦେଖିବି ମଣିଷ କଣ ଖାଇ ବଁଚିବ।

କୁମ୍ଭୀର ପେଟେଇ ପେଟେଇ ଆଗକୁ ଆସି କହିଲା– ବର୍ତ୍ତମାନ ଠାରୁ ମୁଁ ମୋ କାମ ଆରମ୍ଭ କରିଦେବି। ପାଣିରେ କାହାକୁ ପୂରାଇ ଦେବି ନାହିଁ। ଦେଖିବି ସେମାନେ କେମିତି ମାଛ ମାରିବେ।

ଚିଲ ଗଛ ଉପରୁ ତଳକୁ ଆସି ଚିତ୍‌କାର କଲା– ମୁଁ ତାଙ୍କ ଉଡ଼ାଜାହାଜରେ ପିଟି ହେଇ ମୋ ଜୀବନ ବଳୀ ଦେବି। ଉଡ଼ାଜାହାଜ ତଳକୁ ଖସି ପଡ଼ିବ। ସମସ୍ତେ ମରିବେ।

କାଉ କହିଲା– ମଣିଷର ଗତିବିଧ ଲକ୍ଷ୍ୟକରି ମୁଁ ଜଣାଇ ଦେବି।

ପ୍ରତ୍ୟେକ ପଶୁ ଓ ପକ୍ଷୀ ନିଜ ନିଜର ଶକ୍ତି ଅନୁସାରେ ନିଜ ନିଜ କାର୍ଯ୍ୟ ବାଛି ନେଲେ।

ପଶୁରାଜ କହିଲେ– ଶାନ୍ତି ଶାନ୍ତି । ମଣିଷ ବିରୁଦ୍ଧରେ ଆମର ଯୁଦ୍ଧ ଆରମ୍ଭ କରିବା ନିଶ୍ଚିତ । ଯୁଦ୍ଧରେ ହୁଏତ ଆମେ ସମସ୍ତେ ନିହତ ହୋଇଯାଇପାରୁ । ହେଲେ ଭୀରୁ ପରି ଡରି ଡରି ବଞ୍ଚିବା ଆଦୌ ଗ୍ରହଣୀୟ ନୁହେଁ । ମୋ ମନରେ ଗୋଟିଏ ପ୍ରଶ୍ନ ବାରମ୍ବାର ମୁଣ୍ଡ ଟେକୁଚି । ତାହା ହୁଏତ ଆପଣମାନଙ୍କୁ ଭଲ ନଲାଗିପାରେ । ହେଲେ ଆଗାମୀ ଇତିହାସ ଆମ ମୁହଁରେ କଳା ବୋଲିଦେବନି ତ ? ଆମେ ସମସ୍ତେ ଉତ୍ତେଜିତ ହୋଇ ବିଭିନ୍ନ କଥା କହି ଯାଉଛେ । ବିପଦ ସମୟରେ ଆମର ଏକତା ଏକ ପ୍ରଶଂସନୀୟ କଥା । ହେଲେ ସେଇ ପ୍ରଶ୍ନଟିକୁ ମୁଁ ଆପଣମାନଙ୍କର ଦଳପତି ହିସାବରେ ଏଡେଇ ଦେଇ ପାରୁନି । ସେଇ ପ୍ରଶ୍ନଟି ହେଲା– ଶିଶୁମାନେ ତ ଆମର ଶତ୍ରୁ ନୁହଁନ୍ତି ? ଏପରି ଅନେକ ମଣିଷ ଅଛନ୍ତି ଯେଉଁମାନେ ଅତ୍ୟନ୍ତ ନିରୀହ । ଆମର ଟିକିଏ ବି କ୍ଷତି କରିବାକୁ ଚିନ୍ତା କରନ୍ତି ନି । ଯେଉଁମାନେ ଆମର ଶତ୍ରୁ ଆମେ ସେମାନଙ୍କୁ ନିଶ୍ଚୟ ନିପାତ କରିବା । ହେଲେ ଶିଶୁ ଓ ନିରୀହ ମଣିଷ ମାନଙ୍କୁ ହତ୍ୟାକଲେ ଆମେ ବି ମଣିଷ ଭଳିଆ ନୀଚ ହେଇଯିବା । ଆମେ ଆମର ବଡ଼ପଣ କାହିଁକି ଛାଡ଼ିବା ? ଆପଣମାନେ ଶାନ୍ତ ମନରେ ଏକଥା ଟିକିଏ ଚିନ୍ତା କରନ୍ତୁ ।

ଯେପରି ପବନ ସ୍ତବ୍ଧ ହେଇଗଲା । ଯେପରି ସମୁଦ୍ରର ଢେଉ ସ୍ଥିର ହେଇଗଲା । ଯେପରି ଗଛପତ୍ରମାନେ ଜଡ଼ ପାଲଟି ଗଲେ ।

କିଛି ସମୟର ଗଂଭୀର ନିରବତା ପରେ ବ୍ୟାଘ୍ର ଦଳପତି ମୁହଁ ଖୋଲିଲେ । ଭାଇ ଓ ଭଉଣୀମାନେ, ପଶୁରାଜଙ୍କ କଥା ଶୁଣୁଶୁଣୁ ମୋ ମନରେ ବିଦ୍ରୋହ ଜାତ ହୋଇ ଯାଇଥିଲା । ମୁଁ ତ ପଣ କରିଥିଲି ସବୁ ମଣିଷଙ୍କ ତଣ୍ଟି କଣାକରି ରକ୍ତ ପିଇ ଯିବାକୁ । ହେଲେ ପଶୁରାଜଙ୍କ ଉଚ୍ଚ ବିଚାର ମୋର ବିଦ୍ରୋହୀ ମନକୁ ଧୀରେ ଧୀରେ ଶାନ୍ତ କରିଦେଲା । ମତେ ଲାଗୁଛି ହୁଏତ ପଶୁରାଜ ଉଚିତ୍ କଥା କହୁଛନ୍ତି ।

ଧୀରେ ଧୀରେ ସମସ୍ତ ପଶୁପକ୍ଷୀ ନିଜ ନିଜର ମଣିଷ ପ୍ରତି ଘୃଣାଭାବ ଓ ବିଦ୍ରୋହ ପ୍ରକାଶ କରି ପଶୁରାଜଙ୍କ ମହନୀୟତାର ପ୍ରଶଂସା କଲେ ।

ଏଥର ପଶୁରାଜ ଦଣ୍ଡାୟମାନ ହେଲେ ଏବଂ ବଜ୍ରକଣ୍ଠରେ ଘୋଷଣା କଲେ– ଏବେ ଠାରୁ ଯୁଦ୍ଧ ଆରମ୍ଭ ହେଇଗଲା । ଆକ୍ରମଣ ।

ସମସ୍ତ ପଶୁପକ୍ଷୀ ଏକାଥରକେ ଏପରି ଚିତ୍କାର କରି ଉଠିଲେ ଯେପରି ଆକାଶ ଖଣ୍ଡ ଖଣ୍ଡ ହେଇ ଭାଂଗି ପଡ଼ିବ ।

ଦୁଇଟି ଗୋଡ ଦୌଡୁଚି

ଦୁଇଟି ଗୋଡ ଦୌଡୁଚି। ରାସ୍ତା ଅରାସ୍ତା ପଡିଆ ଉଠିଆ। ମାଟି ପାଣି। ସମୁଦ୍ର ମରୁଭୂମି। ଉପରତଳ। ଆକାଶ ପାତାଳ। ଜୀବନ ଆଉ ମୃତ୍ୟୁ।

ଖୋଲା ଆଖ୍ ଆଗରେ।

ବନ୍ଦ ଆଖ୍ ଭିତରେ।

୩୪ ଚିତ୍କାର କରି ଉଠିଲେ ମାନ୍ୟବର।

ଚମକି ପଡିଲେ ପତ୍ନୀ ରନ୍ପ୍ରଭା। ବିକଳରେ ଅର୍ଜେନ୍ଟି ସୁଇଚ୍ ଟିପି ଧରିଲେ। ଦୌଡି ଆସିଲେ ନର୍ସ ତତ୍କ୍ଷଣାତ୍। ପଛେ ପଛେ କର୍ତ୍ତବ୍ୟରତ ଡାକ୍ତର।

ସୁଇଚ୍ ଛାଡି ଦିଅନ୍ତୁ ମାଡାମ୍। ସିଷ୍ଟର ଅନୁରୋଧ କଲେ। କୁହନ୍ତୁ କଣ ହେଲା।

ଡାକ୍ତର ସ୍ଟେଥୋ କାନରେ ଦେଇ ସାରିଥିଲେ। ରୋଗୀ ପାଖକୁ ୫ପଟି ଆସି ପଚାରିଲେ– କୁହନ୍ତୁ ଆଜ୍ଞା, କଣ ହେଲା।

ନାଇଁ ସେପରି କିଛି ହେଇନି। ସେଇ ଦୁଇଟି ଗୋଡ। ଖାଲି ଦୌଡୁଚି।

ସିଷ୍ଟର ନିଦ ଇଂଜେକ୍ସନ୍ ଦେଇଦିଅ। ସାର ଶୋଇ ପଡନ୍ତୁ। ଯେତେ ଶୋଇବେ ସେତେ ଭଲ। ଡ. ରେସ୍ତୋଗି ୪ଟା ବେଳେ ଆସିବେ। ତାଙ୍କୁ କେଶ୍ ରିପୋର୍ କରିବ। ସେଇ ଏକା କଥା। କିଛି ଅର୍ଜେନ୍ଟି ନାଇଁ। ସାର ଆପଣ ରୂପଚାପ୍ ଶୋଇ ପଡନ୍ତୁ। ଭାବି ନିଅନ୍ତୁ ଯେ ଗୋଡ ଦୌଡିବା ଗୋଟିଏ ଇଲ୍ୟୁଜନ୍। ଓକେ। ମାଡାମ୍ ପ୍ଲିଜ୍ ଟିକିଏ ବାହାରକୁ ଆସନ୍ତୁ।

ଦେଖନ୍ତୁ ମାଡାମ, ଏହା ଏକ ମାନସିକ ରୋଗ। ଖୁବ୍ ଧୀରେ ଧୀରେ ଭଲ ହେବ। ଆପଣଙ୍କୁ ଧୈର୍ଯ୍ୟଧରି ଅପେକ୍ଷା କରିବାକୁ ପଡିବ। ଭଲହେବା ସିଓର୍।

ଡାକ୍ତର ଚାଲିଗଲେ। ରନ୍ପ୍ରଭା କ୍ୟାବିନ୍ ଭିତରକୁ ଆସିଲେ।

ମାଡାମ୍ ସାରଙ୍କ ହାତ ପ୍ଲିଜ ଧରନ୍ତୁ ତ। ମୋ ହାତ ଛାଡୁ ନାହାନ୍ତି।

ସିଷ୍ଟର ଇଂଜେକ୍ସନ୍ ଦେଲା ବେଳକୁ ମାନ୍ୟବର ନେବାପାଇଁ ମନା କରୁଚନ୍ତି–

ନା– ନା– ମୁଁ ଶୋଇବିନି। ମୋ ନିଦରେ ସେ ଗୋଡଦିଟା ଆହୁରି ଜୋରରେ ଦୌଡୁଚି। ମୁଁ ଆଉ ପାରୁନି। ପ୍ଲିଜ୍।

ରନ୍‌ପ୍ରଭା ମାନ୍ୟବରଙ୍କ ପଂଝା ଭିତରୁ ସିଷ୍ଟରଙ୍କ ହାତ ମୁକୁଲେଇ ନେଲେ। ଧୈର୍ଯ୍ୟଧର। ସେମାନଙ୍କୁ ସହଯୋଗ ନକଲେ ଭଲହେବ କେମିତି ? କଣ ହେଲଣି ଆସି ? ରନ୍‌ପ୍ରଭା ଆଖ୍ ପୋଛିଲେ।

ନା– ମାଡାମ୍। ଆପଣ ସେମିତି ହୁଅନ୍ତୁ ନି। ମୁଁ ଏଇନେ ଇଂଜେକ୍‌ସନ୍ ଦଉନି। ସାର ସେମିତି ରେଷ୍ଟ ନିଅନ୍ତୁ। ଆପଣ ବସନ୍ତୁ।

ସିଷ୍ଟର ଲୋଡେଡ୍ ସିରିଂଜ୍ ନେଇ ବାହାରିଗଲେ।

ରନ୍‌ପ୍ରଭା ବହୁ କଷ୍ଟରେ ଲୁହ ଅଟକେଇଲେ। ଓଠ ଥରି ଉଠୁଥିଲା। ଉପର ଦାନ୍ତରେ କାମୁଡି ଧରୁଥିଲେ। ଏତିକିବେଳେ କବାଟ ଠକ ଠକ ଶୁଣି ଉଠିଗଲେ ଖୋଲିବାକୁ।

ନମସ୍କାର କରି ମାନଭଂଜନ ପଚାରିଲେ– ସାର କଣ ଶୋଇଚନ୍ତି ?

ନାଁ ଆସ।

ମାନଭଂଜନଙ୍କ ପାଟି ଶୁଣି ମାନ୍ୟବର ବେଡ୍ ଉପରେ ଉଠି ବସିଲେ।

ଆସ ମାନଭଂଜନ ଆସ। ମୁଁ ତମକୁ ହିଁ ଅପେକ୍ଷା କରିଥିଲି।

ରନ୍‌ପ୍ରଭା ଏଇ ସୁଯୋଗରେ ବାହାରକୁ ଚାଲି ଆସିଲେ। ଆର କ୍ୟାବିନ୍‌ରେ ତାଙ୍କର ଜଣେ ଦୂର ସଂପର୍କୀୟା ଅଛନ୍ତି। ତାଙ୍କ ସହ କଥାବାର୍ତ୍ତା କରିବା ପାଇଁ।

ମାନଭଂଜନ ପାନ ପକେଟଟି ବଢେଇ ଦେଇ ଦି କପ୍ ଚା ଢାଳିଲେ। ନିଅନ୍ତୁ ସାର। ବସ।

ହଁ ସାର, ଏବେ କେମିତି ଲାଗୁଚି ?

ତମେ ଦେଖ୍ ପାରୁଚ ମୋର କିଛି ହେଇଚି ? ମୁଁ ଠିକ୍ ଅଛି। ମୋର ବିପି, ସୁଗାର ନର୍ମାଲ ଅଛି। ସବୁ ଦିନ ପରି ଖାଉଚି ପିଉଚି। ଖବର କାଗଜ ପଢୁଚି। ମୋର କଣ ହବ ? ଏ କେବଳ ରନ୍‌ପ୍ରଭାଙ୍କ ପାଇଁ ମୁଁ ଏଠି ଆସି ପଡିଚି। ତେଣେ ମୋର ସବୁକାମ ବନ୍ଦ। ସିଏମ୍ ବି ସେକ୍ରିଟେରୀଙ୍କୁ ମନାକରି ଦେଇଛନ୍ତି ମତେ କିଛି ଜଣାଇବା ପାଇଁ। ମୋ ବିଭାଗର ଦାୟିତ୍ୱ ନିଜ ପାଖରେ ରଖୁଛନ୍ତି। ମୋର କୁଆଡେ କଂପ୍ଲିଟ୍ ରେଷ୍ଟ ଦରକାର। ଓଃ କାମ ଆଉ ବ୍ୟସ୍ତତା ତ ମୋର ଜୀବନ। ସେତକ ନହେଲେ ମୁଁ ବଂଚି ପାରିବି କିପରି ? କେବଳ ତମେ ଏଠିକି ଆସୁଚ ବୋଲି ମୁଁ ବଂଚିଚି। ତମେ ବି ତ ଏଥରକ ୩/୪ ଦିନ ପରେ ଆସିଚ। ଆଉ ସମସ୍ତଙ୍କର ତ ଏଠିକି ଆସିବା ବନ୍ଦ। ଯିଏ ଆସୁଚି ଡାକ୍ତରଙ୍କୁ ପଚାରି ପଳେଇ ଯାଉଚି। ଓଃ ଭାରି କଷ୍ଟ....

କଷ୍ଟ ଗୋଟାଏ କ'ଣମ ସାର୍‌ ? ମୁଁ ବୁଝେ ଜୀବନ ମାନେ ହିଁ କଷ୍ଟ। କଷ୍ଟ ନଥିଲେ ମଣିଷ ଜିଆ ହେଇଯିବ। ଆଗେଇ ପାରିବନି। ପୁଣି ରାଜନୀତି ତ ମହାଯୁଦ୍ଧ ସଂଗେ ସମାନ। ସବୁବେଳେ ଶତ୍ରୁ ସହ ପୁଣି ଜୀବନ ସହ ଯୁଦ୍ଧ। ଆମ ପାଇଁ ପୁଣି ଗୋଟାଏ କଷ୍ଟ କଣ ?

ତମେ ହିଁ ମୋ ହୃଦୟକୁ ଠିକ୍‌ ପଢ଼ି ପାରିଚ। ମୋ ମନର କଥାକୁ କହିଦେଇ ପାରୁଚ। ରନ୍‌ପ୍ରଭା କଣ ଏହା ବୁଝି ପାରିବେ ?

ନାଇଁ ସାର୍‌ ମାଡାମଙ୍କୁ କାଇଁକି ରାଜନୀତିରେ ପୂରଉଚନ୍ତି ? ମାଡାମ୍‌ ତ ଆପଣଙ୍କ ସଂସାର ସମ୍ଭାଳୁଚନ୍ତି ବୋଲି ଆପଣ ରାଜନୀତିରେ ସଫଳ ହେଇ ପାରିଚନ୍ତି। ମାଡାମଙ୍କ ଅବଦାନକୁ ସ୍ୱୀକାର କରିବାକୁ ପଡ଼ିବ।

ମାନ୍ୟବର ସନ୍ତୁଷ୍ଟ ଜଣା ପଡ଼ିଲେ। ହଁ ଖଣ୍ଡେ ସିଗାରେଟ୍‌ ଦେଲ ପାଟି ଆମ୍ଭିଲା ହେଇଗଲାଣି।

ସାର୍‌।

ମାନ୍ୟବର ସିଗାରେଟ ଦିଆସିଲି ଧରି ଟଏଲେଟ୍‌ ଭିତରକୁ ଗଲେ। ଏକ୍‌ଜଷ୍ଟ ଫ୍ୟାନ୍‌ ଅନ୍‌ କରି ସିଗାରେଟ୍‌ ଲଗେଇଲେ। ଓହୋ–ଜୀବନ ଫେରି ଆସିଲା।

ମାନ୍ୟବର ମୁହଁ ପୋଛି ପୋଛି ଭିତରକୁ ପଶି ଆସିଲେ। ପାନ ଖଣ୍ଡେ ପାଟିରେ ପୂରାଇ ପଚାରିଲେ– ହଁ ଏଥର କୁହ। କଣ ସବୁ ଖବର।

ସାର ଆପଣ ଡାକ୍ତରଖାନାରେ ଥିବାରୁ ନରେନ୍ଦ୍ରବାବୁ ଗୋଟିଏ ଅପପ୍ରଚାର ବିଛେଇ ଦେଇଥିଲେ। ମନ୍ତ୍ରୀ ପାଗଳ ହେଇ ଯାଇଚନ୍ତି। ଆମେ କଣ ଛାଡ଼ିବା ଲୋକ ? ମୁଁ ସାଂଗେ ସାଂଗେ ଛାମୁଆ ନେତାମାନଙ୍କ ମିଟିଂ ଡାକିଦେଲି। ମିଟିଂରେ ଠିକ୍‌ହେଲା ମନ୍ତ୍ରୀଙ୍କ ଆଶୁ ଆରୋଗ୍ୟ ପାଇଁ ପ୍ରତ୍ୟେକ ମନ୍ଦିର, ମସ୍ଜିଦ୍‌ ଆଉ ଗୀର୍ଜାରେ ଲୋକମାନେ ପୂଜାପାଠ କରିବେ। ଦେଖନ୍ତୁ ମଜା। ଧର୍ମସ୍ଥାନ ମାନଙ୍କରେ ହଜାର ହଜାର ଲୋକଙ୍କ ଭିଡ। ଶତ୍ରୁ ଶିବିର ଛିନ୍ଛତ୍ର।

ଖୁବ୍‌ ଜୋରରେ ହସି ଉଠିଲେ ମାନ୍ୟବର। ମତେ ଗୋଟାଏ ଖୁବ୍‌ ଭଲ ଖବର ଶୁଣେଇଲ। ମନ ଖୁସି ହେଇଗଲା। ବୁଦ୍ଧି କହିବ ତମର।

ନାଇଁ ସାର୍‌, ସବୁ ଆପଣଙ୍କଠୁଁ ଶିଖିଚି। ସାର କାଲି ସବୁ ପଂଚାୟତରେ ଅଷ୍ଟମ ପ୍ରହରୀ ଆରମ୍ଭ ହେବ। ସ୍ତ୍ରୀ ଲୋକମାନଙ୍କର କଳସ ଶୋଭାଯାତ୍ରା ହେବ। ତାପରେ....

ତାପରେ ଆଉ କଣ ?

ମୁଁ ଭାବୁଚି ନରେନ୍ଦ୍ରବାବୁ ଆମ ଅଂଚଳ ଛାଡ଼ି ପଳେଇବେ। ତାଙ୍କ ସମର୍ଥକମାନେ ଆମ ପାଖକୁ ଚାଲି ଆସିବେ।

ଏକ ଦିବ୍ୟ ହସ ମହକିଗଲା ସାରା ମୁଖମଣ୍ଡଲରେ ।

ତାହାଲେ ଆଉ ଡେରିକରି ଲାଭ ନାହିଁ । ଆଜି ମୁଁ ଡାକ୍ତରଙ୍କୁ ବାଧ୍ୟ କରିବି ମତେ ଡିସଚାର୍ଜ କରିଦେବା ପାଇଁ ।

ନାଇଁ ସାର୍‌, ସେପରି କରନ୍ତୁନି । ଆପଣ ସଂପୂର୍ଣ୍ଣ ଭଲହେଇ ଫେରନ୍ତୁ । ପୂରାଦମ୍‌ରେ ଲାଗି ପଡ଼ିବେ । ସାରା ରାଜ୍ୟରେ ସମସ୍ତେ ଆପଣଙ୍କୁ ସୁପର ସିଏମ୍ ବୋଲି ଭାବିବେ । ଆଗକୁ ଅନେଇ ଆମକୁ ଚାଲିବାକୁ ପଡ଼ିବ । ସେଇଥ୍ ପାଇଁ ମୁଁ କହୁଚି ଆପଣ ଆଉ କେଇଦିନ ରହି ଯାଆନ୍ତୁ । ସହାନୁଭୂତିରେ ଲୋକମାନେ ଗାଧେଇ ପଡ଼ନ୍ତୁ । ତାପରେ ଏବେ ତ ଆପଣ ସଂପୂର୍ଣ୍ଣ ସୁସ୍ଥ ହେଇ ନାହାନ୍ତି । ଟିକିଏ ଏକଲା ହେଲା କ୍ଷଣି ସେଇ ଦଉଡ଼ିଲା ଗୋଡ ଦିଟାକୁ ଦେଖୁଛନ୍ତି । ମୁଁ ସେତେବେଳେ ମନା କରୁଚି । ଆପଣ ତ ମୋ କଥା ଶୁଣିଲେନି ।

ମୁଁ କେମିତି ଶୁଣିଥାନ୍ତି ? ମୁଁ ତ ଜଣେ ପେଷାଗତ ରାଜନୀତିକ ଲୋକ । ଛାତ୍ର ଜୀବନରୁ ଏ ପର୍ଯ୍ୟନ୍ତ ଆସିଲିଣି । ତମେ ତ ଜାଣିଚ ରାଜନୀତି କେତେ କଷ୍ଟ । ପ୍ରତି ମୁହୂର୍ତ୍ତରେ ପ୍ରତିଯୋଗିତା, ଅନିଶ୍ଚିତତା, ସ୍ୱାର୍ଥ, ତଳକୁ ଖସି ପଡ଼ିବାର ଭୟ, ଖଣ୍ଡାଧାରରେ ଚାଲିବାର ରିସ୍କ । ଏସବୁ ଭିତରେ କେବଳ ଦୂର ଆକାଶକୁ ଅନେଇ ବସିବା କଥା । ସେଠି ବେଲେବେଲେ ଝକ୍‌ମାରି ନିଭି ଯାଉଥିବା ବିଜୁଲି ପରି ସ୍ୱପ୍ନ ଟିକିଏ । ସେଇ ସ୍ୱପ୍ନ ଟିକକ ହିଁ ମତେ ବଞ୍ଚେଇ ରଖିଚି । ଇଏ ପୁଣି ଏପରି ଏକ ସ୍ୱପ୍ନ ଯିଏ ପଦାକୁ ମୁଣ୍ଡ କାଢ଼ି ପାରିବ ନାହିଁ । ସିଏ ପଦାକୁ ବାହାରିଲା କ୍ଷଣି ମୋ ମୁଣ୍ଡ ଉପରେ ଖସି ପଡ଼ିବ ଉପରେ ଝୁଲୁଥିବା ତରବାରି । ତମେ ସବୁ ଜାଣିଚ । ତେବେ ଏକଥା ମୁଁ କେମିତି ସହି ପାରିଥାନ୍ତି– ତୁଚ୍ଛା ବାଲୁତଟିଏ ମୋ ଆଖି ଆଗରେ ଦୌଡ଼ି ଦୌଡ଼ି ଆଗକୁ ପଳେଇବ ! ଅସମ୍ଭବ । ସମସ୍ତେ ମୋ ପଛରେ ଦୌଡ଼ିବେ । ମୁଁ ନିଶ୍ଚୟ ସମସ୍ତଙ୍କ ଆଗରେ ।

କାରଣ ଆପଣ ନେତା ।

ଓଃ ମାନ୍‌ଭଂଜନ ତଂଟି ଶୁଖିଗଲାଣି । ଚା ଦରକାର ।

ଏତିକିବେଳେ ବିୟରର କିଛି ଜଳଖିଆ ଓ ଚା ନେଇ ଆସିଲା । ପଛେ ପଛେ ମାଡ଼ାମ୍‌ । ଦି ପ୍ଲେଟ୍‌ରେ ଗରମ ଗରମ ବରା ବାଢ଼ି ମାଡ଼ାମ୍‌ ଦିଜଣଙ୍କ ହାତକୁ ବଢ଼େଇ ଦେଲେ ।

ଆଃ –ବଢ଼ିଆ ହେଇଚି ବରା । କଂଚା ଲଙ୍କାରୁ ଟିକିଏ କାମୁଡ଼ି ମାନ୍ୟବର କହିଲେ ।

ହଁ ସାର ବହୁତ ଭଲ ହେଇଚି । ରାଜଧାନୀରେ ଏତେ ଭଲ ବରା ମିଳୁଚି । ବିରି

ଉତ୍ପାଦନ ହଉଥିବା ଆମ ଅଂଚଳରେ ବରା କାମୁଡିଲେ ଛିଡୁନି । ମାଡାମ୍ ବି ହସି ପକେଇଲେ । ସେମାନଙ୍କୁ ଚା ବଢ଼େଇ ଦେଇ ବାହାରକୁ ଚାଲିଗଲେ ।

ମାନ୍ୟବର କାଂଥରେ ତକିଆ ଦେଇ ଆଉଜି ପଡିଲେ ଓ ଆରାମରେ ଚା ଖାଇବାକୁ ଲାଗିଲେ ।

ମାନଭଂଜନ, ମୁଁ ଏଠିକି ଆସି ଯୋଉ ଦଣ୍ଡ ପାଇଲିଣି, ଭାବୁଚି ଆଉ ଏ ସ୍ୱପ୍ନ ଦେଖିବିନି ।

ସ୍ୱପ୍ନ ଦେଖିବା ସାର୍ କାହା ହାତରେ ନାହିଁ । ଅସଲକଥା ହଉଚି ତା ଉପରେ ଗୁରୁତ୍ୱ ନଦେବା । କୌଣସି ପ୍ରତିକ୍ରିୟା ପ୍ରକାଶ ନକରିବା । ସ୍ୱପ୍ନକୁ ଏକ ସ୍ୱପ୍ନ ଭାବରେ ଗ୍ରହଣ କରିନେବା ।   ଯାହାର ବାସ୍ତବତା ସହିତ କୌଣସି ସଂପର୍କ ନାହିଁ ।

ତମେ ଠିକ୍ କହୁଚ । ମୁଁ ନିଶ୍ଚୟ ଚେଷ୍ଟା କରିବି କୌଣସି ପ୍ରତିକ୍ରିୟା ପ୍ରକାଶ ନକରିବାକୁ । ମୁଁ ଅନେକ ଚେଷ୍ଟା ବି କରିଚି । ହେଲେ ଏ ସ୍ୱପ୍ନଟି ଦେଖିଲା କ୍ଷଣି ଛାଁ କୁ ଛାଁ ମୋ ମନ ଉତ୍ତେଜିତ ହେଇ ଉଠୁଚି ଆଉ ମୋ ପାଟିରୁ ଅଜାଣତରେ ଚିତ୍କାର ବାହାରି ପଡୁଚି ।

ସାର୍ ମୁଁ ଭାବୁଚି ଆପଣ କିଛି କିଛି ସମୟ ଧ୍ୟାନ କରନ୍ତୁ । ଦେଖିବେ ସବୁ ଶାନ୍ତ ହୋଇଯିବ ।

ତମେ କଣ ଭାବୁଚ ମୁଁ ଚେଷ୍ଟା କରିନି ? ଆଖି ବନ୍ଦ କରି ବସିଲା କ୍ଷଣି ସେଇ ଗୋଡଦିଟା ଏତେ ଜୋର୍‌ରେ ଦୌଡ଼ିବାକୁ ଲାଗୁଚି ଯେ ମୁଁ ଭୟରେ ଆଖି ଖୋଲି ଦଉଚି ।

ମୁଁ ତ ସେଇଥିପାଇଁ ସେତେବେଲେ ମନା କରୁଥିଲି । ସେ ତାର ଦୌଡୁଚି ଦୌଡୁଥାଉ । ତା ଦୌଡିବା ସହିତ ଆମର ବା ସଂପର୍କ କ'ଣ ? କିଏ କାହିଁକି ଆପଣଙ୍କୁ ମତେଇ ଦେଲା ଯେ ଆପଣ ଡେଇଁ ପଡିଲେ ।

ନା– ତମେ ସେକଥା ବୁଝି ପାରିବନି । ଅଜ୍ଞ କିଛି ସମୟ ପାଇଁ ନିରବ ହେଇଗଲେ ମାନ୍ୟବର । ନା– ମୁଁ ବି ସେକଥା କାହାକୁ କହି ପାରିବିନି ।

କି ଦୁଃଖ କି ମାନସିକ ଯନ୍ତ୍ରଣା । ମୋ ଆଗରେ ବାଲୁତଟିଏ ଦୌଡୁଥିବ । ରାସ୍ତା ଅରାସ୍ତା । ପଡିଆଉଠିଆ । ମାଟିପାଣି । ସମୁଦ୍ର ମରୁଭୂମି । ଉପରତଳ । ଆକାଶପାତାଳ । ଜୀବନ ଆଉ ମୃତ୍ୟୁ । ମୋ ଆଗରେ ଦୌଡୁଥିବ । ଅବିଶ୍ରାନ୍ତ ଭାବରେ । ଆଉ ମୁଁ ମୂକ ହେଇ ଚାହିଁ ରହିଥିବି ? ମୁଁ ଛାତ୍ରନେତା ବେଲୁ ଗ୍ରହଣ କରି ନେଇଚି ଆଗକୁ ଦଉଡିବା କେବଲ ମୋର ଅଧିକାର । ଆଉ କାହାର ନୁହଁ । କିପରି ସହିଥାନ୍ତି ? ମୋ ଛାତି ଫାଟି ଯାଇନଥାନ୍ତା ?

ମୁଁ ସବୁ ବୁଝୁଚି ସାର୍। ହେଲେ ଆପଣଙ୍କ ଅବସ୍ଥା। ଶତ୍ରୁମାନେ ତ ପାଟି ଆଁ କରି ବସିଚନ୍ତି। ଆପଣ ଆମ ସିଏମଙ୍କ ଉପରେ ଆସ୍ଥା ରଖ୍ୟାରିବେ ? କିଏ କି ମନ୍ତ୍ରଣା ଦବ....ମତେ ଭାରି ଡର ଲାଗୁଚି ସାର୍।

ତେବେ ଠିକ୍ ଅଛି। ଏଇ ମୁହୂର୍ତ୍ତରେ ମୁଁ ନିଷ୍ପତି ନେଲି। ଏ ଡାକ୍ତରଖାନା ଆଜି ଛାଡି ଚାଲିଯିବି। ତମେ ଅପେକ୍ଷା କର। ଡାକ୍ତର ଆସିଲାକ୍ଷଣି ମତେ ଡିସ୍ଚାର୍ଜ କରିବାକୁ ମୁଁ ବାଧ୍ୟ କରିବି।

ସେ ସ୍ୱିଚ୍ ଟିପିଲେ। ଏକାସଙ୍ଗରେ ରନ୍ଧ୍ରପ୍ରଭା ଓ ନର୍ସ ପଶି ଆସିଲେ।

ହଁ ମୁଁ ଠିକ୍‌କରି ନେଇଚି ଆଜି ଏ ନର୍ସିଂହୋମ୍ ଛାଡିବି। ତମେ ସଜଡ଼ାସଜଡ଼ି କରିନିଅ।

ରନ୍ଧ୍ରପ୍ରଭା ଚକିତ ଓ ଆତଙ୍କିତ ହୋଇ ଉଠିଲେ। ନର୍ସ ଫିକା ହସରେ ନିରୁସ୍ୱାହ ଭାବ ଲୁଚାଇ ବିନୀତ ଭାବରେ ପଚାରିଲେ– ସାର୍, ଆମ ତରଫରୁ କିଛି ତ୍ରୁଟି ରହିଗଲା କି ?

ନା– ନା ସେପରି କିଛି ନୁହେଁ। କାରଣ ପଲିଟିକାଲ୍। ତମକୁ ସେକଥା କହିହବନି। ଅଫିସ୍‌ରେ ମୋ ଡିସ୍ଚାର୍ଜର ବ୍ୟବସ୍ଥା କର। ଶୀଘ୍ର।

ନର୍ସ ଅପ୍ରସ୍ତୁତ ହୋଇ ବାହାରିଗଲେ।

ରନ୍ଧ୍ରପ୍ରଭା ଥଙ୍ଗୋଇ ଥଙ୍ଗୋଇ କହିଲେ– ତରତର ନହୋଇ ଆଉଥରେ ଥଣ୍ଡା ମନରେ ବିଚାର କର। ପ୍ରକୃତ ଚିକିସ୍ସା ଆରମ୍ଭ ହଉହଉ...

ନିଜକୁ ନିରାପଦ ରଖ୍ୟାବାକୁ ଯାଇ ମାନଭଞ୍ଜନ କହିଲେ– ମୁଁ ମଧ୍ୟ ସେଇଆ କହୁଚି। ଆଉ କିଛି ଦିନ....

ନା– ଆଉ ମୁହୂର୍ତ୍ତେ ବି ନୁହଁ। ତମେ ମାନଭଞ୍ଜନ ଆମ ନିର୍ବାଚନ ମଣ୍ଡଳୀକୁ ଫେରିଯାଅ। ପୂଜାପାଠ ଯେପରି ଚାଲିଚି ସେସବୁ ଖୁବ୍ ଜୋରସୋରରେ ଚାଲୁ। ମୁଁ କାଲି ସକାଳେ ସିଏମ୍‌ଙ୍କୁ ଭେଟିବି। ପୁଣି ମୋ କାମରେ ଜୟେନ୍ କରିବି ବୋଲି କହିବି। ତାପରେ ମୋ ଚ୍ୟାମ୍ବରକୁ ଯିବି। କାମ କରିବି। ଦୁଇଦିନ ପରେ ନିର୍ବାଚନ ମଣ୍ଡଳୀକୁ ଯିବି। ଦେଖ ପବ୍ଲିକ୍ ମିଟିଂ ଯେପରି ଖୁବ୍ ଜମାଣିଆ ହେବ। ସବୁ ବ୍ଲକ୍‌ରୁ ପ୍ରୋସେସନ୍ ସେଠିକି ଆସିବ। ସମସ୍ତେ ଜାଣିବେ ଯେ ମୋର କିଛି ହେଇନି। ଏହା ଭିତରେ ମୁଁ ଦିଗୁଣ ଶକ୍ତିଶାଳୀ ହେଇ ଯାଇଚି।

ହଁ ସାର୍ ମୁଁ ଆଜି ଫେରିଯିବି। ଆପଣଙ୍କୁ ବଂଗଲାରେ ଛାଡି।

ଏମର୍ଜେନ୍ସି ଡାକ୍ତର ପଶିଆସି କହିଲେ– ସାର୍ ମୁଁ ଡ଼. ରେସ୍ତୋଗିଙ୍କୁ କଣ୍ଟାକ୍ତ କରିଥିଲି। ସେ ଆପଣଙ୍କୁ ଡିସଚାର୍ଯ କରିଦେବାକୁ କହିଲେ। ତେବେ ଗୋଟିଏ

ଆଡଭାଇସ୍ କରିଚନ୍ତି– ଜଣେ ନର୍ସ ଆପଣଙ୍କ ରେସିଡେନ୍ସରେ ସାଧାପୋଷାକରେ ରହିବ । ଆବଶ୍ୟକ ହେଲେ ଡାକ୍ତରଙ୍କ ପରାମର୍ଶ ନେବ ଓ ଆପଣଙ୍କ ଯତ୍ନନେବ ।

ହଉ ଭଲ କଥା । ଆପଣ ଯାଇ ସମସ୍ତ ଫର୍ମାଲିଟି ପୂରଣ କରି ଦିଅନ୍ତୁ । ମୁଁ ଘରକୁ ଯିବା ପାଇଁ ପ୍ରସ୍ତୁତ । ଥ୍ୟାଙ୍କ ୟୁ ।

ଅଭିଜ୍ଞ ମାନଭଞ୍ଜନ ତ୍ୱରିତ ବେଗରେ ଘଟିଯାଉଥିବା ଘଟଣା ମାନଙ୍କୁ କିଛି କିଛି ବୁଝି ପାରୁଥିଲେ । ହେଲେ ରନ୍ତପ୍ରଭା ଆଦୌ ଗ୍ରହଣ କରିପାରୁ ନଥିଲେ । ତାଙ୍କର ସବୁ ଗଣ୍ଡଗୋଳ ହୋଇ ଯାଉଥିଲା ।

ତଥାପି ବି ତାଙ୍କୁ ପ୍ରସ୍ତୁତ ହେବାକୁ ପଡିଲା । ବିଅରର ସାହାଯ୍ୟରେ ସମସ୍ତ ଜିନିଷପତ୍ର ସଜିଲ କରିବାକୁ ପଡିଲା । ଡାକ୍ତର ବି ଆବଶ୍ୟକ ଔଷଧ, ପ୍ରେସକ୍ରିପ୍ସନ ଓ ଡିସ୍ଚାର୍ଯ ପେପର ସହ ଆସିଲେ । ମାଡାମଙ୍କୁ ସବୁକଥା ବୁଝାଇଦେଲେ । କାଲି ଜଣେ ନର୍ସ ଆପଣଙ୍କୁ ଯାଇ ଭେଟିବ ।

ନାଇଁ ନାଇଁ ନର୍ସର ଦରକାର କଣ ? ମୁଁ ଭଲ ହେଇଗଲିଣି ।

ସେମାନେ ବାହାରି ପଡିଲେ । ବଂଗଲାରେ ପହଞ୍ଚ ମାନ୍ୟବର ବାରଣ୍ଡାର ସୋଫା ଉପରେ ବସି ପଡିଲେ । ବସ ମାନଭଞ୍ଜନ । ମୁଁ ଏକଦମ୍ ସୁସ୍ଥ । ନର୍ସିଂହୋମରେ ଆଉଦିନେ ରହିଥିଲେ ପାଗଲ ହେଇଯାଇଥାନ୍ତି ।

ସାଂଗେ ସାଂଗେ ଚା'ପାଣି ଆସିଗଲା । ଚା ଖାଉ ଖାଉ ମାନ୍ୟବର କହିଲେ– ମାନଭଞ୍ଜନ ସିଗାରେଟ୍ ଦିଅ ।

ମାନଭଞ୍ଜନ ସିଗାରେଟ୍ ପ୍ୟାକେଟ୍ ଓ ଦିଆସିଲ ବଢେଇ ଦେଲେ ।

କଲେ ଲମ୍ୱା ଧୂଆଁ ଛାଡି ମାନ୍ୟବର କହିଲେ –ଓହୋ– ନର୍ସିଂହୋମରେ ସିଗାରେଟ୍ ଟାଣିବା ମନା । ସେଠି ମଣିଷ ପାଗଲ ହେବାର ଏହା ମଧ୍ୟ ଏକ କାରଣ ।

ମାନଭଞ୍ଜନ ବିଦାୟ ନେଇ ଚାଲିଗଲେ । ତାଙ୍କର ଯିବା ପରେ ପରେ ଦୁଇଟି ଗୋଡ ଦୌଡିବାକୁ ପହଞ୍ଚଗଲା ।

ହେୟ– ଉଠି ପଡିଲେ ମାନ୍ୟବର । ବଂଗଲା ଭିତରକୁ ପଶିଗଲେ । ତାଙ୍କ ରେସିଡେନ୍ସିଆଲ ଚ୍ୟାମ୍ବରରେ ବସି ପିଏଙ୍କୁ ଡକାଇଲେ– କଣ ସବୁ ଫାଇଲ ଅଛି ଆଣ ।

ସାର ସେକ୍ରେଟେରି ମନା କରିଛନ୍ତି ଆପଣଙ୍କୁ କିଛି ଫାଇଲ ଦେବାକୁ ।

ନାଇଁ ମୁଁ କହୁଚି ଆଣ ।

ଅଳ୍ପ କେତୋଟି ଗୁରୁତ୍ୱହୀନ ଫାଇଲ ଥିଲା । ପିଏଙ୍କୁ ପାଖରେ ବସିବାକୁ ନିର୍ଦ୍ଦେଶ ଦେଲେ । ପ୍ରତ୍ୟେକ ଫାଇଲ ଖୋଲ । ସେ ଗୋଟି ଗୋଟି ଶଢ ପଢିବାକୁ ଲାଗିଲେ ।

ତା ଉପରେ ଡିଟେକ୍‌ସନ୍‌ ଦେଲେ। ସେକ୍ରେଟେରିଙ୍କୁ ଫୋନ୍‌ କଲେ। ଆଉ କଣ ଫାଇଲ୍‌ ଅଛି ପଠାଇଦେବାକୁ। କାଲି ଅଫିସ୍‌ ଯିବେ।

ସେକ୍ରେଟେରି ପ୍ରଥମେ ସ୍ୱାସ୍ଥ୍ୟକଥା ପଚାରିଲେ।

ନାଇଁ ନାଇଁ ସେ କିଛି ନୁହଁ। ଡାକ୍ତରଙ୍କ ଚାଲାକି। ମୁଁ ଭଲ ଅଛି। ସଂପୂର୍ଣ୍ଣ ସୁସ୍ଥ। ମୋର ରେଷ୍ଟ ଦରକାର ନାହିଁ।

୯ଟା ବେଳକୁ କାମ ସରିଲା। ସେ ଭିତରକୁ ପଶିଲେ। ଡ୍ରେସ୍‌ ବଦଲେଇ ଫ୍ରେସ୍‌ ହେଲେ। ଟିଭି ଖୋଲି ନିଉଜ୍‌ ଦେଖିଲେ। ରନ୍ନପ୍ରଭା ଆସି ଡାକିଲେ- ଆସ ଖାଇବ ଆସ। ବଡ଼ା ହେଇଗଲାଣି।

ଡାଇନିଂ ଟେବୁଲ ଉପରେ ଖାଦ୍ୟ ପରସା ଯାଇଥାଏ। ମାନ୍ୟବର ଚେୟାର ଉପରେ ବସିଲେ। ରନ୍ନପ୍ରଭା ବି ବସିଲେ ତାଙ୍କ ସହ। ପୂଜାରୀ ପ୍ରସ୍ତୁତ ଥାଏ କିଛି ଦରକାର ହେଲେ ସଂଗେ ସଂଗେ ପରସି ଦେବ। ଘରେ ପିଲାମାନେ କେହି ନାହାନ୍ତି। ପୁଅ ବିଦେଶରେ। ଝିଅ ବି ବିଦେଶରେ ଜ୍ୱାଇଁ ସହିତ।

କାମର ଚାପରେ ତରତର ହେଇ ଖାଇବା ତାଙ୍କର ଅଭ୍ୟାସ। ଆଜି କିନ୍ତୁ ଧୀରେ ଧୀରେ ଖାଇଲେ। ଖାଦ୍ୟର ସ୍ୱାଦ ସଂପୂର୍ଣ୍ଣ ରୂପେ ଉପଭୋଗ କଲେ। ଖାଇସାରି ବାଲ୍‌କୋନିରେ କିଛି ସମୟ ବସିବା ତାଙ୍କର ଅଭ୍ୟାସ। ସେଇଠି ନିର୍ବାଚନ ମଣ୍ଡଳୀର ବିଭିନ୍ନ ଖବର ମୋବାଇଲ୍‌ ମାଧ୍ୟମରେ ବୁଝନ୍ତି। ଯାହାର ଯାହା କାମ ସେଇଠି କରିଦେଇଥାନ୍ତି। ଆଜି କାହାର କଲ ଆସିବାର ନଥିଲା। ସେଠାରେ ସେ ଚୁପ୍‌ଚାପ୍‌ କିଛି ସମୟ ବସିଲେ। ଭାବିବାକୁ ଲାଗିଲେ ମୁଁ ତ କାହାର କିଛି କ୍ଷତି କରିନି। ବାଲୁତଟିଏ ଦୌଡ଼ି ଦୌଡ଼ି ନିଶ୍ଚୟ କ୍ଲାନ୍ତ ଓ ଦୁର୍ବଲ ହୋଇ ପଡ଼ୁଥିଲା। ଏତେ କମ୍‌ ବୟସରୁ ଏପରି କଠିନ ପରିଶ୍ରମ କରିଥିଲେ ତାର ଶରୀର ଠିକ ଭାବରେ ବୃଦ୍ଧି ଲାଭ କରିନଥାନ୍ତା। ତାର ପ୍ରତିଭା ଅଛି। ତା ଉପରେ ସମଗ୍ର ରାଜ୍ୟ ନିର୍ଭର କରୁଚି। ତେଣୁ ତାର ସୁବିଧା ପାଇଁ ମୁଁ ତାକୁ ସରକାରୀ କ୍ରୀଡ଼ା ଅନୁଷ୍ଠାନରେ ପ୍ରବେଶ କରି ଦେବାର ସୁବିଧା କରିଦେଲି। ଏଥିରେ ମୋର ଦୋଷ ରହିଲା କୋଉଠି ?

ବାଲ୍‌କୋନି ଆଉ ଭଲ ଲାଗିଲା ନାହିଁ। ସେ ବେଡ଼ରୁମ୍‌କୁ ଚାଲିଗଲେ। ସୋଫା ଉପରେ ବସି ଭାଇଙ୍କ ପାଖକୁ ଫୋନ୍‌ ଲଗାଇଲେ। ସେ ଡାକ୍ତରଖାନାରୁ ଫେରି ଆସିଥିବା ଜାଣି ଭାଇ ଖୁସି ହେଇଗଲେ। ରେଷ୍ଟ ନବାପାଇଁ ଉପଦେଶ ଦେଲେ। ରନ୍ନପ୍ରଭା ତାଙ୍କ ପାଖରେ ବସି ପୁଅ ପାଖକୁ କନେକ୍ଟ କଲେ। ସରୋଜ, ବୋହୂ ଓ ନାତୁଣୀ ଜନକ ପରେ ଜଣେ ଲ୍ୟାପ୍‌ଟପ୍‌ର ପରଦା ଉପରେ ଭାସି ଉଠିଲେ। ବାପାଙ୍କ ଦେହ ଖରାପ କଥା ତାଙ୍କୁ ଜଣାଯାଇ ନଥାଏ। ତାପରେ ଝିଅ ରୋଜୀ। ତାର ଟିକି

ପୁଅଟିଏ। କଥା କହିନି। ଖାଲି ହସୁଚି। ଗୋଡହାତ ହଲଉଚି। ମାୟା ଲଗେଇ ଦଉଚି ସଂସାର ଯାକର। ସେ କେବଳ ହୋ ହୋ ହେଇ ହସୁଥିଲେ। ମନଖୋଲା ହସ। ରନ୍ପ୍ରଭା ପାଣି ଗ୍ଲାସେ ଓ କେତୋଟି ଔଷଧ ଦେଲେ ତାଙ୍କୁ ଖାଇବାକୁ। ସେ ଖାଇଦେଲେ। ଟିଭିରେ କ'ଣ ଗୋଟିଏ ଫିଲ୍ମ ଚାଲୁଥାଏ। ବେଡରେ ଶୋଇପଡି ଟିଭିକୁ ଅନେଇଲେ। କେତେବେଳେ ନିଦ ଲାଗି ଯାଇଚି ତାଙ୍କୁ ଜଣାନାଇଁ।

ରାତି ପାହିନି ନିଦ ପତଳା ହେଇଗଲା। ଆଖି ଭିତରକୁ ପଶି ଆସିଲା ଦୌଡୁଥିବା ସେଇ ଦୁଇଟି ଗୋଡ। ସେ ଚିତ୍କାର କରିବାକୁ ଯାଉଥିବା ଅବସ୍ଥାରେ ନିଦ ଭାଙ୍ଗିଗଲା। ସେ ଚାଲିଗଲେ ଟଏଲେଟକୁ। ମୁହଁହାତ ଭଲଭାବରେ ଧୋଇଲେ। ପୁଣି ବେଡ୍ ଉପରକୁ ଯାଉ ଯାଉ ନିଜକୁ ଅଟକାଇ ନେଲେ। ନାଁ– ମୁଁ ଆଉ ସେ ଗୋଡଦିତା ନିକଟରେ ଆତ୍ମସମର୍ପଣ କରିବିନି। ଯାହା ହେଇଚି ହେଇଚି। ଏଣିକି ତା ସହିତ ମୁଁ ମଧ ଦୌଡିବି। ସେ ବେଡରୁମ୍ର ଏ ମୁଣ୍ଡରୁ ସେ ମୁଣ୍ଡ ଦୌଡିବାକୁ ଲାଗିଲେ। ମନକୁ ଦଉଡାଇବାରେ ସିନା ସେ ଅଭ୍ୟସ୍ତ ଥିଲେ, ହେଲେ ଶରୀରକୁ ଦଉଡାଇବାର କିଛି ସମୟ ମଧରେ ସେ କ୍ଲାନ୍ତ ଅନୁଭବ କଲେ। ଦଉଡିବାର ବେଗ କମିଗଲା। ତଥାପି ଧୀରେ ଧୀରେ ଦୌଡିବାକୁ ଲାଗିଲେ। ଅତି କ୍ଲାନ୍ତ ଲାଗିଲେ ଟିକିଏ ଠିଆ ହେଇ ପଡୁଥିଲେ। ପୁଣି ଦୌଡିବା ଆରମ୍ଭ କରୁଥିଲେ।

ଏଥ୍ ସହିତ ସେଇ ଗୋଡଦିତା ମଧ ଦୌଡୁଥିବାର ଦେଖା ଯାଉଥିଲା। ସେ କ୍ଲାନ୍ତ ହେଉନଥିଲା କି ବନ୍ଦ ହେଉନଥିଲା। ମାନ୍ୟବର ଭାବିଲେ ମୋତେ ତା ସହ ଦୌଡିବାକୁ ପଡିବ। ସାରା ଜୀବନ ମୁଁ ଏମିତି ଦୌଡିବି। ଦରକାର ପଡିଲେ ଜୀବନକୁ ଟପି ମଧ ଦଉଡି ଚାଲିବି।

ରନ୍ପ୍ରଭାଙ୍କ ନିଦ ଭାଙ୍ଗି ଯିବାରୁ ସେ ଆଶ୍ଚର୍ଯ୍ୟ ହେଇଗଲେ। ମାନ୍ୟବର ଏତେ ସକାଳୁ ଘର ଭିତରଚାରେ ଦୌଡୁଚନ୍ତି। ଏଥିରେ ସେ ଖୁସି ହେବେ ନା ହତାଶ ହେବେ ଠିକ କରି ପାରିଲେନି।

ଅପରିଚିତ ଅସମୟ

ଆସନ୍ନ ସଂଧ୍ୟାର ମନୋରମ ଦୃଶ୍ୟପଟରେ ଦର୍ଶନ ବେହେରାଙ୍କର ହଜି ଯାଉଥିବାର ଏହି ସମୟ। ପ୍ରତିଦିନ ଅପରାହ୍ନ ୫ଟା ପରେ ସେ ଛାତ ଉପରକୁ ଆସନ୍ତି। ଛାତ ଉପରର ଉଦ୍ୟାନ ତାଙ୍କୁ ଆମନ୍ତ୍ରଣ କରେ। ସେଠାରେ ନିଜର ସଉକ ମୁତାବକ କିଛି ପନିପରିବା, ଶାଗମୂଗ, ଫୁଲପତ୍ର ଗଛ ଲଗେଇଥାନ୍ତି। ଗଛମାନେ ତାଙ୍କ ମନ ଓ ହୃଦୟ ପରି ହସ ହସ ଦିଶନ୍ତି। ସେଥିରେ ପାଣି ଦେବାର ଏହା ହେଉଟି ପ୍ରକୃଷ୍ଟ ସମୟ। ଏଇ ପାଣିରେ ସାରାଦିନର କ୍ଲାନ୍ତି ମେଣ୍ଟିଯାଏ। ପାଣି ଦେଇସାରି ସେ ଚେୟାରଟେ ଟାଣିନେଇ ବସିପଡନ୍ତି। ସୂର୍ଯ୍ୟ ହସି ହସି ଅଦୂର ଗଛ ଲତା ଭିତରକୁ ଓହ୍ଲେଇ ପଡିବା ପାଇଁ ସଜ ହେଉଥାନ୍ତି। ପାଖରେ ବହି ଯାଉଥିବା କେନାଲ ଉପର ଦେଇ ଦକ୍ଷିଣା ପବନ ବହି ଆସୁଥାଏ। ବାଧ୍ୟହେଇ ଚାକରି ଛାଡ଼ି ଦେଲା ପରେ ସେ କଳ୍ପନା କରି ନଥିଲେ ଏପରି ଏକ ଆନନ୍ଦମୟ ପ୍ରଶାନ୍ତ ସମୟ ତାଙ୍କୁ ଅପେକ୍ଷା କରି ରହିଚି। ଆଃ -କେତେ ଶାନ୍ତି !

ଅଁଧାର ହେଇଯିବା ପୂର୍ବରୁ ପତ୍ନୀ ମିନତି ଗୋଟିଏ ଟ୍ରେରେ ଦିକପ୍ ଚା ଓ ଗ୍ଲାସେ ପାଣି ଧରି ଆସନ୍ତି। ପାଖରେ ଥିବା ସିମେଣ୍ଟ ବେଞ୍ଚ ଉପରେ ଟ୍ରେଟି ରଖିଦେଇ ପାଖ ଚେୟାର ଉପରେ ବସିପଡ଼ନ୍ତି। ଚା କପ୍ ହାତରେ ଧରି ମିନତି ବ୍ୟସ୍ତ ହେଉଥାନ୍ତି ଦୁନିଆଁ ଯାକର ଭଲମନ୍ଦ ଗପିଯିବା ପାଇଁ। ହେଲେ ଦର୍ଶନ ବାରଣ କରନ୍ତି- ମୁଁ ଚା ଖାଉଥିବା ବେଳେ ତମେ ଚୁପରହ। ମତେ ଟିକେ ଶାନ୍ତିରେ ଚା ଖାଇବାକୁ ଦିଅ। ତାପରେ ତମେ ଯେତେ ଯାହା ଗପିବ ମୁଁ ସବୁ ଶୁଣିବି।

ସେଦିନ କିନ୍ତୁ ମିନତି ନିଜକୁ ଅଟକେଇ ପାରିଲେ ନାହିଁ। ଆସୁ ଆସୁ ଏପରି ଏକ ସଂବାଦ ଦେଲେ ଯେଉଁଥିରେ ଦର୍ଶନଙ୍କର ଶାନ୍ତ ସମାହିତ ସଂଧ୍ୟା ଅତର୍କିତ ବିସ୍ଫୋରଣରେ ଖ୍ୱାନ୍ଭିନ୍ ହେଇଗଲା। ଖୁସିରେ ଉଚ୍ଛୁଳି ଉଠି ମିନତି କହିଲେ- ମୋ ଧନ ଆଉ ଦି ଦିନ ପରେ ଆସି ପହଞ୍ଚ ଯିବ। ଏଇନେ ମତେ ଫୋନ୍ କରି ସେ କହିଲା। ତାର ଟିକେଟ୍ ଆଉ କାଗଜପତ୍ର କାମ ସରି ଯାଇଚି। ଓହୋ ଗୋଟାଏ ଚିନ୍ତାଗଲା।

ଦର୍ଶନଙ୍କ ଭିତରେ ଏକ ୫ଡ଼ ମୁଣ୍ଡ ଟେକୁଥିଲେ ମଧ ସେ ନିଜକୁ ସଂଜତ କରିନେଲେ। କିଛି ଉତ୍ତର ନଦେଇ ଚା'କପ୍‌ଟିକୁ ସିମେଣ୍ଟ ବେଞ୍ଚ ଉପରେ ରଖିଦେଲେ। କପ୍‌ ଭିତରେ ଚା ଥଣ୍ଡା ହେବାକୁ ଲାଗିଲା।

ମାତ୍ର ସପ୍ତାହକ ତଳର କଥା।

ଯେତେବେଳେ ମଣିଷ ସଭ୍ୟତାର ସବୁଠାରୁ ଭୟଙ୍କର ସମୟ କରୋନା ଭାଇରସ ରୂପରେ ଚୀନ୍‌ର ସୀମା ଡେଇଁ ଇଉରୋପ ଓ ଆମେରିକାରେ ପ୍ରବେଶ କରିଥାଏ। ଚୀନ୍‌ରେ କରୋନା ଜନିତ ମାନବ ସଂହାର ଚାଲିଥିଲା ବେଳେ ଅବଶିଷ୍ଟ ବିଶ୍ୱ ନିଶ୍ଚିନ୍ତ ଥିଲେ ଯେ, ଏହା କେବଳ ସେହି ଦେଶକୁ ଧ୍ୱଂସକରି ଶାନ୍ତ ହେଇଯିବ। ଜ୍ଞାନବିଜ୍ଞାନ ଓ ଅର୍ଥନୀତିରେ ଶିଖର ଛୁଇଁଥିବା ଦେଶମାନେ ଏପରିକି ଆମେରିକା ଅସହାୟ ହେଇ କରୋନା ଭୂତାଣୁ ପାଖରେ ମୁଣ୍ଡ ନଇଁ ଦେଲା। ସେଠାରେ ଥିବା ଭାରତୀୟମାନେ ଅନ୍ୟକିଛି ବୁଝିବାଟ ନପାଇ ଘରଭିତରେ ନିଜକୁ ବନ୍ଦୀ କରିନେଲେ।

ଦର୍ଶନ ଏବଂ ମିନତିଙ୍କ ଏକମାତ୍ର ସନ୍ତାନ ବିଶ୍ୱପ୍ରକାଶ ଫୋନରେ ବାପାଙ୍କୁ ଜଣାଇଦେଲା- ବାପା, ଏଠାକାର ଅବସ୍ଥା ଅତ୍ୟନ୍ତ ଖରାପ ଆଡ଼କୁ ଯାଉଚି। ଆମ କମ୍ପାନିର ଅଫିସ ବନ୍ଦ ହେଇଗଲାଣି। ଆମେ ସବୁ ଘରେ ରହି କାମ କରୁଚୁ। ଆଉ ଅଫିସକୁ ଯାଉନୁ। ଘର ବାହାରକୁ ବାହାରୁନୁ। ଅତ୍ୟାବଶ୍ୟକ ଜିନିଷ ଅନ୍‌ଲାଇନରେ ମିଳିଯାଉଚି। ମୋବାଇଲରେ ପରସ୍ପର ସହିତ ସଂପର୍କ ରଖୁଚୁ। ଆମ ପାଇଁ ବିପଦ ନାହିଁ। ବୋଉକୁ ସବୁ ବୁଝେଇ ଦବ। ସେ ତ ଯେମିତି ତମେ ଜାଣ। ଖାଲି ବ୍ୟସ୍ତ ହବ। କନ୍ଦାକଟା କରିବ।

ଆମେ ଏଠି ବ୍ୟସ୍ତ ହବା ସ୍ୱାଭାବିକ। ହେଲେ ତୁ ନିଜର ଯନ୍‌ ନଉଥିବୁ ସୁବିଧା ଦେଖି ଫୋନ କରୁଥିବୁ।

ହଉ ଟିକେ ବୋଉକୁ ଦେଲା। ହାଲୋ ବୋଉ, ତୁ କେମିତି ଅଛୁ? ମୁଁ ଭଲ ଅଛି। ଏଠାରେ ସମସ୍ତ ଭାରତୀୟମାନେ ଭଲରେ ଅଛନ୍ତି। ଆମେ ସବୁବେଳେ ପରସ୍ପର ସହିତ କଥାବାର୍ତ୍ତା ହଉଚୁ। ଏଠି କିଛି ଅସୁବିଧା ନାହିଁ।

ମିନତି ଆଉ ନିଜକୁ ସମ୍ଭାଳି ପାରିଲେ ନାହିଁ। ମା'ର ହୃଦୟ ବିଲାପ କରି ଉଠିଲା।

ବିଶ୍ୱପ୍ରକାଶ ବ୍ୟସ୍ତହୋଇ ପଚାରିଲା- କଣ ହେଲା? କାନ୍ଦୁଚୁ କାଇଁକି? ? ତୁ ବାପାଙ୍କୁ ଦେଲୁ।

ହାଲୋ ବାପା, ବୋଉକୁ ବୁଝେଇଲ। ସେ କାନ୍ଦୁଚି କାଇଁକି?

ହଉ ତୁ ରଖ। ମୁଁ ତା କଥା ବୁଝୁଚି। ରହିଲି।

ତମେ ପିଲାଙ୍କ ପରି ସେମିତି କଣ ହଉଚ ?

ମୋ ପୁଅ ଯାଇ କୋଉଠି ଅଛି । କଣ ଖାଉଚି । କେତେଲୋକ ସେଠି କରୋନାରେ ମରୁଛନ୍ତି ।

ତମେ ବୁଝୁନା କାଇଁକି ଆମ ପୁଅ ଆମେରିକାରେ ଅଛି । ସେଠି କେଡେ ବଡ ବଡ ଡାକ୍ତର ଓ ଡାକ୍ତରଖାନା ଅଛନ୍ତି । ହଜାର ହଜାର ପିଲା ଭାରତରୁ ଯାଇ ପଢୁଛନ୍ତି ଆଉ ଚାକିରି କରୁଛନ୍ତି । ସେମାନେ ସମସ୍ତେ ବୁଦ୍ଧିମାନ । ଯେକୌଣସି ଅବସ୍ଥାରେ ନିଜକୁ ଚଳେଇ ନେଇ ପାରିବେ । ତମେ ଏମିତି ହେଲେ ଚଳିବ ?

ମୁଁ କଣ କରିବି ? ମୋ ମନ ବୁଝୁନି ।

ଶୁଣ ସେ ରୋଗଟାର ଔଷଧ ଟିକା ବାହାରିନି ବୋଲି ଏମିତି ମାଡିଯାଉଚି । ଅଳ୍ପ ଦିନ ଭିତରେ ଔଷଧ ଟିକା ବାହାରି ପଡିବ । ସାରା ପୃଥିବୀର ବୈଜ୍ଞାନିକ ଲାଗିଚନ୍ତି । ତମେ ଭଗବାନଙ୍କୁ ଡାକ ଆମ ପୁଅ ଭଲରେ ଥାଉ ।

ବହୁତ କଷ୍ଟରେ ମିନତି ଶାନ୍ତ ହେଲାପରି ଦେଖାଗଲେ । ହେଲେ ଦର୍ଶନ ବେହେରାଙ୍କ ମନ ଅଶାନ୍ତିରେ ଭରି ଯାଇଥିଲା । ସେ ଜାଣିଥିଲେ ତାଙ୍କ ପୁଅ ବିଶ୍ୱ ବିପଦର ଘେର ଭିତରେ ହିଁ ରହିଛି । ସେମାନେ ଚାହିଁଲେ ବି କିଛି କରିପାରିବେ ନାହିଁ । ତାଙ୍କର ବିଶୁକଥା ଭାରି ମନ ପଡୁଥିଲା । କେଡିକି ଟିକେ ନାକୁରୁ ହେଇଥିଲା । ତା ବୋଉ କୋଳରେ ଶୋଇ ଗାଁରୁ ଭୁବନେଶ୍ୱର ଆସିଥିଲା । ସେତେବେଳେ ଦର୍ଶନ ଏକ ଘରୋଇ ସଂସ୍ଥାରେ କମ୍ ଦରମାରେ କାମ କରୁଥିଲେ । ସହର ତଳି ଏକ ଅନୁନ୍ନତ କଲୋନିରେ ସେ ଘର ଭଡା ନେଇଥିଲେ । ସେଇଠି ରହିଥିଲେ ସେ, ମିନତି ଓ ଛୋଟ ପୁଅ । ଯାହାର ସେ ପର୍ଯ୍ୟନ୍ତ ନାଁ ଦିଆଯାଇ ନଥିଲା । ସେମାନେ ତାକୁ ପୁଅ ବୋଲି ଡାକୁଥିଲେ ।

ଛୁଆ ପୁଅର ହସ ଆଉ କାନ୍ଦ ଉଭୟ ଥିଲା ତାଙ୍କ ପାଇଁ ସୁଖସ୍ୱପ୍ନର ସଂକେତ । ତାର ଉଠପଡ ହେଇ କାନ୍ଥ ଧରି ଠିଆହେବା । ଡଳଢଳ ହେଇ ଚାଲି ଶିଖିବା । ହସି ହସି କୋଲକୁ ଦଉଡି ଆସିବା । ଗୁଲୁରୁ ଗୁଲୁରୁ କଥା କହିବା । ସବୁ ଆଜି ମନପଡି ଯାଉଚି ।

ପାଖରେ ଥିବା ଏକ ଓଡିଆ ମାଧମ ସରକାରୀ ସ୍କୁଲରେ ପୁଅର ନାମ ଲେଖାହେଲା–ବିଶ୍ୱପ୍ରକାଶ । ଡାକନାମ ହେଇଗଲା ବିଶୁ । ସେହି ଅବହେଲିତ ଶିକ୍ଷାନୁଷ୍ଠାନରେ ବିଶ୍ୱପ୍ରକାଶ ପ୍ରଥମରୁ ହିଁ ତାର ଅନ୍ତର୍ନିହିତ ପ୍ରତିଭା ପ୍ରଦର୍ଶନ କରିଥିଲା । ଜଣେ ପ୍ରତିଭାବାନ ଆଦର୍ଶ ଛାତ୍ର ଭାବରେ ସମସ୍ତ ଶିକ୍ଷକ ଶିକ୍ଷୟିତ୍ରୀଙ୍କ ଆଶୀର୍ବାଦ ଓ ସହପାଠୀ ମାନଙ୍କ ଭଲପାଇବା ତା ଉପରେ ଓଜାଡି ହେଇ ପଡିଥିଲା । ଏକ ଅଧୁଷିତ

ପଲ୍ଲୀଗାଁର ଏକ ଦରିଦ୍ର କୃଷକ ପରିବାର ଭିତରେ ଏପରି ଏକ ଉଜ୍ଜ୍ୱଳ ପ୍ରତିଭା। କେବଳ ଈଶ୍ୱରଙ୍କ ଦୟା ଭାବରେ ସେମାନେ ଗ୍ରହଣ କରି ନେଇଥିଲେ।

ବିଶ୍ୱପ୍ରକାଶ ସମସ୍ତ ପ୍ରକାରର ଅଭାବ ଅସୁବିଧା ଭିତରେ କୃତିତ୍ୱର ସହିତ ପାହାଚ ପରେ ପାହାଚ ଅତିକ୍ରମ କରି ଚାଲିଲା। ଏନ୍‌ଆଇଟିର ଫାଇନାଲ୍ ସେମିଷ୍ଟାର ପୂର୍ବରୁ କ୍ୟାମ୍ପସ୍ ସିଲେକସନ୍‌ରେ ଏକ ବହୁଜାତିକ ସଂସ୍ଥା ଦ୍ୱାରା ମନୋନୟନ ସମସ୍ତଙ୍କୁ ଆନନ୍ଦିତ କରି ଦେଇଥିଲା। ପରୀକ୍ଷା ଫଳ ପ୍ରକାଶ ପାଇବାକ୍ଷଣି ଜଣେ ଉଚ୍ଚବେତନଭୋଗୀ ଆଇଟି ଇଂଜିନିୟର ଭାବରେ ସେ ଟିକାଗୋ ନଗରୀରେ ନିଯୁକ୍ତି ପାଇଗଲା।

ଯେଉଁଦିନ ତାର ନିଯୁକ୍ତିପତ୍ର ନେଟ୍‌ରେ ପ୍ରକାଶ ପାଇଲା ସେ ପ୍ରଥମେ ତାର ବାପାବୋଉଙ୍କୁ ଦେଖେଇଲା। ତାର ଓଡ଼ିଆ ତର୍ଜମାକରି ମଧ୍ୟ ବୁଝେଇଦେଲା। ଏହା ସହିତ ଏକ ପ୍ରସ୍ତାବ ଦେଲା- ବାପା, ତମେ ଆଜି ଡ୍ୟୁଟିକୁ ଯାଆନା। ଚାଲ ଆମେ ତିନିଜଣ ମିଶି ପୁରୀ ଯିବା। ଜଗନ୍ନାଥଙ୍କ ଦର୍ଶନ କରି ବୁଲାବୁଲି କରି ଆସିବା।

ଦର୍ଶନ ମିନତି ଦୁଇ ହାତ ଯୋଡ଼ି ମୁଣ୍ଡରେ ମାରିଲେ। ଦର୍ଶନ ତାଙ୍କ ମାଲିକଙ୍କୁ ବିଶ୍ୱପ୍ରକାଶର ମୋବାଇଲରେ ଏହି ଶୁଭସଂବାଦଟି ଜଣାଇଲେ ଏବଂ ତାଙ୍କ ଆଶୀର୍ବାଦ ପାଇଁ ଧନ୍ୟବାଦ ଦେଲେ। ଏହି ଶୁଭ ଅବସରରେ ସେମାନେ ପୁରୀ ଯାଉଛନ୍ତି ବୋଲି ମଧ୍ୟ କହିଲେ। ମାଲିକ ଜଣକ ଅତ୍ୟନ୍ତ ଭଦ୍ର ଓ ଖୁସି ମିଜାସର ବ୍ୟକ୍ତି ଥିଲେ। ସେ ମଧ୍ୟ ବିଶ୍ୱପ୍ରକାଶକୁ ଭାରି ଶ୍ରଦ୍ଧା କରୁଥିଲେ। ଏସବୁ କଥା ଶୁଣି ନିଜର ଆନନ୍ଦ ବ୍ୟକ୍ତି କରି ବିଶ୍ୱପ୍ରକାଶକୁ ଅଭିନନ୍ଦନ ଜଣାଇଲେ।

ବାପା, ବୋଉ ଓ ପୁଅ ପ୍ରଥମେ ପ୍ରଭୁ ଲିଂଗରାଜଙ୍କ ଦର୍ଶନ କଲେ। ତାପରେ ପୁରୀ ଅଭିମୁଖେ ଚାଲିଲେ। ବାଟସାରା ସେମାନେ ଠାକୁରଙ୍କୁ ଡାକି ଡାକି ଯାଉଥାନ୍ତି। ବାଟରେ ପଡ଼ୁଥିବା ଠାକୁର ଠାକୁରାଣୀ ମାନଙ୍କୁ ନମସ୍କାର କରି କରି ଆଗଉଥାନ୍ତି। ଶ୍ରୀମନ୍ଦିର ଭିତରେ ଦର୍ଶନ ଓ ମିନତି ସବୁକିଛି ଭୁଲିଗଲେ। ବଡ଼ଠାକୁରଙ୍କ ଆଗରେ କେବଳ ଅଶ୍ରୁତର୍ପଣ କରି ଚାଲିଲେ। ବିଶ୍ୱପ୍ରକାଶ ମନେ ମନେ ଠାକୁରଙ୍କୁ ଡାକିଲା- ପ୍ରଭୁ, ମୋ ବାପାବୋଉଙ୍କୁ ଭଲରେ ରଖ। ଏମିତି ଏମିତି ଅନେକ ସମୟ ବିତିଗଲା। ବିଶ୍ୱପ୍ରକାଶ ଧୀର କଣ୍ଠରେ ଡାକିଲା- ବୋଉ ଚାଲ ବେଢ଼ା ପରିକ୍ରମା କରିବା। ତିନିହେଁ ସବୁ ଠାକୁର ଠାକୁରାଣୀଙ୍କୁ ଦର୍ଶନ କରି ଆନନ୍ଦ ବଜାରରେ ଅବଢ଼ା ଖାଇଲେ। ପଡ଼ା ପଡ଼ୋଶୀଙ୍କ ପାଇଁ ଶୁଖିଲି ପ୍ରସାଦ ଧରି ଭୁବନେଶ୍ୱର ଫେରି ଆସିଲେ।

ବାଇପାସ୍ କଟକ ଛକ ଛୁଇଁବା ପୂର୍ବରୁ ବିଶ୍ୱପ୍ରକାଶ ବାପାଙ୍କୁ କହିଲା- ବାପା ଆମର ସେଇ ଜାଗାବାଟ ଦେଇ ଯିବା। ଗାଡ଼ି ଆସି ସେଠି ଠିଆ ହେଇଗଲା। ଗୋଟିଏ କେନାଲ ବନ୍ଧକୁ ଲାଗି ୬ ଡେସିମିଲି ଜାଗା। ସେଇ ଜାଗାଟିକୁ ଛାଡ଼ି ଅନ୍ୟସବୁ

ଫ୍ଲୋଟରେ ବିରାଟ ବିରାଟ ଘର ଠିଆହେଇ ଗଲାଣି। ଅପରିଷ୍କାର ଅପରିଚ୍ଛନ୍ନ ହେଇ ପଡିଚି ତାଙ୍କ ଫ୍ଲାଟ୍‌ଟି। ପ୍ରାୟ କୋଡିଏ ବର୍ଷତଳେ କେତେକ ସହକର୍ମୀ ଓ ବ୍‌ନ୍ଧୁଙ୍କ ସହ ମିଶି ଦର୍ଶନ ଏଇ ଖାଲୁଆ ଜମିଟିକୁ କିଣି ପକେଇଥିଲେ। ଏଥିପାଇଁ ନିଜ ଭାଗ ବଦଲରେ ସେ ବଡଭାଇଙ୍କ ଠାରୁ ଟଙ୍କା ଆଣିଥିଲେ। ସେତେବେଳେ ଏ ଜମିର କୌଣସି ଆବଶ୍ୟକତା ନଥିଲା। ମହାନଗର ଯେ ଏ ସ୍ଥାନକୁ ଟପି ଆହୁରି ବହୁ ଆଗକୁ ଚାଲିଯିବ ଏକଥା କେହି ଭାବୁନଥିଲେ। ହେଲେ ଏବେ ଏ ଜମିର ଗୁରୁତ୍ୱ ଏତେ ବଢ଼ି ଯାଇଥିଲା ଯେ ବିଶ୍ୱପ୍ରକାଶ କହିଲା– ବାପା ଘରଟିଏ ତୋଲିବା ପାଇଁ ଏହା ହେଉଚି ପ୍ରକୃଷ୍ଟ ସ୍ଥାନ।

ବୋଉର ଆଖି ବଡ ବଡ ହେଇଗଲା। ତୁ କଣ କହୁଚୁ? ଘର ପାଇଁ ଆମ ପାଖରେ ପଇସା କୋଉଠୁ ଆସିବ?

ତୁ କାଇଁକି ସେଥିରେ ମୁଣ୍ଡ ପୂରଉଚୁ? ପଇସା କଥା ମୁଁ ବୁଝିବି। ଖାଲି ବାପା ରାଜିହେଲେ ହେଲା।

ଦର୍ଶନ ପଚାରିଲେ– ଏଥିରେ ମୋର ଅରାଜି ହେବାର କଣ ଅଛି?

ତାହେଲେ ବାପା କାଲି ତମେ ଚାକିରି ଛାଡିଦିଅ। ଘରକାମ ଆରମ୍ଭ କରିଦିଅ।

ଆଶ୍ଚର୍ଯ୍ୟ ହେଇ ବାପା ଅନେଇଲେ ପୁଅର ମୁହଁକୁ।

ବାପା, ଘର ପାଇଁ ମୁଁ ପଇସା ଯୋଗାଡ କରିଦେଇ ଯିବି। ଏହା ଭିତରେ ଗୋଟିଏ ବ୍ୟାଙ୍କ ସହିତ କଥାବାର୍ତ୍ତା କରିଚି। ପ୍ରତିମାସର ଦରମାରୁ ମୁଁ ଶୁଝି ଚାଲିବି। ତମେ ଘର ତିଆରି କାମ ତଦାରଖ କରିବ। ଅଳ୍ପଦିନରେ ଘର ଠିଆ ହେଇଯିବ।

ଦର୍ଶନ ବାଧ୍ୟହେଲେ ନୂଆ ଜୀବନଟିକୁ ଗ୍ରହଣ କରିବା ପାଇଁ। ତାଙ୍କ ଜୀବନର ଏକମାତ୍ର ଅବଲମ୍ବନ ଚାକିରିଟିକୁ ଛାଡି ଦେବାକୁ ବାଧ୍ୟ ହେଲେ।

ପାଖରେ ଭଡା ଘରଟିଏ ନିଆଗଲା। ବିଶ୍ୱପ୍ରକାଶ ସେହି ଜମିଟିକୁ ବ୍‌ନ୍ଧକ ରଖି ଗୃହନିର୍ମାଣ ଋଣ ଯୋଗାଡ କରିଦେଲା। ବାଲିପୋତା କାମ ଓ ଘରତିଆରି ଠିକାଦାର ଯୋଗାଡ କରି ସେ ଆମେରିକା ଚାଲିଗଲା। ଆମେରିକାରୁ ପ୍ରତିଦିନ ଫୋନରେ ବୁଝିନେଲା ଘରକାମ କେତେବାଟ ଗଲାଣି।

ଦର୍ଶନ ଓ ମିନତି ବିଶ୍ୱାସ କରି ପାରୁନଥିଲେ ଏତେ ସୁନ୍ଦର ଘରଟିଏ ଏତେ ଶୀଘ୍ର କିପରି ଠିଆ ହେଇଗଲା। ତଳ ତାଲାରେ ଋଣ ଦେଇଥିବା ବ୍ୟାଙ୍କର ଜଣେ ଅଫିସର ଭଡାରେ ରହିଲେ। ଉପର ତାଲାଟି ତାଙ୍କ ନିଜର ବାସଗୃହ। ତିନିଟି ପ୍ରଶସ୍ତ ବେଡ଼ରୁମ୍‌, ଡ୍ରଇଂରୁମ୍‌, ରୋଷେଇଘର, ସ୍ଟୋର, ଠାକୁର ଘର ଓ ବାଲ୍‌କୋନି। ନିଜ ଫ୍ଲୋଟର ଚାରିପଟରେ ପାଚେରୀ ଘେରେଇ ଦେଇ ବିଭିନ୍ନ ଫୁଲ ଓ ଫଳ ଗଛ ଲଗାଗଲା।

ରାସ୍ତା ଉପରୁ ଘରଟିକୁ ଦେଖିଲେ ସ୍ୱପ୍ନ ସ୍ୱପ୍ନ ଲାଗିଲା। ବାପାବୋଉ ଠାକୁରଙ୍କୁ ସ୍ମରଣ କଲେ– ହେ ପ୍ରଭୁ, ତମ ଇଚ୍ଛା। ଆମ ବିଶ୍ୱକୁ ଘଣ୍ଟ ଘୋଡେଇ ରଖିଥା।

ଦିନେ ସକାଳେ ବାଲ୍‌କୋନିରେ ବସି ଚା ପିଉଥିଲା ବେଳେ ମିନତି କହିଲେ– ଜାଣିଲ ମତେ ଡର ମାଡୁଚି।

କାଇଁକି ? ମୁଁ ପରା ତମ ପାଖରେ ଅଛି।

ହଁ ଯେ ହେଲେ ବିଶ୍ୱ ଏତେ ଦୂରରେ ରହିଲା। ତା ବା ଘର...

କରି ଦଉନା, କିଏ ମନା କରୁଚି ?

ହେଃ–ତମକୁ ତ ଖେଳ ଲାଗୁଚି ? ତାକୁ ନପଚାରି ସେ କାଲେ କାହାକୁ ମନେ ମନେ ଠିକ କରିଥିବ।

ତମେ ଜମା ବ୍ୟସ୍ତ ହୁଅନା। ସେତ ଏବେ ଏବେ ଚାକିରି କରିଚି। ତାକୁ ସମୟ ଦିଅ।

ମୋର ଭୟ ହଉଚି କାଲେ ସେଠିକାର ଝିଅକୁ...

ଶୁଣ। ତା ଉପରେ ଭରସା ରଖ। ସେ ଯାହା କରିବ ବୁଝିବିଚାରି କରିବ।

ମିନତିଙ୍କର ବିଶ୍ୱ ଉପରେ ଭରସା ତ ନିଶ୍ଚୟ ଥିଲା। ସେ କେବେହେଲେ ଅନୁଚିତ କାମ କରିବ ନାହିଁ। ତଥାପି ତାଙ୍କ ମନ ବୁଝୁନଥିଲା।

ମନକୁମନ ଖୋଜୁ ଖୋଜୁ ଗୋଟିଏ ବାହାଘର ଭୋଜିରେ ଦିବ୍ୟ ସୁନ୍ଦରୀ ଝିଅଟିଏ ସହ ଭେଟ ହେଇଗଲା। ସୁନ୍ଦର କଥାବାର୍ତ୍ତା ବ୍ୟବହାର। ଏମ୍‌.ଏ ପାଶ୍‌କରି ଘରେ ଅଛି। ମିନତିଙ୍କ ମନକୁ ଏକବାରେ ପାଇଗଲା।

ଏଥର ମିନତି ଦର୍ଶନ ସହିତ ଲାଗିଗଲେ। ରାତିଦିନ ସେଇ ଗୋଟିଏ କଥା।

ମିନତିଙ୍କ କଥାରେ ଅମଙ୍ଗ ହେବାର କିଛି ନଥିଲା। ଦର୍ଶନ କହିଲେ ଭଲକଥା। ତମ ମନକୁ ପାଉଚି ମାନେ ସେ ନିଶ୍ଚୟ ଭଲପିଲା ହେଇଥିବ। ବିଶ୍ୱ ଅରାଜି ହେବାର ପ୍ରଶ୍ନ ହିଁ ଉଠୁନି। ଅପେକ୍ଷାକର ସେ ଆସୁ। ଦେଖାଚାହାଁ ହେଇଗଲା ପରେ ନିର୍ବନ୍ଧ କରିଦେବା।

ଏଇ ସମୟରେ ଗୋଟିଏ ଦୁଃସଂବାଦ ସମଗ୍ର ପୃଥିବୀକୁ ଦୋହଲାଇ ଦେଲା। ଚୀନରେ ଏମିତି ଗୋଟିଏ ରୋଗ ଆସିଲା ଯେ ତାକୁ କେହି ଚିହ୍ନି ପାରିଲେନି। ଲୋକମାନେ ପୋକମାଛି ପରି ମରିବାକୁ ଲାଗିଲେ। ସହର ବଜାରରେ ତାଟି କବାଟ ପଡିଗଲା। ସାଧାରଣ ଲୋକ କହିଲେ– କରୋନା। ଟିଭି ଖବର କାଗଜରେ ବାହାରିଲା– କୋଭିଡ୍‌–୧ ୯। କରୋନା ଭାଇରସ୍‌ ଏହାର କାରଣ।

ଦର୍ଶନ ମିନତି ଡରିଗଲେ। ବିଶ୍ୱକୁ ପଚାରିଲେ– ଏ କି ରୋଗ ?

ବିଶ୍ୱ ବୁଝେଇଲା– ଏହା ଏକ ଭୂତାଣୁ ଜନିତ ରୋଗ। ଚୀନର ମାଂସ ବଜାରରୁ ମଣିଷ ଦେହକୁ ଆସିଚି। ଏହାର ସଠିକ ଔଷଧ କି ଟିକା ନାହିଁ। ତେବେ ଅନ୍ୟ ମାନଙ୍କ ଠାରୁ ଦୂରେଇ ରହିଲେ ଏ ରୋଗ ହେବନି। ଠିକ୍ ଚିକିସ୍ସାରେ ଅଧିକାଂଶ ରୋଗୀ ଭଲ ହୋଇ ଯାଉଛନ୍ତି। ଏଥିରେ ଭୟ କରିବାର କିଛି ନାହିଁ।

ହେଲେ ଏକଥା ଶୁଣି ମିନତି ଭୟରେ କାଠ ପାଲଟିଗଲେ। ଚାରି ଦିଗ ଅଁଧାର ହୋଇଗଲା। କେମିତି ହଠାତ୍ ଆମ ପରି ମଣିଷମାନେ ମରି ଯାଉଛନ୍ତି। କେହି କିଛି କରିପାରୁ ନାହାନ୍ତି। ପୁଅଝିଅ ମାନେ ଆଖ୍ ବୁଜିଲେ ମା'ମାନେ କେମିତି ବଁଚି ରହୁଛନ୍ତି ? ତାଙ୍କୁ ଲାଗିଲା ଯେତେ ଯେତେ ପୁଅଝିଅମାନେ ମରୁଛନ୍ତି ସମସ୍ତେ ତାଙ୍କରି ପିଲା। ଭିତରୁ କୋହ ଉଠି ଆସିଲା। ମା'ଟିଏ ବିକଳ ହୋଇ କାନ୍ଦୁଥିଲା।

ଟିଭି ଖବରକାଗଜରେ କରୋନା ଏକ ଭୟଙ୍କର ରାକ୍ଷସ ହୋଇ ମାଡ଼ି ଆସୁଥିଲା। ଅନ୍ୟ ଦେଶର ନେତାମାନେ ବାହାସ୍ଫୋଟ ମାରି କହୁଥିଲେ– ଏହା ଚୀନ ଦେଶର ରୋଗ। ସେଇଠି ଲୋକ ମରିବେ। ଆମର କିଛି ହେବନି। ଚୀନ ବଦମାସି କରିଚି। ମରୁ। ଧ୍ୱଂସ ହୋଇଯାଉ।

ବିଶ୍ୱ ଦିନେ ଫୋନରେ କହିଲା। –ବୋଉ, ମୁଁ କହୁ ନଥିଲି ଏରୋଗ ଭଲ ହୋଇଯିବ। ଚୀନ୍‌ର ଉହାନ୍ ସହରରେ ଏ ରୋଗ ବ୍ୟାପିଥିଲା। ଏବେ କମିଗଲାଣି। ତୁ ଆଉ ବ୍ୟସ୍ତ ହବୁନୁ।

ଚୀନର ଉହାନ୍‌ରେ ସିନା ରୋଗ, ଯନ୍ତ୍ରଣା, ମୃତ୍ୟୁ କମିଗଲା, ହେଲେ ବିଶ୍ୱର ଉନ୍ନତ ଦେଶମାନଙ୍କରେ ଆକ୍ରମଣ ଆରମ୍ଭ କରିଦେଲା। ମିନତି ଓ ଦର୍ଶନ ବ୍ୟସ୍ତ ହୋଇ ପଡ଼ୁଥିଲେ। ବିଶ୍ୱ ବୁଝଥିଲା– ଆମେରିକାରେ ସେଭଳି ହେବନାହିଁ। ହେଲେ ବି ଆମର କିଛି ଅସୁବିଧା ହେବନାହିଁ। ଆମେ ଆଉ ବାହାରକୁ ବାହାରୁ ନାହୁଁ। ଘର ଭିତରେ ରହି କାମ କରୁଚୁ। ଯାହା ଦରକାର ଅନ୍‌ଲାଇନ୍‌ରେ ମଗେଇ ଦଉଚୁ। ଖୁବ୍ ଶୀଘ୍ର ଆମେରିକା କରୋନାରୁ ମୁକ୍ତ ହୋଇଯିବ।

ତଥାପି ମା ବାପା ବୁଝୁନଥିଲେ। ସବୁବେଳେ ବିକଳ ହେଉଥିଲେ। ତାଙ୍କ ଧନ ସାତ ସମୁଦ୍ର ତେର ନଈ ପାରିରେ ରହିଲା। ଯୋଉଠି ମହା ପ୍ରଳୟ କରୋନା ମାଡ଼ିଚି। ଲକ୍ଷଲକ୍ଷ ଲୋକ କରୋନାରେ ପଡ଼ୁଛନ୍ତି। ହଜାର ହଜାର ଲୋକ ପ୍ରତିଦିନ ମରୁଚନ୍ତି। କଣ ମିଳିବ ସେ ପଇସାରୁ ? ଧନ ଆମ ଦେଶକୁ ଲେଉଟି ଆସୁ। ଆମ ଦେଶ କେତେ ଭଲ।

ଆମ ଦେଶ ବି ବିଗିଡ଼ିବାକୁ ଆରମ୍ଭ କଲା। ମିନତି ଆଉ ଧୈର୍ଯ୍ୟଧରି ରହି ପାରିଲେନି। ବିଶ୍ୱ ତାଙ୍କ କଥା ଶୁଣୁନି। ବାପା ତାକୁ ବୁଝେ।

ଦର୍ଶନ ଚିନ୍ତା କରି କହିଲେ- ତମେ ଆଉ ତାକୁ ଆସିବାକୁ ବାଧ୍ୟ କରନା। ତାପାଇଁ ସବୁଠାରୁ ଭଲ ସେଇଠି ଘର ଭିତରେ ରହିବା। ଆମେରିକା କଣ କମ ବାଟ ହେଇଚି ? ସେ ଏଠିକି ଆସିଲେ ବାଟରେ କେତେ ଲୋକଙ୍କ ସହିତ ମିଶିକରି ଆସିବ। ବହୁତ ବିପଦ। ତାକୁ ଜମା ବ୍ୟସ୍ତ କରନା। ଜଗନ୍ନାଥଙ୍କୁ ଡାକ।

କାଇଁକି, କେତେ ଲୋକ ଯିବା ଆସିବା କରୁଚନ୍ତି। ମୁହଁରେ କପଡ଼ା ବାନ୍ଧ୍ୟ ଆସିଲେ କିଛି ହବନି। ସେ ବୁଦ୍ଧିଆ ପିଲା। ହୁସିଆରରେ ପଳେଇ ଆସିବ। ଦେଖ – ମୁଁ ସତ କହୁଚି- ସେ ଯଦି ଆସିବାକୁ ରାଜି ନହୁଏ ମୁଁ ଖାଇବା ପିଇବା ଛାଡ଼ିଦେବି।

ଦର୍ଶନ ମିନତିଙ୍କର ଏଇ ଏକଜିଦିଆ ଗୁଣକୁ ଭଲ ଭାବରେ ଚିହ୍ନିଥିଲେ। ଯାହା ବୁଝ୍ଥିବ ସେଇଆ। ଟିକିଏ ବି ହୁଁକିବନି। ସେ ବାଧ୍ୟ ହେଇ ବିଶ୍ୱକୁ ବୁଝେଇ ସବୁକଥା କହିଲେ। ବିଶ୍ୱ ଗଂଭୀର ହେଇ ସବୁକଥା ଶୁଣିଲା। ତାପରେ କହିଲା- ବୋଉକୁ ମୋବାଇଲ ଦିଅ।

ବୋଉ ତୁ ଏତେ ବ୍ୟସ୍ତ କାଇଁକି ହଉଚୁ? ହଉ ମୁଁ ସାଂଗେ ସାଂଗେ ଟିକେଟ ଆଉ ଅନ୍ୟ କାଗଜପତ୍ର ପାଇଁ ଚେଷ୍ଟା କରୁଚି। ମିଳିଲା କ୍ଷଣି ଚାଲିଯିବି।

ମିନତିଙ୍କ ମୁହଁ ଉଜ୍ଜ୍ୱଲ ଦିଶିଲା। ଦର୍ଶନଙ୍କ ମନ ଧୋଉଁଲି ପଡ଼ିଲା।

ବିଶ୍ୱର ଆସୁଥିବା ଖବର ପାଉପାଉ ମିନତି ଖୁସିରେ ଅଧୀର ହେଇଗଲେ।

ଧନ ତାଙ୍କ କୋଳକୁ ଫେରିଆସିବ। ତାଙ୍କର ଦରକାର ନାହିଁ ସେ ଚାକିରି। ସେ ପଇସା। ଏଇଠି ଶାଗ ପଖାଳ ଖାଇ ଶାନ୍ତିରେ ରହିବା।

ଏ ଖବରଟି ଦର୍ଶନ ଶୁଣିଲା। କ୍ଷଣି ତାଙ୍କ ମନ ଭାଂଗି ପଡ଼ିଲା। ଟିଭି ଖବରକାଗଜରେ ପ୍ରଳୟର ଚିତ୍ର ବିଭସ୍ତ ଆକାର ଧାରଣ କରୁଥାଏ। ଭାରତର ଅବସ୍ଥା ମଧ୍ୟ ଖରାପ ହେଇ ଆସିଲାଣି। ଦର୍ଶନଙ୍କ ଆଖିରୁ ନିଦ ହଜିଗଲା।

ଦି ଦିନର ବିନିଦ୍ର ରଜନୀ କଟିଗଲା ପରେ ଦର୍ଶନ ନିତ୍ୟକର୍ମ୍ମ ସାରି ପ୍ରାତଭ୍ରମଣରେ ଯିବେ କି ନାହିଁ ଚିନ୍ତା କରୁଥିବା ସମୟରେ ଟ୍ୟାକ୍ସିଟିଏ ପୋର୍ଟିକୋ ତଳେ ଠିଆ ହେବାର ଶଦ ଶୁଭିଲା। ତାଙ୍କ ଛାତି ଭିତରେ ଧଡ୍କରି କଣଟାଏ ଖସି ପଡ଼ିଲା। ସେ ନିଜ ରୁମ୍କୁ ଫେରିଆସି ଖଟ ଉପରେ ବସି ପଡ଼ିଲେ।

ବିଶ୍ୱ କଲିଂବେଲ୍ ଦେଲା। ମିନତି କବାଟ ଖୋଲିଲା। କ୍ଷଣି ବିଶ୍ୱ ଘର ଭିତରକୁ ପଶିଆସି କବାଟ ଦେଇଦେଲା।

ବୋଉ, ମୁଁ ମୋ ବେଡ୍ରୁମ୍ରେ ୧୪ ଦିନ ଏକଲା ରହିବି। ତୁ ମତେ କେବଲ ଖାଇବା ପିଇବାକୁ ଦେଇଦବୁ। ତୁ ବି ବାପାଙ୍କ ରୁମରେ ନରହି ଅଲଗା ରହିବୁ। ତୁ

ମୋର କୌଣସି ଜିନିଷ ପତ୍ର ଛୁଇଁବୁନି । ମୁଁ ଏଇ ସାଙ୍ଗେ ସାଙ୍ଗେ ରେଜିଷ୍ଟ୍ରେସନ୍ କରି ଦେଉଚି ।

ବିଶ୍ୱ ତା ବେଡରୁମ୍‌ରେ ପଶିଯାଇ କବାଟ କିଳିଦେଲା ।

କଣ ହେଲା ମୋ ପୁଅର ? ଭୋକରି କାନ୍ଦି ଉଠିଲେ ମିନତି । ଦଉଡି ଆସିଲେ ଦର୍ଶନଙ୍କ ପାଖକୁ । ବିକଳରେ କହି ପକେଇଲେ- ଶୁଣୁଚ, ବିଶ୍ୱ କଣ କଉଚି ?

ତମେ କାନ୍ଦ ବନ୍ଦ କର । ସେ ଯାହା କହୁଚି ତାହା ହଁ କର । ତାକୁ ଚା ଫା କଣ କରିଦିଅ । ଯାଆ ଏଠୁ ।

କେତେ ହସଖୁସିର ସଂସାର ଉପରେ ହଠାତ୍ ଚଡକ ଖସି ପଡିଲା । ପରିବେଶର ଗୁରୁତ୍ୱ ଦର୍ଶନ ଓ ବିଶ୍ୱପ୍ରକାଶ ବୁଝୁଥିଲେ । ହେଲେ ମିନତି ବୁଝିପାରୁ ନଥିଲେ । ବାପ ପୁଅଙ୍କର ଏପରି ଆଚରଣ ତାଙ୍କୁ ଚକିତ ଓ ବିଚଳିତ କରି ଦେଉଥିଲା । କିଛି ସମୟ ଭିତରେ ତଳ ଘରେ ଭଡାରେ ରହୁଥିବା ପରିବାରଟି ସେ ଘରଛାଡି ଅନ୍ୟତ୍ର ପଳାଇଗଲେ । ସୌଜନ୍ୟ ଦୃଷ୍ଟିରୁ ଟିକିଏ ଜଣାଇଲେ ବି ନାହିଁ ।

ସେଦିନ ଆଉ ଟିଭି ଅନ୍ ହେଲାନି କି ଖବରକାଗଜ ଖୋଲା ହେଲାନି । ଘରଚାର ଗୁମ୍‌ସୁମ୍ ଅବସ୍ଥା ଅସହ୍ୟ ହେଇ ଉଠୁଥିଲା ।

ଅପରାହ୍ନ ତିନିଟା ସରିକି ଗୋଟିଏ ଆମ୍ବୁଲାନ୍‌ ଏବଂ ଗୋଟିଏ ପୋଲିସ୍ ଭ୍ୟାନ୍ ଆସି ଘର ପାଖରେ ଠିଆ ହେଲା ।

ମିନତି କାନ୍ଦ କାନ୍ଦ କଣ୍ଠରେ ଦର୍ଶନଙ୍କୁ କହିଲେ - କଣ ପୋଲିସ ଆସିଲେଣି ?

ଦର୍ଶନ ଆଖ୍ ନଖୋଲି କହିଲେ - କବାଟ ଖୋଲିଦିଅ ।

ସେମାନେ ବାହାରେ ରହି ବିଶ୍ୱପ୍ରକାଶକୁ ଡାକିଲେ । ତାର ଯାତ୍ରା ବିବରଣୀ ଏବଂ ସଂସ୍ପର୍ଶରେ ଆସିଥିବା ବ୍ୟକ୍ତି ମାନଙ୍କ ସଂପର୍କରେ ତଥ୍ୟ ସଂଗ୍ରହ କଲେ । ପରିବାରର ୩ ଜଣ ଆଜି ଠାରୁ ସଂଗରୋଧରେ ରହିବା ପାଇଁ ପରାମର୍ଶ ଦେଲେ । ସ୍ୱାସ୍ଥ୍ୟକର୍ମୀମାନେ ବିଶ୍ୱପ୍ରକାଶଙ୍କ ଠାରୁ ପରୀକ୍ଷା ପାଇଁ ସ୍ୟାଂପଲ୍ ସଂଗ୍ରହ କରିନେଲେ । ତାପରେ ସେମାନେ ଚାଲିଗଲେ ।

ମିନତି ଭୟରେ ପଚାରିଲେ- ସେମାନେ କଣ କହୁଥିଲେ ?

ତୁ କିଛି କହନି । ସେମାନେ ମୋଠୁଁ ସ୍ୟାଂପଲ୍ ନେଲେ ପରୀକ୍ଷା ପାଇଁ । ଉଠୁ ମୁଁ ଯାଏ ।

ମିନତିଙ୍କର ଆଉ ପଚାରିବାକୁ କିଛି ନଥିଲା । ସେ ଥକା ମାରି ବସିପଡିଲେ । ବୁଝି ପାରିଲେ- ତାଙ୍କରି ଜିଦ୍ ଯୋଗୁ ସବୁ ଗୋଲମାଲ ହେଇଗଲା । ସବୁ ଦୋଷ ତାଙ୍କର । କାନ୍ଦି କାନ୍ଦି କେବଳ କହିବାକୁ ଲାଗିଲେ- ପ୍ରଭୁ ରକ୍ଷାକର, ପ୍ରଭୁ ରକ୍ଷାକର ।

ଏତେ ବଡ ଘର ଭିତରେ କିଛି ସୋର ଶବ୍ଦ ନଥିଲା। ବିଶ୍ୱପ୍ରକାଶ ଆସୁଥିବା କଲର ଉତ୍ତର ଦେଉଥିଲେ। ବନ୍ଦ ଘର ଭିତରୁ ଅସ୍ପଷ୍ଟ ସ୍ୱର କେବଳ ଶୁଭୁଥିଲା। ଦର୍ଶନଙ୍କର ମୋବାଇଲ୍ ଚୁପ ହେଇ ଯାଇଥିଲା କେତେବେଳୁ। ସେ ସେମିତି ଖଟବାଡ଼ୁକୁ ଆଉଜି ରୁପଚାପ ବସିଥିଲେ ଆଖି ବନ୍ଦ କରି।

ମିନତିଙ୍କର ଆଉ ଜୀବନ ନଥିଲା। ଯନ୍ତ୍ରବତ୍ ଅଳ୍ପକିଛି କାମ କରୁଥିଲେ। ଯେମିତି ଯଥାକଥା ରୋଷେଇ, ବାସନମଜା ଇତ୍ୟାଦି। ଚୁପଚାପ ଡାଇନିଂ ଟେବୁଲ୍‌ରେ ଦର୍ଶନଙ୍କ ପାଇଁ ବାଢ଼ି ଦେଉଥିଲେ। ବିଶ୍ୱ ପ୍ରକାଶ କବାଟ ଖୋଲି ନିଜ ଖାଦ୍ୟ ନେଇ ଯାଉଥିଲା। ଦର୍ଶନ ଅଳ୍ପଟିକିଏ କଣ ଖାଇ ଉଠି ଯାଉଥିଲେ। ମିନତିଙ୍କର ଜମା ଖାଇବାକୁ ଇଚ୍ଛା ହଉ ନଥିଲା। ଟିକିଏ କଣ ଖାଇ ବାସନ ଉଠେଇ ନଉଥିଲେ।

ଲାଗୁଥିଲା ଯେପରି ଘରଟିର ନିଶ୍ୱାସ ବନ୍ଦ ହେଇ ଯାଇଚି।

ଏହିପରି ଶ୍ୱାସରୁଦ୍ଧ ଅବସ୍ଥାରେ ଦିନଟିଏ କଟିଗଲା।

ପରଦିନ ଉପରବେଳା ପୁଣି ଆମ୍ବୁଲାନ୍ସ ପୋର୍ଟିକୋରେ ଆସି ଠିଆହେଲା। କିଛି ଦୂରରେ ପୋଲିସଭ୍ୟାନ୍। ଗାଡ଼ି ଆସିବାର ଶବ୍ଦ ଶୁଣି ବିଶ୍ୱପ୍ରକାଶ ଗେଟ୍ ଖୋଲିବାକୁ ତଳକୁ ଚାଲିଗଲା। ସେଇଠି ସେ ଜାଣିଲା ଯେ ତାର ପଜିଟିଭ୍ ଆସିଚି। ତାକୁ ସେମାନେ କୋଭିଡ୍ ଡାକ୍ତରଖାନାକୁ ଚିକିତ୍ସା ପାଇଁ ନେଇଯିବେ। ତାର ପଜିଟିଭ୍ ଆସିଥିବାରୁ ବାପାବୋଉଙ୍କର ସ୍ୟାଂପୁଲ୍ ଟେଷ୍ଟ କରାଯିବ।

କିଛି ନକହି ବିଶ୍ୱପ୍ରକାଶ ଚୁପଚାପ ଯାଇ ଆମ୍ବୁଲାନ୍ସ ଭିତରେ ବସିଗଲା। ସ୍ୱାସ୍ଥ୍ୟକର୍ମୀମାନେ ଦର୍ଶନ ଓ ମିନତିଙ୍କ ସ୍ୟାଂପଲ୍ କଲେକ୍ସନ୍ କରିନେଲେ। ତାପରେ ଗାଡ଼ି ଦୁଇଟି ଚାଲିଗଲା।

ଦର୍ଶନ ନିଶବ୍ଦରେ ଫେରି ଆସିଲେ ତାଙ୍କ ବେଡରୁମ୍‌କୁ। ଥରଥର ହାତରେ ମିନତି ଗେଟ୍ ଦେଲେ। ଉପରକୁ ଆସି କାନ୍ଥରେ ମୁଣ୍ଡ ପିଟି ଦେଲେ। ମୋ ପାଇଁ ମୋ ଧନ...

ଦର୍ଶନ କିଛି ଭାବୁ ନଥିଲେ। ଆଖି ବନ୍ଦ କରି ବସି ରହିଥିଲେ।

ପରଦିନ ସେହି ସମୟରେ ସ୍ୱାସ୍ଥ୍ୟକର୍ମୀମାନେ ପୁଣି ଆସିଲେ। ଟେଷ୍ଟରେ ଦର୍ଶନ ବେହେରାଙ୍କର ନେଗେଟିଭ୍ ଆସିଚି। ମିନତି ବେହେରାଙ୍କର ପଜିଟିଭ୍। ଦର୍ଶନଙ୍କର କିଛି କହିବାକୁ ନଥିଲା। ସେମାନେ ମିନତିଙ୍କୁ ନେଇ ଚାଲିଗଲେ।

ଦର୍ଶନ ତଳକୁ ଗଲେନି ଗେଟ୍ ଦେବା ପାଇଁ। କେବଳ ଉପର କବାଟକୁ ବୋଲ୍ଟ କରି ଫେରି ଆସିଲେ ନିଜ ରୁମ୍‌କୁ।

ଯୋଉଠି ସବୁ ଶୂନ୍ୟ ହେଇ ଯାଇଥିବ। ଘରଦ୍ୱାର ବର୍ତ୍ତମାନ ଭବିଷ୍ୟତ ଏପରିକି

ଜୀବନ। ଆଉ ରାତି ପାହୁନଥିବ। ଦିନ ସରୁ ନଥିବ। ସଂଜ ସକାଳ ଆସୁନଥିବେ। କେବଳ ଭୋକ ବେଳେବେଳେ ଆସୁଥିବ। କିଚେନ୍‌ରେ ଯାହାଥିବ ସେଇଥିରେ ଚଳି ଯାଉଥିବ। ତାରିଖ ଦିନ ବାର ସବୁ କୁଆଡେ ଫେରାର ହେଇ ଯାଇଥିବେ।

କେତେଦିନ ପରେ କଲିଂବେଲ୍‌ ଚମକି ଉଠିବ। ଘନ ଘନ କବାଟ ବାଡିଆ ଶୁଭିବ। ସେ ଉଠିଯାଇ କାନ୍ଥୁ ଧରି ଧରି କବାଟ ଖୋଲିବେ।

ପୋଲିସ୍‌ ଅଫିସର ଜଣକ କହିବେ– ଆପଣ ମୋବାଇଲ୍‌ ସ୍ୱିଚ ଅଫ୍‌ କରି ଦେଇଛନ୍ତି। ଆମେ ବାଧ୍ୟହେଲୁ ଆସିବା ପାଇଁ। ଆପଣଙ୍କ ମିସେସ୍‌ ମିନତି ବେହେରାଙ୍କର କୋଭିଡ୍‌ ଡେଥ୍‌ ହେଇ ଯାଇଛି। ଆପଣ ଗଲେ ଶବସକାର କରାଯିବ।

ସେ ସେମିତି ତଳକୁ ଅନେଇ ରହିବେ।

ଅଫିସର କହିବେ– ଚାଲନ୍ତୁ ଆମ ସହିତ।

ସେ ମୁଣ୍ଡହଲେଇ ମନା କରିବେ।

ଠିକ୍‌ ଅଛି ଏଇଠିରେ ଦସ୍ତଖତ କରି ଦିଅନ୍ତୁ।

କାଗଜଟିଏ ଓ ଖୋଲା କଲମଟିଏ ବଢ଼େଇ ଦେବେ। ଥରିଲା ହାତରେ ଦର୍ଶନ ନିଜ ନାଁ ଗାରେଇ ଦେବେ। ଅନ୍ୟ ଜଣେ ତାଙ୍କ ହାତକୁ ଖାମ୍‌ଟିଏ ବଢ଼େଇ ଦେଇ କହିବେ– ଡେଥ୍‌ ସାର୍ଟିଫିକେଟ୍‌। ତାଙ୍କ ହାତରୁ ତଳକୁ ଖସି ପଡ଼ିବ ଖାମ୍‌ଟି। କବାଟ ଦେଇ ସେ ଭିତରକୁ ଚାଲି ଆସିବେ।

ସେଠି ତାଙ୍କୁ ଅପେକ୍ଷା କରିଥିବ ପୂର୍ବର ସେଇ ଅର୍ଥହୀନ ଜୀବନହୀନ ନିରବତା। ଯେଉଁଠି ଜୀବନ ଓ ମୃତ୍ୟୁ ଏକାକାର। ଯେଉଁଠି ସମୟ ଗତିହୀନ ସ୍ଥିର।

ପୁଣି କେବେ ଥରେ କଲିଂବେଲ୍‌ ଚମକି ଉଠିବ ଓ କବାଟ ଠକ ଠକ ହେବ। କଂକାଳ ସାର ଦର୍ଶନ ବେହେରା କଷ୍ଟରେ କାଂଥ ଧରି ଧରି ଯାଇ କବାଟ ଖୋଲିବେ। ବିଶ୍ୱ ପ୍ରକାଶ ବାପାଙ୍କ ହାତକୁ ଧରି ପକେଇବ।

ବାପା ବୋଉ କାଇଁ ?

ଦର୍ଶନ ବେହେରା ପୁଅର ମୁହଁକୁ ଅନେଇଁବେ ଓ ତଳେ ପଡ଼ିଥିବା ଖାମକୁ ଦେଖେଇ ଦେବେ। ପୁଅ ଚିଠିଟିକୁ ତଳୁ ଗୋତେଇ ନେବ ଓ ଖୋଲି ପଢ଼ିବ। ତା ବୋଉ ତା ଆଖିର ଲୁହ ହେଇ ବୋହି ପଡ଼ିବ। ସେ ବାପାଙ୍କ ଛାତିରେ ମୁହଁ ରଖି ଭୋ ଭୋ କାନ୍ଦି ପକେଇବ। ଦର୍ଶନ ବି ଚାହୁଁଥିବେ କାନ୍ଦିବାକୁ। ହେଲେ କାନ୍ଦିପାରୁ ନଥିବେ।

ତୁ ଆମ ଝିଅ

(୧)

ବିଶ୍ୱଜିତର ବାହାଘର ବେଶ୍ ଆଡମ୍ବର ସହିତ ସମାହିତ ହୋଇଗଲା। ବାପା ରାମନାଥ ବାବୁ ଓ ବୋଉ ଜ୍ୟୋସ୍ନା ଦେବୀ ବହୁତ ଆନନ୍ଦିତ। ତାଙ୍କର ସୁଯୋଗ୍ୟ ପୁଅ ବିଶ୍ୱଜିତ୍। ଖୁବ୍ ଭଲ ପାଠ ପଢ଼ୁଥିଲା। +୨ ପରେ ଇଂଜିନିୟରିଂ ଓ ମେଡିକାଲରେ ଭଲ ର୍ୟାଙ୍କ ରଖିଥିଲା। ହେଲେ ଗଲା ନାହିଁ। +୩ ରେ ନାଁ ଲେଖେଇଲା। ବାପା ବୋଉଙ୍କୁ କହିଲା– ରୁରାଲ ମ୍ୟାନେଜ୍‌ମେଣ୍ଟ କରି ଗାଁ ଗଣ୍ଡାରେ ଲୋକଙ୍କ ପାଇଁ କାମ କରିବି। ଠିକ୍ ଅଛି। ବାପା ବୋଉ କହିଲେ– ତୋ ଇଚ୍ଛା। ମେଡିକାଲ୍ ଇଂଜିନିୟରିଂ ଛାଡିଥିବାର ଅବସୋସ ବାପାଙ୍କ ମନରୁ ପୂରାପୂରି ଦୂର ନହେଲେ ମଧ୍ୟ ବହୁତ କମି ଯାଇଥିଲା। ସେ ସେଥିରେ ମଧ୍ୟ ବହୁତ ଭଲ କଲା। ପରୀକ୍ଷାଫଳ ବାହାରୁ ବାହାରୁ ସେ ଏକ ନାମକରା ଏନ୍.ଜି.ଓ.ରେ ପ୍ରକଳ୍ପ ସଂଯୋଜକ ଚାକିରି ପାଇଗଲା। ହେଡ୍ ଅଫିସ୍ ବାପା ଚାକିରି କରିଥିବା ରାଜଧାନୀ ସହରରେ। କାମ ନିରୀକ୍ଷଣ ପାଇଁ ଆବଶ୍ୟକ ମତେ ଗାଁ ଗଣ୍ଡାକୁ ଯିବାକୁ ପଡିଥାଏ।

ଆଉ ତ ପାଠପଢ଼ା ନାହିଁ। ପୁଅର ବାଘର ପାଇଁ ବୋଉ ଜିଗର ଲଗେଇଲା। ବାପା ତାଙ୍କ ବଂଧୁ ମାନଙ୍କୁ ବିଶ୍ୱଜିତ୍‌ର ବାହାଘର କଥା କହିଲେ। ସହଜରେ ପ୍ରସ୍ତାବ ପଡିଲା ଓ ବାହାଘର ଠିକ୍ ହୋଇଗଲା। ତାଙ୍କ ଅଫିସର ଜଣେ ସହକର୍ମୀଙ୍କ ଶିଲାର ଝିଅ। ଦେଖିବାକୁ ଅତି ସୁନ୍ଦର। ବି.ଏସ୍‌ସି ପାଶ୍ କରିଚି। ଆଉ ଜାତି ଓ ଯୌତୁକ କଥା ଉଠିଲା ନାହିଁ। ଏମିତି ଦେଖାଚାହାଁ ପରେ ବାଘର ଠିକ୍ ହୋଇଗଲା। ଯଥା ସମୟରେ ବାଘର ହୋଇ ବି ଗଲା।

(୨)

କାଲି ଗଲା ବାହାଘର। ଆଜି ଦ୍ୱିତୀୟ ଦିନ। କାଲି ଛାଡି ପହରିଦିନ ୪ର୍ଥୀ ଓ ପ୍ରୀତି ଭୋଜନ। ଆଗରୁ ଗୋଟିଏ ମଣ୍ଡପ ଠିକ ହୋଇଚି। ରୋଷେୟା, ଟେଣ୍ଟହାଉସ ସବୁ ଠିକ୍ ହୋଇ ଯାଇଚି। ରାମନାଥ ବାବୁଙ୍କ ବଂଧୁମାନେ ଏବଂ ବିଶ୍ୱଜିତର

ସହପାଠୀମାନେ ଖୁବ୍ ଆଗ୍ରହର ସହିତ ଲାଗି ଯାଇଛନ୍ତି। ନିର୍ଦ୍ଦିଷ୍ଟ ଭାବରେ ରିସେପ୍ସନ୍କୁ ଗ୍ରାଣ୍ଡ କରିବେ। ଏହି ଉସ୍ବ ପାଇଁ ବୋହୂର ପୋଷାକ ରାମନାଥବାବୁ ଓ ଜ୍ୟୋସ୍ନାଦେବୀ ଆଗରୁ କିଣି ଦେଇଚନ୍ତି। ନିଜପାଇଁ ପୋଷାକ କିଣିବାର ଦାୟିତ୍ୱ ଦେଇଥାନ୍ତି ବିଶ୍ୱଜିତ୍‌କୁ।

ସେ ତା ବାଇକ୍ ନେଇ ଯାଇଥାଏ ସବୁଠାରୁ ନାମଜାଦା ସ୍ଟୋରକୁ। କେତେଜଣ ବଂଧୁଙ୍କୁ ବି ଡାକିଥାଏ ସେଠିକି ଆସିବାକୁ। ବହୁ ବଛାବଛି ପରେ ତା ପାଇଁ ପୋଷାକ କିଣାଗଲା।

ଜଣେ ବଂଧୁ କହିଲା– ତୁ ଶଳା ଜଳିବୁ ଏ ପୋଷାକରେ।

ଅନ୍ୟଜଣେ କହିଲା– ତମକୁ ଏ ଡ୍ରେସ୍‌ରେ ଦେଖ୍ ଭାଉଜଙ୍କ ଇଚ୍ଛାହବ ଆଉଥରେ ବାହାହବା ପାଇଁ।

ତାପରେ ସେମାନେ ଲସି ପିଇଲେ। ଲେନ୍‌ରୁ ବାହାରି ଏନ୍‌ଏକ୍‌କୁ ପଶୁପଶୁ ଟ୍ରକ୍‌ଟିଏ ପିଟି ହେଇଗଲା। ବିଶ୍ୱଜିତ୍ ଛିଟିକି ପଡିଲା କିଛି ଦୂରକୁ। ବଂଧୁମାନେ ତାକୁ ନେଇଗଲେ ପାଖ ନର୍ସିଂହୋମ୍‌କୁ। ଡାକ୍ତର ପରୀକ୍ଷା କରି କହିଲେ ସରି...

(ଗ)

ଡାକ୍ତରଙ୍କ ଏପରି କଥା ଶୁଣି ସିଦ୍ଧାନ୍ତ ଭୋ କରି କାନ୍ଦି ଉଠିଲା।

ହେ ରହ। ଏହା କାନ୍ଦିବାର ସମୟ ନୁହେଁ। ଏଇଠୁ ବହୁତ ଝାମେଲା ଆରମ୍ଭ ହେଲା। ପୋଲିସ୍‌କୁ ଖବର, ମଉସାଙ୍କୁ ଖବର, ପୋଷ୍ଟମଟମ୍, ଡେଡ୍‌ବଡିକୁ ତାଙ୍କ ଘରକୁ ନବା, ସେଇତ ଯାହାହବ। ପୁଣି ସ୍ୱର୍ଗଦ୍ୱାର ନେଇ ଦାହ କରିବା।

ତେବେ ଠିକ୍ ହେଲା– ବର୍ତ୍ତମାନ ମଉସାଙ୍କୁ ଖବର ଦିଆଯିବ ନାହିଁ। ପୋଲିସ ଧଦାପରେ ପୋଷ୍ଟମଟମ୍ ପାଇଁ ସରକାରୀ ଡାକ୍ତରଖାନାରେ ପହଞ୍ଚିଲା କ୍ଷଣି ତାଙ୍କୁ ଡକାଯିବ। କିମ୍ବ ପୋଲିସ ଯଦି ବାଧ କରିବ ତେବେ ଏଇଠ କି।

ନର୍ସିଂହୋମ ତରଫରୁ ପୋଲିସ୍‌କୁ ଖବର ଦିଆଗଲା। ସେମାନେ ସଂଗେ ସଂଗେ ଜଣକୁ ପଠାଇଲେ। ଆକ୍ସିଡେଣ୍ଟର ଟିକିନିଖ୍ ବିବରଣୀ ସେ ସଂଗ୍ରହ କଲେ। ଡାକ୍ତରଙ୍କ ରିପୋଟ ନେଲାପରେ ପୋଷ୍ଟମର୍ଟମ ପାଇଁ ଡେଡ୍‌ବଡି ନେବାକୁ କହିଲେ।

ସେମାନେ ଗାଡିଟିଏ ଡକେଇଲେ। ଗାଡିରେ ଡେଡ୍‌ବଡି ରଖ୍ ସରକାରୀ ଡାକ୍ତରଖାନାକୁ ଚାଲିଲେ। ସେଠାରେ ପହଞ୍ଚ ମଉସାଙ୍କୁ ଫୋନ୍ କଲେ– ମଉସା ବିଶ୍ୱଜିତର ବାଇକ୍ ଜଣକ ଦେହରେ ବାଡେଇ ହେଇଗଲା। ବ୍ୟସ୍ତ ହେବେନି। ସରକାରୀ ଡାକ୍ତରଖାନାକୁ ଆସିବେ। ଆମେ ସମସ୍ତେ ଏଇଠ ଅଛୁ।

ରାମନାଥ ବାବୁ ଘରେ କାହାକୁ କିଛି କହିଲେନି। ମୁଁ ଟିକିଏ ଏଇଠୁ ଆସୁଚି।

ପଡୋଶୀ ଶିବଭାଇଙ୍କ ବାଇକ୍‌ରେ ବସି ଡାକ୍ତରଖାନାରେ ପହଞ୍ଚିଲେ। ନିଜେ ପ୍ରକୃତ କଥା ଦେଖିଦେଇ କୋହ ସମ୍ଭାଳି ପାରିଲେ ନାହିଁ। ଶିବବାବୁ ତାଟିଙ୍ଗା ମାରିଗଲେ।

ବିଶ୍ୱଜିତ୍‌ର ସାଙ୍ଗମାନେ ସେମାନଙ୍କୁ ନେଇ ବେଞ୍ଚରେ ବସେଇଲେ। ଧୈର୍ଯ୍ୟ ଧରନ୍ତୁ ମଉସା। ହେଲେ ରାମନାଥ ବାବୁଙ୍କ ଚାରିପଟେ ଅଁଧାର ଘୋଟି ଯାଇଥାଏ। ଆଖିରୁ ବହି ଚାଲିଥାଏ ଲୁହର ଧାର।

ପୋଷ୍ଟମଟମ୍‌ ପରେ ସମସ୍ତେ ତାଙ୍କ ଘରକୁ ଆସିଲେ।

ମୋ ଧନରେ ତୁ କୁଆଡେ ଚାଲିଗଲୁ କହି ଜ୍ୟୋସ୍ନାଦେବୀ ମୁଣ୍ଡପିଟି କାନ୍ଦିବାକୁ ଲାଗିଲେ। ନୂଆବୋହୂ ଏଲୋରା ଦୁଆରବନ୍ଧକୁ ଧରି ସେଇଠି ଚଲି ପଡିଲା। ରାମନାଥ ବାବୁ ଶୂନ୍ୟକୁ ଅନେଇ ରହିଥାନ୍ତି। ପଡୋଶୀମାନେ ଏହା ଦେଖି ହତଚକିତ ହୋଇ ଯାଇଥାନ୍ତି।

ସାଙ୍ଗମାନେ ପଡୋଶୀମାନଙ୍କ ସହିତ କଥାବାର୍ତ୍ତା କରି ସ୍ୱର୍ଗଦ୍ୱାର ନେଇଯିବା ପାଇଁ ସ୍ଥିର କଲେ। ବିଶ୍ୱଜିତ୍‌ର ଶଶୁରଙ୍କୁ ଡକାଗଲା। ଗାଁରୁ ତାର ଦାଦାଙ୍କୁ ବି ଡକାଗଲା। ସେମାନେ ସ୍ୱର୍ଗଦ୍ୱାର ପାଇଁ ନିର୍ଦ୍ଦିଷ୍ଟ ଗାଡିକୁ ଡକାଇଲେ। ଏଠୁ ଯେତେଶୀଘ୍ର ବାହାରିଯିବା ଭଲ। ତାଙ୍କ ଏନ୍‌ଜିଓ ପାଖରେ କିଛି ସମୟ ଅଟକିବାକୁ ପଡିବ। ସେମାନେ ଫୁଲଦେଇ ଶେଷ ସମ୍ମାନ ଜଣାଇବେ। ସେହି ସମୟରେ ଅନ୍ୟମାନେ ଆସି ତାଙ୍କ ସହ ଯୋଗଦେବେ।

ବିଶ୍ୱଜିତ୍‌ର ମରଶରୀରକୁ ପ୍ଲାଷ୍ଟିକ୍‌ ଖୋଲ ଭିତରୁ କାଢ଼ି ଦିଆଗଲା। ତାଙ୍କୁ ଦେଖି ସମସ୍ତେ କାନ୍ଦି ଉଠିଲେ। ତାକୁ ତାର କୋଠରୀ ମଝିକୁ ନିଆଯାଇ ତଳେ ଶୋଇଦିଆଗଲା। ଯାହା ଯାହା ବିଧ୍‌ ବିଧାନ ସବୁ କାର୍ଯ୍ୟ କରାଗଲା। ଏଲୋରାକୁ ଅଣାଗଲା। ଶେଷ ଦର୍ଶନ ପାଇଁ। ସେ ଏ ପର୍ଯ୍ୟନ୍ତ ଭଲ ଭାବରେ ଦେଖି ନଥିଲା। ମରଶରୀରକୁ ଦେଖିବା ପୂର୍ବରୁ ସେଇଠି ଚଲି ପଡିଲା। ତାକୁ ଅନ୍ୟମାନେ ସେଠାରୁ ନେଇଗଲେ।

(୪)

ସ୍ୱର୍ଗଦ୍ୱାରରୁ ଫେରିଲା ବେଳେ ବଂଧୁମାନେ ବାଟରେ ଅଟକିଲେ। ମଉସା ଏଠି ଟିକେ ଟିକେ ଖାଇନେବା। ଘର ଲୋକମାନଙ୍କ ପାଇଁ ଏଠୁ ବି ପାର୍ସଲ ନେଇଯିବା।

ଖାଇବାର ଇଚ୍ଛା ନଥିଲେ ବି ରାମନାଥବାବୁ ସେଇଠି ଅଟକିଲେ। ସମସ୍ତେ କିଛିକିଛି ଖାଇନେଲେ। ଘର ପାଇଁ ପାର୍ସଲ ବାଂଧି ନେଇ ଆସିଲେ।

ବଂଧୁମାନେ ବିଶ୍ୱଜିତର ଘର ପାଖରୁ ନିଜ ନିଜ ବାଇକ୍‌ ଧରି ଓଜନିଆଁ ହୃଦୟରେ ଘରକୁ ଫେରିଲେ। ବନ୍ଧୁବାନ୍ଧବ ମାନେ କିଛିକିଛି ଖାଇଲେ। ଜ୍ୟୋସ୍ନାଦେବୀ ଓ ଏଲୋରା କେବଳ କାନ୍ଦି ଚାଲିଲେ। ଜ୍ୟୋସ୍ନାଦେବୀ ଶଯ୍ୟକରି ଓ ଏଲୋରା ନିଶବ୍ଦରେ।

ହେଲେ ସାରାରାତି ଘରଟି ଶୋଇ ପାରିଲା ନାହିଁ।

ପରଦିନ ସକାଳ ୧୦ଟା ବେଳକୁ ୨ ଜଣ ସାଂଗ ଆସିଲେ। ମାଉସୀ ଓ ଏଲୋରା ଏପର୍ଯ୍ୟନ୍ତ କିଛି ଖାଇ ନାହାନ୍ତି ଜାଣି ଭାରି ମନଦୁଃଖ କଲେ। ସେମାନେ ଏଲୋରାକୁ ଏକାନ୍ତରେ ଭେଟିବାକୁ ଚାହିଁଲେ। ଏଲୋରାର ବାପା ତାଙ୍କ ସହିତ ରହିଲେ ଚଲିବ। ଡ୍ରଇଁରୁମ୍‌ରେ ବ୍ୟବସ୍ଥା କରାଗଲା। କେହି ବି ଏଲୋରର ମୁହଁକୁ ଚାହିଁ ପାରିଲେ ନାହିଁ। ଅତିକଷ୍ଟରେ ଜଣେ କହିଲେ- ଭଉଣୀ ତମେ ପାଠ ପଢ଼ିଚ। ସବୁ ଜାଣିଚ। ଏ ପରିସ୍ଥିତିରେ ଆମେ କଣବା ତମକୁ କହି ପାରିବୁ। ତମେ ଯଦି ନଖାଇ ନପିଇ ସବୁବେଳେ କାନ୍ଦିବ, ତେବେ ମଉସା ମାଉସୀ ଦିତା ମରିଯିବେ। ତମେ ଦୃଢ଼ ହୁଅ।

ସେମାନେ ଆଉ କିଛି କହି ପାରିଲେନି। ବାହାରକୁ ଆସି ରୁମାଲରେ ଆଖ୍ ପୋଛିଲେ।

ବାପା...

ଆଶ୍ଚର୍ଯ୍ୟ ହେଇ ବାପା ଏଲୋରାର ମୁହଁକୁ ଅନେଇଲେ।

ତମେ ଘରକୁ ଯାଅ। ବୋଉ ଆଉ ପିଲାମାନେ...

(୫)

ବିଶ୍ୱଜିତ୍‌ର ଶୁଦ୍ଧିକ୍ରିୟା ସମସ୍ତଙ୍କ ସହଯୋଗରେ ସମାପନ କରାଗଲା। ବାରଦିନ ଏଲୋରାର ବାପା ତାକୁ କହିଲେ- ତୋ ଶଶୁରଙ୍କୁ କହିବି ୨/୩ ଦିନ ପରେ ମୁଁ ଆସି ତତେ ନେଇଯିବି। ତୁ ଏଣିକି ଆମ ପାଖରେ ରହିବୁ।

ନାଇଁ ବାପା। ସେ ସିନା ଚାଲିଗଲେ ହେଲେ ଏତ ମୋ ଘର। ମୋ ଶାଶୁ ଶଶୁରଙ୍କୁ ଛାଡ଼ି ମୁଁ କୁଆଡେ ଯିବିନି। ଏହା ହିଁ ମୋ ଭାଗ୍ୟ।

ବାପା ବାଧ୍ୟ କଲେ ନାହିଁ। ଚୁପ୍‌ଚାପ୍ ଘରକୁ ଚାଲି ଆସିଲେ।

ବଂଧୁ ବାଂଧବ କ୍ଷାତି କୁଟୁମ୍ବ ସମସ୍ତେ ଫେରିଗଲେ ଯେଝା ଯେଝା ଘରକୁ।

ଏଲୋରା, ରାମନାଥ, ଜ୍ୟୋସ୍ନାଦେବୀ।

ଏବଂ ଶୂନ୍ୟତା।

ବିଶ୍ୱଜିତ୍‌ର ବଂଧୁମାନଙ୍କ କଥା ଏଲୋରାର ମନ ପଡ଼ିଲା। ସେ ଆଉ ନିଜକୁ ବୋହୂ ବୋଲି ମନେ କଲା ନାହିଁ। ଧୀରେ ଧୀରେ ରାମନାଥ ଓ ଜ୍ୟୋସ୍ନାଦେବୀଙ୍କର ଝିଅ ହେଇଗଲା। ସେ ଦିଜଣ ତାକୁ ଆଦରରେ କୋଲେଇ ନେଲେ।

ଅଧିକ ମାଛ ପିସ୍‌ଟିଏ ରାମନାଥ ବାବୁଙ୍କ ପ୍ଲେଟ୍‌ରେ ଜବରଦସ୍ତ ଦେଲାବେଳେ ଏଲୋରା କହେ- ବାପା ଏଇଟା ମୋ ପାଇଁ।

ବୋଉ ତମେ ଔଷଧ ଖାଇବାକୁ ଭୁଲି ଯାଉଚ। ଏଣିକି ତମକୁ ଔଷଧ ଦେବା ମୋର ଦାୟିତ୍ୱ।

ରାମନାଥ ବାବୁ ଜାଣନ୍ତି ଏଲୋରାକୁ ଦୋଷା ଖାଇବାକୁ ଭଲ ଲାଗେ। ପ୍ରତିଦିନ ଅଫିସରୁ ଫେରିଲା ବାଟରେ ତା ପାଇଁ ସାଉଥ୍‌ଇଣ୍ଡିଆନ୍‌ରୁ ଦୋଷା ନେଇ ଆସନ୍ତି।

ଏଲୋରା ଖାଲି ତା ପାଇଁ ଦେଖି ଅଭିମାନରେ କହେ– ମୁଁ ଖାଇବିନି। ତମ ଦିଜଣଙ୍କ ପାଇଁ କାଇଁ ଆସିନି।

ଆମେ ବହୁତ ଖାଇଚୁରେ ମା ବହୁତ ଖାଇଚୁ। ମୋର ତ ଗାଧୁଆବେଳ ଖାଇବା ହଜମ ହେଇନି। ରାତିରେ ଯାଇ ଦିପଟ ରୁଟି ଖାଇବି। ଏଇନେ ଖାଲି କପେ ଚା। ବାପାର ତ ବିସ୍କୁଟ ଦିଟା ଚା ଟିକେ। ତୁ ଖାଇଲେ କଣ ଆମ ପେଟକୁ ଆସିଯିବନି ?

(୬)

ସମୟ ଚାଲେନା। ବହିଯାଏ...............ଦିନ, ମାସ, ବର୍ଷ.........

ବିଶ୍ୱଜିତର ବର୍ଷିକିଆ ନିରାଡମ୍ବର ଭାବରେ ପାଳନ କରାଗଲା।

ଦିନେ ସଂଧାରେ ରାମନାଥବାବୁ ଓ ଜ୍ୟୋସ୍ନାଦେବୀ ଖାଉଥିବା ସମୟରେ ଜ୍ୟୋସ୍ନାଦେବୀ ନିମ୍ନ ଗଳାରେ ପଚାରିଲେ ମୋ ଝିଅଟା କେତେଦିନ ଆଉ ଏକଲା ରହିବ ?

ରାମନାଥବାବୁ ସିଧାହେଇ ବସିଲେ। ତାକୁ କିଏ ମନେଇବ ?

କାଇଁକି ଆମେ। ସେ କଣ ଆମ କଥା କେବେହେଲେ ଫାଙ୍କିଦବ ?

ରାମନାଥ ବାବୁ ଏଲୋରାର ବାପାଙ୍କୁ ଡକାଇଲେ। ତାଙ୍କୁ ସବୁକଥା କହିଲେ। ସେ ହଠାତ୍ କିଛି ଉତ୍ତର ଦେଇ ପାରିଲେ ନାହିଁ। ଆଖିବୁଜି କିଛି ସମୟ ଚିନ୍ତାକଲେ। ତାପରେ କହିଲେ– ସିଏ ଯଦି ରାଜି ମୋର କିଛି କହିବାର ନାହିଁ।

ମୋର ବିଶ୍ୱାସ ସେ ଆମ କଥାକୁ ତଲେ ପକେଇ ଦେବନି।

(୭)

ବାପାବୋଉଙ୍କ କଥା ଶୁଣି ଏଲୋରା କାନ୍ଦି ପକେଇଲା। ଜ୍ୟୋସ୍ନାଦେବୀ ତାଙ୍କ ପଣତ କାନିରେ ଝିଅର ଲୁହ ପୋଛିଦେଲେ। ନାଇଁ ମୋ ସୁନାଝିଅ କାନ୍ଦେନା।

ନା ବୋଉ ମୁଁ ତମ ପାଖରୁ କୁଆଡେ ଯିବିନି।

ହଉ ତୁ ଆଗେ କାନ୍ଦ ବନ୍ଦ କର।

ଏଲି କେବେ ଅଝଟ ହବନି। ତୁ ଗଲୁ ଚା ଦିକପ୍ କରି ଆଣିବୁ।

ଏଲୋରା ଉଠିଗଲା।

କଣ କରିବା ?

ନାଇଁ– ସେ ରାଜି ହେଇଯିବ। ତା ବାପାଙ୍କୁ ଡକେଇ ତାକୁ କିଛିଦିନ ପାଇଁ ତାଙ୍କ ଘରକୁ ପଠାଇଦେବା।। ତା ଦାଦାଝିଅ ଭଉଣୀ ନମିତାକୁ ତମେ ଫୋନ୍‌ରେ କହିଦିଅ। ସେ ତାକୁ ଧୀରେ ସୁସ୍ତେ ମଁଗେଇ ଦବ।

(୮)

ତିନି ଜଣ ଘର ଭିତରକୁ ପଶି ଆସିଲେ । ଶୁଭଙ୍କର, ତାଙ୍କ ବାପା ଓ ବୋଉ । ରାମନାଥ ଆଦରର ସହ ପାଛୋଟି ନେଲେ । ଶୁଭଙ୍କର ଜଣେ ସୁପର ସ୍ପେଶିଆଲାଇଜେସନ୍ କରିଥିବା ଡାକ୍ତର । ବାପାଙ୍କର ଗାଁରେ ଯଥେଷ୍ଟ ଜମିବାଡ଼ି ଘରଦ୍ୱାର ଅଛି । ସେ ସରକାରୀ କି ବେସରକାରୀ ଚାକିରି କରିବାକୁ ଚାହିଁଲେନି । ନିଜ ଗାଁରେ ନିଜ ଜାଗାରେ ଡାକ୍ତରଖାନାଟିଏ ଖୋଲିଛନ୍ତି । ଖୁବ୍ କମ୍ ପଇସାରେ କିମ୍ବା ମାଗଣାରେ ଆଖ ପାଖ ଗାଁଲୋକଙ୍କର ଚିକିତ୍ସା କରୁଛନ୍ତି । ତାଙ୍କ ଡାକ୍ତରଖାନାରେ ୨୦ଟି ବେଡ୍ ଅଛି ଓ ଗୋଟିଏ ଆମ୍ବୁଲାନ୍ସ ଅଛି । ସିରିୟସ ରୋଗୀ ବିଶେଷ ଭାବରେ କଷ୍ଟକର ପ୍ରସୂତି ରୋଗୀଙ୍କୁ ଆମ୍ବୁଲାନ୍ସରେ ବଡ଼ ଡାକ୍ତରଖାନାକୁ ପଠାଯାଏ । ଏବେ ଡାକ୍ତରଖାନାର ନାଁ ହୋଇ ଗଲାଣି । ରୋଗୀଙ୍କ ଭିଡ଼ ଲାଗି ରହୁଛି ।

ତାଙ୍କର ବିବାହ କରିବାକୁ ଇଚ୍ଛା ନଥିଲା । ଏମିତି ରୋଗୀସେବା କରିକରି ଜୀବନଟା ବିତେଇ ଦେଇଥାନ୍ତେ । ହେଲେ ବାପାବୋଉ ରଖ୍ଥୋଇ ଦେଲେ ନାହିଁ । ବାଧ୍ୟ ହୋଇ ସେ ରାଜିହେଲେ । କହିଲେ ତମ ମାନଙ୍କ ସାଂଗରେ ମୁଁ ବି ଦେଖ୍ବାକୁ ଯିବି ।

ସର୍ବତ ଜଳଖିଆ ଓ ଭଲମନ୍ଦ କଥାବାର୍ତ୍ତା ପରେ ଜ୍ୟୋସ୍ନାଦେବୀ ଏଲୋରାକୁ ନେଇ ଆସିଲେ । ଏଲୋରା ବିଶେଷ ପ୍ରସାଧନ ପାଇଁ ରାଜି ହେଲାନାହିଁ । ସାଧାରଣ ପୋଷାକରେ ଆସିଥାଏ । ଚାଟ୍ଟୋଟା ସୋଫା ଟେବୁଲ ଉପରେ ରଖି ସମସ୍ତଙ୍କୁ ନମସ୍କାର କଲା । ତାପରେ ପ୍ରତ୍ୟେକଙ୍କୁ ଚା ପରିବେଷଣ କରି ବୋଉ ପାଖରେ ବସି ପଡ଼ିଲା ।

ରାମନାଥ ବାବୁ କହିଲେ– କଣ ପଚାରିବେ ପଚାରନ୍ତୁ ।

ଶୁଭଙ୍କର କହିଲେ ଅଂକଲ୍ ମୁଁ ପଚାରିବି ।

ହଉ ପଚାର ।

ମୁଁ ତମ ବିଷୟରେ ସବୁ ଜାଣିଚି । ତମେ ବି ମୋ ବିଷୟରେ କିଛିକିଛି ଶୁଣିଥିବ । ମୋର କେବଳ ଗୋଟିଏ କଥା ଜାଣିବାର ଅଛି । ତମେ ଆମ ଘରକୁ ଗଲାପରେ ନୂଆବୋହୂ ହୋଇ ଶାଶୁ ଶଶୁରଙ୍କ ସେବା କରିବ ନାହିଁ । ସେଥିପାଇଁ ଲୋକ ଅଛନ୍ତି । ତମେ କିନ୍ତୁ ମୋ ସହିତ ଯାଇ ଆମ ଡାକ୍ତରଖାନାରେ ରୋଗୀଙ୍କ ସେବା କରିବ । ଏଥିରେ ରାଜି ତ ?

ଏଲୋରା ଶୁଭଙ୍କରଙ୍କ ମୁହଁକୁ ଅନେଇଲା ଓ ଆଖି ତଳକୁ କରିନେଲା ।

ଜ୍ୟୋସ୍ନାଦେବୀ କହିଲେ– ମୋ ଝିଅକୁ ତମେ ଯାହା କହିବ ସେ ସେଇଆ କରିବ ।

ହଁ ଆଉ ଗୋଟିଏ କଥା । ଜାତକ ଦେଖାହେବ ନାହିଁ । ଯଉତୁକର ପ୍ରଶ୍ନ ଉଠୁନାହିଁ । ଅତି ନିରାଡ଼ମ୍ବର ଭାବରେ କୌଣସି ମନ୍ଦିରରେ ବାହାଘର ହେବ ।

ଆମେ ସେଥିରେ ରାଜି ।

(୯)

ମନ୍ଦିର ବିବାହ ନିରାଡ଼ମ୍ବର କିନ୍ତୁ ହାର୍ଦ୍ଦିକତାର ସହିତ ଅନୁଷ୍ଠିତ ହୋଇଗଲା । ଏଥିରେ ଶୁଭଙ୍କରଙ୍କ ପକ୍ଷରୁ ଖୁବ୍ କମ ଲୋକ । ସେହିପରି ରାମନାଥଙ୍କ ହାତ ଗଣତି ବଂଧୁ ବାନ୍ଧବ ଓ ପଡୋଶୀ ତଥା ବିଶ୍ୱଜିତ୍‌ର ବଂଧୁମାନେ ଯୋଗ ଦେଇଥିଲେ । ବିବାହ ଓ ପ୍ରସାଦ ସେବନ ପରେ ଅଧିକାଂଶ ଘରକୁ ଚାଲିଗଲେ । ଅଳ୍ପ କେତେଜଣ ରାମନାଥ ବାବୁଙ୍କ ଘରକୁ ଆସିଲେ । କିଛି ସମୟର ରହଣି ପରେ ଝିଅ ବିଦାୟ । ଏଲୋରା ଯାଇ ବିଶ୍ୱଜିତ୍‌ର ଫଟୋ ଆଗରେ ଠିଆହେଲା । ଟଳମଳ ଆଖିରେ କହିଲା– ମତେ କ୍ଷମାଦେବ । ଯାଉଚି ।

ତାପରେ ରାମନାଥବାବୁ । ବାପା– ତାପରର ଶବ୍ଦମାନେ ଲୁହ ହୋଇଗଲେ । ଅତିକଷ୍ଟରେ କହିଲା– ମୋ ବୋଉ ତମକୁ ଲାଗିଲା ।

ବୋଉ ।

ତୁ ଯା ମୋ ଧନ । ଭଲରେ ରହ । ନା – ନା – କାନ୍ଦେନା – ହସି ହସି ଯା । ମୁଁ କଣ କାନ୍ଦୁଚି ?

ଏଲୋରା ନିଜ ହାତରେ ବୋଉର ଲୁହ ପୋଛି ଦେଲା ।

ରାମନାଥ ଝିଅକୁ ନେବାକୁ ଆସି ଅଟକି ଗଲେ ।

ତିନୋଟି ହୃଦୟ ପରସ୍ପରକୁ ଜାବୁଡି ଧରିଲେ ନିବିଡ ଭାବରେ ।

ଜେଜେଙ୍କ ତିନୋଟି ପ୍ରତିକୃତି

ମୋ ନାଁ ଅର୍ଣ୍ଣବ। ଗେହ୍ଲା ନାଁ ଅନୁ। ମୋର ବହୁତ ଫ୍ରେଣ୍ଡ ଅଛନ୍ତି। ହେଲେ ମୋ ଜେଜେ ମୋର ବେଷ୍ଟ ଫ୍ରେଣ୍ଡ। ମୁଁ ତାଙ୍କର ତିନିଟି ପୋଟ୍ରେଟ୍ ରଖିଛି। ଅତି ଯତ୍ନରେ। ଏମିତି ସେମିତି ଜାଗାରେ ନୁହେଁ। ଛାତି ଭିତରେ।

(୧)

ପ୍ରଥମ ପୋଟ୍ରେଟ୍ଟି ଏଇମିତି। ଅନେକ ଦିନ ତଳର। ମାନେ ସବୁଠାରୁ ପୁରୁଣା। ସେତେବେଳେ ଜେଜେ ଗାଁରେ ରହୁଥିଲେ। ଇଂରେଜ ଅମଲର ଗୋଟିଏ ପୁରୁଣା ହାଇସ୍କୁଲର ମ୍ୟାଥ୍ ଟିଚର। ସେ ଅଂଚଳରେ ଏକଦମ ପ୍ରସିଦ୍ଧ। ଲୋକ କହୁଥିଲେ ଗଣିତରେ ପୋକ। ଆମେ ଯାହାକୁ କହୁ ଜୀୟାଣ୍ଟ। ଅଧିକାଂଶ ପିଲା ଗଣିତକୁ ଡରନ୍ତି। ହେଲେ ତାଙ୍କ କ୍ଲାସରେ କୁଆଡେ ହସ ହସ ଗଡିଯାନ୍ତି। ଆମ ମାଥ୍‌ସାର ଭାରି କଡା। ଟିକିଏ କଣ ଭୁଲ ହେଲେ ଗାଲି କରନ୍ତି। ମୋ ଜେଜେ ପିଲାଙ୍କ ଉପରେ ଜମା ଚିଡୁ ନଥିଲେ। ମାରିବାର ତ ପ୍ରଶ୍ନ ଉଠୁନି। ସେ ପିଲାମାନଙ୍କୁ ଭାରି ଭଲ ପାଉଥିଲେ। ମ୍ୟାଥ୍ ପଢେଇବାରେ ତାଙ୍କୁ ମଜା ମିଳୁଥିଲା। ଏମିତି ହସକଥା କହି ପଢେଇବେ ଯେ ସବୁପିଲା ଭଲ ଭାବରେ ବୁଝି ଯିବେ। ବାବା କହନ୍ତି–ଗଣିତ ତାଙ୍କ ବ୍ଲଡ୍‌ରେ ଅଛି। ହଁ ମ। ନହେଲେ କଣ ଗୋଟାଗୋଟା ଅଙ୍କକୁ ଚାରିପାଞ୍ଚ ପ୍ରକାରେ କରି ପାରନ୍ତେ? ପିଲାମାନେ କୁଆଡେ ତାଙ୍କ ପାଠ ପିଇଯାଆନ୍ତି। ସାର୍‌ମାନେ ତାଙ୍କୁ ଗୁରୁ ଭାବରେ ମାନନ୍ତି। ସାଧାରଣ ଲୋକେ ବି ତାଙ୍କୁ ଭକ୍ତି ସମ୍ମାନ କରନ୍ତି। ଗଣିତ ତ ତାଙ୍କ ବିଷୟ। ତାଛଡା ଭୂଗୋଳ, ଇତିହାସ, ରାଜନୀତି, ଅର୍ଥନୀତି, ଖେଳ–ସବୁଥିରେ ତାଙ୍କର ଦଖଲ ଥିଲା। ବଂଧୁ ମାନଙ୍କ ସହ ଆଲୋଚନା କରି ସେ ବେଶ୍ ଆନନ୍ଦ ପାଉଥିଲେ।

ଏକଥା ମୁଁ ଜାଣି ନଥିଲି ଯେ ଜେଜେ ବହୁତ ଭଲ ପଢୁଥିଲେ। ମାମା ଥରେ ମତେ କହିଲେ–ଜେଜେ ରେଭେନ୍‌ସା କଲେଜରେ ପଢୁଥିଲେ। ମ୍ୟାଥ୍ ଅନର୍ସ ନେଇ ପ୍ରଥମ ଶ୍ରେଣୀରେ ବିଏସସି ପାସ୍ କରିଥିଲେ। ତାଙ୍କର ସିଏ ପଢିବା ପାଇଁ ଇଚ୍ଛା ଥିଲା। ହେଲେ ତାଙ୍କ ବାପା ରାଜି ହେଲେନି। ବହୁତ ଜମିବାଡି ଥିଲା। ଗୋଟିଏ ବେଲି

ପୁଅ। ଅଧିକ ପଢ଼ିଲେ କୁଆଡେ ନାଇଁ କୁଆଡେ ଯାଇ ଚାକିରି କରିବ। ସେ ମନାକଲେ।
କହିଲେ –ପାଠ ଯଥେଷ୍ଟ ହେଇଗଲା। ଏଇଠି ପାଖେରେ ଯଦି ଚାକିରି ମିଳୁଟି କର।
ନହେଲେ ଚାଷବାସ ଖବର ବୁଝୁ। ସେତେବେଲେ କୁଆଡେ ବିଏସସି ମ୍ୟାଥ୍ ଅନର୍ସ
କେହି ମିଳୁ ନଥିଲେ। ଜେଜେ ଗାଁ ପାଖ ପୁରୁଣା ହାଇସ୍କୁଲରେ ରହିଗଲେ।

ନିଜେ ତ ସିଏ ହେଇ ପାରିଲେନି। ତାଙ୍କ ବଡପୁଅ ମାନେ ମୋ ବଡବାବା।
ମତେ ଭାରି ଭଲ ପାଆନ୍ତି। ଜେଜେ ତାଙ୍କୁ ସିଏ ପାଠ ପଢ଼େଇଲେ। ସେ ଏବେ
ଦିବ୍ରଗଡରେ ଅଛନ୍ତି। କଣ ଗୋଟାଏ ବଡ ଚାକିରୀ କରିଚନ୍ତି। ମୋ ବଡମାମା ଦେଖ଼ିବାକୁ
ଠାକୁରାଣୀ ଭଳିଆ। ସେ ବି କଣ ଗୋଟେ ବଡ ଅଫିସର ହେଇଚନ୍ତି। ତାଙ୍କର ଗୋଟିଏ
ଝିଅ ଅଛି। ମୋ ବଡ ଭଉଣୀ। ଦେଖ଼ିବାକୁ କର୍ଣ୍ଣେଇ ଭଳିଆ। ଭାରି ସୁନ୍ଦର। ମତେ
ଅନବ ଅନବ ଡାକେ। ବିଚାରୀ ଟାଇମ୍ ହେଇ ନଥିଲା ଜନ୍ନ ହେଇ ପଡିଲା।
ଡାକ୍ତରମାନେ ଚେଷ୍ଟା କରି ବଞ୍ଚେଇ ଦେଲେ। ହେଲେ ଭଲ ଭାବରେ କଥା କହି
ପାରୁନି। ଛୋଟ ପିଲାଙ୍କ ଭଳି ବ୍ୟବହାର କରୁଚି। ବୁଦ୍ଧି ହଉନି। ବଡବାବା ବଡମାମା
ଭାରି ମନଦୁଃଖ କରୁଚନ୍ତି। ମୁଁ ବି। ମୋର ଗୋଟିଏ ବୋଲି ଭଉଣୀ। ସେ ପୁଣି
ଏମିତି। ସାଧାରଣ ସ୍କୁଲରେ ସେ ପଢୁନି। ଏମିତିକା ବୋକାବୋକୀ ମାନଙ୍କ ପାଇଁ
ଅଲଗା ସ୍କୁଲ ଅଛି। ସେଇଠି ପଢୁଚି। ସିଏ ତ ନର୍ମାଲ ପିଲା ନୁହଁ। ସ୍କୁଲରୁ ଆସିଲା
ପରେ ଘରେ ମାତୁଚି। ଡାକ୍ତର କହିଚନ୍ତି–ନିଜ ଲୋକ ଛଡା ସେ ଆଉ କାହା ପାଖରେ
ଚଲି ପାରିବନି। ଜେଜେ ଏକଥା ଶୁଣି ମୋ ଆଈଙ୍କି ଦିବ୍ରଗଡ ପଠେଇଦେଲେ। ଆଈ
ଚାଲିଗଲା ପରେ ଜେଜେ ଗାଁରେ ଏକଲା ହେଇଗଲେ।

ତାଙ୍କ ପରି ପରିଶ୍ରମୀ ଓ ଖୁସି ମିଜାସ୍ ଲୋକ ଏକୁଟିଆ ସବୁ ଚଲେଇ ନେଲେ।
ଗାଧୁଆ ବେଲେ ସ୍କୁଲ ହଷ୍ଟେଲରେ ଖାଇ ନଉଥିଲେ। ରାତିରେ ଘରେ ରୁଟିଷୀର।
ଅଧିକାଂଶ ଦିନ ତ ଏମିତି ନିମନ୍ତ୍ରଣରେ ଚଲି ଯାଉଥିଲା। ଜେଜେ କହନ୍ତି– ମଣିଷ
ବଂଚିବାକୁ ଖାଇଥାଏ ଖାଇବାକୁ ବଂଚି ନଥାଏ।

ଅସୁବିଧା ଆରମ୍ଭ ହେଲା ଚାକିରିରୁ ଅବସର ନେଲାପରେ। ବାବା ମାମା
ଜେଜେଙ୍କୁ କହିଲେ –ଚାକିରି ତ ସରିଲା। ଜମିବାଡି ତ ଭାଗ ଲାଗିଚି। ଆମ ସହିତ
ଭୁବନେଶ୍ୱର ଚାଲ। ସେଇଠି ସାଂଗହେଇ ରହିବା।

ଜେଜେ ଜୋରରେ ହସି ଉଠିଲେ। ଚାକିରି ସରିଲେ କଣ ହେଲା? ଜଣେ
ଶିକ୍ଷକର କଣ ପଢ଼େଇବା ସରିଯାଏ? ମତେ ତ ଲାଗୁଚି ମୋର ଦାୟିତ୍ୱ ଆହୁରି
ବଢ଼ିଯାଇଚି। ମୁଁ ଏବେ ମୁକ୍ତ। ଏ ଅଂଚଲର ସବୁପିଲାଙ୍କୁ ପଢ଼େଇବି। ଆଉ ମୋ
ଖାଇବା କଥା? ହାତରେ ଇଚ୍ଛା ଅନୁସାରେ ରାଂଧ୍ ଖାଇବି। ଏ ପିଲା କଣ ମତେ

ରଁଧେଇ ଦଉଚନ୍ତି ? ସବୁ ତ ସେଇମାନେ କରି ଦଉଚନ୍ତି । ପୁଣି ଖାଇଲା ବେଳକୁ କେତେ ଘରୁ କେତେ ତରକାରି ଆସି ଯାଉଚି । ତା ଉପରେ ପୁଣି ଅଂଚଳ ସାରା ନିମନ୍ତ୍ରଣ ।

ସେ ଭାରି ଖୁସି ଥିଲେ । ସବୁବେଳେ ହସୁଥିଲେ । ସମସ୍ତଙ୍କ କଥାକୁ ମନ ଦେଇ ଶୁଣୁଥିଲେ । ଭଲ ଉପଦେଶ ଦେଉଥିଲେ । ସବୁ ସୁବିଧା ଅସୁବିଧାକୁ ଆପଣେଇ ନଉଥିଲେ । ଭଲରେ ମନ୍ଦରେ ସମସ୍ତଙ୍କୁ ସାହାଯ୍ୟ କରୁଥିଲେ । ବହୁତ ଆନନ୍ଦରେ ଥିଲେ ।

ବାବା ମାମା ଚାହୁଁ ନଥିଲେ ଜେଜେ ଗାଁରେ ଏକୁଟିଆ ରହନ୍ତୁ । ହେଲେ ଜେଜେଙ୍କ ଉପରେ ସେମାନେ କେବେ ବିରକ୍ତ ହେବା ମୁଁ ଶୁଣିନି । ସବୁବେଳେ ତାଙ୍କ ପ୍ରଶଂସା ହିଁ କରିଥାନ୍ତି । ବାବା ତ ଜେଜେଙ୍କର ଭକ୍ତଟିଏ ଥିଲେ । ମାମା ବି ଥିଲେ ତାଙ୍କର ପ୍ରିୟଛାତ୍ରୀ । ଜେଜେ ମାମାଙ୍କୁ ମନେ ମନେ ବୋହୂ କରିବେ ବୋଲି ଠିକ୍ କରିଥିଲେ । ଦୁହେଁ କହନ୍ତି ବାପା ଆମର ଗର୍ବ । ଏକଥା ଶୁଣିଲେ ମୋ ମନରେ ବି ଗର୍ବ ଆସେ । ମୁଁ ଏତେ ବଡ ଲୋକର ନାତି ।

ଥରେ ମାମାଙ୍କୁ କହିଲି—ମତେ ଜେଜେଙ୍କର ଗୋଟିଏ ବଡ ଫଟ ଦିଅ । ତାକୁ ମୋ ପଢାଟେବୁଲ ଉପରେ ଟାଂଗିବି । ସବୁଦିନେ ସକାଳେ ଫୁଲ ଆଉ ଧୂପ ଦେବି ।

ମାମା ମୋ ଉପରେ ରାଗିଗଲେ । ଭାରି କଥା କହି ଶିଖିଲୁ ? ଆଉ ଦିନେ ଯଦି ସେମିତି କହିବୁ...

ମୁଁ ଡରିଗଲି । ମାମା କାହିଁକି ରାଗିଲେ ବୁଝି ପାରିଲିନି । ଚୁପ୍ ରହିଲି ।

(୭)

ଦିନେ ସକାଳୁ ମୁଁ ୟୁନିଫର୍ମ ପିନ୍ଧି ରେଡି ହେଇଥାଏ । ବାବାମାମାଙ୍କ ସହିତ ଗାଡିରେ ଯିବି । ଗାଡି ଆଗେ ତାଙ୍କୁ ନର୍ସିଂହୋମ୍‌ରେ ଛାଡିବ । ତାପରେ ସ୍କୁଲକୁ ନେଇଯିବ ।

ବାବା ଯୋତା ପିନ୍ଧୁଥିବା ବେଳେ ଫୋନ୍‌ଟିଏ ଆସିଲା । ସେ ଚମକି ପଡିଲେ । ତାଙ୍କ ପାଟି ଖନି ବାଜିଗଲା । କଣ ହେଲା ? ବାପା ହସ୍ପିଟାଲ୍‌ରେ ? କ'ଣ ହେଲା ବାପାଙ୍କର ?

ବାବାଙ୍କ ହାତରୁ ମୋବାଇଲ୍ ନେଇ ମାମା ପଚାରିଲେ—ବାପାଙ୍କର କଣ ହେଇଚି ? କେମିତି ଅଛନ୍ତି ଏଇନେ ? ପାଖରେ ଡକ୍ଟର ଅଛନ୍ତି କି ? ଟିକିଏ ଦେଲା । ହାଲୋ ଡକ୍ଟର ଗୁଡମର୍ଣିଂ, ବାପା କେମିତି ଅଛନ୍ତି ? ହଁ ....ହଁ ...ସାଂଗେ ସାଂଗେ

ଏଠିକି ନେଇ ଆସିହବ ? ଥ୍ୟାଙ୍କ୍ ୟୁ ଡକ୍ଟର । ତାକୁ ଦିଅନ୍ତୁ । ହଁ ଶୁଣ ଯେକୌଣସି ଆମ୍ବୁଲାନ୍ସରେ ବାପାଙ୍କୁ ଆମ ନର୍ସିଂହୋମ୍କୁ ନେଇଆସ । ଆମେ ଏଠି ବ୍ୟବସ୍ଥା କରୁଚୁ । ଯେତେ ଶୀଘ୍ର ପହଞ୍ଚିଲେ ଭଲ । ରହୁଚି ।

ଶୁଣ ବାପାଙ୍କର ସ୍ଟ୍ରୋକ୍ଟିଏ ହେଇଚି । ବାଁ ପଟକୁ ଆଟାକ୍ କରିଚି । ଡକ୍ଟର ତାଙ୍କ ସାଧ ମତେ ଯାହା କରିବା କଥା କରିଛନ୍ତି । ଆମେ ଯାଇ ନ୍ୟୁରୋଲୋଜି ଡକ୍ଟରମାନଙ୍କ ସହିତ ପରାମର୍ଶ କରିନେବା । ଚାଲ । ଆଉ ବ୍ୟସ୍ତ ହେବାର କିଛି ନାହିଁ ।

ସେତେବେଳକୁ ମୁଁ ଛାନିଆଁ ହେଇଯାଇଥାଏ । ମୋ ଜେଜେଙ୍କର କଣ ହେଇଚି ? ବାବା କାଇଁକି ଏମିତି ହେଇଗଲେ ? ଗାଡିରେ ମୁଁ ମାମାଙ୍କୁ ପଚାରିଲି– ଜେଜେଙ୍କର କଣ ହେଇଚି ?

ମାମା ମତେ ବୁଝେଇକରି କହିଲେ–ଜେଜେ ପଡିଗଲେ । ତାଙ୍କୁ ଅଜିତ୍ ଦାଦା ନେଇକରି ଆସୁଚନ୍ତି । ଭଲ ହେଇଯିବେ ।

ବାବା ଅଜିତ୍ ଦାଦାଙ୍କୁ ଫୋନ୍ କରି ବୁଝିଲେ–ସେମାନେ ବାହାରି ସାରିଲେଣି । ଦେଢ଼ଘଣ୍ଟା ଭିତରେ ପହଞ୍ଚ ଯିବେ ।

ମୁଁ ମାମାଙ୍କୁ କହିଲି–ମୁଁ ଆଜି ସ୍କୁଲ ଯିବିନି । ଜେଜେଙ୍କୁ ଦେଖିବି ।

ହଉ ।

ନର୍ସିଂହୋମ୍ରେ ପହଞ୍ଚ ପହଞ୍ଚ ବାବାମାମା ଗାଡିରୁ ଓହ୍ଲେଇ କୁଆଡେ ଉଭାନ ହେଇଗଲେ । ଡ୍ରାଇଭର ଗାଡି ପାର୍କିଂ କରି ମତେ ନେଇ ମାମାଙ୍କ ଚ୍ୟାମ୍ବରରେ ବସେଇ ଦେଲା । ଏଇଠି ଥିବ କୁଆଡେ ଯିବିନି । ଟିକକ ପରେ ଆଟେଣ୍ଡାଣ୍ଟ ଆଣ୍ଟି ଆସି କହିଲେ– ଅନୁବାବୁ ଏଇଠି ବସିଥା । ମାମା ସାଉଡେ ବ୍ୟସ୍ତ ଅଛନ୍ତି । ମୁଁ ପାଖ ରୁମରେ ଅଛି । କଣ ଦରକାର ହେଲେ ମତେ ଡାକିବ ।

ମୋ ଜେଜେ.....

ସେ ଶୁଣି ପାରିଲେନି । ପଳେଇ ଯାଇଥିଲେ । ଜେଜେଙ୍କୁ ଦେଖିବାକୁ ମୋ ମନ ବ୍ୟାକୁଳ ହେଇ ଉଠୁଥାଏ । ଏତେ ବଡ ନର୍ସିଂହୋମ୍ରେ ମୁଁ କୋଉଠି ବା ଜେଜେଙ୍କୁ ଖୋଜିବି ? ଜେଜେ ଆସିଲେଣି କି ନାଇଁ ମୁଁ ଜାଣିନି । ଆଟେଣ୍ଡାଣ୍ଟ ଆଣ୍ଟି କୁଆଡେ ଚାଲିଗଲେ । ମୁଁ ବୋତଲରୁ ପାଣି ଢୋକେ ପିଇଲି । ଉଠି ଠିଆହେଲି । ଡୋର ଖୋଲି ବାହାରକୁ ଅନେଇଲି । କରିଡରରେ ଲୋକମାନେ କିଏ କୁଆଡେ ଯାଉଚନ୍ତି ଜଣା ପଡୁନି । ଭୟହେଲା ମୁଁ ଯଦି ତାଙ୍କ ଭିତରେ ମିଶିଯାଏ ଆଉ ଏଇ ଚ୍ୟାମ୍ବରକୁ ଫେରିପାରିବି ନାହିଁ । ଡୋର ବନ୍ଦ କରି ଆସି ଚେୟାର ଉପରେ ବସିଲି । ଜେଜେଙ୍କ

କଥା ବେଶୀ ବେଶୀ ମନ ପଡିଲା। ଜେଜେ ପଡି ଯାଇଚନ୍ତି। ତାଙ୍କର ବେଶୀ କିଛି ଅସୁବିଧା ହେଇ ଯାଇଛି। ମୋ ଜେଜେ....

ମତେ ଜୋରରେ କାନ୍ଦ ମାଡୁଥିଲା। କୋହ ଆସି ଛାତି ଥରେଇ ଦଉଥିଲା। ମୁଁ କିନ୍ତୁ ଚେଷ୍ଟାକରି ନିଜକୁ ସମ୍ଭାଳି ନେଲି। ହୁଏତ ଏଇଟା କାନ୍ଦିବାର ଜାଗା ନୁହେଁ। ତାଛଡା ଜେଜେଙ୍କ କଥା ବୁଝିବା ପାଇଁ ବାବାମାମା ଅଛନ୍ତି। ଆଟେଣ୍ଡାଣ୍ଟ ଆଣ୍ଟି ଦୋର ଟିକିଏ ଖୋଲି ମୁହଁ ଗଲେଇ ପଚାରିଲେ– ବସିଚ ତ, ବସିଥା। ମୁଁ କିଛି କହିବା ପୂର୍ବରୁ କୁଆଡେ ଚାଲିଗଲେ।

ମୁଁ ସେମିତି ବସି ରହିଲି। ମୋର ଖାଲି ଜେଜେଙ୍କ କଥା ମନ ପଡୁଥିଲା।

ଅନେକ ସମୟ ପରେ ମାମା ଆସିଲେ। ତାଙ୍କ ସହିତ ଅଜିତ୍‌ଦାଦା ଏବଂ ଆଉଜଣେ ଲୋକ ଥିଲେ। ମୁଁ ତାଙ୍କୁ ନମସ୍କାର କଲି। ଚେୟାର ଛାଡିଦେଇ ଷ୍ଟୁଲ ଉପରେ ବସିଲି। ମାମା ତାଙ୍କ ପର୍ସରୁ ପଇସା ବାହାର କରି ତାଙ୍କୁ ଦେଲେ। ଏଇଟା ଗାଡିଭଡା। ଏ ପଇସା ରଖ। ବାଟରେ ଭଲ ହୋଟେଲ ଦେଖ୍ ଖାଇନେବ। ବହୁତ ବହୁତ ଧନ୍ୟବାଦ। ମୁଁ ଫୋନ୍ କରି ଜଣେଇବି।

ସେମାନେ ନମସ୍କାର କରି ଚାଲିଗଲେ।

ମାମା.....ଜେଜେ.....

ନାଇଁ ନାଇଁ କାନ୍ଦେନା। ଜେଜେ ଭଲ ଅଛନ୍ତି।

ମୁଁ ଦେଖ୍‌ବି।

ଏବେ ତ ତା ଭିତରକୁ ଯାଇ ହବନି। ଡାକ୍ତରମାନେ ତାଙ୍କର ଚିକିତ୍ସା କରୁଛନ୍ତି। ସୁବିଧା ହେଲେ ମୁଁ ତତେ ତାଙ୍କ ପାଖକୁ ନେଇଯିବି।

ଆଟେଣ୍ଡାଣ୍ଟ ଆଣ୍ଟି କପେ ଚା ଆଣି ମାମାଙ୍କ ଟେବୁଲ ଉପରେ ରଖ୍‌ଲେ। ମାମା ପାଣିପିଅ ଚା ଖାଇଲେ। ବାବା ହଠାତ୍ ପଶିଆସି ମାମାଙ୍କ ବଟଲରୁ ପାଣି କେଇ ଢୋକ ପିଇଲେ।

ଏଇନେ ଏମ୍‌ଆର୍‌ଆଇ ଚାଲିଚି। ଡ.ମିଶ୍ର ନିଜେ ସେଠି ଅଛନ୍ତି। ରିପୋର୍ଟ ଦେଖ୍‌ଲେ ଯାହା ସ୍ଥିର କରିବେ। ତମେ ଅନୁକୁ ନେଇ ଘରକୁ ଯାଆ। ମୁଁ ତମକୁ ସବୁକଥା ଜଣଉଥିବି। ହଁ ଭାଇଙ୍କି ଟିକେ ଟଳେଇକରି ଜଣେଇଦବ। ମୁଁ ଯାଉଚି। ଅନୁ ବାଏ।

ମାମା ଆଉ ମୁଁ ସାଙ୍ଗ ହେଇ ଘରକୁ ଆସିଲୁ। ସେଦିନ ରାତିରେ ଜେଜେଙ୍କର ବ୍ରେନ୍ ଅପରେସନ୍ ହେଲା। ବହୁତ ଲୋକ ଫୋନ୍‌କରି ମାମାଙ୍କୁ ବ୍ୟସ୍ତ କରି ପକାଉଥାନ୍ତି। ମାମା ଧୀରସ୍ଥିର ଭାବରେ ସବୁ ଫୋନର ଉତ୍ତର ଦେଉଥାନ୍ତି। ବାବା

ସେଦିନ ଘରକୁ ଆସି ପାରିଲେନି। ପରଦିନ ସକାଳେ ଆସିଲେ। କେମିତି ବୁଢ଼ା ହେଇଗଲା ପରି ଦେଖା ଯାଉଥାନ୍ତି। ବାବା ନିତ୍ୟକର୍ମ ସାରି କଣ ଟିକେ ଖାଇ ଶୋଇ ପଡ଼ିଲେ। କିଛି ସମୟର ବିଶ୍ରାମ ପରେ ଉଠି ପଡ଼ିଲେ। ତାପରେ କପେ ଚା ଖାଇ ନର୍ସିଂହୋମ ପଳେଇ ଗଲେ। ମାମା ତାଙ୍କର ଜଣେ ପିଇସୀଙ୍କୁ ଡକେଇ ପଠେଇଲେ। ସେ ଆସିଗଲା ପରେ ଘରର ସମସ୍ତ ଦାୟିତ୍ୱ ତାଙ୍କୁ ଦେଇ ମାମା ନର୍ସିଂହୋମକୁ ଯିବାପାଇଁ ପ୍ରସ୍ତୁତ ହେଇଗଲେ।

ଏ ଭିତରେ ବଡ଼ବାବା ଆଉ ଆଈ ଆସି ଯାଇଥାନ୍ତି। ସେମାନେ ଏରୋଡ୍ରମରୁ ସିଧା ନର୍ସିଂହୋମ ଗଲେ। ଜେଜେଙ୍କୁ ଏ ଅବସ୍ଥାରେ ଦେଖି ଆଈ ବେହୋସ ହେଇଗଲେ। ବଡ଼ବାବା ପିଲାଙ୍କ ପରି କାନ୍ଦି ଉଠିଲେ। ବୋଉ ଆଉ ଭାଇଙ୍କ ଏ ଅବସ୍ଥା ଦେଖି ବାବା କୁଆଡ଼େ କାନ୍ଦି ଆସୁଥିଲେ। ମାମା ସମସ୍ତଙ୍କୁ ବୁଝାଶୁଝା କରି ଘରକୁ ନେଇ ଆସିଲେ। ସେମାନେ ଦିନେ ରହି ତାପରଦିନ ଫେରିଗଲେ।

ଜେଜେ ଅଧିକ ଦିନ ନର୍ସିଂହୋମ୍‌ରେ ରହିଲେନି। ନର୍ସିଂହୋମର ଗୋଟିଏ କ୍ୟାବିନ୍ ସାଙ୍ଗରେ ଧରି ସେ ଘରକୁ ପଳେଇ ଆସିଲେ। ନର୍ସିଂହୋମର ଲୁହାଖଟ, ବେଡ଼ପ୍ୟାନ, ବିପି ମନିଟର, ଗ୍ଲୁକୋମିଟର, ଔଷଧପତ୍ର, ଡାକ୍ତରଖାନିଆ ଗନ୍ଧ ଏବଂ ଜଣେ ଧଳା ଫର ଫର ନର୍ସ। ଯିଏ ରୋଗରୋଗୀ ମଳମୂତ୍ର ରକ୍ତପୂଜ ଭିତରେ ଥାଇବି ଆଂଜେଲ ପରି ଦେଖାଯାନ୍ତି। ନର୍ସ ଆଣ୍ଟିଙ୍କ ୩୦ ଉପରେ ସବୁବେଳେ ହସ ଲାଖିକରି ଥାଏ। ଯାହାକୁ ଦେଖିଲେ ବି ଫୁଲଟି ପରି ଫୁଟିଉଠେ। ଫୁଲର ବାସନା ପରି ଖେଳେଇ ଯାଏ। ତାଙ୍କୁ ଦେଖିଲେ ମତେ ଭାରି ଭଲ ଲାଗେ।

କିଛିଦିନ ପରେ ଆଉ ଜଣେ ଆସିଲେ। ସେ ହେଉଛନ୍ତି ଫିଜିଓଥେରାପିଷ୍ଟ। ଜେଜେଙ୍କର ଅଚଳ ହେଇ ଯାଇଥିବା ଗୋଡ଼ହାତର ଏକ୍‌ସରସାଇଜ ସେ କରୁଥିଲେ।

ପ୍ରଥମେ ପ୍ରଥମେ ମତେ ଜେଜେଙ୍କୁ ଦେଖି ଡର ମାଡ଼ୁଥିଲା। ସୁସ୍ଥ ସବଳ ଜେଜେଙ୍କର ବାମ ହାତ ଓ ବାମଗୋଡ଼ ଅଚଳ ହେଇ ପଡ଼ିରହିଥିଲା। ମୁହଁ ଗୋଟିଏ ପଟକୁ ବଙ୍କେଇ ଯାଇଥିଲା। ସେ ବସିପାରୁ ନଥିଲେ କି ଠିଆ ହେଇ ପାରୁନଥିଲେ। ସେଇ ଖଟ ଉପରେ ଶୋଇ ରହୁଥିଲେ। ନର୍ସଆଣ୍ଟି ଖଟର ଗୋଟେ ମୁଣ୍ଡ ଟେକି ଦେଲେ ସେ ଆଉଜି ହେଇ ବସୁଥିଲେ। ମାମା ମୋ ହାତ ଧରି ଜେଜେଙ୍କ ପାଖକୁ ଆଣୁଥିଲେ। ନର୍ସ ଆଣ୍ଟି ମତେ ନେଇ ଚେୟାର ଉପରେ ବସେଇ ଦେଉଥିଲେ। ଅନୁବାବା ଇଜ୍ ଏ ଗୁଡ୍‌ବୟ। ଜେଜେ ମତେ ଅନେଇ ହସିବାକୁ ଚେଷ୍ଟା କରୁଥିଲେ। ପାରୁ ନଥିଲେ। ଜେଜେଙ୍କୁ ଦେଖି ମୋ ମନ କଣ ହେଇ ଯାଉଥିଲା। ମୋ ଜେଜେ

କେତେ ଜ୍ଞାନୀ ଆଉ ଜଣାଶୁଣା ଥିଲେ । ଏବେ ତାଙ୍କୁ ରୋଗ ଅଚଳ କରି ପକେଇଚି । ମୋର ସେଇ ଜେଜେ କେମିତି ଅସହାୟ ହେଇ ପଡ଼ି ରହିଛନ୍ତି ।

ଜେଜେ ଘରକୁ ଆସିବା ପରେ ଆମ ଗାଁଆଡ଼ୁ ବହୁତ ଲୋକ ଆସିବାକୁ ଲାଗିଲେ । ଜେଜେ ତ କଥା କହିପାରୁନଥିଲେ । ତଥାପି ସେମାନଙ୍କୁ ଦେଖ଼ ଖୁସି ହେଉଥିଲେ । ମାମା ତାଙ୍କ ପିଇସୀଙ୍କୁ କହିଥିଲେ ସମସ୍ତଙ୍କୁ ଚା ଜଳଖୁଆ ଦେବାପାଇଁ । ସେ ନାକେଦମ୍ ହେଇଯାଉଥିଲେ । ଲୋକମାନେ ଯେତେ ମନା କଲେ ବି ସେ ବାଧ୍ୟ କରି ଦେଉଥିଲେ । ପୁଣି ବଂଧୁବାଂଧବ ଆସିଲେ ସେମାନଙ୍କୁ ଅଟକାଇ ଚର୍ଚା କରିବାକୁ ପଡ଼ୁଥିଲା । ସେମାନେ ରହୁଥିଲେ କିମ୍ବା ବାବାମାମାଙ୍କୁ ଦେଖା କରି ଫେଲେଇ ଯାଉଥିଲେ । ତାଛଡ଼ା ଏଠାରେ ଜେଜେଙ୍କର ବହୁତ ଛାତ୍ରଛାତ୍ରୀ ଅଛନ୍ତି । ସେମାନେ ବି ଆସୁଥିଲେ । ଜେଜେ ତାଙ୍କର ଠିକ ଥିବା ଡାହାଣ ହାତ ଟେକି ସମସ୍ତଙ୍କୁ ସ୍ୱାଗତ ଓ ଧନ୍ୟବାଦ ଜଣାଉଥିଲେ । ଏମାନେ ସମସ୍ତେ ଫଳ, ପ୍ରୋଟିନେକ୍ ଇତ୍ୟାଦି ନେଇକରି ଆସୁଥିଲେ । ଆମ ଡ୍ରଇଂ ରୁମ୍‌ର ସୋଫା ଟେବୁଲ୍ ଓ ସୋଫା ଭର୍ତ୍ତି ହେଇ ଯାଉଥିଲା । ପରଦିନ ମାମା ସେସବୁ ନେଇ ନର୍ସିଂହୋମର ରୋଗୀମାନଙ୍କୁ ବାଣ୍ଟି ଦେଉଥିଲେ ।

ଏତେ ଲୋକଙ୍କୁ ଦେଖ଼ ଜେଜେ ଭାରି ଖୁସି ହେଇ ଯାଉଥିଲେ । ବିଶେଷ ଭାବରେ ତାଙ୍କ ଛାତ୍ରଛାତ୍ରୀମାନଙ୍କୁ ଦେଖ଼ । ଫଳରେ ରୋଗର ପ୍ରଭାବ କମି ଯାଉଥିଲା । ମନରେ ନୂଆ ଆଶା ଜାଗି ଉଠୁଥିଲା । ଫିଜିଓଥେରାପିଷ୍ଟ କରାଉଥିବା ଏକ୍‌ସରସାଇଜକୁ ନିଜେ ନିଜେ କରୁଥିଲେ । ଛାଁ କୁ ଛାଁ ଏପଟ ସେପଟ ହେଉଥିଲେ । ପୁଣି ଉଠି ବସିବା ପାଇଁ ଚେଷ୍ଟା କରୁଥିଲେ ।

ପ୍ରଥମ ଅବସ୍ଥାରେ ସେ ଜମା କହିପାରୁ ନଥିଲେ । ପ୍ରତିଦିନ ବାବା ନର୍ସିଂହୋମରୁ ଫେରି ଫ୍ରେଶ ହେଇ ଜେଜେଙ୍କ ପାଖରେ ବସୁଥିଲେ । ତାଙ୍କ ସହ କଥା ହେଉଥିଲେ । ଜେଜେ ବି ଚେଷ୍ଟା କରୁଥିଲେ କଥା ହେବାପାଇଁ । ଅସ୍ପଷ୍ଟ ଭାବରେ କଣ ସବୁ କହୁଥିଲେ । ବାବା ବୁଝିବା ପରି ମୁଣ୍ଡ ଟୁଙ୍ଗାରୁଥିଲେ । ବାବା ଅଧିକରୁ ଅଧିକ ଗାଁ କଥା ହିଁ ଗପୁଥିଲେ । ଯାହାକି ଜେଜେଙ୍କୁ ଆନନ୍ଦ ଦେଉଥିଲା ।

ଖୁବ୍ କମ ଦିନରେ ସେ ନିଜ ଚେଷ୍ଟାରେ ଉଠି ବସିଲେ । ନର୍ସ ଆଣ୍ଟିଙ୍କୁ ବାରଣ କଲେ ତାଙ୍କୁ ଧରିବା ପାଇଁ । ଉଠି ବସିବାକୁ ଧଇଁସଇଁ ହେଇ ଯାଉଥିଲେ । ତଥାପି ନିଜ ଚେଷ୍ଟାରେ ସଫଳ ହେଲେ । ଏଥର କହିଲେ ମତେ ଧର– ମୁଁ ଠିଆ ହେବି । ବାମ ଖୁଆକୁ ନର୍ସ ଆଣ୍ଟି ଧରିଲେ ଜେଜେ ଡାହାଣ ଗୋଡ଼ରେ ଠିଆହେଇ ପଡ଼ୁଥିଲେ । ଅଳ୍ପ କିଛି ସମୟ ଠିଆ ହେଲା ପରେ ବସିବା ପାଇଁ ଠାରି ଦେଉଥିଲେ ।

ତାଙ୍କ ଡକ୍ଟର ଏକଥା ଶୁଣି ଭାରି ଖୁସି ହେଇଗଲେ । ଜେଜେଙ୍କ ପାଇଁ ଗୋଟିଏ

ଠାକୁର କିଶ ନେବାକୁ ବାବାଙ୍କୁ କହିଲେ। ଘର ଭିତରେ କିଛି କିଛି ଚାଲନ୍ତୁ। ପ୍ରଥମେ ପ୍ରଥମେ ନର୍ସ ଆଣ୍ଟି ତାଙ୍କୁ ଧରିକରି ଚଲେଇଲେ। ଦିନେ ଦି ଦିନ ପରେ ଜେଜେ ତାଙ୍କୁ ଧରିବାକୁ ମନା କଲେ। ନିଜେ ବାଁ ପାଦ ଘୋଷାରି ଘୋଷାରି ଧୀରେ ଧୀରେ ଚାଲିଲେ। ତାଙ୍କର ନିଜ ଉପରେ ଭରସା ଆସିଗଲା। ବାବାମାମା ନର୍ସ ଆଣ୍ଟି ସମସ୍ତେ ତାଙ୍କୁ ଉସ୍ସାହିତ କରିବାକୁ ଲାଗିଲେ। ସେ ସାହସ କରି ଠାକୁର ସାହାଯ୍ୟରେ ଏକା ଏକା ଟଏଲେଟ୍‌କୁ ଗଲେ। ଡ୍ରଇଂରୁମ୍‌ର ସୋଫାରେ ବସି ଟିଭି ଦେଖିଲେ। ନର୍ସ ଆଣ୍ଟିଙ୍କୁ ଆଉ ଆସିବାକୁ ବାବା ମନା କରିଦେଲେ। ମୋ ମନ ଭାରି ଦୁଃଖ ହେଇଗଲା। ମୁଁ ଲକ୍ଷ୍ୟ କରିଚି ଜେଜେଙ୍କ ମୁହଁ ଶୁଖିଗଲା ପରି ଲାଗିଲା।

ଡାକ୍ତରଙ୍କ ଔଷଧ, ନିଜ ପ୍ରଚେଷ୍ଟା ଏବଂ ବାବାମାମାଙ୍କ ଉସ୍ସାହ ଜେଜେଙ୍କୁ ଶୀଘ୍ର ଶୀଘ୍ର ଭଲ କରିବାକୁ ଲାଗିଲା। ଏବେ ଯେଉଁମାନେ ଦେଖିବାକୁ ଆସୁଥିଲେ ଖୁସି ହେଇ ଯାଉଥିଲେ। ପୁଣି ଥରେ ବଡବାବା, ବଡମାମା, ଆଈ ଆଉ ତିତ୍‌ଲି ଦେଇ ସମସ୍ତେ ଆସିଥିଲେ। ତିତ୍‌ଲି ଦେଇ ଖାଲି ମୋ ସାଙ୍ଗରେ ଖେଳିଲା। ବେଳେ ବେଳେ ଜେଜେଙ୍କ ପାଖକୁ ଯାଉଥିଲା। ଖଣ୍ଡି ଖଣ୍ଡି ଓଡିଆରେ କହୁଥିଲା– ଆଈ ଜେଜେଙ୍କୁ କହ ଆଉ ଦୁଷ୍ଟ ହେବେନି। ଭଲପିଲା ହେବେ। ଆଉ ପଡି ଯିବେନି।

ଜେଜେ ମନଖୋଲି ହସିବାକୁ ଚେଷ୍ଟା କରୁଥିଲେ। ହେଲେ ପାରୁନଥିଲେ।

ବଡବାବା ବଡମାମା ଗୋଟିଏ ସପ୍ତାହ ଛୁଟିନେଇ ଆସିଥିଲେ। ସେମାନେ ଜେଜେଙ୍କୁ ଛାଡି କୁଆଡେ ଆଉ ଗଲେନି। ଥରେ ସମସ୍ତେ ଡ୍ରଇଂରୁମ୍‌ରେ ବସି ଗପସପ ହେଉଥିଲେ। ବଡବାବା ଗୋଟିଏ ପ୍ରସ୍ତାବ ଦେଲେ– ମୋର ଆଉ ଚାକିରି କରିବାର ଇଚ୍ଛା ନାହିଁ। ଏବେ ମୁଁ ଭଲୁଖଣ୍ଡାରି ନେଇ ପାରିବି। ଖାଲି ତାଙ୍କର ଆଉ ଗୋଟେ ପ୍ରମୋଶନ ହେଇଗଲା ପରେ ଆମେ ସମସ୍ତେ ଏଠିକି ପଲେଇ ଆସିବୁ। ଭଲ ଘରଟିଏ କରିବା। ଗୋଟିଏ ମହଲାରେ ମୋର ଅଫିସ ରହିବ। ଉପର ମହଲାରେ ଆମେ ସମସ୍ତେ ସାଙ୍ଗହେଇ ରହିବା। ଇଚ୍ଛା ହେଲେ ଗାଁକୁ ଯିବା, ପୁରୀ କି ନନ୍ଦନକାନନକୁ ଯିବା। ଆରାମରେ ରହିବା।

ଗାଁ କଥା ଶୁଣି ଜେଜେ ଏତେ ଖୁସି ହେଇଗଲେ ଯେ ବାଁ ପଟକୁ ଅଣେଇ ହେଇ ପଡିଲେ। ତଳେ ପଡି ଯାଇଥାନ୍ତେ। ଆଈ ପାଖରେ ଥିଲେ। ଅଟକେଇ ଦେଲେ।

ଛୁଟି ସରିବା ଦିନ ସମସ୍ତେ ଫୁର୍‌କରି ଉଠି ପଲେଇଲେ। ବାଏ ଅନବ।

୩୪ –ହୃଦୟ ବୋଲି ଗୋଟିଏ ଜିନିଷ ମୁଁ ସେଦିନ ଅନୁଭବ କଲି। ମାମା କାନ୍ଦୁଥିଲେ। ବାବା ଦୁଃଖରେ ଅନେଇ ଥିଲେ। ଜେଜେ ଠାକୁରରେ ଭରାଦେଇ ଆଖି ବୁଜିଦେଇଥିଲେ। ତାଙ୍କର ଡାହାଣ ହାତ ଛାତିକି ଆଉଁସି ପକଉଥିଲା।

ସେମାନେ ଫେଲେଇ ଗଲାପରେ ଘରଟା ଶୂନ୍‌ଶାନ୍‌ ହେଇଗଲା। ମତେ ଶୁଭିଲା–
କିଏ ଯେପରି ଅନବ ଅନବ ଡାକୁଟି।

ସେଦିନ ଜେଜେ ଚୁପଚାପ୍ ବେଡ୍‌ରେ ପଡ଼ି ରହିଲେ। ତାପରଦିନ ମୁଁ
ଉଠିଲାବେଳକୁ ସେ କାନ୍ଥ ଧରି ଚାଲୁଥିଲେ। ମତେ ଉଠିଥିବାର ଦେଖିଦେଇ ଟିକିଏ
ହସିଦେଲେ କହିଲେ–ଦୌଡ଼ିବାକୁ ଯିବୁନି କି ?

ତମେ ଚାଲ। ଆଜି ମୋ ସାଙ୍ଗରେ ଦୌଡ଼ିବ।

ହଉ ଅପେକ୍ଷା କର। ମୁଁ ତୋ ସାଙ୍ଗରେ ଯିବି।

ଏଣିକି ଜେଜେଙ୍କ ଭିତରେ ଏକ ବିରାଟ ପରିବର୍ତ୍ତନ ଘଟିବାକୁ ଲାଗିଲା। ସେ
ନିଜେ ଶୀଘ୍ର ଭଲ ହେବାକୁ ଚାହିଁଲେ। ହାତଗୋଡର ଏକ୍‌ସରସାଇଜ ସହିତ କଥା
କହିବା ଅଭ୍ୟାସ ବି ଆରମ୍ଭ କରିଦେଲେ। ରଜନୀ ନାନୀ କହୁଥିଲା–ସେ ଘର ଭିତରେ
ଖବର କାଗଜକୁ ବଡ ପାଟିରେ ପଢ଼ୁଛନ୍ତି। ଧୀରେ ଧୀରେ ତାଙ୍କ କଥା ଆମେ ବୁଝି
ପାରିଲୁ।

ଦିନେ ରବିବାର ସକାଳେ ବାବା କହିଲେ ଚାଲ ଆଜି ଜେଜେଙ୍କୁ ପାର୍କକୁ
ନେଇଯିବା।

ଏକଥା ଶୁଣି ଜେଜେ ବାବାଙ୍କୁ ଅନେଇଲେ। ସେ ବିଶ୍ୱାସ କରିପାରିଲେ ନାହିଁ।
ମୁଁ କିନ୍ତୁ ସାଙ୍ଗେ ସାଙ୍ଗେ ନିଜକୁ ପ୍ରସ୍ତୁତ କରିନେଲି। ବାବା ଜେଜେଙ୍କ ବାମହାତ
ଧରିଲେ। ମୁଁ ଦାହାଣ। ଜେଜେ ଆଖିବୁଜି ଠାକୁରଙ୍କୁ ସ୍ମରଣ କଲେ। ଆମେ ତାଙ୍କ
ଅନୁସାରେ ଧୀରେ ଧୀରେ ଚାଲିଲୁ। ଜେଜେ ଲିଫ୍‌ଟରେ ଯିବାକୁ ଡରିଲେ। ବାବା
ତାଙ୍କୁ ଜୋରରେ ଧରି ଠିଆହେଲେ। ଲିଫ୍‌ଟରୁ ବାହାରି ତଳେ ଥିବା ସିମେଣ୍ଟ ବେଞ୍ଚ
ଉପରେ ଟିକିଏ ବସିଲେ। ଆମ କ୍ୟାମ୍ପସ ଭିତରେ ଚାଲିବାକୁ ତିଆରି ହେଇଥିବା
ରାସ୍ତାରେ କିଛି ସମୟ ଚାଲିଲୁ। ଜେଜେ ପୁଣିଟିକେ ବିଶ୍ରାମ ନେଲେ। ତାପରେ
ଘରକୁ ଫେରି ଆସିଲୁ। ଜେଜେ ଭାରି ଖୁସି ଦେଖାଗଲେ।

ମାମା ମତେ କହିଲେ– ଅନୁ, ଏଣିକି ଜେଜେଙ୍କୁ ସକାଳେ ଓ ସଂଧ୍ୟାବେଳେ
ବାହାରକୁ ବୁଲେଇ ନେବା ଦାୟିତ୍ୱ ତୋର।

(୩)

ଜେଜେ ଖୁସି ହେଲେ ମତେ ଭାରି ଭଲ ଲାଗୁଥିଲା। ତାଙ୍କ ଖୁସିକୁ ସେ ଭଲ
ଭାବରେ ପ୍ରକାଶ କରିପାରୁ ନଥିଲେ। ହେଲେ ମୁଁ ଜାଣି ପାରୁଥିଲି। ସେଦିନ କାଇଁକି
କଣ ମନକୁ ଆସିଲା– ଆଜି ଜେଜେଙ୍କୁ ସର୍ପ୍ରାଇଜ୍ ଦେବି। ତେଣୁ ମୁଁ ଚୁପଚାପ୍ ଆସି
ତାଙ୍କ ପଛରେ ଠିଆହେଲି। ଦେଖିଲି ଜେଜେ ତନ୍ମୟ ହେଇ ପଶ୍ଚିମ ଆକାଶକୁ

ଦେଖୁଚନ୍ତି । ତାଙ୍କର ଏହି ତନ୍ମୟଭାବକୁ ଭାଙ୍ଗି ଦେବାପାଇଁ ଇଚ୍ଛାହେଲାନି । ସଂଧ୍ୟାରେ ପଶ୍ଚିମ ଆକାଶ ମତେ ବି ଭାରି ଭଲ ଲାଗେ । ସେତେବେଳକୁ ସୂର୍ଯ୍ୟ ଅବଶ୍ୟ ଏକ ବଡ ବିଲ୍ଡିଂ ପଛରେ ଲୁଚି ଯାଇଥିଲେ । ହେଲେ ତାଙ୍କର ସେଇ ଅପୂର୍ବ ଲାଲ୍‌ରଂଗ ପଶ୍ଚିମ ଦିଗ୍‌ବଳୟ ସାରା ବିଛେଇ ହେଇ ପଡିଥିଲା । ଜେଜେ ପୂରାପୂରି ହଜି ଯାଇଥିଲେ ସେଥିରେ । ମୁଁ ବି ତାଙ୍କ ପଛପଟରେ ଠିଆହେଇ ସେଇ ଦୃଶ୍ୟକୁ ଉପଭୋଗ କରୁଥିଲି ।

ପ୍ରତିଦିନ ସକାଳେ ଓ ସଂଧ୍ୟାରେ ମୁଁ ଜେଜେଙ୍କୁ ଏଠିକି ଆସେ । କିଛି ସମୟ ସେ ଏଠି ଆନନ୍ଦରେ କଟାନ୍ତି, ମୁଁ ତାଙ୍କ ହାତଧରି ପାର୍କର ଚାରିପଟେ ବୁଲିଥିବା ରାସ୍ତାରେ ଧୀରେ ଧୀରେ ଚଲାଏ । ବେଳେ ବେଳେ ତାଙ୍କ ପାଦ ଘୁସୁରି ଯାଏ । ପାଖରେ ଥିବା ସିମେଣ୍ଟ ବେଂଚ୍ ଉପରେ ସେ ଟିକିଏ ଦମ୍ ନିଅନ୍ତି । ଗୋଟିଏ ରାଉଣ୍ଡ ବୁଲେଇ ତାଙ୍କୁ ଆଣି ଏଇ ବେଂଚ୍ ଉପରେ ବସେଇ ଦିଏ । ଡାକ୍ତର କହିଚନ୍ତି-ଏଇଟା ନିହାତି ଦରକାର ।

ତାପରେ ମୁଁ ସେଇ ରାସ୍ତାରେ ପାଞ୍ଚ ରାଉଣ୍ଡ ମାରେ । ଦୌଡି ସାରି ଜେଜେଙ୍କ ପାଖକୁ ଆସେ । ସେଦିନ ତାଙ୍କୁ ସର୍ପ୍ରାଇଜ୍ ଦେବାକୁ ପଛପଟେ ଠିଆ ହେଇଥିଲି । ଭାବିଲି ତାଙ୍କର କାଳେ କିଛି ଅସୁବିଧା ହବ । ମୁଁ ତାଙ୍କ ଆଗକୁ ଆସି ମନ ପକେଇ ଦେଲି- ଜେଜେ ରଜନୀ ନାନୀ...

ଜେଜେ ପଶ୍ଚିମ ଆକାଶରୁ ଫେରି ଆସିଲେ । ମୋ କାନ୍ଧକୁ ଧରି ଠିଆ ହେଇ ପଡିଲେ । ମୁଁ କୁଆଡେ ତାଙ୍କ ଆଶାବାଡି । ଆମେ ଦୁଇଜଣ ପାର୍କରୁ ବାହାରି ରାସ୍ତା କଡେ କଡେ ହୁସିଆରିରେ ଚାଲିଲୁ ।

ଏକ ବିଶାଳ ଆପାର୍ଟମେଣ୍ଟର ସାତ ତାଲାରେ ଆମ ଘର । କେହି ଜଣେ ବୁଦ୍ଧିମାନ ବିଲ୍ଡର ଏଇ ଅପନ୍ତରା ଜାଗାଟି କିଣି ଗୁଡିଏ ଆପାଟମେଣ୍ଟ ତିଆରି କରି ଦେଇଚି । ଆପାର୍ଟମେଣ୍ଟ ତିଆରି ହେଇଗଲା ପରେ ମହାନଗର ବି ଏ ପର୍ଯ୍ୟନ୍ତ ମାଡି ଆସିଚି । ଏ ଗୁଡିକ ଏତେ ଉଚ୍ଚା ଯେ କେତେ ତାଲା ଜମା ଗଣି ହବନି । ତା ଭିତରେ ଛୋଟ ବଜାରଟିଏ ଅଛି । ଚାଲିବାର ରାସ୍ତା ମଧ୍ୟ ଅଛି । ରାସ୍ତା କଡେ କଡେ ଫୁଲଗଛ । ହେଲେ ପାର୍କର ଆନନ୍ଦ ଏଠି କୋଉଠୁ ମିଳିବ ?

ମୁଁ ଥରେ ଉପରକୁ ଅନେଇଁ କହିଲି- ଜେଜେ ମୁଣ୍ଡ ବୁଲେଇ ଦଉଚି ।

ତଳକୁ ଅନା ।

ଆମେ ଏ ଆପାଟମେଣ୍ଟ ପାଖରେ କେତେ ଛୋଟ ଦେଖା ଯାଉଚେ ।

ତୁ ଠିକ କହିଚୁ । ମଣିଷ ଏବେ ଛୋଟ ହେଇ ହେଇ ଯାଉଚି ।

ଆମେ ଘରକୁ ଆସିଲା ବେଳକୁ ରଜନୀ ନାନୀ ରୋଷେଇ ସାରି ଦେଇଥିଲା ।

ଟିଭି ଲଗେଇ କଣ ସିରିଏଲ ଦେଖୁଥିଲା। ଆମ ପାଇଁ ନିଉଜ୍ ଟ୍ୟାନେଲ ଲଗେଇ ଦେଇ ଚା କରିବାକୁ ଚାଲିଗଲା। ମୁଁ ଜେଜେଙ୍କୁ ବାଥରୁମ୍‌କୁ ନେଇଗଲି। ଆମେ ଫେରିଲାବେଲକୁ ସୋଫା ଟେବୁଲ୍ ଉପରେ ଦିଗ୍ଲାସ୍ ପାଣି ଆଉ ଦି କପ୍ ଚା ଥୁଆ ହେଇଥିଲା।

ଜେଜେ ଜେଜେ ଦେଖ ଦେଖ....

ପାଣି ଗ୍ଲାସ୍ ଆଣିବାକୁ ହାତ ବଢ଼େଇବା ଅବସ୍ଥାରେ ସେ ଅଟକିଗଲେ।

ମୁଖ୍ୟ ସଂବାଦ ଥିଲା– ପହରିଦିନ ସକାଳ ଛ'ଟାରୁ ସାରା ଦେଶରେ ଲକ୍‌ଡାଉନ୍ ଆରମ୍ଭ ହେଇଯିବ। ବିଶ୍ୱର ସବୁଦେଶରେ କରୋନା ମହାମାରୀ ସାଂଘାତିକ ଅବସ୍ଥା ସୃଷ୍ଟି କରିଛି। ଆମ ଦେଶରେ ବି ସଂକ୍ରମଣ ଆଶାୟଉ ହୋଇ ଉଠୁଛି। ସେଥିପାଇଁ ଏକମାସ ବ୍ୟାପି ଲକ୍‌ଡାଉନ୍ ପାଳନ କରାଯିବ। ରାସ୍ତାଘାଟ, ଦୋକାନବଜାର, ମେଳା ମହୋସ୍ୱବ, ସ୍କୁଲ୍ କଲେଜ, ସଭା ସମିତି ସବୁ ବନ୍ଦ। କେବଳ ଡାକ୍ତରଖାନା, ପ୍ରଶାସନ, ପୋଲିସ, ବ୍ୟାଙ୍କ ଇତ୍ୟାଦି କେତୋଟି ଅତ୍ୟାବଶ୍ୟକୀୟ ସେବା ଖୋଲା ରହିବ। କଡ଼ା କଡ଼ି ଭାବରେ ଏହାକୁ ଲାଗୁ କରିବା ପାଇଁ ପୋଲିସକୁ କ୍ଷମତା ପ୍ରଦାନ କରାଯାଇଛି। ଏଥିରେ ପ୍ରଶାସନକୁ ସହଯୋଗ କରିବା ପାଇଁ ଜନସାଧାରଣଙ୍କୁ ଅନୁରୋଧ କରାଯାଉଛି।

ମାସେ ଲକ୍‌ଡାଉନ୍ ଓ ଗଡ଼। କେହି ପଦାକୁ ବାହାରି ପାରିବେନି।

ରଜନୀନାନୀ କବାଟ ଖୋଲି ବାହାରିଗଲା। ମୁଁ କବାଟ ଦେଇଦେଲି। ଆମେ ଟିଭିକି ଅନେଇଁ ଚା ଖାଇଲୁ।

କରୋନା ମାଡ଼ି ଆସୁଚି। ପ୍ରତିଷେଧକ ନାଇଁ କି ଔଷଧ ନାଇଁ। ଡାକ୍ତରମାନେ ଅନୁମାନ କରି ଚିକିତ୍ସା କରୁଛନ୍ତି। ସବୁ ଉନ୍ନତ ଦେଶ ମାନଙ୍କରେ ଅବସ୍ଥା ଶୋଚନୀୟ ହେଇଯାଉଛି। ଲୋକମାନେ ପୋକମାଛି ପରି ମରି ପଡ଼ୁଛନ୍ତି। ସମଗ୍ର ପୃଥିବୀ ଭୟରେ ଥରହର ହେଉଛି।

ଜେଜେ ଶେଷ ଚା ଢୋକ ନେଇ କପ୍‌କୁ ଥୋଇଦେଲେ। ମତେ କହିଲେ ଟିଭି ବନ୍ଦ କରିଦେ। ଭଲ ଲାଗୁନି।

ମୁଁ ଟିଭି ଅଫ୍ କରିଦେଲି। ଜେଜେଙ୍କୁ ଏଇ କରୋନା ଆଉ ଲକ୍ ଡାଉନ୍ ଖବର ଭଲ ଲାଗୁନି। ମତେ ବି।

ଜେଜେ ଆଖି ବନ୍ଦ କରି ସୋଫାକୁ ଆଉଜି ବସିଛନ୍ତି। ଆଗ ଅପେକ୍ଷା କେତେ ଝଡ଼ି ଯାଇଛନ୍ତି। ଆଗରୁ କେତେ ସ୍ୱାସ୍ଥ୍ୟବାନ ଆଉ ଶକ୍ତିଶାଳୀ ଥିଲେ। ଏ ରୋଗର ଶୀକାର ହେଇ କେତେ ଶୀଘ୍ର ବୁଢ଼ା ହେଇଗଲେ। ଏଇନେ ତାଙ୍କୁ ଦେଖିଲେ ସେ

ତାଙ୍କ ଅଞ୍ଚଳର ଜଣେ ପ୍ରସିଦ୍ଧ ବ୍ୟକ୍ତି ଥିଲେ ବୋଲି ବିଶ୍ୱାସ କରିହେଉ ନାହିଁ। କେମିତି ଅତି ସାଧାରଣ, ମାମୁଲି, ଦୁର୍ବଳ ଓ ଅସହାୟ ଲାଗୁଚନ୍ତି।

ଜେଜେ ଶୋଇ ପଡ଼ିଲଣି କି ?

ନାଇଁ ନାଇଁ ଶୋଇନି। ହଁ ମତେ ଗୋଟାଦିତା ବିସ୍କୁଟ୍ ଦେ। ତୁ ତୋ ଜଳଖିଆ ଖା।

ଜେଜେ ଆପଲ୍ ଗୋଟେ କାଟିଦେବି ?

ନାଇଁ ନାଇଁ ଖାଲି ବିସ୍କୁଟ ଦେ।

ସେ ବିସ୍କୁଟ ଖାଇଲେ। ମୋ ପାଇଁ ରଜନୀ ନାନୀ ମ୍ୟାଗି କରିଦେଇ ଯାଇଥିଲା। ମ୍ୟାଗି ଖାଇଲା ବେଳେ ମୋ ମନକୁ ଆସିଲା-ମୁଁ ଜେଜେଙ୍କ ଖବର ଭଲ ଭାବରେ ବୁଝିପାରୁନି। ବାବାମାମା ଦିଜଣ ଡାକ୍ତର। ଜେଜେ ହିଁ ତାଙ୍କୁ ଡାକ୍ତର ହେବାକୁ ପ୍ରେରଣା ଦେଇଥିଲେ। ଡାକ୍ତର ହେଲେ ତମେ ଦୁଃଖୀ ମଣିଷଙ୍କ ସେବା କରି ପାରିବ। ମାମା ତ ଥିଲେ ତାଙ୍କର ପ୍ରିୟ ଛାତ୍ରୀ। ସରକାରୀ ଚାକିରି ନକରି କମ୍ ପଇସାରେ ରୋଗୀଙ୍କ ସେବା କରିବାକୁ ଜେଜେ ଏମାନଙ୍କୁ ପ୍ରବର୍ତ୍ତେଇ ଥିଲେ। ବାବାମାମା ତାଙ୍କର ଅନ୍ୟ କେତେକ ସାଙ୍ଗମାନଙ୍କ ସହ ମିଶି ନର୍ସିଂହୋମଟିଏ କରିଛନ୍ତି। କମ୍ ପଇସାରେ ରୋଗୀମାନଙ୍କ ଚିକିତ୍ସା କରୁଛନ୍ତି। ସେଇ କାମରେ ସେମାନେ ସବୁବେଳେ ବ୍ୟସ୍ତ। ଜେଜେ ବି ସେଥିରେ ଭାରି ଖୁସି।

ମୁଁ ତାଙ୍କୁ ପାଣି ଆଣି ଦେଲି। ସେଥିରୁ କେଇ ଢୋକ ପିଇ କହିଲେ -ତୁ ମୋ ପାଇଁ କେତେ କଷ୍ଟ କରୁଚୁ।

ତମେ ପରା ମୋ ଜେଜେ। ମୋର ଆପଣାର। ଅତି ଆପଣାର। ତମ କଥା ମୁଁ ବୁଝିବିନି ଆଉ କିଏ ବୁଝିବ ?

ଠାକୁରେ ତୋର ମଂଗଳ କରନ୍ତୁ। ତୁ ବହୁତ ବଡ ମଣିଷ ହ।

କେତେ ବଡ ଜେଜେ ?

ଦେବତା ପରି।

ତମରି ପରି ? ମୋ ପାଟିକି ଆସି ଯାଉଥିଲା । ଅଟକେଇ ଦେଲି। ଜେଜେ ହୁଏତ...

ଏହି ସମୟରେ ଜେଜେ ଏକୁଟିଆ ବସି ଟିଭି ଦେଖନ୍ତି। ମୁଁ ମୋ ପଢ଼ାଘରେ ବସିପଡ଼େ। ଶନିବାର ଓ ରବିବାରକୁ ଛାଡ଼ିଦେଲେ ଅନ୍ୟଦିନ ସଂଥାରେ ସାର ଆସନ୍ତି ପଢ଼ାଇବା ପାଇଁ। ଦୋଳଛୁଟିରେ ପ୍ୟାମିଲି ନେଇ ଗାଁକୁ ଯାଇଛନ୍ତି। ସରକାର ଦୋଳଛୁଟି

ସହିତ ଗ୍ରୀଷ୍ମଛୁଟିକୁ ମିଶେଇ ଦେଲେଣି । ଆଉ ଦିନେ ଦିଦିନ ପରେ ସାର ଆସିଥାନ୍ତେ । ଆଡେ ଲକ୍‌ଡାଉନ୍‌ ଘୋଷଣା ହେଇ ଗଲାଣି । କଣ କରିବେ କେଜାଣି ?

ମୁଁ ଜେଜେଙ୍କୁ ବେଡ୍‌ରୁମ୍‌କୁ ନେଇ ଆସିଲି ।

ଜେଜେ କହିଲେ– ତୁ ପଢ଼ । ମୁଁ ଟିକେ ଗଡ଼ି ପଡୁଚି । ସେ ଚିତ୍‌ ହେଇ ଶୋଇ ସିଲିଂକୁ ଅନେଇ ରହିଲେ ।

ମାମା ଫୋନ୍‌ କଲେ– ହାଲୋ, ଜେଜେ କଣ କରୁଚନ୍ତି ? ହଁ ଆମର ଫେରିବା ଟିକେ ଡେରିହବ । ଲକ୍‌ ଡାଉନ୍‌ ପାଇଁ କିଛି ମାର୍କେଟିଂ କରି ନେଇଯିବୁ । ତୋ ପାଇଁ କଣ ନେବିକି ?

ନାଇଁ– ବାଏ । ଜେଜେ, ବାବାମାମା ମାର୍କେଟିଂ କରି ଫେରିବେ । ମୋର ଆଜି ପଢ଼ିବାର ଇଚ୍ଛା ନାହିଁ । ଚାଲ ଟିଭି ଦେଖ୍‌ବା । ନିଉଜ୍‌ ନୁହେଁ, ପିକ୍‌ଚର । ଚାଲ ସେଇଟି ଆଉ ଚା ଦେବି ଖାଇବ ।

ଜେଜେ ସୋଫା ଉପରେ ବସି ଚା ଖାଇଲେ । ମୁଁ ଟିଭି ଅନ୍‌ କଲି । ଜେଜେ ଟିଭି ଦେଖ୍‌ଲେନି । ଆଖିବୁଜି ଚା ଖାଇଲେ । ଚା ସରିଗଲା ପରେ ସୋଫାକୁ ଆଉଜି ପଡିଲେ ।

ଫେରିବା ଡେରିହବ କହିଥିଲେ ମଧ ବାବାମାମା ଠିକ୍‌ ସମୟରେ ଫେରିଲେ । ଜେଜେ ଆଖି ଖୋଲି ସିଧାହେଇ ବସିଲେ ।

ବାବା ଫ୍ରେଶ୍‌ ହେଇ ଆମ ପାଖକୁ ଆସିଲେ ।

ବାପା, ଚା ଜଳଖିଆ ଖାଇଚ ତ ?

ନାଇଁ ବାବା, ଜେଜେ ଖାଲି ଦିଟା ବିସ୍କୁଟ ଖାଇଲେ । ଖାଇବାକୁ ମନାକଲେ । ଏଇ ଲକ୍‌ଡାଉନ୍‌ ଖବର ଶୁଣି ବ୍ୟସ୍ତ ହେଇ ପଡୁଛନ୍ତି ।

ହାଃ– ଏଥିରେ ବ୍ୟସ୍ତ ହବାର କଣ ଅଛି ? ଲଗେଇଲୁ ନିଉଜ୍‌ ।

ଜେଜେ ଚୁପ୍‌ଚାପ୍‌ ନିଉଜ୍‌ ଦେଖ୍‌ଲେ । ବାବା କରୋନା ଭୂତାଣୁର ସଂକ୍ରମଣ ଆଉ ସେଥିରୁ ରକ୍ଷା ପାଇବାର ଉପାୟ ସଂପର୍କରେ ଗୋଟି ଗୋଟି କରି ବୁଝାଇଲେ । ଟିକା ନାଇଁ ସିନା ଖୁବ୍‌ ଶୀଘ୍ର ବାହାରି ପଡିବ । ହେଲେ ଚିକିସ୍ସା ଅତି ସହଜ । ଅଧିକାଂଶ କରୋନା ରୋଗୀ ଭଲହେଇ ଯାଉଚନ୍ତି । ସବୁଠାରୁ ବଡକଥା ହେଲା ସଚେତନତା ଓ ସାବଧାନତା ।

ବାବାଙ୍କ ପାଖରେ ଜେଜେ ପୂରା ସହଜ ହେଇଗଲେ । ମାମା ଡାଇନିଂ ଟେବୁଲ ଉପରେ ବଢ଼ାବଢ଼ି କରି ଆମକୁ ଡାକିଲେ । ସମସ୍ତେ ସାଙ୍ଗହେଇ ଖାଇଲୁ । ଗପସପ ଭିତରେ ଟିଭିର ସବୁ ଦୁଃସଂବାଦ ଭଲ ଖବରରେ ପରିଣତ ହେଇଗଲା ।

ପରଦିନ ସକାଳେ ମାମା ଆସି ମତେ ଡାକିଲେ–ଗୁଡ଼ମଣିଁ ଉଠଉଠ, ଚା ଗରମ । ମାମାଙ୍କ ଡାକରେ ମୁଁ ଉଠି ପଡ଼ିଲି । ଗୁଡ଼ମଣିଁ । ମାମା ଚା କପ ଥୋଇଦେଇ ଚାଲିଗଲେ । ମୁଁ ଦେଖିଲାବେଳକୁ ଜେଜେ ଚେୟାର ଉପରେ ବସି ଚା ଖାଉଚନ୍ତି । ଗାଧୁଆପାଧୁଆ ସାରି ବୁଲିଯିବା ପାଇଁ ପୁରାପୁରି ରେଡ଼ି । ମୁଁ ଟଏଲେଟ୍‌ରୁ ଆସି ଚା କପ ଧରିଲି । ଚା ସରିଲା ବେଳକୁ ମାମା ଆସି କହିଲେ–ଆଜିଠାରୁ ଆଉ ବାହାରକୁ ବୁଲିବାକୁ ଯିବନି । ସଂକ୍ରମଣର ଭୟ ଅଛି । ଆରି ଭିତରେ ଏଘର ସେଘର ହେଇ ବୁଲ ।

ଜେଜେଙ୍କ ମୁହଁ ଶୁଖିଗଲା । ମୋର ବି । ମୋର ଆଉ କିଛି କରିବାର ନଥିଲା । ମୁଁ ଜେଜେଙ୍କୁ ଏଘର ସେଘର ବୁଲେଇଲି । ହେଲେ ତାଙ୍କର ଚାଲିବାର ଆଗ୍ରହ ନଥିଲା । ଏପରି ଏକ ଯାନ୍ତ୍ରିକ ଚାଲିବାଟାକୁ ସେ ଜମା ଉପଭୋଗ କରିପାରୁନଥିଲେ । ଦୀର୍ଘଶ୍ୱାସ ପକେଇ କହିଲେ– ଆଜି ଟିକେ ଖରାରେ ବସି ହେଲାନି । କିଛି ସମୟ ଚାଲି ସୋଫା ଉପରେ ବସି ପଡ଼ିଲେ । କହିଲେ– ଏଥର ତୁ ଯା ତୋର ଏକ୍‌ରସାଇଜ୍ କର ।

ବାବାମାମା ରେଡ଼ି ହେଇଗଲେ ନର୍ସିଂହୋମ ଯିବାପାଇଁ । ରଜନୀନାନୀ ଚାରି ଜଣଙ୍କ ପାଇଁ ଜଳଖିଆ ବାଡ଼ିଦେଲା । ଜଳଖିଆ ଖାଇସାରି ବାବାମାମା ଚାଲିଗଲେ । ତାଙ୍କ ପରେ ପରେ ରଜନୀନାନୀ ବି ପଳେଇଗଲା ।

ମୁଁ ଟିଭି ଅନ୍ କଲି । ସେଇ ଲକ୍ ଡାଉନ୍‌ର ଘୋଷଣା । କରୋନା ମାଡ଼ି ଆସୁଥିବାର ଚିତ୍ର । ଲୋକମାନଙ୍କ ପାଇଁ ସତର୍କତା । ସେଇକଥା । ବନ୍ଦ କରିଦେଲି ।

ଜେଜେ କହିଲେ– ଆଜି ସକାଳେ କେହି ପାର୍କୁ ଆସିନଥିବେ ।

କେଜାଣି ? କମି ଯାଇଥିବେ ନିଶ୍ଚୟ । କାଲିଠାରୁ କେହି ଆସିବେନି ।

ଜେଜେ ଆଖିବନ୍ଦ କରି କଣ ଭାବିବାକୁ ଲାଗିଲେ ।

ଜେଜେ, କଣ ଭାବୁଚ ?

ନାଇଁ, ମୁଁ ଭାବୁଚି ପାର୍କରେ ଗଛମାନେ ସେମିତି ଥିବେ । ଫୁଲ ବି ସବୁ ଫୁଟିଥିବେ । କେହି ନଥିବେ ତାଙ୍କୁ ଦେଖିବାକୁ । ଦୁର୍ଭାଗ୍ୟ । ଠିକ୍ ଯେମିତି ମୋ ଜୀବନ । ମୋ ଜ୍ଞାନଗାରିମା ସବୁ ମୋ ଭିତରେ ରହିଗଲା । କାହାର କିଛି କାମରେ ଲାଗିଲାନି ।

ଜେଜେଙ୍କ କଥା ମୁଁ ବୁଝି ପାରିଲିନି । କେବଳ ଏତିକି ବୁଝିଲି ସେ ପାର୍କୁ ନଯାଇଥିବାରୁ ମନଦୁଃଖ କରୁଛନ୍ତି ।

ସେ ସେଠୁ ଉଠିଆସି ତାଙ୍କ ବେଡ଼୍‌ରେ ଶୋଇ ପଡ଼ିଲେ ଓ ସିଲିଂକୁ ଅନେଇ ରହିଲେ । ଟିକକ ପରେ ଆଖି ବନ୍ଦ କରି ଶୋଇବାକୁ ଚେଷ୍ଟା କଲେ । କଣ ହେଲା ହଠାତ୍ ଉଠି ପଡ଼ିଲେ ।

ଅନୁ ପାଣି ଗ୍ଲାସେ ଦେ। ଚା ଟିକେ ଆଣିବୁ? ନାଇଁ ତୁ ଥା- ମୁଁ ଯାଉଚି ଆଣିବି!

ନାଇଁ ଜେଜେ ମୁଁ ସାଂଗେ ସାଂଗେ ଆଣୁଚି। ତମେ ବସିଥା।

ମୁଁ କିଚେନ୍‌କୁ ଗଲି। ମୋ ପଛେ ପଛେ ଜେଜେ। ଚା ଧରି ସୋଫା ଉପରେ ବସି ପଡିଲେ। କହିଲେ ଟିଭି ଲଗା।

ନା କିଛି ନୂଆ ନାଇଁ। ଟିଭି ଅଫ୍‌ କରିଦେଲେ। ଚା ଅଧେ ପିଇ କପ୍‌ ଥୋଇଦେଲେ।

ତୁ ଯା ପଢ଼ିବୁ। ମୁଁ ଏଠି ଟିକେ ବସିଚି।

ମୁଁ ଚାଲି ଆସିଲି। ଜେଜେ କାନ୍ଥ ଧରି ଚାଲିବାକୁ ଲାଗିଲେ। ଥରେ ଦି ଥର ଚାଲିଛନ୍ତି କି ନାଇଁ ଶୋଇବା ଘରକୁ ଆସି ଉପରକୁ ଅନେଇ ଶୋଇ ପଡିଲେ।

ଜେଜେ ଭଲ ଲାଗୁନି? ବାବାଙ୍କୁ ଡାକିବି?

ନାଇଁ ନାଇଁ ମତେ ଭଲ ଲାଗୁଚି। ତୁ ପଢ଼।

ଏଥର ସେ ଆଖିବୁଜି କିଛି ସମୟ ଶୋଇ ରହିଲେ। ତାପରେ ଏପଟ ସେପଟ ହେବାକୁ ଲାଗିଲେ। ମୁଁ ଆସି ଜେଜେଙ୍କ ଖଟ ଉପରେ ବସି ପଡିଲି। ଜେଜେ...

ଜେଜେ ଚମକି ପଡିଲେ। କଣ ହେଲା ?

ନାଇଁ ଯେ ତମେ...

ନାଇଁ ତୁ ଯା। ମୁଁ ଟିକିଏ ଶୋଇବାକୁ ଚେଷ୍ଟା କରୁଚି। ଆଛା କହିଲୁ ପାର୍କରେ ତୋତେ କେଉ ଫୁଲ ସବୁଠାରୁ ଭଲଲାଗେ ?

କୋଉଫୁଲ ମତେ ସବୁଠାରୁ ଭଲ ଲାଗେ ? ତମକୁ ?

ମତେ ଘାସଫୁଲ ସବୁଠାରୁ ଭଲ ଲାଗେ। ଟିକି ଫୁଲ ଯାହାକୁ କେହି ଅନାନ୍ତିନି। ଗୋଡରେ ମକଚି ଦିଅନ୍ତି। ତଥାପି ସେମାନେ ଫୁଟି ଚାଲନ୍ତି।

ସତରେ ବହୁତ ଭଲକଥା କହିଚ ଜେଜେ। ଏକଥା ମୁଁ ଜମା ଭାବିନଥିଲି।

ହଉ ତୁ ଯା ପଢ଼। ମୁଁ ଶୋଉଚି।

ମାମା ଫୋନ୍‌ କଲେ–ଲଂଚ କରିନିଅ।

ଜେଜେ ଅଧା ବି ଖାଇଲେ ନି। କହିଲେ– ଭୋକ ଲାଗୁନି।

ଖରାବେଳ ସାରା ଶୋଇଲେନି। ଏପଟ ସେପଟ ହେଲେ। ଠାକୁର ଘରେ ଯାଇ ବସିଲେ। ଶୋଇବା ଘରକୁ ଆସିଲେ। ପୁଣି ଠାକୁର ଘର। ଟଏଲେଟ୍‌। ଡ୍ରଇଂରୁମ୍‌ ବେଡ୍‌ରୁମ୍‌...

ମତେ ବି ନିଦ ଆସିଲାନି । ମୁଁ ଆଶ୍ଚର୍ଯ୍ୟ ହେଇ ଦେଖୁଥିଲି ଜେଜେ ଏମିତି କଣ ହଉଚନ୍ତି ।

ଚାରିଟାବେଳକୁ ରଜନୀନାନୀ ଆସିଲା । ପ୍ରଥମେ ଜେଜେଙ୍କୁ ଚା କରି ଦେଲା । କହିଲା ଜେଜେ, ଆପଣ ଆଉ ବାହାରକୁ ବୁଲିବା ପାଇଁ ଯାଆନ୍ତୁନି । ବାହାରେ କରୋନା ଅଛି । ମୁଁ ଆସିଲାବେଳେ ମତେ ପରା ବହୁତ ଡର ମାଡିଲା । ଏଇ ଘର ଭିତରେ ବୁଲନ୍ତୁ ।

ଜେଜେ ମତେ କହିଲେ– ତୁ ତୋର ଏକ୍ସରସାଇଜ୍ କର । ମୁଁ କାନ୍ଥଧରି ଚାଲୁଚି । କିଛି ସମୟ ଚାଲି ଜେଜେ ବସି ପଡିଲେ । ଆଖିବନ୍ଦ କରି । ଚୁପ୍‌ଚାପ୍ । ମୁଁ କିନ୍ତୁ ମୋର ସବୁ ଏକ୍ସରସାଇଜ୍ କଲି । ତାପରେ ଆସି ଜେଜେଙ୍କ ପାଖରେ ବସି ପଡିଲି ।

ଜେଜେ, ଘର ଭିତରଟାରେ ସକାଳେ କି ସଂଜରେ ଭଲ ଲାଗୁନି । ନାଇଁ ?

ମୋ କଥା ଶୁଣି ଜେଜେ ଭାବପ୍ରବଣ ହେଇ ଉଠିଲେ । ଓଃ ଖୋଲାମେଲା ଶିରିଶିରି ପବନ । ଫୁଲ ମାନଙ୍କର ହସ । ଗଛ ମାନଙ୍କର ନାଚ । ଆକାଶର ବିଚିତ୍ର ରଂଗ । କେତେ ଚଢ଼େଇ ଉଡି ଯାଉଥିବେ । କେତେ ଲୋକ । କେତେ ଛୁଆ । ଘରର ଚାରିକାନ୍ତ ଭିତରେ ସେ ଆନନ୍ଦ କୋଉଠୁ ଆସିବ ? ।

ଜେଜେ କଣ ଟିକେ ଖାଇବ ? ବିସ୍କୁଟ ଫଳ ଦେବି ?

ନାଇଁରେ ଖାଇବାକୁ ଜମା ଇଚ୍ଛା ନାହିଁ । ତୁ ତୋ ଜଲଖିଆ ଆଣି ଖା । ଭୋକ ଲାଗିଲେ କଣ ଟିକେ ଖାଇବି ।

ଏହି ସମୟରେ ବାବାମାମା ଆସି ପହଞ୍ଚିଗଲେ । ଲକ୍‌ଡାଉନ୍ ଆରମ୍ଭ ନହେଉଣୁ ରୋଗୀଙ୍କର ଦେଖାନାହିଁ । ମାମା ସାଂଗେ ସାଂଗେ ଫ୍ରେଶ୍ ହେଇ କିଚେନରେ ପଶିଗଲେ । ପକୁଡି ଛଣା ହବାର ବାସ୍ନା ପେଟଭିତରକୁ ଭୋକ ଟାଣି ଆଣିଲା । ବାବା ବି ଫ୍ରେଶ୍ ହେଇ ଆସି ଜେଜେଙ୍କ ପାଖରେ ବସି ପଡିଲେ । ରିମୋଟ୍ ନେଇ ଟିଭିର ନିଉଜ୍ ଚ୍ୟାନେଲ ଲଗେଇ ଦେଲେ । ମାମା ସୋଫା ଟେବୁଲ ଉପରେ ଚାରିପ୍ଲେଟ୍ ପକୁଡି, ଟମାଟୋସସ୍, ଚିଲିସସ୍, କଂଚାଲଙ୍କା, ପିଆଜ କଟା ସଜେଇ ରଖିଦେଲେ । ସଂଧ୍ୟା ବେଲର ଜଲଖିଆ ବେଶ୍ ଜମିଗଲା । ତାପରେ ବାଂଫଉଠା କଫି ମଗ୍ । ବାଃ । ମାମାଙ୍କ ହାତରେ ଯାଦୁ ଅଛି ।

ମାମା ଫୋନ୍ କରି କାମବାଲୀ ଆଉ ରୋଷେଇବାଲୀଙ୍କୁ କାଲିଠାରୁ ଆସିବାକୁ ମନା କରିଦେଲେ । ବାବା ପାଖରେ ବସିଥିବାରୁ ଜେଜେ ସବୁୟାକ ନିଉଜ୍ ଦେଖିଲେ । ନିଉଜ୍ ପରେ କେତେ କଥା ଗୋଟାକ ପରେ ଗୋଟାଏ ଆସି ପହଞ୍ଚିଗଲା । ମୁଁ ପଢ଼ିବାକୁ ଚାଲି ଆସିଲି । ଦିନର ସରିବା ପରେ ବି ଗପ ସରୁନଥିଲା ।

ତାପର ଦିନ ସକାଳୁ ଉଠି ଚା ଖାଇ ଜେଜେ ଚାଲିବାକୁ ଲାଗିଲେ। ମୁଁ ମୋ ନିତ୍ୟକର୍ମ ସାରିବାରେ ବ୍ୟସ୍ତ ଥାଏ। ମାମା ମେସିନ୍ ଭଳିଆ ରୋଷେଇବାସ କାମରେ ଲାଗିଥାନ୍ତି। ବାବା କମ୍ପ୍ୟୁଟର ପାଖରେ ବସି ତାଙ୍କର କାମ କରୁଥାନ୍ତି। ମାମା ମତେ ଡାକି କହିଲେ- ଅନୁ, ଏଣିକି ସକାଳ ଜଳଖିଆ କ୍ଷୀର ଆଉ କର୍ଣ୍ଣଫ୍ଲେକ୍ ଖାଇବାକୁ ପଡ଼ିବ।

ସବୁକାମ ସାରି ବାବାମାମା ନର୍ସିଂହୋମ୍ ଚାଲିଗଲେ। କବାଟ ଦେଇ ମୁଁ ଟିଭି ଅନ୍ କରିଦେଲି। ଟିଭି ସାରା ଖାଲି ଲକ୍‌ଡାଉନ୍‌ର ଦୃଶ୍ୟ। ରାସ୍ତାଘାଟ ଅଫିସ୍‌ବଜାର ସବୁ ଶୂନ୍‌ଶାନ୍। କୋଉଠି କାଉଛୁଆଟ ବି ନାଇଁ। କେବଳ ଛକ ମାନଙ୍କରେ କିଛି ପୋଲିସ୍ ଆଉ କାଁ ଭାଁ କ୍ୟାମେରା ମ୍ୟାନ୍।

ଜେଜେ କହିଲେ-ସବୁ ଅଚଳ ହେଇଗଲା। ପୃଥିବୀଟା ଯେମିତି ଅଟକି ଯାଇଚି।

ତାପରେ ଘୋଷକ ବିଷୟ ବଦଲେଇ ଦେଲେ। କେଉଁ ଦେଶରେ କେତେ ଆକ୍ରାନ୍ତ, କେତେ ମୃତ, କେତେ ସୁସ୍ଥ ତାର ତଥ୍ୟ ପ୍ରଦାନ କଲେ। ଏହା ଦେଖି ଜେଜେଙ୍କ ମୁହଁର ଭାବ ବଦଲି ଗଲା। ସେ ଥରିବାକୁ ଲାଗିଲେ।

ଜେଜେ ଜେଜେ - ଟିଭି ଅଫ୍ କରିଦେଲି।

ସେ ପାଣିପାଇଁ ଠାରିଲେ। ମୁଁ ସାଙ୍ଗେ ସାଙ୍ଗେ ପାଣି ଆଣିଦେଲି। ପାଣି ପିଇସାରି ସେ ଟିକିଏ ଶାନ୍ତହେଲେ।

ମୁଁ ତ ପୂରା ଛାନିଆଁ ହେଇ ଯାଇଥିଲି। ଜେଜେ ଚାଲ ଟିକେ ଶୋଇବ।

ରହ, ମତେ ଟିକେ ଚା ଦେ।

ଫ୍ଲାସ୍‌ରୁ ଚା ଢାଳି ଜେଜେଙ୍କୁ ଦେଲି। ସେ ଧୀରେ ଧୀରେ ଖାଇଲେ। ମୁଁ ମନେ ମନେ ପ୍ରମିସ୍ କଲି ଆଉ ଜମା ଟିଭି ଲଗେଇବିନି। ଚା ଖାଇ ସାରିଲାପରେ ତାଙ୍କୁ ଧରି ବେଡ୍‌ରୁମକୁ ଆଣିଲି। ତାଙ୍କ ପାଖରେ ବସି ପଚାରିଲି-ଜେଜେ, ଏଇନେ କେମିତି ଲାଗୁଚି ?

ଭଲ, ମୁଁ ଠିକ୍ ଅଛି।

ତମର ଏମିତି କାଇଁକି ହେଲା ?

ନାଇଁରେ। ମଣିଷମାନେ ଏତେ ସଂଖ୍ୟାରେ ଏମିତି ସବୁ ମରିଯିବେ। ପୁଣି ସବୁଥିରେ ଆଗୁଆ ଦେଶମାନଙ୍କରେ। ଆମେରିକା ଇଉରୋପ ଯଦି କିଛି କରି ପାରୁନି ତେବେ ଅନ୍ୟ ଦେଶ ମାନଙ୍କ ଅବସ୍ଥା କଣ ହେବ ?

ହଁ ଜେଜେ ଠିକକଥା। ହେଲେ ତମର ଏମିତି ଅବସ୍ଥା ଦେଖି ମୁଁ ତ ଡରିଯାଇଥିଲି।

ନାଇଁରେ ମୋର ଯୋଉ ସ୍ନାୟୁରୋଗ ହେଇଚି ସେଇଥୁ ପାଇଁ ଦେହ ଏମିତି ଥରି ଉଠୁଚି। ତୁ ଜମା ଡରନା। ସେ କିଛି ନୁହଁ।

ତମେ ଟିକେ ଶୋଇପଡ। ଭଲ ଲାଗିବ।

ନାଇଁରେ ଏତେବେଲେ କଣ ନିଦ ଆସିବ ? ଏବେ ତ ମତେ ଭଲ ଲାଗୁଚି।

ଜେଜେ କିନ୍ତୁ ଚିତ୍ ହେଇ ଶୋଇ ପଡିଲେ। ଆଖ୍ ବନ୍ଦ ନକରି ସିଲିଂକୁ ଅନେଇ ରହିଲେ।

ମୁଁ ବହି ଖୋଲି ବସିଲି। ଭିତରକୁ ପଶି ପାରିଲି ନାହିଁ।

ବାବା ମାମା ସଂଜବେଲକୁ ଫେରି ଆସିଲେ। ଲକ୍ ଡାଉନ୍ ପାଇଁ ଖୁବ୍ କମ ରୋଗୀ ଥିଲେ। ମୁଁ ବାବାମାମାଙ୍କ ପାଖକୁ ଯାଇ ଜେଜେଙ୍କର ସବୁକଥା ଗୋଟି ଗୋଟି କରି କହିଲି। ବାବା ଚିନ୍ତିତ ଦେଖାଗଲେ। ମାମା କହିଲେ ବ୍ୟସ୍ତ ହୁଅନା। ଆଜି ପ୍ରଥମ ଦିନ ତ, ଏଣିକି ଅଭ୍ୟାସରେ ପଡିଯିବ। ଅନୁ, ତୁ ଜମା ଡରିବୁନି। କଣ ଅସୁବିଧା ହେଲେ ଆମକୁ ଜଣେଇଦବୁ।

ସେ ଫ୍ରେସ୍ ହେଇପଡି ଚାରି କପ୍ କଫି କରି ନେଇ ଆସିଲେ। ସାଂଗହେଇ ସମସ୍ତେ ଖାଇଲୁ। ବାବାଙ୍କ ପାଖରେ ଜେଜେ ପୂରା ନର୍ମାଲ ହେଇଗଲେ। କଫି ଖାଇ ସାରିଲାପରେ ଜେଜେଙ୍କର ଚାଲିବା କଥା ମନପଡିଲା। ମୋ କାନ୍ଧରେ ହାତପକେଇ ଏଘର ସେଘର ଚାଲିଲେ। ବାବାଙ୍କ ମୁହଁରୁ ବ୍ୟସ୍ତତା ଓହ୍ଲେଇ ପଡିଲା। ମାମା ବି ମନ ଖୁସିରେ ବାଇଗେଣି ଛାଣିବାର ଯୋଗାଡରେ ଲାଗିଗଲେ। ବାବା ନିଉଜ୍ ଚ୍ୟାନେଲ ଖୋଲିଦେଲେ ଦେଖିବା ପାଇଁ।

ଜଲଖିଆ ଖାଇସାରି ମୁଁ ମୋ ପଢ଼ାଘରକୁ ଚାଲି ଆସିଲି। ପାଠରେ କିନ୍ତୁ ମନ ଲାଗିଲା ନାହିଁ। ଜେଜେଙ୍କର ସେଇ ଅବସ୍ଥା କଥା ମନ ପଡିଗଲା। ପ୍ରକୃତରେ କରୋନା ପାଇଁ ସବୁ ବିଗିଡି ଯାଇଚି। ସାରା ପୃଥିବୀକୁ ଏହି ମହାମାରୀ ଗ୍ରାସ କରି ପକେଇଚି। ସମସ୍ତ ମଣିଷ ଜାତି ଭୟରେ ଥରହର ହଉଚନ୍ତି। ବହି ରଖିଦେଇ ମୁଁ ବାବା ଓ ଜେଜେଙ୍କ ପାଖକୁ ପଲେଇ ଆସିଲି। ସେମାନେ ଗାଁ ବିଷୟରେ କଥା ହଉଥିଲେ। ଜେଜେ କହୁଥିଲେ—ଜାଣିଲୁ ମୁଁ ଏଠିକି ପଲେଇ ଆସିବା ପୂର୍ବରୁ ଆମ ଅଂଚଲର ପିଲାମାନେ ଆସି ଅଂକ ବୁଝି ଯାଉଥିଲେ। ଏବେ କଣ କରୁଥିବେ କେଜାଣି ?

ଅନ୍ୟ କାହା ପାଖରେ ପଢ଼ୁଥିବେ। ତମ ଦେହ ଖରାପ ହେଇଗଲା। ଆଉ କଣ କରାଯିବ ?

ଯାହା ହେଲେ ବି ମୋ ଜ୍ଞାନ ଗାରିମା ସବୁ ବେକାର ହେଇଗଲା।

କାଇଁକି, ତମେ ଏତେବର୍ଷ ପିଲାଙ୍କୁ ପାଠ ପଢ଼େଇଲ...

ଆରେ ମୁଁ ଚାକିରି କରିଥିଲି। ଦରମା ନଉଥିଲି ପାଠ ପଢ଼ଉଥିଲି। ଏବେ ମୁଁ ସେମିତି ପିଲାଙ୍କୁ ପଢ଼େଇଥାନ୍ତି। କେତେ ଶାନ୍ତି ମିଳିଥାନ୍ତା। ତାଛଡ଼ା ଏପରି ବିପଦ ସମୟରେ ମୁଁ ଲୋକଙ୍କ ପାଖରେ ଥାଇ ତାଙ୍କୁ ସାନ୍ତ୍ୱନା ଦଉଥାନ୍ତି। ସଚେତନ କରଉଥାନ୍ତି।

ହଁ ବାପା ତମେ ଏବେ ଗାଁରେ ଥିଲେ ନିଶ୍ଚୟ ଏସବୁ କାମ କରୁଥାନ୍ତ। ତମ ଦେହ ଖରାପ ନହେଇଥିଲେ ଏସବୁ ସମ୍ଭବ ହେଇଥାନ୍ତା। ଜୀବନ ସାରା ତ ଅକ୍ଲାନ୍ତ ପରିଶ୍ରମ କଲ। ଏବେ ବିଶ୍ରାମ ନିଅ। ଭାଇ କହୁଥିଲେ ସେମାନେ ସବୁ ଆସିଗଲେ ଆମେ ଏକାଠି ରହିବା। ବୋଉ ବି ଆସିଯିବ। ତମକୁ ଜମା ଖରାପ ଲାଗିବନି।

ପରଦିନ ସକାଳେ ବାବାମାମା ନର୍ସିଂହୋମ ଗଲେ। ମୁଁ ଟିଭି ଅନ୍‌କଲି। ଜେଜେ ଚୁପ୍‌ଚାପ୍ ନିଉଜ୍ ଦେଖିଲେ। ପୂର୍ବଦିନର ପ୍ରତିକ୍ରିୟା ସେଦିନ ନଥିଲା। ଯଦିଓ ପୂର୍ବଦିନ ଅପେକ୍ଷା ସେଦିନ ଅଧିକ ଲୋକ ସଂକ୍ରମିତ ହୋଇଥିଲେ ଓ ମୃତ୍ୟୁବରଣ କରିଥିଲେ। ମୁଁ ଆଶ୍ଚର୍ଯ୍ୟ ହେଲି। ଭାବିଲି ହୁଏତ ବାବା ଜେଜେଙ୍କୁ ବୁଝେଇ ଦେଇଛନ୍ତି। ସେମିତି ହେଲେ ମୁଁ ଡରୁଚି ବୋଲି। ସତକୁ ସତ ଜେଜେ ପୂରା ସୁନାପିଲା ହୋଇ ଯାଇଥିଲେ। ନିଉଜ୍ ଦେଖିସାରି ମତେ ଚା ମାଗିଲେ। ମୁଁ ଚା ଆଣି ଦେଲି। ଚା ଖାଇ ସାରି ଚୁପ୍‌କରି ଉଠି ଆସିଲେ ଶୋଇବା ଘରକୁ। ମୁଁ ତାଙ୍କ ପଛେ ପଛେ ଆସିଲି।

ମୁଁ ଦେଖିଲି ସେ ମୋ ଟେବୁଲ ଉପରେ ଟଙ୍ଗା ହାଇଥିବା ପେଣ୍ଟିଂ ଫଟଟିକୁ ଦେଖୁଚନ୍ତି। ନୂଆ କରି ଦେଖିଲାପରି। ମତେ ପଚାରିଲେ– ଏଇଟା କି ଚିତ୍ର ?

ମୁଁ କହିଲି –ଏଇଟା ଗୋଟେ କମ୍ପ୍ୟୁଟର ପକ୍ଷୀ। ଡେଣା ମେଲି ଉପରକୁ ଉପରକୁ ଉଡ଼ି ଯାଉଛି।

ତୁ ଦୟାକରି ଏ ଚିତ୍ରଟି ଏଠୁ କାଢ଼ିଦେ। ତାକୁ ନେଇ ତୋ ପଢ଼ାଘରେ ରଖିଦେ। ମତେ ଚିତ୍ରଟା ଭଲ ଲାଗୁନି।

ମୁଁ ଜେଜେଙ୍କ ମୁହଁକୁ ଅନେଇଲି। କିଛି ନକହି ଚିତ୍ରଟିକୁ କାଢ଼ିନେଇ ମୋ ପଢ଼ାଘରେ ରଖିଦେଲି। ଜେଜେ ଖଟ ଉପରେ ବସିଲେ। ମୁଁ ବହି ଖୋଲିଲି।

ଟିକିଏ ପରେ ସେ ଉଠି ଠିଆହେଲେ। କହିଲେ– ଅନୁ, ସରି, ତତେ ଡିଷ୍ଟର୍ବ କରୁଚି।

ସେମିତି କଣ କହୁଚ ଜେଜେ ? କୁହ କଣ ଦରକାର।

ତୁ ମତେ ଠାକୁର ଘରେ ଗୋଟିଏ ଚେୟାର ଦେଲୁ। ମୁଁ ସେଠି ଟିକିଏ ବସିବି।

ମୁଁ ଚେୟାରଟେ ନେଇ ପକେଇ ଦେଲି। ସେ ସେଠି ବସିଲେ। ମୁଁ ପଢ଼ିବାକୁ ପଲେଇ ଆସିଲି।

ସେଦିନ ଆଉ କିଛି ସେଭଳି ଘଟଣା ଘଟି ନଥିଲା। ବାବା ଏସବୁ ଶୁଣି ଭାରି ଖୁସି ହେଇଗଲେ। ବାପପୁଅ ସବୁଦିନ ଭଳି କଣ ସବୁ ଗପ ଭିତରକୁ ପଶିଗଲେ।

ତାପର ଦିନ ବାବାମାମା ଚାଲିଗଲା ପରେ ଆମେ ନିଉଜ ଦେଖିଲୁ। ଜେଜେ ଚା ଖାଇଲେ। ତାପରେ ମୁଁ ପଚାରିଲି-ଠାକୁର ଘରେ ଚେୟାର ପକେଇବି, ଜେଜେ ?

ନା ନା ସବୁ ଠାକୁର ତ ଏବେ କ୍ବାରେଣ୍ଟାଇନ୍‌ରେ। ତାଙ୍କ ପାଖକୁ ଆମର ଯିବା ଉଚିତ୍‌ ନୁହଁ। କାଲି ମୁଁ ଭୁଲରେ ଯାଇ ବସି ଯାଇଥିଲି। ଏକଥା ମନ ପଡିଯିବାରୁ ପଳେଇ ଆସିଲି।

ସେଦିନ ଜେଜେ ମୋ ପାଇଁ କିଛି ଅସୁବିଧା କରି ନାହାନ୍ତି। ବରଂ ସବୁଥିରେ ମତେ ସହଯୋଗ କରିଛନ୍ତି।

ସଂଧ୍ୟାବେଳେ ବାବାମାମାଙ୍କୁ ଏକଥା କହିବାରୁ ସେମାନେ ହସି ଉଠିଲେ। ଭାରି ମଜାକଥା- ଠାକୁରମାନେ କ୍ବାରେଣ୍ଟାଇନରେ ଅଛନ୍ତି। ଏକଥା କାହା ମନକୁ ଆସିବ ? ବାପା ପରା ଗୋଟିଏ କ୍ରିଏଟିଭ୍ ଚ୍ୟାଲେଣ୍ଜ।

ପରଦିନ ଥିଲା ବାବାମାମାଙ୍କର ଛୁଟି। ସେଥିପାଇଁ ମୁଁ ପୂରା ହାଲ୍‌କା ଅନୁଭବ କରୁଥିଲି। ବାବା ଜେଜେଙ୍କ ଖବର ବୁଝିବେ। ଜେଜେ ବି ଭାରି ଖୁସି।

ଆମେ ଜଳଖିଆ ଖାଇବାକୁ ବସିଲାବେଳେ ବାବା ଟିଭି ଅନ୍‌କଲେ। ସେଦିନ ବିଶ୍ବରେ ତିନିଲକ୍ଷ ଉପରେ ଲୋକ ସଂକ୍ରମିତ ହୋଇଥିଲେ। ଏ ପର୍ଯ୍ୟନ୍ତ ସାଢେ ତିନି ଲକ୍ଷରୁ ଅଧିକ ମୃତ୍ୟୁବରଣ କରିଥିଲେ।

ଜେଜେ ବିକଳ ହେଇ ବାବାଙ୍କ ମୁହଁକୁ ଅନେଇଲେ।

ବାବା କହିଲେ-ଆମକୁ ଧୈର୍ଯ୍ୟର ସହିତ ଅପେକ୍ଷା କରିବାକୁ ପଡିବ। ଲକ୍‌ଡାଉନ୍‌ର ପ୍ରଭାବରେ ଧୀରେ ଧୀରେ ସଂକ୍ରମଣ ଆଉ ମୃତ୍ୟୁ ହାର କମିଯିବ।

ଟିଭିରେ ଜଣେ ବିଶେଷଜ୍ଞଙ୍କ ସହ ସାକ୍ଷାତକାର ଆରମ୍ଭ ହେଲା। ସେ କହିଲେ କୋଭିଡ୍‌-୧୯ର ଟିକା ଯଥାଶୀଘ୍ର ନବାହାରିଲେ ଏହା ମହାମାରୀରେ ପରିଣତ ହୋଇଯିବ। ଟିକା ବି ଏତେ ଶୀଘ୍ର ବାହାରିବା ସଂଭବ ନୁହେଁ। ସେଥିପାଇଁ ଅତିକମ୍‌ରେ ଏକବର୍ଷ ଅପେକ୍ଷା କରିବାକୁ ପଡିବ। ଏହା ଯଦି ଗୋଷ୍ଠୀସଂକ୍ରମଣ ରୂପ ନେଇ ମହାମାରୀରେ ପରିଣତ ହେଇଗଲା ବିଶ୍ବର ଏକ ତୃତୀୟାଂଶ ବ୍ୟକ୍ତି ମୃତ୍ୟୁ ମୁଖରେ ପଡି ପାରନ୍ତି।

ଜେଜେ ଖାଇବା ବନ୍ଦ କରିଦେଲେ। ମାମା କହିଲେ-ବାପା ଆପଣ ଖାଆନ୍ତୁ। ସେ ଟିଭି ବାଲା ଟିଆର୍‌ପି ବଢେଇବା ପାଇଁ ଅତିରଂଜିତ କରି କହୁଛନ୍ତି। ବାବା ଟିଭି ଅଫ୍‌ କରିଦେଲେ। କେବଳ ମାମାଙ୍କ କଥା ରଖି ଜେଜେ ଥରେ ଦିଥର ଖାଇଲେ।

ତାପରେ ଉଠିଗଲେ । ମୁହଁ ହାତ ଧୋଇବାକୁ । ତାଙ୍କ ପରେ ପରେ ବାବା ବି ଉଠିଗଲେ । ମୁଁ ଜାଣିଛି ଏତେ ସଂଖ୍ୟକ କରୋନା ମୃତ୍ୟୁରେ ଜେଜେ ବିଚଳିତ ହୋଇ ପଡ଼ିଚନ୍ତି । ଗତ ଦୁଇଦିନ ନର୍ମାଲ ଥିଲେ । କାରଣ ସେ ଭାବୁଥିଲେ ମୁଁ ଡ଼ରିବି ବୋଲି ।

ମୁହଁ ହାତ ଧୋଇ ସେ ବେଡ଼ରୁମ୍‌କୁ ପଲେଇ ଯାଉଥିଲେ । ବେଡ଼ରୁମ୍‌ର ଦୁଆର ମୁହଁରୁ ଫେରି ଆସିଲେ ଡାଇନିଂଟେବୁଲ୍ ପାଖକୁ । ତାଙ୍କର ଶରୀର ଥରିବାକୁ ଆରମ୍ଭ କରି ଦେଇଥିଲା । ମୁଁ ଡ଼ରିଗଲି । ମାମାଙ୍କ ପାଖକୁ ଘୁଂଚିଗଲି ।

ଜେଜେ ବାବାଙ୍କ ଉଦ୍ଦେଶ୍ୟରେ କହିଲେ—ଜାଣିଲୁ, କେବଳ ବୈଜ୍ଞାନିକ ମାନେ ଏ ସୃଷ୍ଟିକୁ ଧ୍ୱଂସ କରିଦେବେ । ସବୁ ସେଇମାନଙ୍କ ଦୋଷ ।

ବାବା କହିଲେ—କାମ୍ ଡାଉନ୍ । କାମ ଡାଉନ୍ ବାପା ।

କାହିଁକି ? କାହିଁକି ସେମାନେ ବିଜ୍ଞାନକୁ ଶାସକ ମାନଙ୍କ ହାତରେ ଟେକି ଦେଇଛନ୍ତି ? ନିଜେ ତ ବିକ୍ରି ହୋଇ ଯାଇଛନ୍ତି । ବିଜ୍ଞାନକୁ ବି ବିକି ଦେଇଛନ୍ତି । ଏ ଶାସକ ଗୁଡ଼ା ବି କେତେଜଣ ବେପାରୀଙ୍କ ଗୋଲାମ ହେଇଚନ୍ତି ।

ଜେଜେ ଉତ୍ତେଜିତ ହୋଇ ଭାଷଣ ଦେଉଥାନ୍ତି । ବାବାମାମା ଆତଙ୍କିତ ହେଇ ତାଙ୍କ ମୁହଁକୁ ଅନେଇଥାନ୍ତି । ମୁଁ ଆଶ୍ଚର୍ଯ୍ୟ ହଉଥାଏ । ବିଜ୍ଞାନର ଜୟଗାନ କରୁଥିବା ଜେଜେ ଏମିତି କଣ କହୁଚନ୍ତି ?

ସେ ଟିକେ ଅଟକି ଗଲେ । ପାଣି ଟୋପେ ପିଇଲେ । ପୁଣି ଆରମ୍ଭ କଲେ— ଭୋଟ୍ କିମ୍ବା କ୍ଷମତା ହାତେଇଥିବା ନେତାମାନେ ଠିକ କରିବେ ବୈଜ୍ଞାନିକ କଣ ଗବେଷଣା କରିବ ? ନୂଆ ନୂଆ ବିଳାସ ସାମଗ୍ରୀ ତିଆରି ହବ । ନୂଆ ନୂଆ ଗଣବିଧ୍ୱଂସୀ ଅସ୍ତ୍ରଶସ୍ତ୍ର ନିର୍ମାଣ ହବ ? ଶଠ ମାନଙ୍କର ବ୍ୟବସାୟ ଚାଲିବ । ଦେଶ ଦେଶ ଭିତରେ ଯୁଦ୍ଧ ଲଗାଯିବ । ବେପାର ବଢ଼ି ଚାଲିବ । ଗରିବ ଲୋକେ ଟିକସ ଗଣିଗଣି ଆହୁରି ଗରିବ ହେବେ । ଅଳ୍ପ କେଇଜଣ ସଂପତ୍ତିର ହିମାଳୟ ଉପରେ ବସିବେ । ତୁ କହିଲୁ— କରୋନାରେ ଲକ୍ଷଲକ୍ଷ ଲୋକ ମରୁଚନ୍ତି । ଉପଯୁକ୍ତ ଚିକିତ୍ସା ପାଉ ନାହାନ୍ତି । ସେପଟେ ଦେଶ ଦେଶ ଭିତରେ ଯୁଦ୍ଧ ଚାଲିଚି । ଅସ୍ତ୍ରଶସ୍ତ୍ର ବେପାର ବଢ଼ି ବଢ଼ି ଚାଲିଚି । ଲଜ୍ଜା ଅଛି ଏମାନଙ୍କୁ ? ପ୍ରଗତି ନାଁରେ ପରିବେଶକୁ ଧ୍ୱଂସ କରିଦେଲେ । କେତେ ନୂଆ ନୂଆ ରୋଗ ମାଡ଼ି ଆସୁଚି । ଏ କଣ ବୈଜ୍ଞାନିକଙ୍କ ଦୋଷ ନୁହଁ ?

ଜେଜେ ଥରୁଥିଲେ । ବାବା ଜେଜେଙ୍କ ପାଖକୁ ଲାଗି ଆସିଲେ । ବାପା, କାମ ଡାଉନ୍, କାମ ଡାଉନ୍ ପ୍ଲିଜ୍ । ଜେଜେ ବାବାଙ୍କ କାନ୍ଧ ଉପରେ ମୁଣ୍ଡ ଥୋଇଦେଲେ । ଯେମିତି କେତେ ଦିନରୁ ଛାତି ଭିତରେ ଅଟକି ରହିଥିବା କୋହ ବାହାରି ଆସିବାକୁ ବାଟ ପାଇଗଲା । ସେ କଇଁ କଇଁ ହେଇ କାନ୍ଦି ଉଠିଲେ । ତୁ କହ, ଆଉ କେଇ

ମାସରେ ଅଧା ଅଧ ଲୋକ ମରିଯିବେ । ଏ ସୁନ୍ଦର ପୃଥିବୀ ମଶାଣିପଦାରେ ପରିଣତ ହେଇଯିବ । ମୁଁ କଣ ଏଇଆ ଦେଖିବାକୁ ବଂଚି ରହିଚି ?

ବାବା କେବଳ ଜେଜେଙ୍କ ମୁଣ୍ଡକୁ ଆଉଁସି ଦେଉଥିଲେ । ତାଙ୍କ ଆଖି ବି ଓଦା ହେଇ ଯାଉଥିଲା ।

ଏ ଅବସ୍ଥାରେ କଣ କରିବେ ମାମା କିଛି ଠିକ୍ କରିପାରିଲେନି । ହଠାତ୍ କିଚେନ୍ ଭିତରକୁ ଉଠିଗଲେ । ମୁଁ ବି ତାଙ୍କ ସହିତ ଚାଲିଗଲି । ସେ ଜଣେ ଡକ୍ଟର ଆନ୍ଟିଙ୍କୁ ଫୋନ୍ ଲଗେଇଲେ । ଜେଜେଙ୍କ ଏପରି ଉତ୍ତେଜିତ ହେଇ ପାଟି କରିବା ଆଉ କାନ୍ଦିବା କଥା କହିଲେ । ଆନ୍ଟି କହିଲେ—ଲକ୍‌ଡାଉନ୍ ଅବସ୍ଥାରେ ଡିପ୍ରେସନ୍ ଆସିବା ସ୍ୱାଭାବିକ । କିନ୍ତୁ ଏତେ ଶୀଘ୍ର ନୁହେଁ ଏବଂ ମଉସାଙ୍କ ଆଚରଣରୁ ଯାହା ଜଣା ପଡୁଚି ଏହା ସାଇକିଆଟ୍ରିକ୍ ସମସ୍ୟା ନୁହେଁ । ଏହା ଏକ ପଜିଟିଭ ସାଇନ୍ । ଏକ ଗୁଣାତ୍ମକ ମାନବିକ ଆଚରଣ । ଅନ୍ୟମାନଙ୍କ ଦୁଃଖରେ ଦୁଃଖୀ ହେବା ଓ ସହାନୁଭୂତି ପ୍ରକାଶ କରିବା ମାନସିକ ରୋଗର ଲକ୍ଷଣ ନୁହେଁ । ଆପଣ ଆଦୌ ବ୍ୟସ୍ତ ହୁଅନ୍ତୁ ନାହିଁ ।

ମାମା ଟିକିଏ ଚିନ୍ତାକଲେ । କଫି ତିଆରି କଲେ । ଚାରିମଗ୍ କଫି ଧରି ଡାଇନିଂ ଟେବୁଲ ପାଖକୁ ଆସିଲେ । ବାପା କଫି ନିଅନ୍ତୁ । ମୁଁ ଗୋଟିଏ କଥା ଚିନ୍ତା କରିଚି । ଆପଣ ଶୁଣନ୍ତୁ । ଏହା ଭଲହେବ କି ନାହିଁ କହିବେ । ଏବେ ବିଭିନ୍ନ ସ୍ଥାନରେ କୋଭିଡ୍ ଡାକ୍ତରଖାନା ଖୋଲୁଚି । ପ୍ରତିଷ୍ଠିତ ଡାକ୍ତରଖାନା ମାନଙ୍କୁ ତାର ପରିଚାଳନା ଦାୟିତ୍ୱ ଦିଆଯାଉଚି । ଆମ ଜିଲ୍ଲାର କୋଭିଡ୍ ଡାକ୍ତରଖାନା ଖୋଲିବା ଓ ଚଲାଇବା ପାଇଁ ଆମେ ସମର୍ଥ । ଆମେ ଚାହିଁଲେ ସହଜରେ ଆମକୁ ଏ କାମ ମିଳିଯିବ । ଆମର ଡାକ୍ତର ଓ ନର୍ସମାନେ ସହଜରେ ଏକାମ କରି ପାରିବେ । ଦରକାର ହେଲେ ଅଧିକ ଲୋକଙ୍କୁ ଟ୍ରେନିଂ ଦେଇ ରଖିବା । ସାଧାରଣ ଲୋକମାନଙ୍କୁ ମଧ୍ୟ ସଚେତନ କରିବା ।

ଜେଜେ ଶାନ୍ତହେଇ ମାମାଙ୍କ କଥା ଶୁଣୁଥିଲେ । ବାବା କଫି ମଗ୍ ଧରେଇ ଦେଲେ ତାଙ୍କ ହାତରେ । ସେ କଫିମଗ୍ ଉଠଉଥିଲେ ଓ କଟିକି । ଏତିକି ବେଳେ ବୁନ୍ଦାଏ ଲୁହ ଜେଜେଙ୍କ ଓଠ ତଳେ ଚକ୍ ଚକ୍ କରୁଥିବା ମୋ ଆଖିରେ ପଡିଗଲା । ସେହି ସ୍ୱର୍ଗୀୟ ଲୁହବୁନ୍ଦାକୁ ମୁଁ ମୁଗ୍ଧହେଇ ଅନେଇଁ ରହିଲି ।

ମୁନି ଆଉ ନାହିଁ

ବୋଉ ଆଉ ମୁନା ଆସିଲାବେଳକୁ ମୁନି କାନ୍ଥକୁ ଆଉଜି ବସିଥାଏ। ବେଲେବେଲେ ଆଖ୍ ବୁଜିଥାଏ ତ ବେଲେବେଲେ ଅନେଇଁ ଥାଏ। ଅନିର୍ଦିଷ୍ଟ ଭାବରେ। ଆଜି କିନ୍ତୁ ଏ ପର୍ଯ୍ୟନ୍ତ ସେ ଉଠି ବସି ନଥିବ। ଲମ୍ବହେଇ ଶୋଇ ରହିଥିବ। ଚାଦରଟିଏ ଘୋଡେଇ ହେଇ। ପାଦରୁ ମୁଣ୍ଡ ପର୍ଯ୍ୟନ୍ତ। ବାପା ବି ଆଖପାଖରେ କୌଠି ନଥିବ। ହୁଏତ ଚା ଫା ଖାଇବାକୁ ବାହାରକୁ ଯାଇଥିବ।

ବୋଉ ଡାକିବ – ମୁନି ମୁନି, ଏତେବେଲ ଯାକେ କଣ ଶୋଇଚୁ? ଉଠୁ ମା।

ମୁନି ତା ମୁହଁ ଉପରୁ ଚାଦର ଖସେଇ ଆଗେ ବୋଉ ମୁହଁକୁ ଓ ତାପରେ ମୁନା ମୁହଁକୁ ଅନେଇବ।

ବୋଉ ବସିପଡିବ ତା ମୁଣ୍ଡ ପାଖରେ। ମୁଣ୍ଡକୁ ଆଉଁସିଦେଇ ପଚାରିବ– ତୁ ଜଲଖିଆ ଖାଇନୁ କି? ଦେହ କଣ ଭଲ ଲାଗୁନି?

ମୁନି କେବଲ ମୁଣ୍ଡ ଟୁଙ୍ଗାରି ଦୁଇଟି ଯାକ ପ୍ରଶ୍ନର ଉତ୍ତର ଦବ। କାନ୍ଥ କଡକୁ ଥୁଆ ହେଇଥିବା ଫାଲେ ଅଣ୍ଟା ଆଉ ଦିଖଣ୍ଡ ପାଉଁରୁଟି ମୁନାପାଇଁ ଅଛି ବୋଲି ଠାରିଦବ। ପ୍ରତିଦିନ ସକାଲେ ମିଲୁଥିବା ଜଲଖିଆରୁ କିଛି ସେ ମୁନା ପାଇଁ ରଖେ। ମୁନା ଘରୁ ବୋଉ ସାଂଗରେ ପଖାଲ ଖାଇ ଆସିଥାଏ। ତଥାପି ବି...

ବୋଉ ମୁନା ହାତରୁ ପୁରୁଣା ଆଲବମଟି ଆଣି ମୁନି ପାଖରେ ଥୋଇଦବ। କାଲି ତୁ ଏଇଟିକୁ ଆଣିବାକୁ କହିଥିଲୁ। ମୁଁ ତ ଭୁଲି ଯାଇଥିଲି। ଆସିଲା ବେଲକୁ ମୁନା ମନ ପକେଇ ଦେଲା। ଦେଖ୍‌ବୁ ଭଲ ଲାଗିବ।

ମୁନି ଆଲବମଟି ଉଠେଇ ତା ଛାତି ଉପରେ ରଖ୍‌ବ। ଆଖ୍ ବୁଜି ହେଇଯିବ ଛାଁ କୁ ଛାଁ।

ବାପା ସେମାନଙ୍କ ପାଖକୁ ଆସି ଯାଇଥିବ। ଚିହ୍ନ ହଉ ନଥିବ ତାର ଚେହେରା। ଝଡି ଯାଇଥିବ ପୁରାପୁରି। ବୟସ ବହୁତ ବଢି ଯାଇଥିବ। ନିସ୍ତିଏ ପରି ଦେଖା ଯାଉଥିବ।

ତା ମୁହଁରୁ ଆଉ ଜଣେ କେହି କହିଲା ପରି ଶୁଭିବ– ଉଠ ଯିବା ।

ବୋଉ ଉଠିବାକୁ ଯାଉଥିବ । ମୁନି ତାର ନିର୍ଜୀବ ହାତରେ ବୋଉର ଡାହାଣ ହାତକୁ ଧରି ପକେଇବ । ଅତି ଅସ୍ପଷ୍ଟ ଭାବରେ ଗିଣି ଗିଣି ହେଇ କହିବ– ବୋଉ, ତମେ ସମସ୍ତେ ଗାଁକୁ ପଳେଇବ । ଗାଁରେ ଯାହା ଶାଗଭାତ ମିଳିବ ଖାଇପିଇ ରହିବ । ମୁନାକୁ ଏଠି ରଖିବନି । କାରଖାନାର ବିଷ...

ଆଉ କହି ପାରିବନି । ବନ୍ଦ ଆଖ୍ ଜକେଇ ଆସିବ ।

ବୋଉ ତା କାନିରେ ପୋଛି ପକେଇବ ତା ଆଖ୍ । ନା ନା କାନ୍ଦେନା । ଡାକ୍ତର କହୁଚନ୍ତି ତୁ ଶୀଘ୍ର ଭଲ ହେଇଯିବୁ । ତୁ ଭଲ ହେଇଗଲେ ପଛେ ଆମେ ଗାଁକୁ ପଳେଇବା । ଜମା କାନ୍ଦେନା ମୋ ଧନଟା ପରା ।

ବାପା ବାହାରକୁ ମୁହଁ ବୁଲେଇ ନେବେ ।

କାହିଁକି ଏମିତି ସବୁ ହେଇଗଲା ? ସୁରୁଖୁରୁରେ ଚଲି ଯାଉଥିଲା ତାଙ୍କର ସଂସାର । ଦିହେଁ କାରଖାନାରେ ଖଟୁଥିଲେ । ମୁନି ମୁନା ବସ୍ତି ସ୍କୁଲରେ ପଢୁଥିଲେ । ମୁନିର ୫ମ ମୁନାର ୧ମ । ମୁନି ଭଲ ପଢୁଥିଲା । ଭଲ ଗୀତ ବୋଲୁଥିଲା । ମୁହଁରେ ଜକଜକ ହଉଥିଲା ତାର ସୁନ୍ଦର ଭବିଷ୍ୟତ । ତାକୁ ସମସ୍ତେ ଭଲ ପାଉଥିଲେ । ସେ ବି ସମସ୍ତଙ୍କୁ । ମୋଟାମୋଟି ଖୁସିବାସିର ସଂସାର ଚାଲିଥିଲା ।

କଣ ହେଲା କେଜାଣି ମୁନିର ମୁହଁ ଝାଉଁଳିଲା ପରି ଦେଖାଗଲା । ହଠାତ୍ ସେପରି ବାରିହେଲା ପରି ନୁହଁ । ହୁଏତ ପାଠପଢ଼ା କଷ୍ଟ କି ସାଂଗସାଥୀଙ୍କ ସହ ଅପଡ । ଏମିତି କିଛି । ତାକୁ ପଚାରିଲେ ସେ କହେ ମୁଁ କିଛି ଜାଣିପାରୁନି । ଧୀରେ ଧୀରେ ତା ଦେହ ଉଷ୍ମ ଲାଗିଲା । ଅଧିକ ନୁହଁ ସାମାନ୍ୟ । ସାଧାରଣ ପରିବାରରେ ଜରକୁ ଏତେ ଗୁରୁତ୍ ଦିଆଯାଏନା । ଜର ହୁଏ । ଛାଁ କୁ ଛାଁ ଛାଡିଯାଏ । ମୁନିର ଦେହରେ ତ ଅଧିକ ଜର ରହୁନଥିଲା । ଖାଲି ଉଷ୍ମୁ ଉଷ୍ମୁ ଲାଗୁଥିଲା । ମୁହଁଟି କେବଳ ଶୁଖ୍ ଯାଉଥିଲା । ବୋଉ ବ୍ୟସ୍ତ ହବାରୁ ବାପା ହୋମିଓପାଥ୍ ଦୋକାନରୁ ଔଷଧ ଆଣିଦେଲା । ଗାଧୋଇବ ନି । ଖଟା ରାଗ ପଖାଳ ଖାଇବନି । ହୋମିଓପାଥ୍ ଔଷଧରେ କିଛି ଦିନ ଚାଲିଗଲା । ଧୀରେ ଧୀରେ ମୁନି ଶୁଖ୍ ଯିବାକୁ ଲାଗିଲା । ବାପା ପାଖ ଡାକ୍ତରଖାନାକୁ ନେଇଗଲା । ଡାକ୍ତର ବି ସାଧାରଣ ଜର ଔଷଧ ଦେଇ କହିଲେ–ଏଇଥିରେ ଭଲ ହେଇଯିବ । ଜର ବଢ଼ିଲାନି କି ଭଲ ହେଲାନି । ଡାକ୍ତର ରକ୍ତ ପରୀକ୍ଷା କରି କହିଲେ– ମେଲେରିଆ ନାହିଁ କି ଟାଇଫଏଡ୍ ନାହିଁ । ବଡ ଡାକ୍ତରଖାନାକୁ ନେଇଯାଅ । ଆଉ ବିଳମ୍ବ କରନା ।

ବାପା ବୋଉଙ୍କ ମୁଣ୍ଡରେ ଚଟକ ପଡ଼ିଲା । ବଡ ଡାକ୍ତରଖାନା – ଆଉ କିଛି ଭାବିପାରୁ ନଥିଲେ ସେମାନେ । ବାପା ଡରି ଡରି ଝିଅକୁ ବଡ ଡାକ୍ତରଖାନାକୁ ନେଇକରି

ଗଲା। ଏତେ ବଡ ଡାକ୍ତରଖାନା ଗାଡିମଟର ଲୋକ ହାଉଯାଉ। ମୁଣ୍ଡ ବୁଲେଇ ଦଉଚି। କୋଉଠିକି ନେବ। କାହାକୁ ପଚାରିବ। ଜଣକ ଗୋଡହାତ ଧରି ପକେଇ ପଚାରିଲା ମୁଁ କଣ କରିବି ? ସେ ଟିକଟ ଘର ଦେଖେଇ ଦେଲେ। ଟିକଟ କରି ସଠିକ ଜାଗାରେ ଯାଇ ପହଞ୍ଚିଲା ବେଳକୁ ଲମ୍ବାଧାଡି। ମୁନି କାନ୍ଥକୁ ଆଉଜି ତଳେ ବସି ପଡିଥାଏ। ବାପା ଠିଆ ହେଇଥାଏ। ଜମା ଘୁଞ୍ଚୁନଥିବା ଧାଡିରେ। ଏତେ ରୋଗୀ ଏତେ ଯନ୍ତ୍ରଣା ଦେଖି ତାଟଙ୍କା ମାରି ଯାଉଥାଏ। ଅନେକ ସମୟପରେ ତାଙ୍କ ପାଲି ପଡିଲା। ଡାକ୍ତର ତାର ପରୀକ୍ଷାକରି ତାକୁ ୱାର୍ଡରେ ଭର୍ତ୍ତି କରି ଦେବାକୁ ନର୍ସଙ୍କୁ କହିଲେ। ୱାର୍ଡରେ ବେଡ୍ ନଥାଏ। ତଳେ ବେଡ୍‌ସିଟିଟିଏ ପରାହେଲା ପରେ ସେଇଠି ଶୋଇ ଯିବାକୁ ଠାରିଦେଲେ ନର୍ସ। ସାଂଗେ ସାଂଗେ ସାଲାଇନ୍ ଲଗେଇ ଦେଲେ।

ବାପା କାନ୍ଦ କାନ୍ଦ ହେଇ ପଚାରିଲା– ମୋ ଝିଅର କଣ ହେଇଚି ?

ତମେ କାଇଁ ବ୍ୟସ୍ତ ହଉଚ ? ସାର୍ ଦେଖୁଚନ୍ତି। ତମ ଭାଗ୍ୟ ଭଲ। ସାର୍ ବିଭିନ୍ନ ପରୀକ୍ଷା ପାଇଁ ଲେଖିଛନ୍ତି। ପରୀକ୍ଷା ପରେ ଜଣାପଡିବ। ତମେ ଝିଅ ପାଖରେ ଥାଅ।

ସାଂଗେ ସାଂଗେ କେତେ ରକ୍ତ ଟାଣି ନେଇଗଲେ। ଝିଅର ଶୁଖିଲା ସେମଟା ଧୈଅରୁ। ବାପା ଆଖି ବୁଜି ପକେଇଲା।

ୱାର୍ଡଟା ସାରା ରୋଗୀଙ୍କର ଯନ୍ତ୍ରଣା ଚିତ୍କାର ଓ କନ୍ଦାକଟାରେ ଥରି ଉଠୁଥାଏ। ଏସବୁ ଶୁଣି ମୁନି ଛାନିଆଁ ହେଇ ଯାଉଥାଏ। ସେ ଭାବିଥିଲା ବଡଡାକ୍ତର ତାକୁ ଦେଖି ଭଲ ଔଷଧ ଲେଖିଦେବେ। ଔଷଧ ନେଇ ସେ ଘରକୁ ଫେରିଯିବ। ସେଇଠି ଔଷଧ ଖାଇ ଭଲ ହେଇଯିବ। ହେଲେ ଏଠି ଛୁଞ୍ଚି ରକ୍ତ ଇଂଜେକ୍ସନ୍ ସାଲାଇନ୍ ତା ମୁଣ୍ଡ ବୁଲେଇ ଦଉଚି। କାହାକୁ କିଛି କହିବାକୁ ତାର ସାହସ କୁଲଉନି। ଘଡିକି ଘଡି ବାପା ଆଶ୍ୱାସନା ଦଉଚି ବ୍ୟସ୍ତ ହନା। ଦେହ ଭଲ ହେଇଯିବ। ବେଳେବେଳେ ନର୍ସ ଆସୁଚନ୍ତି। ତାକୁ ନଦେଖି କିଛି କହି ଚାଲି ଯାଉଚନ୍ତି।

ସଂଧ୍ୟାବେଳକୁ ବଡ ଡାକ୍ତର ଆସିଲେ। ସବୁ ରିପୋର୍ଟ ଦେଖିଲେ। ସେଥିରେ କଣ ଲେଖିଦେଇ ଚାଲିଗଲେ।

ନର୍ସ ତାଙ୍କ ଚାମ୍ବରକୁ ବାପାଙ୍କୁ ଡାକି କହିଲେ– ସାର୍ ରୋଗୀଙ୍କୁ କର୍କଟ ଗବେଷଣା କେନ୍ଦ୍ରକୁ ରେଫର କରି ଦେଇଛନ୍ତି।

କଣ କରିଛନ୍ତି ?

କ୍ୟାନସର ଡାକ୍ତରଖାନାକୁ ପଠେଇ ଦବା ପାଇଁ କହିଛନ୍ତି।

କ୍ୟାନସର ନାଁ ଶୁଣି ବାପା ଚମକି ପଡିଲା।

ନର୍ସ ଏକଥା ଲକ୍ଷ୍ୟକରି କହିଲେ– କ୍ୟାନସର ନାଁ ଶୁଣି ଚମକି ପଡୁଚ କାଇଁକି ?

ତାକୁ କ୍ୟାନସର ହେଇଚି ବୋଲି କିଏ କହିଲା? ସିଏ ହଉଚି ଗବେଷଣା କେନ୍ଦ୍ର। ବହୁତ ଭଲ ଡାକ୍ତର ଆଉ ଯନ୍ତ୍ରପାତି ଅଛି। ସବୁ ମାଗଣାରେ ମିଳିବ। ଭଲରେ ଚିକିତ୍ସା ହେଇ ପାରିବ। ମୁଁ ଆମ୍ବୁଲାନ୍ସ ଡାକି ଦଉଚି। ତମେ ବି ଗାଡ଼ିରେ ଯିବ। ସେମାନେ ସବୁ ବ୍ୟବସ୍ଥା କରିଦେବେ।

ନର୍ସ ଯେତେ ଭରସା ଦେଲେ ବି ବାପା ବିଶ୍ୱାସ କରିପାରୁ ନଥିଲା। କେବଳ ଠାକୁରଙ୍କୁ ସ୍ମରଣା କରି ମନେ ମନେ କହୁଥିଲା- ହେ ପ୍ରଭୁ। କାଇଁକି ଏ ଗରିବଟାକୁ ଏତେ କଷ୍ଟ ଦଉଚ? ଦୟାକରି ମୋ ଝିଅକୁ ଭଲ କରିଦିଅ।

କ୍ୟାନସର ଡାକ୍ତରଖାନାରେ ବଡ ଡାକ୍ତରଖାନା ଠାରୁ କମ ଗହଳିଥିଲା। ବେଶୀ ସଫା ସୁତୁରା ଥିଲା। ସେଠି ବି ବେଡ୍ ନଥିଲା। ବିଛଣାଚାଦର ପାରି ତଳେ ଶୋଇବାକୁ ପଡ଼ିଲା। ଲମ୍ବା ହଲରେ ଅନେକ ରୋଗୀ ଥିଲେ। ପ୍ରତ୍ୟେକଙ୍କ କଡକୁ ଜଣେ ଜଣେ ନିଜର ଲୋକ। ମୁନି ଆସି ବିଛଣାରେ ଶୋଉ ଶୋଉ ତାକୁ କ୍ଷୀର ପାଉଁରୁଟି ଖାଇବାକୁ ଦେଲେ। ଖାଇ ସାରିଲା ପରେ ସ୍ଟ୍ରେଚରରେ ତାକୁ ପରୀକ୍ଷା ପାଇଁ ନିଆଗଲା। ଏଠାରେ ଡାକ୍ତରନର୍ସ ଓ ଅନ୍ୟାନ୍ୟ କର୍ମଚାରୀଙ୍କ ତତ୍ପରତା ଦେଖି ବାପା ଆଶ୍ଚର୍ଯ୍ୟ ହେଇଗଲେ। ମନରେ ଆଶା ଚହଟି ଆସିଲା- ମୋ ଝିଅ ଭଲ ହେଇଯିବ।

ବିଭିନ୍ନ ପରୀକ୍ଷା ସରୁସରୁ ୯ଟା କି ୧୦ଟା ହେଇଗଲା। ଝିଅକୁ ଆଣି ବିଛଣାରେ ଶୋଇଦେଇ ନର୍ସ ବାପାଙ୍କୁ କହିଲେ- ତମେ ଯାଇ ଖାଇଦେଇ ଆସ। ମୁଁ ଝିଅ ପାଖରେ ଅଛି।

ବାପାର ଭୋକ କେତେବେଳୁ ମରିଯାଇଥାଏ। ପାଖ ଦୋକାନରୁ ବିସ୍କୁଟ ଦିତା ଆଉ ଚା କପେ ଖାଇ ସେ ଫେରି ଆସିଲା। ହେ ଭଗବାନ, ଜୀବନରେ ଏତେ କଷ୍ଟ ପୁଣି ଥାଏ? ତୋ ଇଚ୍ଛା।

ଝିଅ ଶୋଇ ପଡ଼ିଥାଏ। ଆଖିବୁଜି। ଅନ୍ୟମାନେ ବି। ତା ଆଖି କି ନିଦ ଆସୁନଥାଏ। ସେ ଝିଅ ପାଖରେ କାନ୍ଥକୁ ଆଉଜି ହେଇ ବସି ପଡ଼ିଲା। ହଠାତ୍ ତା ଦେହ ଭିତରକୁ କ୍ଳାନ୍ତି ଆଉ ଘୋଲାବିଁଧା ପଶି ଆସିଲା। ଦି ଆଣ୍ଠୁ ଉପରେ ମୁଣ୍ଡ ନେଇଁ ଦେଲା ବେଳକୁ ଘରକଥା ମନ ପଡ଼ିଗଲା। ମୋବାଇଲ୍ ଅନ୍‌କରି ଦେଖିଲା- ଫୋନ୍‌ସାରା ତା ସ୍ତ୍ରୀର ମିସ୍‌କଲ। ସାଙ୍ଗେ ସାଙ୍ଗେ ଲଗେଇଲା। ଦିନସାରା ଘଟି ଯାଇଥିବା ଘଟଣା ଚୁପ୍‌କରେ ଗପିଗଲା। ମୋବାଇଲ ଥରି ଉଠିଲା ଜଣେ ମାର କୋହରେ। ତାର ଛାତି ଥରି ଉଠୁଥିଲା। ସେ ନିଜକୁ ଅଟକାଇ ନେଲା। ନାଇଁ କାନ୍ଦେନା। ଠାକୁରଙ୍କୁ ଡାକ ଝିଅ ଭଲ ହେଇଯାଉ। ମୋବାଇଲ ବନ୍ଦ କରିଦେଲା।

ସେଇ ଦିନରୁ ଏମିତି ଚାଲିଚି। ରାତିରେ ବାପା ମୁନି ପାଖରେ ରହୁଚି। ସକାଳ

୮ଟା ବେଳକୁ ବୋଉ ଆଉ ମୁନା ଆସି ପହଞ୍ଚୁଚନ୍ତି। ବୋଉ ମୁନିକୁ ଆଉଁସି ଦିଏ। ଆଖିରେ ଲୁହ ବୋଲ ମାନେନା। ମୁନି ହାତ ବଢ଼ାଏ ଲୁହ ପୋଛିଦବା ପାଇଁ। ବୋଉ ତା ଲୁଗା କାନିରେ ଲୁହ ପୋଛି ଦିଏ। ଛାତି ଭିତରେ ଉବୁକି ଆସୁଥିବା ଲୁହକୁ ଢୋକିଦିଏ। ମୁନା ଅନେଇଥାଏ ନିର୍ବୋଧ ଆଖିରେ। ତାକୁ କାନ୍ଦମାଡେ ହେଲେ ସେ ସାହସ କରି ପାରେନା କାନ୍ଦିବାକୁ। ମନେ ମନେ ଭାବେ ଦେଇ କୋଉଦିନ ଭଲହେଇ ଘରକୁ ଯିବ। ଆମେ ସାଂଗ ହେଇ ସ୍କୁଲକୁ ଯିବୁ।

ବାପାର ନିତ୍ୟକର୍ମ ସରିଲେ ବାପାବୋଉ କାରଖାନାକୁ ଚାଲିଯିବେ। ଦିନସାରା ସେମାନେ କାରଖାନାରେ କାମ କରନ୍ତି। ଡାକ୍ତରଖାନାରେ ମୁନା ମୁନି ପାଖରେ ରହେ। ଆଉ କିଏ ବା ରହିବ ?

ମୁନା ସ୍ୱଭାବତଃ ଟିକିଏ ଚଗଲା। ସବୁବେଲେ କିଛି ନା କିଛି ଖେଲୁଥାଏ ନହେଲେ ଦୁଷ୍ଟାମି କରୁଥାଏ। ଏଠି ସେ ସବୁର ପ୍ରଶ୍ନ ଉଠୁନି। ଡାକ୍ତର, ନର୍ସ, ଯନ୍ତ୍ରପାତି, ଇଂଜେକ୍ସନ୍, ଅଜଣା ଭୟ ତାକୁ ଚୁପ୍ କରି ଦେଇଚନ୍ତି। ଦିନ ସାରା ସେ ସେମିତି ମୁହଁ ଶୁଖେଇ ବସିଥାଏ। ଆଗେ ମୁନି ତା ସାଂଗେରେ ଗପୁଥିଲା। ବେଲେବେଲେ କଥା କହୁଥିଲା। ତାକୁ ପଢ଼ଉଥିଲା ତା ବହିରୁ। ଏବେ ଆଉ ସଂଭବ ହଉନି। କଥାବାର୍ତ୍ତା କରିବା ପାଇଁ ତାର ବଲ ପାଉନି। ସବୁବେଲେ ନିସ୍ତେଜ ହେଇ ପଡ଼ି ରହୁଚି। ବେଲେବେଲେ କେବଲ ମୁନାର ମୁଣ୍ଡକୁ ଆଉଁସି ପକଉଚି।

ଦେଇର ଏ ଅବସ୍ଥା ଦେଖି ମୁନା ଡରି ମରି ସେଇଠି ପଡ଼ି ରହୁଚି। ବାପା ବୋଉ କେହି ରହି ପାରିବେନି। ନିଶ୍ଚୟ କାମକୁ ଯିବେ। ଦରମା ଆଣିଲେ ସେମାନେ ଖାଇବେ। ପାଠ ପଢ଼ିବେ। ପୁଣି ଦେଇର ଦେହ ଖରାପ। ସେ ତ ରହିବାକୁ ବାଧ୍ୟ। ହେଲେ ଆଉ ଦେଇ କି ଅନେଇଁ ହଉନି। ଶୁଖି ଡାଙ୍ଗ ହେଇ ଗଲାଣି ତା ଧୂଅ। ମୁଣ୍ଡବାଲ ସବୁ ଉପୁଟି ଯାଇଚି। ସେମଟା ମୁହଁରେ ଢ଼େବା ଢ଼େବା ଆଖି କି ବିକଟାଲ ଦେଖା ଯାଉଚି! ମୁନାକୁ କାନ୍ଦ ମାଡିଲେ ବି ସେ କାନ୍ଦି ପାରେନା। ଘରେ ବୋଉ ପାଖରେ କାନ୍ଦେ। ବୋଉ ବି କାନ୍ଦି ପକାଏ। କିଛି ସମୟ ପରେ ତୁଣ୍ଡି ହେଇଯାଇ ମୁନାକୁ ବୁଝାଏ। ଦେଇ କି ବହୁତ ବଡବଡ ଡାକ୍ତର ଦେଖୁଚନ୍ତି। ଔଷଧ ଦଉଚନ୍ତି। ଦେଇ ଭଲ ହେଇଯିବ। ତୁ କାନ୍ଦେନା, ଭଗବାନଙ୍କୁ ଡାକେ। ସେ ଶୀଘ୍ର ଭଲ ହେଇଯାଉ। ସେ ସିନା କୁନାକୁ ବୁଝାଏ, ତୁନ୍ଦି କରେ, ହେଲେ ମାର ମନକୁ କିଏ ବୁଝେଇବ ? କୋଉ ଭଗବାନର ଏତେ ଶକ୍ତି ଅଛି ?

ପ୍ରତିଦିନ ପ୍ରାୟ ଏଇ ସମୟରେ ଜଣେ ଡାକ୍ତରାଣୀ ଆସନ୍ତି। ତାଙ୍କୁ ଦେଖ୍ ମୁନା ସିଧା ହେଇ ବସି ପଡିବ। ଦେଇ ତାଙ୍କୁ ମାଡାମ ବୋଲି ଡାକେ। ସେ ଆସି ପଚାରିବେ–

କଣ ମୁନି ଶୋଇ ପଡିଚ କି ? ମୁନି ଆଖ୍ ଖୋଲିବ । ଏ ମାଡାମ୍‍ଙ୍କୁ ମୁନି ଭାରି ଭଲପାଏ । ସେ ସବୁବେଳେ ହସି ହସି କଥା କହନ୍ତି । ସାହସ ଦିଅନ୍ତି । ଆଶା ଦିଅନ୍ତି । ଭଲ ହେଇ ଯିବା ପାଇଁ । ସେ କହନ୍ତି ସମସ୍ତଙ୍କର କିଛି ନା କିଛି ରୋଗ ଅଛି । ଠିକ୍‍ ଚିକିସ୍ତା କଲେ ରୋଗ ଭଲ ହେଇଯିବ । ଥରେ ମୁନି ତାଙ୍କୁ ପଚାରିଥିଲା । କ୍ୟାନସର ରୋଗ କାଇଁକି ହୁଏ ? ସେ ବୁଝେଇ ଥିଲେ– କଳକାରଖାନା ଗାଡିମଟର ବାୟୁମଣ୍ଡଳକୁ ଦୂଷିତ କରି ପକଉଚି । ସେଇ ବିଷ ମଣିଷ ଭିତରକୁ ଯାଇ ଏ ରୋଗ ସୃଷ୍ଟି କରୁଚି । ମାଡାମ୍‍, କ୍ୟାନସର କଣ ଭଲ ହବନି ? ପଚାରିଥିଲା ମୁନି । ମାଡାମ୍‍ ହସି ହସି କହିଥିଲେ– କିଏ କହିଲା ? ଅନ୍ୟ ରୋଗ ପରି ଏହା ମଧ ଗୋଟିଏ ରୋଗ । ଠିକ ସମୟରେ ଭଲ ଚିକିସ୍ତା କରାଗଲେ ଏ ରୋଗ ନିଶ୍ଚୟ ଭଲହେବ । ବଡକଥା ହଉଚି ତମେ ଆଶାବାଦୀ ହୁଅ । ନିଶ୍ଚୟ ଭଲ ହେଇଯିବ । ସାହସୀ ହୁଅ । ଏ ରୋଗ ସହିତ ଲଢ଼େଇ କରିବ । ମନରେ ଶାନ୍ତି ରଖ । ଆଡୁସାଡୁ କଥା ଭାବନା । ଭଗବାନଙ୍କୁ ଡାକ । ସେ ସବୁଠିକ କରିଦେବେ ।

ମୁନିକୁ ଏ ଅବସ୍ଥାରେ ଦେଖ ସେ ନର୍ସଙ୍କୁ ଡାକିବେ । ସାରଙ୍କୁ ଟିକିଏ ଡାକିଦେବା ପାଇଁ କହିବେ । ଡାକ୍ତର ଆସିବେ । ମୁନିକୁ ପରୀକ୍ଷା କରିବେ । ସାଂଗ ସାଂଗେ ଇଂଜେକ୍‍ସନ୍‍ ଓ ଔଷଧ ଦେବା ପାଇଁ ବରାଦ କରିବେ ।

ତମେ ଜମା ବ୍ୟସ୍ତ ହବନି ମୁନି । ଟିକକ ପରେ ତମକୁ ଭଲ ଲାଗିବ । ମୁଁ ତମ ପାଖରେ ଅଛି । ତମେ ବିଶ୍ରାମ ନିଅ ।

କିଛି ସମୟପରେ ମୁନିକୁ ଟିକିଏ ଭଲ ଲାଗିବ । ମାଡାମ କହିବେ–ଗୁଡ୍‍ । ତମେ ବିଶ୍ରାମ କର । ମୁଁ ଅନ୍ୟ ପେସେଣ୍ଟମାନଙ୍କ ପାଖକୁ ଯାଉଚି । କିଛି ସମୟ ପରେ ଆସିବି ।

ମାଡାମ୍‍ ଚାଲିଯିବେ । ମୁନି ମୁନାକୁ ଠାରି କରି କହିବ – ପାଉଁରୁଟି ଅଣ୍ଡା ଖାଇଦେ ।

ଅନ୍ୟଦିନ ମୁନା କହିବ– ଭୋକ ନାଇଁ । ପଖାଳ ଖାଇଚି । ପଛକୁ ଖାଇବି ।

କଣ ନଗେଇ ଖାଇଥିଲୁ ?

ଆଲୁଭର୍ତ୍ତା ।

ରାତିରେ ?

ଜାଣିନି । ନିଦ ଭାଉଲାରେ କଣ ଖାଇଲି ।

ବୋଉ ଶୋଇଲାବେଳେ କାନ୍ଦୁଥିଲା କି ?

ଜାଣିନି । ହେଲେ ସଂଜ ଦେଲାବେଳେ ଠାକୁର ପାଖରେ କାଦେ ।

ମୁନା ଚୁପ୍‍ ଚାପ୍‍ ପାଉଁରୁଟି ଅଣ୍ଡା ଖାଇଦବ । ବୋତଲରୁ ଦିଢୋକ ପାଣି ପିଇନବ ।

ମୁନା ଖାଇସାରିଲା ପରେ ମୁନି ପାଖ ମଉସା କି ମାଉସୀଙ୍କୁ ପଇସା ଦବ ଚକଲେଟ୍ ଆଣିବା ପାଇଁ।

ଜରିଖୋଲି ଦେଇକି ଯାଚିବ – ନେ।

ନାଇଁରେ ମତେ ଚକଲେଟ୍ ଭଲ ଲାଗୁନି। ତୁ ଖା।

ମୁନା ଖାଏ। ପଚାରେ – ତତେ ଆଉ କଣ ଭଲ ଲାଗିବ ?

ମୋ ପାଟି ଖରାପ ହେଇଗଲାଣି। କିଛି ଭଲ ଲାଗୁନି।

ଆଉ କଣ ପଚାରିବ ମୁନା ଭାବି ପାରିବନି। ଚକଲେଟ ଖାଉ ଖାଉ କାନ୍ଥକୁ ଆଉଜି ଶୋଇ ପଡିବ।

ଏଥର ଆଖି ବୁଜିଦେବ ମୁନି। ଆଖି ତଳେ କେତେ ଚିତ୍ର ଆଙ୍କି ହେଇ ନିଭି ଯାଉଥିବ। ଗାଁର ନଈ, ଧାନବିଲ, କଇଁପାଟ, ଜହ୍ନ ଓ ଜହ୍ନରାତି, ତାରାଭର୍ତ୍ତି ଆକାଶ, ତାଙ୍କ ବସ୍ତିର ସାଂଗମେଳ, ଘର ଆଗରେ ଫୁଲଭର୍ତ୍ତି ଟଗରଗଛ ଏବଂ ଅରୁଭାଇର ହସ...

ଏମାନେ ଖୁବ୍ ମନ ପଡୁଥିବେ। ହେଲେ ତାକୁ ଲାଗୁଥିବ ସେମାନଙ୍କ ପାଖକୁ ହୁଏତ ଆଉ ଯାଇ ହବନି। ସେମାନେ ଦୂରକୁ ଦୂରକୁ ଚାଲିଯିବେ। ସେ ଆଉ କେତେ ଦିନ ବା ଔଷଧ ଇଁଜେକ୍ସନ୍‌ରେ ଅଟକି ରହିଥିବ ?

ଏ ଅବସ୍ଥାରେ ଅରୁଭାଇ ତାର ବେଶୀ ମନେ ପଡୁଥିବ। ସେଇଥିପାଇଁ ସେ ବୋଉକୁ କହିଥିଲା। ଆଲବମ୍ ଆଣିବାକୁ। ଆଲବମ୍ ଭିତରେ ଅରୁଭାଇ ସହିତ ଭେଟ ହେବାକୁ। ଆଲବମ୍ ତା ମୁଣ୍ଡ ପାଖରେ ଥୁଆ ହେଇଚି। ଏତେ ପାଖରେ ଅରୁଭାଇ। ବୋଉ କହୁଥିଲା– ଅରୁ ସବୁଦିନେ ପଚାରୁଚି ମୁନି କେମିତି ଅଛି ? ତାକୁ ଦେଖିବାକୁ ଯିବାକୁ ମୋର ଭାରି ଇଚ୍ଛା ହଉଚି। । ବାପା ମନା କରୁଛନ୍ତି।

ଓ‍ଃ ଅରୁଭାଇ ତମେ ମୋ ପାଖକୁ ଆସନା। ନା– ମୁଁ ତମକୁ ଆଉ ଭେଟି ପାରିବିନି।

ମୁନି ଆଲବମକୁ ତଳୁ ଉଠେଇ ଆଣିବ। ଜାକି ଧରିବ ଛାତି ଉପରେ। ନିବିଡ ଭାବରେ। ମନକୁ ମନ କହିବ – ନା – ଥାଉ। ପୁଣି ଥୋଇଦବ ତଳେ। ବାଏ।

ଦୁର୍ବଲ ହେଇଯିବ ତାର ଦେହହାତ ଆଉ ମନ। ମୁନା କାନ୍ଥକୁ ଆଉଜି ଶୋଇ ପଡିଥିବ। ମୁନି ଅନୁଭବ କରିବ ସେ କୋଉଠି ହଜି ହଜି ଯାଉଚି।

ନର୍ସ ଆସି ଦେଖିବେ ମୁନି ବେହୋସ ହେଇ ଯାଇଚି। ଡାକ୍ତର ଆସି ପରୀକ୍ଷା କରିବେ। ପୁଣି ଗୋଟେ ଇଁଜେକସନ୍ ଦେବାକୁ କହିବେ। ଇଁଜେକସନ୍ ନେଲାପରେ ମୁନି ଧୀରେ ଧୀରେ ଆଖି ଖୋଲିବ। ମୁନାର ନିଦ ଭାଙ୍ଗି ଯାଇଥିବ। ତାକୁ କାନ୍ଦ ମାଡୁଥିବ ଖୁବ୍ ଜୋରରେ। ହେଲେ ସେ କାନ୍ଦିପାରୁ ନଥିବ।

ଡାକ୍ତର କହିବେ ତା ବାପାମାଙ୍କୁ ଫୋନ୍‌କରି ଡାକିଦିଅ ।

ଡାକ୍ତରଖାନାର ଜରୁରୀ ଫୋନ୍ ପାଇ ବାପାବୋଉ କାରଖାନାର କାମଛାଡ଼ି ପଳେଇ ଆସିବେ । ମୁନା ବୋଉକୁ କୁଣ୍ଢେଇ ପକେଇବ । ଅଟକି ରହିଥିବା କୋହ ଫିଟିପଡ଼ିବ ଏକା ବେଳକେ ।

ସେତେବେଳକୁ ମୁନି ଟିକିଏ ସହଜ ହେଇ ଯାଇଥିବ । ମୁନାକୁ ବାପା ହାତରେ ଛାଡ଼ି ବୋଉ ବସି ପଡ଼ିବ । ମୁନି ପାଖରେ । ତା ମୁଣ୍ଡକୁ ଆଉଁସିଦବ । ମୁନିର ନିର୍ଜୀବ ଶିରାଳ ହାତ ବୋଉର ହାତକୁ ଅଟକେଇ ଦବ । ଗିଣି ଗିଣି ଶଘରେ କହିବାକୁ ଚେଷ୍ଟା କରିବ– ମୋ ମୁଣ୍ଡ ଛୁଇଁ କହ– ତମେ ସବୁ ଗାଁକୁ ....

ବୋଉ ତା ହାତ ଟାଣି ଆଣିବ ମୁନିର ମୁଣ୍ଡ ଉପରୁ । ତା ଥରଥର ଓଠକୁ ଚାପି ଧରିବ । ମୋ ରାଣ ସେମିତି କହନା । ମୋ ମାଟା ପରା । ତୁ ଆଗ ଭଲ ହେଇଯା । ତାପରେ ତୁ ଯାହା କହିବୁ ସେଇଆ ହବ । ବେସ୍ତ ହନା । ଠାକୁରଙ୍କୁ ଡାକ ।

ଡାକ୍ତର ରାଉଣ୍ଡରେ ଆସିବେ । ମୁନିକୁ ଦେଖିବେ । ତା ବାପାକୁ କହିବେ– ତମେ ଜଣେ କିଏ ତା ପାଖରେ ରହ । ତାପରେ ଅନ୍ୟ ରୋଗୀ ପାଖକୁ ଚାଲିଯିବେ ।

ବାପା କହିବ – ମୁଁ ଏଠି ରହୁଚି । ତୁ ମୁନାକୁ ନେଇ ଘରକୁ ଯା ।

ବୋଉ ମୁନିର ହାତକୁ ଦିହାତରେ ଧରି ପକେଇବ । ତୁ ଥା । ବାପା ରଇଲୋ । ମୁଁ ଯାଉଛି । ସକାଲେ ଆସିବି ।

ଟିକିଏ ମୁଣ୍ଡ ଟୁଙ୍ଗାରି ଦବ ମୁନି । ମୁନାକୁ ପାଖକୁ ଡାକିବ । ତା ଗାଲକୁ ଟିକିଏ ଛୁଇଁଦବ । ଆଲବମ୍‌କୁ ଓଠରେ ଛୁଆଁଇ ଫେରେଇଦବ ବୋଉକୁ ।

ବୋଉ ଆଉ ମୁନା ବାହାରିଗଲା ବେଳେ ପଛକୁ ବୁଲି ମୁନିକୁ ଟିକିଏ ଚାହିଁଦେବେ । ତାପରେ ଚାଲିଯିବେ ।

ବାପା ଆସି ବସିବ ମୁନି ପାଖରେ ।

ମାରେ ତତେ ଏଭଳନେ କେମିତି ଲାଗୁଛି ?

ମୁଣ୍ଡ ଟୁଙ୍ଗାରି ଦବ ଝିଅ – ଭଲ ।

ହଁ ତୁ କହିଲା ପରେ ସେ ବାବଦରେ ମୁଁ ଅନେକ ଚିନ୍ତା କରିଚି । ତୁ ଠିକ କଥା କହିଚୁ । ତୁ ଭଲ ହେଇଗଲା ପରେ ଆମେ ଗାଁକୁ ପଳେଇବା । ତମେ ସେଇଠି ପଢ଼ିବ ।

ମୁନି ନିରବରେ ଶୁଣୁଥିବ । ମାଡାମ ଆସି କହିବେ – କଣ ବାପଝିଅ ଗପସପ ହଉଚ । ଭେରିଗୁଡ଼ । ହଁ ତମେ ଯାଇ ଚା ଫା ଖାଇ ଆସ । ମୁଁ ମୁନି ପାଖରେ ଅଛି ।

ନାଇଁ ସାରେ । ବାପା ଉଠି ଠିଆହେଇ ପଡ଼ିବ । ଟିକିଏ କଣ ଭାବି ବାହାରକୁ ବାହାରି ଯିବ ।

ଏଇନେ ଭଲ ଲାଗୁଚି ତ ? ହଁ ତମେ ଜଣେ ସାହସୀ ଝିଅ। ଆଜି ତମ ଦେହ ଟିକିଏ ଖରାପ ହେଇଗଲା। ଏମିତି ହୁଏ। ଠିକ୍ ସମୟରେ ଚିକିସ୍ତା ମିଳିଲେ ଭଲ ହେଇଯାଏ।

ଏଇ ସମୟରେ ହଲ ଭିତରେ ହଠାତ ହଇଚଇ ଶୁଭିବ। ଜଣେ ରୋଗୀକୁ ଷ୍ଟ୍ରେଚରରେ ସେଠାରୁ ନେଇ ଯାଉଥିବେ। ମୁନି ଅନେଇବ ମାଡ଼ାମ୍‌ଙ୍କ ମୁହଁକୁ।

ମାଡ଼ାମ୍ କହିବେ– ହଁ ପେସେଣ୍ଟକୁ ଆଇସିୟୁକୁ ନିଆ ଯାଉଚି। ପେସେଣ୍ଟର ଅବସ୍ତା ବେଶୀ ଖରାପ ହେଇଗଲେ ସେଠାକୁ ନିଆଯାଏ। ସେଠାରେ ଚିକିସ୍ତାର ବହୁତ ସୁବିଧା ଅଛି।

ମୁନି ଏଠାରେ ରହିବାବେଳୁ ଦେଖ ଆସୁଚି – କେତେ ରୋଗୀ ଆସୁଚନ୍ତି। କେତେ ରୋଗୀ ଯାଉଚନ୍ତି। ବେଳେବେଳେ କେତେକ ଏଇଠି ଆଖିବୁଜି ଦଉଚନ୍ତି। ତାଙ୍କ ମୃତଦେହକୁ ଧଳା କପଡ଼ାରେ ଘୋଡ଼ାଇ ବାହାରକୁ କାଢ଼ି ଦିଆଯାଏ। ସାରା ହଲଟା ଥମଥମ ହେଇଯାଏ। ସମସ୍ତେ ଭାବନ୍ତି ତାଙ୍କ ଦିନକାଲ ପାଖେଇ ଆସୁଚି। ସବୁ ଚିକିସ୍ତା, ଡାକ୍ତର, ନର୍ସ ଅର୍ଥହୀନ ହେଇ ଯାଆନ୍ତି। ଧୀରେ ଧୀରେ ଦେହସୁହା ହେଇଯାଏ। ଜୀବନଟା ତ ଏଇଆ। ତାର ସମୟ ହେଇଗଲା ସେ ଚାଲିଗଲା। ହେ ପ୍ରଭୁ ରକ୍ଷାକର। ହେ ମା ରକ୍ଷାକର।

ବାପା ଫେରି ଆସିଥିବ ତା ପାଖକୁ। ମାଡ଼ାମ୍ ତାକୁ ସ୍ନେହରେ ଥାପୁଡ଼େଇ ଦେଇ କହିବେ ବାପା ଆସିଲେଣି। ମୁଁ ଆସୁଚି। ପୁଣି କାଲି ଦେଖାହେବ।

ବାହାରେ ସଂଜ ନଇଁ ଆସୁଥିବ। ଭିତରେ ଆଲୁଅ ଆହୁରି ଉଜ୍ଜଲ ହେଇ ଉଠୁଥିବ।

ଠିକ୍ ତା ବାପାର ମନପରି। ବାପା ଭାବୁଥିବ– ମୁନି ଭଲ ହେଇଗଲେ ସେମାନେ ଗାଁକୁ ପଳେଇବେ। ଗାଁର ସରଲ ସୁନ୍ଦର ସ୍ନେହବୋଲା ଛବିଟିଏ ତା ମନ ଭିତରକୁ ପଶି ଆସିଥିବ। ଗାଁର ଚାଷବାସରେ ଲାଭ ନହବାରୁ ସିନା ସେମାନେ ଗାଁ ଛାଡ଼ି ଚାଲି ଆସିଲେ। ନହେଲେ ନିଜ ଜନ୍ମମାଟିକି କିଏ ଛାଡ଼େ ? ଏବେ ତ ଗାଁ ପୂରାପୂରି ବଦଲି ଗଲାଣି। ରାସ୍ତାଘାଟ ବିଜୁଲି ପିଇବାପାଣି। ସବୁ ସୁବିଧା ହେଇ ଗଲାଣି। ଏଥରକ ଗାଁକୁ ଗଲେ ସେ ପନିପରିବା ଚାଷ କରିବ। ହାଟକୁ ହାଟ ବୁଲି ନିଜେ ବିକାକିଣା କରିବ। ଦିଟା ଜର୍ସି ଗାଈ ରଖିଦେଲେ ମୁନିବୋଉ ଦେଖାଶୁଣା କରିବ। ବେଶ୍ ଦିପଇସା ହେଲେ ସେମାନେ ଭଲରେ ଚଳିବେ। ପିଲା ଯେତେ ପାରିବେ ସେତେ ପଢ଼ିବେ।

ବାପାର ମନ ଓଶାସିଆ ହେଇ ଯାଉଥିବ। ସେ ବସି ପଡିବ ଝିଅ ପାଖରେ। ମୁନି ଆଖିବୁଜି ଠାକୁରଙ୍କୁ ଡାକୁଥିବ। ବାପା ମନେ ମନେ କହିବ– ଶୋଇଥାଉ।

ଛୁଆଟା କେତେ କଷ୍ଟ ପାଉଚି। ହେ ପ୍ରଭୁ ଏ ଅଜୀବୀ ଛୁଆଟାକୁ କାଇଁକି ଏତେ କଷ୍ଟ ଦେଉଚ ?

ଏତେ ଦୁଃଖକଷ୍ଟ ଭିତରେ ବି ନିଦ ଆସି ଯାଉଥିବ। ସେ ଠିଆହେଇ ପଡିବ। ସେଇଠି ଏପଟ ସେପଟ ହେବ। ଡାକ୍ତର ନର୍ସ ଆସି ଦେଖି ଯାଉଥିବେ। ମୁନି ଆଖିବୁଜି ଠାକୁରଙ୍କୁ ଡାକୁଥିବ।

ଧୀରେ ଧୀରେ ସମସ୍ତେ ନିଦରେ ହଜି ଯିବାକୁ ଲାଗିବେ। କାଁ ଭାଁ ରୋଗୀଙ୍କ କଷ୍ଟ ଶୁଭୁଥିବ। ବାପା ନିଜ ସହ ଲଢ଼େଇ କରୁଥିବ। ରାତି ଗହୀରେଇ ଯାଉଥିବ। ମୁନି ଅଣନିଶ୍ୱାସୀ ଅନୁଭବ କରିବ। ତା ଛାତି ଭିତର ମାଁଥୁହେଇ ଯିବ। ସେ ସାଁ ସାଁ ହେବାକୁ ଲାଗିବ। ବିକଳରେ ଡାକିଦବ – ବାପା।

ବାପା ଛାତି ଭିତରେ ଧଡ଼କରି କଣ ଖସି ପଡିବ। ସେ ଦୌଡ଼ି ଆସିବ ଝିଅ କଟିକି।

ଝିଅ କିଛି କହି ପାରୁନଥିବ। ଛଟପଟ ହଉଥିବ ଯନ୍ତ୍ରଣାରେ।

ବାପା ଦୌଡ଼ିଯିବ ନର୍ସଙ୍କ ଚ୍ୟାମ୍ବରକୁ। ନର୍ସ ଝପଟି ଆସିବେ ମୁନି ପାଖକୁ। ମୋବାଇଲ୍ରେ ଡାକିବେ ଡାକ୍ତରଙ୍କୁ। ଡାକ୍ତର ଆସି ପରୀକ୍ଷା କରିବେ। ସାଙ୍ଗେ ସାଙ୍ଗେ ଏଇ ଦିଟା ଇଞ୍ଜେକସନ୍ ଦେଇଦିଅ। ପେନ୍ କମେଇବା ପାଇଁ ଆଉ ନିଦ ପାଇଁ ଇଞ୍ଜେକସନ୍ ଦେଇ ଦିଆଯିବ। ଡାକ୍ତର ଅପେକ୍ଷା କରିବେ। ମୁନିର ଯନ୍ତ୍ରଣା କମିଯିବ। ସେ ଶୋଇପଡିବ ଗଭୀର ନିଦରେ।

ଡାକ୍ତର ଫେରିଯିବେ ତାଙ୍କ ରେଷ୍ଟରୁମ୍କୁ। ନର୍ସ ମୁନିକୁ ଅନେଇଁ ରହିବେ। ମୁନି ଶୋଇ ପଡିଥିବ। ଘୋଡେଇ ହେଇଥିବା ଚାଦରଟି ଖାଲି ଉଠୁଥିବ ପଡୁଥିବ। କିଛି ସମୟ ପରେ ନର୍ସ କହିବେ– ସେ ଶୋଇ ପଡିଲାଣି। ଆଉ କିଛି ଅସୁବିଧା ଏଇନେ ନାହିଁ। ମୁଁ ଚ୍ୟାମ୍ବରରେ ଅଛି। ଦରକାର ହେଲେ ଡାକିବ।

ନର୍ସ ଚାଲିଯିବା ପରେ ବାପା ଏକୁଟିଆ ହେଇଯିବ। ହଲ୍ସାରା ସମସ୍ତ ରୋଗୀ ଏବଂ ତାଙ୍କ ଲୋକ ଶୋଇ ଯାଇଥିବେ। ବାପାକୁ ନିଦ ଆସୁଥିବ। ହେଲେ ସେ ଏପଟ ସେପଟ ଚାଲୁଥିବ। ମୁନି କୁଆଡେ ଶୋଇ ଯାଇଥିବ। ଏପଟ ସେପଟ ହେଇ ହେଇ ତାକୁ କଷ୍ଟ ଲାଗିବ। ବସି ପଡିବ ଟିକିଏ କାନ୍ଥୁକୁ ଆଉଜି। ଅଜାଣତରେ କେତେବେଲେ ହଜି ଯାଇଥିବ ନିଦରେ।

ନିଦ ଭାଙ୍ଗିଯିବ ନର୍ସଙ୍କ ଚିତ୍କାରରେ। ଡାକ୍ତର ଦୌଡ଼ି ଆସିବେ। ପରୀକ୍ଷା କରି ପକେଇବେ ରୋଗୀକୁ। ଓଃ ସେ ଆଉ ନାହିଁ।

କାକୁସ୍ଥ ବାପାଟିର ବନ୍ଧବାଡ ଭାଙ୍ଗିଯିବ। ଛୋଟ ପିଲାଟି ପରି କାନ୍ଦି ଉଠିବ।

ନର୍ସ ଠିଆ ହେଇଥିବେ ତଳକୁ ଅନେଇଁ। ଲୋକଟିଏ ଧଳା ଚାଦରରେ ଘୋଡେଇଦବ ପାଦରୁ ମୁଣ୍ଡ ପର୍ଯ୍ୟନ୍ତ।

ଅନ୍ୟଲୋକମାନେ ଆସିବେ। ମୃତ ଦେହକୁ ସ୍ଟ୍ରେଚର୍‌ରେ ଲଦି ବାରଣ୍ଡାରେ ନେଇ ରଖିଦେବେ।

ଏଥର ଡେଡ୍‌ବଡି ନବାର ବେବସ୍ଥା କର।

ବାପାର କାନ୍ଦ ବନ୍ଦ ହେଇ ଯାଇଥିବ। ଘରକୁ ଫୋନ୍ ଲଗେଇବ– ଅଟୋଟେ କରି ଶୀଘ୍ର ଡାକ୍ତରଖାନାକୁ ଚାଲିଆସ।

ନିଦ ଭାଉଳାରେ ବୋଉ କଣ ପଚାରୁଥିବ। ସେ ମୋବାଇଲ୍ କାଟିଦବ। ଦି ତିନି ଥର ରିଂ ହେଇ ହେଇ ବନ୍ଦ ହେଇଯିବ ମୋବାଇଲ। ସେ ଉଠାଇ ପାରିବ ନାହିଁ।

ଅଟୋରୁ ଓହ୍ଲାଇ ବୋଉ ଆଉ ମୁନା ଦଉଡି ଆସିବେ। ତାଙ୍କୁ ଦେଖୁଦେଖୁ ବାପା– ମୋ ଝିଅ କହି ଭୁସୁଡି ପଡିବ।

ମାର ଛାତିଟି ଚଡକରି ଫାଟିଯିବ। ଛାତି ଫାଟିଯିବାର ଶବ୍ଦରେ ସମଗ୍ର ପୃଥ୍ବୀ ଯେପରି ଥରି ଉଠିବ।

ଆଲୁଅ ନିଭିଗଲା ପରେ

ସେଦିନ ଟିଉସନରେ ସେ ଭାରି ଖୁସିଥିଲା । ଗତକାଲିର ପରୀକ୍ଷାରେ ତାକୁ ସମସ୍ତଙ୍କ ଠାରୁ ଅଧିକ ନମ୍ବର ମିଳିଥିଲା । ସେଥିପାଇଁ ଦିଦି ଭାରି ପ୍ରଶଂସା କରିଥିଲେ । ଅନ୍ୟ ପିଲାମାନଙ୍କୁ ତାପରି ପାଠରେ ମନ ଦେବାକୁ କହିଥିଲେ । ଏଥରେ ଅନ୍ୟ ପିଲାମାନଙ୍କ ମୁହଁ ଝାଉଳି ପଡ଼ିଥିଲା । ଏହା ତାକୁ ଆଦୌ ଭଲ ଲାଗିନଥିଲା । ତାପାଇଁ ତା ସାଂଗମାନେ ମନଦୁଃଖ କଲେ ବୋଲି ସେ ଭାବିଥିଲା । ଟିଉସନ ଛୁଟି ହେଲାପରେ ପୁଣି ସମସ୍ତେ ମିଶି ଯାଇଥିଲେ । ହସଖୁସିରେ ସାଂଗହେଇ ଘରକୁ ଫେରୁଥିଲେ ।

ତା ଘରପାଖ ଛକରେ ସେ କହିଥିଲା— ତମେ ସବୁ ଯାଅ । ମୁଁ ନୋଟ୍‌ବୁକ୍‌ଟିଏ କିଣିବି । ବାଏ । ଅନ୍ୟମାନେ ଟିକିଏ ହାତ ହଲେଇଦେଇ ଚାଲିଗଲେ । ପାଖ ଦୋକାନକୁ ଯାଇ ସେ ନୋଟ୍‌ବୁକ୍‌ଟି କିଣିଲା । ତାସହ ବିଭିନ୍ନ ଚିତ୍ରଥିବା ବଲପେନ୍‌ ବି । କିଛି ଚଫ୍ କିଣିବାକୁ ଇଚ୍ଛା ହଉଥିଲା । ଚଫ୍ ଦେଖିଲେ ମମି ପାଟି କରିବେ । ଦାନ୍ତ କୁଆଡେ ଖରାପ ହେଇଯିବ । ଭାବୁଥିଲା ବ୍ୟାଗ ଭିତରେ ଲୁଚେଇ ନେଇଯିବ । ମମି ଦେଖି ପାରିବେନି । ନା— ମମିଙ୍କୁ କିଛି ଲୁଚେଇବା ଭଲ ନୁହଁ । ଦୋକାନୀ ଅଂକଲଙ୍କ ମୁହଁ ଉପରକୁ କିଛି ହସ ଉଡେଇ ଦେଇ ସେ ତଳକୁ ଓହ୍ଲେଇ ପଡ଼ିଲା ।

ଏଥର ଛକ ପାରି ହବା କଥା । ଏଇ ଛକଟା ପାରି ହେବାକୁ ହେଲେ ଭାରି ସତର୍କତା ସହିତ ଯିବାକୁ ହୁଏ । କେତେ ଗାଡ଼ି ସାଂଆ ସାଂଆ ମାଡ଼ି ଯାଉଛନ୍ତି । ଟିକିଏ ଅଣଦେଖା କଲେ ଆକ୍‌ସିଡେଣ୍ଟ ହେଇ ଯାଇପାରେ । ତାର ଅବଶ୍ୟ ସେଥିପାଇଁ ଭୟ ନଥିଲା । ସବୁବେଲେ ଯା'ଆସ କରି ଅଭ୍ୟାସ ହେଇଗଲାଣି ।

ଅଭ୍ୟସ୍ତ ସତର୍କତା ସହିତ ଛକ ପାରି ହେଇଗଲା ପରେ ତାଙ୍କ ଲେନ୍ ପଡ଼ିବ । ଏହାକୁ ଲେନ୍ କହିବାକୁ ତାକୁ ଭଲଲାଗେ । ଛୋଟମୋଟ ଦୋକାନକୁ ଛାଡ଼ିଦେଲେ ଏହା ଥିଲା—ମୁଖ୍ୟତଃ ବସତି ଅଂଚଲ । ଲେନ୍ କଡ଼ରେ ଦିଧାଡ଼ି ଘର । ମଝିରେ ମଝିରେ ସରୁଗଲି । ଗଲି ଭିତରେ ରହିବା ଘର । ଏଇ ଲେନକୁ ଚାଲି ଆସିଲେ ସବୁ ନିଜର ନିଜର ଲାଗେ । ସାହସ ହେଇଯାଏ ଘରପାଖ ହେଇଗଲା । ଅଜ୍ଞ କିଛି ବାଟ ଗଲା

ପରେ ତାର ପ୍ରିୟ ଘର । ଯା'ଭିତରେ ତାକୁ ତାଙ୍କ ଟାଇଗର ଅନେଇଁ ବସିଥିବ । ଗେଟ୍‌ ଖୋଲୁ ଖୋଲୁ ଭୋ ଭୋ ହବା ଆରମ୍ଭ କରିଦବ । ଖାଲି ଟାଇଗର ଡାକିଦେଲେ ଭୁକିବା ବନ୍ଦ କରି କୁଁ କୁଁ ହବ । ପାଖ ଦେଇ ଗଲାବେଲେ ତା ଉପରକୁ ଚଢ଼ିଯିବ ମୁହଁ ଛାତି ପକେଇବା ପାଇଁ । ହେଲେ ତା ମୁହଁ ପାଇବନି । ସେ ସ୍ନେହରେ ଟାଇଗର ମୁହଁକୁ ଆଉଁଶି ଦେଇ କହିବ–ସ୍ଲିପ୍ । ଟାଇଗର ତାକୁ ଅନେଇଁ ଆଖ ମିଟିମିଟି କରିବ ।

ଡାଡି ଥିବେ ତାଙ୍କ ଅଫିସରେ । ତାଙ୍କର ବହୁତ କାମ । ସବୁଦିନେ ଡେରିରେ ଘରକୁ ଫେରନ୍ତି । ମମି ହୁଏତ ଥିବେ କ୍ଲବରେ କିମ୍ବା ସପିଙ୍ଗରେ କିମ୍ବା ଦିନେ ଦିନେ ଘରେ । ମମି ଘରେ ଥିଲେ ଭାରି ଭଲଲାଗେ । ଡାଡି ଘରକୁ ଫେରିଲାପରେ ତାଡି ମମି ବାଲ୍‌କୋନିରେ ଚୁପ୍‌ଚାପ୍‌ ବସି ଚା' ପିଅନ୍ତି । ଖୁବ୍‌ କମ୍‌ କଥାବାର୍ତ୍ତା ହୁଅନ୍ତି । ତାକୁ କେମିତି କେମିତି ଲାଗେ । ବଡ଼ପାଟି କରି ହସଖୁସି ହଉନାହାନ୍ତି କାହିଁକି ? ଦି'ଜଣ ସାଙ୍ଗ ପିଲାଙ୍କ ଭଳି । ବେଲେବେଲେ ଦି'ଜଣଙ୍କର କଲିଲାଗେ । ତା ମନ ଖରାପ ହେଇଯାଏ । ହେଲେ ସେ ମନକୁ ବୁଝେଇ ଦିଏ– ବଡ ଲୋକ ମାନଙ୍କର ବହୁତ କାମ । ସେମାନଙ୍କର ମଧ୍ୟ ବହୁତ ସମସ୍ୟା । ଆମେ ପିଲାମାନେ ହୁଏତ ସେସବୁ ବୁଝିପାରିବୁ ନାହିଁ ।

କଣ ଏଇନେ ଟିଉସନ୍‌ରୁ ଫେରୁଛ ? ହସହସ ମୁହଁରେ ଜଣେ କେହି ଅଚିହ୍ନା ଅଁକଲ ପଚାରିଲେ ।

ହଁ ଅଁକଲ ।

ହେଇ ସେଇ ଗାଡି ଭିତରେ ଆଉ ଜଣେ ଅଁକଲ୍‌ ଡାକୁଚନ୍ତି ।

ଆ ଝିଅ– ଚକ୍‌ଲେଟ୍‌ ନେ ।

ନାଇଁ ଅଁକଲ୍‌ ମୋର ଡେରି ହେଇଗଲାଣି । ମୁଁ ଆସୁଚି ।

ସେ ଟିକିଏ ଡରି ଯାଇଥିବା ବଡବଡ ପାଦ ପକେଇ ଘରକୁ ଦୌଡିଯିବାକୁ ଚାହୁଁଥିବ ।

ସୁନାଝିଅଟା ପରା– କହି ଅଁକଲ ଜଣକ ତା ଚଂଚଲ ପାଦ କଟିକି ତା ଗୋଡଟା ବଢ଼େଇ ଦେଇଥିବ । ସେ ଝୁଁଟିପଡି ଘୁଷୁଡି ଯାଇଥିବ ତଲେ । ଉଠି ପଡିବାକୁ ଚେଷ୍ଟା କରୁକରୁ ଅଁକଲ ତା ପାଟିରେ ହାତଦେଇ ଟେକି ନେଇଥିବେ ।

ଆହା– ଝିଅଟା ପଡିଗଲା । ମୁଣ୍ଡ ମାଡ ହେଇ ଯାଇଚି । ଚାଲ ଚାଲ ଡାକ୍ତରଖାନା ନେଇଯିବା ଶୀଘ୍ର ।

ଚାରିଚକିଆର ପଛ ଡୋର ଖୋଲାଥିବ । ଗାଡି ଭିତରେ ଅଁକଲ ଝିଅକୁ ଭିତରକୁ ଟାଣିନେବ । ପ୍ରଥମ ଅଁକଲ ଚଟ୍‌କରି ଭିତରକୁ ପଶିଯାଇ ଡୋରକୁ ପିଟିଦବ । ଗାଡି ଦଉଡିବାକୁ ଆରମ୍ଭ କରିଦେବ ।

ଅଂକଲ ମୋର କିଛି ହେଇନି । ମତେ ଛାଡିଦିଅନ୍ତୁ । ମୁଁ ଘରକୁ ଯିବି ।

ତୁ ତ ସୁନାଝିଅ । ତୁ ବ୍ୟସ୍ତ ହନା । ଏଡେ ଜୋରରେ ପଡିଗଲୁ । ଖାଲି ଡାକ୍ତରଖାନାରେ ଦେଖେଇ ଦେଇ ତତେ ଆଣି ତମ ଘରେ ଛାଡି ଦେଇଯିବୁ । ତୁ ଚୁପ୍ ହେଇ ବସ୍ ।

ଅଂକଲ ଅଂକଲ ମୁଁ ଗୋଡ ତଳେ ପଡୁଚି । ମତେ....

ଚୁପ୍ ହେଇ ବସ୍ । ଏକଦମ ଚୁପ୍ । ଆମେ ତତେ ଘରେ ନେଇ ଛାଡିଦେବୁ ।

ସେ କଣ କରିବ କିଛି ଠିକ୍ କରି ପାରିନଥିବ । ଛାଁ କୁ ଛାଁ ତା ଭିତରୁ ଅସହାୟ କାନ୍ଦ ବାହାରି ଆସିଥିବ ।

ଝୁଥ ସବୁ ଜାଣିଚି ।

ହଠାତ୍ ଗୋଟାଏ ମୋଟା କପଡାରେ ତା ପାଟିକୁ ପଞ୍ଚପଟୁ ବାନ୍ଧ୍ ଦିଆ ଯାଇଥିବ । ସେ ପ୍ରାଣପଣେ ଛାଟିପିଟି ହେଇଥିବ । ନିର୍ଦ୍ଦୟ ଭାବରେ ତାର ହାତ ଓ ଗୋଡ ବାନ୍ଧ୍ ଦିଆଯାଇଥିବ ।

ତୁ ଆଉ ବ୍ୟସ୍ତ ହନା । ଡାକ୍ତରଖାନା ପାଖ ହେଇଗଲାଣି ।

ଆଗରେ ବସିଥିବା ଅଂକଲ ଜଣକ ବୋତଲଟାଏ ବଢ଼େଇ ଦବ ପଛକୁ ।

ବୋତଲ ଠିପି ଖୋଲି ପଛର ଦୁଇଜଣ ଅଂକଲ ପିଇବେ । ତାକୁ ପଚାରିବେ– ତୁ ପିଇବୁ ?

ସେ ମୁହଁ ହଲେଇ ମନା କରିଥିବ ।

ଓଲ –ଗୁଡ ଗାଲ ।

ହଁ – ସୁନାଝିଅ ।

ତା ମୁହଁରେ ଟିକିଏ ଢାଲିଦେବେ । ସେ ଚାଉଁକି ଉଠିବ । ସେମାନେ ଜୋରରେ ହସି ଉଠିବେ । କାହାର ନିର୍ଦ୍ଦୟ ହାତ ତା ଛାତିକୁ ଟୁଙ୍ଗିଦବ । ସେ ତାର ବାନ୍ଧା ହେଇଥିବା ହାତକୁ ଛାତି ଉପରେ ଜାକି ଧରିବ ।

ଗୁଡଗାର୍ଲ ।

ସୁନା ଝିଅ ।

ତାପରେ ତା ଦି ହାତକୁ ଖୋଲିଦେଇ ପଞ୍ଚପଟୁ ବାନ୍ଧ୍ ଦିଆଯିବ । ସେ ନିଥର ହେଇଯିବ । ଶଢରେ କାନ୍ଦିପାରୁନଥିବ । ଆଖ୍ ଅନ୍ଧ ହେଇଯାଇଥିବ ଲୁହରେ । ଅନ୍ଧାର ହେଇଯାଇଥିବ ତାର ଭିତର ବାହାର ସବୁଆଡ । କେତେବେଲୁ ଈଶ୍ୱର ଏ ମାଟି ଉପରୁ ଲୁଚି ପଲାଇ ଯାଇଥିବେ ।

ଚାରିଚକିଆଟି ଆସି ଅଟକିଥିବ ଏମିତି ଏକ ଜାଗାରେ । ଯୋଉଠି ରାସ୍ତା କଡରେ

ଠିଆ ହେଇଥିବା ବିଜୁଳି ଖୁଣ୍ଟ ମାନଙ୍କ ଆଖ ଫୁଟି ଯାଇଥିବ ଅନେକ ଆଗରୁ। ସେଠି ହୁଏତ ଆଉ ଆଲୁଅର ଆବଶ୍ୟକତା ନଥିବ।

ଭାରି ନିଛାଟିଆ ହେଇଥିବ ସେଇ ଜାଗାଟା। ତାର ସଂକ୍ଷିପ୍ତ ଇତିହାସ ତାକୁ ଏପରି ଛାରଖାର ଅବସ୍ଥାରେ ଫୋପାଡ଼ି ଦେଇ ପଲେଇ ଯାଇଥିବ। ଇତିହାସ ଆରମ୍ଭ ହବା ପୂର୍ବରୁ ଏଠି ଥିବ ବୁଦିବୁଦିକିଆ କଣ୍ଟାଝଁଟାର ଜଙ୍ଗଲ। ପାଖରେ ଏକ ପ୍ରକଣ୍ଡ ସହରର ନକ୍ସା ତିଆରି ହେଲାପରେ କଣ୍ଟାଝଁଟା କଟାଯାଇ ସଫା କରାହେଇଥିବ। ସେଠି ମୁଣ୍ଡ ଟେକିଥିବ କିଛି ଅସ୍ଥାୟୀ ପକ୍କାଘର। ନିର୍ମାଣାଧୀନ ପ୍ରକଣ୍ଡର ଅଧିକାରୀ ଓ କର୍ମଚାରୀମାନଙ୍କ ପାଇଁ। ଅଧିକ ସଂଖ୍ୟକ ଝୁଁପୁଡ଼ି ଠେଲାପେଲା ହେଇ ବସି ଯାଇଥିବେ ଖଟିଖିଆ ଆଉ ସେହିପରି ଅନ୍ୟମାନଙ୍କ ପାଇଁ। ଜାଗାଟି ଗହଳେଇ ଯାଇଥିବ କେଇଦିନ ଭିତରେ।

ଆରି ଭିତରେ କେତେବେଳେ ପ୍ରକଣ୍ଡ ଓ ପ୍ରକଣ୍ଡ ସହରର ଯୋଜନାବଦ୍ଧ ନିର୍ମାଣ ସରି ଯାଇଥିବ। ପ୍ରଥମେ ଉଠି ଯାଇଥିବେ ଅଧିକାରୀ ଓ କର୍ମଚାରୀ ଗଣ। ତାଙ୍କ ପଛେ ପଛେ ତାଙ୍କ ଅସ୍ଥାୟୀ ପକ୍କାଘର। ଏଥି ସହିତ ଯେ ଏଡେ ଚଲଚଂଚଲ ସହରଟି ଝାଉଁଳି ପଡ଼ିବ ଅନ୍ୟମାନେ ବିଶ୍ୱାସ କରି ନଥିବେ। ଉଭୟ ପ୍ରକଣ୍ଡ ଓ ସହର କାମ ସରିଯିବାରୁ ଶ୍ରମିକମାନେ ଅନ୍ୟତ୍ର ଚାଲି ଯାଇଥିବେ। ସେମାନଙ୍କ ସହ ଉଠି ଯାଇଥିବ ସେମାନଙ୍କ ବସ୍ତି। ନୂଆ ସହରରେ ଗଢ଼ି ଉଠିଥିବ ଆଧୁନିକ ସହର ଭାଙ୍ଗରେ ବ୍ୟବସାୟ କେନ୍ଦ୍ର। ଧୀରେ ଧୀରେ ସମସ୍ତେ ସେ ଜାଗା ଛାଡ଼ି ଚାଲି ଯାଇଥିବେ।

ରହି ଯାଇଥିବ ଏକଦମ୍ ନିଛାଟିଆ ଓ ଖାଁ ଖାଁ। ଖରାବେଳେ କେବଳ କେତୋଟି ବୁଲାକୁକୁର ଜିଭରୁ ଝାଲ ଝରେଇ ଗଛଛାଇରେ ଧକେଇ ହଉଥିବେ।

ଏମାନଙ୍କ ସହିତ ଅଟକି ଯାଇଥିବ ବୁଢ଼ାଟିଏ। ଭାରି ବୁଢ଼ା ହେଇ ଯାଇଥିବ ବିଚାରା।

ଏଠି ଗହଳଚହଲ ଲାଗି ରହିଥିଲାବେଳେ କେତେ ଜଣ ଉସ୍ତାହୀ ଯୁବ ନେତୃତ୍ୱ ଆଦର୍ଶ ଯୁବକସଂଘ ଗଠନ କରିଥିଲେ। ପ୍ରକଣ୍ଡ ନିର୍ମାଣକାରୀ ସଂସ୍ଥାଙ୍କ ଆର୍ଥିକ ସହାୟତାରେ ଏକ ଉଚ୍ଚ ପିଣ୍ଡି ଗଢ଼ା ଯାଇଥିଲା ଏବଂ ତାଉପରେ ଠିଆ କରେଇ ଦେଇଥିଲେ ଏଇ ବୁଢ଼ାକୁ। ଏହା ଭିତରେ ସେହି ଉସ୍ତାହୀ ଯୁବକଗଣ କିଏ କୁଆଡେ ଚାଲି ଯାଇଥିବେ। ଉଞ୍ଚା ପିଣ୍ଡି ଭାଙ୍ଗି ଭାଙ୍ଗି ଆସିଥିବ। ହେଲେ ବୁଢ଼ାଟି ସେମିତି ଠିଆ ହେଇଥିବ। ଆଗକୁ ଧପାଲି ଯାଉଥିବା ମୁଦ୍ରାରେ। ହାତରେ ଡେଂଗା ବାଡ଼ିଟିଏ। ଆଖରେ ଚଷମା। ଚଷମାରେ ନଥିବ କାଚ। ହେଲେ ବୁଢ଼ା ସେମିତି ଅନେଇ ରହିଥିବ କେତେ ଯୁଗର ଅଂଧାର ଭିତରକୁ।

ଏତେ କିଟି କିଟି ଅଁଧାର ଯେ ଯେମିତି ଝିପି ଝିପି ହେଇ ବର୍ଷ ଯାଉଥିବ। ବରଫ ବର୍ଷିଲା ପରି। ତାରି ଭିତରେ ୪ଟା କଳାମୂର୍ତ୍ତି ସେଇ ଝିଅର ଦେହକୁ ଟେକି ନେଇ ଆସିବେ। ତାକୁ ଆଣି ସେଇ ପିଣ୍ଡ ଉପରେ ଥୋଇଦେବେ। ତାପରେ ୩ଟି ସିଗାରେଟ୍ ଦୀପିଦୀପି ଜଳି ଉଠିବ। ଝିଅଟିର କଅଁଳିଆ ଦେହ ଅସହାୟ ହେଇ ପଡି ରହିଥିବ। ତା ମନ ଭିତରେ ଅଁଧାର ଜମାଟ ବାନ୍ଧି ଯାଇଥିବ।

ରାକ୍ଷସଟିଏ ପ୍ରଥମେ ତାର ଟପ୍କୁ ଚିରି ଫୋପାଡି ଦେଇଥିବ। ତାପରେ ଜିନ୍ସ ଓ ଅନ୍ତର୍ବାସ। ଘନ ଅଁଧାର ଭିତରେ ମମିଙ୍କ ମୁହଁ ଟିକିଏ ଦେଖାଦେଇ ସାଂଗେ ସାଂଗେ କୁଆଡେ ଉଭେଇ ଯାଇଥିବ। ଝାଁପି ପଡିଥିବ ରାକ୍ଷସଟା ତା ଉପରକୁ। ଯଂତ୍ରଣାର ସରିସ୍ରୁପଟା କଳବଳ ହେଇ ଅଳଗି ଯାଇଥିବ ତାଭିତରେ।

ଦ୍ୱିତୀୟ ରାକ୍ଷସଟା ଅନୁଭବ କରିଥିବ ଗୋଟାଏ ନିର୍ଜୀବନିଷ୍ଠଳ ଦେହ। ଆବେ ଦିଆସିଲି କାଠି ମାର। ଶାଲା ବେହୋସ ହେଇଗଲାନା କ'ଣ। ସେମାନେ ତା ମୁହଁ ହାତ ଗୋଡ ଖୋଲି ଦେଇଥିବେ। ପାଟି ଆଁ କରି ଟିକେ ଟିକେ ମଦ ପେଇ ଦେଇଥିବେ। ଯନ୍ତ୍ରଣା ଅନୁଭବ କରିବାକୁ ଦେହ ହୁଏତ ସାମାନ୍ୟ ସମର୍ଥ ହେଇଥିବ। ଟିକିଏ ହଲଚଲ ହେବା ପରି ଲାଗିଥିବ।

ଦ୍ୱିତୀୟ ରାକ୍ଷସ।

ପୁଣି ମଦ।

ପୁଣି ତୃତୀୟ ରାକ୍ଷସ...

ଏତିକିବେଳେ କେହିଜଣକର ଭାତ ନିଦ ଭାଂଗି ଯାଇଥିବ। ସେ ଉଠି ବସି ପଡିଥିବ। କଣ ଘଟୁଚି ସେ ହଠାତ୍ ବୁଝିପାରି ନଥିବ।

ସଂସାରର କୋଉକଥା ସେ ବୁଝିପାରେ ଯେ? ପୁଣି ଠିକ୍ ସମୟରେ? ଯାହା ବା ଯେତେବେଳେ ବୁଝେ କେତେ ବା ବୁଝେ? ପିଲାଟିଏ ଥିଲାବେଳେ ତା ବୋଉ କାଇଁକି ତାକୁ ଛାଡି ଚାଲିଗଲା ସିଏ ତ ବୁଝିପାରି ନଥିଲା। ବାପା ଆଉ ଗୋଟିଏ ବୋଉ କାଇଁକି ଆଣିଲେ ସେ କଥା ବି ବୁଝିପାରି ନଥିଲା। ଏ ବୋଉ ତାବୋଉ ହେଇ ପାରିଲାନି ଏକଥା ବୁଝିବା ପାଇଁ ଚେଷ୍ଟା ତ କଲାନି। କିଛି ବୁଝି ନପାରି ଘର ଛାଡି ପଲେଇ ଆସିବା ଛଡା ତାପାଖରେ ଆଉ କଣ ବାଟ ବା ଥିଲା? ଆଡେସାଡେ ବୁଲିବୁଲି ମାଗିଯାଚି ଖାଇ ଓପାଶ ରହି ଜୀଇବାକୁ ଲାଗିଲା। ଶେଷରେ ଗଣିସାହୁ ହାବୁଡରେ ପଡିଲା। ଯାହାର ଏମିତିକା ପିଲାଟିଏ ଦରକାର ଥିଲା। ଗଣିସାହୁ ତାକୁ ଟ୍ରିରିକ୍ୱାଟିଏ ଧରେଇ ଦେଇ କହିଲା—ଗୋଦାମରୁ ମାଲନେଇ ଗିରାଖଙ୍କ ଦୋକାନରେ କି ତାଙ୍କ ଘରେ ଦେଇ ଆସିବୁ। ବାବୁ ତତେ ବାଟ ବତେଇ ଦେବେ।

ଗଲାବେଳେ ବାବୁଙ୍କ ପଛେ ପଛେ ଯାଉଥିଲା । ଫେରିଲାବେଳେ ଭାରି ହଇରାଣ ହଉଥିଲା । ଏବେ କିଛି ଚିହ୍ନ ମନେ ରଖି ଦେଇଚି । କୌଣସି ମତେ ପଚରା ପଚରି କରି ଫେରି ଆସୁଚି ।

ବରାଦ ଅନୁସାରେ ଗୋଦାମ ପାଖ ଛୋଟ ହୋଟେଲରେ ସକାଳେ, ଗାଧୁଆବେଳେ, ରାତିରେ ଖାଇବା ମିଳି ଯାଉଚି । ଗୋଦାମରୁ କଠାଏ ବିଡ଼ି ଦିଆସିଲି । ବାସ୍ ଆଉ କ'ଣ ଦରକାର ?

ଗୋଦାମ ବାରଣ୍ଡାରେ ତାର ଶୋଇବା ପାଇଁ ବରାଦ ହେଇଥିଲା । ହେଲେ ଏତେ ଆଲୁଅ ଆଉ ଗାଡ଼ିମଟର ପେଁ ପାଁ ତାକୁ ଭଲ ଲାଗିଲାନି । ତାର ଦରକାର ଥିଲା ଏମିତି ଜାଗାଟିଏ ଯୋଉଠି ତାକୁ କିଛି ବୁଝିବାକୁ ଦରକାର ପଡ଼ିବନି । ଶୋଇ ପଡ଼ିବତ ଆଃ ।

ଏଇ ନିଛାଟିଆ ପୁରୁଣା ଭଂଗା ବଗିଚାରେ ଏମିତି ଜାଗାଟିଏ ତାକୁ ଅପେକ୍ଷା କରିଥିଲା । ଜଗୁଆଲି ପାଇଁ ତିଆରି ହେଇଥିବା ଛୋଟ ଘରଟିଏ । ଘରର କବାଟ ଝରକା କିଏ ତାଡ଼ି ନେଇଯାଇଥିଲେ । କାନ୍ଥରୁ ପଲସ୍ତରା ଠାଏ ଠାଏ ଖସି ପଡ଼ିଥିଲା । ଆଜ୍‌ବେଷ୍ଟସ୍ ଛାତ ଜାଗାଏ ଜାଗାଏ କଣା ହେଇ ଯାଇଥିଲା । ତଥାପି ଘରଟି ଥିଲା ତା ପାଇଁ ଯଥେଷ୍ଟ । ଗୋଦାମରୁ କାଗଜ କାର୍ଟୁନ୍ ଆଣି ଶେଯଟିଏ ତିଆରି କରିଥାଏ । ସେଇଟି ଗଡ଼ିପଡ଼େ ।

ସେଦିନ ରାତିରେ ତାକୁ ଭାତନିଦ ଲାଗି ଯାଇଥିଲା । କିଛି ପାଟିଗୋଲରେ ତାର ଛାଇନିଦ ଚହଲିଗଲା । ପ୍ରଥମେ ସେ ଶୋଇରହି କାନ ଡେରିଲା । ତାପରେ ତାତି ଆଡେଇ ବାହାରକୁ ଆସିଲା । ଘନ ଅଁଧାର । କେବଳ ବୁଢ଼ା ପିଣ୍ଡି ଉପରେ ଆଡ଼ୁସାଡ଼ୁ ଶଢ଼ ଶୁଭୁଚି । ଇସ୍ କି ଅବାଂଜା କଥାଗୁଡ଼ା । ଶଳା ମଦୁଆ ଆଉରି ହିସ ହିସ ହସୁଚନ୍ତି ।

ତା ମୁଣ୍ଡକୁ ପିତ ଚଢ଼ିଗଲା । ଭଂଗା ଇଟା ଖଣ୍ଡେ ଉଠେଇ ପାଖ ଓସ୍ତ ଗଛ ଉପରକୁ ଜୋରରେ ଫିଂଗିଦେଲା । ସେଥିରେ ଶୋଇଥିବା ଅଟର୍ଚ୍ଛିଆ ଚଢ଼େଇ କେଇଟା ଫଡ଼ଫାଡ଼ ଉଡ଼ିଗଲେ ।

କିଏ କିଏ କହି ହାଉଲି ଖାଇଗଲେ ମଦୁଆ ଗୁଡ଼ାକ ।

ଛାନିଆଁରେ ଦୌଡ଼ି ପଲେଇଗଲେ ଦିଟା ମଦୁଆ ଗାଡ଼ି ଭିତରକୁ ।

କିଛି ବୁଝିପାରୁନଥିବା ଲୋକଟା ହୁଏତ କିଛି ବୁଝିପାରିଥିବ । ପାଖରେ ପଡ଼ିଥିବା ଭଂଗା ଡାଲଟିଏ ଧରି ଦଉଡ଼ି ଆସିଥିବ ପିଣ୍ଡି କଟିକି । ଆଉଗୋଟା ମଦୁଆ ଉଠିପଡ଼ି ଦଉଡ଼ି ପଲେଇଥିବ ଚାରିଚକିଆ କଟିକି । ଦିଆସିଲି କାଠିର ଆଲୁଅ ଦେଖେଇ ଦେଇଥିବ ହୃଦୟହୀନ ଦୃଶ୍ୟଟିଏ । ରକ୍ତ ଭିତରେ ଆକ୍ରାମାକ୍ରା ହେଇପଡ଼ିଥିବ ନଂଗଲାମୁକୁଲା

ଝିଅଟିଏ। ସେ ଫାଁ ଫାଁ ହେଇ ଉଠି ପଡିଥିବ ପିଣ୍ଡି ଉପରକୁ। ଭଙ୍ଗା ପିଣ୍ଡିରୁ ଇଟାଟିଏ ହୁଗାଲି ଆଣିଥିବ ଆଉ ଫୋପାଡି ଦେଇଥିବ ଚାରିଚକିଆ ଉପରକୁ। ଗାଡି ସ୍ଵାଟ ନଉଥିଲା ବେଳେ ଝଣଝାଣ ଭାଙ୍ଗିପଡିଥିବ ଆଗ କାଚଟା। ଚାରିଚକିଆ ଭିତରୁ ବାଂଧୁକର ଗୁଳି ସାଁଏଁକିନା ଉଡି ଯାଇଥିବ ତା କାନ ପାଖ ଦେଇ। ଚାରିଚକିଆଟା ଦଉଡି ପଳେଇ ଯାଇଥିବ। ଚୋର ପରି।

ତାପାଖରେ ଆଉ ସମୟ ନଥିବ ଅଧିକ ବୁଝିବା ପାଇଁ। ସେ ଡେଇଁ ପଡିଥିବ ତଳକୁ। ତା ଗାଡି ଚାଳି ଆଣିଥିବ ପିଣ୍ଡି ପାଖକୁ। ତା ଗାମୁଛାଟା ଘୋଡେଇ ଦେଇଥିବ ଝିଅର ଦେହ ଉପରେ। ତାକୁ ଟେକିନେଇ ଶୁଆଇ ଦେଇଥିବ ଗାଡି ଉପରେ। ଗାଡି ଦୌଡି ଯାଇଥିବ ଡାକ୍ତରଖାନା ଆଡକୁ।

ପଛରେ ରହିଯାଇଥିବ ଜଖମ ବୁଢ଼ାଟି। ବାଂଧୁକ ଗୁଳି ବାଜି ତାର ଡାହାଣ ହାତ ଭାଙ୍ଗି ଯାଇଥିବ। ବାଡି ସମେତ ଡାହାଣମୁଠି ଚାପି ଧରିଥିବ ବାଁ ପାଖ ଛାତିକି।

କେଉଁ ଯଶବାନା ଉଡ଼ାଇବ ହେ

ବର୍ଷରେ ବର୍ଷ ବର୍ଷୁ ମିଳିର ଆଖି ଓଜନିଆ ହେଇଗଲା। ସେ ଚେଷ୍ଟା କଲା ଆଖି ଖୋଲା ରଖିବାକୁ। ବର୍ଷର ସମସ୍ତଙ୍କ ମୁହଁକୁ ଦେଖିବା ପାଇଁ। ଝରକା ବାହାରେ ଦୌଡୁଥିବା ଗଛବୃଚ୍ଛ ନଇଁନାଳଙ୍କ ସୌନ୍ଦର୍ଯ୍ୟ ଉପଭୋଗ କରିବା ପାଇଁ। ହେଲେ ଆଖି ଆଉ ତା କବ୍ଜୁଦ୍ଦରେ ନ ଥିଲା। ବନ୍ଦ ହେଇ ଆସୁଥିଲା ଓ ସେ ଟୋଲେଇବାକୁ ଲାଗିଲା। ଧୀରେ ଧୀରେ ବୋଉ ଉପରକୁ ଢୁଲି ପଡ଼ିଲା। ବୋଉ ତାକୁ ଛାତିରେ ଜାକିନେଲା। ସେ ଆରାମରେ ଶୋଇପଡ଼ିଲା ବୋଉର କୋଳରେ।

ମୋ ଝିଅ। ହତଭାଗୀଟା। ପେଟରେ ଥିଲା ବାପା ଛାଡ଼ି ଚାଲିଗଲା। ବାପା ମୁହଁ ସେ ଜମା ଦେଖିବାକୁ ପାଇଲାନି। ବାପଛେଉଣ୍ଡ ଝିଅ ମୋର ଅନ୍ୟମାନଙ୍କ ବାପାକୁ ଦେଖି କେତେ ବିକଳ ନ ହେଇଚି। ପର୍ବପର୍ବାଣିରେ ମୁଁ ତା ପାଇଁ ଜାମାପେଣ୍ଡ କରିପାରେନା ବୋଲି ସେ ମତେ ଲୁଚେଇ ଲୁଚେଇ କାନ୍ଦେ। ଯେତେ କହିଲେ ବି ବାହାରକୁ ଖେଳିବାକୁ ଯାଏନା। ଘର ଭିତରେ ବହି ଉପରେ ହାମୁଡ଼େଇ ହେଇ ପଡ଼ିଥାଏ। ନହେଲେ ମତେ ରନ୍ଧାବଢ଼ାରେ ସାହାଯ୍ୟ କରେ। ମୁଁ ପ୍ରାଣପଣେ ଚେଷ୍ଟା କରିଚି ମୋ ଝିଅକୁ ଭଲରେ ରଖିବା ପାଇଁ। ସେ ତା ବାପାର ଅଭାବ ଅନୁଭବ ନକରୁ। ସେଥିପାଇଁ ମୁଁ ଦିନରାତି ଏକ କରି ଦେଇଚି। ହେଲେ ପାରିନି। ଓଲଟି ସେ ମତେ ଖୁସି କରିବା ପାଇଁ ଲାଗିପଡ଼ିଚି। ଭଲ ପାଠ ପଢୁଚି। ସ୍କୁଲରେ ସମସ୍ତେ ତାକୁ ଭଲପାଉଚନ୍ତି। ପାଠ ସହିତ ଗୀତ ବୋଲୁଚି। ଭଲ ଖେଳୁଚି। କେତେ କପ ଆଣି ଘରେ ଭର୍ତ୍ତି କରିଚି। ହେଡ଼ମାଷ୍ଟ୍ରେ କୁଆଡେ କହୁଥିଲେ– ମିଲି ତ ମୋ ଝିଅ। ଏତକ ଶୁଣିଲା ପରେ ମୋ ପେଟ ପୁରିଗଲା। ମୋ କୁଡ଼ିଆଟା ବି ଭର୍ତ୍ତି ହେଇଗଲା। ସାର୍‌ମାନେ ତାକୁ ବହିପତ୍ର, ଜାମାପେଣ୍ଡ ସବୁ ଦଉଚନ୍ତି। ସେ ତା ବାପାର ନାଁ ରଖିବ।

ମତେ ଦୁଃଖ ଲାଗୁଚି ମୁଁ ତାକୁ ଭଲ ଗଣ୍ଡେ ଖାଇବାକୁ ଦେଇ ପାରିଲିନି। ପାଠ

ପଢ଼ିବାକୁ ପଇସା ଯୋଗେଇ ପାରିଲିନି । ସେ ତା'ର ବୃତ୍ତି ପାଇ ପଢୁଚି । ଏବେ ସେ ନବମ ଶ୍ରେଣୀକି ଗଲାଣି । ବହୁତ ପାଠ । ସବୁବେଳେ ବହିଖାତା ଧରି ପଢୁଚି । ରାତିରେ ସେ କେତେବେଳେ ଶୁଏ ମୁଁ ଜାଣିନି । ତଥାପି ବି ସକାଳ ଓଲି ଗାଁର କିଛି ପିଲାଙ୍କୁ ଟିଉସନ୍ ପଢ଼ଉଚି । ସେଇ ପଇସା ରଖି ଆଜି ମତେ ପୁରୁଷୋତ୍ତମ ନଉଚି । ବଡଠାକୁରଙ୍କୁ ଦର୍ଶନ କରେଇବ । ମୋ ଜୀବନ ଧନ୍ୟ ହେଇଯିବ । ମୁଁ କୋଉ ଆସି ପାରିଥାନ୍ତି ? ମୁଁ କେବେ ଭାବି ନଥିଲି ପୁରୁଷୋତ୍ତମ ଆସିବି ବୋଲି । ଜଗାର ଡୋରି ଆମ ପରି ଗରିବମାନଙ୍କୁ ବା କାଇଁକି ଟାଣିବ ? ଆଜି ତା ବାପାକଥା ଭାରି ମନେପଡ଼ି ଯାଉଚି । ସେ ଯଦି ଥାନ୍ତା ତା ଝୁଅ... ଆଉ ଭାବି ପାରିଲାନି ବୋଉ । ଶବ୍ଦମାନେ ତରଳିଗଲେ । ଲୁହରେ ମିଶିଗଲେ । ମୋ ଝୁଅ...ମୋ ଝୁଅ...

ସେ ପ୍ରଭୁ ଜଗନ୍ନାଥଙ୍କୁ ସୁମରଣା କଲା । ହେ ପ୍ରଭୁ, ମୋ ଝୁଅକୁ ଭଲରେ ରଖ । ତା ବାପା ଯୋଉଠି ଅଛି ଭଲରେ ଥାଉ । ହେ ପ୍ରଭୁ ଏ ନିରାଶ୍ରୟୀ ଗରିବଗୁରାଙ୍କୁ ଦୟା କର । ଘଣ୍ଟ ଘୋଡେଇ ରଖ । ମହାପ୍ରଭୁଙ୍କ ମୂର୍ତ୍ତିକି ବନ୍ଦ ଆଖିରେ ଦେଖି ଦଣ୍ଡବତ କରି କରି ଚାଲି ଥାଏ । ବସ୍‌ର ବିକଟ ରଡିରେ ତା ମନ ଚହଲି ଯାଉଥାଏ । ଆଖି ଖୋଲିହେଇ ଯାଉଥାଏ । କେତେ ଚିତ୍ର ତା ଆଗରେ ଭାସି ଯାଉଥାଏ । ଧନ ମୋର ଶୋଇପଡିଲା । କାଲି ରାତିରେ ସେ ଜମା ଶୋଇନି । ଅଧରାତିରୁ ଉଠି ଗାଧୁଆପାଧୁଆ ସାରି ପାହାନ୍ତା ପହରୁ ବାହାରିଚୁ । ମାଇଲିଏ ବାଟ ଚାଲିଲେ ଯାଇ ବସ୍ ଧରିବ । ସେଇଥିପାଇଁ ବସ୍ ଚାଲୁ ଚାଲୁ ତା ଆଖି ନାଗିଗଲା । ଟେଇଁଲେ କେତେକଥା ଦେଖିଥାନ୍ତା । ବାଟରେ କେତେ ଗଛବୁରୁଛ, ଗାଡିମଟର, ଲୋକବାକ, ସହର ବଜାର, ଭଲିକି ଭଲି ଗାଁ, କେତେ ନଈନାଳ... ସବୁ ସେଇ ଜଗାକାଲିଆର ନୀଳା ।

ଇଏ ଝୁଅଟା ଉଠିବନି ନା କ'ଣ ? ଲୋକ କହୁଚନ୍ତି କଟକ ସହର ହେଇଗଲାଣି । ଏଇ ଉଠୁ । ତା ଗାଲକୁ ସ୍ନେହରେ ହଲେଇଦେଲା ।

ଉଁ... କାଇଁକି...ପୁଣି ଶୋଇପଡିଲା ।

ଇଲୋ କଟକ ହେଇଗଲା । ଦେଖ୍ ଦେଖ୍ କେତେ ଗାଡିମଟର । ରାସ୍ତାରେ ଗାଡିର ସୁଅ । ଇଲୋ ବୋଉଲୋ, କେଡେ କେଡେ କୋଠା । ପ୍ରଭୁ ଏସବୁ ତୋରି ନୀଳା । ଏତେ ସବୁ କଥା ଦେଖିବାର ମୋ ଭାଗ୍ୟରେ ଥିଲା ? ଏଇ ଝୁଅଟା କି ନିଦେଇଟାଲୋ । ଏମିତି ଜିନିଷ ଦେଖୁନି ।

ଗାଡି ବୁଲିଯାଇ ଗୋଟିଏ ଜାଗାରେ ଠିଆହେଲା । କେତେ ଲୋକ ଓହ୍ଲେଇ ଚାଲେ । କେତେ ବିକାଲି ଗାଡି ଭିତରେ ବାହାରେ ଡାକି ଡାକି ବୁଲିଲେ । ହେଇ ଉଠୁ କଣ ଖାଇବୁ ?

ମିଲି ଆଖି ଖୋଲିଲା ବାହାରକୁ ଅନେଇଲା । ତୁ ଖା । ମତେ ଡାକେନା । ମୁଁ ଉଠିଲେ ମୋ ମୁଣ୍ଡ ବୁଲେଇବ । ବାନ୍ତି ହେଇଯିବ ।

କି ଅଲାଜୁକ କଥା । ମୁଁ ବଡ ଠାକୁରଙ୍କ ଦର୍ଶନ ନକରି ଖାଇବି ? ହଉ ତୁ ଶୋ ।

ଗାଡି ପୁଣି ଚାଲିଲା । ଲୋକ କହିଲେ- ଭୁବନେଶୋର ହେଇଗଲା । ବୋଉ ଭାବିଲା, ନାଇଁ ତାକୁ ଡାକିବିନି । ଉଠିପଡିଲେ କାଳେ ବାନ୍ତି ଫାନ୍ତି ହବ । ନିଜେ ଦି ପାଖର ଦୋକାନବଜାର ଦେଖି ଦେଖି ଚାଲିଲା ।

ବୋଉ ଦେଖେ ଦେଖେ, ଏଇଟା ଭୁବନେଶ୍ୱର ରେଲ ଷ୍ଟେସନ୍ । ହେଇ ଦେଖ ଆମ ଯାଦୁଘର ମ୍ୟୁଜିୟମ । ହେଇ ଏଇଠୁ ଡାହାଣହାତି ଗଲେ ଲିଙ୍ଗରାଜ ମନ୍ଦିର । ବାଁହାତି ରାଜାରାଣୀ ମନ୍ଦିର । ହେଇ ଦେଖେ ଦେଖେ କେଦାରଗୌରୀ ମନ୍ଦିର । ତୁ ଡାହାଣ ଝରକାବାଟେ ଅନେଇଥା ଆଗରେ ଧଉଳି ଶାନ୍ତିସ୍ତୂପ । ମୁଁ ଏଥର ଶୋଇଲି ।

ଇଲୋ ତୁ କଣ ସବୁ ଦେଖିଲା ଭଲିଆ କହୁଚୁ ।

ମୁଁ ଦେଖିଚି । ଗଲାବର୍ଷ ପରା ଆମେ ସବୁପିଲା ନନ୍ଦନକାନନ, ଭୁବନେଶ୍ୱର ବୁଲି ଆସିଥିଲୁ ।

ହଉ ଶୁଅ ।

ଗାଡି ସାଇଁ ସାଇଁ ଚାଲୁଥାଏ । ବୋଉର ଆଖି ବି ଓଜନିଆ ହେଇ ଯାଉଥାଏ । ଆଖି ଲାଗି ଲାଗି ଆସୁଥାଏ । ମିଲି ସିନା ବୋଉର କୋଳରେ ଆଖ୍ ବନ୍ଦ କରି ପଡିଥାଏ ହେଲେ ଆଉ ନିଦ ଲାଗୁନଥାଏ । ହଠାତ୍ ଲୋକମାନେ କହି ଉଠିଲେ- ମା ବାଟମଙ୍ଗଳା, ମା ସାହା ହ ।

ବୋଉ ବୋଉ । ବାଟମଙ୍ଗଳା ଠାକୁରାଣୀ ।

ବୋଉ ନିଦକୁ ଫୋପାଡିଦେଇ ଦଣ୍ଡବତ କଲା । ମାଲୋ ରକ୍ଷାକର ।

ମିଲି ଏଥର ସିଧାହେଇ ବସିଲା । ବୋଉ ହେଇ ଅଠରନଲା । ବୋଉ ଦି ହାତ ଯୋଡି ମୁଣ୍ଡରେ ମାରିଲା । ଏଶିକି ବଡଦେଉଳର ପତାକା ଦେଖାଯିବ । ତା ପରେ ଧୀରେ ଧୀରେ ବଡଦେଉଳ ଦେଖାଯିବ ।

ବଡଦାଣ୍ଡରେ ବଡଦେଉଳକୁ ଦେଖି ଦେଇ ବୋଉର ଆଖି ଖୋଷ୍ଟ ହେଇଗଲା । ସେଇଠି ଆଣ୍ଠେଇପଡି ଦଣ୍ଡବତ କଲା ।

ବୋଉ ଆଗକୁ ଚାଲା । ଏଇ ହଉଚି ଅରୁଣସ୍ତମ୍ଭ । ମିଲି ତା ସାଙ୍ଗକୁ ପଚାରି ବଡଦେଉଳ ବାବଦରେ ସବୁ ବୁଝି ନେଇଥାଏ । ବୋଉ ଉପରକୁ ଅନେଇଲା ଇଲୋ ବୋଉଲୋ ଆଖି ପାଉନି । ସେଇଠି ଦଣ୍ଡବତ କଲା । ତାପରେ ସମ୍ପୂର୍ଣ୍ଣ ଅଲଗା ମଣିଷ ହେଇଗଲା । ଲୋକଙ୍କ ଭିତରେ ଏକପ୍ରକାର ଦଉଡିବାକୁ ଲାଗିଲା । ଆଉ ମିଲିକି

ଡାକିଲାନି କି ବୁଲି ଅନେଇଲାନି । ମିଲି କିନ୍ତୁ ତା ପଛେ ପଛେ ଚାଲିବାକୁ ଲାଗିଲା । ଲୋକମାନେ ଯୋଉଠି ଦଣ୍ଡବତ କରୁଥାନ୍ତି ସେଇଠି ସେ ବି ଦଣ୍ଡବତ କରୁଥାଏ । ଲୋକଙ୍କ ସାଙ୍ଗରେ ବଡଦେଉଳ ଭିତରକୁ ପଶିଗଲା ।

ବଡଦେଉଳ ଭିତରେ ବୋଉ ବଡଠାକୁରଙ୍କୁ ଦେଖିଦେଇ ନିଜକୁ ଭୁଲିଗଲା । କେବଳ ତା ଆଖିରୁ ଝରଝର ଲୁହ ବୋହି ଯିବାକୁ ଲାଗିଲା ।

ମିଲି ଦେଖିଲା ବୋଉର ଛାତି ଭିତରେ ଜମାହେଇ ରହିଥିବା ସାରା ଜୀବନର ଦୁଃଖ ଜଗନ୍ନାଥଙ୍କ ପାଦତଲେ ଲୁହ ହେଇ ବୋହି ଯାଉଚି । ସେ ତିନି ଠାକୁରଙ୍କ ଆଡେ ଅନେଇଲା । ଜଗନ୍ନାଥଙ୍କ ଆଖିକି ଦେଖିଦେଇ ଅନ୍ୟମନସ୍କ ହେଇଗଲା । ଏଡେ ଏଡେ ଚକା ଆଖି । ସେ ଯେପରି ସାରା ଜଗତକୁ ଏକ ସଙ୍ଗରେ ଦେଖୁଛନ୍ତି । ସାଙ୍ଗେ ସାଙ୍ଗେ ତା ମନରେ ଗୋଟିଏ ପ୍ରଶ୍ନ ଉଠିଲା । ସେ କାହିଁକି ଦେଖୁଛନ୍ତି । ସବୁ ତ ତା ବାଟରେ ଘଟୁଚି । ପ୍ରତି ମୁହୂର୍ତ୍ତରେ ନୂଆ ନୂଆ ବିଶ୍ୱ ସୃଷ୍ଟି ହଉଚି । ସେମିତି କେତେ ବିଶ୍ୱ ବି ମରିଯାଉଚି । ପ୍ରତିଦିନ ସକାଳୁ ସୂର୍ଯ୍ୟ ଉଦୟ ହଉଚନ୍ତି । ସନ୍ଧ୍ୟାରେ ଅସ୍ତ ଯାଉଚନ୍ତି । ପ୍ରତି କ୍ଷଣରେ ନୂଆ ନୂଆ ଉଦ୍ଭିଦ ଓ ପ୍ରାଣୀ ଜନ୍ମ ନଉଚନ୍ତି ଓ ମରୁଚନ୍ତି । ବର୍ଷା ହଉଚି ଖରା ହଉଚି । ମରୁଡି ହଉଚି ବନ୍ୟା ହଉଚି । ତମେ ଏମିତି ଏଡେ ଏଡେ ଆଖିରେ ଅନେଇ କଣ ଦେଖୁଚ ? ଦେଖିକରି ବି କଣ କରୁଚ ?

ତମେ କୁଆଡେ ଯୋଜନ ଯୋଜନ ଦୂର ଭୁଜ ବଢ଼େଇ ତମ ଭକ୍ତଙ୍କୁ ବିପଦରୁ ଉଦ୍ଧାର କରୁଚ । ଏ ବିଶ୍ୱରେ କିଏ ବା ତମର ଭକ୍ତ ନୁହଁ ? ସନ୍ତାନ ନୁହଁ ?

ମୋ ଗରିବ ମୂଲିଆ ବାପାଟି କଣ ତମ ଭକ୍ତ ନଥିଲା ନା ସନ୍ତାନ ନଥିଲା ? କାଇଁକି ସେ ସଂସାର ଆରମ୍ଭ କରୁ କରୁ ମରିଗଲା ? ମୋ ବୋଉ ପେଟରେ ମୁଁ ହୁଏତ ଦି ତିନି ମାସର ହେଇଥାଏ । ଘରେ ଚାଉଳ ଦାନାଟି ବି ନଥାଏ । ଦାଣ୍ଡରୁ ଆସିଲେ ହାଣ୍ଡିରେ ପଡେ । ଏଇ ଅବସ୍ଥାରେ ସେତେବେଳେ ତ ମୋ ବୋଉର ବିଶ୍ରାମ ଲୋଡା ଥିଲା । ହେଲେ ସେ ବାଧ୍ୟହେଇ ଘରୁ ଗୋଡ କାଢ଼ିଲା । ମୂଲ ଲାଗିଲା । କା ଘରକାମ କଲା । ବାସନ ମାଜିଲା । ଲୁଗା କାଚିଲା । ଘର ନିପିଲା । ବିଲପଦାକୁ ଯାଇ ଗାଈ ଜଗିଲା । ମୂଲ ପଇସାରେ ମୋ ପାଇଁ ବଞ୍ଚି ରହିବାକୁ ସଂଗ୍ରାମ କଲା । ମୋ ବାପା ସବୁବେଳେ ତାର ମନ ପଡୁଥିଲା । ଘରେ ଥିଲାବେଳେ ତା ଆଖି ଶୁଖୁ ନଥିଲା । ସେତେବେଳେ ଟିକେ ଭଲମନ୍ଦ ଖାଇବାକୁ ବୋଉର କେତେ ଇଚ୍ଛା ହେଇ ନଥିବ ? ହେଲେ ପଖାଳ ଶାଗ କି ଲଙ୍କା ଲୁଣରେ ବିତୁଥିଲା ତାର କଷ୍ଟକର ଦିନ । କିଛି କିଛି ସଞ୍ଚୟ କରି ରଖୁଥିଲା ଅଚଳ ଅବସ୍ଥା ପାଇଁ । କେହି ନଥିଲେ ଦେହରେ ମୁଣ୍ଡରେ ଟିକିଏ ହାତ ମାରିଦବାକୁ କି ଆହାପଦ କହିବାକୁ । ଅସଜ ଦେହରେ ବି କାମ କରିବାକୁ

ପଡୁଥିଲା। ଭାରି କାମ କରିବାକୁ ଡର ମାଡୁଥିଲା। ସବୁଦିନେ ଘରେଇ କାମ ମିଳୁନଥିଲା। ମୁଁ ଯେତେବେଳେ ତାର ଏଇ ଅବସ୍ଥା କଥା ଭାବେ ମୋର ସମସ୍ତ ଚିନ୍ତା, ଚେତନା, କଳ୍ପନାଶକ୍ତି ଅଟକି ଯାଆନ୍ତି। ୩୫....ମୋ ବୋଉ ମୋତେ ପେଟରେ ବୋହି କେତେ କଷ୍ଟ ସହିଚି। ତମେ ଜଗତର ଠାକୁର ହେଇଚ। ଏଡେ ଏଡେ ଚକା ଆଖିରେ ସବୁ ଦେଖୁଚ। ମୋ ବୋଉର କଷ୍ଟ କଣ ଟିକିଏ ହେଲେ ଦେଖିପାରିଲନି ? ତମର ବଳିଆର ଭୁଜ ବଢେଇ ତା ଆଖିର ଲୁହ ଟିକିଏ ପୋଛି ପାରିଲନି ? ଏ ଜଗତରେ କେତେ ଦୁଃଖୀ ଅର୍ଷିତ ଭାସି ଯାଉଚନ୍ତି। ତାଙ୍କର ଆର୍ତ ତମକୁ ଶୁଣାଯାଉନି ? ତମେ ତମର ବଡଦେଉଳର ରତ୍ନ ସିଂହାସନରେ ବସି ଛପନ ପଉଟି ଭୋଗ ଖାଉଚ ? ରାଜକୀୟ ଅୟସରେ ସମୟ ବିତାଉଚ ? କାଇଁକି ସାଉକୁ ତମ ଦୃଷ୍ଟି ପଡିବ ? ତମେ ଠାକୁର କଣ ଜାଣି ପାରୁନଥିଲ ବୋଉର ପେଟରେ ମୁଁ କେମିତି ଯଥେଷ୍ଟ ଖାଇବାକୁ ପାଉ ନଥିଲି। ବୋଉ ତ ନିଜେ ବି ଭଲରେ ଗଣ୍ଡା ଖାଇବାକୁ ପାଉନଥିଲା। ମତେ ବା କଣ ଦେଇଥାନ୍ତା ଖାଇବାକୁ ? ତମ ସଂସାରରେ ତ ଦୀନଦୁଃଖୀ ହିନସ୍ତା ଭୋଗିବେ। ତମେ କାଇଁକି ଏତେବଡ ଦେଉଳରେ ଏତେବଡ ଆଖିରେ ଅନେଇ ରହିଚ ? କାଇଁକି ସେମାନଙ୍କୁ ଆଶା ଭରସା ଦଉଚ ? ତାଙ୍କୁ ତ ଟିକିଏ ବି ସାହାଯ୍ୟ କରିପାରୁନା। ତଥାପି ବି ଦଳେ ଭାଟଙ୍କୁ ପାଲିଚ ଯିଏ ରାତିଦିନ ତମର ବଉତି କରୁଚନ୍ତି। ସେମାନେ କହୁଚନ୍ତି ମଣିଷ ତାର ପୂର୍ବଜନ୍ମର କର୍ମଫଳ ଭୋଗିବାକୁ ବାଧ୍ୟ। କେତେ ନାଁରେ କହୁଚନ୍ତି- ପ୍ରାରବ୍ଧ, କ୍ରିୟମାଣ ଏମିତି କେତେ କଣ, ଯଦି ପ୍ରାଣୀମାନେ ତାଙ୍କର କର୍ମଫଳ ଭୋଗିବେ ତେବେ ତମକୁ କାଇଁକି ଡାକିବେ ? ତମକୁ କାଇଁକି ପୂଜିବେ ?

ମୁଁ ତ ତମକୁ ଜମା ଦଣ୍ଡବତ ବି କରିବିନି। ତମେ ମୋ ଠାକୁର ନୁହଁ। ମୋ ଠାକୁର ଏମିତି କାଠପଥର ହେଇ ପାରିବନି। କାହାର ଦୁଃଖ ଦେଖିଲେ ତା ହାତ ଲମ୍ବି ଆସିବ ଲୁହ ପୋଛିଦେବା ପାଇଁ। ଆମ ଧୂଳମାଟିର ପୃଥିବୀରେ ଏମିତି ମଣିଷ ଦେବତା ଅଛନ୍ତି। ପରର ଦୁଃଖ ପାଇଁ ନିଜର ଘରଦ୍ୱାର ଧନସମ୍ପତ୍ତି ଏପରିକି ନିଜର ଜୀବନକୁ ବି ତେଜ୍ୟ କରି ଦିଅନ୍ତି। ତମେ କୋଉ ଏକଥା ବୁଝିପାରିବ ଯେ ମୁଁ ତମ ଆଗରେ ଏତେ କଥା ସବୁ କହୁଚି।

ତମେ ଯଦି ଏସବୁ ବୁଝିପାରୁଥାନ୍ତ ତେବେ ମତେ ଜନ୍ମକଲା ପରେ ମୋ ବୋଉ କାମକୁ ଯାଇଥାନ୍ତା ? ମୁଁ ଏଡିକି ଟିକେ ହେଇଥାଏ। ମତେ ଆ ଘରେ ତା ଘରେ ଗୁଞ୍ଜିଦେଇ ପର ପାଇଟିକି ଯାଉଥିଲା। ସେଠି କାମ କଲାବେଳେ ତା ମନ କେତେ ଛଟପଟ ହଉ ନଥିବ। କୁଆଡେ ଦଉଡି ଦଉଡି ଆସୁଥିଲା ମତେ ଦୁଧଦବା ପାଇଁ। ଦୁଧ ଦେଇସାରି ମତେ ଗେହ୍ଲା କରି ପୁଣି ଚାଲିଯାଉଥିଲା କାମକୁ। ମୋର ହେତୁ ହେଲା

ପରେ ମୁଁ ଆମ ପଡୋଶୀମାନଙ୍କ ଠାରୁ ଏକଥା ଶୁଣେ। ମୋ ହୃଦୟ କାନ୍ଦିଉଠେ। ମୋ ବୋଉ, ମୋ ବୋଉ।

ମୁଁ ଆଖିରେ ଦେଖିଚି ବୋଉ ମତେ ଖାଇବାକୁ ଦେଇ ନିଜେ ଅଧାପେଟେ ଖାଇ ହାକୁଟି ମାରେ। ମୁଁ କାଲେ ଜାଣିପାରିବି। ଛିଣ୍ଡା ଚିରା ଶାଢ଼ି ଖଣ୍ଡକରେ ଦେହ ଲୁଚେଇବାକୁ ଚେଷ୍ଟା କରେ। ମତେ ମୋ ପୋଷାକ କିଣିଦିଏ। ଓଷା ବ୍ରତରେ ମୋ ପାଇଁ ପିଠାପଣା କରେ। ମତେ ଖୁସି କରିବା ପାଇଁ ସେ ନିଜେ ଜଳି ଯାଉଥାଏ।

ଅଭାବ ମଣିଷ ଜୀବନର ସବୁଠାରୁ ବଡ ଅଭିଶାପ। ମୁଁ ବଡ ହଉଥିବା ସହିତ ବୋଉର ଅଭାବ ବଢ଼ିଚାଲିଲା। ତାକୁ ଭରଣା କରିବା ପାଇଁ ଅନ୍ୟମାନଙ୍କ ଘରୁ ଛେଳି ବାଛୁରୀ ମେଣ୍ଢା ଆଣି ପାଳିବାକୁ ଲାଗିଲା। ପରଘର କାମ ସହିତ ପୁଣି ଏ କାମ ଯୋଡି ହେଇଗଲା। ବୋଉର ଏ ଦୁଃଖ ମୁଁ ଦେଖି ପାରୁ ନଥିଲି। ଟିକିଏ ବଡ ହେଇଗଲାରୁ ତାକୁ ଘରକାମରେ ମୁଁ ସାହାଯ୍ୟ କଲି। ସେ ଯେତେ ମନା କଲେବି ମୁଁ ଛୋଟମୋଟ କାମ କରିଦିଏ। ଯେମିତି ସକାଳ ସଂଜରେ ଘର ଓଲେଇଦବା, ପରିବା କାଟିଦବା, ଚଉଁରାମୂଳେ ସଞ୍ଚଦବା–ଏମିତି କିଛି କାମ। ସଂଜବେଳେ ବୋଉ ରୋଷେଇ ବସେଇଦେଇ ଆସି ମୋ ପାଖରେ ବସେ। ମୁଁ ତାକୁ ଶୋଇବାକୁ କହି ତା ପିଠି ହାତ ଗୋଡ ଉପରେ ଦହ୍ଡେ ଚଢ଼ିଯାଏ। ତାକୁ ବହୁତ ଓଶାସ ଲାଗେ। ମୁଁ ଖୁସି ହେଇଯାଏ।

ଯେତେ ଅଭାବ ଅସୁବିଧା ପଡିଲେ ବି ମୋ ବୋଉ ମତେ ପାଠ ପଢ଼ଉଚି। ମୋ ପାଠପଢ଼ା ପାଇଁ ଅଧିକରୁ ଅଧିକ ଖଟୁଚି। ମୁଁ ବି ତା ମନ ଜାଣି ବହୁତ ପରିଶ୍ରମ କରୁଚି। ସବୁଥିରେ ଭଲ କରିବାକୁ ଚେଷ୍ଟା କରୁଚି। ଅଷ୍ଟମ ଶ୍ରେଣୀକି ଆସିବା ପରେ ଗାଁର ଛୋଟ ଛୋଟ ପିଲାଙ୍କୁ ପଢ଼େଇବାକୁ ଆରମ୍ଭ କରିଚି। ତୁଆରୁଛଁ ସବୁ ମୋ ପାଖରେ ମଜାରେ ପାଠ ପଢ଼ନ୍ତି। ମତେ କିଛି ପଇସା ମିଳେ। ବୋଉକୁ ସାହାଯ୍ୟ କରେ। ମୁଁ ପଣ କରିଚି ପ୍ରତିବର୍ଷ ବୋଉକୁ ନୂଆ ନୂଆ ଜାଗାକୁ ବୁଲେଇ ନେବି। ମୋ ବୋଉର ସାରା ଜୀବନର ଦୁଃଖକୁ ଲାଘବ କରିଦେବି।

ଠାକୁରେ, ମୁଁ କାଇଁକି ଏତେଗୁଡା କଥା ତମକୁ ବେକାରଟାରେ କହୁଚି? ତମେ ସେଥିରୁ କ'ଣ ବୁଝିବ? ବୁଝିଲେ ବି ତମେ କଣ ବା କରିପାରିବ? ଏଠି ସମସ୍ତେ ତାଙ୍କ ଦୁଃଖସବୁ ତମକୁ କହୁଚନ୍ତି। ସେଥିରୁ ମୁକ୍ତିଦେବା ପାଇଁ ପ୍ରାର୍ଥନା କରୁଛନ୍ତି। ମୁଁ କିନ୍ତୁ ସେପରି କରିବିନି। ମୁଁ ଜାଣିଚି ଜୀବନର ଅନ୍ୟନାମ ଦୁଃଖ। ପ୍ରତ୍ୟେକଙ୍କୁ ତମର ଏ ସୃଷ୍ଟିରେ ଦୁଃଖ ହିଁ ଅପେକ୍ଷା କରି ରହିଥାଏ। ମୁଁ ବି ଜନ୍ମ ହେଲାବେଳୁ ଦୁଃଖ ସହ ମୁହାଁମୁହିଁ ହେଇଚି। ତା ପାଖରେ ମୁଣ୍ଡ ନୋଇଁ ଦେଇନି। ତା ସହ ଲଢ଼େଇ କରିଚି। ଜୀବନ ଥିବା ଯାଏ ଲଢ଼ୁଥିବି। କେବେ ବି ପରାସ୍ତ ସ୍ୱୀକାର କରିବିନି। ଜୀବନ

ଯେମିତି ସତ ଦୁଃଖ ବି ସେମିତି ସତ । ତେଣୁ କାଇଁକି ମୁଁ କାହାକୁ ଡରିବି ? କାଇଁକି ତମକୁ ପ୍ରାର୍ଥନା କରିବି ?

ତମକୁ ପ୍ରାର୍ଥନା କଲେ ବି ତମେ କଣ କରିପାରିବ ? ତମେ କଣ ମୋ ବାପାକୁ ଫେରେଇ ଦେଇ ପାରିବ ? ନା । ତେବେ ? ଆଚ୍ଛା ହଉ ଠାକୁରେ । ମୁଁ ଦେଖୁଚି ଆମ ସମସ୍ତଙ୍କ ଦୁଃଖର ସବୁଠାରୁ ବଡ କାରଣ ହଉଚି ଗରିବ ହେବା । ମୋର ଗୋଟିଏ ପ୍ରାର୍ଥନା ପୂରଣ କରିଦେଇ ପାରିବ ? ଏ ସୁନ୍ଦର ପୃଥିବୀରୁ ଏଇ ଅସୁନ୍ଦର ଗରିବୀକୁ ଉଠେଇ ଦେଇ ପାରିବ ? କଣ ଶୁଭୁନି ? ମୁଁ ଜାଣିଚି ତମେ କିଛି କରିପାରିବନି । ତମ ଛୋଟ ଭୁଜ ପୂରା ମିଳେଇଯିବ ।

ହଉ ଠାକୁରେ, ତମର ବି କିଛି କମ୍ ଦୁଃଖ ନାଇଁ । ମୁଁ ଏଠିକି ଆସି ଦେଖୁଚି ସମସ୍ତେ ତମକୁ ଖାଲି ତାଙ୍କ ଦୁଃଖ କଥା କହି ଲୁହ ବୁହାଉଚନ୍ତି । ଏତେ ଦୁଃଖକୁ ତମେ ଶୁଣୁଚ । ହେଲେ କିଛି ବି କରିପାରୁନା । ଏହା କଣ କମ୍ ବଡ ଦୁଃଖ ? ହଉ ଠାକୁରେ ମୁଁ ଆସୁଚି । ଚାଲ ବୋଉ ।

ବୋଉର ହାତ ଧରି ବାହାରକୁ ଆଣିଲା । ବୋଉକୁ ବେଢ଼ା ବୁଲେଇଲା । ପାର୍ଶ୍ୱ ଦେବତା ଓ ମନ୍ଦିରମାନଙ୍କ ଦର୍ଶନ କରେଇଲା । ମନ୍ଦିରର ବିଭିନ୍ନ କାରୁକାର୍ଯ୍ୟ ଦେଖେଇଲା । ବୁଲି ବୁଲି ଆସି ବାଇଶି ପାହାଚରେ ଅଟକିଗଲା ।

ବୋଉ ଟିକିଏ ଠିଆ ହ । ମୁଁ ବାପା ପାଇଁ ଏଠି ଦୀପଟିଏ ଜାଳିଦିଏ । ଦୀପଟିଏ ଆଣି ଜାଳିଲା । ଜମା ଦେଖି ନଥିବା ବାପାକୁ ନମସ୍କାର କଲା । ତାପରେ ସେ ବୋଉର ହାତଧରି ଆନନ୍ଦବଜାର ଆଡକୁ ନେଇଗଲା ।

ମାଟି ଆମ ମାଆ

ସମସ୍ତେ ଚାଲିଗଲା ପରେ ପ୍ରଧାନ ଶିକ୍ଷକ ଗୌରାଙ୍ଗ ଚନ୍ଦ୍ର ଦାଶ ଅଭ୍ୟାସଗତ ଭାବରେ ଛିଡା ହୁଅନ୍ତି। ଠିକ୍ ଏଇଠି। ତାଙ୍କ ଆଗରେ ଥାଏ ଏକ ଅସ୍ୱାଭାବିକ ଭାବରେ ବୃହତ୍ ଗ୍ଲୋବ୍। ଗେଟ୍ ଦେଇ ସ୍କୁଲ ବିଲ୍‌ଡିଂକୁ ଆସିବା ବାଟରେ ନିଶ୍ଚୟ ଆଖିରେ ପଡିବ। ବାଟ ପାଖରେ ହୋଇଥିବାରୁ ତାର ଚାରିପଟରେ ବ୍ୟାରିକେଡ୍ ମଧ କରାଯାଇଚି। ଏହାକୁ ଧୀରେ ଧୀରେ ଘୁରାଯାଇପାରେ। ଜୋରରେ ଘୁରାଇଲେ ତାହା ଦୋହଲି ଯିବାର ଆଶଙ୍କା ଅଛି। ତେଣୁ ଏହାକୁ ଘୁରାଇବା ପାଇଁ ବାରଣ କରାଯାଇଛି। କେବଳ ବିଶେଷ ଅତିଥି ମାନଙ୍କ ପାଇଁ ନିର୍ଦ୍ଦେଶ ମୁତାବକ ନୂଆ ଭୂଗୋଳ ଶିକ୍ଷକ ତାହାକୁ ଘୁରାଇଥାନ୍ତି। ପୁଣି ପ୍ରଧାନ ଶିକ୍ଷକଙ୍କ ଉପସ୍ଥିତିରେ। ବ୍ୟାରିକେଡ୍‌ର ଚାବି ତାଙ୍କ ଅଫିସ ଆଲମିରା ଭିତରେ ସୁରକ୍ଷିତ ଥାଏ।

ଏହି ନିରୋଳା ସମୟରେ ଗୌରାଙ୍ଗ ବାବୁ ବେଶ୍ କିଛି ସମୟ ଏଇ ଗ୍ଲୋବ୍‌ଟି ଆଡେ ଅନେଇ ରହନ୍ତି। ଭାବୁକ, କବିମାନେ ସୂର୍ଯ୍ୟାସ୍ତ କିମ୍ବା ଅନ୍ଧାର ଆକାଶର ତାରା ମାନଙ୍କ ଆଡକୁ ଅନେଇଲା ପରି। ମୁଗ୍ଧ ଓ ଆତ୍ମହରା ହୋଇ। ତାଙ୍କୁ ଲାଗେ ଏହା ଯେପରି ତାଙ୍କ ଜୀବନର ସର୍ବଶ୍ରେଷ୍ଠ କୃତି। ଯାହାର ନାମକରଣ ସେ ନିଜେ ହିଁ କରିଛନ୍ତି। ଆମ ମାଆ। କେତେକ ଶିକ୍ଷକ/ଶିକ୍ଷୟିତ୍ରୀ ତାସ୍ଲ୍ୟ କରି ପଛରେ କହନ୍ତି– ହେଡମାଷ୍ଟରଙ୍କ ମା ଗ୍ଲୋବ୍। ଏକଥା ମଧ ତାଙ୍କ କାନକୁ ଆସେ। ଖୋସାମତିଆ କାନକୁହାମାନେ ମଉକା ଦେଖି ଫୋଡି ଦିଅନ୍ତି। ସେ କିନ୍ତୁ କେବେ କାହାକୁ ଏକଥା ପଚାରି ନାହାନ୍ତି। ହଁ ଯିଏ ଯାହା କହିବ କହୁ। କିଏ ବା ଏଠି ଅନ୍ୟକୁ ବୁଝିବାକୁ ଚେଷ୍ଟା କରୁଚି? ନିଜକୁ ବି କିଏ ବୁଝୁଚି? କେବଳ ଏକ ଆତ୍ମପ୍ରତାରଣା ଭିତରେ ସମସ୍ତେ ବୁଡି ରହିଛନ୍ତି। କାହା କଥାରେ ମୋର କଣ ଅଛି? ମୁଁ ଯେ ଏହା ଗଢ଼ି ପାରିଚି ସେଇଥରେ ମୋର ଆତ୍ମସନ୍ତୋଷ। ଦିନେ ନା ଦିନେ ମୋ ମାଆ ଏଇ ଗ୍ଲୋବ୍‌କୁ ସେମାନେ ବୁଝିପାରିବେ। ଏହି ଗ୍ଲୋବ୍‌ଟି ଥିବା ପର୍ଯ୍ୟନ୍ତ ମତେ ମନ ପକାଉଥିବେ।

ବ୍ୟାରିକେଡ୍‌ ଏ ପାଖରେ ଠିଆହୋଇ ଗୌରାଙ୍ଗ ଦାଶଙ୍କର ଭାରି ଇଚ୍ଛାହୁଏ ତାଙ୍କୁ ଟିକିଏ ଆଉଁସି ପକେଇବା ପାଇଁ। ମୋ ବୁଢୀ ମା’ଟି କାହାର ସ୍ନେହ ଆଦର କି ଯତ୍ନ ନପାଇ ବି ମୋ ମୁହଁକୁ ଅନେଇ ରହିଚି। ତା ପିଲାମାନଙ୍କ ମୁହଁରେ ଟିକିଏ ହସ ଦେଖିଲେ ତାର ଖାଲିପେଟ ପୂରିଯିବ। ଏଇ ମୋ ଜୀବନର ଏକମାତ୍ର ବାସନାର ବାସ୍ତବ ପ୍ରତିମୂର୍ତ୍ତି। ଏଇ ଗ୍ଲୋବ୍। ଏଇ ମୋ ମା।

ମନେ ମନେ ସେ ହାତଯୋଡ଼ି ନମସ୍କାର କରନ୍ତି।

ଅବସର ନେବାକୁ ବର୍ଷକରୁ କମ୍‌ଥାଏ। ତଥାପି ସେ ଜଗନ୍ନାଥପୁର ହାଇସ୍କୁଲର ପ୍ରଧାନ ଶିକ୍ଷକ ହେଲେ। ଯେଉଁଥିପାଇଁ ସେ କେବେ ବି ଆଶାକରି ନଥିଲେ। ବି.ଏ ବିଇଡି ପାଶ୍‌ କରି ଯେଉଁ ସହକାରୀ ଶିକ୍ଷକ ପୋଷ୍ଟରେ ପଶିଥିଲେ ସେଇଥିରେ ବିଦାୟ ନେଇଥାନ୍ତେ। ଯୋଗକୁ ସ୍କୁଲର ପ୍ରଧାନ ଶିକ୍ଷକ ଧରାଧରି କରି ନିଜ ଗାଁ ପାଖ ସହରର ହାଇସ୍କୁଲକୁ ବଦଲି ହୋଇଗଲେ। ସରକାର ଆଉ ନିୟମିତ ପ୍ରଧାନ ଶିକ୍ଷକ ନିଯୁକ୍ତି ଦେଉ ନାହାନ୍ତି। ପରବର୍ତ୍ତୀ ବରିଷ୍ଠ ସହକାରୀ ଶିକ୍ଷକ ହିସାବରେ ସେ ଭାରପ୍ରାପ୍ତ ପ୍ରଧାନଶିକ୍ଷକଙ୍କ ଦାୟିତ୍ୱ ବହନ କଲେ। ତାପରେ ପରେ ସମସ୍ତ ଶିକ୍ଷକ/ଶିକ୍ଷୟିତ୍ରୀ, ଛାତ୍ରଛାତ୍ରୀ ତଥା ଅନ୍ୟମାନେ ତାଙ୍କୁ ପ୍ରଧାନଶିକ୍ଷକର ମାନ୍ୟତା ପ୍ରଦାନ କରୁଛନ୍ତି।

ଗୌରାଙ୍ଗ ଚନ୍ଦ୍ର ଦାଶ ପ୍ରଧାନ ଶିକ୍ଷକଙ୍କ ଆସନରେ ଆସୀନ ହେଲାପରେ ତାଙ୍କ ମନ ଭିତରେ ଟେଙ୍ଗ ଶୋଇଥିବା ଏକ ବାସନା ମୁଣ୍ଡଟେକି ଉଠିଲା। ଯେଉଁ ବାସନା କୌଣସି ଏକ ଭୂଗୋଳ କ୍ଲାସରେ ତାଙ୍କ ମନ ଭିତରେ ଜନ୍ମ ନେଇଥିଲା। ଅଭ୍ୟାସ ମୁତାବକ ଭୂଗୋଳ ପଢ଼ାଉଥିଲା ବେଳେ ସେ ଗ୍ଲୋବ୍‌ ଓ ମାନଚିତ୍ର ବ୍ୟବହାର କରିଥାନ୍ତି। ହଠାତ୍‌ ଜଣେ ପିଲା ଠିଆ ହୋଇ ପଚାରିଲା– ସାର୍‌ ଗ୍ଲୋବ୍‌ରେ ଜଗନ୍ନାଥପୁର କୋଉଠି ଅଛି? ସେ ଗ୍ଲୋବ୍‌କୁ ଉଠେଇଲେ। ବିଶାଳ ଭାରତବର୍ଷ ଗୋଟିଏ ଛୋଟିଆ ଦେଶ ପରି ଲାଗୁଥାଏ। ତା ଭିତରେ ଓଡ଼ିଶା କେଡିକି ଟିକେ। ତା ଭିତରେ ତାଙ୍କ ଜିଲ୍ଲା, ସବ୍‌ଡିଭିଜନ୍‌, ଥାନା ଓ ପୁଣି ଗାଁ। ବିନ୍ଦୁଏ ବି ହବନି। କଥା ବଦଲେଇ ସେ ତାକୁ କହିଲେ– ଏଇ ଛୋଟ ଗ୍ଲୋବ୍‌ଟି ଭିତରେ ଜଗନ୍ନାଥପୁର ପରି ଗାଉଁଲୀ ସହର କିପରି ଦେଖିହବ? ତୁ ଗୋଟିଏ କାମ କର। ପୂରା ଫର୍ଦ୍ଦେ କାଗଜରେ ଭାରତର ମାନଚିତ୍ର ଆଁକେ। ତା ଭିତରେ ଓଡ଼ିଶାର ସୀମା ଅଙ୍କନ କର। ଓଡ଼ିଶା ଭିତରେ ମହାନଦୀର ରେଖାଚିତ୍ର କରି ତା ଭିତରେ ଜଗନ୍ନାଥପୁର କୋଉଠି ଦେଖେଇଦେ। ହେଲା? କାଲି କ୍ଲାସରେ ଆମେ ସମସ୍ତେ ଦେଖିବା।

ଏପରି କୌଶଳ କରି ଖସିଗଲେ ସିନା ହେଲେ ତାଙ୍କ ମନରେ ରକା ପଶିଗଲା। ଏହା ସଠିକ୍‌ ଉଭର ଦେଲାନି ବୋଲି ତାଙ୍କ ମନ ତାଙ୍କୁ ରୁଗୁରୁଗୁ କରିବାକୁ ଲାଗିଲା।

ଗ୍ଲୋବ୍‌ଟି ଛୋଟ ଥିବାରୁ ସିନା ଜଗନ୍ନାଥପୁର ଦେଖେଇ ହେଲାନି। ହେଲେ ବଡ ହୋଇଥିଲେ ନିଶ୍ଚୟ ଦେଖେଇ ହୋଇଥାନ୍ତା। କିନ୍ତୁ ଗ୍ଲୋବ୍‌ଟା କେତେ ବଡ ହୋଇ ପାରିବ ? କ୍ରମେ କ୍ରମେ ଜଗନ୍ନାଥପୁର ସ୍ଥିତି ମନଭିତରେ ହଜିଗଲା। ବଡ ଗ୍ଲୋବ୍‌ର ଆକାର ବଢ଼ିବାକୁ ଲାଗିଲା। ଏକ ବିରାଟ ଗ୍ଲୋବ୍ ତାଙ୍କ ମନ ଭିତରେ ଆସ୍ଥାନ ଜମେଇ ବସିଲା।

ସେ ସବୁବେଳେ ସେଇ ବିରାଟ ଗ୍ଲୋବ୍‌ର ଛବିଟିକୁ ଦେଖିବାକୁ ଲାଗିଲେ। ଯେଉଁଥିରେ ଦେଶ, ପ୍ରଦେଶ, ନଦନଦୀ, ରାସ୍ତାଘାଟ, ପାହାଡ ପର୍ବତ, ସାଗର, ମହାସାଗର ସବୁ ସ୍ୱଷ୍ଟ ଭାବରେ ଦେଖାଯାଇ ପାରିବ। ଯାହା ଉପରେ ପୃଥିବୀର ଭୂଗୋଳ ଜୀଇ ଉଠିବ। ଏଇ ବିରାଟ ଗ୍ଲୋବ୍‌ର ଚିତ୍ର ତାଙ୍କୁ ଅସ୍ତବ୍ୟସ୍ତ କରି ପକାଇଲା। ଖାଇବା ପିଇବାରେ ମନ ଲାଗିଲାନି। ପାଠ ପଢ଼େଇବା ବେଳେ ବାରମ୍ୱାର ବ୍ୟାଘାତ ସୃଷ୍ଟି କରୁଥିଲା। ଭଲନିଦ ହେଲାନି। ଏକ ବିରାଟ ଗ୍ଲୋବ୍ ଖାଲି ବୁଲିବାକୁ ଲାଗିଲା।

ଦିନେ ଶୋଇଥିବା ଅବସ୍ଥାରେ ତାଙ୍କୁ ଲାଗିଲା- ଏପରି ଗ୍ଲୋବ୍‌ଟିଏ ତିଆରି ନକଲେ ମୁଁ ଶାନ୍ତିରେ ରହିପାରିବି ନାହିଁ। ତେବେ ଆମ ସ୍କୁଲରେ ଏପରି ଗ୍ଲୋବ୍‌ଟିଏ ନିର୍ମାଣ କଲେ କେମିତି ହୁଅନ୍ତା ? ସେ ହଠାତ୍ ବିଛଣାରୁ ଉଠିପଡିଲେ। ୟୁରେକା-ୟୁରେକା-ମନଭିତରୁ ବାହାରି ଆସିଲା। ଆଃ-ବଢ଼ିଆ ଆଇଡିଆ।

ପରଦିନ ଲିଜର ପିରିୟଡରେ ସେ ହେଡମାଷ୍ଟରଙ୍କ ଅଫିସକୁ ପ୍ରବେଶ କରି ଭକ୍ତିପୂତ ପ୍ରଣାମଟିଏ ଜଣାଇଲେ। ତତ୍କାଳୀନ ହେଡମାଷ୍ଟର ଥିଲେ ଅତ୍ୟନ୍ତ କର୍ତ୍ତବ୍ୟନିଷ୍ଠ, ଶୃଙ୍ଖଳାପ୍ରିୟ, ଜ୍ଞାନୀ କିନ୍ତୁ ଭୀଷଣ ଚିଡିଚିଡା। ତାଙ୍କୁ ସେ ମନେ ମନେ ଭୟ କରୁଥିଲେ।

ହେଡମାଷ୍ଟେ ତାଙ୍କ କାମରୁ ମୁହଁ ଉଠାଇ ଚଷମା ଫାଙ୍କରେ ଗୌରାଙ୍ଗ ବାବୁଙ୍କୁ ପଚାରିଲେ- କଣ ହେଲା ?

ଚଷମା ଫାଙ୍କରେ ତୀର୍ଯକ ଭାବରେ ଅନେଇଥିବା ହେଡମାଷ୍ଟର ତାଙ୍କୁ ଭୟଙ୍କର ଦେଖାଗଲେ।

ନାଇଁ ସାର୍ କିଛି ନାହିଁ। ମୁଁ ଆସୁଚି ସାର୍। ବାହାରି ଆସିବାକୁ ସେ ବୁଲି ପଡ଼ୁଥିଲେ।

ଶୁଣନ୍ତୁ। ବସନ୍ତୁ। କଣ ପାଇଁ ଆସିଥିଲେ କୁହନ୍ତୁ।

ନାଇଁ ସାର୍ ଆପଣ ବ୍ୟସ୍ତ ଅଛନ୍ତି। ମୁଁ ଆସୁଚି ସାର୍।

କହିଲି ପରା ବସନ୍ତୁ। କଲମ ରଖିଦେଇ ସଳଖହେଇ ବସି କହିଲେ- କହନ୍ତୁ ଏଥର।

ସାର୍ । ସେ କଡ଼ା ପାନଛ୍ଡ଼ିପ ଢୋକିଦେଲେ । ମୁଁ କଣ କହୁଥିଲି କି ସାର୍ ?
ପାଣି ପିଇବେ ?

ହଁ ସାର୍, ନାଇଁ ନାଇଁ ସାର୍ ।

ହଉ କୁହନ୍ତୁ । ଶୀଘ୍ର କୁହନ୍ତୁ । ସମୟ ନଷ୍ଟ କରନ୍ତୁ ନି ।

ସାର୍ ମୁଁ କଣ କହୁଥିଲି କି ? ଆମ ସ୍କୁଲରେ ମାନେ ସାର୍ ସ୍କୁଲର ବାମ କଡ଼ରେ
ଜାଗାଟା ଅରମା ହୋଇ ପଡ଼ିଚି । ସେଇ ଜାଗାରେ ଗୋଟିଏ ବିରାଟ ମାନେ ସ୍କୁଲବିଲ୍ଡିଂ
ଉଂଚର ଗ୍ଲୋବଟିଏ ତିଆରି କଲେ କେମିତି ହୁଅନ୍ତା ?

ହଠାତ୍ ଘଡ଼ଘଡ଼ି ପରି ହସି ଉଠିଲେ ଏ ଚିଡ଼ିଚିଡ଼ା ଦୁନିଆଁ ସାରା ଟିଂଗା
ହେଡ଼ମାଷ୍ଟର । ଗୌରାଙ୍ଗ ବାବୁ ଛାନିଆଁରେ ଠିଆ ହୋଇ ପଡ଼ିଲେ ।

ସେହିପରି ହସି ହସି କହିଲେ– ବସନ୍ତୁ ବସନ୍ତୁ । ଗୌରାଙ୍ଗ ବାବୁ ବାଧ ହୋଇ
ବସି ପଡ଼ିଲେ । ମନେ ମନେ ଆତଂକ ଗଣିବାକୁ ଲାଗିଲେ । ମୁଁ କାହିଁକି ଏତେବଡ଼
ଭୁଲ କରିଦେଲି । ହେଡ଼ମାଷ୍ଟର କଲିଂବେଲ ଟିପି ବଡ଼ଦିଦିଙ୍କୁ ଡାକିବାକୁ କହିଲେ ।

ବଡ଼ଦିଦି ମାନେ ହେଡ଼ମାଷ୍ଟରଙ୍କ ତଳେ ସର୍ବବରିଷ୍ଠ ଶିକ୍ଷୟିତ୍ରୀ । ଡେଂଗୀ, ଗୋରୀ,
ସୁଦର୍ଶନା, ମାତୃସୁଲଭ ବ୍ୟବହାର କିନ୍ତୁ ଭାରି ଦାୟିତ୍ୱସଂପନ୍ନା । ଗୌରାଂଗ ବାବୁ
ବେଲେବେଲେ ମଜାରେ ଅନ୍ୟମାନଙ୍କୁ କହନ୍ତି– ବୁଢ଼ାବୁଢ଼ୀଙ୍କର ସଟ୍ ଅଛି । ଅନ୍ୟମାନେ
ଏକଥାକୁ ଭାରି ଉପଭୋଗ କରନ୍ତୁ ।

ବଡ଼ଦିଦି ଅବିଲମ୍ବେ ସେଠାରେ ପ୍ରବେଶ କଲେ । ଦିଦି ଆସନ୍ତୁ ଆସନ୍ତୁ । ବସନ୍ତୁ ।
ହଁ ଗୌରାଙ୍ଗବାବୁ କଣ କହୁଚନ୍ତି ଶୁଣନ୍ତୁ ।

ଗୌରାଙ୍ଗବାବୁଙ୍କ ଅବସ୍ଥା ସେତେବେଲକୁ ଶୋଚନୀୟ ହୋଇ ପଡ଼ିଥାଏ ।
ଆଉଥରେ ସେହି କଥା କହି ଅକ୍ଷମଣୀୟ ଅପରାଧ କରିବାକୁ ସେ ଚିନ୍ତା ବି କରିପାରୁ
ନଥିଲେ ।

ଦିଦି ପଚାରିଲେ–କଣ ହେଇଚି ଗୌରାଙ୍ଗ ବାବୁ ?

ଗୌରାଙ୍ଗବାବୁ କିଛି କହି ନପାରି ଏକ ବିକଳ ଚାହାଣି ଦିଦିଙ୍କ ମୁହଁ ଉପରେ
ପକାଇ ତଳକୁ ଅନାଇଲେ ।

ପୁଣି ଜୋରରେ ହସି ଉଠିଲେ ହେଡ଼ମାଷ୍ଟର । ଜାଣିଲେ ଦିଦି ଗୌରାଙ୍ଗବାବୁ
କହୁଚନ୍ତି ଆମ ସ୍କୁଲରେ ଆଉ ଗୋଟିଏ ପୃଥିବୀ ତିଆରି କରିବେ । ବଡ଼ ମଜାଦାର ଓ
ଉଭଟ । ପୁଣି ଜୋରରେ ହସି ଉଠିଲେ ହେଡ଼ମାଷ୍ଟର ।

ଦିଦି ହସି ଆସୁଥିଲେ ହେଲେ ଅଟକିଗଲେ । କହିଲେ ଗୌରାଙ୍ଗବାବୁ ବାହାରକୁ
ଚାଲନ୍ତୁ । ଗୌରାଙ୍ଗବାବୁ ଦିଦିଙ୍କ ପଛେପଛେ ବାଧ୍ୟଛାତ୍ରଟି ପରି ବାହାରକୁ ଆସିଲେ ।

ସେହିପରି ଦୁହେଁ ଗଲେ ଲାଇବ୍ରେରୀକୁ। ଲାଇବ୍ରେରୀ ଘର ଖୋଲାଥିଲା ଓ ଭିତରେ କେହି ନଥିଲେ। ଦିଦି ଗୋଟିଏ ଚେୟାର ଉପରେ ବସିପଡି ତାଙ୍କୁ ପାଖରେ ବସିବାକୁ କହିଲେ। ଆପଣ କହିଛନ୍ତି ମାନେ ସେଥରେ କିଛି ଗୁରୁତ୍ୱ ଅଛି।

ଦିଦିଙ୍କର ଏପରି ସହୃଦୟ ବ୍ୟବହାରରେ ଗୌରାଙ୍ଗବାବୁ ବିଗଳିତ ହୋଇଗଲେ। ଏପରି ଜଣେ ସହାନୁଭୂତିଶୀଳା ଭଦ୍ରମହିଳାଙ୍କ ପ୍ରତି ସେ ଖରାପ ମନ୍ତବ୍ୟ କରିଥିବାରୁ ମନେମନେ ଅନୁତପ୍ତ ହେଲେ ଓ ସଂକ୍ଷେପରେ ସେ ହେଡମାଷ୍ଟରଙ୍କୁ ଦେଇଥିବା ପ୍ରସ୍ତାବ ସଂପର୍କରେ ବୟାନ କଲେ।

ଦିଦି ତାଙ୍କ କଥା ଶୁଣି ସାରିଲା ପରେ ତାଙ୍କ ମୁହଁରେ ଛୋଟିଆ ହସଟିଏ ଖେଳିଗଲା। ଗୌରାଙ୍ଗ ବାବୁ, ଆପଣଙ୍କ କଥାଟି ମୋ ମନକୁ ଛୁଇଁଚି। ଏପରି ଏକ ମଡେଲ ସ୍କୁଲର ଏକ ମୂଲ୍ୟବାନ ସଂପତ୍ତି ହୋଇ ରହିବ। ଛାତ୍ରଛାତ୍ରୀ ମାନଙ୍କ ପାଇଁ ଏହାର ଉପାଦେୟତା ବହୁତ ବେଶୀ। ହେଡମାଷ୍ଟ୍ରେ କାହିଁକି ଆପଣଙ୍କର ଏଭଳି କ୍ରିଏଟିଭ୍ ପ୍ରସ୍ତାବକୁ ଏପରି ଗ୍ରହଣ କଲେ ମୁଁ କହି ପାରିବିନି। ତେବେ ତାଙ୍କ ପରେ ମୁଁ ଯଦି ସେ ଦାୟିତ୍ୱ ନିଏ ତେବେ ଆମେ ଦିଜଣ ମିଶି ଏହାକୁ ସାକାର କରିବା। ହେଡମାଷ୍ଟ୍ରଙ୍କ ଏପରି ବ୍ୟବହାର ମତେ ଦୁଃଖ ଦେଇଚି। ଆପଣ ସେକଥା ଭୁଲି ଯାଆନ୍ତୁ।

ଗୌରାଙ୍ଗବାବୁଙ୍କର ଦୁଃଖ ଓ ଅପମାନ ବହୁ ପରିମାଣରେ କମିଗଲା। ସେ ସେଠୁ କମନ୍‌ରୁମ୍‌କୁ ଫେରି ଆସିଲେ। ସେଠାରେ ବସିଥିବା ଶିକ୍ଷକମାନେ ପଚାରିଲେ– ସାର୍ କଣ କହିଲେ ?

କହିଲେ ହଉ ଦେଖିବା। ଆଉ ସେଠି ବସିବାକୁ ଭଲ ଲାଗିଲାନି। ସେ ବାହାରକୁ ଚାଲି ଆସିଲେ ଓ ପରବର୍ତ୍ତୀ ପିରିୟଡ ଆରମ୍ଭର ଘଣ୍ଟାକୁ ଅପେକ୍ଷା କରି ରହିଲେ।

ବିରାଟ ଗ୍ଲୋବ୍‌ର ପ୍ରଥମ ସଂଭାବନାର ଗର୍ଭନଷ୍ଟ ହୋଇଗଲା। ହେଲେ ସେଇ ସ୍ୱପ୍ନଟି ଗୌରାଙ୍ଗବାବୁଙ୍କ ମନରେ ଲାଖି ରହିଲା। ତାହା ଅବଦମିତ ଅବସ୍ଥାକୁ ନଯାଇ କେବଳ ସୁପ୍ତ ହୋଇ ପଡ଼ି ରହିଲା। ବେଲେବେଲେ ନିରୋଳା ମୁହୂର୍ତ୍ତରେ ସେ ମନର ଶେଯରୁ ବାହାରକୁ ଉଠି ଆସେ। ତାଙ୍କ ଆଗରେ ଘୁରିବାକୁ ଲାଗେ। ସେ ଦେଖନ୍ତି ଓ ମୁଗ୍ଧ ହୁଅନ୍ତି। ଏହା ତାଙ୍କ ଜୀବନର ଏକମାତ୍ର ବିଲାସ ହୋଇଯାଏ। ତାଙ୍କ ସଂସାର, ପେଷା ଓ ଅନ୍ୟାନ୍ୟ ସବୁ ଏହାର ପଛରେ ଠିଆ ହୋଇ ପଡନ୍ତି। ସେ ମନେ ମନେ ପଣ କରନ୍ତି– ମୁଁ ମୋ ଜୀବନ ଦେଇ ଏହାକୁ ବାସ୍ତବ କରିବି।

ହେଲେ ତାହା ବାସ୍ତବ ହୋଇ ପାରେନା। ଦିଦି ହେଡମାଷ୍ଟର ପଦବୀରେ ଆସୀନା ହୋଇ ଅନ୍ୟତ୍ର ବଦଲି ହୋଇ ଯାଆନ୍ତି। ଏହି ସ୍କୁଲକୁ ଯିଏ ହେଡମାଷ୍ଟର ହୋଇ ଆସନ୍ତି ତାଙ୍କର କାମରେ ମନ ନଥାଏ। ସେ କିପରି ଘରକୁ ଯିବେ ଏବଂ ଦୁଇଟି ଭିନ୍ନ

ଭିନ୍ନ ସହରରେ ଥିବା ମଦଦୋକାନ କଥା ବୁଝିବେ ସେଥିରେ ବ୍ୟସ୍ତ ରହନ୍ତି। ସ୍କୁଲ ତାର ଗ୍ଲାରେ କେବଳ ଗଡିଚାଲେ। ହେଲେ ଶେଷରେ ନିଜର ପାଲି ପଡିଲା ବେଳକୁ ନିୟମିତ ପଦବୀ ମିଳିଲା ନାହିଁ। ଭାରପ୍ରାପ୍ତ ଭାବରେ କେବଳ ଦାୟିତ୍ୱ ସଂଭାଳିବାକୁ ପଡିଲା। ତଥାପି ସେଇ ବିରାଟ ଗ୍ଲୋବ୍‌ଟି ତାଙ୍କ ଅଫିସ ଟେବୁଲ୍ ଉପରେ ଆସି ଠିଆହେଇ ଯାଏ। ତାଙ୍କୁ ଆହ୍ୱାନ କରେ। ଏଇ ଶେଷ ମଉକା ମତେ ଜୀବନ୍ନ୍ୟାସ ଦେ।

ସେ ଚିନ୍ତା କରନ୍ତି– ଏ ବାବଦରେ କଣ କରାଯାଇ ପାରିବ। ସେତେବେଳେ ଅନ୍ୟ କେହି ପ୍ରଧାନଶିକ୍ଷକ ଥିବାରୁ ଏହା କିପରି ହୋଇପାରିବ ତାହା ସେ ଚିନ୍ତା କରିବାର ଅବକାଶ ନଥିଲା। ଏବେ ନିଜ କାନ୍ଧ ଉପରକୁ ଦାୟିତ୍ୱ ଆସିଯାଇ ଥିବାରୁ ସେ ଗଂଭୀରତାର ସହ ଚିନ୍ତା କରିବାକୁ ଲାଗିଲେ। ଏହାର ଏକ ବଜେଟ୍ ତିଆରି କଲାବେଳେ ତାଙ୍କ ମୁଣ୍ଡ ଘୁରିଗଲା। ସରକାରଙ୍କୁ ଏ ପ୍ରସ୍ତାବ ଦେବା ଅର୍ଥ ଏହାର ତଂଟିଟିପି ମାରିଦେବା।

ଅନେକ ଚିନ୍ତା କଲାପରେ ଜଣଙ୍କ ମୁହଁ ତାଙ୍କୁ ଦେଖାଗଲା। ଯିଏ ଏହି ସ୍କୁଲଟି ଆରମ୍ଭ କରିଥିବା ବ୍ୟକ୍ତି ମାନଙ୍କ ମଧ୍ୟରେ ଅଗ୍ରଣୀ ଥିଲେ। ସେଇ ଗାଉଁଲି ସହରର ଜଣେ ନାମଜାଦା ବ୍ୟକ୍ତି ସୁରେଶ ସାମନ୍ତରାୟ। ତାଙ୍କର ପୂର୍ବପୁରୁଷ ଜମିଦାର ଥିବାରୁ ତାଙ୍କ ବ୍ୟକ୍ତିତ୍ୱରେ ସେହି ଗାଂଭୀର୍ଯ୍ୟ ଓ ଉଦାରତା ଫୁଟି ଉଠେ। ସେ ଅକ୍ଲାନ୍ତ ପରିଶ୍ରମ କରି ଅନ୍ୟମାନଙ୍କ ସହଯୋଗରେ ଏଠାରେ ଏହି ହାଇସ୍କୁଲଟି ସ୍ଥାପନ କରିଥିଲେ। ସ୍କୁଲ ସରକାରଙ୍କ ନିୟନ୍ତ୍ରଣକୁ ଚାଲିଗଲା ପରେ ସେ ସ୍କୁଲ ପରିଚାଳନାରୁ ଦୂରେଇ ଯାଇଥିଲେ। ବର୍ତ୍ତମାନ ସେ ଏହି ଅଂଚଲର ଜଣେ ପ୍ରଭାବଶାଳୀ ଅଗ୍ରଣୀ ବ୍ୟବସାୟୀ ଓ ସମାଜସେବୀ।

ବହୁ ଚିନ୍ତାକଲା ପରେ ସେ ଥରେ ସଂଧ୍ୟାବେଳେ ତାଙ୍କ ଘରକୁ ଯାଇଥିଲେ। ଗୌରାଙ୍ଗ ବାବୁଙ୍କୁ ଦେଖି ସେ ଆଦରରେ ପାଛୋଟି ନେଲେ। ସୁରେଶବାବୁଙ୍କ ପିଲାମାନଙ୍କୁ ସେ ପଢ଼ାଇଛନ୍ତି ଏବଂ ବର୍ତ୍ତମାନ ସ୍କୁଲର ପ୍ରଧାନଶିକ୍ଷକ ଅଛନ୍ତି। ସୁରେଶବାବୁ ଆନନ୍ଦର ସହିତ ତାଙ୍କ ସହ ଆଲାପ ଆଲୋଚନା କଲେ। ଅତିଥି ଚର୍ଚ୍ଚାରେ ଏତେ ଆପ୍ୟାୟିତ ହୋଇ ପଡିଲେ ଯେ ଗୌରାଙ୍ଗବାବୁ ତାଙ୍କ ଆଗମନର ଉଦ୍ଦେଶ୍ୟ ପ୍ରକାଶ କରିବାକୁ ଅପ୍ରାସଂଗିକ ମନେକଲେ। ଏହା ଏକ ସୌଜନ୍ୟମୂଳକ ସାକ୍ଷାତ ବୋଲି ତାଙ୍କୁ ଜଣାପଡିଲା। ହେଲେ ସୁରେଶ ବାବୁ ତାଙ୍କ ଆଡ଼ୁ ଆରମ୍ଭ କଲେ – ଗୌରାଙ୍ଗବାବୁ ଆପଣତ ବର୍ତ୍ତମାନ ସ୍କୁଲର ପ୍ରଧାନଶିକ୍ଷକ। ପିଲାମାନଙ୍କର ମଂଗଳ ପାଇଁ ସ୍କୁଲରେ ଆଉ କଣ କରାଯାଇ ପାରିବ ?

ଗୌରାଙ୍ଗ ବାବୁଙ୍କୁ ଏକ ସୁଯୋଗ ମିଳିଗଲା। ସ୍କୁଲର ବିଭିନ୍ନ ଆବଶ୍ୟକତା

ସହିତ ସେ ତାଙ୍କ କଳ୍ପିତ ବିରାଟ ଗ୍ଲୋବ୍‌ କଥାଟି ମଧ୍ୟ ଜଣାଇଦେଲେ । ସୁରେଶବାବୁ ଅନ୍ୟ ସମସ୍ତ କଥା ବୁଝିପାରିଲେ ଓ ସରକାରୀ ସ୍ତରରେ ଉଦ୍ୟମ କରିବେ ବୋଲି କହିଲେ । ହେଲେ ଏଇ ବିରାଟ ଗ୍ଲୋବ୍‌ଟି କଣ ବିସ୍ତାରକରି କହିବାକୁ ଅନୁରୋଧ କଲେ । ଗୌରାଙ୍ଗବାବୁ ପ୍ରସନ୍ନ ଚିତ୍ତରେ ସ୍ୱପ୍ନର ପ୍ରକଳ୍ପଟିକୁ ତାଙ୍କ ସମ୍ମୁଖରେ ଥୋଇ ଧରିଲେ । ସମସ୍ତ ବର୍ଣ୍ଣନା ଧୈର୍ଯ୍ୟର ସହ ଶୁଣି ସୁରେଶବାବୁ ସନ୍ତୁଷ୍ଟ ହେଲାପରି ଜଣାପଡିଲେ ।

ଅତି ଚମତ୍କାର ପରିକଳ୍ପନା । ବିଦ୍ୟାଳୟ ପାଇଁ ଏପରି ଏକ ପ୍ରୋଜେକ୍ଟ କଥା କେହି ଚିନ୍ତା ବି କରିନଥିଲେ । ଏହା ପିଲାଙ୍କ ପାଇଁ ଉପଯୋଗୀ ହେବା ସହିତ ଅନ୍ୟମାନଙ୍କୁ ମଧ୍ୟ ଆକର୍ଷିତ କରି ପାରିବ । ବହୁତ ଲୋକ ଏହାକୁ ଦେଖିବା ପାଇଁ ସ୍କୁଲକୁ ଆସିବେ । ମୁଁ ଜଣେ ଭଲ ଇଞ୍ଜିନିୟରଙ୍କୁ ଡକାଇ ଦେଉଛି । ତାଙ୍କ ସହ କଥାବାର୍ତ୍ତା କରି ଶୀଘ୍ର କାମ ଆରମ୍ଭ କରିଦେବା । ସମସ୍ତ ଖର୍ଚ୍ଚ ମୁଁ ବହନ କରିବି । ପରିକଳ୍ପନା ତଦାରଖ ସବୁ ଆପଣଙ୍କର । ଏହା ଆପଣଙ୍କର ଡ୍ରିମ ପ୍ରୋଜେକ୍ଟ । ସେ ସଙ୍ଗେ ସଙ୍ଗେ ଫୋନ୍‌ରେ ଇଞ୍ଜିନିୟରଙ୍କୁ ଡକାଇଲେ । ଇଞ୍ଜିନୟର୍‌ ଧାନର ସହିତ ସବୁ ଶୁଣିଲେ ଏବଂ କହିଲେ ସାର ମୁଁ କାଲି ଆପଣଙ୍କୁ ଏହାର ପ୍ଲାନ୍‌ ଓ ଏଷ୍ଟିମେଟ୍‌ ଦେଇ ଦେଉଛି ।

ଗୌରାଙ୍ଗ ବାବୁଙ୍କ ମନ ଆକାଶରେ ଉଡିବାକୁ ଲାଗିଲା । ସେ ତ ଆଗରୁ ସ୍ଥାନ ନିରୁପଣ କରି ସାରିଥିଲେ । ସେହି ସ୍ଥାନକୁ ଯଥାଶୀଘ୍ର ସଫା କରାଗଲା । ସଂଧାରେ ଇଞ୍ଜିନିୟର ସୁରେଶବାବୁଙ୍କୁ ପ୍ଲାନ୍‌ ଓ ଏଷ୍ଟିମେଟ୍‌ ପ୍ରଦାନ କଲେ । ସୁରେଶବାବୁ ଗୌରାଙ୍ଗବାବୁଙ୍କୁ ଡାକି ଦଶହଜାର ଟଙ୍କା ଦେଇ କହିଲେ–କାଲି ସକାଳେ ସିମେଣ୍ଟ ଛଡ ବାଲି ଗୋଡି ଇତ୍ୟାଦି ପହଞ୍ଚିଯିବ । ଇଞ୍ଜିନିୟରଙ୍କୁ ଦାୟିତ୍ୱଦେଲେ ସବୁଠାରୁ ଭଲ ଲେଦ୍‌ରେ ଗ୍ଲୋବର ଷ୍ଟକ୍‌ଚର ତିଆରି ହେବ । କୌଣସି କଥାରେ ସାଲିସ୍‌ କରାଯିବ ନାହିଁ ।

ତାପରଦିନ କାମ ଆରଂଭ ହୋଇଗଲା । ମାଟି ଖୋଲାଖୋଲି ହେଲା ବେଳକୁ ଶିକ୍ଷକ ଶିକ୍ଷୟିତ୍ରୀ ଛାତ୍ରଛାତ୍ରୀ ସମସ୍ତେ ପଚାରିବା ଆରମ୍ଭ କରିଦେଲେ ସେଠି କଣ ହେବ ? ପ୍ରଧାନଶିକ୍ଷକଙ୍କୁ ଯିଏ ପଚାରିଲେ ତାଙ୍କ ପାଇଁ ଗୋଟିଏ ମାତ୍ର ଉତ୍ତର ଥିଲା– ଅପେକ୍ଷାକର ।

ସମସ୍ତେ ଅପେକ୍ଷା କରିବାକୁ ବାଧ୍ୟହେଲେ । ରଡ, କଂକ୍ରିଟ୍‌ ସିମେଣ୍ଟରେ ଏକ ମଜବୁତ ମୂଳଦୁଆ ଗଢ଼ାହେଲା । ତା ଉପରେ ଷ୍ଟାଣ୍ଡଟିଏ ମଧ୍ୟ ଉଠି ପଡିଲା । ଅଚ୍ଛ

କିଛିଦିନ ପରେ ଏକ ବର୍ତ୍ତୁଳାକାର ଲୌହ କଂକାଲଟି ସେହି ସ୍ତଣ୍ଡ ଉପରେ ଠିଆ ହୋଇଗଲା । ସ୍ପର୍ଶ ମାତ୍ରକେ ଧୀରେ ଧୀରେ ଘୂର୍ଣ୍ଣନ ମଧ କରିବାକୁ ଲାଗିଲା ।

ଇଂଜିନିୟର ପଚାରିଲେ –ସାର୍ ମୁଁ ସବୁଠାରୁ ଭଲ ଫ୍ଲେକ୍ସ୍ ବାଛି ଦେଇଛି । ତା ଉପରେ କଣ ଛପାୟିବ କୁହନ୍ତୁ । ପ୍ରଧାନଶିକ୍ଷକଙ୍କ ମନରେ ଆଗରୁ ସବୁ ଗଚ୍ଛିତ ହୋଇରହିଥିଲା । ତାଙ୍କ ଓଠରୁ ତତ୍‍କ୍ଷଣାତ୍ ବାହାରି ପଡିଲା ବିଶ୍ୱର ରାଜନୈତିକ ମାନଚିତ୍ର । ଖଣ୍ଡ ଖଣ୍ଡ ଫ୍ଲେକ୍ସରେ ବିଶ୍ୱର ବିଖଣ୍ଡିତ ରାଜନୈତିକ ମାନଚିତ୍ର ଛପାହୋଇ ଆସିଲା । ସବୁଠାରୁ ଶକ୍ତିଶାଳୀ ଅଠା ସାହାଯ୍ୟରେ ବିଖଣ୍ଡିତ ମହାଦେଶ, ଦେଶ, ସାଗର, ମହାସାଗର ଯୋଡି ହୋଇଗଲେ । ଏକ କ୍ଷୁଦ୍ର ଅଥଚ ଜୀବନ୍ତ ପୃଥିବୀଟିଏ ଜଗନ୍ନାଥପୁର ହାଇସ୍କୁଲ ପରିସରରେ ସଦର୍ପେ ଉଭା ହୋଇଗଲା । ସମସ୍ତେ ବିସ୍ଫାରିତ ନେତ୍ରରେ ହତବାକ୍ ହୋଇ ଚାହିଁ ରହିଲେ । ବିରାଟ ଗ୍ଲୋବ୍‍ର କାମ ଶେଷ ହେଲାବେଳକୁ ସୁରେଶବାବୁ କଣ ବ୍ୟବସାୟିକ କାର୍ଯ୍ୟରେ ବାହାରେ ରହି ଯାଇଥିଲେ । ସେ ଯେଉଁଦିନ ଫେରିଲେ ସେଇ ଦିନ ହିଁ ସ୍କୁଲକୁ ଆସି ଗ୍ଲୋବ୍‍କୁ ଦେଖି ମୁଗ୍ଧଚକିତ ହୋଇଗଲେ । ବାଃ ବାଃ ବାଃ ପ୍ରଧାନଶିକ୍ଷକଙ୍କ ସହ କର ମର୍ଦ୍ଦନ କଲାବେଳେ ସେ ଆଦୌ ସନ୍ତୁଷ୍ଟ ଥିବାର ଆଭାସ ମିଳିଲାନି । ଦୁହେଁ ସାଂଗହୋଇ ଅଫିସକୁ ଆସିଲେ ।

ଗୌରାଙ୍ଗବାବୁ ମୁଁ କାଇଁକି ଆପଣଙ୍କ ମନରେ ସରାଗ ଦେଖିବାକୁ ପାଉନି । ଆପଣଙ୍କ ସ୍ୱପ୍ନର ପ୍ରକଳ୍ପ ପ୍ରତିଷ୍ଠିତ ହୋଇଛି । ସମସ୍ତେ ପ୍ରଶଂସା କରୁଛନ୍ତି । ମୁଁ ଦୂରରେ ଥାଇ ମଧ ବହୁ ଫୋନ୍ ପାଇଛି । ଆଉ ଆପଣ...

ହଁ ଆଜ୍ଞା, ମୋର କଚ୍ଚନା ଅନୁସାରେ ସବୁ ଠିକ ଅଛି । ହେଲେ ଏହାକୁ ଦେଖିଲାକ୍ଷଣି ମୁଁ ବିମର୍ଷ ହୋଇ ପଡୁଛି । ମତେ ଲାଗୁଛି ମୁଁ ଯେପରି ମା ଧରିତ୍ରୀ ପ୍ରତି ଅନ୍ୟାୟ କରି ପକାଇଛି । ତାକୁ ଖଣ୍ଡ ବିଖଣ୍ଡ କରି ପକାଇଛି । ରାଜନୀତିଜ୍ଞମାନେ ସେମାନଙ୍କ ସ୍ୱାର୍ଥ ଦୃଷ୍ଟିରୁ ଆମ ପୃଥିବୀକୁ ଦେଶ ଦେଶ କରି ଭାଙ୍ଗି ଦେଇଛନ୍ତି । ଦେଶ ଦେଶ ଭିତରେ ଯୁଦ୍ଧ ବିବାଦ ଲଗେଇ ସେମାନଙ୍କ ସ୍ୱାର୍ଥ ସାଧନ କରୁଛନ୍ତି । ମଣିଷ ଜାତିଟାକୁ ଧ୍ୱଂସ ଭିତରକୁ ଠେଲି ଦଉଛନ୍ତି । ଟିକିଏ ବି ଶାନ୍ତି କୋଉଠି ନାହିଁ । ସବୁଆଡେ ଅଶାନ୍ତିର ନିଆଁ । ଇଶ୍ୱରଙ୍କ ସୁନ୍ଦର ପୃଥିବୀଟାକୁ ସେମାନେ କୁସ୍ରିତ କରି ପକାଉଛନ୍ତି । ତେବେ ଆମେ କଣ କରୁଚେ ? ଆମେ ପାଠ ପଢ଼ିଚେ । ଆମର ବୁଦ୍ଧି ଅଛି ବିବେକ ଅଛି । ଆମେ ବି କଣ ତାଙ୍କ ପଛେ ପଛେ ଚାଲିବା ? ନା କିଛି ନୂଆ କଥା କରିବା ? କିଛି ନୂଆବାଟ ଦେଖେଇବା ?

ପ୍ରଧାନ ଶିକ୍ଷକଙ୍କ ଆଖିରୁ ସାରା ଜଗତର ଦୁଃଖ ଯେପରି ଝରି ପଡୁଥାଏ । ସୁରେଶ ବାବୁ ଆବେଗାୟିତ ହୋଇ ତାଙ୍କ ମୁହଁକୁ ଚାହିଁ ରହିଥାନ୍ତି ।

ଏତେ ପ୍ରଚେଷ୍ଟା, ଏତେ ପରିଶ୍ରମ ସବୁ ବୃଥା ହେଇଗଲା । ଅସଂଖ୍ୟ ଗ୍ଲୋବ୍‌ଥିଲା । ଏହାଦ୍ୱାରା ସେଠରେ ଆଉ ଏକ ଯୋଗ ହେଲା । ହେଲେ ହେଲା କଣ ? ଏହା କି ନୂଆ କଥା କଲା ? କି ନୂଆ ସ୍ୱପ୍ନ ଦେଖାଇଲା ? କିଛି ହେଲାନି ସତରେ କିଛି ହେଲାନି । ସମଗ୍ର ଜୀବନର ସ୍ୱପ୍ନ ବ୍ୟର୍ଥ ହୋଇଗଲା ।

ସେ ଆଉ କିଛି କହି ପାରିଲେନି । ଦିଜଣଙ୍କ ଆଗରେ ଥୁଆ ହେଇଥିବା ଦିକପ୍ ଚା ଥଣ୍ଡା ହେଇ ଯାଉଥିଲା । ବୁଢ଼ା ପିଅନ କାହିଁକି ପଶିଆସି କହିଲା–ସାର୍ ଚା ଥଣ୍ଡା ହେଇ ଯାଉଚି ।

ଗୌରାଙ୍ଗ ବାବୁ ପାଣି ଗ୍ଲାସେ ପିଇଲେ । ଆଖ୍ଖା ଚା ନିଅନ୍ତୁ । ଦୁଇଜଣ ନିରବରେ ଚା ପାନ କରିବାକୁ ଲାଗିଲେ । ଚା କପ୍ ରଖ୍ଖ ଉଠି ଯାଉ ଯାଉ ସୁରେଶବାବୁ କହିଲେ– ମୁଁ ଆପଣଙ୍କ କଥାରେ ସଂପୂର୍ଣ୍ଣ ଏକମତ । ପ୍ରକୃତରେ ଏ ଖଣ୍ଡ ବିଖଣ୍ଡ ପୃଥିବୀକୁ ସମସ୍ତଙ୍କୁ ଦେଖେଇବାର କି ଗୌରବ ଅଛି ? ଏହି ଗ୍ଲୋବ୍ ମାଧମରେ ଗୋଟିଏ ନୂଆ ପୃଥିବୀର ସ୍ୱପ୍ନ କାହିଁକି ଆମେ ଦେଖେଇ ପାରିବା ନାଇଁ ? ଆପଣ ଚିନ୍ତା କରନ୍ତୁ । ଯାହା ଭାବିବେ ସେଇଆ ହିଁ ହେବ ।

ଗୌରାଙ୍ଗ ବାବୁ ଆସ୍ୱସ୍ତିର ନିଶ୍ୱାସ ମାରିଲେ । ପୁଣି ଆରମ୍ଭ ହେଲା ଗଭୀର ଚିନ୍ତନ । କିପରି ହେବ ଆଗାମୀ ପୃଥିବୀର ଚିତ୍ର । ଯେଉଁଠରେ ବର୍ତ୍ତମାନର ମଣିଷମାନଙ୍କ ଇତିହାସ, ବର୍ତ୍ତମାନ ଓ ଭବିଷ୍ୟତ ରୂପ ପାଇବ । ଯାହା ଭିତରୁ ମଣିଷ ଜାତିର ସ୍ୱପ୍ନ ଉଙ୍କିମାରି ଉଠିବ ।

କଣ ସେ ପୃଥିବୀର ମାନଚିତ୍ର ? ଏ କଥା ଭାବିଲାବେଲେ ସେଦିନର ସଂବାଦ ପତ୍ରରେ ବାହାରିଥିବା ଏକ ଭୟଙ୍କର ସଂବାଦ ଉପରେ ତାଙ୍କ ଆଖ୍ ପଡ଼ିଗଲା । ଆଉ ଶହେବର୍ଷ ମଧରେ ମଣିଷ ପ୍ରଜାତି ଲୋପ ପାଇଯିବ । ତାଙ୍କ ମେରୁଦଣ୍ଡ ଭିତରେ ଭୟର ଏକ ସରୀସୃପ ଦୌଡ଼ିଗଲା । ସେ ସ୍ୱଭ୍ରୋଇ ଆଖ୍ବୁଜି ପକାଇଲେ । କଣ ଏ ଭୟଙ୍କର ସଂବାଦ ହୋଇପାରେ ?

ସାଂପ୍ରତିକ ବିଶ୍ୱର ଅଳ୍ପ କେତେଜଣ ବ୍ୟକ୍ତିଙ୍କ ସ୍ୱାର୍ଥ ସାଧନ ପାଇଁ ପରିବେଶ ସଂପୂର୍ଣ୍ଣ ବିଷାକ୍ତ ହୋଇଗଲାଣି । ଜୀବିତ ଉଭିଦ ଓ ପ୍ରାଣୀ ଜଗତ ଆଉ ବଂଚି ପାରିବା ଅବସ୍ଥାରେ ନାହାନ୍ତି । ଦ୍ରୁତଗତିରେ ବିଭିନ୍ନ ପ୍ରଜାତି ସଂପୂର୍ଣ୍ଣ ଲୋପପାଇ ଯାଉଛନ୍ତି । ଖୁବ୍‌ଶୀଘ୍ର ଅତିବେଶିରେ ଶହେ ବର୍ଷ ମଧରେ ସଂପୂର୍ଣ୍ଣ ମଣିଷ ପ୍ରଜାତି ଏ ଧରାପୃଷ୍ଠରୁ ବିଲୋପ ହୋଇଯିବ । ଏ ପୃଥିବୀ ଏକ ବିଶାଲ ଜୀବନଶୂନ୍ୟ ମରୁଭୂମିରେ ପରିଣତ ହୋଇଯିବ । ଜ୍ଞାନବିଜ୍ଞାନରେ ବିକଶିତ ମଣିଷଜାତିର ଏ ଭୟାବହ ପରିଣତି ! ଚିରସବୁଜ ସର୍ବଂସହା ଧରତ୍ରୀର ଆସନ୍ନମୃତ୍ୟୁ ! ଏ ସଂବାଦ ତାଙ୍କୁ ବିଚଲିତ କରି ଦେଲା । ସେ

ସମ୍ପୂର୍ଣ୍ଣ ରୂପେ ଚିନ୍ତା କରିବାର ଶକ୍ତି ହରାଇ ବସିଲେ। ଅନେକ ସମୟର ବିଷାଦ ନୀରବତା ଭିତରୁ ଏକ ସୁନ୍ଦର ପୃଥିବୀ ଘୁରିଘୁରି ତାଙ୍କ ଚିଦାକାଶ ଭିତରକୁ ଭାସି ଆସିଲା। ଯାହାକୁ ସେ କେବଳ ମୁଗ୍ଧ ହୋଇ ଅନାଇ ରହିଲେ।

ଅଳ୍ପ କିଛି ସମୟ ପରେ ସେ ଆଖି ଖୋଲିଲେ ଓ ଛିଡାହୋଇ ପଡିଲେ। ଇଂଜିନିୟରଙ୍କୁ ଫୋନ ଲଗାଇଲେ- ହ୍ୟାଲୋ, ମୁଁ ଠିକ୍ କରି ସାରିଚି ଗ୍ଲୋବ୍‍ର ରଂଗ ସବୁଜ ଓ ନୀଳ ହେବ। ସ୍ଥଳଭାଗ ସବୁଜ ଓ ଜଳଭାଗ ନୀଳ।

ଯାହାହଉ ସବୁ ଠିକ୍ ହୋଇଗଲା। ତାଙ୍କ ବିକ୍ଷୁବ୍ଧ ମନ ଶାନ୍ତ ହୋଇଗଲା। ଏଥର ଏକ ଆଗାମୀ ପୃଥିବୀର ମଡେଲ ସମସ୍ତେ ଦେଖିପାରିବେ। ସମସ୍ତେ ଏହାର ଚିତ୍ର ସେମାନଙ୍କ ମନ, ସ୍ୱପ୍ନ, କଳ୍ପନା, ଚେତନା ଓ ଜ୍ଞାନ ମଧ୍ୟରେ ଅଂକନ କରିନେବେ। ଅନନ୍ତ ଅନ୍ତରୀକ୍ଷରେ ଏଇ ଚିର ସୁନ୍ଦର ପୃଥିବୀ ଏକ ସୌନ୍ଦର୍ଯ୍ୟଭରା ଉପଗ୍ରହ ଭାବରେ ଶୋଭା ପାଉଥିବ। ଏମିତି ଚିରକାଳ। ତାଙ୍କ ହୃଦୟ ପରିତୃପ୍ତିରେ ଉଚ୍ଛୁଳି ଉଠିଲା।

ପରଦିନ ଘରକୁ ଫେରିବା ବାଟରେ ଅଧ୍ୟାପକ ମଦନ ମୋହନ ଚୋଟରାୟଙ୍କ ସହ ଭେଟ ହୋଇଗଲା। ମଦନ ମୋହନ କୁଶଳ ଜିଜ୍ଞାସା କରି ପଚାରିଲେ- ଆଉ କଣ ସବୁ ଭଲ? ଆଛା ମୁଁ ଶୁଣିଲି ତୁ କୁଆଡେ ତୋ ସ୍କୁଲରେ ଗୋଟିଏ ବହୁତ ବଡ ଗ୍ଲୋବ୍ ତିଆରି କରୁଚୁ? କଣ କାମ ସରିଗଲାଣି?

ମଦନ ମୋହନ ଗୌରାଂଗ ବାବୁଙ୍କର ବାଲ୍ୟ ବଂଧୁ। ଗୋଟିଏ ସ୍କୁଲରେ ସାଂଗ ହୋଇ ପଢୁଥିଲେ। ଆତ୍ମୀୟତାର ସହିତ ଗୌରାଂଗବାବୁ ଶୀଘ୍ରଶୀଘ୍ର ସମସ୍ତ କଥା ବଖାଣିଗଲେ। ଗ୍ଲୋବ୍‍ର ରଂଗ ଓ ତାର ତାତ୍ପର୍ଯ୍ୟ ସଂପର୍କରେ ମଧ୍ୟ ଉତ୍ସାହର ସହିତ କହିସାରି ଆତ୍ମସନ୍ତୋଷ ଲାଭକଲେ। ମଦନମୋହନ କିନ୍ତୁ ସନ୍ତୁଷ୍ଟ ହେବାର ଚିହ୍ନବର୍ଣ୍ଣ ଦେଖାଗଲା ନାହିଁ। ସେ ଚିନ୍ତିତ ହେଲାପରି ଲାଗିଲେ। ଟିକିଏ ନୀରବ ରହି ପ୍ରଶ୍ନକଲେ- ଗୌରାଂଗ ତୁ କହିଲୁ ଦେଖ- ଆମ ବାୟୁମଣ୍ଡଳରେ ଯେତିକି ଅଂଗାର ଓ ବିଷାକ୍ତ ଗ୍ୟାସ୍ ଜମା ହେଇଗଲାଣି ଓ ଅଧିକରୁ ଅଧିକ ଜମାହେଇ ଚାଲିଥିବ - କେବଳ ଗଛ ଲଗେଇ ଚାଲିଥିଲେ ତାହା ଶୋଷି ହେଇଯିବ?

ଗୌରାଂଗବାବୁ ସହଜରେ ଏ ପ୍ରଶ୍ନର ଉତ୍ତର ଦେଇଦବାକୁ ଯାଉଥିବା ବେଳେ ମଦନ ମୋହନ ମୁହଁର ଗଭୀର ବିଷର୍ଣ୍ଣତା ତାଙ୍କୁ ଅଟକାଇ ଦେଲା। ସେ ଭାବିବାକୁ ଲାଗିଲେ ଇଏ କାହିଁକି ଏପରି ବିଷର୍ଣ୍ଣ ହୋଇ ପଡିଚି। ଏଥୁରେ ତ ଖୁସିହବାର କଥା। ଆର ଏପରି କଣ ହେଲା?

ମଦନ ମୋହନ ଏଥର ନୀରବତା ଭଂଗକଲେ। ବିସ୍ଫୋରଣ ହେଲାଭଳି ସେ କହିବାକୁ ଆରମ୍ଭ କଲେ -ତୁ ଜାଣିଚୁ ପ୍ରତିଦିନ ନୂଆନୂଆ ଶିଳ୍ପ କାରଖାନା ଛତୁ

ଭଲିଆ ଏଇ ମାଟି ଉପରେ ଫୁଟି ଉଠୁଛି ? ଏବେ ସବୁଦେଶ ଶିଳ୍ପ ପ୍ରତିଷ୍ଠା କରିବା ପାଇଁ ପାଗଳ ହେଇଗଲେଣି । ସେଇ ଅନୁସାରେ ଯାନବାହନ ସଂଖ୍ୟା ମଧ୍ୟ ହୁ ହୁ ହେଇ ବଢ଼ିଚାଲିଛି । ଏହା ଫଳରେ ଆମ ବାୟୁମଣ୍ଡଳରେ ଯେତିକି ପରିମାଣରେ ଅଙ୍ଗାର ଆଉ ବିଷାକ୍ତ ବାଷ୍ପ ଜମା ହବ ତାକୁ କିଏ ଶୋଷିପାରିବ ? ଆରେ ଉଭିଦ ମାନଙ୍କର ଗୋଟିଏ ସୀମିତ ଶକ୍ତି ଅଛି । ସବୁଠାରୁ ଅଧିକ ସାଗର ମହାସାଗର ମାନେ ଶୋଷନ୍ତି । ସେମାନେ ଶୋଷି ଶୋଷି ଅମ୍ଳ ପରିପୂର୍ଣ୍ଣ ହୋଇଗଲେଣି । ଆଉ ସେମାନେ ଶୋଷି ପାରିବେ ? କଣ ହବ ଆମର ଏ ସୁନ୍ଦର ପୃଥିବୀର ? କେହି ରକ୍ଷାକରି ପାରିବେ ନି । ଆମେ ଶଳା ଦଳେ ପାଗଳ ଆମ ଧ୍ୱଂସ ସହିତ ଏ ସୁନ୍ଦର ପୃଥିବୀକୁ ଧ୍ୱଂସ କରିଦେବା । ମଦନ ମୋହନ ସତରେ ପାଗଳ ହୋଇ ଯାଇଥିଲେ । ଆଉ ଗୌରାଙ୍ଗବାବୁଙ୍କ ଠାରୁ କିଛି ଶୁଣିବାକୁ ଅପେକ୍ଷା ନକରି ସେ ସେଠୁ ଚାଲିଗଲେ ।

ଅସହାୟ ମଣିଷଟିଏ କେବଳ ରାସ୍ତାକଡର ଅଂଧାର ଭିତରେ ଏକୁଟିଆ ଠିଆ ହୋଇ ରହିଲା । ଶୂନ୍ୟ ଅଂଧାର ଭିତରକୁ ଅନେଇଁ । ତା ଆଗରେ ସେଇ ଶୂନ୍ୟ ଅଂଧାର ଭିତରେ ତାର କଳ୍ପିତ ଆଦର୍ଶ ସବୁଜନୀଳ ପୃଥିବୀ କେଉଁଠି ଅସ୍ତ ହୋଇ ଯାଇଥିଲା ।

ଏକ ଗଭୀର ଦୀର୍ଘ ଶ୍ୱାସରେ ଥରିଗଲା ତାଙ୍କର ସମସ୍ତ ସତ୍ତା ।

ସେ ପାଦ ଘୋଷାରି ଘୋଷାରି ଘରକୁ ଆସିଲେ । ଅସହାୟର ଶେଷ କୁଟାଖୁଣ୍ଟି ମଧ୍ୟ ବୁଡ଼ିଗଲା । ତାକୁ ଛୁଇଁ ଛୁଇଁ । ସେ ଅନୁଭବ କଲେ ଶରୀର ଓ ମନରୁ ସବୁଯାକ ଶକ୍ତି ଓ ଭରସା ନିଗିଡ଼ି ଯାଇଛି । ଏକ ଅନ୍ତସାର ଶୂନ୍ୟ ସତ୍ତାଟି ବାରଣ୍ଡାର ଗୋଟିଏ ଚୌକୀ ଉପରେ କେବଳ ଥୁଆ ହୋଇଟି ।

ପତ୍ନୀ ଚା ଆଣି ଆସିଲେ । ନିଅ ।

ସେ ଧରିଲେ ଓ ତଳେ ରଖିଦେଲେ ।

ଝିଅ ଆସି ଗେହ୍ଲେଇ ହେଇ କହିଲା– ବାପା ଆଜି ମୁଁ ଡିବେଟ୍‌ରେ ଫାଷ୍ଟ ହେଇଛି ।

ସେ ଶୁଣି ପାରିଲେନି ।

ଇଂଜିନିୟର ଫୋନ୍‌କଲେ– ସାର୍ ଫ୍ଲେକ୍‌ସ ପ୍ରିଣ୍ଟିଂ ଆରମ୍ଭ ହେବ । ଆପଣ ଟିକିଏ ଫାଇନାଲ ପ୍ରୁଫ୍ ଦେଖି ଯାଆନ୍ତୁ ।

ପ୍ରିଣ୍ଟିଂ ବନ୍ଦ କରନ୍ତୁ ପ୍ଲିଜ୍ । ତାପରେ ମୋବାଇଲ୍ ସୁଇଚ୍ ଅଫ୍ କରିଦେଲେ ।

ସେଠୁ ଉଠିଗଲେ ଘର ଭିତରକୁ । ପୋଷାକ ପତ୍ର ଓହ୍ଲେଇଲେ । ବାହାରକୁ ଆସି ବାରଣ୍ଡାର ଅଂଧାରୁଆ କୋଣକୁ ଚେୟାର ଟାଣିନେଇ ସେଇଠି ବସି ପଡ଼ିଲେ । ମରି ଆସୁଥିବା ପୃଥିବୀକୁ ବଂଚେଇ ରଖିବାର ବାଟ ତାଙ୍କୁ ଦେଖାଯାଉ ନଥିଲା । ଗୋଟିକ

ପରେ ଗୋଟିଏ ପୃଥିବୀ ନିର୍ଜନ୍ମ ହୋଇ ଯାଉଥିଲେ । ଜୀବଜନ୍ତୁ ଗଛବୃଚ୍ଛ ସବୁକିଛି । ତାଭିତରେ ଗୋଟିଏ ମୁହଁ ଦେଖି ସେ ଚମକି ପଡିଲେ । ଏ କିଏ ? ଅନେକ ଅନେକ ବର୍ଷ ତଳେ ତାଙ୍କ ପାଖରୁ ଦୂରେଇ ଯାଇଥିବା ଅତି ଆପଣାର ମୁହଁଟିଏ । ସେ ମୁହଁଟି ପାଖକୁ ପାଖକୁ ଲାଗି ଆସୁଥିଲା । ତା ଆଖିରୁ ଧାର ଧାର ଲୁହ ବୋହି ଯାଉଥିଲା । ସେ ଅସତର୍କ ଭାବରେ ହାତ ବଢ଼େଇ ଦେଲେ ଲୁହ ପୋଛିଦେବା ପାଇଁ । ମୁହଁଟି ଉଭେଇ ଗଲା । ବୋଉ– ଅସ୍ୱସ୍ତ ଭାବରେ ତାଙ୍କ ପାଟିରୁ ବାହାରି ପଡିଲା । ସେ ସାଙ୍ଗେ ସାଙ୍ଗେ ଠିଆହେଇ ପଡିଲେ । ପୁଣି ପ୍ୟାଣ୍ଟ ସାର୍ଟ ପିନ୍ଧି ପକେଇ ବାହାରି ଗଲେ ।

ଫ୍ଲେକ୍ସ ପ୍ରିଣ୍ଟର ବଡ ବ୍ୟସ୍ତ ହେଉଥିଲା । ଏଇ କାମଟା ଆଜି ସରିଲେ ଅନ୍ୟାନ୍ୟ କାମରେ ହାତଦେବି । ପ୍ରଧାନଶିକ୍ଷକଙ୍କୁ ଦେଖି ଦଉ ଦଉ ଉସ୍ତାହର ସହିତ କଂପ୍ୟୁଟର ଅନ୍ କରି ପକାଇଲା । ସାର୍ ଏଇଟିକି ଆସନ୍ତୁ । ଫାଇନାଲ୍ ପ୍ରୁଫ୍ ଦେଖିଦେଲେ ମୁଁ ସାଙ୍ଗେ ସାଙ୍ଗେ ପ୍ରିଣ୍ଟ କରିଦେବି ।

ଶୁଣ । ମୁଁ ଯେଉଁ ସବୁଜ ଓ ନୀଳ କଥା କହୁଥିଲି ତାକୁ କ୍ୟାନ୍‌ସେଲ୍ କରିଦିଅ । ବର୍ତ୍ତମାନ କେବଳ ମାଟିଆ ରଙ୍ଗ ପ୍ରିଣ୍ଟ ହବ । ଯେଉଁରଙ୍ଗ ଠିକ ମାଟିପରି ଦେଖାଯିବ । କେବଳ ଗୋଟିଏ ରଙ୍ଗ । ରଙ୍ଗ ଠିକ୍ ମାଟି ପରି ନହୋଇ ଡିପ୍ କି ଫିକା ହେଲେ କ୍ୟାନ୍‌ସେଲ୍ କରିଦେବି । ଉଭୟ ଜଳ ଓ ସ୍ଥଳ ପାଇଁ ସେଇ ଗୋଟିଏ ରଙ୍ଗ ।

କଂପ୍ୟୁଟରରେ ବସିଥିବା ପିଲାଟି ଆଶ୍ଚର୍ଯ୍ୟ ହୋଇ ତାଙ୍କ ମୁହଁକୁ ଅନେଇଥିବା ବେଳେ ସେ ପଛକୁ ବୁଲି ଚାଲି ଆସିଲେ । ବଡ ଅଦ୍ଭୁତ ଲୋକ । ମୁଁ ଏବେ କଣ କରିବି ? ସେ ଇଂଜିନିୟରଙ୍କୁ ଫୋନ୍ କରି ସବୁକଥା ଜଣାଇଦେଲା । ଏକଥା ଶୁଣି ଇଂଜିନିୟର ଅସହାୟ ହୋଇ ପଡିଲେ । ମୁଁ ଆଉ କିଛି କରି ପାରିବିନି । ସାର୍ ଯାହା କହୁଛନ୍ତି ତମେ ସେଇଆ କରିଦିଅ । ହଁ ଆଜି ରାତିରେ କାମ ସାରି ସକାଳୁ ସକାଳୁ ନେଇ ସେଠାକୁ ଚାଲ । ଯେତେ ଶୀଘ୍ର କାମ ସରିଲେ ଭଲ । ନହେଲେ ପୁଣି ବଦଲାଇବାକୁ ପଡିବ ।

ଗୌରାଙ୍ଗ ବାବୁ ଘରକୁ ଫେରିଲେ । ବାଟରୁ ଜହ୍ନା ମାଛ କିଣି ଆଣିଲେ । ତାଙ୍କ ପତ୍ନୀ ଜହ୍ନାମାଛକୁ ଭାରି ଭଲ ପାଆନ୍ତି । ମାଛ ଦେଇ କହିଲେ– କପେ ଚା କଲ । ପତ୍ନୀ ସାଙ୍ଗେ ସାଙ୍ଗେ ଚା କରି ଝିଅ ହାତରେ ପଠେଇଲେ । ଝିଅ ଡାହାଣ ହାତରେ ଚା ବଢ଼େଇ ଅନ୍ୟ ଆଡକୁ ଅନେଇ ରହିଲା । ହସି ଉଠିଲେ ଗୌରାଙ୍ଗ ବାବୁ । ମୋ ଗେହ୍ଲେଇ ମୋ ଉପରେ ଭାରି ରାଗି ଯାଇଚି । ହଉ ଶୁଣ୍– କାଲି ତୁ ଆଉ ବୋଉ ମୋ ସାଙ୍ଗେରେ ବଜାର ଯିବ । ତୋର ହେଲେ ଡ୍ରେସ୍ ଆଉ ବୋଉର ଶାଢ଼ିଟିଏ ମୁଁ କିଣି ଦେବି ।

ମୁଁ ତମ ଡ୍ରେସ୍ ପିନ୍ଧିବିନି ।

କାଇଁକି ?

କାଇଁକି ? ତମେ କାଇଁ ସେତେବେଳେ ମୋ କଥା ଶୁଣିଲନି ?

ଓ- ସରି । କହ କଣ କହୁଥିଲୁ ।

ମୁଁ ଆଜି ଡିବେଟ କଂପିଟେସନରେ ଫାଷ୍ଟ ହେଇଚି ।

ବା ବା ବା- ତୋ ପାଇଁ ନୂଆ ଚପଲ ହେଲେ ବି କିଣାହବ ।

ଝିଅ ଭାରି ଖୁସି ହେଇଗଲା । ପତ୍ନୀ ଆଶ୍ଚର୍ଯ୍ୟ ହେଲେ ଓ ଖୁସିହେଲେ । କେତେ ଦିନ ହେବ ଇଏ ଘରେ କଥାବାର୍ତ୍ତା କିଛି କରୁନଥିଲେ । ଗୁମ୍ହେଇ ବସି ରହୁଥିଲେ । ଆଜି କଣ ହେଲାକି ?

ସେଦିନ ରାତିରେ ଗୌରାଙ୍ଗବାବୁ ଖାଇପିଇ ଆରମରେ ଶୋଇ ପଡିଲେ । ସେପଟେ ଫ୍ଲେକ୍ସ ପିଲାଟି ଖ୍ୱାଇପିଆ ଭୁଲି ଯାଇଥିଲା । କୌଣସି ଉପାୟରେ ତାକୁ ଆଜି ରାତିରେ କାମ ସାରିବାକୁ ହେବ । ସେ ରାତିସାରା ରଂଗ ମିଲେଇ ଚାଲିଲା । ରାତି ପ୍ରାୟ ଦିଟା ବେଳକୁ ଠିକ ମାଟିର ରଂଗ ପାଇଲା ।

ତାର ସହଯୋଗୀ ପିଲାଟି ନଟାବେଲୁ ଘରକୁ ପଳାଇ ଯାଇଥିଲା । ଅବଶ୍ୟ ଆଗରୁ ଫ୍ଲେକ୍ସ ପ୍ରସ୍ତୁତ ହୋଇଥିଲା । ମେସିନ୍‌ରେ ପକେଇ ସେ ଏକାଏକା ପ୍ରିଣ୍ଟିଂ କରିବାକୁ ଲାଗିଲା । କାମ ସରିଲାବେଳକୁ ପାହାନ୍ତ ହୋଇଗଲାଣି । ତା ବଜାର କଡରେ ଜଣେ ଅଟୋ ଡାଲା ଗାଡି ଡ୍ରାଇଭର ରହୁଥିଲା । ସେ ଯାଇ ତା କବାଟ ଠକ ଠକ କଲା । ଯାହାହଉ ଡ୍ରାଇଭର ରାଜି ହେଇଗଲା ଗାଡି ନବାପାଇଁ । ସ୍କୁଲ୍ ଗେଟ୍‌ରେ ପହଞ୍ଚିଲା ବେଳକୁ ସକାଳ ହେବା ହେବା ଉପରେ । ସେ ଜୋରରେ ଗେଟ ବାଡେଇଲା । ସେତେବେଳକୁ ବୁଢ଼ା ପିଅନଟି ଉଠିସାରି ଫୁଲ ତୋଳୁଥିଲା । ଆସି ଗେଟ ଖୋଲିଲା । ସେ କିଛି ପଚାରିଲାନି କି ଫ୍ଲେକ୍ସ ପିଲା କିଛି କହିଲାନି । ଠିକ୍ ଜାଗାରେ ଅନ୍‌ଲୋଡ୍ କରି ଗାଡି ଫେରିଗଲା । ସେ ଇଂଜିନିୟରଙ୍କୁ ଫୋନ୍‌କଲା । ଇଂଜିନିୟର କହିଲେ- ଠିକ୍ ଅଛି । ମୁଁ ସାଂଗେ ସାଂଗେ ଲୋକ ପଠଉଚି । ତମେ ଥାଅ । ମିଶିମାଶି ଲଗେଇ ଦବ । ଆଠଟା ପାଖାପାଖି ଗ୍ଲୋବ୍‌ରେ ଫ୍ଲେକ୍ସ ମଡେଇବା କାମ ସରିଗଲା ।

ଠିକ୍ ଦଶଟା ବେଳକୁ ପ୍ରଧାନଶିକ୍ଷକ ସେଠାରେ ପହଞ୍ଚ ଦେଖ୍‌ଲେ ପିଲା ଓ ଶିକ୍ଷକମାନେ ଗ୍ଲୋବ୍ ଚାରିପଟେ ରୁଣ୍ଡ ହୋଇଛନ୍ତି । ଉତ୍ତେଜିତ ଭାଷାରେ କାହାକୁ ଗାଲିଗୁଲଜ କରୁଛନ୍ତି । କିଏ ବଦ୍‌ମାସ୍ ଅସାମାଜିକ ବ୍ୟକ୍ତି ଆମ ଗ୍ଲୋବ୍‌କୁ ନଷ୍ଟ କରି ଦେଇଚି । ପୋଲିସ୍‌ରେ ଏଫ୍‌ଆଇଆର ଦିଆଯାଉ । ପ୍ରଧାନ ଶିକ୍ଷକ ସେମାନଙ୍କୁ ଶାନ୍ତ ହେବାପାଇଁ ନିବେଦନ କଲେ । ଆପଣମାନେ ଭିତରକୁ ଯାଆନ୍ତୁ । ପ୍ରାର୍ଥନା ସଭାରେ

ମୁଁ ସବୁକଥା କହିବି। ତାପରେ ସମସ୍ତେ ସେ ସ୍ଥାନ ଛାଡ଼ି ଚାଲିଗଲେ। କିନ୍ତୁ ଚାପା ଉତ୍ତେଜନା କମିଲା ନାହିଁ। ପ୍ରାର୍ଥନା ପରେ ପ୍ରଧାନଶିକ୍ଷକ ବର୍ତ୍ତମାନର ପରିବେଶ ସଂପର୍କରେ ସ୍ୱଚ୍ଛଭାବରେ ଏକ ଭାବ ଗର୍ଭକ ଭାଷଣ ପ୍ରଦାନ କଲେ। ଗ୍ଲୋବ୍‌ର ରଂଗ ମାଟିଆ କାହିଁକି କରାଯାଇଛି ତାର ଯଥାର୍ଥତା ଦର୍ଶାଇ ସମସ୍ତଙ୍କୁ ତାହା ହୃଦବୋଧ କରିବା ପାଇଁ ନିବେଦନ କଲେ। ଏହା ସତ୍ତ୍ୱେ ବହୁ ସଂଖ୍ୟକ ଛାତ୍ରଛାତ୍ରୀ ଓ ଶିକ୍ଷକ ଶିକ୍ଷୟିତ୍ରୀ ସନ୍ତୁଷ୍ଟ ହେଲେ ନାହିଁ। ପୂର୍ବର ରାଜନୈତିକ ଗ୍ଲୋବ୍‌ଟି ବହୁତ ଭଲ ଥିଲା। ଆମ ସ୍କୁଲର ଗୌରବ ଥିଲା। ଏ ମାଟିଆ ରଂଗ ସବୁ ମାଟି କରିଦେଲା। ହେଲେ ପ୍ରଧାନ ଶିକ୍ଷକ ସ୍ଥିର ଥିଲେ। ଥିଲେ ମଧ୍ୟ ପ୍ରସନ୍ନ।

ଏମିତି ଏମିତି ଦିନ ଗଡ଼ି ଚାଲିଲା। କ୍ରମଶଃ ପିଲାମାନେ ଏହାକୁ ଗ୍ରହଣ କରିବା ପାଇଁ ବାଧ୍ୟ ହେଲେ। ସ୍କୁଲର ଖେଲପଡ଼ିଆ, ଫୁଲ ବଗିଚା ଏହିପରି କିଛି। କେବେ କେମିତି ଅତିଥିମାନେ ଆସି ଦେଖନ୍ତି। ଏହାର ବିଶାଳତାରେ ଚମତ୍କୃତ ହୁଅନ୍ତି। କିନ୍ତୁ ଏଥିରୁ କଣ ବୁଝନ୍ତି ନ ବୁଝନ୍ତି ସେହିମାନେ ହିଁ ଜାଣନ୍ତି।

ସେଦିନ ଘରକୁ ଯିବା ପୂର୍ବରୁ ଗୌରାଙ୍ଗବାବୁ ସେଠି ଠିଆହୋଇ ଗ୍ଲୋବ୍‌ଟି ଆଡ଼େ ଅନେଇଥାନ୍ତି। ସ୍କୁଲ‌ହଟା ଭିତରେ ବୁଢ଼ା ପିଅନଟି ତା ରୁମ୍‌ ଭିତରେ ବିଶ୍ରାମ ନଉଥାଏ। ଅନ୍ୟମାନେ କେତେବେଳୁ ଘରକୁ ଚାଲିଗଲେଣି। ଏତିକିବେଳେ ମେନ୍‌ଗେଟ୍‌ ପାଖରେ ଥିବା ଛୋଟ କବାଟ ଆଡ଼େଇ ଜଣେ ବୃଦ୍ଧ ଓ ତାଙ୍କ ସହଧର୍ମିଣୀ ପ୍ରବେଶ କଲେ। ଦୁହିଁଙ୍କର ବୟସ ନିଶ୍ଚୟ ଅଶୀ ସେପଟକୁ ଗଡ଼ି ଯାଇଥିଲା। ସେଇଠୁ ବୃଦ୍ଧ ଦମ୍ପତି ସେଇ ଗ୍ଲୋବ୍‌ଟି ଆଡ଼କୁ ଚାହିଁ ଚାହିଁ ଆସିଲେ। ପାଖକୁ ଆସି ତଳେ ମୁଣ୍ଡ ଲଗେଇ ପ୍ରଣାମ କଲେ। ମା ଆମେ ଆଜି ତୋ ଦର୍ଶନ ପାଇ ଧନ୍ୟ ହେଲୁ। ତୁ ହିଁ ତତେ ରକ୍ଷାକର। ସେମାନେ ପାଗଳ ହୋଇ ଗଲେଣି। ଆମ ସମସ୍ତଙ୍କୁ ମାରିଦେବେ। ତୁ ତାଙ୍କୁ ସଦ୍‌ବୁଦ୍ଧି ଦେ। ସମସ୍ତଙ୍କୁ ରକ୍ଷାକର ମା।

ବୃଦ୍ଧ ଦମ୍ପତି ବୁଲିପଡ଼ି ଫେରି ଯାଉଥିଲେ। ଛୋଟ କବାଟ ଖୋଲି ସେମାନେ ଅଦୃଶ୍ୟ ହୋଇଗଲେ।

ଗୌରାଙ୍ଗ ବାବୁ ଅନୁଭବ କଲେ ସେ ବାଲ୍ୟ ଶିଶୁଟିଏ ହୋଇ ଯାଇଛନ୍ତି। ଦି ହାତ ବଢ଼େଇ ଦଉଛନ୍ତି ମା ଅଡ଼କୁ। ମା ମତେ ତୋ କୋଳକୁ ନେ।

ଏକ ନୂତନ କିମ୍ବଦନ୍ତୀର ଅପଜନ୍ମ

ଆମ ସହରର ଶରୀର ଓ ଆତ୍ମା ଶିଳ୍ପରେ ନିର୍ମିତ। ଏବେ ଅନେକ ବିରାଟକାୟ ଶିଳ୍ପ ମାନଙ୍କର ଆଧିପତ୍ୟ। ଏହି ଶିଳ୍ପ ରାକ୍ଷସ ମାନେ ଔଦ୍ଧତ୍ୟରେ ଆକାଶକୁ ମୁଣ୍ଡ ଟେକିଛନ୍ତି। ସେମାନଙ୍କ ବାହାସ୍ରୋତରେ ଗଗନପବନ ଥରହର। ନିକଟ ଅତୀତର ଏହି ଗ୍ରାମ୍ୟ ସହର ବର୍ତ୍ତମାନ ନଗରେଇ ଯିବା ଆରମ୍ଭ କରିଛି। ଏଠାରେ ଅଧିକାଂଶଙ୍କ ପାଇଁ ୨୪ ଘଣ୍ଟା ନିଅଣ୍ଟ। ଏପରିକି ଏହାର ରାସ୍ତାମାନେ ଖୁବ୍ ଜୋର୍‌ରେ ଦଉଡୁଛନ୍ତି। ଯାନବାହାନ ମାନେ ଉଡ଼ିଲାପରି ଦିଶୁଛନ୍ତି। ମଣିଷମାନଙ୍କ ମନ ବ୍ୟାକୁଳ ହେଉଛି ଏମାନଙ୍କୁ ଅତିକ୍ରମ କରି ଯିବାପାଇଁ।

ଏପରି ଏକ ସହରର ୩ଟି ଚରିତ୍ର ସଂପର୍କରେ ଏ ଗଳ୍ପ। ସେମାନେ ହେଲେ ମୁଁ (୧) ମୁଁ (୨) ଏବଂ ମୁଁ (୩)। ଏମାନେ ଦଉଡ଼ର ପ୍ରଖର ସୁଅରେ ଭାସି ଚାଲିଥାନ୍ତି। ଅହରହ।

ସବୁ ସକାଳ ମୁଁ (୧)ଙ୍କ ବୁଲେଟ୍‌ କିକ୍‌ରେ ଥରିଉଠେ। ତାପରେ ରାସ୍ତାର ମଣିଷମାନେ ବୁଲାଗାଈ ଗୋରୁ ଏପରିକି ଗାଡ଼ିଘୋଡ଼ାମାନେ ବି ବାଟ ସଫା କରିଦିଅନ୍ତି। ବୁଲେଟ୍‌ର ଠୋଠୋ ଶବ୍ଦ ଯାଇ ନିରବ ହୁଏ ପାର୍ଟି ଅଫିସ ସାମ୍‌ନାରେ। ସେ ଭିତରକୁ ଯାଇ ଏକମାତ୍ର ତାଙ୍କ ପାଇଁ ଉଦ୍ଦିଷ୍ଟ ଘୂର୍ଣ୍ଣାୟମାନ ଚୌକୀ ମଣ୍ଡନ କରନ୍ତି। ସାଙ୍ଗେ ସାଙ୍ଗେ କଫି ଆସିଯାଏ। ପାନ ପ୍ୟାକେଟ୍‌ ଜମାହେଇ ପଡ଼େ। ତାଙ୍କର ଆରମ୍ଭ ହୋଇଯାଏ ଦୈନିକ ଜୀବନ।

ତାଙ୍କର ଏକ ଗୌଣ ପରିଚୟ ହେଲା – ସେ ପୌରାଧ୍ୟକ୍ଷଙ୍କ ସାନଭାଇ। ପୌରାଧ୍ୟକ୍ଷ ଏସିଥଣ୍ଡା ଅଫିସ୍‌ରେ ସିଂହାସନ ଆରୋହଣ କରି ମୂଲ୍ୟବାନ ଦସ୍ତଖତ କେବଳ ପ୍ରଦାନ କରୁଥାନ୍ତି। ସମସ୍ତ ଅଫିସିଆଲ, ରାଜନୈତିକ ଓ ଅଣରାଜନୈତିକ କାର୍ଯ୍ୟ ମୁଁ(୧)ଙ୍କୁ କରିବାକୁ ପଡ଼େ। କୋଉଠି ରାସ୍ତା ନିର୍ମାଣ କରାଯିବ। କୋଉଠି ନଳକୂପ ବସିବ। କୋଉଠି ନଈ, ନାଳ, ପୋଖରୀ ସଫା ହବ। ସବୁ ୱାର୍ଡ ସବୁଦିନ ସଫାହେଲା ନା ନାଇଁ। କୋଉ କାମ କୋଉ କଂଟ୍ରାକ୍ଟରଙ୍କୁ ଦିଆଯିବ। କାହାର କେତେ

ପରସେଣ୍ଟେଜ ଠିକ ଭାବରେ ଦିଆଗଲା କି ନାଇଁ। ଇଏ ଶଳା ପାର୍ଟିକର୍ମୀ ପାଗଲା ବିଲୁଆ ଭଳିଆ ହଉଚନ୍ତି। ସାଙ୍ଗେ ପୁଣି ପାର୍ଟିକାମର ବୋଝ। ସ୍ତ୍ରୀଲୋକଙ୍କ କଲିକିଜିଆ ଠାରୁ ଆରମ୍ଭ କରି ଥାନା ଫାଣ୍ଡି ପର୍ଯ୍ୟନ୍ତ। କୋଉ ବିରୋଧୀ କର୍ମୀଙ୍କୁ କୋଉଠି କେତେବେଲେ ମାଡହବ। କାହାକୁ କେମିତି ନିଜପଟକୁ ଅଣାଯିବ। ପୁଣି ମନ୍ତ୍ରୀଙ୍କ ଘନଘନ ଗସ୍ତ। ତୋରଣ, ପଟୁଆର, ମିଟିଂ, ମନୋରଂଜନ, ଖୁଆପିଆ ଏବଂ...ମଣିଷ ପାଗଲା ହେଇଯିବ।

ମୁଁ (୨), ତମେ ଏଇ ଶିଲ୍ପ ସହରର ସବୁଠାରୁ ବଡ ମେଗାଶିଳ୍ପର ପରିଚାଳନା ନିର୍ଦ୍ଦେଶକଙ୍କ ଏକମାତ୍ର ସୁଯୋଗ୍ୟ ସନ୍ତାନ। ତମ ପାଇଁ ଡାଡି ମମି ଆକାଶଠାରୁ ଅଧିକ ବଡ ସ୍ୱପ୍ନ ଦେଖ୍ଥିଲେ। ତମର କିନ୍ତୁ ପାଠପଢ଼ାରେ ମନ ଲାଗିଲାନି। ଝିଅ ଆଉ କ୍ରିକେଟ ବଲ ପଛେ ପଛେ ଦଉଡି ଅଟକି ଯାଇଚ ଏଠି। ଯୋଉଠି ଡାଡି ତମ ମୁହଁକୁ ଅନେଇବାକୁ ଚାହୁଁନାହାନ୍ତି। ତମେ ମଧ ତାଙ୍କ ଆଗକୁ ଆଉ ଯାଉନ। ତମକୁ ଦେଖ୍ଲେ ମମିଙ୍କ ହସହସ ଓଠରେ କାନ୍ଦ ଜକେଇ ଆସୁଚି। ହେଲେ କେମିତି କେଜାଣି ଅନେକ ଅନେକ ଦାୟିତ୍ୱର ବୋଝ ଉଠେଇବାକୁ ତମେ ତମ କାନ୍ଧ ବଢ଼େଇ ଦେଇଚ। ଡାଡ୍ ଜଣେ ଆନ୍ତର୍ଜାତିକ ସ୍ତରର ସୁଦକ୍ଷ ପରିଚାଳକ। ନିର୍ମଲ ଭାବମୂର୍ତ୍ତି। ସଚୋଟ ନିର୍ଭୀକ ସୃଜନଶୀଲ ଶିଲ୍ପ ପରିଚାଳକ। ତାଙ୍କ କଲା କୌଶଲରେ କଂପାନିର ପ୍ରଭୁତ ଉନ୍ନତି ଘଟିଛି। ସେ ଏହି ମେଗାଶିଳ୍ପର ଏମ୍ଡି ଥିଲେ ମଧ ପୂର୍ବାଂଚଲର ମୁଖ୍ୟ ଭାବରେ ଦାୟିତ୍ୱ ସଂପନ୍ନ କରୁଛନ୍ତି। ପଦୋନ୍ନତିରେ ଅନ୍ୟତ୍ର ବଦଲି ପାଇଁ ଆଦୌ ରାଜି ହେଉ ନାହାନ୍ତି। ଡାଙ୍କର ସିନା ନିର୍ମଲ କ୍ୟାରିୟର ହେଲେ ଲୋକ ମାନଙ୍କର ବିଭିନ୍ନ କାର୍ଯ୍ୟ ଯଥାରୀତି କରାଯିବା ଦରକାର। ବିଶେଷତଃ କଂଟ୍ରାକ୍ଟର, ସପ୍ଲାୟର, ଟ୍ରାନ୍ସପୋଟର, ଏକ୍ସପୋର୍ଟର, ପ୍ରୋକ୍ୟୁୟରର– ଏମାନଙ୍କର ବଡବଡ କାମ ତମକୁ କରିବାକୁ ପଡେ। ସବୁ ଠିକଠାକ୍ ଚାଲେ ହେଲେ ଚିହ୍ନବର୍ଣ୍ଣ ନଥାଏ। କୋଉଠି ଫୋନ୍ ନାଇଁ, ମେସେଜ୍ ନାଇଁ, ଚ୍ୟାଟିଂ ନାଇଁ, କିଛି ନାଇଁ। ବିଶ୍ୱସ୍ତ ମାଧମମାନେ ସବୁକାମ କରନ୍ତି। ପରସେଣ୍ଟେଜ୍ ଠିକ ଭାବରେ ବାଣ୍ଟି ହେଇଯାଏ। ସିବିଆଇ, ଭିଜିଲାନ୍ସ, ପୋଲିସ୍, କଂପାନୀର ଉଚ ପଦାଧିକାରୀ, ରାଜନୀତି ଓ ସମସ୍ତେ ସନ୍ତୁଷ୍ଟ। ଏପରିକି ବିଭିନ୍ନ ଦେବାଦେବୀ ତଥା ସହରର ଚଲନ୍ତି ଦେବଦେବୀ ସମସ୍ତେ ପ୍ରସନ୍ନ। ତମକୁ ସବୁ ଠିକ୍ଠାକ୍ ଚଲେଇବାକୁ ପଡେ। ସେଥ୍ପାଇଁ ଅଫିସ୍ ନଥାଏ। ନଥାଏ ବି କିଛି ଆସବାବ ପତ୍ର। ସରକାରୀ ଗୃହରେ ତ ପ୍ରଶ୍ନ ଉଠୁନି। ପ୍ରତ୍ୟେକ ମୁହୂର୍ତ୍ତରେ ସ୍ଥାନ ପରିବର୍ତ୍ତନ କରିବାକୁ ପଡେ। କେତେବେଲେ କୋଉ ହୋଟେଲରେ ତ କେତେବେଲେ କୋଉ ମନ୍ଦିରରେ। ବେଲେ ବେଲେ ଭିନ୍ନ ଭିନ୍ନ ସହରକୁ ମଧ ଯିବାକୁ ପଡିଥାଏ। ସବୁ

ଠିକ୍‌ଠାକ ଚାଲିଥାଏ । ହେଲେ କୋଉଠି କିଛି ଗଣ୍ଡଗୋଲ ହେଇଯାଏ । ଦାମୀ ହୋଟେଲର ସୁସ୍ୱାଦୁ ଖାଦ୍ୟ ସ୍ୱାଦ ହରେଇଥାଏ । ହସି ହସି କଥା କହୁଥିବାବେଳେ ଭିତରୁ ଏକ ନିରବ କାନ୍ଦର ସ୍ୱର ଶୁଣା ଯାଉଥାଏ । ଜୀବନକୁ ଉପଭୋଗ କରିବାର ସ୍ୱପ୍ନ ଅର୍ଥହୀନ ହୋଇ ପଡ଼ୁଥାଏ । ଜୀବନ ଆଉ ଜୀବନ ହେଇ ନଥାଏ ।

ମୋତେ ଏଇ ଗଛର ମୁଁ (୩) ଭାବରେ ନିଆଯାଇଛି ଜାଣି ମୁଁ ବିଶେଷ ଆଶ୍ଚର୍ଯ୍ୟ ହେଉନାହିଁ । କାରଣ ମୁଁ ଏକ ନିଦା ବାସ୍ତବ ମଣିଷ । ମୁଁ ମତେ, ମୋ ସ୍ୱପ୍ନକୁ, ମୋ ବାସ୍ତବତାକୁ ଓ ମୋ ଜୀବନକୁ ଭଲ ଭାବରେ ଚିହ୍ନେ ବୋଲି ବିଶ୍ୱାସ କରେ । ତଥାପି ବି ଅନେକ ସମୟରେ ଠକିଯାଏ । ଏ ସହରରେ ମୋର ଏକ ବିଶେଷ ପରିଚୟ ରହିଛି । ସହର ମଝିରେ ଠିଆ ହେଇଥିବା ବିଗ୍‌ବଜାର ଭିତରେ ପନିପରିବା ଡାଲି ଚାଉଳ ଠାରୁ ଆରମ୍ଭ କରି ଇଲେକ୍‌ଟ୍ରୋନିକ୍‌ ପର୍ଯ୍ୟନ୍ତ । କ୍ୟାଶିନ୍‌ଠାରୁ ବ୍ୟାଙ୍କ ପର୍ଯ୍ୟନ୍ତ । ଏପରିକି ଟ୍ରାଭଲ୍‌ସ ଏଜେନ୍ଦ୍ ମଧ୍ୟ । ଏତେ ସବୁ ବ୍ରାଂଚକୁ ମ୍ୟାନେଜ୍ କରିବା ଓ ସେଲ୍‌ସକୁ ଠିକ୍‌ଠାକ୍ କରିବା ଯେ କେତେ କଷ୍ଟକର କାମ ତାହା କେବଲ ଅନୁଭବୀ ହିଁ କହିପାରିବ । ମୋ ଚ୍ୟାମ୍ବରର ହୁଇଲ୍‌ଚେୟାରରେ ବସି ମୁଁ ଯେପରି ନଟୁ ଭଳିଆ ମଲ୍‌ର ଅଧିକନ୍ଦିରେ ଘୁରି ବୁଲୁଥାଏ । ତଥାପି ବି ବେଳେବେଳେ କେତୋଟି ଆଇଟମ୍‌ର ସଠିକ ପରିମାଣ ଜାଣି ପାରେନା । ହଠାତ୍ ସେହି ଆଇଟମ୍ ସବୁ ସରିଯାଏ । ଗ୍ରାହକ ଅସନ୍ତୁଷ୍ଟ ହୁଅନ୍ତି । ମୁଁ ମୋ ନିଜ ଉପରେ ବିରକ୍ତ ହୁଏ । ରାଗେ । କାରଣ ମଲ୍‌ର ଅନ୍ୟ କର୍ମଚାରୀଙ୍କ ଉପରେ ରାଗିବା ମନା । ସେମାନେ ଅକ୍ଲାନ୍ତ ପରିଶ୍ରମ କରୁଥାନ୍ତି । ତଥାପି ବି କୋଉଠି କେମିତି ଭୁଲ ରହିଯାଏ । ମଲ୍ ଭିତରେ ମୁଁ ମତେ ସଂପୂର୍ଣ୍ଣ ଭୁଲିଯାଏ । କେତେବେଳେ ଫାଇଲ୍‌ଟିଏ ହେଇଯାଏ ତ କେତେବେଳେ କାଲ୍‌କୁଲେଟ୍‌ର କି କଂପ୍ୟୁଟର । ଭୋକ ଶୋଷ କୁଆଡେ ହଜିଯାଇଥାଏ । ଆଟେଣ୍ଡାଣ୍ଟ ଠିକ୍ ସମୟରେ ମଲ୍‌ର ସବୁ କର୍ମଚାରୀଙ୍କୁ ଚା' ଦିଏ । ମତେ ବି । ସେତେବେଳେ ପାଣି ପିଇବା ମନପଡେ । ଦିଟିନି ଢୋକ ପାଣି ପିଇଦେଇ ମୁଁ ଚା' ଖାଇଦିଏ । ତାପରେ ଟ୍ୟଲେଟ୍ ଯାଇ ସିଗାରେଟ୍‌ଟାଏ ଫୁଙ୍କିଦିଏ । ଚ୍ୟାମ୍ବରକୁ ଫେରି ପୁଣି କଂପ୍ୟୁଟର୍ ଭିତରେ ପଶିଯାଏ ।

କେବେ କେମିତି ମୁଁ ପରିବାର ନେଇ ବାହାର ଜାଗାକୁ ଯାଏ । ଏନ୍‌ଜୟ କରିବାକୁ । ହେଲେ ମୋ ମୁଣ୍ଡରେ ଆଉ ଜାଗା ନଥାଏ । କେବଲ ସଂଖ୍ୟା ଓ ପଣ୍ୟମାନଙ୍କ ଚିତ୍ରରେ ମୁଣ୍ଡ ଭର୍ତି ହେଇ ଯାଇଥାଏ । ଶୁଖ୍ ଯାଇଥାଏ କନ୍ଦନାର ଜଳଧାରା । ଦାମୀ ହୋଟେଲ, ରିସର୍ଟ, ପାର୍କ, ସିବିଚ୍, ଟୁରିଷ୍ଟ ସ୍ପଟ୍ – ସବୁଟି ମତେ ବେପାର ଦେଖାଯାଏ । କେତେ ଇନ୍‌ଭେଷ୍ଟମେଣ୍ଟ କେତେ ପ୍ରଫିଟ୍ । ମୁଁ ଅନ୍ୟ ମାନଙ୍କ ସହ ମିଶି ପାରେନା । ଉପଭୋଗ କରିପାରେନା । ଉପଭୋଗର ସ୍ଥାନରେ ମତେ ଅସହଜ ଲାଗେ ।

ମନ ଉଚ୍ଛନ୍ନ ହୁଏ ବନ୍ଦ ଚ୍ୟାମ୍ବରକୁ ଫେରି ଆସିବାକୁ। ଯୋଉଠି ହୁଇଲ ଚେୟାର ନିରବ କଂପ୍ୟୁଟରକୁ ଅନେଇ ବସିଥାଏ।

ରାତି ୯ଟାରେ ମଲ୍ ବନ୍ଦ ହୁଏ। ୯ଟାରୁ ୯.୩୦ କର୍ମଚାରୀ ମାନଙ୍କ ମିଟିଂ। ତାପରେ ଅଫିସ କାମ– ସାରାଦିନର ଓ ଆସନ୍ତାକାଲିର। ଠିକ୍ ୧୦ଟାବେଳେ ଅଫିସ ବନ୍ଦ କରିବାକୁ ଦରୱାନ୍ ଆସି ପହଞ୍ଚେ। ଅନେକ ଅନେକ କାମର ତାଲିକା ଛାଡ଼ି ମୁଁ ଚେୟାରରୁ ଉଠେ। ବାହାରକୁ ଆସେ।

ବାହାରେ ଅପେକ୍ଷା କରିଥାଏ ଗୋଟିଏ ଗ୍ରୀଷ୍ମରତୁ। ମୁଁ ସାଙ୍ଗେ ସାଙ୍ଗେ ଶୀତରତୁ ଭିତରକୁ ପଶିଯାଏ। ଗାଡ଼ି ଶବ୍ଦ ନକରି ଉଡ଼ିଯାଏ। ତାପରେ ମୁଁ (୩) ଆଉ ମୁଁ ହୋଇନଥାଏ। 'ସେ' ହେଇଯାଏ। ଜଗନ୍ନାଥ ମନ୍ଦିରର ସିଂହଦ୍ୱାର ପାଖରେ ହାଇ ମାରୁଥାଏ ମୁଁ (୨)। ମୁଁ (୩) ଦୋର ଖୋଲିଦିଏ। ୫ଉଟିଏ ପଶିଯାଏ ଗାଡ଼ି ଭିତରକୁ। ପୂରା ଗଦି ଉପରକୁ ଆଉଜି ପଡ଼ି ଆଖିବୁଜି ଦିଏ। ତାପରେ ଗାଡ଼ି ଉଡେ ରାଜନୀତି ଶିବିରକୁ। ଏକ ନିର୍ଜୀବ ଶରୀରଟିଏ ଅବଶିଷ୍ଟ ଚାମଚାଙ୍କ ଭିତରୁ ଘୁସୁରି ଘୁସୁରି ପଶିଯାଏ ଗାଡ଼ି ଭିତରକୁ। ତିନିଟି ମରିଆସୁଥିବା ଶରୀରକୁ ଧରି ଗାଡ଼ି ଉଡ଼ିଚାଲେ। ସେଇଠିକି। ଯୋଉଠି କଂକ୍ରିଟ୍ ରାସ୍ତା ଅଟକି ଯାଇଚି।

ଏଇ ସହରଟି ସ୍ମାର୍ଟ୍ ହେଇ ଆସୁଥିବା ବେଳେ ତଥାପି ବି କିଛି କିଛି ଅଂଚଳରେ ଇତିହାସ ଲାଖ୍ ରହିଯାଇଛି। ଜଗନ୍ନାଥ ସାହି ସେହିପରି ଏକ ଅଂଚଳ। ଯୋଉଠି ସହରଟା। ଯାକର ଜଂଜାଲକୁ ସଂଭାଳୁଥିବା ଲୋକମାନେ ମୁଣ୍ଡ ଗୁଂଜିଥାନ୍ତି। ଦିନ ମଜୁରିଆ, ଛୋଟବଡ ବ୍ୟବସାୟୀ, ରିକ୍ସା, ଟ୍ରଲି, ଅଟୋ ଏବଂ ଅନ୍ୟ ଗାଡ଼ି ଚାଳକମାନେ। ମାଛ ଧରାଳି, ଗାଈ ରଖାଳି...ଏମିତି ଏମିତି ଅନ୍ୟମାନେ ବି।

ଯୋଉଠି ରାସ୍ତା ଅଟକି ଯାଇଚି ତାର ଗୋଟିଏ କଡ଼କୁ ଏକ ବିଶାଲ ବଟବୃକ୍ଷ। ତଳେ ଏକ ସିମେଣ୍ଟ ଚଉତରା।

ଗଞ୍ଜର ୩ଟି ମୁଁ ଗାଡ଼ିରୁ ଓହ୍ଲେଇ ସେଇ ପକ୍କା ଚାନ୍ଦିନୀ ଉପରେ ଗଡ଼ି ପଡ଼ିବେ। ଡ୍ରାଇଭର ଗ୍ଲାସ୍, ବୋତଲ ଇତ୍ୟାଦି ନେଇ ତାଙ୍କ ପାଖରେ ରଖିବ। ବୋତଲ ଖୋଲି ଗ୍ଲାସ୍‌ରେ ଢାଲିବ। କଷ୍ଟେମଷ୍ଟେ ଉଠି ମୁଁ ମାନେ ପ୍ରଥମ ପେଗ୍ ଶେଷ କରିବେ। ଯେପରି ଧୀରେ ଧୀରେ ଶରୀର ଭିତରକୁ ଜୀବନ ଫେରି ଆସିବ। ସେତେବେଳକୁ ଜଗନ୍ନାଥ ସାହି ନିଦରେ ବେହୋସ୍ ହେଇ ପଡ଼ିଥିବ। ରାତି ଗହୀରେଇ ଯାଉଥିବ। ୩ ମୁଁ ଜାଇ ଉଠିଥିବେ। ଦୁଇତିନି ଅକ୍ଷର ବିଶିଷ୍ଟ ଶବ୍ଦମାନଙ୍କ ମାଧ୍ୟମରେ ସାରା ସହରର ଘଟଣା ଉଛୁଳି ଉଠୁଥିବ। ଘଟଣାମାନଙ୍କର କ୍ରମିକତା ନଥିବ। ନଥିବ ଆରମ୍ଭ ଓ ଶେଷ। ଗପ

ଘୂର୍ଣ୍ଣି ମଧ୍ୟରେ ହସର ଚିତ୍କାରରେ ରାତି ଚହଲି ଉଠିବ । ପୁଣି ଛାଁକୁ ଛା ହସର ଭଲ୍ୟୁମ୍ କମିଯିବ । ଜଣେ କିଏ କହିବ ଶଳା ଏ ଜୀବନଟା ବେକାର ହେଇଗଲା ।

ଏ ଡ୍ୟାସ୍ ଜୀବନରେ ଟିକିଏ ବି ଶାନ୍ତି ନାଇଁ । ଧୀରେ ଧୀରେ କାନ୍ଦର ଶଢ଼ ଜକେଇ ଆସିବ ଛାତି ଭିତରୁ । ଆଉ କିଏ ତା ମୁଣ୍ଡକୁ ଆଉଁସି ଦବ । କାନ୍ଦେନାରେ ଜୀବନ ହଉଚି ଗୋଟାଏ ଖାଲି ଗ୍ଲାସ୍ । ତାର କଣ ମୂଲ୍ୟ ଅଛି ? ଖାଲି ଗ୍ଲାସକୁ ଫୋପାଡ଼ି ଦବ । ଦେଖ ଶଳା କେମିତି ଚୁନା ହେଇଗଲା । ମୁଁ ବି ଏମିତି ଦିନେ ଭାଙ୍ଗିଯିବି । ତୁ ବି । ସିଏ ବି । ଆମେ ସମସ୍ତେ ମାଟିରେ ମିଶିଯିବା । ହେଃ –ମୁଁ କେୟାର କରେନା । ସେ ବେଖାତିର ଭାବରେ ହସିବାକୁ ଚେଷ୍ଟା କରିବ । ହସ ଶୁଭିବ କାନ୍ଦ ପରି ।

ମୁଁ(୩) କହିବ – ଆରେ ଯା – ତମେ ଜୀବନକୁ କେତେ ଦେଖିଚ ? ଜୀବନ ହଉଚି ବିଡ଼ାବିଡ଼ା ଟଙ୍କା । ଲକ୍କର ଭର୍ତ୍ତି ସୁନା । ବ୍ୟାଙ୍କ ଖାତାର ଅଂକବୃଦ୍ଧି । ମୋ ଜୀବନରେ ଆଦୌ ଦୁଃଖ ନାଇଁ । କାରଣ କିଏ କହିପାରିବ ?

ମୁଁ କହିବି ।

ମୁଁ କହିବି ।

ନା – ତମେ ଜାଣିନ । କାରଣ ମୋର ଜୀବନ ନାଇଁ ।

ଏକାଥରକେ ତିନିଜଣ ଜୋରରେ ହସି ଉଠିବେ । ହସି ହସି ବେଦମ୍ ହେଇପଡ଼ିବେ । ଭୁସୁଡ଼ି ପଡ଼ିବେ ଉଚତରା ଉପରେ ।

ଆମେ ଆଜି ଏଇଠି ଶୋଇବା । ଏଇଠି ପବନ ଅଛି । ଏଇଠି ଆଖି ଲାଗି ଯାଉଚି । ଶଳା ବେଡ଼୍‌ରୁମ୍‌ରେ ପଶିଗଲାପରେ ନିଦ କୁଆଡ଼େ ଶଳା ଉଡ଼ିଯାଉଚି ବେ । ହାର୍ଡ଼ ଡ୍ରିଙ୍କ୍ ନେଇ କେବଳ ବେହୋସ ହେବା କଥା ଛି ଶଳା ।

ସେମାନଙ୍କର ଶଢ଼ ଆଉ ଶୁଭିବନି । ବେହୋସ୍ ଶରୀର ୩ଟାକୁ କଷ୍ଟେମଷ୍ଟେ ଉଠେଇ ଡ୍ରାଇଭର ଗାଡ଼ିରେ ଲୋଡ଼୍ କରିବ । ଗାଡ଼ି ଷ୍ଟାର୍ଟ୍ ହବ....

ଏହିପରି ଏକ ଦୃଶ୍ୟ ବରଗଛ ମୂଳେ ଘଟୁଥିବାବେଳେ ରାସ୍ତା ଆରପଟେ ଗଭୀର ନିଦରେ ହଜିଯାଇଥିବେ ଭଗିଆ, ସାରିଆ, ଝିଅ ତିତିଲି, ୨ ହଳ ଗାଈବାଛୁରୀ ଓ ତାଙ୍କର ଛୋଟ ବଗିଚାଟି । ଦିନ ହେଇଥିଲେ ଦେଖା ଯାଇଥାନ୍ତା ଯେପରି ଏକ ଆଶ୍ରମ । ଯିଏ ଚଢ଼େଇ ମାନଙ୍କ ଗୀତ ଶୁଣି ନିଦଭାଙ୍ଗେ । ଭଗିଆ ଦାସ ବିଛଣାରୁ ଉଠି ପ୍ରାର୍ଥନା ଗାଏ । ପ୍ରାର୍ଥନା ଶୁଣି ସାରିଆର ନିଦଭାଙ୍ଗେ । ଗାଈ ବାଛୁରୀଙ୍କୁ ବାହାରକୁ ଆଣି ବାଁଧେ । ଗୁହାଲ ପୋଛି ସଫା କରିଦିଏ ।

ଭଗିଆ ମୁହଁ ଧୋଇ ଗାଈଙ୍କୁ କୁଣ୍ଡ ତୋରାଣି ମୋହିଁ ଦିଏ । ଦିକେରା ଘାସ ପକେଇ ଦେଇ ଦୁଧ ଦୁହିଁବାକୁ ବସିଯାଏ । ଗୁହାଲ ପୋଛିସାରି ସାରିଆ ଆସି ବାଛୁରୀକି

ସମ୍ଭାଳେ । ବାଛୁରୀ ମୁଣ୍ଡିଆ ମାରୁଥାଏ ସାରିଆକୁ । ଛାଡେ ମତେ ମୁଁ ମୋ ମା'ର ସବୁପ୍ରାକ ଦୁଧ ପିଇବି । ସାରିଆ ଗେହ୍ଲା କରି ପକାଏ ବାଛୁରୀକି । ପାଗଳୀଟା ।

ଜଣେ ଜଣେ ନାଗୁଆ ଗରାଖ ଗଡନ୍ତି ଖାଣ୍ଡି କ୍ଷୀର ନବାପାଇଁ । ସାରିଆ ଘର ଭିତରକୁ ଚାଲିଯାଏ ଚା ବସେଇବାକୁ । ସାରିଆଭଗିଆ ସକାଳୁ ସକାଳୁ ଗରାଖ ମାନଙ୍କୁ ଗରମ ଗରମ ଚା ଖାଇବାକୁ ଦିଅନ୍ତି । ଗରାଖମାନେ ମନଖୁସିରେ କ୍ଷୀର ନେଇ ଘରକୁ ଫେରନ୍ତି । ଭଗିଆକୁ କି ସାରିଆକୁ ଘରଘର ବୁଲି ବୁଲି କ୍ଷୀର ଦବାକୁ ପଡେନା । ସଂଜ ଓଳି କିଛି କ୍ଷୀର ବଳେ । ସେଥ୍ରୁ ତିତିଲି ଖାଏ । ଆଉ କ୍ଷୀର ଘସି ନିଆଁରେ ସିଝିସିଝି ନାଲି ପଡିଯାଏ । ତାକୁ ଦହି ବସେଇ ସାରିଆ ଘିଅ ଆଉ ଛେନା କରେ । ତାର ଗୁଆଘିଆ ଆଉ ଦହିଛେନା ପାଇଁ ଗରାଖଙ୍କର ବରାଦ ଥାଏ । ଅନେକଙ୍କୁ ନିରାଶ ହେବାକୁ ବି ପଡେ ।

ସକାଳୁ ଗାଈକାମ ସାରି ଭଗିଆ କୂଅମୂଲେ ଗାଧୋଇ ପଡେ । ବାରିରୁ ଫୁଲତୋଳି ଠାକୁରଙ୍କ ପାଖକୁ ଯାଏ । ତା କାନ୍ଥରେ ଅନେକ ଠାକୁରଙ୍କ ଫଟ । ସବୁ ଫଟରେ ଫୁଲ ଚନ୍ଦନ ଦିଏ । କେତେବେଳେ ପାଚିଲା କଦଳୀ ତ କେତେବେଳେ ଅନ୍ୟ ଫଳଟିଏ ନହେଲେ ଚିନିଟିକେ ଲାଗିକରେ । ପୂଜାରୁ ଉଠିଲା ବେଳକୁ ସାରିଆ କଂସାଏ ପଖାଳ ଆଉ ମେଣ୍ଟାଏ ଶାଗ ଉପରେ କଂଚାଲଙ୍କାଟାଏ ଖେଂଚି ଦେଇଥାଏ । ଭଗିଆ ପଖାଳ କଂସାକ ଖାଇଦେଇ ବାରିରେ ପଶିଯାଏ । ଘର ଆଗରେ ପିଜୁଳୀ ଗଛ । ତା ଡାଲରେ ସାରିଆ ଚିରା ଶାଢ଼ୀରେ ଢୁଲଣ ଭଲିଆ କରି ତିତିଲିକୁ ଶୋଇଦିଏ । ଟିକିଏ ଢୁଲେଇ ଦିଏ । ତିତିଲି ଠୋ ଠୋ ହସିଉଠେ । ସାରିଆ ବଗିଚାରୁ ପନିପରିବା ତୋଳେ । ତାପରେ ଘର ଭିତରକୁ ପଶିଯାଏ ରୋଷେଇ ବସେଇବାକୁ । ମଝିରେ ମଝିରେ ଆସି ତିତିଲିକି ଢୁଲେଇ ଦିଏ । ତିତିଲି ଗୋଡହାତ ବାଡେଇ ଠୋ ଠୋ ହସେ । ସେ ହସ ହସ ମୁହଁରେ ଘର ଭିତରକୁ ପଶିଯାଏ ।

ଭଗିଆ ବଗିଚାରେ କାମ କରୁଥାଏ । ତା ବାରିରେ ଗୋଟାଏ ବି ଘାସ କି ଅନାବନା ଗଛ ଦେଖ୍ବାକୁ ମିଲିବନି । ପ୍ରତ୍ୟେକ ଗଛକୁ ଯତ୍ନର ସହିତ ସେ ବଢ଼ାଏ । ସେମାନଙ୍କ ସହିତ କଥାବାର୍ତା କରେ । ଗଛମାନେ ତାର ସ୍ନେହଶ୍ରଦ୍ଧାରେ ଲାଳିତ ପାଳିତ ହେଉଥାନ୍ତି । ଭଗିଆ ମଝିରେ ମଝିରେ ଡାକଦିଏ– ତିତିଲି....ତିତିଲି....

ତିତିଲି ବାପାର ଡାକ ଶୁଣି କୁହାଟ ଛାଡେ । ଗୋଡହାତ ଛାଟି ଠୋ ଠୋ ହସେ । ଦହଟେ ଖେଳିଯାଏ । ପୁଣି କାନାଏ ବାପାର ଡାକକୁ । ଏମିତି ଏମିତି ଭଗିଆ ସାରିଆର ସଂସାର–ଆଶ୍ରମ ଚାଲିଥାଏ ।

ସଂଜ ନଇଁ ଆସିଲେ ସାରିଆ ଗାଈ ଗୋଠରେ ଧୂଆଁଦିଏ । ଭଗିଆ ଗାଈ ଦୁହେଁ ।

ସାରିଆ ସଂଜ ଦିଏ। ଭଗିଆ ଗୋରାଖଣ୍ଡୁ ଦୁଧ ଦିଏ। ତାପରେ ଗୋଡହାତ ଧୋଇ ଠାକୁର ପାଖରେ ବସିପଡେ। ସେଇଠି ପୂଜା ହେଉଥିବା ବ୍ୟାସାସନରୁ ଭାଗବତ ବହି କାଢ଼ି ଆଣେ। ସ୍ୱର ଲମ୍ଭେଇ ଭାଗବତ ପଢ଼େ। ରୋଷେଇବାସ କରୁଥିବା ବେଳେ ସାରିଆ ଶୁଣେ। କିଛି ବୁଝେ ଅନେକ ବୁଝିପାରେନା। ଗହନ ବିଦ୍ୟା। ହେଲେ ନିଜକୁ ଧନ୍ୟ ମଣେ। ଟିଟିଲି ଟେଙ୍ଖିଥିଲେ ଉହୁଁକି ଉଠୁଥାଏ। ଗାଲୁରୁ ଗାଲୁରୁ ହେଇ ବାପ ସହ ତାଲଦିଏ। ରୋଷେଇବାସ ସରିଲେ ଭଗିଆସାରିଆ ଖାଇ ବସନ୍ତି। ଖାଇଲାବେଳେ କେତେକଥା ପଡେ। ଦିନଟି ଭଲରେ କଟିଥିବାରୁ ଭଗବାନଙ୍କୁ କୃତଜ୍ଞତା ଜଣାନ୍ତି। ତାପରେ ଶାନ୍ତିରେ ଶୋଇପଡନ୍ତି ଏଇ ପରିବାରଟି।

ଦିନେ ଭଗିଆସାରିଆ ଆଶ୍ରମ ଶାନ୍ତିରେ ବିଶ୍ରାମ ନେଇଥିଲା ବେଳେ ଆରପଟ ବରଗଛ ଚଉତରାରେ ତାଙ୍କ ସୁଖଶାନ୍ତି ଉପରେ ୫ଡ ସୃଷ୍ଟି ହେଉଥିଲା। ଉତ୍ତେଜିତ ହେଇ ଉଠିଥିଲେ ତିନୋଟି ମୁଁ। କେତେ ବୋତଲ ନିଃଶେଷ ହେଇ ଯାଉଥିଲା। କେତେ ସ୍ପେଶାଲ ସିଗାରେଟ୍ ଧୁଆଁ ହେଇ ଯାଉଥିଲା। ହେଲେ ଏମାନେ ତାଙ୍କୁ ଶୀତଲେଇ ପାରୁନଥିଲେ। ଆମ ପାଖରେ ସବୁଅଛି। ଆହୁରି ମଧ ଆମେ ପୂର୍ଣ୍ଣ ହେଇ ଉଚ୍ଛୁଲି ପଡିବା। ହେଲେ ଆମ ଜୀବନରେ ଶାନ୍ତି ନାହିଁ। ସୁଖ ନାଇଁ। ନିଦ ନାହିଁ। ଶଳା ଭଗିଆଟା ଗାଛ ଦିଟା ରଖି ସବୁବେଳେ ହସୁଚି। ଆନନ୍ଦରେ ଗୀତ ବୋଲୁଚି। କିଛି ଚିନ୍ତାନାଇଁ। ଶଳା ଶାନ୍ତିରେ ରାତିସାରା ନିଘୋଦ ନିଦରେ ଶୋଉଚି। ଆମେ ଶଳା ଦିନରାତି ଖଟିଖଟି ମରୁଚେ। ଚିନ୍ତା ବୋଝରେ ମୁଣ୍ଡଟା ଫାଟିଗଲା ଭଲି ଲାଗୁଚି। ୦୫ କି ଦୁଃଖ। କି ହା ହୁତାଶ। ଶଳା ଜୀବନଟା ବ୍ୟର୍ଥ ହେଇଗଲା। ନା ଚାଲ ଆମେ ବି ହସିବା। ହସି ହସି ସବୁ ଦୁଃଖ ଭୁଲିଯିବା। ହା ହୁତାଶକୁ ଉଡେଇ ଦବା। ଆମର ଏତେ ଧନ ଏତେ ପ୍ରତିପତ୍ତି ଥାଇ ଆମେ ଟିକେ ଆନନ୍ଦ ପାଇବାନି ? ଶାନ୍ତି ପାଇବା ନି ? ନା ହସ–ହସ–ହସ –

ମୁଁ (୧) ହସିବାକୁ ଚେଷ୍ଟା କଲା। ମୁଁ (୨) ହସ ଆରମ୍ଭ କରି ଅଟକି ଗଲା। ମୁଁ (୩) ହସ ଆରମ୍ଭ କରିପାରିଲା ନାହିଁ।

ମୁଁ (୨) ରାଗିଗଲା। ଶଳା ତମେ କେହି ମତେ ସାଥୀ ଦଉନା।

ନାଁରେ ଏ କୃତ୍ରିମ ହସ କିଛି କାମରେ ଲାଗିବନି। ସେତ ଚେଷ୍ଟା କରିବି ଆଦୌ ହସି ପାରିଲାନି। ମୁଁ ତ ଆରମ୍ଭ କରି ଆରମ୍ଭ କରି ପାରିଲି ନାହିଁ। ତୋ ହସ ତ ମତେ କାନ୍ଦିଲା ଭଲିଆ ଶୁଭିଲା।

ତାହେଲେ ଛାଡ଼ ଏ ଘରସଂସାର ଧନ ଦରବ ଛାଡ଼ି ବାବାଜୀ ହେଇଯିବା। କୋଉ ଆଶ୍ରମରେ ରହି ସାଧନା କରିବା। ସେଇଠି ହୁଏତ ଆନନ୍ଦ ଶାନ୍ତି ମିଳି ପାରିବ।

କହି ଦବାଟା କେତେ ସହଜରେ । ହେଲେ ଆମେ ଆଶ୍ରମକୁ ଗଲେ ଆମ ବେପାର ଆମ ଆଗରୁ ସେଠି ଯାଇ ପହଞ୍ଚ ଯାଇଥିବ । ଆମେ ଦିନେ ବି ସେଠି ରହି ପାରିବାନି । ଶଳା ।

ତେବେ କଣ କରିବା ?

କଣ କଲେ ଟିକିଏ ଶାନ୍ତି ମିଳିବ ?

ଆବେ ୟୁରୋକା ୟୁରୋକା ମୁଁ ବାଟ ପାଇଚି ।

କଣ ?

କଣ ?

ଆମ ଦୁଃଖର ଉସ୍କୁ ଆମେ ଧ୍ୱଂସ କରିଦେବା ।

ହାଁ ଦୁଃଖର ଉସ୍ ନଷ୍ଟ ହେଇଗଲେ ଆଉ ଦୁଃଖ ରହିବନି ।

ହାଁ ଦୁଃଖ ନରହିଲେ ଆନଦ ହିଁ ଆନଦ ।

ହାଁ ଆନଦ ମିଳିଗଲେ ଛାଁ କୁ ଛାଁ ଶାନ୍ତି ଆସିଯିବ ।

ତେବେ ବସ ଚିନ୍ତାକର । ଆମ ଦୁଃଖର ଉସ୍ କୋଉଠି ?

ତିନି ମୁଁ ବସି ପଡିଲେ ଓ ଆଖ୍ ବନ୍ଦ କଲେ ।

କିଛି ସମୟ ପରେ ଜଣେ ଆଖ୍ ଖୋଲିଲା । ହୁଏତ ଆମର ଅଧିକ ଲୋଭ ।

ଏହା ଲୋଭ ନୁହେଁ । ଏହା ଆମର ପ୍ରଗତି ପାଇଁ ଉଦ୍ୟମ ।

ହାଁ ଇଚ୍ଛା ଓ ଉଦ୍ୟମ ନରହିଲେ ପ୍ରଗତି ଅସମ୍ଭବ ।

ତେବେ ଭଲ ଭାବରେ ଚିନ୍ତା କର କଣ ଆମର ଦୁଃଖର ଉସ୍ । ଦୁଃଖର କାରଣ ?

ନା – ଆମେ ପାଉନୁ ।

ପୁଣି ବସ । ଗଭୀର ଭାବରେ ଚିନ୍ତା କର ।

ପୁଣି ତିନି ମୁଁ ବସି ପଡିଲେ । ଆଖ୍ ବନ୍ଦ କଲେ ।

ପ୍ରଥମେ ମୁଁ (୧) ଆଖ୍ ଖୋଲି ପକେଇଲା ।

ଓ୪ ଛୋଟପିଲାଟିଏ ଆସି ମତେ ପଚାରୁଚି ତମେ ମତେ କାଇଁକି ମାରିଦେଲ ? ମୁଁ ତ କୌଣସି ପିଲାକୁ ମାରିଦେଇନି ।

ମୁଁ (୨) କହିଲା ସତକଥା । ତୁ ମାରିଲୁ । ମୁଁ ମାରିଚି । ସେ ବି ମାରିଚି । ଆମେ ପିଲାଦିନକୁ ମାରି ଦେଇଚେ ।

ମୁଁ (୩) କହିଲା– ମୁଁ ବୁଝିପାରୁନି ।

ତୁ ବୁଝି ପାରିବୁନି । ମିଶାଣ ଫେଡାଣ ହରଣ ଗୁଣନରେ ଏକଥା ବୁଝାଯାଇ ପାରେନା । ଆମେ ଆମ ପିଲାଦିନକୁ ମାରି ଦେଇଚେ । ପିଲାଦିନର ସରଳତା, ସମସ୍ତଙ୍କୁ

ଭଲ ପାଇବା, ବିନ୍‌ଦାସ୍ ଜୀବନ ବଂଚିବା କୁଆଡେ ସବୁ ହଜିଗଲା ? ନା ଚିନ୍ତା ନା ଭୟ। କେବଳ ଆନନ୍ଦ ହିଁ ଆନନ୍ଦ। ଶାନ୍ତି ହିଁ ଶାନ୍ତି। ଆମେ ଆମର ସରଳତା, ବିଶ୍ୱାସ, ପ୍ରେମ ଏସବୁକୁ ହତ୍ୟା କରିଦେଇଚେ। ଆଉ ଶାନ୍ତି କୋଉଠୁ ଆସିବ ? ଆନନ୍ଦ କୋଉଠୁ ଆସିବ ?

ନା- ତମେ ଭୁଲ କହୁଚ। ମୁଁ (୩) କହିଲା- ମୁଁ ଓ ମୋ ସ୍ତ୍ରୀ ଆମେ ପରସ୍ପରକୁ ବହୁତ ଭଲପାଉ। ସେ ମୋ ପାଇଁ କେତେ ଓଷାବ୍ରତ କରେ।

ସତ କହିଲୁ- ଛାତିରେ ହାତ ଦେଇ କହିଲୁ- ତମେ ଦିଜଣ ପରସ୍ପରକୁ ଭଲପାଅ ? ନିରବ କାହିଁକି ରହୁଚୁ ? ଯଦି ଆମ ଜୀବନରେ ଭଲପାଇବା ଥାନ୍ତା ଆମେ ରାତି ଅଧରେ ଏଠିକି ଆସି ମଦୁଆ ନାଚ କରୁ ନଥାନ୍ତେ।

ତୁ ଆଉ କଥା ବୁଲାନା- ସଠିକ୍ କଥାକୁ ଆ...

ଏଇ ତୁ ଯା ଗାଡି ବୁଲା- ଘରକୁ ଫେରିବା।

ଡ୍ରାଇଭର ଚାଲିଗଲା ଗାଡି ବୁଲାଇବାବୁ।

ଉଠଚାଲ ଗାଡିରେ ବସ। ଡ୍ରାଇଭରକୁ ଛାଡିଦେଇ ପୁଣି ଏଠିକି ଆସିବା। ରୂପଚାପ୍ ଚାଲ।

ଡ୍ରାଇଭରକୁ ଛାଡିଦେଇ ସେମାନେ ପୁଣି ସେଠିକି ଆସିଲେ। ପୁଣି ବୋତଲ ଖୋଲାଦେଲା। ପୁଣି ସିଗାରେଟ୍ ଧୂଆଁହେଇ ଉଡିଗଲା।

ଆମେ ଯୋଉଠୁ ଛାଡିଥିଲେ ସେଇଠୁ ଆରମ୍ଭ କରୁଚି। ଏଥର ସିଧାସିଧା କଥା। ଆମର ଧନରତ୍ନ, ଟଙ୍କା। ପଇସା, ସଂପତ୍ତି ବାଡି, ଘରଦ୍ୱାର, ମାନସମ୍ମାନ, କ୍ଷମତା ପ୍ରତିପତ୍ତି, ବ୍ୟସ୍ତତା ଉଦ୍‌ବେଗ- ଏସବୁ ଆମର ଦୁଃଖର କାରଣ ନୁହଁ। ଏ ହଉଚି ଆମ ସମୟର ବାସ୍ତବତା। ଶୁଣ ମନଦେଇ ଶୁଣ ଏହା ଅବଶ୍ୟ ମୋର ନିଜ ବିଚାର। ଆମେ ବିଲାସ ବ୍ୟସନରେ ଗଡୁଚେ। ଏହା ଆମପାଇଁ ଆନନ୍ଦ ଓ ଶାନ୍ତିର କାରଣ ହୁଅନ୍ତା। ହେଲେ ମୋର ସଦେହ ହଉଚି ରାସ୍ତା ଆରପଟେ ରହୁଥବା ଭଗିଆସାରିଆ ଆମର ସମସ୍ତ ଦୁଃଖର କାରଣ। ଶଳା ସାରିଆଭଗିଆର କିଛି ନାଇଁ ହେଲେ ତାଙ୍କ ପାଖରେ ଅଛି ପ୍ରେମ, ଭଲପାଇବା, ସରଳତା, ଆନନ୍ଦ, ଶାନ୍ତି। ଆମେ ଟିକିଏ ନିଦ ପାଇଁ ମରୁଚେ। ସେମାନେ କି ଆନନ୍ଦରେ କି ଶାନ୍ତିରେ ଝୁଂପୁଡିଚା ଭିତରେ ଗଭୀର ନିଦରେ ଶୋଇଚନ୍ତି। ଏ ବାବଦରେ ଆଲୋଚନା କଲାରୁ ଆଜି ଏକଥା ମୋ ମୁଣ୍ଡରେ ଭୁଲିଲା।

ହଁ ଏକଥା ଏକଦମ୍ ସତ। ସିଏ ଶଳାଙ୍କ ପାଇଁ ଆମେ ଦୁଃଖ ଓ ହତାଶାରେ ଘାଣ୍ଟି ହଉଚେ।

ଚାଲ ତାଙ୍କ ଘରେ ନିଆଁ ଲଗେଇଦବା।

ଚାଲ ତାଙ୍କ ସୁଖଶାନ୍ତି ପୋଡି ପାଉଁଶ କରିଦବା ।

ଚାଲ ସେ ଶଳାଙ୍କୁ ଜୀବନରୁ ମାରିଦବା ।

ନା ତାଙ୍କୁ ମାରିଦେଲେ ତାଙ୍କ ଜାଗାରେ ଆଉ ହଜେ ଭଗିଆସାରିଆ ଆସିଯିବେ ।
ଆମକୁ ଜଲେଇବା ପାଇଁ । ଆମେ ଯଦି ତାଙ୍କ ସୁଖଶାନ୍ତିକି ନଷ୍ଟ କରିଦେବା ସେମାନେ
ଦୁଃଖୀ ହେଇଯିବେ । ଆମର ଦୁଃଖ କମିଯିବ ।

କେମିତି ?

କେମିତି ?

ଆମେ ଯଦି ତାଙ୍କର ସରଳତା ଆଉ ଭଲପାଇବାକୁ ମାରିଦେବା ତେବେ
ସେମାନଙ୍କ ସୁଖଶାନ୍ତି ମରିଯିବ । ସେମାନେ ଦୁଃଖୀ ହେଇଯିବେ ।

ଏତେବେଲେ ମୁଁ ବୁଝିପାରିଲି । ଚାଲ ଆଉ ବିଲମ୍ୱ କାଇଁକି ?

ତିନି ମୁଁ ଉଠି ପଡିଲେ । ଭଗିଆ ବାଡିର ଧଡା ଚୁପଚାପ୍ ସେମାନଙ୍କୁ ବାଟ
ଛାଡିଦେଲା । ଅଁଧାର ଭିତରେ ସବୁକିଛି ବୁଡି ଯାଇଥାଏ । ଯେପରି ତାରା ମାନଙ୍କ
ଆଖ୍ ଫୁଟି ଯାଇଚି । ସେମାନେ ଅଁଢାଳି ହେଲେ ଆଉଡସାଢେ । ଅଁଧଭଳି । ଅଁଢାଳି
ଅଁଢାଳି କଣ୍ଷେମଣ୍ଷେ ପାଇଗଲେ ଭଗିଆର ଟୁ ପୁଡି ।

କବାଟରେ ହାତ ବାଡେଇ ବିକଳରେ ଜଣେ କହିଲା– ମଉସା ମଉସା ଗିଲାସେ
ପାଣିଦେଲ । ଶୋଷରେ ତଂଟି ଶୁଖ୍ ଯାଉଚି ।

ଜୋରରେ କବାଟ ବାଡେଇବାରୁ ପ୍ରଥମେ ସାରିଆର ନିଦ ଭାଂଗିଗଲା । ସେ
ଡାକିଲା ଭଗିଆକୁ– ହେଇ ଶୁଣୁଚ ? କିଏ ବାହାରେ ପାଣି ମାଗୁଚି ପିଇବାକୁ ।

କଣ ରାତି ପାହି ଗଲାଣି ?

ନାଇଁ ମ ରାତି ଅଧରେ କିଏ କୁଆଡେ ଯାଉଥିଲା । ଶୋଷ ଲାଗୁଚି ପାଣି ମାଗୁଚି
ପିଇବାକୁ ।

ତୁ ଡିବିରି ନଗା । ମୁଁ ପାଣି ନେଇ ଯାଉଚି ।

ଭଗିଆ କବାଟ ଖୋଲିଲା କ୍ଷଣି କିଏ ଜଣେ ତା ହାତ ଧରି ବାହାରକୁ ଟାଣି
ନେଇଗଲା । ପାଣି ଗିଲାସଟା ଛିଟିକି ପଡିଲା ଦୂରକୁ । ଏପରି ଶବ୍ଦ ଶୁଣି ସାରିଆ ଉଠି
ଆସିଲା ବାହାରକୁ । ଜଣେ ସାରିଆର ମୁହଁକୁ ମାଡି ବସିଲା । ଦିଜଣ ଭଗିଆର ଗାମୁଛାରେ
ତା ପାଟି ବନ୍ଦ କରିଦେଲେ । ତା ଦେହରୁ ଲୁଙ୍ଗିଟା ଟାଣିନେଇ ଗଛରେ ତାକୁ ବାଁଧ
ପକେଇଲେ । ତାପରେ ଝିଂକି ନେଲେ ସାରିଆ ଦେହରୁ ଶାଢ଼ୀ । ତା ପାଟିକି ପଛକୁ
ବାଁଧଦେଲେ ଜୋରରେ । ତାପରେ ସାୟାବ୍ଲାଉଜ୍ ଛିଡେଇ ଫୋପାଡି ଦେଲେ ।

ଶାଲୀ ଭାରି ପେରେମ କରୁଚୁ ନାଇଁ । ଆଜି ଏଇଠି ଆମକୁ ପେରେମ କର ।

ଜଣକ ପରେ ଜଣେ ରାକ୍ଷସ ପାଲଟି ଗଲେ। ସାରିଆର ମାଂସ ଝୁଣି ଖାଇଗଲେ। ଶେଷରେ ଶାଳୀ ମର ବୋଲି କହି ଜଣେ ତା ଛାତି ଉପରେ ଚଢ଼ି ବେକ ଉପରେ କୁଦି ପଡ଼ିଲା।

ଚାଲ ଶଳା। ଆଜିଠାରୁ ପ୍ରେମ ଖତମ୍।

ସକାଳେ ଗରାଖମାନେ ଆସି ଏଇ ବିଭସ୍ସ ଦୃଶ୍ୟ ଦେଖ୍ଲେ। ତୁରନ୍ତ ପୋଲିସକୁ ଜଣାଇଦେଇ ନିରାପଦ ଦୂରତାକୁ ଘୁଂଚିଗଲେ। ପୋଲିସ ସାରିଆର ଶବକୁ ଜବତ୍କରି ବ୍ୟବଚ୍ଛେଦ ପାଇଁ ପଠେଇଦେଲା। ଭଗିଆକୁ ଉଦ୍ଧାର କରି ତାର ଜମାନବଂଦୀ ନେବାପାଇଁ ଚାହିଁଲା।

ଭଗିଆ ଭୋ ଭୋ ହେଇ କାନ୍ଦୁଥାଏ। ମୋ ଝୁଅ ମୋ ଝୁଅ।

ପୋଲିସ କବାଟ ଖୋଲି ନିଦରେ ଶୋଇଥିବା ଝିଅକୁ ଉଦ୍ଧାର କଲା। ଭଗିଆ ତାକୁ କୋଳକୁ ନେଇ ଆହୁରି ଅଧୈର୍ଯ୍ୟ ହେଇ କାନ୍ଦିବାକୁ ଲାଗିଲା।

କିଏ ସବୁଥିଲେ ?

ମୁଁ ଜାଣିନି।

ପୋଲିସ ଲୋକଙ୍କୁ ଘଉଡେଇ ଦେଇ ତା ବାଟରେ ଚାଲିଗଲା। ମେଡିଆବାଲା ଫଟ ଉଠେଇ ସାରି ମଧ ଚାଲିଗଲେ। ପାଖକୁ ଲାଗି ଆସିଲେ ପଡ଼ା ପଡୋଶୀ। ଝିଅକୁ ନେଇ ଖାଇବାକୁ ଦେଲେ। ଭଗିଆକୁ କଣ ବୁଝେଇବେ ଶଦ ପାଇଲେନି।

ମେଡିଆ ଖୁବ୍ ଗର୍ଜନ କରି ଧୀରେ ଧୀରେ ଶାନ୍ତ ହେଇଗଲା। ପୋଲିସର ରିପୋର୍ଟରେ ଲେଖ୍ ହେଇଗଲା– ହୁଏତ ପୂର୍ବ ବିବାଦ କାରଣରୁ କେତେକ ଅସାମାଜିକ ବ୍ୟକ୍ତି ଏପରି କରିଥାଇ ପାରନ୍ତି। ସାକ୍ଷ୍ୟ ପ୍ରମାଣ ଅଭାବରୁ କେଶ୍ ଖାରଜ ହେଇଗଲା।

ଶୁଦ୍ଧିକ୍ରିୟା ପରେ ଭଗିଆର ଜୀବନ ବଦଲିଗଲା। ସେ ମନକୁ ବୁଝେଇ ଦେଲା। ସାରିଆର ଆୟୁଷ ଏତକି ଦିନଥିଲା। ତା ଆୟୁଷ ସରିଯିବାରୁ ଠାକୁରେ ତାକୁ ତାଙ୍କ ପାଖକୁ ନେଇଗଲେ। ସେତ ଭଲ ମଣିଷ ଥିଲା। ନିଶ୍ଚୟ ସ୍ୱର୍ଗକୁ ଯାଇଥିବ। ହେ ପ୍ରଭୁ ତା ଆମ୍ଫା ଶାନ୍ତିରେ ରହୁ। ସେ ଲୁଂଗିପିନ୍ଧା ଛାଡି ଗେରୁଆ କପଡା ପିନ୍ଧି କପାଲରେ ବାହୁରେ ତିଲକ ନାଇଲା। ବହୁତ ସମୟ ଠାକୁର ପୂଜାକଲା। ଝୁଅକୁ ତା ମାଉସୀ ପାଖରେ ଛାଡିଦେଲା। ଗାଈଙ୍କ ଖବର ରୀତିମତ ବୁଝିଲା। ଗୋମାତାଙ୍କ ସେବାକଲା ପରି। ଆଗପରି ନହେଲେ ବି ବାଡି ବଗିଚାରେ ପନିପରିବା ଲଗେଇଲା। ଠାକୁରଙ୍କ ପ୍ରସାଦ ରାନ୍ଧିଲା। ମଣୋହି କରି ପ୍ରସାଦ ସେବନ କଲା। ପଡାପଡୋଶୀମାନଙ୍କୁ ପନିପରିବା ବାଣ୍ଟିଦେଲା। ଅନେକ ସମୟରେ ସାରିଆ ମନେ ପଡେ। ହାବୁକା ହାବୁକା

କୋହ ଛାତି ଭିତରକୁ ମନ୍ଥି ପକାଏ। ସେ ଠାକୁରଙ୍କୁ ପ୍ରାର୍ଥନା କରେ। ଏମିତି ଦୁଃଖ କାହାକୁ ଦିଅନା ପ୍ରଭୁ।

ତିନି ମୁଁ ପୁଣି ସେଠିକି ଆସନ୍ତି। ଦେଖନ୍ତି ଭଗିଆ ବଂଚିଚି। ତାର ସରଳତା ସେମିତି ରହିଚି। ସାରିଆକୁ ଭଲ ପାଇବା ଜାଗାରେ ସେ ଏବେ ଠାକୁରଙ୍କୁ ଭଲ ପାଉଚି। ଭଲପାଇବା ମରିନି। ପତ୍ରଝଡ଼ା ପରେ ପୁଣି ଯେମିତି ନୂଆପତ୍ର ମାନେ କଅଁଳି ଉଠିଚନ୍ତି।

ମୁଁ (୧) – ଆମେ ପରାସ୍ତ ହେଇଗଲେ।

ମୁଁ (୨) – ମତେ ଲାଗୁଚି ଆମେ ଆତ୍ମହତ୍ୟା କରି ପକେଇଲେ।

ମୁଁ (୩) – ଆମର କଣ ଜୀବନ ଥିଲା ଯେ ଆମେ ଆତ୍ମହତ୍ୟା କଲେ ?

ତିନୋଟି ନିହତ ଆତ୍ମା ଅପମୃତ ସହର ଆଡକୁ ଏକମୁହାଁ ହେଇ ପଳାଇଗଲେ।

ଆଠମାଣ ଛଗୁଣ୍ଟ

ତରୁଣ ରାଗିକରି ପଳେଇ ଆସିଚି ପଖାଳ କଂସା ପାଖରୁ। ବୋଉ ରାଣର ନିୟମ ପକେଇ ଅଟକେଇଲେ ବି ସେ ଅଟକିନି। ଏ ଘରେ ମୁଁ କିଏ କି? ନଖାଇ ନପିଇ ମରିଗଲେ କାର କଣ ହେଇଯିବ? ମୁଁ ଖାଇବିନି। ଏମିତି ଓପାସ ରହିରହି ମରିବି।

ରାଗରେ ଓ ଅଭିମାନରେ ଜଳିଜଳି ସେ ଘର ଛାଡି ପଳେଇ ଆସିଚି। ଗାଁ ଠାରୁ ଟିକିଏ ଦୂର ବରଗଛ ମୂଳକୁ। ସିଅ ଉପରେ ବସି ଫାଙ୍କା ପାଟଟାକୁ ଅନେଇ ରହିଚି। ପାଟଟା ବି ଜଳୁଥାଏ ତାରିପରି। ଖରାରେ।

ଏତେ ବଡ ପାଟଟା। ଆଖି ପାଉନି। ପାଟକୁ ଦିଭାଗ କରି ଦେଇଚି ହାଇୱେ, ଯାହାକୁ ଲୋକମାନେ କହନ୍ତି ହାଇରୋଡ୍। ଏପଟେ ଚାରିଭାଗକୁ ସେପଟେ ଭାଗେ। ଏଇ ହାଇୱେ ହବା ପରଠାରୁ ଏପଟର ଏତେବଡ ପାଟ ବେକାର ହେଇ ଯାଇଚି। ପ୍ରତିବର୍ଷ ବର୍ଷାଦିନରେ ଗାଁ ସେପଟ ନଈ ବାଂଧ ଡେଇଁ ମାଡିଆସେ। ଏ ପାଟକୁ ଅନେକ ଦିନ ପର୍ଯ୍ୟନ୍ତ ବୁଡେଇ ରଖେ। ନଈରେ ବାଂଧ ହେଇଥିଲେ ବି ବଢ଼ି ପାଣିକୁ ଅଟକେଇ ପାରେ ନାହିଁ। ବହୁତ ଜାଗାରେ ଘାଇ ହେଇଯାଏ। ସେଥିପାଇଁ ଧାନ ଫସଲ ହେଇପାରେ ନାହିଁ। ଜଳ ସେଚନର ସୁବିଧା ନଥିବାରୁ ଅନ୍ୟ କୌଣସି ଫସଲ ବି ହୁଏନାହିଁ। ଧୋଇଆ ଅଂଚଳର ଲୋକମାନେ କାମ ଧଦା କରି ପେଟ ପୋଷନ୍ତି ଦୀନହୀନ ଭାବରେ।

ଭାଗ୍ୟଭଲ ଦଶବାର କିଲୋ ମିଟର ଦୂରରେ ସହରଟିଏ ଜମିଜମି ଉଠିଚି ହାଇୱେ ଆରପଟରେ। ଯୋଉଥି ପାଇଁ ତିନିଖଣ୍ଡି ଗାଁ ଉଠିଯିବାକୁ ପଡିଚି। ବଡବଡ ଶିଳ୍ପ କାରଖାନା ସେଠି ଗୋଟିକ ପରେ ଗୋଟିଏ ଗଢ଼ି ଉଠିଚି। ସହର ତାର କାୟା ବିସ୍ତାର କରି ଚାଲିଚି। ସେଇ ସହର ଉପରେ ନିର୍ଭର କରି ଏହିସବୁ ଗାଁର ଲୋକମାନେ ଚଲୁଚନ୍ତି। ଆଉ ପାଟ ଆଡେ ଅନେଇବା ଦରକାର ପଡୁନି। ଧାରେ ଧାରେ ପାଟରେ ଥିବା ହିଡସବୁ ନିଭିଗଲାଣି।

ଏଇ ପାଟରେ ତରୁଣଙ୍କର ଗୋଟିଏ ବଡ ଚକ ଅଛି । ତାର ପରିମାଣ ଆଠମାଣ ଛ ଗୁଣ୍ଠ । ପାଟସାରା ଖେଳେଇ ହେଇ ପଡିଥିବା ଛୋଟ ଛୋଟ ଜମି ସବୁ ଏକାଠି ହେଇ ଯାଇଚନ୍ତି । ଗତ ଚକବନ୍ଦୀରେ । ବାପା କେତେଥର ତାକୁ ଆଣି ଚିହ୍ନେଇ ଦେଇଚନ୍ତି । ସେ କିନ୍ତୁ ମନରଖି ପାରିନି । ସାରା ପାଟଟା ମରୁଭୂମି ହେଇ ଯାଉଚି ।

ଏତକ ସଂପତ୍ତି ଛଡା ତାଙ୍କର ଆଉ କିଛିନାହିଁ । ବାପା ପ୍ରତିଦିନ ନଇ ସେପଟ ଗାଁକୁ ମୂଲ ଲାଗିବାକୁ ଯାଆନ୍ତି । ବୋଉ ଗୋଟିଏ ଜର୍ସିଗାଈ ରଖିଚି । ସେଇଥରେ ତାଙ୍କ ପରିବାର ଚଳିଯାଏ । ହେଲେ ତରୁଣକୁ ଜମା ନ ଚଳିଲା ଭଳିଆ ହିଁ ଲାଗେ । ଏଇଟା କଣ ଗୋଟା ଚଳିବା ? ସକାଳେ କଂସାଏ ପଖାଳ, ଶୁଖୁଆ ପୋଡା ଟିକିଏ କି ଆମ୍ବୁଲ ଫାଳେ । ଗାଧୁଆବେଲେ ପୁଣି ପଖାଳ ଓ ବୋଉ ତୋଳି ଆଣିଥିବା ଶାଗ । ରାତିରେ ଭାତ ଆଉ ଆଡୁସାଡୁ କଣ ଟିକେ ତରକାରୀ । ତ୍ରେସ କଥା ନକହିଲେ ଭଲ । ଦି ବର୍ଷ ହେଲା ସେ ପ୍ୟାଣ୍ଟଟା କି ସାର୍ଟଟା କରି ପାରୁନି । ଏଇ କଣ ଚଳିବା ?

ତା ସାଙ୍ଗସବୁ କିଏ କୁଆଡେ ଚାକିରି ବାକିରି କରି ଅଏସ କରୁଚନ୍ତି । ତାପରି ଦରପାଉଆ ଯେତେକ ଛୋଟ ଚାକିରି କିମ୍ବ ବେବସାୟ କରି ଗୁଜୁରାଣ ମେଣ୍ଟଉଚନ୍ତି । ଆଉ ସେ ? ଏଇ ଗାଁରେ ପଡି ରହି ପଖାଳ କଂସାରେ ବୁଡି ଯାଉଥିବା ତା ଭାଗ୍ୟକୁ ଅନେଇ ରହିଚି । ସେ କଣ ଚେଷ୍ଟା କରି ନଥିଲା ? ସେ କଣ କାରଖାନା କାରଖାନା ବୁଲି କାମ ଖୋଜି ନଥିଲା ? କେତେ ଛୋଟବଡ ନେତାଙ୍କୁ ଖୋସାମତ କରିନଥିଲା ? ଖୋଜି ଖୋଜି ହୋଟେଲଟିଏ ମିଳିଲା । ଯୋଉଠି ଲେଖାହେଇ ଆଗରେ ମରାହେଇଚି–ମିଲରୋଡି । ହୋଟେଲର ମେନେଜର । ସେ ସେଇଠି ରହି ଯାଇଥିଲା । ସେଇଠି ଥାଇ ଆଉ କୋଉଠି ଭଲ ଚାକିରି ଦେଖିବା । କାମ ହେଲା ହିସାବ କରି ପଇସା ରଖିବା । ହେଲେ ସେ ଶଳା ଭାଗ୍ୟ ତ ମନ୍ଦ । କାହାକୁ କହିବା । ଥରେ ଗାଧୁଆବେଲ ଗଡିଯାଇଥାଏ । ଅଛ କେଇଜଣ ଗରାଖ ଖାଉଥାନ୍ତି । ସେ ଦିଟା ଖାଇଦେଇ କାଉଣ୍ଟରରେ ବସିଥାଏ । ଥଣ୍ଡା ପବନରେ ଆଖି ଲାଗିଯାଇଚି । ଏ ଶଳା ପିଲା ତାକୁ ଡିସ୍ଟର୍ବ ନକରିବା ପାଇଁ ଗରାଖଙ୍କ ଠାରୁ ପଇସା ରଖି ଦେଇଚନ୍ତି । ତାର ଦୁର୍ଭାଗ୍ୟ ମାଲିକ କୁଆଡେ ଯାଇଥିଲା ଏଟିକିବେଲେ ଠିକ ଆସିକରି ପହଞ୍ଚିଗଲା । ମାରିଦେଲା ଗୋଟା ଗୋଇଠା ଯେ ସେ ତଳେ ହାମୁଡେଇ ପଡିଲା । ସେଇଠୁ ଏକମୁହାଁ ହେଇ ଆସିଚି ଯେ ଆସିଚି । ତାପରେ ତାର ବର୍ତ୍ତମାନ ଓ ଭବିଷ୍ୟତ ଏଇ ପାଟଟି ଭଳି ଅନାବଶ୍ୟକ ହେଇପଡିଚି ।

ହଠାତ୍ ଦିନେ ଗୋଟିଏ ସ୍ୱପ୍ନ ସହିତ ତାର ଭେଟ ହେଇଗଲା । ଜଣେ ବାବୁ ତାକୁ ତାଙ୍କ ସ୍କୁଲ ବାରଣ୍ଡାକୁ ଡକେଇଲେ । ତାକୁ କହିଲେ ଯାଆ । ପ୍ୟାଣ୍ଟ ସାର୍ଟ ପିନ୍ଧିଆସ ।

ମୋ ସହିତ ସହର ଆଡକୁ ଯିବ। ପୁଣି ତମକୁ ଆଣି ଏଇଠି ଛାଡିଦେବି। ସେ ଅବିଶ୍ୱାସରେ ଅଚିହ୍ନା ଭଦ୍ରଲୋକଙ୍କ ମୁହଁକୁ ଚାହିଁ ରହିଲା।

କଣ ବିଶ୍ୱାସ ହଉନି? ଯାଅ ଘରୁ ପ୍ୟାଣ୍ଟ ସାର୍ଟ ପିନ୍ଧିଆସ। ଶୀଘ୍ର।

ଯିବ ଯିବନି ଯିବ ଯିବନିର ଭଉଁରୀ ଭିତରେ ଘରକୁ ଗଲା। ପ୍ୟାଣ୍ଟ ସାର୍ଟ ପିନ୍ଧିଲା। କାହାକୁ କିଛି କହିଲାନି। ଚୁପ୍‌ଚାପ୍‌ ଠିଆ ହୋଇଥିବା କାର୍‌ ଭିତରେ ଭଦ୍ରଲୋକଙ୍କ ପାଖରେ ବସି ପଡିଲା।

କଣ ତମ ନାଁ ତରୁଣ ତ?

ଆଜ୍ଞା। ହଁ।

ହଁ ଦେଖ ତରୁଣ, ତମେ ମତେ କୋଉଠି ଦେଖିଚ ତମର ମନ ପଡୁଚି କି? ତରୁଣ ଭାବୁଥିବା ଦେଖି ସେ କହିଲେ– ମନ ପଡିବନି। ତମେ ଯୋଉ ହୋଟେଲରେ ଥିଲ, ସେଠି ମୁଁ କେବେ ଖାଇନି କିନ୍ତୁ କେତେଥର ମାଂସଝୋଳ ପାର୍ସଲ ଆଣିଚି। ଥରେ ମୁଁ ପର୍ସ ଛାଡି ଆସିଥିଲି। ତମେ କହିଲ– ନେଇ ଯାଆନ୍ତୁ ପରେ ଦେଇଦେବେ। ସେହି ଦିନୁ ମୁଁ ତମକୁ ମନ ରଖ୍ଖିଚି। ପରେ ଦେଖିଲା ବେଳକୁ ତମେ ସେଠି ନାହଁ। ମୁଁ ସବୁକଥା ସେଇ ପିଲାମାନଙ୍କ ଠାରୁ ଶୁଣିଚି। ସେତିକି ବେଳୁ ମୁଁ ଠିକ୍‌ କରିନେଇଥିଲି କୌଣସି ଉପାୟରେ ତମକୁ ସାହାଯ୍ୟ କରିବି। କାମର ବ୍ୟସ୍ତତା ଭିତରେ ତମ ପାଖକୁ ଆସିପାରୁ ନଥିଲି। ଆଜି ସେ ସମୟ ଆସିଚି। ମୁଁ ଚାହେଁ ସମାଜରେ ତମେ ଜଣେ ପ୍ରତିଷ୍ଠିତ ବ୍ୟକ୍ତି ହୁଅ। ଜୀବନରେ କିଛିକର। ତମ ଆଗରେ ଏକ ବିରାଟ ଭବିଷ୍ୟତ ପଡି ରହିଚି। ତମ ପରି ଜଣେ ଉଦୀୟମାନ ଯୁବକ ଯାହା ଚାହିଁବ ତାହା କରିପାରିବ। ତମେ ଅଳ୍ପ ପଢିଚ ବୋଲି ଡରି ଯାଉଚ କି? ଆଚ୍ଛା କହିଲ? ମୁଁ କେତେ ପାଠ ପଢିଚି? ତମେ ଚିନ୍ତାକରି ପାରିବନି। ମାତ୍ର ଅଷ୍ଟମ ଯାଏ ଯାଇଚି। ହଁ ଛାଡ ସେକଥା। ଅବଶ୍ୟ ପାଠର ଆବଶ୍ୟକତା ଅଛି। ହେଲେ ସ୍ୱପ୍ନ, ଉଦ୍ୟମ ଓ କଠିନ ପରିଶ୍ରମ ବଳରେ ତମେ ସବୁ କରିପାରିବ। ଏଠି ଅସମ୍ଭବ ବୋଲି କିଛିନାହିଁ।

ତରୁଣ ମନରେ ବିଶ୍ୱାସ ଓ ପ୍ରହେଲିକା ଧୀରେ ଧୀରେ ଜମାଟ ବାନ୍ଧି ଆସୁଥିଲା। ଗାଡି ଗୋଟିଏ ବଡ ରେଷ୍ଟୁରାଣ୍ଟ ଆଗରେ ଅଟକି ଗଲା। ଭଦ୍ରଲୋକ ତାକୁ କହିଲେ– ଚାଲ ଏଠି ଟିକେ ଚା ଖାଇବା। ସେ ଟାଙ୍କ ପଛେ ପଛେ ସେଠିକି ପଶିଲା। ଏସି ରେଷ୍ଟୁରାଣ୍ଟ। ଭଦ୍ରଲୋକ ନିଜ ପାଇଁ କଫି ଓ ତାପାଇଁ ଚାଟ୍‌ ଓ କଫି ବରାଦ ଦେଲେ। ସେ ଏପରି ଚାଟ୍‌ କେବେ ପାଟିରେ ମାରି ନଥିଲା। କଫିର ସ୍ୱାଦ ବି କଳ୍ପନାତୀତ ଥିଲା ତା ପାଇଁ।

ତାପରେ ସେମାନେ ଗୋଟିଏ ପାର୍କକୁ ଆସିଲେ। ପାର୍କର ଆଟିଫିସିଆଲ୍‌ ଲେକ୍‌

କୂଳରେ ଏକ ମାର୍ବଲ ବେଞ୍ଚ ଉପରେ ବସିଲେ। ଦେଖ, ଭଦ୍ରଲୋକ ଆରମ୍ଭ କଲେ। ତମେ ଚାହିଁଲେ ବହୁତ ବଡ ହେଇ ପାରିବ। ମୁଁ ତମକୁ ସବୁ ପ୍ରକାର ସାହାଯ୍ୟ କରିବି। ତମେ ଆଗେଇ ଚାଲ।

ଏପରି କଥା ସବୁ ଶୁଣିବା ପାଇଁ ତରୁଣର ଆଗ୍ରହ ନଥିଲା। ଅବିଶ୍ୱାସ ଅବିଶ୍ୱାସ ଲାଗୁଥିଲା ତାକୁ। ମନ ଦେଇ ଶୁଣିଲେ ସେ ଅଣନିଶ୍ୱାସୀ ଅନୁଭବ କରୁଥିଲା।

ବିଶ୍ୱାସ ହଉନି ନା ? ତମ ପରି ଅନେକ ପିଲାଙ୍କୁ ସାହାଯ୍ୟ କରିଚି। ତାହା ମୋର ଆନନ୍ଦ। ମୋ ସାହାଯ୍ୟରେ ଜଣେ ମଣିଷ ହେଇ ପାରିଲେ ମୁଁ ଗର୍ବ ଅନୁଭବ କରେ। ମୁଁ ଚାହେଁ ତମେ ବି ସେହିପରି କିଚ୍ଛି କର।

ତରୁଣର ମନରେ ଟିକିଏ ଟିକିଏ ବିଶ୍ୱାସ ଦାନା ବାନ୍ଧିଲା। ସେ ସାହସ ସଂଗ୍ରହ କରି ପଚାରିଲା– ମୁଁ କଣ କରି ପାରିବି ?

ହସି ଉଠିଲେ ଭଦ୍ରଲୋକ ଜୋରରେ। ଏ ପୃଥିବୀ ସାରା ଯେତେ ଯାହା ହେଇଚି ତାକୁ କିଏ କରିଚି ? ତମେ କଣ କରି ପାରିବ ତମର ସେ ବିଷୟରେ ଧାରଣା ନାଇଁ। ସେଇଥି ପାଇଁ ତମେ ଏମିତି ଥଥମମ ହେଉଚ। ଶୁଣ ବହୁତ କାମ ଅଚ୍ଛି ଯାହା ତମେ କରିପାରିବ। ଯେମିତି ବଡ ହୋଟେଲ, ଟୁରିଷ୍ଟ କମ୍ପାନୀ, ଟ୍ରାନ୍ସପୋର୍ଟ ବିଜିନେସ, ହୋଲସେଲିଂ, ସପିଂମଲ, ଏକ୍ସପୋର୍ଟ, ରିଏଲ ଇଷ୍ଟେଟ୍, ଯେକୌଣସି ଶିଳ୍ପ, କଂଟ୍ରାକ୍ଟରି....ଏମିତି କେତେକଣ, ତମେ ଯୋଉଥିରେ ଆଗ୍ରହୀ ସେଇଆ କରିବ।

ଏ ଲିଷ୍ଟ ଭିତରୁ ହୋଟେଲ, ଶିଳ୍ପ, କଂଟ୍ରାକ୍ଟରି ବୁଝି ପାରୁଥିଲା। ଅନ୍ୟ ସବୁ ନାଁ ତ ସେ ଜାଣି ନଥିଲା। ସେ ବୋକାଙ୍କ ଭଳିଆ ତାଙ୍କ ମୁହଁକୁ ଚାହିଁ ରହିଲା।

ଶୁଣ ତରୁଣ ତମେ ହୁଏତ ମତେ ବିଶ୍ୱାସ କରୁନ। ଏଠି ଯେତେଜଣ ବଡଲୋକ ହେଇଚନ୍ତି ସମସ୍ତଙ୍କ ଇତିହାସ ତମପରି। ମଣିଷ ଖାଲି ହାତରେ ଏ ମାଟି ଉପରକୁ ଆସେ। ହେଲେ ନିଜ ଉଦ୍ୟମରେ ଏ ମାଟି ଉପରେ ସୁନା ଫଳାଏ। ତମେ ବି ପାରିବ। ତମ ହାତରେ ଯାଦୁ ଅଚ୍ଛି। ନିଜକୁ ନିଜେ ଚିହ୍ନ। ଚେଷ୍ଟାକଲେ ଅନ୍ୟମାନଙ୍କ ପରି ତମେ ବି ବଦଲି ଯିବ। ତମର ପୁରୁଣା ଭଂଗା ସାଇକେଲ ବଦଲରେ ତମେ ଦାମିକିଆ ବାଇକ୍ ଚଢ଼ିବ। ଗାଁରେ ତମ ଚାଳଘର ଜାଗାରେ ଗୋଟିଏ ସୁନ୍ଦର ଦୋତାଲା ବଂଗଲା ଠିଆ ହେଇଯିବ। ବ୍ୟବସାୟ ବଢ଼ିଲେ ତମେ ବି ଦାମିକିଆ କାରରେ ଯିବା ଆସିବା କରିବ।

ତରୁଣକୁ ଆଉ କିଚ୍ଛି ଶୁଭୁନଥିଲା। କିଚ୍ଛି ଦେଖାଯାଉ ନଥିଲା। ତାକୁ ଲାଗିଲା– ସେ କୋଉଟି ହଜି ଯାଉଚି। ଯେତେ ଖୋଜିଲେ ବି ଆଉ ନିଜକୁ ପାଇବନି।

ଶୁଣ– ମୁଁ ତମକୁ ସାହାଯ୍ୟ କରିବା ପାଇଁ କଥା ଦଉଚି। ତମେ ମନ ଠିକ କର।

ମୁଁ କାଲି ଗୋଟିଏ କାମରେ କଲିକତା ଯିବି । ଦୁଇତିନି ଦିନ ପରେ ଆସିବି । ତମେ କହିଲେ ଯୋଜନା ପ୍ରସ୍ତୁତ କରିବା । ତମେ କେବେ ଭାବିବନି ଯେ ମୁଁ ତମକୁ ଠକିଦେବି । ଉଠ ଯିବା । ବିଳମ୍ୱ ହେଲାଣି ।

ତାପରେ ତରୁଣ ଗଲା କୁଆଡ଼େ ? କୋଉଠି ହଜିଗଲା ? ନୂଆ ଯୁବକଟିକୁ ଦେଖି ତରୁଣର ଭଉଣୀ ତମସା ଚମକି ପଡ଼ିଲା । ବୋଉ ଆଶ୍ଚର୍ଯ୍ୟ ହେଇଗଲା । ସେ ସିଧା ଶୋଇବା ଘରର ଅଁଧାର ଭିତରକୁ ପଶିଗଲା । ଆଖ୍ ବୁଜି ଗଡ଼ି ପଡ଼ିଲା ଖଟ ଉପରେ ।

କେମିତି କଟିଲା ଏ ଦି ତିନି ଦିନ ? ସେ କଣ ନିଦରୁ ଉଠିବାକୁ ଭୁଲି ଗଲା ? ସେ କଣ ଖାଇଲା କେତେବେଳେ ? କିଏ କଣ ତାକୁ କିଛି କହିଥିଲେ ? ନିଦ କଣ ଆସିଥିଲା ତା ଆଖ୍ କି ? ସତରେ କେମିତି କଟିଲା ଏ ଦି ତିନି ଦିନ ?

ଚତୁର୍ଥ ଦିନ ରାତି ପାହି ନଥାଏ । ତାର ନିଦ ପାଣି ଫାଟିଗଲା ।

ସ୍ୱପ୍ନରେ ସ୍ୱପ୍ନରେ କିଏ ଆସି ତାକୁ ଛୁଇଁ ଦେଲା । କିଏ ହଲେଇ ଦେଲା ତା ଅଚେତ ଚେତନାକୁ । ସ୍ୱପ୍ନ ଖସି ପଡ଼ିଲା । ଚୂନାଚୂନା ହେଇ । ତାପରେ ସେ ଉଠି ପଡ଼ିଲା । ବାହାରକୁ ଗଲା । ଦାନ୍ତ ଘସିଲା । ନଈକୁ ଗଲା ଗାଧୋଇବାକୁ । ନଈରେ ନାଲି ଚହଟହ ସୂର୍ଯ୍ୟ ତାକୁ ଦେଖି ହସିଦେଲା । ସେ ଘରକୁ ଫେରିଲା । ଘରେ କେହି ଉଠି ନଥିଲେ । ଚୁପ୍ ଚାପ୍ ଚାକରି ପିଲା । ସେତିକି ବେଳକୁ ବୋଉ ଉଠିଲା । ତାକୁ ଚା ପିଉଥିବାର ଦେଖି ଚମକି ପଡ଼ିଲା । ତାପରେ ସେ ସିଧା ସିଧା ଆସିଲା ସ୍କୁଲ କଟିକି । ସ୍କୁଲ ଗେଟ୍ ବନ୍ଦଥାଏ । ଭିତରେ ସ୍କୁଲଘର ଶୋଇଲା ଭଳିଆ ଦେଖା ଯାଉଥାଏ । ସେ ଆଗ ବରଗଛ ମୂଳରେ ଠିଆ ହୋଇ ହାଇଓ୍ୱେ ଆଡ଼କୁ ଅନେଇ ରହିଲା । ତାକୁ ଲାଗିଲା ସେ ସ୍ୱପ୍ନରେ ଚାଲୁଚି । ସ୍ୱପ୍ନରେ ଠିଆ ହେଇଚି । ହୁଏତ ସ୍ୱପ୍ନଟିଏ ତା ଆଖ୍ ସାମ୍ନାକୁ ଆସିବ ।

ଦଶଟା ବାଜିଲା । ସ୍କୁଲପିଲାମାନେ ଆସିଲେ । ପ୍ରାର୍ଥନା କଲେ । ତମସା ଆସି ଡାକିଲା –ବୋଉ ଡାକୁଚି । ଚାଲ ଖାଇବାକୁ । ସେ ଚୁପ୍ଚାପ୍ ତମସା ପଛେ ପଛେ ଆସିଲା ।

ହେଲେ ତାର ସେଇ ଗଜାସ୍ୱପ୍ନ ତା ସାମ୍ନାରେ ଆସି ଠିଆହେଇ ଯାଉନଥିଲା । ସକାଳ, ଗାଧୁଆବେଳ, ଉପରବେଳା, ସଂଧ୍ୟା ଓ ରାତିମାନେ ଯାଉଥିଲେ ଆସୁଥିଲେ ହେଲେ ସେଇ ସ୍ୱପ୍ନ କେବଳ ଆସୁନଥିଲା ।

ଆଉ ତିନିଦିନ ପରେ ସେ ସ୍ୱପ୍ନକୁ କାଢ଼ି ଫିଙ୍ଗି ଦେଲା ଧୁ ଧୁ ପାଟ ଭିତରକୁ । ଜଳିଯାଉ ସିଏ । ତରୁଣ ଫେରି ଆସିଲା ଘରକୁ । ବୋଉବାପାଭଉଣୀଙ୍କ ସହ ଭଲରେ

କଥାହେଲା । ନଈକି ଗଲା ମାଛ ଧରିବାକୁ । ମାଛ ଆଣି ବୋଉକୁ ଦେଲା । ଭାଜେ ଭାରି ଭୋକ କଲାଣି । ମାଛ ଭଜା, ଶାଗ ଖରଡା, ଆମ୍ବୁଲ ଚକଟା ସହ ପେଟେ ପଖାଳ ଖାଇଲା । ଖରାବେଳେ ଶୋଇପଡିଲା । କାଠଗଡ ପରି । ଉପରବେଳା ଉଠିଲା । ପଡିଆକୁ ଯାଇ କ୍ରିକେଟ୍ ପିଟିଲା । ଏମିତି ଏମିତି ଉଡିଗଲା ତିନିଦିନ । ଭାବିଲା ଖାଲିଟାରେ ବସିବି କାଇଁକି ? ବାପା ସହିତ ଯାଇ କିଛି କାମଧଦା କରିବି । ବାପା ଏକଥା ଶୁଣି ମନାକଲେ । ତମସା କଲା– ଭାଇ ସ୍କୁଲ ପାଖରେ ଛୋଟିଆ ଦୋକାନଟେ ଦେ । ଚା, ପାନ, ଚକଲେଟ୍, ଖାତା, ପେନ୍‌ସିଲ ରଖ । ଭଲ ଚାଲିବ । ତୁ କୁଆଡେ କେମିତି ଗଲେ ମୁଁ ଚଲେଇ ନେବି । ଭଲ ହବ ।

ତରୁଣ ଭାବିଲା ମନ୍ଦନୁହେଁ । ତଥାପି ପଇସା କିଛି ଦରକାର । କେବିନ ଟା ପାଇଁ ତ ଏଇନେ...

ବାପା ତା ପାଟିରୁ କଥା ଛଡେଇ ନେଲେ– ତୁ କାଇଁ ପଇସା କଥା ଚିନ୍ତା କରୁଚୁ ? ଧାର ଉଧାର କରି ମୁଁ ଯୋଗେଇ ଦେବି । ସେପାରି ମଧୁବାବୁଙ୍କ ସହ ମୋର ଭଲ ଚିହ୍ନା ଅଛି । ତାଙ୍କର ହାଟ ପାଖରେ ଖୁବ୍ ବଡ ଗୋଦାମ ଅଛି । ସେଇଠୁ ବାକିରେ ତୁ ସଉଦା ନେଇ ଆସିବୁ । ବିକ୍ରିକରି ପଇସା ଦେଇଦବୁ । ସେ ଭାରି ଭଲଲୋକ । ତତେ ସାହାଯ୍ୟ କରିବେ ।

ଧୀମେଇ ଯାଇଥିବା ମନ ପୁଣି ଝାଡିଝୁଡି ହେଇ ଉଠି ବସିଲା । ବାପା, ମୁଁ ଗୋଟା ଚାଖୁଣ୍ଡା ଗଛ ଦେଖିଚି । ସେଇଟିକୁ କିଣି ଦେଲେ ଆମ କାମ ହେଇଯାଇ ବଳକା କାଠ ବିକିଦେଲେ ଆଉରି ଲାଭ ବାହାରି ପଡିବ ।

ହଉ ତୁ ବୁଝୁ କିଣିଦବା ।

ଏତିକିବେଳେ ପିଲାଟିଏ ଆସି କହିଲା– ତରୁଣ ଭାଇ ତତେ ଜଣେ ବାବୁ ଖୋଜୁଚନ୍ତି । ଇସ୍କୁଲ ପାଖରେ ।

ତରୁଣ ଖସି ପଡିଲା ଚାଖୁଣ୍ଡା ଗଛ ଉପରୁ । ବାପାଙ୍କ ମୁହଁକୁ ଚାହିଁଲା । ତମସା ମୁହଁକୁ ଚାହିଁଲା । ତମସା କହିଲା – ଯା କିଏ ଡାକୁଚନ୍ତି ।

ସେ ବୁଲି ପଡିଲା । ଭାବିଲା ଉଠିଯିବି ସେଠିକି ।

ସେଠାକୁ ଯାଇ ଭଦ୍ରଲୋକଙ୍କୁ ନମସ୍କାର କଲା । ସେ ତା ମୁହଁକୁ ଅନେଇଲେନି କି କିଛି କହିଲେନି । ଖାଲି ଡୋରଟି ଖୋଲିଦେଲେ । ତରୁଣ କାର୍ ଭିତରକୁ ପଶି ଆସିଲା । ତାଙ୍କ ପାଖ ସିଟରେ ବସି ପଡିଲା । କାର୍ ଦୌଡିଲା ସହର ଆଡେ । ଭଦ୍ରଲୋକ ପାଟି ଖୋଲିଲେନି । ତରୁଣ କଣ କହିବ କିଛି ଠିକ୍ କରି ପାରିଲାନି । କାର୍‌ଟି ଚୁପ୍‌ଚାପ ଦଉଡୁଥିଲା । ତା ମନ ଥର ଥର ଥରୁଥିଲା ।

ଗାଡ଼ି ସହର ମଝି ଏକ ସ୍ଟାର୍ ହୋଟେଲ ହଟା ଭିତରକୁ ପଶିଲା । ତଥାପି ବି ସେ କିଛି କହୁ ନଥିଲେ । କାରରୁ ଓହ୍ଲାଇ ତରୁଣ ତାଙ୍କ ପଛେ ପଛେ ଅନୁଗତ ପରି ଚାଲିଲା । ଏପରି ହୋଟେଲ ଭିତରକୁ ଆସିବା ତାର ଏକଦମ୍ ନୂଆ । ଲିଫ୍ଟରେ ଚଢ଼ିବା ବି ନୂଆ । ଓ୍ୱେଟର ସେମାନଙ୍କୁ ଗୋଟିଏ ରୁମ୍‌କୁ ନେଇ ଆସିଲା । ରୁମ୍ ଭିତରେ ଭୀଷଣ ଶୀତ । ଯେମିତି ସେ ଶୀତରଟୁ ଭିତରକୁ ପଶି ଆସିଚି ।

ସେମାନେ ବସିଲେ । ଓ୍ୱେଟର କଫି ଆଣି ସର୍ଭ କରିଗଲା । ସେଇଠୁ କଥା ଆରମ୍ଭ ହେଲା । ମୁଁ ଜାଣିଚି ତମେ କିଛ ଠିକ କରିପାରିନ । ମୁଁ କହିବି ଏହିପରି ସ୍ଟାର ହୋଟେଲଟିଏ କର । ଏଇ ସହରରେ ହୋଟେଲ ବ୍ୟବସାୟର ଭଲ ଭବିଷ୍ୟତ ଅଛି । ବୁଝିନପାରିଲେ ମଧ ତରୁଣ ଟିକିଏ ଉସ୍ସାହିତ ହେଲାପରି ଜଣା ପଡ଼ିଲା ।

ଏମିତି ଗୋଟିଏ ହୋଟେଲ, କିନ୍ତୁ ଅଧିକ ସୁବିଧା ଥିବ । ଟୁରିଷ୍ଟ ମାନଙ୍କୁ ଟାଣି ଆଣିବ । ହଁ ମୁଁ ଆଜି ଏଇ ହୋଟେଲରେ ରହିବି । ତମେ ଡିନର ଏଠି ମୋ ସଙ୍ଗରେ କରିବ । ଚାଲ ଏଇନେ ଗୋଟିଏ ସାଇଟ୍ ଦେଖି ଆସିବା । ସେଇଟି ମୋର ଭାରି ପସନ୍ଦ । ସେମାନେ ସହର ଭିତରେ ପଶିଲେ । ମେନ୍ ବଜାର ପାଖରୁ ଅଛ ବାଟରେ ଗୋଟିଏ ବଡ ଖୋଲା ସ୍ଥାନ ଅଛି । ଖୋଲା କହିଲେ ଜଙ୍ଗଲିଆ ଗଛବୃଛରେ ଭର୍ତ୍ତି କିନ୍ତୁ କେହି କିଛି ଘରଦ୍ୱାର କରି ନାହାନ୍ତି । ଦେଖ ଏଇ ଜାଗାଟି ଗୋଟିଏ ଅତି ଧନୀ ପରିବାରର ଜମି । ଏହାର ଗୋଟିଏ ଅଂଶ ଅଧାଏକର ବିକ୍ରୀ ହବ । ବ୍ୟବସାୟ ଦୃଷ୍ଟିରୁ ସୁବିଧା ଜନକ ।

ତରୁଣ ବୋକାଟି ପରି ସେ ବଣୁଆ ଜାଗାକୁ ଅନେଇଲା । ମତେ କାଇଁକି ଏ ଜାଗା ଦେଖଉଚନ୍ତି । ସାର୍ କିଣିବେ ସେ ଦେଖ୍ବେ ସିନା ମୁଁ କଣ କରିବି ?

ସେଉଠୁ ସେମାନେ ଫେରି ଆସିଲେ ଗାଡ଼ି ଭିତରକୁ । କଣ ଜାଗା ମନକୁ ପାଇଲା ?

ତରୁଣ ଭଦ୍ରଲୋକଙ୍କ ମୁହଁକୁ ଅନେଇଲା । କିଛି ନବୁଝି ପାରିଲା ଭଲି ।

କଣ ମୋ କଥା ବୁଝିପାରିଲନି ? ସେଇ ଜାଗାରେ ହୋଟେଲଟେ ହେଲେ କେମିତି ହବ ?

ମୁଁ କଣ କହିବି ସାର୍ । ଆପଣ ଜାଣିଥ୍ବେ ।

ଆରେ ମୁଁ ତ ଜାଣିଚି ସେଠି ହୋଟେଲ ଖୁବ୍ ଭଲ ଚାଲିବ । ହେଲେ ତମେ ଯେତେବେଲେ ହୋଟେଲ କରିବ ତମର ଜାଗାଟା ପସନ୍ଦ ହବା ଦରକାର ନା –

ସାର୍ ମୁଁ ହୋଟେଲ କରିବି ?

ଏ ପର୍ଯ୍ୟନ୍ତ ତରୁଣ ଭାବୁଥିଲା ସାର ହୋଟେଲ କରିବେ ଓ ସେ ସେଥିରେ ଚାକିରିଟିଏ କରିବ ।

ଭଦ୍ରଲୋକ ଖୁବ୍ ଜୋରରେ ହସି ଉଠିଲେ। ଆଉ କିଏ କରିବ ? ମୁଁ କଣ ମୋ ପାଇଁ କହୁଚି ? ମୋର ହୋଟେଲ କରିବାର ହେଇଥିଲେ ମୁଁ ତମକୁ ଆଣି ଜାଗା କାହିଁକି ଦେଖେଇଥାନ୍ତି ? ତମେ କରିବ। ତମେ ବଡଲୋକ ହବ। ମୁଁ ତମକୁ ସାହାଯ୍ୟ କରିବି। ତମ ଉନ୍ନତିରେ ମୁଁ ଆନନ୍ଦ ପାଇବି।

ତରୁଣ କିଛି ଚିନ୍ତାକରି ପାରିଲାନି। ମୁଁ ପୁଣି ଏତେ ବଡ଼ ହୋଟେଲ ? ମତେ ଏ ଭଦ୍ରଲୋକ ଉପହାସ କରୁନାହାନ୍ତି ତ।

ଭଦ୍ରଲୋକ ମୁହଁରେ ସ୍ମିତ ଖେଳାଇ କହିଲେ– ଦେଖ ତରୁଣ ବର୍ତ୍ତମାନ ତମ ଆଖି ପାଉନି। ଏସବୁ ତମକୁ ମିଛ ଓ ପ୍ରହେଲିକା ପରି ଲାଗୁଚି। ଲାଗିବା ସ୍ୱାଭାବିକ। କିନ୍ତୁ ତମ ପାଇଁ ଏସବୁ ସମ୍ଭବ। ସବୁ ଜିନିଷରେ ସ୍ୱପ୍ନ ସାହସ ନିଷ୍ଠା କଠିନ ପରିଶ୍ରମ ଏବଂ ଅଭିଜ୍ଞତା ଦରକାର। ସବୁ ଜିନିଷ ତମ ପାଖରେ ଅଛି। କେବଳ ଅଭିଜ୍ଞତା ନାହିଁ। ତାହା ମୁଁ ଯୋଗାଇ ଦେବି, ହେଲା ? ଚାଲ ହୋଟେଲକୁ ଯିବା। କେତେକ ଭଦ୍ରଲୋକ ସେଠାକୁ ଆସିଥିବେ। ସେମାନଙ୍କ ସହ କଥାବାର୍ତ୍ତା ଅଛି। ହଁ ବାଟରେ ବି ଜଣେ ଦିଜଣଙ୍କୁ ଭେଟିଦେଇ ଯିବା।

ତରୁଣ କିଛି ଭାବିପାରୁନଥିଲା। ତାର କଳ୍ପନା ଶକ୍ତି ଏତେବାଟ ପାଉନଥିଲା। ଗୋଟିଏ ଗୋଲକଧନ୍ଦାରେ ପଡିଗଲା ପରି ତାକୁ ଲାଗୁଥିଲା। ସାର୍ ବାଟରେ ଚାରିପାଞ୍ଚ ଜଣଙ୍କ ସହ କଥାହେଲେ। ସେ କାର ଭିତରେ ବସି ରହିଲା। ସାର୍ ବାହାରକୁ ଯାଇ ସେମାନଙ୍କ ସହ କଣ କଥାହେଲେ ସେ ଜାଣି ପାରିଲାନି। ହୋଟେଲରେ ମଧ ଚାରି ପାଞ୍ଚଜଣ ତାଙ୍କୁ ଅପେକ୍ଷା କରିଥିଲେ। ପ୍ରଥମେ ସେ ତରୁଣକୁ ରୁମ୍‌ରେ ଛାଡ଼ି ତଳକୁ ଆସିଲେ। ତରୁଣ ଚେଷ୍ଟା କରି ଟିଭି ଖୋଲି ଦେଖିଲା। ଯାହାଫଳରେ ଅନିର୍ଦ୍ଦିଷ୍ଟ ଚିନ୍ତାଠାରୁ ତାକୁ ଟିକିଏ ରକ୍ଷା ମିଲିଗଲା।

ପ୍ରାୟ ଦିଘଣ୍ଟାପରେ ସାର୍ ଫେରିଲେ। ସାରଙ୍କ ପଛେ ପଛେ ୱେଟର ଡିନର ଥାଲି ଧରି। ଚାଲ ଖାଇନେବା। ଭାରି ଭୋକ ଲାଗିଲାଣି। ନୂଆ ନୂଆ ଅଚିହ୍ନା ଖାଦ୍ୟ ତରୁଣ ଖାଇଲା। ସ୍ୱାଦ ଦୃଷ୍ଟିରୁ ସବୁ ଖାଦ୍ୟ ଥିଲା ଅପୂର୍ବ। ଖାଇ ସାରିଲା ପରେ ଭଦ୍ରଲୋକ କହିଲେ– ମୁଁ ଆଜି ଏଠି ରହିବି। ତେବେ ଡ୍ରାଇଭର ତମକୁ ନେଇ ଗାଁ ମୁଣ୍ଡରେ ଛାଡିଦେଇ ଆସିବ। କାଇଁକି ଚାଲ ମୁଁ ବି ଟିକେ ବୁଲି ଆସିବି। ଆଜି ଦିନସାରା କାମ ଭିତରେ ରହି ମୁଣ୍ଡ ଓଜନିଆଁ ହେଇଗଲାଣି। ଟିକିଏ ହାଲୁକା ଲାଗିବ।

ଗାଁ ଛକ କିଛି ବାଟ ଥାଏ ଭଦ୍ରଲୋକ ଗାଡି ଅଟକେଇଲେ। ହେଇ ଏପଟେ ବାହାରକୁ ଚାହଁ।

ତାକୁ କିଛି ଦେଖାଯାଉ ନଥିଲା। ପାଟଟା ଖାଲି ଅଁଧାରରେ ଭର୍ତ୍ତି ହେଇଥିଲା।

ଦେଖ, ଏଇ ସିଧା ପାଞ୍ଚଟା କିଆରି ପରେ ତମର ଗୋଟିଏ ଜମି ଅଛି। ତାର ପରିମାଣ ଆଠମାଣ ଛଅଗୁଣ୍ଠ। ତମ ପାଖ ଜମିକୁ ଛାଡ଼ି ଏପଟ ଜମି ସବୁ ଜଣେ ଶିଳ୍ପପତି କିଣି ସାରିଲେଣି। ସେ ଏଠି କଣ ଗୋଟିଏ ଶିଳ୍ପ କରିବେ। ବଡ଼ ପ୍ରୋଜେକ୍ଟ। ତାଙ୍କର କୋଡ଼ିଏ ଏକର ଦରକାର। ସେ ଦଶ ଏକର କିଣି ସାରିଲେଣି। ତମ ପାଖ ଜମି ଅଛି ଦୁଇ ଏକର। ସେ ଏକ ପ୍ରକାର ରାଜି ହେଇଚି। ଖାଲି ତମ ଜମିଟା ହେଇଗଲେ ହେଇଯିବ। ଜମିଟା ଏଠି ପଡ଼ିଆ ପଡ଼ିଚି। ଏଠି ଗୁଣ୍ଠ ପାଞ୍ଚହଜାର ଲେଖା ଚାଲୁଥିଲା। ସେ ବାବୁଙ୍କୁ କହି ମୁଁ ଦଶହଜାର ଲେଖା କରେଇଲି। ଲୋକମାନେ କିଛି ଅଧିକ ପଇସା ପାଆନ୍ତୁ। ତମ ପାଖ ଜମିବାଲା ହେଞ୍ଝେ ପେଞ୍ଝେ ହଉଥିଲା। ମୁଁ ତାକୁ ପନ୍ଦର ଲେଖା କହିବାରୁ ଖୁସିହେଇ ରାଜିହେଇଗଲା। ତମ ଜମିପାଇଁ ମୁଁ ଗୁଣ୍ଠ ପିଛା କୋଡ଼ିଏ ହଜାର ଲେଖା କହିବି। ମୋଟ ତମେ ପାଇବ ଏକ ଚାଳିଶ ଲକ୍ଷ କୋଡ଼ିଏ ହଜାର। ମୁଁ ଗୁଣ୍ଠପିଛା ଦିହଜାର ଟଙ୍କା କମିଶନ ନେବି। ତାହା ହିଁ ମୋର ବ୍ୟବସାୟ। ତମ ପାଖରେ ମୂଲପାଣ୍ଠି ଏତିକି ହେଇଗଲେ ବ୍ୟାଙ୍କମାନେ ତମ ପଛରେ ଗୋଡ଼େଇବେ ଲୋନ୍ ଦବାପାଇଁ। ତମେ ଯାହା ଚାହିଁବ ତାହା କରିପାରିବ। ମନେରଖ ତମେ ଏତେଗୁଡ଼ାଏ ଟଙ୍କାର ମାଲିକ। ହେଲେ ଦୀନହୀନ ଜୀବନ ବିତଉଛ। ପଡ଼ିଆ ଜମିଖଣ୍ଡେ ପଡ଼ିରହିଲେ କଣ ଲାଭ? ତା ବଦଳରେ ତମେ ଯଦି ବଡ଼ଲୋକ ହେଇ ପାରିଲ କେତେ ଭଲ ହବ। ତେବେ ଏଇ ଜମି ଖଣ୍ଡକ ବିକେଇବା ପାଇଁ ମୁଁ ତମ ସାଙ୍ଗରେ ଲାଗିଚି ବୋଲି ଭାବିବନି। ମୁଁ ତମକୁ ସ୍ନେହକରେ। ତମକୁ ବଡ଼ଲୋକ ହେବା ଦେଖିବାକୁ ଚାହେଁ। ଏଣିକି ତମ ଉପରେ ସବୁ ନିର୍ଭର କରୁଚି।

ଦୀର୍ଘ ସମୟର ଭାଷଣପରେ ଭଦ୍ରଲୋକ ଚୁପ୍ ହେଇଗଲେ। ତାକୁ ତାଙ୍କ ଗାଁ ମୁଣ୍ଡରେ ଛାଡ଼ିଦେଇ ଫେରିଗଲେ ସହରକୁ। ତରୁଣ ଅଂଧାରରେ ବୁଡ଼ି ଯାଉଥିବା ବେଲେ ତା ଆଗ ପାଟଟା ହଠାତ୍ ଆଲୋକିତ ହେଇ ଉଠିଲା। ସେଠି ଏକ ବଡ଼ କାରଖାନା ଠିଆ ହେଇଗଲା। ଗାଡ଼ି ମଟର ଦୌଡ଼ିଲେ। ଚାରିଆଡ଼େ ଆଲୁଅ ଆଉ ଆଲୁଅ। ତା ଆଖି ଝଲସି ଉଠିଲା।

ତାକୁ ଏପରି ଏକ ଅନୁଭବ ହେଲା ସେ ବଦଲି ଯାଉଚି। ଏକ ଅସହାୟ ଗରିବ ଗାଁର ପିଲା ହେଇ ସେ ଆଉ ନାହିଁ। ସେ ହେଇ ଯାଇଚି ଏକ ବିଶିଷ୍ଟ ବ୍ୟବସାୟୀ। ଗାଡ଼ି, ଘର, ବ୍ୟାଙ୍କ ବାଲାନ୍ସ, ସାମାଜିକ ପ୍ରତିଷ୍ଠା....ଆଉ ତା ଆଖି ପାଇଲାନି। ଘର ସାମନାରେ ଠିଆ ହେଇ ତା ଘରକୁ ଦେଖି ମନରେ ଦୟାହେଲା। କେତେ ଶୀଘ୍ର ବଦଲିଯିବ ଏକ ଘର। ଏଠି ଠିଆ ହେଇଯିବ ଗୋଟିଏ ଦୋତାଲା ସୁନ୍ଦର କୋଠାଟିଏ।

ସେ ଖାଇକରି ଆସିଥିଲା। କିଛି ନଖାଇ ଶୋଇ ପଡ଼ିଲା। ନିଦ ଆସିଲାନି। ଭବିଷ୍ୟତର ଅସ୍ୱସ୍ତ ନକ୍ସା ତାକୁ ଉତ୍ତେଜିତ କରି ରଖିଲା। ଏମିତି ଏମିତି ପାହିଗଲା ରାତି।

ବାହାରକୁ ଆସି ଦେଖିଲା ମଳିମୁରୁକୁଟିଆ ଗାଁ ଦୟନୀୟ ଭାବରେ ପଡ଼ି ରହିଚି। ତାର ମଣିଷ ମାନଙ୍କ ଉଚ୍ଚତା ଅସମ୍ଭବ ଭାବରେ ଛୋଟ ହୋଇ ଯାଇଚି। ଅପେକ୍ଷାକର, ଏପରି ଦୁରବସ୍ଥା ଆଉ ବେଶୀ ଦିନ ରହିବ ନାହିଁ।

ବାପାଙ୍କୁ କହିଲା- ବାପା ଆଜି କାମକୁ ନଗଲେ ହନ୍ତା ନି ? ମତେ ଟିକିଏ ଆମର ସେଇ ଜମିଟି ଦେଖେଇ ଦିଅନ୍ତ ।

ବାପା ଉସ୍ୱାହିତ ଦେଖାଗଲେ। ଠିକ ଅଛି ଆଜି କାମକୁ ଯିବିନି। ତୁ ଖାଇପିଇ ରେଡ଼ି ହେଇଯା। ବିଲ ଆଡ଼େ ଯିବା।

ବାପପୁଅ ଦୁହେଁ ବାହାରି ପଡ଼ିଲେ । ବାପା ଡ଼ଗଡ଼ଗ ହେଇ ଚାଲୁଥିଲେ। ତରୁଣ ବାରମ୍ବାର ଝୁଣ୍ଟି ପଡ଼ୁଥିଲା ଗୋଡ଼ାଗଲା ମାଟିକୁ। ସବୁରୁ କରିଆ। ଦୁହେଁ ପହଞ୍ଚିଗଲେ ନିଜ ବିଲରେ। ସେଇ ମାଟିକି ଛୁଇଁ ଛୁଇଁ ବାପା ଶିହରିତ ହେଇ ଉଠିଲେ। ଏଇ ମୋର ବାପଅଜା ଅମଲର ସଂପତ୍ତି। ଆରି ଭିତରେ ସେମାନେ ଅଛନ୍ତି। ଏଇଠି ସେମାନଙ୍କୁ ଅନୁଭବ କରିହୁଏ। ଓ୍ୱ ଛାତି ଉପରେ ହାତ ବୁଲେଇ ନେଲେ ବାପା। ହାଇରୋଡ଼ଟା ନ ହେଇଥିଲେ...

ବାପା ଆମ ଜମିର କିଛି ଚିହ୍ନ ନାହିଁ।

ହାଁ, ହାଁ ଏତି ହିଡ଼ବାଡ଼ ଏକାକାର। ସେଇଥିପାଇଁ ମୁଁ ଚାରିକଣରେ ବେଣାବୁଦା ବସେଇ ଦେଇଚି। ଧାରରେ ବି ଗୋଟା ଗୋଟା ବୁଦା ଅଛି। ଯେତେ ଯାହା ହଉ ସିଏ ଧୋଇ ଯିବନି। ଆ ଚାରିପଟ ଦେଖ୍ନେ।

ଆଗେ ଆଗେ ବାପା – ପଛେ ପଛେ ପୁଅ। ଚାରିପଟ ବୁଲି ଆସିଲାବେଳକୁ ତରୁଣର ଆଖି ବଡବଡ ହେଇ ଯାଇଥାଏ। ଆମର ଏତେ ବଡ ଜମି। ତଥାପି ଆମେ ଏତେ ଗରିବ ? ବାପା ଏ ଜମିରେ କଣ କରିହବ ?

କଣ ଆଉ କରିହବ ? ମୋ ଦେହାନ୍ତରେ ଏଇ ଜମିରେ ସୁନା ଫଳୁଥିଲା। ଏବେ ତ ସବୁ ଧୋଇ ଯାଉଚି। ଖାଲି ପଡ଼ିଆ। ନୁଣା ବି ମାରିଗଲାଣି ଠାଏ ଠାଏ। ତେବେ ଗୋଟିଏ କାମ କରିହବ। ମୁଁ ଶୁଣିଥିଲି ସରକାର ମାଛ ଚାଷ ପାଇଁ ଲୋନ୍ ଦଉଚନ୍ତି। ମୁଁ ତ ଲୋନ୍ଫୋନ୍ କିଛି ଜାଣିନି। ଗୋଟାଏ ବଡ ପୋଖରୀ ଖୋଲିଦେଇ ମାଟି ପକେଇଦେଲେ ଜମି ଉଁଚ ହେଇଯିବ। ଫଳ ପନିପରିବା ଓଜାଡ଼ି ହେଇପଡ଼ିବ।

ଛଳଛଳ ହେଇ ଯାଉଥିଲେ ବାପା। ତରୁଣ କହିଲା- ଦେଖିବା, କଣ ଗୋଟାଏ କରିବା ଏ ଜମିକୁ ନେଇ।

ବାପା ଆହୁରି ଉସ୍ାହିତ ହେଇ ପଡିଲେ। ମୁଁ ପୁଣି ଏଇଠି ସୁନା ଫଲେଇବି। ଆଉ ପରଘରେ ମୂଲ ଲାଗିବାକୁ ଯିବିନି। ନଡିଆ କଦଳୀ ଅମୃତଭଣ୍ଡା କଖାରୁ ବାଇଗଣ ବସ୍ତାକୁ ବସ୍ତା ତୋଳିବି। ତୁ ସାଇକେଲରେ ନେଇ ହାଟବଜାରରେ ବିକିଦବୁ।

ତରୁଣକୁ ହସ ଲାଗିଲା। ମୁଁ ପୁଣି ସାଇକେଲରେ ନେଇ ବଜାର ହାଟରେ ପରିବା ବିକିବି।

ସେଇଦିନ ସେ ପାଖ ବ୍ୟାଙ୍କୁ ଯିବ ବୋଲି ବାପାଙ୍କୁ କହିଲା। ଖାଇପିଇ ବାହାରିଗଲା। ସଂଜ ସରିକି ଘରକୁ ଫେରି ବାପାବୋଉଙ୍କୁ ଡାକି କହିଲା– ଖଟ ଉପରେ ବସ।

ବୋଉ କହିଲା ତୁ ବାପା ପାଖେରେ ବ। ମୁଁ ତଳେ ବସୁଚି। ତମସା ବୋଉ ଦେହରେ ଘସିହେଇ ବସିଲା।

ବାପା ସବୁ ବ୍ୟାଙ୍କ ଏ ପଡିଆ ଜମି ପାଇଁ ଲୋନ୍ ଦବାକୁ ମନା କରିଦେଲେ। ମାଛଚାଷ ପାଇଁ ମାଛ ବିଭାଗ ଅଫିସରେ ବୁଝିଲି। ସେଥିପାଇଁ କୋଡିଏ ପଚିଶି ଲକ୍ଷ ଟଙ୍କା ଦରକାର। ଏତେ ଗୁଡା ପଇସା ଆମେ କୋଉଠୁ ପାଇବା ?

ବାପାଙ୍କ ମୁହଁ ଶୁଖିଗଲା। ବୋଉର କିଛି ପ୍ରତିକ୍ରିୟା ନଥିଲା। ଭାଇ କଣ ଗୋଟାଏ କରିବାକୁ ଚାହୁଁଚି ଜାଣି ତମସା ବେଶ ଉସ୍ାହୀ ହେଇ ଉଠୁଥିଲା।

ବାପା ଦୁଃଖରେ କହିଲେ– ନାଇଁରେ ବାପା ସେସବୁ ଆମ ଭାଗ୍ୟରେ ନାଇଁ। ମୂଲପାତି ଲାଗି ଆମେ ତ ଚଲି ଯାଉଚେ। ତୁ ସେଇ କେବିନ କଥା ଦେଖ।

ହଁ ଯେ– ମୁଁ ଗୋଟିଏ କଥା ଚିନ୍ତା କରୁଥିଲି।

କଣ ?– ବାପା ମୁଣ୍ଡ ଟେକି ପଚାରିଲେ।

ବାପା, ଜଣେ ଭଦ୍ରଲୋକ ଆମକୁ ସାହାଯ୍ୟ କରିବାକୁ ଚାହୁଁଚନ୍ତି।

ଆମକୁ ଯିଏ ସାହାଯ୍ୟ କରିବ ସେ ମଣିଷ ନୁହଁ ଦେବତା ହେଇଥବ।

ହଁ ବାପା ସେ ଆମପାଇଁ ଯୋଜନାଟିଏ ବନେଇଚନ୍ତି। ମୁଁ ଯୋଉ ହୋଟେଲରେ ଥିଲି ସେଇଠୁ ସେ ମତେ ଚିହ୍ନିଥିଲେ। କେବେ ସେ କଣ ତରକାରି ପାଇଁ ଆସିଥିଲେ ଯେ ପର୍ସ ଛାଡି ଆସିଥିଲେ। ପରେ ଦେଇଦେବେ କହି ତାଙ୍କୁ ତରକାରି ଦେଇ ଦେଇଥିଲି। ସେ ମତେ ମନ ରଖିଚନ୍ତି। ମୁଁ ସେ ହୋଟେଲ ଛାଡିବାପରେ ସେ ମୋ ବିଷୟରେ ବୁଝାବୁଝି କରି ଆମ ଗାଁକୁ ଆସିଥିଲେ। ମୁଁ ଦି ଥର ତାଙ୍କ ଗାଡିରେ ଯାଇ ସହର ବୁଲି ଆସିଲିଣି। ସେ ଭାରି ବଡଲୋକ ଆଉ ଭଲଲୋକ। ସେ ଚାହୁଁଚନ୍ତି ମୁଁ ବି ବଡଲୋକ ହୁଏ।

ବାପା ହାତଯୋଡି ମୁଣ୍ଡରେ ଛୁଆଁଇଲେ। ବୋଉ କିଛି ବୁଝିପାରିଲାନି। ତମସାର ମୁହଁ ଉଜ୍ୱଲ ହେଇ ଉଠିଲା।

ବାପାରେ   ଆମେ କଣ ଜାଣିରୁ ? ତତେ ଯାହା ଭଲ ଲାଗୁଚି ତୁ କର ।

ହଁ ବାପା ସେ କହୁଥିଲେ ଆଗେ ଘରଟାକୁ କୋଠା କରିଦବା । ଆମର ଗୋଟିଏ ମଟର ସାଇକେଲ୍ କିଣାହବ । ପରେ ବ୍ୟବସାୟ ବଢ଼ିଗଲେ କାର କିଣାହବ । ଆଉ ତମସା–

ତମସା ଚୁପ୍‌କରି ଉଠି ଚାଲିଗଲା ।

ଆମକୁ କାଇଁକି ସେ କଥା କଉଚୁରେ ବାପା, ଆମେ କଣ ବୁଝିବୁ ? ତୁ ତୋ ମାମୁଁ ସାଂଗେରେ ଏ ବାବଦରେ କଥା ହ । ସେ ହେଲେ କଣ ବୁଝିବ ।

ନାଇଁ ବାପା କଥାଟା ବାରକାନ ହବା ଠିକ ହବନି । ଭଲ ମନ୍ଦ ଅଛି ।

ତେବେ ତୁ ଯାହା ଭଲଭାବୁଚୁ ତା କର । ଏକଥା ଶୁଣି ମୋ ଛାତି   ଧଡପଡ ହଉଚି ।

ବାପା ସେ କହୁଥିଲେ ଜଣେ ବହୁତ ବଡଲୋକ ଆମ ପାଟରେ ବଡ କାରଖାନାଟିଏ ବସେଇବେ । ଏଇଯାଟ ଆଉ ପାଟ ହେଇ ରହିବନି । ସହର ହେଇଯିବ । ସେ କିଛି ଜମି ନବାକୁ ଚାହୁଁଚନ୍ତି । ଅନ୍ୟମାନେ ରାଜି ହେଇ ଗଲେଣି । ଆମ ଜମିର ଗୁଂଠକୁ କୋଡିଏ ହଜାର ଲେଖା ଦେବେ ।

ନାଇଁରେ ବାପା ଜମି ବିକିବା କଥା ମତେ କହନା । ସାତ ପୁରୁଷର ଜମି ବିକିଲେ ପାପହବ । ମୁଁ ବାଇଆ ହେଇ ପାରିବିନି । କିଛି ନହେଉ ପଛେ ସେମିତି ପଡିଥାଉ ।

ବାପା ତମେ ଏତେ ବେସ୍ତ କାଇଁକି ହଉଚ ? ସେଇ ବାବୁଙ୍କ ପୂରା କଥାଟା ଆଗେ ଶୁଣ । ସେ କଣ ଜବରଦସ୍ତ ଆମ ଜମି ନେଇ ଯାଉଚନ୍ତି ? ସେଇ ଯୋଉ ବାବୁ ମତେ ବଡଲୋକ ହବାପାଇଁ ବୁଝାଉଥିଲେ । ସେ ହେଉଛନ୍ତି ଜମି ଦଲାଲ । ସେ ଗୁଣ୍ଠପିଛା ଦିହଜାର ନେବେ । ଆମେ ଟୋଟାଲ ୪୦ ଲକ୍ଷ ପାଇବା । ସେଥିରୁ ୧୦ ଲକ୍ଷ ତମସା ନାଁରେ ବ୍ୟାଙ୍କରେ ଫିକ୍ ରଖିଦବା । ବର୍ଷ କେଇଟାରେ ସେ ଡବଲ ହେଇଯିବ । ସେଇଥିରେ ତା ବା ଘର ଉଠିଯିବ । ଏବେ ଆମର ଦିତାଲା ଘର କଣ ହବ ? ସେମିତି ସେମିତି ଦିବଖୁରିଆ ଘରଟେ କରିଦବା । କିଛି ନକରି ଟଙ୍କା ଟକ ବ୍ୟାଙ୍କରେ ରଖିଲେ ଖାଲି ସୁଧପରା ଆମର ବଲିବ ।

ତରୁଣ ବାପାଙ୍କ ମୁହଁକୁ ଅନେଇଲା । ବାପାଙ୍କ ମୁହଁ ବିବ୍ରତ ଦେଖା ଯାଉଥିଲା । ବୋଉର ମୁହଁରେ ଭୟ ନେସି ହେଇ ଯାଇଥିଲା ।

ଶୁଣ ବାପା ତମେ ଜମା ବ୍ୟସ୍ତ ହୁଅନା । ତମେ ଚିନ୍ତାକର । ଭଲ ଭାବରେ ଭାବି ଦେଖ । ଗୋଟିଏ ସୁଯୋଗ ଆସିଚି । ହାତଛଡା କରିଦେଲେ ପଛରେ ପସ୍ତେଇବାକୁ

ପଡିବ। ତାଙ୍କୁ କଣ ଜମି ଅଭାବ ହେବ ? ତେବେ ଛାଡ ସେସବୁ କଥା। ତମେ ଦିଦିନ ଚିନ୍ତାକର। ପହରି ଦିନ ସକାଳେ ମତେ ଫାଇନାଲ କରି କହିବ।

ଏଇ ନୁଆଁଶିଆ ଚାଳଘରଟି ଭିତରେ ଦି ଟି ରାତି ଗୋଟିଏ ଦିନ କିପରି କଟିଚି... ବାପା ବୋଉ କି ତରୁଣ କାହା ଆଖିରେ ନିଦ ଆସିନି। ତରୁଣ ଖାଇବା ପିଇବା ହସି ହସି କଥା କହିବାର ଅଭିନୟ କରିଚି। ଯେପରି ତାର କିଛି ଯାଏ ଆସେ ନାହିଁ। ହେଲେ ବାପାବୋଉ ଅଭିନୟ କରିପାରି ନାହାନ୍ତି। ଭାତ ପାଖରେ ବସିଚନ୍ତି ଓ ଉଠିଚନ୍ତି। କଥାବାର୍ତ୍ତା ତାଙ୍କ ଠୋ ଉପରେ ଶୁଖିଯାଇଚି।

ସେଦିନ ସକାଳେ ବାପା କାମକୁ ବାହାରି ଯାଉଥିଲେ। ତରୁଣ ପଖାଳ କଂସା ପାଖରେ ବସିଥିଲା। ମୁଁ ତେବେ ସେ ଭଦ୍ରଲୋକଙ୍କୁ ହଁ କରି ଦଉଚି ?

ବାପା ଠିଆ ହେଇଗଲେ। ଗୁମ୍ ମାରି। ପୁଣି ଫୁଟିପଡିଲେ- ନା- ମୁଁ ଏ ପାପ କରି ପାରିବିନି। ମୁଁ ମୂଲଲାଗି ତମକୁ ପୋଷିବି। ତମେ ତମର ଯାହା କରୁଚ କର। ମତେ କିଛି ପଚାରନା।

ଏକ ମୁହାଁ ହେଇ ବାହାରିଗଲେ। ତରୁଣ ମଧ ପଖାଳ କଂସା ପାଖରୁ ଉଠି ସିଧା ପଲେଇ ଆସିଲା ଏଇ ଗଛମୂଳକୁ। ମୁଁ ମରିଗଲେ ବି ଆଉ ସେ ଘରକୁ ଫେରିବିନି। ସେ ଘରେ ମୋର କଣ ଅଛି ? ମୁଁ ଏଇଠି ଅଖିଆ ଅପିଆ ମରିବି।

ଲୋକମାନେ ରାସ୍ତାରେ ଆସୁଥାନ୍ତି ଯାଉଥାନ୍ତି। କେତେକ ତାକୁ ଦେଖି କିଛି ନକହି ପଲେଇ ଯାଉଥାନ୍ତି। ହଁ ବସିଚି ବସିଥାଉ। ସେ କିଛି କହେନା କି କେହି ତା କଥା ଶୁଣିବାପାଇଁ ଅଟକନ୍ତିନି। ଗଛରେ ଚଢ଼େଇମାନେ କିଚିରି ମିଚିରି ହଉଥାନ୍ତି କେବଳ।

ଅନେକ ସମୟ ପରେ ତମସା ସେଠିକି ଆସିଲା। ପାଖରେ କେହି ଠିଆହେଇ ଥିବାର ସେ ଜାଣି ପାରିଲା।

କାଇଁକି ଏଠିକି ଆସିରୁ ଗର୍ଜି ଉଠିଲା ତରୁଣ। ତମସା ଚମକି ପଡିଲା। ତଥାପି ସାହସ ସଂଗ୍ରହ କରି କହିଲା- ତୁ ପଲେଇ ଆସିଲା ପରେ ବୋଉ ଖାଲି କାନ୍ଦୁଚି। ଯାହା କହିଲେ ବି ବୁଝୁନି।

ମୁଁ କଣ କରିବି ? ମୁଁ ସେ ଘରର କିଏ କି ? ଯା କହିଦବୁ ତା ପୁଅ ମରି ଯାଇଚି।

ଭାଇ-ମୋକଥା ଶୁଣ। ବାପାବୋଉଙ୍କ କଥା କହି ପାରିବିନି। ମୁଁ ଚାହେଁ ତୁ ବହୁତ ବଡ ହ। ଏ ଜମି ଖଣ୍ଡକ କିଛି ନୁହଁ। ତା ବଦଲରେ ତୁ ଯଦି ମଣିଷ ହବୁ ଏ ଜମି କଣ ହବ ? ଏ ବାବଦରେ ମୁଁ ତୋ କଥାରେ ରାଜି। ହେଲେ ବାପାବୋଉଙ୍କ ଆଗରେ ମୁଁ କିଛି କହିପାରିବିନି। ଏମିତି ନଖାଇ ନପିଇ ଘରଛାଡି ଏଇଠି ବସିଲେ କଣ ହବ ? ତୁ ତାଙ୍କୁ ଆଉରି ବୁଝା। ତୁ ଚାଲ ଘରକୁ ଚାଲ।

ତୁ ଏଠୁ ଗଲୁ। ତୁ ଯିବୁ ନା ମୁଁ ଏଠୁ ଉଠି ଫଳେଇବି ?

ତମସା ଘୁଂଚି ଆସିଲା ପଛକୁ। କାନ୍ଦି କାନ୍ଦି ଚାଲିଗଲା।

ସେମିତି ସେ ବସିରହିଲା ଓ ଜଳି ଚାଲିଲା। ପେଟ ବି ଜଳୁଥାଏ ଭୋକରେ। ନା ମୁଁ ଆଉ ଫେରିବି ନି। ନଖାଇ ନପିଇ ଏଇଠି ମରିବି। ମୁଁ କିଏ କି ? ଏମିତି ଏମିତି ଗାଧୁଆବେଳ ଗଡ଼ି ଯାଉଥାଏ। ଭାରି ହାଲିଆ ଲାଗୁଥାଏ ତାକୁ। ଆଖି ବନ୍ଦକରି ବସିଥାଏ।

ଉଠୁ ଆ ମୋ ସାଂଗେରେ।

ସେ ଆଖିଖୋଲି ଦେଖିଲା ବାପା ଠିଆ ହେଉଚନ୍ତି ତା ପାଖରେ।

ତୁ ଅଖିଆ ଅପିଆ ଏଇଠି ବସିବୁ। କଣ ହବ ମୋର ସେ ଜମି ? ଘରକୁ ଚାଲେ। ସେ ଜମି ତୋର। ତୁ ଯାହା କରିବୁ କର। ଆ ଉଠୁ।

ତରୁଣ ଉଠିଲା ବେଳକୁ ଅଣୋଇଗଲା। ବାପା ଧରି ପକେଇଲେ। ବାପାଙ୍କ ପଛେ ପଛେ ଆସିଲା ଘରକୁ।

ସେତେବେଳଯାକେ ବୋଉ କିଛି କରିନଥିଲା। ପୁଅକୁ ଦେଖିଦେଇ ସେ ସାଂଗେ ସାଂଗେ ଦିମୁଠା ପିଠା ଶୁଖୁଆ ପୋଡ଼ି ପକେଇଲା। ଶିଳରେ ଶୁଖୁଆପୋଡ଼ା କଂଚାଲଙ୍କା, ପିଆଜ ଟିକେ, ରସୁଣ ଦିପୁଡ଼ା ଛେଚି ପକେଇଲା। କଂଚା ସୋରିଷ ତେଲ ଟିକେ ବୁଲେଇ ଦେଲାପରେ ଶୁଖୁଆ ଚୁରା ହେଇଗଲା। ତମସା ବାପା ଭାଇ ପାଇଁ ଦିକଂସା ପଖାଳ ବାଢ଼ି ଦେଇଥିଲା। ବୋଉ ଦି ଥାଲିଆରେ ଶୁଖୁଆ ଚୁରା ଖଟାଟିକେ ଲୁଣ ଆଉ କଂଚା ଲଙ୍କା ଗୋଟିଏ ଗୋଟିଏ ରଖିଦେଲା। ତରୁଣର ଦୁନିଆଁ ଯାକର ଭୋକ ପଖାଳ କଂସା ଉପରେ ଓଜାଡ଼ି ହେଇ ପଡ଼ିଲା। ସେ ଉଠିଗଲା ବେଳକୁ ବାପା ଧୀରେ ଧୀରେ ଖାଉଥିଲେ। ସେ ସିଧା ଯାଇ ଶୋଇପଡ଼ିଲା।

ଛାଇନେଉଟାଣି ନିଦ ଭାଂଗିଗଲା। ସାଇକେଲ ଧରି ବଜାର ଆଡେ ମୁହେଁଇଲା। ପକେଟରେ ବାବୁଙ୍କ କାର୍ଡ ଅଛି। ହେଲେ ଆଜିକାଲି ଆଉ ଏସଟିଡିବୁଥ ଦେଖିବାକୁ ମିଳୁନି। ସମସ୍ତଙ୍କ ହାତରେ ମୋବାଇଲ। ଗାଁରେ କାହାକୁ ମୋବାଇଲ ମାଗି କଥା ହବାକୁ ତାକୁ ଭଲ ଲାଗିଲାନି। ଲୋକମାନେ ଜାଣିଲେ ବାର କେଁ ବାହାର କରିବେ। ହେଲେ ସେ ଏବେ କରିବ କ'ଣ ? ଏ ସହରରେ କାହାକୁ ଏବେ କହିବ ଟିକିଏ ଏଇ ନମ୍ବରଟା ଲଗେଇ ଦବାପାଇଁ ? ତାର ସେଇ କ୍ୟାଷ୍ଟିନ୍ କଥା ମନପଡ଼ିଗଲା। ଯୋଉଠି ପ୍ରଥମଥର ଭଦ୍ରଲୋକଙ୍କ ସହ ଯାଇଥିଲା। ଜଳଖିଆ କଫି ଖାଇବାକୁ। ସେଇଟିକି ଗଲା। ଭିତରେ ବହୁତ ଲୋକ ଖାଉଥିଲେ। ସେ କାଉଣ୍ଟର ପାଖକୁ ଯାଇ କାର୍ଡଟେ ବଢ଼େଇ ଦେଲା। ଟିକେ ଏ ବାବୁଙ୍କୁ ଲଗେଇ ଦେଲୋ। କ୍ୟାସିୟର ତା

ମୁହଁକୁ ଚାହିଁଲା । କିଏ କଷ୍ଟମର ହେଇଥିବ । ନମ୍ବର ଟିପି ରିସିଭର ତା ହାତକୁ ବଢ଼େଇ ଦେଲା ।

ନମସ୍କାର ସାର । ମୁଁ ତରୁଣ କହୁଚି । ସବୁ ଠିକ୍ ହେଇଗଲା । ମୁଁ କେମିତି ଆପଣଙ୍କୁ ଭେଟନ୍ତି । ହଁ ମୁଁ ଚନ୍ଦନ ରେଷ୍ଟୁରାଣ୍ଟରେ ଅଛି । ଏଠି ଅପେକ୍ଷା କରିଚି ।

ଗୋଟିଏ ଚେୟାର ଦେଖେଇ ଦେଇ କ୍ୟାସିୟର କହିଲା ସେଇଟି ବସନ୍ତୁ ।

ପ୍ରାୟ ଅଧଘଣ୍ଟା ପରେ ଭଦ୍ରଲୋକ ଆସି ପହଞ୍ଚିଗଲେ । ସିଧା ରେଷ୍ଟୁରାଣ୍ଟ ଭିତରକୁ ଆସି ହସି ହସି କରମର୍ଦ୍ଦନ କଲେ । କନ୍‌ଗ୍ରାଟ୍ୟୁଲେସନ୍ । ଭାଗ୍ୟ ଦେବୀ ତମ ଉପରେ ପ୍ରସନ୍ନ ହେଲେ । ଭିତରକୁ ଚାଲ । ଆଜି ମୁଁ ତମ ସହିତ ମିଠା ଖାଇବି । ଭଦ୍ରଲୋକ ଗୋଟିଏ ସ୍ୱିମ୍ ଖାଇ କଫି ପିଇଲେ । ତା ପାଇଁ ସ୍ପେଶାଲ ଦୋସା ରସମଲେଇ ମଗେଇଲେ । ଖାଇସାରି ଦୁହେଁ କାର ଭିତରେ ଆସି ବସିଲେ । ଭଦ୍ରଲୋକ ମୋବାଇଲ ବାହାର କରି ଗୋଟିଏ ନମ୍ବର ଲଗେଇଲେ । ସେପଟୁ ବିଜି ଟୋନ୍ ଆସିଲା ।

ଜାଣିଲ ତରୁଣ ସାରଙ୍କୁ ଏକଥା ଜଣେଇ ଦେବା । ସେ ନିଜେ ଏଠିକି ଆସି କଥାବାର୍ତ୍ତା କରନ୍ତୁ । ନହେଲେ ସେ ଯଦି କହିବେ ଆମେ ଭୁବନେଶ୍ୱର ଯିବା । ବାପା ଆମ ସାଙ୍ଗରେ ଯିବେ ।

ବାପା ଜମା ଯିବେନି । ମତେ ସବୁ ଦାୟିତ୍ୱ ଦେଇଚନ୍ତି ।

ସେ ପୁଣି ମୋବାଇଲ ଅନ୍‌କଲେ । ସାର ନମସ୍କାର । ସେ ପାଟି ରାଜି ହେଇଗଲେ । ଆପଣ ଯେବେ ଯୋଉଠି କହିବେ ଫାଇନାଲ କଥାବାର୍ତ୍ତା କରିଦେବା । ହଁ ସାର୍ ହଁ ସାର୍ ଆମେ ଦି ଜଣ ଆପଣଙ୍କ ପାଖକୁ ଯିବୁ । ସାର ନମସ୍କାର ।

ସାର ମୁମ୍ବାଇରେ ଅଛନ୍ତି । ସେ ଫେରିଲେ ମୁଁ ଡେଟ୍ କରି ତମକୁ ଯାଇ ନେଇ ଆସିବି । ଏବେ ଚାଲ ସେଇ ପ୍ଲଟ୍‌ଟା ଆଉଥରେ ଦେଖି ଆସିବା ।

ସେମାନେ ଯାଇ ସେଇ ଜାଗାରେ ପହଞ୍ଚିଲେ । ଦେଖ ଏଇ କଡ ପଟଟା ବିକ୍ରିହବ । ହୋଟେଲ ପାଇଁ ଏକଦମ୍ ଖାସ ଜାଗା । ଏଇଠି ତମ ହୋଟେଲ ନିଶ୍ଚୟ ହବ । ଆଉ ଚିନ୍ତା ନାଇଁ । ଆଗେ ସେଇ ରେଜିଷ୍ଟ୍ରେସନ୍ ସରିଲା ପରେ ଏ ଜାଗା କଥା ବୁଝିବା । ହଁ ତମେ ଏ ଦିହଜାର ଟଙ୍କା ନିଅ । କାଲି ଏଇ ପାଖ ବ୍ୟାଙ୍କରେ ଗୋଟିଏ ଆକାଉଣ୍ଟ ଖୋଲିଦବ । କାରଣ ଟଙ୍କା ପଇସା କାରବାର ବ୍ୟାଙ୍କ ମାଧ୍ୟମରେ ହବ । ଆଉ ହଜାର ଟଙ୍କା ତମ ଖର୍ଚ୍ଚ ପାଇଁ । ନିଅ ରଖ ଏ ମୁଁ ଦଉଚି ପରା ।

ଅନିଚ୍ଛା ସତ୍ତ୍ୱେ ତରୁଣ ରଖିଲା । ଭଦ୍ରଲୋକ ତାକୁ ସେଇ ରେଷ୍ଟୁରାଣ୍ଟ ପାଖରେ ଓହ୍ଲେଇ ଦେଇ ଚାଲିଗଲେ । ସେ ବାଟରୁ କିଛି ଜଳଖିଆ କିଣି ଘରକୁ ଫେରିଲା । ଜଳଖିଆ ଦେଖି ତମସା ଖୁସି ହେଇଗଲା ।

ସେଦିନ ରାତିଟା ଉଜାଗର ସ୍ୱପ୍ନରେ କଟିଲା। ସହରରେ ଏକ ପାଞ୍ଚ ମହଲା ହୋଟେଲ। ଚାରି ପାଖରେ ଦେଶୀବିଦେଶୀ ଫୁଲ। ଦାମୀ କାର୍‌ରେ ସେ ହଟା ଭିତରକୁ ପଶୁଚି। ଗେଟ୍‌ ଖୋଲିଧରି ସିକ୍ୟୁରିଟି ସାଲ୍ୟୁଟ୍‌ ମାରୁଚି। ଠିକ୍ ଏତିକି ବେଳକୁ କାଠ କେବିନ୍‌ଟିଏ କୋଉଠୁ ଆସି ଠିଆ ହେଇ ଯାଉଚି। ସେ ହୁରୁଡେଇ ଦଉଚି ତାକୁ। ଯା ତୋର ଆଉ ଏଠି ଜାଗା ନାଇଁ।

ତାକୁ ଆଉ ଆଗପରି ବାହାରକୁ ବାହାରିବାକୁ ଭଲ ଲାଗିଲାନି। କେବଳ ନିତ୍ୟକର୍ମ ପାଇଁ ଯେତିକି ଦରକାର। ଗାଁ ଲୋକଙ୍କ ସହିତ କଥାବାର୍ତ୍ତାକୁ ଆଡେଇ ଗଲା। ବାପା ଘରେ କାହାକୁ କିଛି କହୁନଥିଲେ। ଚୁପ୍‌ଚାପ୍ ଖିଆପିଆ କରି ବାହାରି ଯାଉଥିଲେ। ବୋଉ ବି କେବେ କେମିତି ପାଟି ଖୋଲୁଥିଲା। ଖାଲି ତମସା ଯାହା ଏପଟ ସେପଟ ହଉଥିଲା ଓ କଥାବାର୍ତ୍ତା କରୁଥିଲା। ଏମିତି ଏମିତି ଚାଲିଗଲା ସପ୍ତାହଟେ।

ସେ ଥରେ ସହରକୁ ଯାଇ ଭଦ୍ରଲୋକଙ୍କୁ ଫୋନ୍ କଲା। ଭଦ୍ରଲୋକ କହିଲେ– ହଁ ସେ ପହରିଦିନକୁ ଡେଟ୍ ଦେଇଚନ୍ତି। ସକାଳ ଦଶଟାରେ ତମ ଗାଁ ଛକରେ ମୁଁ ତମକୁ ପିକ୍‌ଅପ୍ କରିବି।

ତା ଛାତି ଧମଧମ ହେଲା। ଏତେ ବଡଲୋକ ସାଂଗରେ ମୁଁ କେମିତି କଥାବାର୍ତ୍ତା ହେବି ? ପୁଣି ମୂଲଚାଲ। ଯାହାହେଲେ ବାବୁ ତ ମୋ ସହ ଥିବେ। ସେ ବୁଝିବେନି ?

ଆହୁରି ଗୋଟିଏ ଦିନ କାଟିବା ତା ପାଇଁ ଭାରି କଷ୍ଟଦାୟକ ହେଲା।

କେତେ ଭାବନା ତା ମନ ଭିତରେ ଉଠି ଭୁସୁଡି ପଡୁଥିଲେ। କେତେ ପୁଣି ମୁଣ୍ଡ ଟେକୁଥିଲେ। ବଡ କଷ୍ଟରେ ପାହିଲା ସେ ରାତି। ଶୀଘ୍ର ଶୀଘ୍ର କାମ ସାରିଦେଇ ବାହାରି ପଡିଲା। ଗାଁ ଛକରେ ପହଁଚିଲା ବେଳକୁ ନ‌ଅଟା ବାଜି ନଥାଏ। ଆଉରି ଘଣ୍ଟାଏ ଅପେକ୍ଷା କରିବାକୁ ପଡିବ। ଏତେ ସମୟ ଗୋଟାଏ ଜାଗାରେ କେମିତି ଠିଆହେଇ ରହିବ ? ଚାଲଚାଲ ହେଇ କିଛିବାଟ ଯାଇ ତାଙ୍କ କିଆରି ସିଧା ଠିଆହେଲା। ସେଇଠୁ ଆଖି ବଢ଼େଇଲା। ଇ‌ଏ ମୋ ସାତ ପୁରୁଷର ସଂପତ୍ତି। ବେକାର ହେଇ ପଡି ରହିଚି। ତଥାପି ବି ବାପାଙ୍କର ଏହା ପ୍ରତି ଏତେ ମୋହ। ହେଲେ ମୁଁ ନୂଆ ଯୁଗର ମଣିଷ। ଗୋଟିଏ ଅଚଲ ସଂପତ୍ତିକି ମୁଠେଇ ଧରି ରଖିବାର ଅର୍ଥ କଣ ଥାଇପାରେ ? ତାକୁ କାମରେ ଲଗେଇବା ହିଁ ବାହାଦୁରି। ମୁଁ ନିଶ୍ଚୟ ସଫଳ ହେବି। ବାପାବୋଉ ଯାହା ଭାବି ନଥିବେ ସେଇଆ କରି ଦେଖେଇଦେବି।

ଦୂରରୁ ଭଦ୍ରଲୋକ ଦେଖିଥିଲେ ତରୁଣ ଏଠି ଛିଡା ହେଇଚି। ତା ପାଖକୁ ଗାଡି ନେଇ ଆସିଲେ। ଦୁହେଁ ଚାଲିଲେ ରାଜଧାନୀ ସହର। ସିଧା ସାରଙ୍କ ବଂଗଲାକୁ। ସାରଙ୍କ ବଂଗଲାର ଆଭମ୍ବର ଓ ସାଜସଜ୍ଜା ଦେଖି ତରୁଣର ଆଖି ଟେରା ହେଇଗଲା।

ଭିତରକୁ ଖବର ପଠେଇ ଡ୍ରଇଂରୁମ୍‌ରେ ଦିଜଣ ବସିଲେ। ଅଳ୍ପ ସମୟ ଭିତରେ ସାର୍‌ ଆସିଲେ। ଏକଦମ୍‌ ପ୍ରଫେସନାଲ୍‌ କିନ୍ତୁ ଖୁସିଖୁସି। ତରୁଣ ଠିଆହେଇ ନମସ୍କାର କଲା। ସାର୍‌ ବସିପଡ଼ିବାରୁ ସେ ବି ବସିଲା। ସାର୍‌ ଭଦ୍ରଲୋକଙ୍କୁ ଚାହିଁ ପଚାରିଲେ ଆଙ୍କରି ଜମି? ହଉ କଣ କହିବାର ଅଛି କୁହନ୍ତୁ।

ଭଦ୍ରଲୋକ ଆରମ୍ଭ କଲେ– ନାଇଁ ସେ ଆଉ କଣ କହିବେ? ସେଇ ଖଣ୍ଡକ ଜମି ହିଁ ତାଙ୍କର ଏକମାତ୍ର ସଂପତ୍ତି। କୋଉ ସାତପୁରୁଷ ଅମଲରୁ ସେଇଆକୁ ଚାଷବାସ କରି ଚଳୁଚନ୍ତି। ଏତକ ଚାଲିଗଲେ ପୂରାପୂରି ନିଃସ୍ୱ। ତେଣୁ ଆପଣ କଣ ଦୟାକରି।

ମୁଁ ତ ଆପଣଙ୍କୁ କହିଦେଇଚି। ଆଉ କଣ କହିବାର ଅଛି କୁହନ୍ତୁ।

ନାଇଁ ସାର୍‌ କୋଡ଼ିଏକୁ ପଟିଶ କରିଦେବା ପାଇଁ ନିବେଦନ।

ଟିକିଏ ଚିନ୍ତାକଲେ ସାର୍‌। ଓକେ, ହେଲା? ଆଜି ଦିଲକ୍ଷ ଟଙ୍କାର ଆଡଭାନ୍ସ ଚେକ୍‌ ଦେଇ ଦଉଚି। ରେଜିଷ୍ଟ୍ରେସନ୍‌ ବେଳେ ଫାଇନାଲ ପେମେଣ୍ଟ। ଡେଟ୍‌ ମୁଁ ଆପଣଙ୍କୁ ଜଣାଇଦେବି। ଓକେ। ସେ ଉଠି ଚାଲିଗଲେ।

ଯଥାଶୀଘ୍ର ଜଣେ କର୍ମଚାରୀ ଆସି ଚେକ୍‌ଟି ଭଦ୍ରଲୋକଙ୍କ ହାତକୁ ବଢ଼େଇଦେଲେ। ଆଡଭାନ୍ସ ରସିଦରେ ଦସ୍ତଖତ କରିବାକୁ ଜାଗା ଦେଖେଇ ଦେଲେ। ତରୁଣ ସେଠରେ ଦସ୍ତଖତ କଲା। ଭଦ୍ରଲୋକ ସାକ୍ଷୀ ପଡ଼ିଲେ।

ଦସ୍ତଖତ କଲାବେଳେ କାଇଁକି କେଜାଣି ତରୁଣକୁ ଦୁଃଖ ଲାଗିଲା। ହେଲେ ଠିକ୍‌ଟିକ୍‌ ସେଇ ଦୁଃଖର ଚେହେରା ସେ ଦେଖି ପାରୁନଥିଲା।

ସେମାନେ ଗୋଟିଏ ଭଲ ହୋଟେଲରେ ଖାଇଲେ। ଭଦ୍ରଲୋକ ବେଶ୍‌ ଖୁସି ଓ ଫୁର୍ତିଥିଲେ। ତରୁଣ ସେପରି ଅନୁଭବ କରିପାରୁ ନଥିଲା।

ଜାଣିଲ ତରୁଣ, ଏମାନେ ସବୁ ବଡ଼ଲୋକ। ସାମାନ୍ୟ ଅନୁରୋଧରେ ପାଞ୍ଚ ହଜାର ବଢ଼ିଗଲା। ଆଉ ଅଧିକ କହିଲେ କଣ ଭଲ ହେଇଥାନ୍ତା?

ତରୁଣ ଚାହିଁକରି ମଧ ଉତ୍ତର ଦେଇ ନଥିଲା।

ଭଦ୍ରଲୋକଙ୍କର ଭୁବନେଶ୍ୱରରେ ବିଭିନ୍ନ କାମ ଥିଲା। ତରୁଣ ତାଙ୍କ ସହ ଅଫିସରୁ ଅଫିସ ଓ ଘରରୁ ଘର ବୁଲିବାକୁ ଲାଗିଲା। ସଂଧ୍ୟାବେଳେ ସେମାନେ ଭୁବନେଶ୍ୱର ଛାଡ଼ିଲେ।

ଘରକୁ ଆସିଲାବେଳକୁ ବୋଉ ତାକୁ ଅନେଇ ବସିଥିଲା। ଗାଁଟା ସଂଜପରେ ଶୋଇ ପଡ଼ିଥିଲା। ସେ କହିଲା–ବୋଉ ଦିଟା ସଜ ପଖାଳ ଖାଇବି। ନଗେଇ ଖାଇବାକୁ ଯାହା ହେଲେ ବି ଚଳିବ। ବୋଉ ପଖାଳ, ମାଛତରକାରି, ପିଆଜ, ଲଙ୍କା, ଲୁଣ ଥୋଇଦେଲା। ସେ ଖାଇ ସାରି ବିଛଣାକୁ ଗଲା। ତାପାଖରେ ଏଇନେ ଦିଲକ୍ଷ ଟଙ୍କା।

ଦିଲକ୍ଷ ଟଙ୍କା। କେତେ ସେ କେବେ ଦେଖିନି କି ଚିନ୍ତା କରିନି। ଏସବୁ ବଡଲୋକଙ୍କ କଥା। ତା ଜୀବନରେ ଏହାର ସ୍ଥାନ ନଥିଲା। ସମୁଦାୟ ଟଙ୍କା କଥା ଭାବିଲା। ଦଶହଜାର ଲେଖା ମିଶାଇଲେ କେତେ ହେବ ହିସାବ କରି ପାରିଲାନି। ହେଲେ ପୂର୍ବର ଉତ୍ତେଜନା ତା ଠାରେ ନଥିଲା। କିଛି ଭୁଲ କରୁନିତ ? ତା ଛାତି ଧଡଧଡ ହେବାକୁ ଲାଗିଲା।

ସକାଳେ ବାପାଙ୍କୁ କହିଲା– ସାର୍ ଦି ଲକ୍ଷ ଆଡଭାନ୍ସ ଦେଉଛନ୍ତି।

ଟଙ୍କା କୋଉଠି ରଖୁଛୁ ?

ନାଇଁ ସେ ଚେକ୍ ଦେଇଚନ୍ତି। ଆଜି ବ୍ୟାଙ୍କରେ ଜମା କରିଦେବି।

ବାପା ଆଉ କିଛି କହିଲେନି। ଚାଲିଗଲେ। ବୋଉ ଫାଙ୍କା ଫାଙ୍କା ତା ମୁହଁକୁ ଅନେଇଲା। ତମସା ଭାରି ଫୁର୍ତ୍ତି ଦେଖାଗଲା।

ପ୍ରତିଦିନ ତରୁଣ ଖାଇପିଇ ସହରକୁ ଯାଏ। ପ୍ରଥମେ ଭଦ୍ରଲୋକଙ୍କୁ ଫୋନ କରେ। ତାପରେ ଯାଏ ଦେଖିଥିବା ଜାଗା ପାଖକୁ। ସେଠି ସାଇକେଲ୍ ରଖି ସେଇଜାଗା ଆଡେ ଚାହିଁରହେ। ତାପରେ ସହରର କେତୋଟି ବଡବଡ ହୋଟେଲ ପାଖଦେଇ ଯାଏ। ବାହାରୁ ଦେଖେ। ଭିତରକୁ ଯିବାର ସାହସ ହୁଏନା। ଭୋକ ହେଲେ ଫେରିଆସେ।

ଏମିତି ଏମିତି ପ୍ରତୀକ୍ଷିତ ଦିନଟି ଆସିଯାଏ। ସେ ଫୋନକଲା କ୍ଷଣି ଭଦ୍ରଲୋକ କହନ୍ତି– ହଁ କାଲି ରେଜେଷ୍ଟ୍ରି ହେବ। ତମେ ଓ ବାପା ରେଜେଷ୍ଟ୍ରି ଅଫିସକୁ ନଅଟା ବେଳକୁ ଆସିଯିବ। ସାଙ୍ଗରେ ଜମିର ପଟ୍ଟା ନେଇ ଆସିବ। ମୁଁ ଯାଇ ଠିକ୍ ସମୟରେ ପହଞ୍ଚିବି।

ତାପରଦିନ ରେଜେଷ୍ଟ୍ରି ଅଫିସରେ ଖୁବ୍ କମ ସମୟରେ ସବୁକାମ ସରିଗଲା। ରେଜେଷ୍ଟ୍ରିପରେ ଭଦ୍ରଲୋକ ଅବଶିଷ୍ଟ ପଇସାର ଚେକ୍ ତରୁଣ ହାତକୁ ବଢ଼େଇ ଦେଲେ। ହୁସିଆରିରେ ରଖ। କାଲି ଜମା କରିଦବ।

ଆପଣଙ୍କ କମିଶନ ?

ହସିଲେ ଭଦ୍ରଲୋକ। ତମେ ବ୍ୟସ୍ତ ହୁଅନା। ମୁଁ କେତେବେଳେ ଯାଇ ନେଇ ଆସିବି। ଚାଲ କଣ ଟିକେ ଖାଇଦବା। ତାପରେ ତମେ ଚାଲିଯିବ। ବାପା କହିଲେ– ନା ମୁଁ କିଛି ଖାଇବିନି। ସେ ଯାଉ ଖାଇବ। ତରୁଣକୁ ଭାରି ଭୋକ କରୁଥିଲା। ବାପାଙ୍କ ଏହି କଥାରେ ତାର ଭୋକ ମରିଗଲା। ନା– ମୁଁ ବି ଖାଇବିନି। ଭଦ୍ରଲୋକ ତରୁଣ ହାତକୁ କିଛି ଟଙ୍କା ବଢ଼େଇ ଦେଲେ। ତମ ଖାଇବା ପାଇଁ ସାର ଦେଇଥିଲେ।

ତରୁଣ ଘରକୁ ଫେରିଲା। ପଛରେ ବାପା ଚୁପ୍‌ଚାପ୍।

ତାପରର ଘଟଣାମାନେ ଶୀଘ୍ର ଶୀଘ୍ର ଘଟି ଯିବାକୁ ଅପେକ୍ଷା କରିଥିଲେ।

ତାପରଦିନ ତରୁଣ ଯିବ ସହରକୁ । ଭଦ୍ରଲୋକଙ୍କୁ ଫୋନ କରିବ । ଭଦ୍ରଲୋକ ଆସିବେ । ବ୍ୟାଙ୍କରେ ଚେକ୍ ଜମା ହେବ । ମ୍ୟାନେଜରଙ୍କ ସହ ତରୁଣର ପରିଚୟ କରାଇ ଦେବେ । ହୋଟେଲ ପ୍ରୋଜେକ୍ଟ କଥା ତାଙ୍କୁ କହିବେ । ମ୍ୟାନେଜର କହିବେ ଭଲକଥା । ଆମ ବ୍ୟାଙ୍କ ଫାଇନାନ୍ସ କରିବ । ତାପରେ ସେମାନେ ବଜାରକୁ ଯିବେ । ତା ପାଇଁ ଭଲ ମୋବାଇଲଟିଏ କିଣାହେବ । ଭଲ ପ୍ୟାଣ୍ଟ ସାର୍ଟ ଦିହଲ ଓ ଜୋତା । ତମସା ପାଇଁ ଡ୍ରେସ୍, ବୋଉପାଇଁ ଶାଢ଼ିଟିଏ ଓ ବାପାଙ୍କ ପାଇଁ ଧୋତି ଓ ସାର୍ଟ କପଡା । ଜାଣିଲ ତରୁଣ, ଏଣିକି ତମକୁ ସ୍ୱାର୍ଟସ ମେଣ୍ଟେନ୍ କରିବାକୁ ପଡିବ । ନହେଲେ ଅନ୍ୟମାନେ ଖାତିର କରିବେନି । ହଁ ଚାଲ ବାଇକ ସୋ ରୁମ୍‌କୁ । ତମେ ଆଜି ପସନ୍ଦ କର । କାଲି କିଣିନେବା । ପରଦିନ ଆସିଯିବ ବାଇକ୍‌ରେ । ଗାଁ ସାରା ହାଲ୍ଲା ହେଇଯିବ ତରୁଣ ଟାଙ୍କ ଜମି ଖଣ୍ଡକ ବିକିଦେଇ ମଟର ସାଇକେଲ କିଣିଚି । ସମବୟସ୍କ ମାନେ ଈର୍ଷାରେ ଜଳିବେ । ବୟସ୍କମାନେ କହିବେ–ଶଳା କୁଲାଙ୍ଗାର, ମା ଧାନକୁଟି ପୁଅ ନାଗର । ତମସା ଏ ସବୁର ପ୍ରତିବାଦ କରିବ– ମୋ ଭାଇ ବଡ ହୋଟେଲ କରିବ ସହରରେ । ବହୁତବଡ ଦେଖିବ ରୁହ ।

ଭଦ୍ରଲୋକ ଓ ତରୁଣ ସେଇ ପ୍ରସ୍ତାବିତ ଜାଗାର ମାଲିକ ପାଖକୁ ଯିବେ । ସେ ବହୁତ ଭଦ୍ରଲୋକ । କହିବେ– ଆମ ଭାଇଭାଇ ଭିତରେ ମନାନ୍ତର ନେଇ ସେଇ ଜାଗାଟି ବାଣ୍ଟ ହେଇପାରୁ ନଥିଲା କି ବିକ୍ରି ହେଉ ପାରୁନଥିଲା । ଏବେ ସବୁ ବିବାଦ ସମାଧାନ ହେଇ ଯାଇଚି । ମୁଁ ମୋ ଭାଗଟି ବିକିଦେବି । ମୁଁ ଶୁଣି ଖୁସିହେଲି ଯେ ତମେ ତା ଉପରେ ଭଲ କାମଟିଏ କରିବାକୁ ଯାଉଚ ।

ଜମି କିଣାବିକା କାମ ସରିଯିବ । ପ୍ରଥମେ ପାଚେରୀ ନିର୍ମାଣ ତାପରେ ପ୍ଲାନ୍‌ ଆଣ୍ଡ ଏଷ୍ଟିମେଟ୍ ଇତ୍ୟାଦି ଇତ୍ୟାଦି । ବ୍ୟାଙ୍କ ମ୍ୟାନେଜର କହିବେ ସବୁ ଠିକ ଅଛି । ମୁଁ ସୁପାରିଶ୍ କରି ହେଡ୍ ଅଫିସକୁ ପଠେଇଦେଉଚି । ନିଶ୍ଚୟ ହେଇଯିବ । ଆପଣ କାମ ଆରମ୍ଭ କରି ଦିଅନ୍ତୁ ।

ଖୁବ୍ ଶୀଘ୍ର ଲୋନ୍ ବି ସାଙ୍କସନ୍ ହେଇଯିବ । କାମ ଆଗେଇ ଯିବାକୁ ବ୍ୟଗ୍ରହୋଇ ପଡିଥିବ । ହଠାତ୍ ଦିନେ ବିଲରେ କାମ କରୁଥିବା ସମୟରେ ବାପା ପଡିଯିବେ । ଲୋକମାନେ ତାଙ୍କୁ ଘରକୁ ବୋହି ଆଣିବେ । ଖବରପାଇ ତରୁଣ ଯାଇ ପହଞ୍ଚିବ । ବୋଉ ଆଉ ତମସା ଛାତି ଥରା କାନ୍ଦ କାନ୍ଦୁଥିବେ । ସାଂଗେ ସାଂଗେ ଆମ୍ବୁଲାନ୍ସ ଡକାଯିବ ଓ ସମସ୍ତେ ଗୋଟିଏ ବଡ ନର୍ସିଂହୋମକୁ ଚାଲିଯିବେ । ବ୍ରେନ୍ ଷ୍ଟୋକରେ ବାପାଙ୍କର ଗୋଡହାତ ପାରାଲିସିସ୍ ହେଇ ଯାଇଥିବ । ମୁହଁରେ ବି ପଡିଥିବ ଗଭୀର ପ୍ରଭାବ । ତାଙ୍କ କଥାବାର୍ତା ଜମାରୁ ବୁଝି ହଉ ନଥିବ ।

ସାତ ଦିନ ଭିତରେ ପାଣି ଭଳିଆ ଟଙ୍କା ବୋହିଯିବ । ଡାକ୍ତର କହିବେ– ଧୀରେ ଧୀରେ ଏ ରୋଗ ଭଲ ହେବ । ଆପଣ ପେସେଣ୍ଟକୁ ଘରକୁ ନେଇ ଯାଆନ୍ତୁ । ମେଡ଼ିସିନ ଲେଖ଼ି ଦେଉଛି । ପ୍ରତିମାସରେ ଥରେ ଆସି ପରୀକ୍ଷା କରି ଯାଉଥିବେ ।

ସେମାନେ ଫେରି ଆସିବେ ଘରକୁ । ବାପା କିଛି କହିପାରୁ ନଥିବେ । ହୁଁ ହାଁ କହି ନିଜକୁ ପ୍ରକାଶ କରିବାକୁ ଚେଷ୍ଟା କରୁଥିବେ । ବୋଉ ହୁଏତ ବୁଝୁଥିବ ତାଙ୍କ କଥା । ବୋଉ କହିବ–ବାପା କହୁଚନ୍ତି ଜମି ବିକିଦେଲି ବୋଲି ପୂର୍ବ ପୁରୁଷଙ୍କ ଅଭିଶାପ ପଡ଼ିଲା । ଏକଥା ଶୁଣି ତରୁଣର ମନ ଦବିଯିବ । ସେ ବିଭିନ୍ନ ଠାକୁର ଠାକୁରାଣୀଙ୍କୁ ପୂଜାକରିବ । ଭୋଗ ଆଣି ବାପାଙ୍କ ପାଟିରେ ଦବ । ବାପାଙ୍କ ଅସହାୟ ଆଖ଼ି କେବଳ ତା ମୁହଁକୁ ଅନେଇ ରହିବ ।

ଏହି ସମୟରେ ଆଉ ଗୋଟିଏ ଦୁଃସଂବାଦ ଆସି ପହଞ୍ଚିଯିବ । ଯିଏ ଜମି ବିକ୍ରି କରିଥିବେ ତାଙ୍କର ଏକମାତ୍ର ପିଉସୀ ଦିଲ୍ଲୀରେ କେଉଁଦିନରୁ ସ୍ୱର୍ଗାରୋହଣ କରିଥିବେ । ତାଙ୍କ ପୁଅ ଓ ଝିଅ ଏହି ଜମି ଉପରେ ତାଙ୍କର ଭାଗ ଦାବିକରି ବସିବେ । ସେଥିପାଇଁ କେଶଟିଏ ଦାୟର କରି ହୋଟେଲ ନିର୍ମାଣ ଉପରେ ସ୍ଟେ କରିଦେବେ ।

ତରୁଣ ମୁଣ୍ଡ ଉପରେ ଆକାଶ ଛିଡ଼ି ପଡ଼ିବ । ଭଦ୍ରଲୋକଙ୍କୁ ଫୋନ କରି ଏକଥା ଜଣାଇବ ଓ କାନ୍ଦି ପକାଇବ । ସେ ସାନ୍ତ୍ୱନା ଦେଇ କହିବେ – ତମେ ବ୍ୟସ୍ତ ହୁଅନା । ସାଇଟ୍‌କୁ ଆସ ମୁଁ ଯାଉଚି । ସେ ପହଞ୍ଚୁ ପହଞ୍ଚୁ ସୁପରଭାଇଜର କୋର୍ଟ ନୋଟିସ୍‌ଟି ତା ହାତକୁ ବଢ଼େଇ ଦେବ । ଭଦ୍ରଲୋକ ଆସି ପହଞ୍ଚିଯିବେ । ନୋଟିସ୍‌ଟି ନେଇ ଦେଖ଼ିବେ ଓ ପକେଟରେ ରଖ଼ିବେ । ମୋ ସହିତ ଆସ । ଦୁହେଁ ପୂର୍ବର ସେହି ହୋଟେଲକୁ ଯିବେ । ଭଦ୍ରଲୋକ ଆଶ୍ୱାସନା ଦେଇ କହିବେ– ଏପରି ସବୁ ବଡ଼କାମରେ ଏମିତି ଅନେକ ପ୍ରତିବଂଧକ ଆସେ । ଆମେ କଣ କିଛି ଦୋଷ କରିଚେ ? ଆମେ ତ ପ୍ରକୃତ ଦାମ ଦେଇ ଜମି କିଣିଚେ । ଯାହାର ଅଂଶ ସେଥିରେ ଅଛି ବିକ୍ରେତାଠାରୁ ସେ ତାର ଭାଗ ପାଇବ । ଆମର ସେଥିରେ କଣ ଅଛି ? ଏ ସ୍ଟେ ଲୋୟର କୋଟରେ ହେଇଚି । ସହଜରେ ଉଠେଇ ଦେଇ ହବ । ତମେ ଯାଇ ଜମିର କାଗଜପତ୍ର ନେଇଆସ । ଓକିଲ ପାଖ଼କୁ ଯିବା । ସେ ଘରକୁ ଯାଇ କାଗଜପତ୍ର ଆଣିବ । ଦୁହେଁ ଓକିଲ ପାଖ଼କୁ ଯିବେ । ଓକିଲ ହସି ଉଠେଇ ଦେବ । ଏଇଟା ଗୋଟା କଥା ? ସାଙ୍ଗେ ସାଙ୍ଗେ ସ୍ଟେ ଭେକେଟ୍ କରିଦେବି । ପାଞ୍ଚହଜାର ଟଙ୍କା ଦେଇଥାଅ । ମୁଁ ଏଜନେ କେଶ ଦାୟର କରି ଦଉଚି । ପ୍ରକୃତରେ ଦିନକପରେ ସ୍ଟେ ଉଠିଯିବ । ଦୁହେଁ ଭାରି ଖୁସି ହେଇଯିବେ । ପୁଣି ପୁରାଦମ୍‌ରେ କାମ ଆରମ୍ଭ ହେଇଯିବ । ସପ୍ତାହକ ପରେ ହାଇକୋର୍ଟରୁ ଏକ ସ୍ଟେ ନୋଟିସ ଆସି ପହଞ୍ଚିଯିବ । ପୁଣି କାମ ବନ୍ଦ ହେଇଯିବ । ଖୁସି ମଉଳିଯିବ । ଅଁଧାର ଘୋଟି ଆସିବ ।

ଭଦ୍ରଲୋକ ଆସି ପହଞ୍ଚିଯିବେ । ଦୁହେଁ ଯିବେ ହାଇକୋର୍ଟର ଏକ ନାମଜାଦା ଓକିଲ ପାଖକୁ । ଓକିଲ ଆଶାତୀତ ପଇସା ଦାବି କରିବ । ସେମାନେ ଦେବାକୁ ବାଧ୍ୟ ହେବେ । କେସ୍ ଆରମ୍ଭ ହେଇଯିବ । ଅପରପକ୍ଷ ତାରିଖ ଗଡେଇ ଚାଲିବ । ଶେଷରେ ସେ ଭେକେଟ୍ ହେଇ ପାରିବନି । ଓକିଲ କହିବ —ସେମାନେ ହାକିମକୁ ବହୁତ ପଇସା ଦେଇ ଦେଇଚନ୍ତି । ଠିକଅଛି ଶୀଘ୍ର ସାରିବାକୁ ମୁଁ ଚେଷ୍ଟା କରିବି । ଏତେ ଟଙ୍କା ଜମା କରିଯାଅ । ଏଥରକ ଜିତାପଟ ଆମର ନିଶ୍ଚୟ ।

ତାପରର ଦୃଶ୍ୟ ସଂପୂର୍ଣ୍ଣ ବଦଲିଯିବ । କଣ୍ଟ୍ରାକ୍ଟର ଅନୁରୋଧ ଓ ଶେଷରେ ଧମକ ଦେଇ ତା ଟଙ୍କା ନେବାପାଇଁ ବାଧ୍ୟ କରିବ । ତରୁଣ ତା କାମ ବାବଦରେ ଏକ ଚେକ୍ଦେଇ ଏ ଝାମେଲାରୁ ରକ୍ଷା ପାଇବା ପାଇ ଚାହିଁବ । କଣ୍ଟ୍ରାକ୍ଟର ବ୍ୟାଙ୍କକୁ ଯାଇ ଜାଣିବ ତରୁଣର ଆକାଉଣ୍ଟ ସିଜ୍ ହେଇ ଯାଇଚି । ସେ ତରୁଣକୁ ଉଠେଇ ନେବ । ଟଙ୍କା ଦେଲେ ଶାଲା ଯିବୁ ନହେଲେ ତତେ ଖ'ତମ କରି ଦିଆଯିବ । ଏକଥା ଜାଣି ଭଦ୍ରଲୋକ ପୋଲିସର ସହାୟତା ନେବେ । ତରୁଣକୁ ମୁକୁଲେଇ ବୁଝେଇବେ— ବର୍ତ୍ତମାନ ଆଉ କିଛି କରିବାର ନାହିଁ । ଘରକୁ ଫେରିଯାଇ ଭଗବାନ୍କୁ ଡାକ । ସେ ହିଁ ତମକୁ ଏଥିରେ ସାହାଯ୍ୟ କରିବେ । ସବୁ ଠିକ୍ ଦେଇଯିବ । ଧୈର୍ଯ୍ୟରଖ । ତରୁଣ ତାଙ୍କ ମୁହଁକୁ ଚାହିଁବ । ଝରଝର ଲୁହ ବହିପଡ଼ିବ ତାର ଆଖିରୁ । ଭଦ୍ରଲୋକ ନିଜେ ଓଦା ହେଇଯିବେ । ତା ପିଠି ଥାପୁଡେଇବେ । ଭାଂଗିପଡ଼ନା । ଦୃଢ଼ହୁଅ । ଆଜି ଖରାପ ଦିନ ଆସିଚି । କାଲିକି ଭଲଦିନ ଆସିବ । ଭଗବାନଙ୍କ ଉପରେ ଭରସା ରଖିକରି ଆମକୁ ଅପେକ୍ଷା କରିବାକୁ ପଡ଼ିବ । ମୁଁ ଯାଉଚି ପୁଣି ଦେଖାହେବ ।

ସେ ଚାଲି ଯାଉଥିବାବେଲେ ତରୁଣ ଶୂନ୍ୟ ଦୃଷ୍ଟିରେ ଚାହିଁ ରହିଥିବ । ତା ବାଇକ୍ ବିକ୍ରିହବ । ସ୍କୁଲପାଖ ରାସ୍ତା କଡ଼ରେ ଠିଆହବ କାଠ କେବିନ । ତା ଭିତରେ ବିସ୍କୁଟ, ଚକଲେଟ୍, କଦଲୀ, ଖାତା, ପେନସିଲ, ଚା ଓ ଏମିତି । ହସ ଓ ତାଛଲ୍ୟର ସୁଅଟିଏ ବହି ଯାଉଥିବ କେବିନ୍ କଡ ଦେଇ । ସେ ଦେଖ଼ ଦେଖୁ ନଥିବ ।

ଘର ଆଗରେ ଅସହାୟ ହେଇ ଅପେକ୍ଷା କରିଥିବ ଇଟା ଗଦାଟିଏ । ବାପା ସେମିତି ବିଛଣାରେ ଶୋଇ ଉପରକୁ ଅନେଇଥିବେ । ବୋଉ କେବଲ ଅନେଇ ରହିଥିବ ବାପାଙ୍କ ମୁହଁକୁ । ଡମସା ପଢୁଥିବା ବୈଷୟିକ +୨ କଲେଜରେ ଏକଥା ହାଲ୍ଲା ହେଇ ଯାଇଥିବ । ସେ ଆଉ କଲେଜକୁ ଜମା ଯାଉ ନଥିବ । ସ୍ୱିଚ୍ ଅଫ୍ କରି ଦେଇଥିବ ନିଜ ମୋବାଇଲର । କଣ ଆଡୁସାଡୁ ରାଂଧୁଥିବ । ବାପାଙ୍କୁ ଖୋଇ ଦଉଥିବ । ବୋଉକୁ ଦଉଥିବ ଖାଇବାକୁ । ଭାତ ଦିଟା ନେଇ ଯାଉଥିବ ଭାଇ କଟିକି । ତା ମୁହଁକୁ ଅନେଇଁ ପାରିବନି । ଭାଇ ଚୁପଚାପ୍ କିଛି ପଇସା ବଢେଇ ଦଉଥିବ ତା ହାତକୁ ।

ଦୀର୍ଘଶ୍ୱାସଟିଏ ପକେଇ ସେ ତଳକୁ ଅନେଇଁ ଅନେଇଁ ଫେରି ଆସିବ ଘରକୁ। ତାପାଇଁ ଜୀବନ ସରି ଯାଇଥିବ।

ତରୁଣ ସେମିତି ପଲକ ନପକେଇ ଅନେଇଁ ରହିଥିବ ଜୀବନ ଆଡେ। କଣ ସବୁ ହେଇଗଲା? ସେ ଚାହିଁଥିଲା କଣ, ହେଲା କଣ? କେତେ ସୁନ୍ଦର ସଂସାରକୁ ସେ ନିଜ ହାତରେ ତର୍ଷ୍ଟିଚିପ ମାରିଦେଇଚି। ସେ ଆଉ ଅଧିକ ଭାବି ପାରିବନି। ତମସାକୁ ମନା କରିଦବ ରାତିରେ ଖାଇବା ନେଇ ଆସିବାକୁ। ସେ ପାଉଁରୁଟି ଖାଇ ଚଲେଇ ନବ। ଏଣିକି ସେ ଖାଏ ନଖାଏ। ସେମିତି ମୋଡ଼ିମାଡ଼ି ହେଇ ଶୋଇ ପଡ଼ୁଥାଏ। ରାତିରେ ନିଦ ଆସେ ଆସେନା। ରାତି ଲମ୍ବିଲମ୍ବି ଯାଏ। ହୁଏତ ଆଉ ପାହିବନି। ରାତିକୁ ବି ସହିପାରୁ ନଥିବ ସିଏ।

ପାଟ ଭିତରେ ପୂରାଦମ୍‌ରେ କାମ ଆରମ୍ଭ ହେଇ ଯାଇଥିବ। କେତେଲୋକ ଯାଉଥିବେ କାମ କରିବାକୁ। ମଜୁରି ଧରି ଫେରୁଥିବେ। ଥରେ ତମସା ଗୋଡ଼ କାଢ଼ିବ। କାମ ଜାଗାକୁ ଯାଇ ସୁପରଭାଇଜରଙ୍କୁ ଭେଟିବ।

ମୁଁ +୨ ପଢୁଚି।

ହଉ ହଉ ଏଇଠି ବସ। ଆଜି ସାର୍ ଆସିବେ।

ସେ ତାକଥା ସବୁ କହିଯିବ। ଦେଖ ଏତ ଆମ ଅଫିସ ଆରମ୍ଭ ହେଇନି। ସହରରେ ଥିବା ଗେଷ୍ଟହାଉସ୍‌ରେ ଆମେ ଅଫିସ କରୁଚୁ। ତମେ ଯଦି ଚାହିଁବ ସେଠି କାମ କରି ପାରିବ। ତମ କାମ ଅନୁସାରେ ଦରମା ମିଳିବ।

ହଁ ସାର୍– ବ୍ୟାକୁଳ ହେଇ କହି ପକେଇବ ତମସା।

ସୁପରଭାଇଜରଙ୍କୁ ଡାକି କହିବେ– କାଲି ଆକୁ ନେଇ ଅଫିସରେ ଛାଡ଼ିଦବ।

ଅଁଧ ରାତିର ଦୂର ଆକାଶରେ ତାରାଟିଏ ମୁହଁ ଦେଖେଇଦବ। ତମସା ଭାବିବ ଭାଇକୁ ଏକଥା କହିବି। ହେଲେ କହି ପାରିବନି। ଘରକୁ ଆସି ବାପା ଓ ବୋଉକୁ ଚାହିଁବ। ତାଙ୍କୁ କଣ କହିବ ସେ ଠିକ୍ କରି ପାରିବନି। ଖାଲି ଝରିଝରି ପଡ଼ିବ। କିଛି ସମୟ ପରେ ସେ ଟିକିଏ ଦୃଢ଼ହବ। ଭାସି ଯାଉଥିବା ଘରଟାକୁ ତାକୁ ହିଁ ଅଟକାଇବାକୁ ପଡ଼ିବ। ବୋଉ ମୋର ଚାକିରିଟିଏ ହେଇ ଯାଇଚି। ଅଫିସରେ। କାଲିଠାରୁ କାମକୁ ଯିବି। ତୁ ଦିଟା ରାନ୍ଧିଦେଇ ବାପାଙ୍କୁ ଖୋଇଦେବୁ ଆଉ ଭାଇ କଟିକି ନେଇଯିବୁ। ନହେଲେ ଚଲିବା କେମିତି? ବୋଉ କିଛି ଉତ୍ତର ଦବନି।

ପରଦିନ ତମସା ଭାଇ ଆଣିଥିବା ଡ୍ରେସ୍ ହଲକ ବାହାର କରିବ। ପିନ୍ଧିବ ଯତ୍ନରେ। ତାପରେ ଯିବ ସୁପରଭାଇଜର କଟିକି। ତା ବାଇକ୍ ପଛରେ ବସି ଯିବ ସହର ଆଡେ। ଜଣେ ପୁଅ ସହ ବାଇକ୍‌ରେ ବସିବା ତାର ଏଇ ପ୍ରଥମ। ଅନେକ

ଅନେକ ଦିନ ତଳେ ଏପରି ଏକ ସ୍ୱପ୍ନ ତା ମନକୁ ଆସି ଯାଇଥିବ ଓ ସେ ତାକୁ ଫୋପାଡ଼ି ଦେଇଥିବ ଦୂରକୁ।

ସୁଦୃଶ୍ୟ ଅଫିସରେ ଜଏନ୍ କରିବ ତମସା। ସେଠି ତାକୁ ମିଶାଇ ସମୁଦାୟ ଚାରିଜଣ। ତା ଭିନ୍ନ ସମସ୍ତେ ପୁଅ। ଜଣେ ପୁଅ ତାକୁ ତା ପାଖକୁ ଡକେଇବ। ତମେ କ°ପ୍ୟୁଟର ଜାଣିଚ ? ନା। ପ୍ରତିଦିନ ସେଇ ବାବୁଙ୍କ ପାଖରୁ ଘଣ୍ଟେ ଲେଖା କ°ପ୍ୟୁଟର ଶିଖିବ। ବର୍ତ୍ତମାନ ତମେ ଏଇ ଏଇ କାମକର।

ତମସା କାମ ଭିତରେ ନିଜକୁ ବୁଡ଼ାଇ ଦବ। ତା ମନର ବୋଝ ହାଲ୍କା ହେଇ ଯାଉଥିବ। ଥରେ ସାର୍ ତାକୁ ଉପର ମହଲାକୁ ଡକେଇବେ। ସେ ପାଦ ଚିପି ଚିପି ଯିବ। ସାର୍ ତାଙ୍କ ସାମ୍ନାରେ ବସିବାକୁ କହିବେ। ଦେଖ ବର୍ତ୍ତମାନ ଆମ ଅଫିସ ଏତିକି। ଖାଲି କ°ଷ୍ଟ୍ରକ୍ସନ କାମ ଦେଖିବା ଏଇ ଅଫିସର କାମ। ଏଇ ଉପର ମହଲାଟି ଗେଷ୍ଟ ହାଉସ୍। ତମେ ଏଇ ଗେଷ୍ଟ ହାଉସ୍ର ଦାୟିତ୍ୱ ନେବ। ଏଠି ଜଣେ ପୁରୁଣା ଲୋକ ଅଛି। ଅଭିଜ୍ଞ କୁକ୍। ସେ ଚଳାଉଚି। ତା ପାଖରୁ କାମ କଣ ବୁଝିନିଅ। ତମେ ସଂପୂର୍ଣ୍ଣ ଦାୟିତ୍ୱ ନିଅ। ତମେ ଭଲ ମ୍ୟାନେଜ କରିବ। ଏଇଟା ହେଲା ତମ ଅଫିସ। ତମେ ତଳେ କାମ କରିବା ଦରକାର ନାହିଁ।

ସାର୍ ମୁଁ ସେଠି କ°ପ୍ୟୁଟର ଶିଖୁଥିଲି।

ଠିକ୍ ଅଛି। ଜଣେ ଲେଡି ଆସି ତମକୁ କ°ପ୍ୟୁଟର ଏବଂ ଇଂଲିଶ ସ୍ପିକିଂ ଶିଖାଇଦେବେ, ଓକେ।

ସେ ସକାଳେ ଆସିବ ଓ ସଂଧ୍ୟା ପୂର୍ବରୁ ଘରକୁ ଫେରିଯିବ। ବୁଢ଼ା କୁକ୍ଠାରୁ ଗେଷ୍ଟ ହାଉସ ପରିଚାଳନା ବାବଦରେ ଅନେକ କଥା ଶିଖିଯିବ। ଜଣେ ମାଡାମ୍ ଆସି କ°ପ୍ୟୁଟର ଓ ଇଂଲିଶ୍ ସ୍ପିକିଂ ଶିଖାଉଥିବେ। ସବୁଦିନ ଫେରିଲା ବେଳେ କେବିନ୍ ଭିତରେ ବସିଥିବା ତା ଭାଇର ମୁହଁକୁ ଭେଟୁଥିବ। ଭାଇ ନିଷ୍ପଳକ ଆଖିରେ କୁଆଡକୁ ଅନେଇଁ ରହିଥିବ।

ଥରେ ସାର୍ କହିବେ– ଆଜି ଆମର ଜଣେ ସ୍ପେଶାଲ୍ ଗେଷ୍ଟ ଆସୁଚନ୍ତି। ତାଙ୍କୁ ସନ୍ତୁଷ୍ଟ କଲେ ଆମ ପ୍ରୋଜେକ୍ଟ ବହୁତ ସୁବିଧା ହାସଲ କରିବ। ତାଙ୍କର ସଂପୂର୍ଣ୍ଣ ଦାୟିତ୍ୱ ତମର। ଦରକାର ହେଲେ ତମେ ଆଜି ଏଠି ରହିଯିବ। ତାର ହଁ ନାଇଁ କି ଅପେକ୍ଷା ନକରି ସାର୍ ଚାଲିଯିବେ।

ଲ°ଚ ପୂର୍ବରୁ ଗେଷ୍ଟଙ୍କୁ ଧରି ସାର୍ ଆସିବେ। ଲ°ଚ୍ ବହୁତ ଭଲ ଭାବରେ ଆରେଞ୍ଜ ହୋଇଥିବ। ଗେଷ୍ଟ ଭାରି ସନ୍ତୁଷ୍ଟ ଜଣାପଡିବେ। ସାର୍ ତମସାକୁ ବହୁତ ପ୍ରଶଂସା କରିବେ। ତମସା ଖୁସି ହେଇ ଯାଉ ଯାଉ ଅଟକିଯିବ। ସେମାନେ ରେଷ୍ଟ

ନେବେ। ତମସା ଅପେକ୍ଷା କରି ରହିବ ପରବର୍ତ୍ତୀ ଆଦେଶ ପାଇଁ। ସେମାନେ ଉଠିବା ପରେ କଫି ପିଇବେ ଓ ସାଇଟ୍ ଭିଜିଟ୍‌ରେ ବାହାରି ଯିବେ। ଫେରିବା ପରେ ସ୍ନାକ୍ସ ଓ କଫି ସର୍ଭ କରାଯିବ। ଆରମ୍ଭ ହେଇଯିବ ଗୁରୁତ୍ୱପୂର୍ଣ୍ଣ ଆଲୋଚନା। ମଝିରେ ମଝିରେ କଫି। ବ୍ୟସ୍ତତା ଭିତରେ କେତେବେଳେ ସଂଧ୍ୟା ହଜିଯିବ। ରାତି ବଢ଼ି ବଢ଼ି ଚାଲିବ। ଚିୟର୍ସ ସହିତ ଆଲୋଚନା ସରିବ। ସମସ୍ତେ ଖୁସି। ତାପରେ ଦିନର।

ଦିନର ସରିଗଲା ପରେ ସାର ତମସାକୁ ଡାକି କହିବେ– ତମର ଏତେ ଟ୍ୟାଲେଣ୍ଟ ଅଛି ମୁଁ ଜାଣି ନଥିଲି। ୱେଲ‌ଡନ୍। ତମର ଟ୍ରିଟ‌ମେଣ୍ଟ ପାଇଁ ଆମ କ°ପାନିର ଏକ ବଡ ଅଚିଭ‌ମେଣ୍ଟ ହେଇଗଲା। ଏ ଗେଷ୍ଟ ହେଉଚନ୍ତି ଏକ ଇଣ୍ଟରନ୍ୟାସନାଲ୍ କ°ପାନିର ସିଇଓ। ବହୁତ ଭଦ୍ର ଓ ନମ୍ର। ସେ ଚାହିଁଲେ ଆମ ଗେଷ୍ଟହାଉସରେ ଆଲୋଚନା କରିବାକୁ। ସେ ଏକଦମ୍ ପ୍ଲିଜ୍‌ଡ୍। ଆମର ସବୁ କଥାରେ ସେ ରାଜି ହେଇଗଲେ। ଥ୍ୟାଙ୍କ୍ୟୁ। ଏଇଠି ଆଜି ରହିଯାଅ। ହଁ ଗେଷ୍ଟ ତମକୁ ଥ୍ୟାଙ୍କ୍ସ କହିବାକୁ ଡାକୁଚନ୍ତି। ଯାଅ। ବେଷ୍ଟ ଅଫ୍ ଲକ୍।

ଡରି ଡରି ତମସା ଶବ୍ଦହୀନ ଦୋର ଖୋଲି ଭିତରକୁ ପଶିବ। ଘଡଘଡି ପରି ହସରେ ବନ୍ଦ ହେଇଯିବ ଦୋର୍। କମ୍‌ଇନ୍ କମ୍‌ଇନ୍। ତମ ମ୍ୟାନେଜ‌ମେଣ୍ଟ ୱଣ୍ଡରଫୁଲ୍। ମୁଁ ଓଭରସାଟିଫାଏଡ୍। ତମ ପ୍ରମୋଶନ ପାଇଁ ମୁଁ ତମ ସାରଙ୍କୁ କହିଦେଇଚି। ଆସ ଆଉ ଠିଆହେଇ ରହିଲ କାଇଁକି?

ସେଇ ବନ୍ଦ କୋଠରିର ଆଲୁଅ ମାନଙ୍କ ଆଖି ଫୁଟିଯାଇ ନଥିବ। ତମସାର ଆଖିବନ୍ଦ ହେଇ ଯାଇଥିବ। ଗେଷ୍ଟ ଆହୁରି ଅଧିକ ସନ୍ତୁଷ୍ଟ ହେଉଥିବେ। କିଛି ସମୟ ପରେ ସେ ନିଜକୁ ଗୋଟେଇ ପକେଇବ। ତା ରୁମ୍‌ରେ ପଶି କବାଟ କିଲିଦବ। ଗେଷ୍ଟ ହାଉସରେ ଆଉ କେହି ନଥିବେ। ଗେଷ୍ଟ ଓ ସାର୍ ଚାଲି ଯାଇଥିବେ ଉଦ୍ଦିଷ୍ଟ ତାରକା ହୋଟେଲକୁ। କର୍ମଚାରୀମାନେ ନିଜ ନିଜ ଘରକୁ। ସେ ଓ ନିରୋଲା ରାତି କେବଳ ଅଟକି ଯାଇଥିବେ ସେଇଠି।

ରାତିସାରା ଭାଇ ଖୋଲା ରଖିଥିବ କେବିନ୍। ଘରେ ବାପାଙ୍କ ଆଖିପତା ପଡୁନଥିବ। ବୋଉ ଦାଣ୍ଡ କବାଟ ଖୋଲାରଖି ଅନେଇଥିବ ଯେ ଅନେଇଥିବ।

ରାତି ଅନେକ ଡେରିରେ ପାହିବ। ଭିଡିମୋଡି ହେଇ ଉଠିବ ତମସା। ତରତର ହେଇ କାମ ସାରିବ। କବାଟ ଠକ‌ଠକ କରି ପଶିଆସିବ କୁକ୍। ଗୁଡମଣିଂ ମାଡାମ୍। ଆପଣଙ୍କ ଟି ଓ ଚିଠି। ତଲବାବୁ ଦେଇ ଯାଇଚନ୍ତି। ସେ ପ୍ରଥମେ ଗରମ ଚା ରୁମ୍‌କେ ଶୋଷିନବ। ତାପରେ ଚିଠି ଖୋଲି ପଢ଼ିବ। ତାର ପ୍ରମୋଶନ ହେଇ ଯାଇଥିବ। ଏମ‌ଡିଙ୍କ ପିଏ। ବର୍ତ୍ତମାନ ସେ ସେଇଠି କାମ କରିବ। ସେ ଖୁସି ହେଇ ଆସୁଥିବ।

ଅଟକିଯିବ । ଥୋଇଦେବ ଚା କପ୍‌ଟି ଟ୍ରେ ଉପରେ । ତଳ ବାବୁ ଜଣେ ମୁହଁ ଦେଖାଇ
କହିବେ କଂଗ୍ରାଟସ୍‌ ମ୍ୟାଡାମ୍ । ଆପଣଙ୍କ ପାଇଁ ନୂଆ ସ୍କୁଟିଟିଏ ତଳେ ଥୁଆ ହେଇଚି ।
କମ୍ପ୍ୟୁଟର ମାଡାମ୍ ଆସିଲେ ଶିଖେଇ ଦେବେ ।

ସଂଧାହେଲେ ସ୍କୁଟିରେ ବସି ସେ ଘରକୁ ଫେରିବ । ଭାଇର କେବିନ୍ ଆଡକୁ
ଅନେଇ ପାରିବନି । ଘରେ କାହାକୁ କିଛି ନକହି ରୋଷେଇ ଆରମ୍ଭ କରିବ । କଣ
ଦିଟା ଖାଇଦେଇ ଶୋଇ ପଡିବ ।

ତାପରେ....ତାପରେ....ତାପରେ...

ତମସା ପ୍ରତିଦିନ ସ୍କୁଟିରେ ଯାଉଥିବ ଆସୁଥିବ । ସକାଳ ଯାଉଥିବ । ସଂଜ
ହଉଥିବ । ରାତି ସରୁନଥିବ । ଦିନ ନିଭିଯାଉଥିବ । ବାପା ଉପରକୁ ଅନେଇଥିବେ ।
ବୋଉ କାଂଥକୁ ଡେରିହେଇ ବସିଥିବ । ଆଉ ତରୁଣ....

ଥରେ ଭଦ୍ରଲୋକ ଆସିବେ । ତରୁଣ ମୁଁ ତମର ଏ ଅବସ୍ଥା ଦେଖ୍ ପାରୁନି ।
ଚାଲ ମୋ ସାଂଗେରେ । ସାରଙ୍କ ଗୋଡହାତ ଧରି ନେହୁରା ହେବି । ତମକୁ ସେ
କଂପାନିରେ ଯେକୌଣସି ଗୋଟିଏ ଚାକିରିରେ ଭର୍ତ୍ତି କରିଦେବେ । ତରୁଣ ତାଙ୍କ
ମୁହଁକୁ ଅନେଇବନି କି କିଛି କହିବନି । କେବଳ ମୁଣ୍ଡଟି ହଲାଇବ । ହଉ ତମ ଇଚ୍ଛା
ଏତିକି କହି ସେ ଫେରିଯିବେ ।

ତମସାର ଚୁର ପଡୁଥିବ ବାହାର ସହରକୁ । ସାର୍ କି ଅନ୍ୟ କେହି ଗେଷ୍ଟଙ୍କୁ
ସେ ସନ୍ତୁଷ୍ଟ କରୁଥିବ । ପୁଣି ମିଳିଥିବ ଆଉ ଗୋଟିଏ ପ୍ରମୋଶନ୍ । କଂପାନି ମଧ ତାକୁ
ଗୋଟିଏ ଘର ଯୋଗାଇଦେବ । ସେ ବାପା ଓ ବୋଉଙ୍କୁ ନେଇ ସେଠି ରଖିବ । ଜଣେ
ପରିଚାରିକା ଥିବ ସେମାନଙ୍କ କଥା ବୁଝିବା ପାଇଁ ।

କଂପାନି ଖୁବ୍ ଜୋରରେ ଆଗେଇ ଯାଉଥିବ ତାଙ୍କ ଜମିର ଛାତି ଉପରେ ।
ବାପା ସରି ସରି ଆସୁଥିବେ । ବୋଉ ସବୁବେଳେ ବାହୁନୁଥିବ ମୋ ତରୁଣ ମୋ
ତରୁଣ....

ତରୁଣ କେବିନର ତାଟି ଆଉ ତଳକୁ ଖସୁନଥିବ ।

ସେ ହୁଏତ ଆଉ କିଛି ଭାବିବାକୁ ସମର୍ଥ ହେଉନଥିବ ।

ଏବଂ ତା ପରେ....

BLACK EAGLE BOOKS

www.blackeaglebooks.org
info@blackeaglebooks.org

Black Eagle Books, an independent publisher, was founded as a nonprofit organization in April, 2019. It is our mission to connect and engage the Indian diaspora and the world at large with the best of works of world literature published on a collaborative platform, with special emphasis on foregrounding Contemporary Classics and New Writing.